红血女王 III

[美] 维多利亚·艾薇亚德 Victoria Aveyard / 著　吴华 / 译

# 国王之囚

# KING'S CAGE

天地出版社 | TIANDI PRESS

图书在版编目（CIP）数据

红血女王. 3，国王之囚 /（美）维多利亚·艾薇亚德著；吴华译. —成都：天地出版社，2018.6
ISBN 978-7-5455-3442-9

Ⅰ. ①红… Ⅱ. ①维… ②吴… Ⅲ. ①长篇小说—美国—现代 Ⅳ. ①I712.45

中国版本图书馆CIP数据核字（2017）第302412号



著作权登记号 图字：21-2016-138

# 红血女王3：国王之囚

HONG XUE NV WANG 3: GUOWANG ZHI QIU

出品人　杨　政
著　者　[美] 维多利亚·艾薇亚德
译　者　吴　华
责任编辑　杨永龙　朱迪婧
封面设计　思想工社
电脑制作　尚上文化
责任印制　葛红梅

出版发行　天地出版社
（成都市槐树街2号　邮政编码：610014）
网　址　http://www.tiandiph.com
http://www.天地出版社.com
电子邮箱　tiandicbs@vip.163.com
经　销　新华文轩出版传媒股份有限公司

印　刷　三河市兴博印务有限公司
版　次　2018年6月第1版
印　次　2018年6月第1次印刷
成品尺寸　145mm×210mm　1/32
印　张　16.5
字　数　423千字
定　价　45.00元
书　号　ISBN 978-7-5455-3442-9


咨询电话：（028）87734639（总编室）
购书热线：（010）67693207（市场部）

永远不要怀疑你的价值和力量。

你有资格去追寻世界上的一切选择和机会，

实现自己的梦想。

# 第一章
## 梅儿

他命我起身，我便不得不起身。

链子猛地向上拽起，拉动着卡在我喉咙上那状如王冠的项圈。尖角刺进了皮肤，却不足以刺出鲜血——尚不足以。但我的手腕在滴血，那是久未愈合的伤口，粗糙的手铐已将伤口磨得无知无觉。我的白色衣袖上溅上了深深的猩红色，和浅浅的朱红色，旧的血模糊了，又覆盖上新的血，见证着我所经受的痛苦，展示着梅温王朝给予我的折磨。

他居高临下，神情深不可测。他父王的王冠尖角耸立，让他显得更高了，仿佛那些铁尖是从他颅骨里生长出来的一般。王冠微微闪烁，每一个尖角都犹如卷曲的黑色烈焰，放射着铜和银的冷光。我将目光凝聚在这件熟悉的旧物上，这样就不必直视梅温的眼睛了。他将我拉近，仿佛有另一条链子在手。我看不到，这不过是感觉而已。

一只白皙的手拉住了我伤痕累累的手腕，竟然很轻柔。我不禁猛地看向他的脸，无法移开目光。他的笑容里没有一丝善意，轻薄锋利得犹如利刃，恨不得将我敲骨吸髓。他的眼睛最为恶毒，那是伊拉的眼睛。曾几何时，我以为它们是活的冰，寒气逼人，但现在我明白了，最烈的火焰是蓝色的，一如他的眼睛。

烈焰之下的荫翳。梅温固然闪耀夺目，黑暗却侵蚀着他的边缘。他的眼周遍布着瘀伤般的青黑色，眼睛里满是银色的血丝。他失眠了。他比我记忆中的更瘦削，更单薄，更残忍。他的头发黑得如同虚空，垂至耳畔，发梢卷曲，他的脸颊依然光滑。有时候，我会忘记他有多么年轻，我们有多么年轻。在我的裙袍之下，锁骨上的那个字母 M 烙印刺痛着。

梅温迅速转身，手里紧紧拉着链子，迫使我也随着他一起移动。就像月球绕着地球转动。

“看看这个囚徒，见证我们的胜利。”他说，对着面前的大批观众舒展肩膀。至少有三百个银血族，有贵族和平民，有警卫和官员。我痛苦地在视野尽头发现了禁卫军的身影，他们色彩亮烈的长袍让我想起了那颤抖的笼子。亚尔文家族的警卫不离左右，他们白色的衣服使人炫目，他们的异能压制了我的异能，他们的存在几乎让我窒息。

国王的声音穿过宽阔的恺撒广场，在人群之中反射着回声。这里一定有不少收音器和扩音器，好让国王的酷烈言辞传遍整个城市，整个王国。

“这，就是红血卫队的头领，梅儿·巴罗。”尽管我早有预期，却还是忍不住嗤之以鼻。头领。他母亲的死仍然没有阻止他的谎言。“谋杀犯、恐怖分子、我们王国的劲敌。而她此刻于我们面前下跪，其血色展露无遗。”

链子又猛地一拉，把我拽向前面。我伸着胳膊保持平衡，动作迟钝，目光低垂。这真是盛况空前。当我意识到这简单的动作会给红血卫队带来多大损失时，愤怒和羞愧席卷了全身。整个诺尔塔的红血族都会看到我在梅温的控制下犹如牵线木偶，他们会以为我们软弱、失败，不值得他们为之关注、努力，或心怀希望。这不是真相。可我什么都不能做——在这儿，在此刻，在我站在梅温仁慈的刀锋边缘上的时候，还不行。我很想知道科尔沃姆怎么样了。我们在前往窒息区的路上看到那座军事城市正在燃烧，我的声明广播播出后，那里便发生了暴动。那是革命的第一点星火吗——还是最后一点？我无从得知，而且显然也不会有什么人愿意费事给我报纸。

卡尔在很久以前就以全国战争的威胁反对过我，那时他的父亲还没死，那时的他还不像现在，一无所有，除了一个坏脾气的闪电女孩。双方都发生叛乱暴动，他说。然而，站在这里，在梅温的朝廷和银血族的王国面前束手就缚，我却看不到什么分裂。尽管我展示给他们看，告诉他们梅温的囚徒是什么人，他们的至亲至爱被掳走关押，他们的信任已被国王和王太后背叛——我在这儿却仍然是个敌人。这让我想大叫，可我明白，梅温的声音总会盖过我。

老妈和老爸也在看吗？这想法带来一阵悲伤，我紧咬嘴唇，忍住泪水。我知道四周有摄像机正对着我的脸。尽管感觉不到它们，但我就是知道。梅温才不会错过这个让我身败名裂的好机会。

他们还会看着我死吗？

项圈告诉我：不会。如果他只是要处死我，还弄出这样一幅奇观做什么？如果是别人，也许会松了一口气，但我的内心只感觉到恐惧的凛冽。他不会杀了我的。梅温不会的。我从他的触碰中感觉得到。他修长苍白的手指仍然环握着我的手腕，另一只手则牵着项圈上的链子。就算到了现在，我已经是他的了，他都不肯放手。我宁可死在这囚笼里，也不愿接受这疯狂国王扭曲的迷恋。

我想起了他的那些字条，每一张都以怪异的哀叹作结：

再会。

梅温还在说着，但他的声音在我的脑海里变得钝而闷，黄蜂般的嗡鸣步步紧逼，让我的每一条神经都濒临崩溃。我回过头，目光浮动着扫视那些站在我们身后的大臣官员。他们全都骄傲地站着，带着致哀的黑纱。萨默斯家族的沃洛勋爵和他的儿子托勒密，身着打磨光亮的黑檀木盔甲，由肩至腰覆着鳞片般的银甲。一见到后者，我便仿佛看见了鲜红愤怒的血色。我强忍着冲动，才没有扑过去把托勒密的脸撕烂。我真想刺进他的心脏，为我哥哥谢德报仇。我流露出的渴望，让他露出了冷笑。要不是被项圈所缚，要不是那些静默者压制了我的一切能力，我能把他的骨头烧成冒烟的碎玻璃碴儿。

然而，他的妹妹，几个月前与我为敌的人，却没有看我。伊万杰琳的袍子上装饰着黑色的水晶尖刺，身处这一群残忍暴虐之众间，犹如闪耀的星辰。我猜，在和梅温订婚这么久之后，她很快就要成为新王后了。她的视线落在国王的背上，那双黑色的眼睛目光炯炯地紧盯着他的后颈。一阵微风吹过，拂动着她光滑柔顺的银色头发，将它们吹向肩后，但她的眼睛仍然一眨不眨。过了好一会儿，她才注意到我在看她。即便如此，伊万杰琳也几乎没有与我目光相接。她的眼睛空洞无感，我已不再值得她费力关注。

“梅儿·巴罗是王国的罪人，她将面临王权和法庭的审判。她的罪过必须受到惩罚。”

如何惩罚？我想着。

人群咆哮着回应，为梅温的决定欢呼。他们是银血族，但是是“普通人”，并非高贵血统。

当这些人为梅温的言辞陶醉时，那些朝臣却不然。事实上，他们反而神色阴郁，怒气填胸，表情僵硬。尤其是米兰德斯家族的人。他们的丧服上镶着深蓝色——死去的王太后的家族色。与伊万杰琳对我的漠然不同，他们以一种令人惊异的热烈目光盯着我。燃烧的蓝色目光从四面八方投来，我原以为会听见他们侵入我的脑海中絮絮低语，十几种声音像虫子侵入烂苹果。然而并没有，只有一片寂静。也许站在我旁边的那两个亚尔文家族的军官不仅是狱卒，还起到了保护作用，在剥夺了我的异能的同时，也削弱了那些想侵犯我的人的能力。我猜这是梅温的命令。在这儿，没有人能伤害我。

除了他。

但是伤害已经造成了。这伤害令我腿不能站，脚不能移，头脑不能思考。这伤害来自飞机坠毁、发音装置、静默者警卫的重重压迫。而这些还只是物理上的创伤、瘀青、骨折。这些疼痛假以时日便能痊愈，但另有些伤痛是难以言说的。哥哥死了，我成了囚犯，而这魔鬼的交易达成已有好几天了，我还不能确切地知道朋友们的情况如何。卡尔，奇隆，卡梅隆，我哥哥布里和特里米。我们把他们留在那片空地上了，可他们都受了伤，动弹不得，毫无防备。梅温也许会派杀手返回，替他完成没做完的事。我以自己作为筹码，交换他们所有人的性命，可我甚至不知道这能不能行。

如果我开口问，梅温会告诉我的。我从他的脸上能看得出来。每一句卑鄙低劣的言辞之后，他的目光都会望向我，他为崇拜者表演的一切谎言都以此作为强调。他要确保我在看，确保我在关注他，看着他——就像个小孩一样。

我不会求他的。在这儿不会。不会这样乞求。这点儿骄傲我还是有的。

“我的父亲和母亲，皆死于与这些野蛮人的斗争。”梅温继续指责道，“他们为维护王国完整，为保护你们的安全而献出了生命。”

尽管我已一败涂地，却还是忍不住怒视梅温，视线的交汇犹如火焰般嗞嗞作响。我们都记得他的父亲是怎么死的，记得凶手是谁。伊拉王太后侵入卡尔的头脑，把老国王珍爱的继承者变成了致命的武器。我和梅温都看到了卡尔被迫弑父的那一幕，看到了卡尔砍下国王的头，也截断了所有继位统治的机会。在那之后，我见识了更多恐怖骇人的景象，但那一幕始终萦绕不去。

至于伊拉在克洛斯监狱之外发生了什么，我就记不清了。她的尸体本身就是见证，见证了放肆的闪电在人的肉身上能造成什么样的结果。我知道是我杀了她，毫无疑问，也不带任何同情和遗憾。谢德的突然死亡激起了我的复仇风暴。在克洛斯一役中，我所清楚记得的最后一幕就是他的坠落，是他的心脏被托勒密的冰冷钢针刺穿的瞬间，这是不可饶恕的。不知为什么，托勒密竟然躲过了我盲目的复仇怒火，王太后却没有。总之，上校和我联手，在录影带里展示了她的尸体，让全世界都知道发生了什么。

我希望梅温也能继承一些她的异能，这样他就能潜入我的脑袋，看看我是怎样要了他老妈的命。我想让他感受到失去的强烈痛苦，就像我自己一样。

梅温结束了回忆满满的演讲，目光停留在我身上。他伸出一只手，更好地展示着束缚住我的链子。他做的一切都有条不紊，好表演出一幅特定的画面。

“我发誓会像他们一样，终结红血卫队以及像梅儿·巴罗这样的魔头，至死不渝。”

*死，哼。*我想大叫。

人群的咆哮声淹没了我的思绪，他们为国王及其暴政欢呼着。走过那座桥时，那么多人以为他们的至亲至爱是因我而死，我曾为此哭泣。而现在，我仍能感觉到脸颊上已经干了的眼泪。我想落泪，不是因为悲伤，而是因为愤怒。他们怎么能相信这些话？他们怎么能听得进去这些谎言？

我像个玩偶似的收回了目光。我用最后一点儿力气，向一侧伸着脖子，搜寻着摄像机，搜寻着全世界的目光。*看看我，*我恳求着，*看看他是怎样撒谎的。*我的下巴紧绷着，眼睛眯缝着，竭尽全力做出自己所认为的坚忍、反抗、愤怒的模样：*我是闪电女孩，我是风暴。*这犹如一个谎言，闪电女孩已经死了。

但这是我能为我们的事业、为那些我爱的人所做的最后一件事。他们不会看到我在这最后的时刻蹒跚跌倒。不，我会站住。尽管还没有想出办法，但我会一直斗争下去，哪怕是已然身处野兽的腹中。

又是一下猛拽，迫使我转身面对朝臣官员。冷酷的银血族漠然相对，他们的皮肤被蓝色、黑色、紫色、灰色反衬得更浅更亮，并非生机勃勃的血色，而是钢铁钻石交织而成的脉络。他们的注意力不在我身上，而是在梅温身上。在他们那里我找到了答案，我看见了虎视眈眈。

在这一瞬间，我怜悯起那孤坐王座的年轻国王。随后，在内心深处，我感觉到了一丝希望。

*噢，梅温，看看你卷入了何种混乱啊。*

我只想知道会是谁发起第一击。

红血卫队——或是王公贵妇，都在伺机撕开梅温的喉咙，全盘接收他妈妈所切盼的东西。

我们一踏上白焰宫的台阶，梅温就把手里的链子交给了其中一个静默者警卫，随后隐入了这座宫殿洞开的入口。奇怪。他如此执着地要把我抓回来，把我关进他的囚笼，却看也不看一眼就把链子塞给了别人。懦夫，我对自己说道。在示众场面之外，他没有勇气看我。

“你会信守承诺吗？”我屏住呼吸问道。好多天不说话，我的声音都变得沙哑了。“你是说话算数的人吗？”

他没有回答。

其他朝臣官员随后走了进来。他们按错综复杂的门第身份排位，队列整齐，训练有素。只有我孑然一人，跟在国王身后，离他只有几步之遥，而那通常是王后的位置。这头衔对我来说太离谱了，绝不可能。

# CHAPTER1
# 第一章 梅儿

我瞥了一眼那个大个子狱卒，期待着能在他身上看到某些隐藏于忠君背后的东西。他穿着一件白色制服，厚实、防弹，拉链直拉到脖子。他戴着的手套隐隐发光，不是丝绸织物，而是塑料——橡胶。我不禁瑟缩起来：这些亚尔文家族的人，除了压制异能之外，还不肯给我任何机会。就算我能在他们持续的静默作用下偷偷放出一点儿火花，那手套也会保护他们，让他们拽住我的项圈、链子、牢笼。这个大块头亚尔文没有看我，他目视前方，抿着嘴唇，聚精会神。其他人也一样，守在我的左右，以完美的距离和他们的兄弟或表亲略作间隔。他们光秃秃的头顶亮亮的，让我想起了卢卡斯·萨默斯。我那和善的贴身护卫，他被处死了，因为我的存在，因为我利用了他。那时候我多幸运啊，卡尔派了那么一个正派有礼的银血族来看守我。而现在，我意识到自己也很幸运，因为冷酷无情的警卫杀起来要容易得多。

他们非死不可，以某种方式，在某个时刻。如果我要逃脱，要召唤回我的闪电，他们就是第一道障碍。其他障碍猜也猜得到：梅温的禁卫军，宫殿里处处可见的警卫和官员，当然还有梅温自己。要离开这个地方，不是他死，就是我死。

我想象着如何杀死他：用链子缠住他的脖子，把他勒死。这让我暂时忽略了现实：我正步步深入，走进宫殿，踏着白色的大理石，经过那些镀金的高墙，头顶的枝形吊灯闪耀夺目，犹如卷曲的火焰。这里如我记忆中一般美丽、冷酷。一座黄金锁链和钻石栏杆建成的监狱。至少，我不必再面对这里最暴虐最危险的监狱长了——王太后已经死了。想起她——伊拉·米兰德斯，仍然会让我不寒而栗。她幽暗的鬼魂萦绕在我的脑海中。曾经她撕碎了我的回忆，现在她自己也成了回忆。

一个身着盔甲的人阻断了我的视线，绕过我身边的警卫，站到了我和国王中间，与我们步调一致地走着。尽管没穿禁卫军的长袍，没戴禁卫军的面具，他却是个难缠的保镖。我想，他一定知道我正琢磨着勒死梅温。我咬住嘴唇，强撑着忍住耳语者的入侵。

但是，不对，他不是米兰德斯家族的人。他的盔甲是黑曜石的颜色，他的头发是银色的，他的皮肤是亮白色的。而他的眼睛——当他回头看向我时——是空洞的黑色。

托勒密。

我龇出牙齿，不知道自己在干什么，也不在乎。真想留下我的牙印，真想尝尝银色的血和红血有什么不同。

无法得出结论。

项圈被猛地向后一拉，我的背弯了，倒向地面。紧接着又是一拽，我的喉咙都快要被刺破了。我的头撞在大理石上，只觉得天旋地转，但这并不足以让我瘫倒不动。我踉跄着爬起来，余光瞥见托勒密转身面向我，腿上也佩着盔甲。我又扑过去，项圈又拉住了我。

“够了。”梅温轻蔑地说。

他高高在上地看着我可怜的报复手段。其他人也停了下来，有些还向前围拢过来，想看看这邪恶的红血耗子在做些什么徒劳的挣扎。

项圈似乎收紧了，我难以呼吸，伸手抓着喉咙。

梅温盯着那不断收缩的金属：“伊万杰琳，我说了，够了。”

我顾不得痛，回过头看见她站在我身后，一只手紧握拳头。她也像梅温一样，紧盯着我的项圈。那金属一下一下地抽动着，必定和她的心跳节奏一致。

“让我来给她松绑。”伊万杰琳说道。我觉得自己一定听错了。“在这儿，放开她，撤掉警卫，让我杀了她，杀了闪电还有一切。”

我像他们所认为的怪兽那样咆哮着回敬她。“试试看。”我说道，满心希望梅温能同意。尽管我浑身是伤，被静默者压制了好几天，以前也总是在这个磁控者女孩面前处于下风，但我还是想要接受她的挑战。我曾经打败过她，也能再打败她一次。至少，这是个机会。比我所期待的机会要好得多。

梅温将目光从我的项圈转向他的未婚妻，面色紧绷，阴郁沉沉。我在他身上看到了他妈妈的影子。“你是在质疑国王的命令吗，伊万杰琳小姐？”

伊万杰琳的牙齿在涂成紫色的嘴唇之间闪闪发亮，她那宫廷礼节的外壳开始摇摇欲坠，但在她真说出什么要命的话之前，她的父亲走上前来，用胳膊碰了碰她。这信息很明确：*服从*。

“不。”她怒道——其实意思是“是”。她垂下脖子，偏了偏头：“陛下。”

项圈松开了，又恢复成我脖子的粗细，甚至还比之前松了点儿。真希望伊万杰琳不是像她勉强表现出来的这么谨小慎微。

“梅儿·巴罗是王国的罪人，这顶王冠再合适她不过了。”梅温是说给他暴躁的准新娘听的，他的目光扫过其他朝臣，让自己的意图更为明确。“死，太便宜她了。”

贵族们开始絮絮地交头接耳。我听见了一些反对的话，但更多的是赞同意见。*这太奇怪了*。我本以为他们每个人都希望我以最惨的方式被处死：绞刑、喂秃鹫、在红血卫队曾出没的所有地方都洒上我的血。我想，他们是想给我比这更糟的命运吧。

*更糟的厄运*。

那是乔之前说过的话。那时他已看到了我的未来会如何，看到了我的路会通往何方，他知道这一切会发生的。知道，并且告诉了国王。以我哥哥的性命，和我的自由，换得在他身旁的一席之地。

我在人群中找到了乔，他和其他人略有间隔，眼睛红肿，死气沉沉，早衰的灰发简单地束了起来。这是梅温·卡洛雷的另一个新血傀儡，绑着我看不见的链子。我们那个解救儿童军团的行动尚未开始就被阻止了，就是他帮梅温干的。他把我们的路线和未来都告诉了梅温，把我打包献给国王当见面礼，背叛了我们所有人。

乔也在凝视着我，当然。我并不期待他会为自己的所作所为道歉，反正我也不会接受。

“那么审讯呢？”

我的左侧传来一个不熟悉的声音。不过我认得那张脸。

萨姆逊·米兰德斯，角斗场的一员大将，残忍的耳语者，死掉的王太后的表亲。他用肩膀推出一条路，向我走来，令我不禁瑟缩。在另一个故事里，我曾见识过他让对手刺死了自己。那时，奇隆坐在我身旁，看着，欢呼着，享受着他最后的自由时光。然后他的老板死了，我们的整个世界都完了。我们的路彻底改变了。而现在，我瘫倒在这完美无瑕的大理石地板上，浑身冰冷，流血不止，还不如国王脚下的一条狗。

“审讯是否也太便宜她了，陛下？”萨姆逊用白白的手指头指着我，继续说道。他捏住我的下巴，强迫我抬起头。我强忍着咬他的冲动，不想给伊万杰琳另一个勒死我的理由。“想想吧，她都看到过什么，她都知道些什么。她是他们的首领——是击溃她那个邪恶组织的关键。”

他错了，但我的心脏在胸膛里怦怦疾跳。我所知道的东西足以造成巨大的破坏。塔克岛在我眼前一闪而过，还有上校，还有蒙弗的那兄弟俩。军团的渗透计划，各个城市，乡野间的“威斯托”们——他们正护送流亡者到安全的地方去。这些必须严密保守的宝贵信息，现在就要被迫坦陈。我的所知所想会让多少人陷入险境？我被击破之后会有多少人送命？

而这还只是军事情报，更糟的是我自己思绪中的阴郁之处。那些暗角里深藏着我最恶毒的邪念。其中一个就是梅温。我记得他、爱过他、渴望他，这是真实的。还有卡尔。为了留住他我都做过些什么，忽略过什么，关于他的忠诚我都自欺欺人地想过些什么。我的愧疚和我犯过的错啃噬着自己的内心。我不能让萨姆逊——或者梅温，看到这些东西。

求你。我想乞求，嘴唇却动不了。正如我憎恨梅温，正如我希望他痛苦，我也知道他是我最好的机会。然而，在他最强大的同盟和最险恶的敌人面前乞求仁慈，只会更削弱这弱势国王的根基。于是我保持沉默，尽力不去想萨姆逊抓住我下巴的手，而只把目光停留在梅温脸上。

他接住了我的视线——那么长久，又那么短暂。

“依令行事。”他生硬地说道，对我身边的警卫点了点头。

他们把我拎起来，力气很大却不至于弄伤我。他们用手架着，用链子拽着，把我带离了人群。所有人都在我身后了，伊万杰琳，托勒密，萨姆逊，梅温。

梅温转过身，朝相反的方向走去，走向那唯一能令他感觉温暖的东西。

冷酷的烈焰王座。

KING'S
CAGE
第二章
梅儿

我从不会独自一人待着。

狱卒没有离开。总是两个人，总是盯着我，确保我的异能是被压制的。他们只用一扇锁住的门就囚禁了我，连稍稍靠近门口都会被硬推回卧室里。他们比我强壮，而且总是很警醒。唯一能逃离他们视线的地方就是小小的浴室，这间小屋子铺着白色瓷砖，饰以金色装潢，地板上用静默石砌了一道线。这些有光泽的灰色厚板，足以令我的头嗡嗡眩晕，令我的喉咙紧绷阻塞。我在这儿必须动作迅速，将压抑窒息的每一秒钟都物尽其用。这感受让我想起了卡梅隆和她的异能。她也能杀人于寂静无声的力量之中。尽管我憎恨狱卒一刻不停地紧盯，却也不想为了获得几分钟的宁静，冒着在浴室地板上窒息而死的危险。

真可笑，我曾认为自己最大的恐惧便是孤独一人，现在倒是总有人陪着，可我从来没有这么惊恐过。

我已经连续四天感觉不到我的闪电了。

五天。

六天。

十七天。

三十一天。

我在床边的壁板上记下了每一天，用餐叉刻下流逝的时间。在白焰宫的监狱里留下这些细小的刻痕，留下我的印记，感觉很不错。那些亚尔文家族的警卫毫不在意，他们大部分时间都不理睬我，只专注于全面而绝对的压制和静默。他们就守在门边，像雕塑似的坐着，只有眼睛是活的。

我上一次在白焰宫时住的不是这个房间。显然，用王室新娘的屋子来安置王国的犯人是不合适的。但这儿也不是牢房。这个囚笼很舒适，陈设得当，有铺着长毛绒的豪华床铺，装着无聊大部头的书架，几把椅子，一张饭桌，甚至还有不错的窗帘，全都是中性色调的，灰色、棕色、白色。颜色都抽离了，就像亚尔文家族的人将能量抽离我的身体。

我慢慢地习惯了一个人入睡，但是没有卡尔在身边，噩梦便逡巡不去。在乎我的人都已不在身边。每当惊醒时，我便会摸着耳朵上的耳环，念着他们的名字。布里，特里米，谢德，奇隆。血脉和至亲的哥哥们。三个还活着，一个已经成了鬼魂。我送给吉萨的那只耳环，我也想要同样的一只，那样我就也有她的纪念了。我有时会梦见她。没有什么具体的情节，而只是她面孔的闪回，还有她那红得像血的头发。她的话一直纠缠着我：*总有一天，人们也会夺走你的一切*。她是对的。

这里没有镜子，浴室里也没有。但我知道这个地方把我变成了什么模样。尽管伙食丰盛，由于运动缺乏，我的脸日渐消瘦。骨头在皮肤下面杵着，前所未有的尖利瘦削。我在这儿无事可做，除了睡觉就是看那些诺尔塔税码，但即便如此，几天前也出现了精力耗尽的迹象。身上一碰就是一片瘀青，项圈热乎乎的，我却觉得寒冷，打战。我可能发烧了，可能正濒临死亡。

可是无人可说。这些日子我几乎没怎么说话。门打开就是送食物和水，要么就是狱卒换班，除此之外没别的了。我从来没见过红血族的侍女和仆从，虽然他们肯定存在。是亚尔文家族的人从外面把饭食、床单和衣服拿进来给我，也是他们打扫卫生、收拾房间。他们一边做着这些低微的工作一边挤眉弄眼。想必是因为，让红血族进入我的房间太危险了吧。这想法让我不禁微笑：红血卫队仍然是个威胁，让死板的宫廷礼仪也让了路，连仆从都不能接近我。

然而，其他人也不曾接近我。没有人来参观闪电女孩，也没有人来耀武扬威。梅温也没来过。

那些亚尔文家族的人不和我说话，也没告诉我他们的名字，于是我就自己给他们起名字。老猫，一个上年纪的女人，比我高，一张小脸，眼睛机敏锐利。鸡蛋，他的脑袋又圆又白，和他的那些警卫亲戚一样秃。三重奏，脖子上有三条线的文身，活像是被一只好爪子抓过。还有绿眼睛的四叶草，是个和我差不多大的女孩，一丝不苟地执行命令，是唯一一个敢于与我四目相交的人。

当最初意识到梅温想要我回来时，我便预料到了痛苦、黑暗，或二者兼有。我原以为可能性最大的就是见到他，在他的炽烈目光下忍受折磨。但这些都没有。我抵达这里，在桥上被迫一跪，他告诉我，将把我的尸体示众，可那之后，刽子手一直都没来。像萨姆逊·米兰德斯和死掉的老王后那样的耳语者也没来过，他们本可以撬开我的脑袋，翻检我的思绪。如果这就是所谓的惩罚，那可真是够无聊的了。梅温也太没想象力了。

我的脑袋里仍然有发音装置的声音，还有太多太多的回忆。它们边缘锋利，又劈又割，我试图用那些没意思的书来缓解痛苦，可单词在我眼前游移，重新拼成一个个名字。被我抛在身后的人，活着的，死了的，还有谢德，无处不在的谢德。

我哥哥是被托勒密杀死的，但把他推向那条路的是我。因为我自私，以为自己是救世主，因为我又一次相信了不该相信的人，像纸牌玩家那样拿人的性命做赌注。可是，你解放了一座监狱。你放走了那么多人——你救了朱利安。

如此无力的辩驳，如此无力的安慰。现在，我总算知道克洛斯监狱一役的代价了。每一天我都在向这样的事实妥协：如果还有选择，我不会再那么做。为了朱利安，为了一百个新血，也不会那么做。我不会为了拯救他们任何一个人而搭上谢德的性命。

结局没有任何不同。梅温花了几个月的时间，用那些溅血的字条乞求我回来。他希望能用那些尸体逼我就范，我却觉得任何交易都免谈，哪怕是为了一千条无辜的生命。现在，我真希望自己早早地就按他说的做，那样他就不会冲着我真正在乎的那些人下手了。他知道我会救他们，他知道卡尔、奇隆、我的家人，是我会心甘情愿接受的筹码。为了让他们活下去，我付出了一切。

我猜，他还没笨到想要折磨我。那个发音装置，让我的闪电对付我自己，将我撕裂开来，每一条神经都无比难受——就连这个他也不想用。

对梅温来说，我的痛苦一无所用。他妈妈教导得不错。我唯一的安慰就是，知道这位年轻的国王已经失去了他的提线木偶师傅。我被关在这儿，被人日夜监视的时候，他正孤零零地站在王国的顶端，不再有伊拉·米兰德斯指挥他的手，保护他的背后。

一个月之前，我呼吸到了新鲜的空气，还透过房间里唯一的一扇窗子，看到了除了室内之外的有限景色。

窗子外面是一座花园，其景象远比晚秋萧索。树林枝条经那些万生人之手扭转弯曲，如果有叶子的话必定相当美妙：旋转的树枝以不可思议的角度交叠成翠绿的穹顶。但是没有叶子。粗糙的橡树、榆树、山毛榉，它们的枝杈像爪子似的弯曲着，干枯的树梢像白骨般互相剐蹭。这座花园是废弃的，被遗忘的，像我一样。

不，我暗自怒吼。

其他人会来找我的。

我大着胆子满怀希望，每次有人开门都会紧张得胃痛。那些瞬间，我期待着能看见卡尔、奇隆、法莱，也许还有易了容的阿奶。甚至还有上校。要是能再见到他那血红的眼睛，我会哭出来的。但是没有人来找我。没有人会来。

给人无望的希望是残忍的。

梅温深知这一点。

当夕阳第三十一次落下的时候，我明白了他的意图。

他想让我慢慢腐烂，衰颓，被遗忘。

在窗外那座光秃秃的花园里，铁灰色的天空飘下初雪。玻璃摸上去很冷，却拒绝冻结成冰。

我也一样。

晨光里的雪很美，给仅有的几棵树镀上了一层白色的外壳。等到了下午，雪就会融化了。按我的计算，现在已经是 12 月 11 日了，正是秋冬之际那种寒冷、灰暗、死气沉沉的日子。真正的大雪得再过一个月才会降临。

要是在家里，我们会从门廊上直接跳进雪堆，有一次布里还落在一堆烧过的柴火上摔伤了腿。为了给他治伤，吉萨花了一个月的工资，而所谓的医生需要的大部分东西，也不得不靠我去偷才行。那是布里服役之前的那个冬季，是我们全家人在一起度过的最后时光。最后一次。以后永远也不会有了。我们再也无法团圆。

老妈老爸和红血卫队在一起，吉萨和两个哥哥也是。他们是安全的。他们是安全的。他们是安全的。我每天早晨都要重复这句话。它是个安慰，尽管未必是实情。

我慢慢地推开盘子，早饭撒了出来：加糖燕麦粥、水果、面包。我早已熟悉，食物却不能给我任何安慰。

“吃完了。”我习惯性地说道，明知道不会有人回答。

老猫已经来到我旁边，冲着吃了一半的食物冷笑。她像捏臭虫似的拿起盘子，伸直胳膊举着它往门边走。我飞快地抬起头，希望能瞥见房间外面的前厅。像往常一样，那里空空如也，我的心沉了下去。老猫把盘子掉到了地上，发出“哗啦”一声，也许摔碎了吧，但这无所谓的，会有其他仆从收拾干净。门关上了，她回到了自己的座位。三重奏坐在另一把椅子上，胳膊抱在胸前，眼睛一眨不眨地死盯着我。我能感觉到他和她的力量。那就像一张裹得特别紧的毯子，把我的闪电捆住了，藏起来了，藏到了一个遥远的地方，而我连起身去找都做不到。这感觉让我想把自己的皮肤撕开。

我恨它。我恨它。

我。恨。它。

砰——

我把水杯砸向对面的墙壁，让它在那可怕的灰色涂层上碎裂、喷溅。警卫们一动不动。这种事我已经做过太多了。

有帮助。只有一分钟。也许。

一个多月的囚禁之后，我有了固定的作息表：起床。立刻后悔。接受早餐。失去食欲。食物拿走。立刻后悔。扔水杯。立刻后悔。扯掉床单。有时会撕了它，有时会大喊大叫。立刻后悔。尝试看书。盯着窗外。盯着

窗外。盯着窗外。接受午餐。重复循环。

我真是个日理万机的女孩。

或者应该自称为“女人”。

十八岁是孩童和成人的分水岭，而我在几个星期之前已满十八岁了。11 月 17 日。没有人知道，也没有人留意。我想，那些亚尔文家族的人才不在乎他们的看管对象又长大了一岁。在这座宫殿监狱里，只有一个人在意。他没来，这让我松了一口气。在被囚禁的日子里，这是唯一的祝福了。我被关在这儿，四周都是我所知道的最险恶的人，他的出现也就没什么必要了。

就这样一直到了今天。

这里的寂静被打破了，不是发生了什么爆炸，而是有人开门。门锁发出熟悉的声音，打开了。程序之外，未经授权。这声音让我的脑袋猛地一激灵，亚尔文家族的狱卒也是，出于惊讶，他们的专注也中断了。我的心狂跳起来，肾上腺素在血管中奔涌着。在一瞬之间，我又有了希望。我猜想着，站在门外的会是谁。

哥哥们。法莱。奇隆。

卡尔。

我希望那是卡尔。我希望他的烈焰把这个地方、这些人，全都燃烧殆尽。

但是门外的那个人，我并不认识，只是那身衣服我很熟悉——黑色的制服，银色的装饰。一个安保官员，不知名姓，无关紧要。他走进我的房间，用后背抵住门，让它开着。更多像他一样的人挤在门廊上，前厅黑压压的。

亚尔文家族的狱卒跳了起来，他们像我一样吃惊。

“你们要干什么？”三重奏冷声说道。这是我第一次听到他的声音。

老猫则训练有素，反应迅速，站在了我和那个安保官员之间。她的恐惧和困惑再次营造出一片寂静，而这寂静击中了我，啃噬着我仅剩的最后一点儿力量。我生了根似的坐在椅子上，不想当着这些人的面倒下去。

安保官员一声不吭，只是目视地板，等待着。

她走了进来，穿着钢针制成的袍子，银色的头发束成发辫，簪着宝石，只差一顶她渴望已久的后冠。我一看到她就不禁发抖：完美、冷酷、尖利，一副王后的仪态举止。因为她还不是王后。我能肯定。

“伊万杰琳。”我小声说道，努力地想要藏起声音里的颤音——因为恐惧，也因为久不发声。她的黑眼睛锐利地打量着我，像噼啪作响的鞭子一样。从头到脚，从脚到头，我所有的缺点、弱点，都巨细靡遗。我知道，太多了。她的目光最终落在了我的项圈上，注意到了那尖刺的金属边缘。她撇着嘴，嫌恶地，饥渴地。对她来说，让项圈的尖角刺进我的喉咙，让我血尽而亡，实在是易如反掌。

“萨默斯小姐，你是不允许到这儿来的。”老猫说道，她仍然站在我们两人中间，胆子大得让我吃惊。

伊万杰琳瞥了一眼狱卒，讥刺道：“你认为我会违背国王、我的未婚夫的命令吗？”她挤出冷笑。“我是奉命而来。他命我把犯人带到宫里去。”

每一个字都刺痛着我。一个月的囚禁突然显得极为短暂了。我很想抓住桌子，迫使伊万杰琳把我拖出这个牢笼。但是，隔绝囚禁并没有击毁我的骄傲。还没有。

*永远不会。*我提醒自己。于是我腿脚虚软地站了起来，关节疼痛，双手发抖。一个月前，我袭击了伊万杰琳的哥哥，只是用牙齿而已。我竭尽全力想要召唤出火花——要是能站直就好了。

老猫站在原地，一动不动。她冲着三重奏点了点头，盯着她的表亲：“我们没有接到命令。这不合规章。”

伊万杰琳又笑了起来，露出白花花的牙齿。她的笑容很精美、很残忍，就像匕首一样。“你这是在拒绝我吗，亚尔文警卫？”她说着两只手伸向自己的裙子，洁白无瑕的皮肤游走在钢针的丛林里。钢针立刻像遇到磁铁似的竖了起来。她拿下一把长针，吸附在手掌上，扬起一侧眉毛，耐心地等待着。亚尔文家族的人心里有数，还不至于把他们压制异能的本事施展到萨默斯家族的小姐身上，更何况，她还是未来的王后。

两个狱卒交换了眼色，显然是在伊万杰琳的问题面前败下阵来。三重奏皱着眉，瞪着眼，而老猫最终大声地叹了口气，走开了，让了步。

“我会记着你们的选择。”伊万杰琳喃喃说道。

在她面前，在她那要刺穿我似的目光里，我觉得自己没遮没挡，一览无余。这感觉和被其他警卫官员盯着看很不一样。伊万杰琳了解我，知道我是什么样的人，知道我能干什么。在尸骨碗，我差点儿就杀死了她。可是她逃走了，害怕我，害怕我的闪电。现在她可不怕了。

我从容地向前迈了一步，走向伊万杰琳，走向她四周那令人愉悦的虚空，那允许她异能存在的虚空。再迈一步，走进自由的空气里，走进电流里。我会马上感觉到它吗？它会立刻奔涌回来吗？一定会的。必须会的。

但是她轻蔑地冷笑起来。她配合着我的步伐，向后退去，几乎像是吼着说道：“别那么快，巴罗。”

这是伊万杰琳第一次喊我的名字。

她弹弹手指，指着老猫说：“你带她一起过来。”

他们用链子拉着我的项圈，就像第一天把我带进来时一样，拖着我走。链子紧紧攥在老猫手里，她和三重奏的压制作用持续着，像打鼓一样一下一下敲击着我的脑袋。尽管我们看似步履轻松，在白焰宫里走这么远的距离却像是一直在猛力冲刺似的。像之前一样，我没有被蒙上眼睛。他们根本不在乎我是不是认得清路。

我们越靠近要去的地方，我就越是熟悉，认出了很久很久之前，我曾自由闲逛的那些过道和长廊。那时候，我没觉得有必要记住它们，但现在我尽力把宫殿的地图印在脑子里。如果我打算活着从这儿出去，我显然得清楚这里的布局。我的囚室是朝向东方的，在五楼——这是靠数窗子得出的结论。我记得白焰宫像是几个环环相扣的方形，每一组建筑外面都有个花园，就像我透过窗子看到的那个一样。每走到一条新的走廊，高高的拱形窗子外面的景象就随之变换：花园，恺撒广场，卡尔和士兵们训练的长条形场地，远处的围墙，外面新修建的阿尔贡桥。谢天谢地我们一直没经过那些寝宫，我曾在那里找到了朱利安的日记，曾在那里目睹了卡尔的愤怒和梅温静悄悄的计谋。尽管我只在这儿住了很短的时间，可这座宫殿里竟然有这么多回忆，这真让我惊讶。

我们又经过平台上的几扇窗子，越过西边的军营，能看到卡皮塔河以及更远处的另一半城市。尸骨碗就蜷伏在那些建筑中间，粗陋笨重的样子我再熟悉不过了。我记得这个视角。我曾和卡尔一起站在这些窗子前面。那时，我明知夜里会发起突袭，却对他撒了谎。可是，当时我并不知道那会对我和他产生何种影响，造成何种后果。卡尔那时候曾轻声说，他希望事情有所不同。这句叹惋，我感同身受。

摄像机肯定在盯着我们，但我感觉不到了。我们走向这座宫殿的主楼，伊万杰琳一言不发，她的官员随从排着队跟在她身后，就像一群黑色的乌簇拥着一只钢铁天鹅。不知什么地方传来了音乐声，一下下冲击着，像是肿胀沉重的心跳。我从来没听过这样的音乐，甚至在宫廷舞会上，或者卡尔的舞蹈教学里，也没有听过。这音乐仿佛拥有生命，像是黑暗、扭曲、怪异的邀请。走在我前面的伊万杰琳一听到这音乐，立刻就绷起了肩膀。

主楼大厅空空如也，非常古怪，只有几个警卫把守在走廊上。是普通警卫，而非禁卫军。禁卫军一向是跟在梅温左右的。我以为伊万杰琳会向右转，穿过那豪华宏伟的拱形大门，往主殿走。但是没有，她一直往前走，带着所有人拥向另一个我同样熟悉的地方。

议会大厅。完美圆润的大理石，抛光闪耀的木料，座椅沿着墙壁围成一圈，华丽的地板上装饰着诺尔塔纹章和烈焰王冠——红色、黑色、贵族的银色，尖角犹如熊熊燃烧的火焰。我一见到这些就走不动了，闭上了眼睛。老猫会拖着我穿过议会大厅的，我知道。我很乐意被她拽着走，因为我不想看见这里的一切。沃尔什死在这里，我记得。她的脸孔在我的眼前闪回。她像兔子一样被追逐围捕，追捕她的是狼——伊万杰琳、托勒密、卡尔。他们在阿尔贡的地下通道里搜捕，而她正奉红血卫队的命令在那里盯着火车隧道。他们抓住了她，把她拖到这里，由伊拉王后审讯。审讯没进行多久，因为沃尔什自杀了。她当着我们所有人的面吞下了毒药，保住了红血卫队的秘密，保护了我。

音乐的声音加大了，我睁开了眼睛。

我们已经离开了议会大厅，可眼前的景象更糟。

KING'S
CAGE
第三章
梅儿

音乐声飘浮在空气中，甜腻病态的酒精气味弥漫在宏伟主殿的每一寸。我们踏上了距离地面几英寸高的平台，将喧闹聚会的场面尽收眼底——过了好一会儿才有人发现。

我的眼睛前后扫视，剑拔弩张，严阵以待，探究着每一张脸、每一片荫翳，搜寻着机会，防备着危险。绫罗绸缎、珠宝珍奇、精美的盔甲在十几盏吊灯的照射下熠熠发光，犹如人间的群星璀璨，在大理石地面上汹涌交织。在一个月的囚禁之后，这样的景象对我的感官形成了冲击。但我照单全收，那是一种女孩的渴望。太多的色彩，太多的声音，太多熟悉的达官贵人、小姐太太。他们没有人注意到我，他们的目光并不追随，他们的关注点在其他地方——杯中之酒、彩色饮料、飞快的节拍和空气中卷曲蜿蜒的熏香烟雾。这一定是个狂欢的盛大庆典，但是为了什么而庆祝，我就不得而知了。

我的思绪自然而然地飘散。他们获得了又一个胜利吗？对付卡尔，对付红血卫队？还是仍然在为抓住了我而欢呼？

看一眼伊万杰琳就足以窥见端倪了。我从来没有见过她如此怒气冲冲的样子，就连对待我也没有过。她那猫一样的冷笑变得丑陋、气愤，充满了我无法想象的怒意。她的眼睛黯然阴郁，打量着这炫耀的场面，虚空般的黑色，仿佛要把朝臣官员们穷奢极乐的样子活生生吞下。

或者——我意识到——是无知。

应某个人的要求，红血族的仆从从远处的墙壁那里飞快地走近，姿态娴熟地穿梭在大殿的人群中。他们捧着托盘，上面放着水晶杯子，里面盛着的饮料像是红宝石、黄金、钻石辉映的星光。他们走到另一边的人群那里时，托盘就已经空了。再装满，再走过，再拿空。究竟有多少银血族站在这儿，我估计不出来。他们的欢宴继续，交谈，跳舞，手里端着酒杯。横七竖八的烟管向空气中喷出彩色的诡异烟雾，闻起来不像烟草，不是干阑镇的老人们私藏的那种。我满怀嫉妒地看着那些烟管的火星，那些针尖大的亮点。

更糟的是看见那些仆从，那些红血族。他们让我心痛。我给他们带来了什么，不过是没变成犯人、当了奴才罢了。真蠢，我嘲讽自己。他们和你一样是被囚禁的，你的族人全都一样，在银血族的脚下被束缚压制，只有苟延残喘的份儿。

都是因为他。

伊万杰琳从平台上走了下去，亚尔文家族的狱卒推着我也往下走。台阶通向另一个高台，它的高度决定了至高无上的重要地位。当然，那上面有十几个禁卫军，戴着面具，全副武装，震慑着四周的每分每寸。

我以为王座还是自己记忆中的样子：钻石玻璃铸成烈焰形状，装点着国王宝座，蓝宝石和抛光的白金点缀着王后宝座。然而，梅温仍然坐在一个月前我所见到的那个王座上，那时他高高在上，用链子拽着我，当着全世界的面。

没有宝石，没有贵重的金属，只有灰色的厚石板互相交叠，边缘平滑，闪着亮光，而且残忍冷酷地去掉了国王徽章。它看起来冰冷，坐着也不会舒服，而且显然非常沉。在它的衬托下，梅温显得小了一圈，比实际更年轻、更瘦弱。看起来强大就会真的强大，这是我从伊拉王后那儿学到的一课，但梅温不知为何不是这样。他就是他自己的模样，一个小男孩，黑色制服让他看起来极其苍白，他身上仅有的其他颜色是披风里衬的血红色、勋章的银色，还有冷漠眼睛的蓝色。

卡洛雷家族的梅温国王，一发现我在这里，就与我目光相接。

这一瞬间好像凝固了，时间延展开来，我们之间仿佛凹陷出一座深谷，塞满了优雅的喧嚣，而整座殿堂都是空的。

我不知道他是不是注意到了我的变化。病弱、伤痛，寂静牢狱加诸我身上的一切折磨。他一定注意到了。他的目光从我凸起的颧骨滑向项圈，又滑向他们给我穿上的白色裙子。这一回我没有流血，但我希望自己流血。让所有人都看看我是什么样的人，我一直都是，红血族。伤痕累累，但仍然活着。就像以前面对朝臣官员，几分钟前面对伊万杰琳时一样，我挺直了脊背，用全部的力气和专注凝视着他，搜寻着只有我能发现的裂痕：发黑的眼圈、抽搐的双手、僵硬的姿势——他的背可能都在发抖。

*你是个杀人犯，梅温·卡洛雷，懦夫，弱者。*

奏效了。他收回了目光，看向自己的脚，两只手仍然搭在宝座的扶手上。他的怒火像锤击似的倾泻而下。

“亚尔文警卫，这是怎么回事！”他冲着离我最近的警卫怒道。

三重奏吓了一跳。

戛然而止。音乐，舞蹈，推杯换盏，突然中止，像是心脏漏跳了一拍。

“陛，陛下——”三重奏结巴起来。他戴着手套的手抓着我的胳膊，静默效应让我的心跳都放慢了速度。他想找个合适的解释，不会牵连到自己，也不会得罪未来的王后，却说不出什么。

我的链子在老猫手里颤抖，但她仍然紧紧地攥着。

只有伊万杰琳对国王的暴怒无动于衷。她要的就是这个效果。

他没有下令让她把我带来，他根本没想叫我来。

梅温不是个傻瓜。他冲三重奏挥了挥手，打断了他期期艾艾的开脱。“你这无力的解释已经够了，”他说，“对此你有什么可说的，伊万杰琳？”

人群之中，她的父亲站了起来，睁大眼睛，坚定地看着。其他人也许会说，他是害怕了，我却不觉得沃洛·萨默斯能感觉到情感的变化。他只是捋了捋尖尖的银色胡子，神情莫测。而托勒密就不太擅长隐藏自己的所思所想了。他和禁卫军一起站在高台上，是唯一一个没有披红色斗篷、没有戴面具的。尽管他没动，他的眼神却在国王和妹妹之间跳来跳去，一只手也慢慢地握成了拳头。*很好，为她感到恐惧吧，就像我为哥哥担忧一样，看着她倒霉吧，就像我看着哥哥死去一样。*

梅温现在会怎么做呢？伊万杰琳故意违背了命令，越过了只有她的未婚夫才能给予的许可。就算什么都不知道，我也清楚越权违令是要受到惩罚的。更何况是在这儿，当着所有宫廷朝臣的面呢？梅温很可能当场把她处死。

如果伊万杰琳知道自己是在以身犯险，那她真没表现出来。她的声音如常，一丝颤抖都没有：“你下令把这个恐怖分子关起来，与世隔绝得就像一瓶没用的陈酒。在长达一个月的庭审之后，仍然没有就如何处置她达成共识。她罪不可赦，足以死上十几次，在我们最严苛的监狱里过上几辈子。她杀死打伤几百个你的臣民，只因为她自己暴露了身份，就连你的父母也包含其中。现在她却在舒服的屋子里歇着，吃着，喘着气——活着，没有受到应有的惩罚。”

梅温不愧是伊拉的儿子，当着人的一面无懈可击。伊万杰琳的话似乎根本没有影响到他。

“应有的惩罚。”他重复道。梅温环顾大厅，冲着一个角落仰起下巴。“所以你就把她带到这儿来了。真的，我的宴会有那么糟吗？”

全神贯注观望事态的人群里传出了阵阵笑声，有自发的笑，也有被迫的笑。他们大多喝了酒，但神智足够清醒，知道眼下发生了什么，知道伊万杰琳干了什么。

伊万杰琳摆出一副优雅高贵的笑容，看起来极其痛苦，好像嘴角都要流血了似的。“我知道你正在为母亲悲痛哀悼，”她的声音里没有一丝同情，“我们也是。但你的父亲不会如此行事。流泪的时刻已经过去了。”

最后一句不是她的话，说这话的人是老国王提比利亚六世、梅温的父亲、梅温心头的幽灵。他的面具差一点儿就要裂开了，他的眼睛里同时闪动着恐惧和愤怒。我和她一样记得这句话。那是在红血卫队出于政治目的发起了一次袭击之后，也是像现在一样，面对着一大群人的讲话。那个所谓的政治目的是梅温提议的，由他妈妈灌输给他的。我们执行了那肮脏的任务，他们却把自己造成的惨重伤亡算在了我们头上。他们利用了我，利用了红血卫队，排除了他们的异己，让我们变成了邪恶的魔头。他们毁灭的、杀戮的，比我们想要的更多。

我此刻仍然能闻见血和烟的气味，仍然能听见母亲为死去的两个孩子痛哭的声音，仍然能听见那些点燃仇恨的话。

“强大，权力，死亡。”梅温喃喃说着，牙齿咯咯作响。这些话那时令我害怕，现在令我惊恐。“你有何建议呢，女士？斩首？枪毙？还是我们一起把她大卸八块？”

我的心脏狂跳起来。他会准许这些吗？我不知道。我不知道梅温会怎么做。我不得不提醒自己，我根本不了解他，我所一直以为的他的模样只是个幻影而已。可是，那些字条呢？那些以残忍的方式留下，央求我回来的字条呢？一个月安静无事的囚禁呢？也许，这些也全都是假象，不过是另一个用来诱捕我的陷阱，不过是另一种折磨。

“我们按法律处置，正如你父亲会选择的方法。”

伊万杰琳说“父亲”两个字的方式犹如使用匕首般残忍，带着了然的确定。像这间屋子里的大部分人一样，她知道提比利亚六世会将整个故事的走向延续下去。

梅温仍然紧握着王座的扶手，白色的关节在灰色石板上甚是突兀。他环视众人，感受着他们聚精会神的目光，然后冷笑着对伊万杰琳说道：“你并非是我的议会的一员，也不够了解我的父亲，更不了解他的所思所想。我是像他一样的国王，我明白为了胜利应该做什么。我们的法律是神圣的，但我们现在正面临着双重的战争。”

双重战争。

肾上腺素在我的身体里飞速窜动，快得我都要以为自己的闪电回来了。不，不是闪电。是希望。我咬住嘴唇，免得笑出来。在我被囚禁的日子里，红血卫队还在继续活动，而且还发展壮大了。他们不但仍然斗争着，而且已经由梅温公开地承认了，再也无法被遮掩或忽视。

为了得到更多信息，我决意缄口不言。

梅温定定地看着伊万杰琳，目光像要穿透她似的：“所有敌对的犯人都不该简单地处置，尤其是像梅儿·巴罗这种人，她的价值不该被浪费。”

“是你一直在浪费！”伊万杰琳飞速地回敬道。她的反应如此之快，我都觉得她肯定事先排练过了。她向前走了几步，拉近了和梅温的距离。这一切都犹如表演，犹如一场戏，演给王室贵族看的一场戏。然而，受益者究竟是谁呢？“她只是坐着积灰，什么也不干，什么也没给我们，而科尔沃姆却被焚毁了！”

又是一条珍贵的信息。再来一些，伊万杰琳，再多给我一些。

我见过那座要塞，那是诺尔塔的军事中心，一个月以前在我眼皮底下发生了暴动。原来反抗真的发生了。提及科尔沃姆，欢宴人群的酒醒了，而梅温也注意到了，他正极力地保持冷静。

“议会就要做出决定了，女士。”他咬牙切齿地说道。

“请原谅我的冒失，陛下。我知道你希望尽最大努力尊重你的议会，哪怕是其最为薄弱的部分，哪怕是不敢做出必须之事的懦夫。”伊万杰琳又靠近了一步，声音柔和下来，像是猫的咕噜声，“但你是国王，做决定的是你。”

真是精彩，我想。伊万杰琳像其他人一样善于混淆视听。就这么几句话，她就避免了梅温流露出软弱的可能，并且迫使他按照自己的意愿表现出强大的模样。至于我，则紧张得呼吸加快。他会按她说的做吗？还是会拒绝，给那些已然在贵族中蠢蠢欲动的抗议来个火上浇油？

梅温不是傻瓜，他很清楚伊万杰琳的目的，于是把关注点放在她身上。他们彼此直视，用挤出来的笑容和锐利的眼神无声地交流着。

“选妃大典还真是选出了最有天赋的姑娘啊。”他说着牵起了她的手，两个人都因此恶心得要命。他对着人群点点头，看着一个身着深蓝色的精瘦男人。“表亲，你那个关于审讯的提议，我批准了。”

萨姆逊·米兰德斯“啪”的一下立正，迅速地穿过人群走了过来，眼神清澈而锐利。他鞠了一躬，几乎要笑出来了。蓝色的袍子翻腾着，阴暗得像浓烟一样。“多谢，陛下。”

“不。”

这个词自己从我嘴里溜了出来。

“不，梅温！”

萨姆逊行动迅速，带着克制住的愤怒飞快地走上了高台。他跨了几步，拉近了和我们的距离，直到他的眼睛占据了我的全部思绪。蓝色的眼睛，伊拉的眼睛，梅温的眼睛。

“梅温！”我再次哽着声音央求，即便这很可能无济于事。向他索要任何东西都会有损于我的骄傲，可即便如此，我还是要央求他。除此之外还能怎样？萨姆逊是个耳语者。他会把我从里到外翻个遍，会翻检我的一切自我，我所知道的一切信息。有多少人会因为我的所见所闻而死？“梅温，求你！别让他那么做！”

我不够强壮，没法儿挣脱老猫拽住的链子，也甩不开三重奏按着我肩膀的手，他们轻轻松松地就把我按在了原地。我看着萨姆逊，又看向梅温，他一只手扶着王座，一只手拉着伊万杰琳。*我想念你*，他在纸条里这样写。他是不可捉摸的，但至少在看着我。

好吧，如果他不会救我，我要他一起见识这噩梦。

“梅温。”我低语着最后一遍，尽可能让声音像我自己。不是闪电女孩，不是梅瑞娜，不是堕落的王妃，而是梅儿。他曾透过牢狱的栏杆看着那个女孩，许诺自己会救她。可那个女孩并不足以让他改变主意。他垂下眼睛，看向了别处。

我孤立无援。

萨姆逊握住了我的喉咙，隔着金属项圈紧攥，强迫我看着他卑劣、熟悉的眼睛。蓝得像冰，苛刻无情。

“你真不该杀了伊拉，”他说道，根本懒得字斟句酌，“她是检视记忆的外科医生。”

他靠近了，饥肠辘辘，像一个饿极了，等待大快朵颐的人。

“我则是个屠夫。”

那时，发音装置对准了我，让我痛苦昏迷了整整三天。强烈的无线电波将我的电流掉转方向，涌向自己，在我的皮肤之下回响着，在我的神经之间喋喋不休，就像瓶子里的螺栓哗啦啦摇晃。它在我身上留下了伤痕，从脖颈到脊背，参差不齐的一道白色闪电，丑陋无比，我一直都没有习惯。它拧转拉扯着不同方向的皮肉，造成长久的钝痛，就连笑一笑都会痛，提醒着我，自己身上都发生过什么。

而现在，如果可以，我愿意央求它再来一次。

发音装置将我扒皮拆骨的时候，那尖刺的咔嗒声俨然天堂、赐福、仁慈。我宁可骨肉俱毁，从牙齿到指间粉碎剥落，每一分每一寸都销蚀殆尽，也不愿忍受萨姆逊的耳语翻检，一秒钟也不要。

我能感觉到他，他的思维，像堕落、腐烂、毒症似的充溢着我思维的所有角落。他在我的脑袋里搜刮着，切削锐利，意图更是明确。我的尚未被他侵犯的思维痛苦地扭动着，而他则很是享受这一切。毕竟，这是他的复仇。因为我杀了伊拉，他的亲人，他家族的王后。

他从我思绪里剥下的第一段记忆就是伊拉。我的毫无怜悯激怒了他，现在我知道后悔了。我真希望自己能挤出点儿同情来，可她死去的那一幕实在令人惊恐，远不止震惊而已。我现在想起来了——被他逼的。

令人眩晕的持续疼痛，抽吸拉拽着我在记忆中回溯，我发现自己回到了杀死伊拉的那一瞬间。我的异能在天空中召唤出了白紫色的闪电，其中一道击中了她的头，由眼睛和嘴巴贯穿而下，劈向脖子和胳膊，蔓延至手指和脚趾，然后又折返而上。她身上的汗立刻被灼烧成了水汽，她的皮肉烧焦了，吱吱冒烟，她外套上的纽扣也烧成了红色，继而烧穿了衣服和皮肤。她全身痉挛，乱撕乱扯，想要摆脱我狂怒的电流。她的指甲全都掉光了，露出了指骨，而她姣好的面容被跳跃的电流无情拉扯，垮塌下来。浅白色的头发闷烧，发黑，碎成了粉末。然后是气味，是声音。她一直尖叫着，直到声带崩裂。萨姆逊让这些景象慢慢地闪回，他的异能操纵着这些被遗忘了的记忆，让每一秒钟都深深烙进了我的意识。屠夫，的确。

他的愤怒把我抛进了一场无法控制的风暴，天旋地转，无依无靠。我能做的就只有暗自祈祷，不去看萨姆逊正在搜检的东西。我极力地不去想起谢德的名字，可我竖起的围墙只不过像张纸似的不堪一击。萨姆逊兴致盎然地在那些记忆里横冲直撞，我能感觉到它们一片片地被撕了下来，我头脑的另一部分被践踏了。他知道我保护的是谁，知道我不想再经历一遍的是什么。他在我的思维中追逐奔跑，比我的大脑速度更快，越过了那些想阻止他的无力尝试。我想大叫，或是求饶，但是我的嘴巴和头脑都发不出声音了。他把一切玩弄于股掌之间。

“轻而易举。”他的声音在我脑袋里回荡着，围绕着我。

就像伊拉的最后时刻一样，谢德死去的一幕也被翻了出来，残忍地展示着细节。我必须在身体之内重新经历一遍那些可怕的时刻，什么也不能做，只能眼睁睁地看着，自内而外牢牢就缚。反射性物质的气味在空气中飘浮着，克洛斯监狱坐落在污水湾边缘，靠近由这个核废弃区域划定的南部边界。寒冷的薄雾笼罩着灰蒙蒙的黎明。有一瞬间，一切静止了，悬停着。我凝视着，僵立着，无法移动。监狱在我背后豁然洞开，因我们掀起的暴动而战栗着。犯人和追随者从大门内拥出来，跟着我们奔向自由——或某种类似自由的东西。卡尔已经走了，他熟悉的身影在一百码之外。是我让谢德先带着他跳跃离开的，因为他是我们唯一的飞行员，也是我们逃离那里的唯一指望。奇隆和我在一起，也像我一样静止着，他肩上扛着步枪，向后瞄准了伊拉王太后及其警卫，还有托勒密·萨默斯。一颗子弹从枪筒射出，火花燃起，火药溅落。它也悬在半空，等着萨姆逊放开我的思绪。头顶之上，天空里旋涡涌动，满是电流。那是我自己的能量。感觉到它，我几乎要哭出来了——如果能的话。

记忆开始移动。一开始非常缓慢。

托勒密蓄谋已久，在手里已有的众多武器中增加了钢针。完美精致的边缘上闪着红血族和银血族的血，每一滴都像是空气中颤动的宝石。尽管异能了得，艾尔拉·艾若的身手却还是不够快，没能躲过那致命的一击。钢针一瞬之间就刺穿了她的脖子。她倒在离我几英尺远的地方，慢悠悠地，像是浸在水里一般。托勒密想用同样的办法杀死我，全力将钢针刺向我的心脏。然而，他发现面对的是我哥哥。

谢德跳回来找我们，他是要用隔地传动的异能带我一起离开。他的身影在空气中显形，先是胸部，然后是头、四肢。他张开双手，眼神专注，他的注意力都在我身上。他没看见钢针，他不知道自己就要死了。

托勒密并没打算杀死谢德，但如果能的话，他也不介意这么做。多死一个敌人对他来说没有什么区别，不过是战争中的又一个绊脚石，不过是不知名姓的尸体罢了。这样的事情，我自己就做过多少次?

他可能都不知道谢德是谁。

我知道接下来发生了什么，但无论我多努力，萨姆逊都不让我闭上眼睛。钢针优雅干脆地刺中了我哥哥，穿透了肌肉和内脏，血和心。

我内心有什么东西喷薄而出，天空做出了回应。当我哥哥倒下去的时候，我的愤怒也倾泻而下。但是我并没有那种苦乐参半的释放感。闪电并未击中地面，而是杀死了伊拉，击溃了她的警卫。萨姆逊决意不给我一点儿仁慈，他将画面拉回，重放，让我再次目睹哥哥的死亡。

一遍。

又一遍。

每一遍他都逼迫我发现其他东西：一次失误，一步踏错，一个我原本可以救他的选择；微小的决定，在这里前进，在那里转弯，跑得更快一点儿。这是最残忍的折磨。

*看看你做了什么。看看你做了什么。看看你做了什么。*

他的声音一波波袭来，围绕着我。

其他记忆击碎了谢德死去的那一幕，画面变了，每一个都展示着不同的恐惧或软弱。我在坦普林发现的那具小小的尸体，是在梅温追杀新血的命令下，死于非命的一个红血族婴儿。另一个瞬间，法莱的拳头打中了我的脸。她怒吼着说出恐怖的话，责备我害死了谢德，悲痛将要将她吞噬。蒸腾的泪水从卡尔的脸上滑下，他颤抖的手里拿着剑，锋刃割向了他父亲的脖颈。谢德在塔克岛的简陋坟墓，孤零零地留在秋季的天空下。被我电死的那些银血族官员，在克洛斯，在哈伯湾，他们不过是依令行事的男人和女人。他们别无选择。别无选择。

我记起了所有的死亡，所有的心痛。被官员打折了手的时候，我妹妹脸上的表情。得知自己要去服兵役时，奇隆流血的手指关节。哥哥们被送上了战场。老爸从前线回来，只剩下半条命，困在摇摇晃晃的轮椅里自暴自弃——也疏远了我们。老妈说她为我感到骄傲时的悲伤眼神。谎言。现在看来那是谎言。最后还有难忍的疼痛，那个空洞的真相——我逃避着旧日生活的那些时刻，逃避着注定难逃的命运。

我仍然是我。

萨姆逊恣意地穿梭其间。他拖着我越过那些无用的记忆，所有停留之处都是为了让我感受更多的伤痛。阴影在思绪间窜动，每一个痛苦的时刻背后都有画面闪回，萨姆逊在其中大肆翻检，快得我无法真正跟上。但我瞥见了一些碎片：上校的面孔，血色的眼睛，嘴唇翕动着，我听不见他在说什么。萨姆逊肯定能听到，这正是他搜寻的东西。情报。他能用来镇压革命的秘密。我觉得自己就像一枚裂开的鸡蛋，里面的东西正慢慢地渗出来。他搜检着所有想要的东西，我甚至连为那些过去感到羞愧的能力都没有。

蜷缩在卡尔身边度过的那些夜晚。逼迫卡梅隆加入我们的事业。偷偷地重读梅温那些变态的字条。我所以为的那个被遗忘的王子的模样。我的懦弱。我的噩梦。我的错误。最终把我带到这儿来的自私的一步一步。

看看你做了什么。看看你做了什么。看看你做了什么。

梅温很快就会全都知道了。

这一向就是他想要的。

那些话，他潦草写下的那些话，灼烧着我的思绪。

我想念你。

再会。

# 第四章
# 卡梅隆

我仍然不敢相信我们活下来了。我反反复复地梦见那一幕：梅儿被他们拖走，夹在两个五大三粗的铁腕人中间，他们戴着手套防备她的闪电，可她在讲定了条件之后根本就懒得用了。她是为我们抵押了自己的命。我想不出梅温国王接下来会怎么样。他那位流亡的哥哥仍然在逃，但他还是接受了这笔交易。他想要的是梅儿，远超其他人。

尽管如此，我还是常常从同样的噩梦中醒来，害怕他和他的追捕者返回来追杀我们。寝室里其他人的鼻息呼噜声驱散了这些思绪。

他们告诉我新的总部就是一大堆废墟，而我则期待着它能多少和塔克岛相像。一度废弃的设施，与世隔绝，但仍能使用，秘密地重建，并包含萌芽反抗起义的一切所需。我一见到塔克岛就觉得很讨厌它，那些一排排的兵营和警卫般的士兵——就算他们是红血族——都让我想起克洛斯监狱。在我看来，那座岛就是另一座监狱，另一个我被逼迫着关进去的牢房。只不过，推我进去的不是银血族的官员，而是梅儿·巴罗。不过，在塔克岛至少还有一片天空，清新的微风扑进了肺部。相较于克洛斯监狱、纽新镇和这里，塔克岛算是能暂且缓解痛苦了。

现在，我们在艾拉贝尔的水泥巷道里瑟瑟发抖。这是红血卫队的大本营之一，位于湖境之地一个名叫特里亚尔的城市郊外。墙壁摸起来冰凉冰凉的，冰柱垂下来，根本没有取暖设施。好多卫队的军官都愿意跟着卡尔到处去，只为了能借一点儿他散发出来的热量。我则正相反，尽力地回避着他的出现。对一个银血族王子来说，我没有利用价值，而他总是带着谴责责备的意味看着我。

好像我本来能救她似的。

我才接受异能训练没多久，根本就没法儿靠近他们。*而你也没尽力，见鬼的王子殿下*，每次遇见他我都想这么说。他的烈焰对付不了国王和那些追捕者，再说，是梅儿自己提出的条件，是她做出了选择。真要怪罪什么人的话，那也应该是她。

闪电女孩那么做是为了救我们，我对此一直心存感激。就算她是个自我中心的伪君子，那些事也不该发生在她身上。

我们的无线电信号一能回传给上校，他就马上下令疏散了整个塔克岛。他知道梅儿·巴罗遭受的审讯会对这座岛造成直接的影响。法莱得把所有人转移到安全的地方去，用小艇或大货船，或是从监狱偷来的大型运输机。我们则被迫从陆上转移，从坠毁地点迅速赶往指定地点，与上校会合，穿越边境。我说"被迫"是因为，这次又是别人告诉我该做什么，该去哪里。我们本来是要飞到窒息区去解救一整个军团的娃娃兵的，我弟弟就在那儿，可现在，任务只能不了了之。*我现在觉得*，他们每次告诉我这样那样的时候，我都该鼓起勇气，拒绝离开前面的战场。

回忆让我脸颊发烧。我本来应该继续前进的。他们不会阻拦我，也不能阻拦我。但是我害怕，害怕靠近交战的战壕，我知道独自前进意味着什么。我会徒劳无功地死去。但我仍然无法摆脱这一选择带来的羞愧。我走开了，再次抛下了弟弟。

花了几个星期，人才到齐，法莱和她的军官们是最后到的。我想，她的上校父亲一定每天都在新基地寒冷的大厅里坐立不安吧。

反正，梅儿被他们抓走，最终还是起了点儿作用。这样一个囚犯吸引了他们的注意力，再加上科尔沃姆暴动的一团乱麻，导致窒息区周围的所有军团中止了所有行动。我弟弟安全了。哼，一个十五岁的孩子，扛着枪，穿着军装，能安全到哪儿去。反正比梅儿安全。

我记不清自己看过多少遍梅温国王的演讲了。我们一到这儿，卡尔就占据了指挥室的一角，一遍遍地播放着。第一次看的时候，我们所有人大气不敢出，全都担心着最糟的事。我们以为会看到梅儿被他们砍了头。她的两个哥哥几乎要失态了，强忍住泪水，而奇隆则连看也不能看一眼，把脸埋进了手里。当梅温宣称死刑对梅儿来说太便宜了的时候，我觉得布里稍稍松了口气。但卡尔仍然沉默地看着，聚精会神地皱起了眉头。他和我们一样，在内心深处明白，比死更惨烈的东西在等着梅儿·巴罗。

她在银血族国王面前下跪，任他拉住自己脖子上的项圈，一动不动地站着，什么也没说，什么也没做。她任由他在整个王国面前称自己为“恐怖分子”“杀人犯”。我挺希望她能反唇相讥，但我知道她不能越雷池一步。她只是凝视着身旁的人，前前后后地打量着演讲台上环绕四周的银血族。他们都想靠近她，就像猎人等着杀死战利品。

尽管戴着王冠，梅温看起来却不太像个国王。他很疲惫，或许还生病了，反正非常愤怒。也许是因为身旁的女孩刚刚杀死了他的妈妈。他拉拽着梅儿的项圈，把她往王宫里拖。她回过头向后看了最后一眼，眼睛大睁着，搜寻着。但又一下猛拉让她回过身，那之后我们再也没见过她的面孔了。

她在那里，而我在这里，沤着，冻着，成天修理着那些比我岁数还大的旧机器。它们全都是些见鬼的破烂儿。

我在寝室里偷空想了想我弟弟，想他可能在哪里，在干什么。莫里。我的双胞胎弟弟，除了长相相似，我们其他地方全都不同。他是一个生长在纽新镇严酷环境里的柔弱男孩，因为工厂的浓烟而常常生病。我不愿想象军队的训练会给他带来何种影响。不管你问谁，他们都会说技工太有价值了，不该参军，或是技工太弱鸡了，不能参军。直到红血卫队开始瞎搞一气，杀了好几个银血族，还把老国王也给害了，我们就全都被征用在册了，就算有工作也逃不掉，就算我们才十五岁。卡尔的父亲颁布的那个《加强法案》改变了一切。我们被选中了，成了士兵，开拔，远离父母。

他们几乎是立刻就把我们俩分开了。我的名字在某些名单上，而他的名字不在。我曾经很庆幸被送到克洛斯监狱的人是我，因为莫里不可能在那里活下来。但现在我真希望我们互换处境，让他自由，让我到前线去。可是，不论我多少次请求上校再次尝试解救“小玩意儿兵团”，他都避而不谈。

但我也还是得继续请求。

工具腰带缠在我的胯上，熟悉的重量随着我的走动咣当咣当响。我是故意这么走的，好让那些想拦住我的人打消念头。不过最主要的还是大厅里几乎没有人。我昂首阔步，嘴里塞着早餐蛋卷，没人盯着我看。那些上尉和他们的部下一定是又出去巡逻了，在特里亚尔和边境附近侦察搜索。搜索红血族，我想，那些幸运地逃到北边来的红血族。有些人来到这里是和家人会合的，但他们往往正值参军的年龄，或是有技艺在身的工人，反正对革命有用。我不知道那些家属被送到哪儿去了：孤儿、寡妇、鳏夫——他们唯一能成为的只是拖累。

像我一样。但我是故意碍手碍脚的，因为只有这样才能博得关注。

上校的清洁柜——我是指办公室——位于寝室的上一层。我不想敲门，而是直接动了动门把手。门很容易就打开了，露出里面简陋逼仄的房间，水泥墙壁，几个锁住的柜子，一张书桌——有人在。

“他出去了，在指挥室。”法莱说道，仍然埋头在那些文件里。她的手上沾着墨水，连鼻子上和布满血丝的眼睛下面也有。她聚精会神地读着，好像是卫队的信函、加密的信息，还有各种命令。从司令部发来的，我知道，关于红血卫队神秘上峰的种种传闻一直就没停过。人们对它知之甚少，尤其是我。尽管我问了几十次，却没人告诉我一句有用的话。

我看着她，皱了皱眉头。书桌挡住了她的腹部，可她的情况已经很明显了。她的脸和手开始浮肿，更不用说每餐吃下满满的三碟子了。

“偶尔睡一下可能也是个好主意，法莱。”

“可能吧。”她好像很厌烦我的关心。

*好吧，爱听不听。*我低低地叹了口气，转身回到走廊上，把法莱留在身后。

“告诉他，科尔沃姆已经濒临边缘了。”法莱说道。她的声音强势而尖刻，是发布命令，但也似乎还有别的什么。

我回头看着她，扬起眉毛：“什么边缘？”

“那儿发生了暴动，银血族官员的死讯时不时传来，军火库也常常发生严重的爆炸。”法莱几乎要冷笑了。几乎。谢德·巴罗死后我就没见她笑过。

“听起来似曾相识。那儿有红血卫队在活动？”

她终于抬起头来：“据我们所知，没有。”

“那么军团就会撤回了，”希望在我的胸膛里尖利而粗野地扇动起来，“那些红血族的士兵……”

“他们有几千人驻扎在科尔沃姆，不少人意识到他们的数量已经大大超过了银血族军官。四对一，至少。”

四对一。我的希望就这样瘪了下去。我亲眼见识过银血族是什么样的人，见识过他们有什么能耐。我曾经是他们的犯人和对手，能抗衡一时只不过是因为我的异能。四个红血族对一个银血族仍然是自杀，仍然是完败。但法莱好像不这么想。

她感觉到了我的紧张，便尽可能地温和下来，就像匕首入鞘："你弟弟不在科尔沃姆，短刃军团还在窒息区的战线之外呢。"

卡在雷区和起火的城市之间——了不起。

"我担心的倒不是莫里。"暂且不是。"我只是看不出他们有什么可能夺取那座城市。他们或许人数众多，但银血族……好吧，毕竟是银血族。几十个磁控者就能眼睛也不眨地杀死几百个人了。"

我在脑海里想象着科尔沃姆的样子。我只在简介影片里看到过它——从银血族的录影带或新闻镜头里截取的小片段，在红血卫队里传阅。它更像是军事要塞，而非城市。凶险的黑色石头垒成围墙，守望着北方大片的战乱荒地。它有时能让我想起那个姑且称之为"家"的地方。纽新镇也有围墙，也有数不清的官员监视着我们的生活。我们有几千人，可唯一的反抗是轮班迟到，或者在宵禁时溜出去。没什么能做的，我们的命就像工厂的烟一样脆弱且毫无意义。

法莱又沉浸到她的工作中："把我的话告诉他，他会知道该怎么做的。"

我点了点头，把门关上，而她忍不住打了个哈欠。

"必须重新校准视频接收机，法莱上校的命令——"

我还没说完——一贯的小谎，守在中央指挥室门口的两个红血卫兵就向后退开了。他们看向别处，躲避着我的视线，我觉得自己的脸上因为羞愧而火辣辣的。

新血像银血族一样令人害怕，也许比银血族还更胜一筹。在他们看来，拥有异能的红血族是不可预测的，充满能量的，危险的。

我们先抵达这里，随后更多士兵也来了，关于我和其他人的传闻便像疾病似的传播开来。那个老太太能变脸，那个紧张兮兮的家伙能用幻象包围你，那个技工女孩只消想一想就能杀了你。被人害怕的感觉很糟，而更糟的是，我不能责备他们中的任何一个。我们就是不同，奇怪，拥有连银血族都不敢承认的异能。我们就像散口的电线和失灵的机器，仍然在了解和学习自己以及自己的异能。谁知道我们最终会变成什么样？

我忍住这种熟悉的别扭，走进了房间。

指挥室通常都是嗡嗡作响的，充满了屏幕和通讯设备发出的声音。今天这里却安静的古怪。只有一个单线接收设备呼呼响，吐出长长的信纸，上面打印着密电码。上校站在机器旁边，读着越来越长的信纸，他的两个背后灵——梅儿的哥哥们，像兔子似的跳了起来。而房间里的第四个人让我一下子明白了信纸上的情报是什么内容。

是关于梅儿·巴罗的。

不然卡尔怎么会也在这里呢？

他像往常一样心事重重，下巴支在交叠的手指上，长久的地下生活让他原本苍白的皮肤更白了。身为王子，他在这种危急时刻的样子称得上自我放任了。眼下他看起来真该好好洗个澡，刮刮胡子，然后挨上几巴掌，好从浑噩状态中醒过来。但他仍然是个战士，比其他人都更早地发现了我。

“卡梅隆。”他尽量心平气和。

“卡洛雷。”他是个流亡的王子，没必要加什么头衔，除非我真想惹怒他。

父亲像女儿，女儿像父亲，上校也没从信纸中抬起头看我，不过他夸张地叹了口气，表示知道我来了。“让我们先自保吧，卡梅隆。我现在既没有人手也没有机会去拯救一整个军团啊。”

我和他一起说出了这些话。他几乎天天这么跟我讲。

“几乎没受训过的儿童军团，梅温一有机会就会把他们杀光。”我回敬道。

“所以你就没完没了地提醒我。”

“因为你需要人提醒，长官！”这个词几乎让我退缩。长官。我从未宣誓加入红血卫队，尽管他们对待我就像对待自己人。

上校读着信纸上的内容，眯起了眼睛：“他们审讯她了。”

卡尔猛地站起来，碰倒了椅子：“是米兰德斯？”

一股热气冲撞着屋子，让我觉得一阵阵难受，不是因为卡尔，而是因为梅儿，因为她遭受的恐怖折磨。我心烦意乱地交叠起双手，放在脑后，压住了脖颈上的鬈发。

“是的，”上校回答道，“一个名叫萨姆逊的人。”

王子诅咒起来，对王室成员来说，算是用词花样颇多了。

“那是什么意思？”梅儿的大块头大哥布里问道。

另一个巴罗家的幸存者特里米则皱起眉头：“米兰德斯是王太后的家族，他们是耳语者——能读出人的想法。为了找到我们，他们会把她翻烂的。”

“还会顺便炫技。”卡尔低声说道。他的暗示让巴罗家的两兄弟一下子涨红了脸。布里怒目相向，却又突然泪流满面。我很想拉住他的胳膊，但还是没动。人们总是闪避开我的触碰，我已经见得够多了。

“梅儿对我们在塔克岛之外的行动一无所知，塔克岛已经完全被抛在身后了。”上校飞快地说道。这是真的。他们火速放弃了塔克岛，甩掉了梅儿·巴罗所知道的一切。就连我们从克洛斯监狱里抓来的——或是救出来的——银血族，也被扔在了海岸上。他们太危险，人数太多，没法儿掌控。

我只和红血卫队待了一个月，但我已经记住了他们常说的话：*揭竿而起，血红如同黎明*。当然是这句。不过还有*非必需，莫多问*。前一句是战斗的呼号，第二句则是明确的警示。

“她能吐露给他们的都是些次要信息，”上校继续说道，“没有关于司令部的，诺尔塔之外的情况也不多。”

没人在乎这个，上校。我咬住嘴唇，免得忍不住冲他嚷嚷。梅儿是个囚犯。就算那些人不知道湖境之地、皮蒙山麓和蒙弗又如何？

蒙弗，遥远的国度，据说是民主共和制，红血族、银血族、新血平等共融。天堂？也许。但我老早以前就知道这个世界根本不存在天堂。我现在可能比梅儿更了解那个国家了，还有那聒噪地宣扬着蒙弗的优点的双胞胎兄弟，拉什和塔希尔。我还没傻到会相信他们的话。更何况跟他们交谈就够折磨人的了——他们总是互相接续对方的思绪和话语。有时候我真想动用自己的异能，让他俩的思维合并成一个。不过那总归残忍了些，而且很傻。人们用不着观摩新血的异能过招儿就已经很怕我们了。

“他们从她身上挖出了什么，眼下这真的很重要吗？”我挤出这一句，希望上校能明白我真实的意思。至少别让她哥哥参与讨论了吧，上校，有点儿羞耻心好不好。

他却只是眨了眨眼——一只好眼，一只坏眼：“要是你受不了这些情报，就别来指挥室。我们需要知道他们的审讯都挖出了什么东西。”

“萨姆逊·米兰德斯是个角斗场的斗士，尽管他没必要做这个。”卡尔沉声说道，“他很乐于用自己的异能使别人痛苦。如果是他审讯梅儿，那么……”他哽住了，犹豫着说出下面的话，“那真的是折磨，这是明摆着的，梅温故意把她推给了虐待狂。”

想到这些，就连上校都觉得不安了。

卡尔盯着地面，长久地沉默着，隐忍着。“我真没想到梅温会那么对她，”他最终喃喃说道，“可能她自己也没想到。”

那你们都是蠢货，我暗自痛骂，那个顽劣的男孩已经背叛你们多少次了？

“你还有别的事吗，卡梅隆？”法莱上校问道。他用手指卷着纸带，就像缠绕线圈似的。其他内容是我不该听的了。

“是关于科尔沃姆的。法莱说它濒临边缘了。”

上校眨了一下眼睛：“这是她说的？”

“一字不差。”

我立刻就不再是他关注的对象了，他的眼神扫向了卡尔。

“那么，是推进的时候了。”

上校很热切，卡尔却相当犹豫。他一动不动，知道任何一点儿小动作都可能流露出自己的真实感受。这副样子就像是个诅咒。“我要再考虑一下我所能提出的意见。”他最终说道。这对上校来说似乎已经足够了，他仰起下巴点了点头，然后就转向梅儿的两个哥哥。

“最好跟你们的家人说一声。”上校说，尽力做出温和的样子，“还有奇隆。”

我动了动，很难受地看着他们咀嚼着关于妹妹的痛苦消息，还要担着传达给其他家人的重负。布里说不出话来了，不过特里米还够坚强，替他的大哥说了几句。“好的，长官，”他说，“不过我不太清楚这些日子沃伦都在哪儿。”

“到新血兵营去看看，”我说，“他大多数时候都在那儿。”

这是实情，奇隆大多数时间都和艾达在一起。琪萨死了以后，艾达就接受了教他读写的艰巨任务。不过，我觉得他天天跟我们黏在一起是因为没有其他人可黏。巴罗一家对他来说亲近得就像家人一样，可现在那家人成了幽灵般的存在，被种种回忆纠缠着。我从来没有见过梅儿的父母，他们总是自己待着，躲在巷道深处。

我们跟上校道别，四个人排成一队，尴尬又僵硬地一起走出了指挥室。布里和特里米很快就走了，迈着沉重的步子走向位于基地另一边的父母的宿舍。我不嫉妒他们。我记得弟弟和我被带走的时候妈妈的尖叫。我猜测着更深重的伤害会是什么——对孩子的情况一无所知，仅仅知道他们身处险境，然后一点一点地得知痛苦的消息。

我永远也不会知道。在这个愚蠢破败的世界，没有孩子们的一席之地，尤其是我这样的孩子。

我给卡尔留了点儿空间，不过很快就觉得还是不要这样的好。我们个头儿差不多高，要追上他的大步流星一点儿问题也没有。

“要是你的心思不在这上面，你会让好多人送命的。”

他猛地转过身，在速度和惯性的作用下差点儿撞到我。我见识过他的火，但还从来没有见到过他的眼睛里也熊熊燃烧着烈焰。

“卡梅隆，我的心实实在在地就在这里。”卡尔咬牙切齿地说道。

醉人的句子，浪漫的宣言。我都忍不住要翻白眼了。

“等把她弄回来的时候再说这话吧。”我嘟哝着。“等”，不是“如果”。他曾请求上校寻找方法，给王宫里的梅儿传递消息，可是被拒绝了，当时他差点儿把指挥室给烧了。我可不想因为用错了一个词就让他把走廊也烧了。

他继续往前走，速度快了一倍，不过我可不像闪电女孩似的那么容易就被甩掉。

“我只是说，上校有自己的策略……司令部的那些人……红血卫队的大官们也许……”我搜寻着合适的词，“各有打算。”

卡尔大声地喘着气，宽厚的肩膀上下起伏。显然在他看来礼仪课程不如军事训练重要。

“如果有哪个大官比我更了解银血族的条例制度和科尔沃姆的防御系统，我很乐意躲开这乱糟糟的一切。”

“肯定有这种人的，卡洛雷。”

“是谁和新血一起战斗？是谁了解你们的异能？是谁知道如何最好的用你们作战？”

我被他的语气激怒了。“用。”我吐了口唾沫。利用，没错。我想起了那些没能活着走出克洛斯的人。梅儿·巴罗把他们招募来，承诺要保护他们，但事实上，是她和卡尔把我们扔进了一场全无准备的激战，而明摆着的是，梅儿连她自己都保护不了。尼克斯、加雷斯、琪萨，还有那些我不认识的人。几十人死了，像牌桌上的弃子。

银血族的统治者也是这么干的，卡尔接受的战斗训练就是这一套。不惜一切代价换取胜利。一分一毫都用红血族的血来换。

“你知道我的意思。”

我冷笑道：“所以我才不那么确定。”

太尖刻了，卡梅隆。

“听着，”我换了个战术，“如果能让我弟弟回来，我愿意把这儿的所有人都烧死。所幸做决定的人不是我。但你——你是有决定权的。我想确定的是，你不会那么做。”

这是真的。我们身处此处是因为同样的理由。不是盲目地顺从红血卫队，而是因为他们是救出我们挚爱的唯一希望。

卡尔歪着嘴笑了，我曾见梅儿在神志不清的时候也这样笑过。这让他看起来像个傻子。“别跟我甜言蜜语的，卡梅隆。我现在所做的一切都是为了让我们免于遭受另一次大屠杀。”他的神情严肃起来。“你以为只在乎胜利的只有银血族吗？”他喃喃说道，“我看过上校的报告，看过司令部的往来信息，我听到过更多事实。他们的思考方式是完全一样的，而你被这些人裹挟着。为了得到想要的东西，他们会把我们都烧死。”

也许这是真的，我想，但至少他们想要的是正义。

我想到了法莱，上校，那些宣誓效忠的红血卫兵，还有他们保护下的红血族难民。我亲眼见过他们护送平民越过边境，也曾坐在他们的一架飞机上，呼啸着冲向窒息区，意在解救一整个军团的娃娃兵。他们的目的代价高昂，但他们不是银血族。他们也杀人，却不是毫无缘由地杀人。

红血卫队确实不是和平安宁的，但在冲突之中，和平安宁本来就没有存身之处。不管卡尔如何看待他们的方法和秘密，那都是唯一可以与银血族对抗并取得胜利的希望。卡尔的族人是咎由自取。

“要是担心科尔沃姆的情况，那就别去了。”他勉强地耸了耸肩。

“错失手染银血的机会吗？”我尖厉地说道，也不知道这是个差劲的玩笑还是在威胁他。我的耐心又被磨没了。之前得和那个唠唠叨叨的人形闪电棍打交道，现在我可不想再忍受这个闷葫芦火柴王子的态度了。

他的眼睛里再次燃起了愤怒和烈焰，我并不知道自己的异能能不能足够快地压制住他。那会是怎样的大战呢。火焰和静默，他会烧死我，还是我会盖过他呢？

“真是可笑，你竟然告诫我不要轻视人的性命。我可记得你在监狱里为了杀人无所不用其极的样子。”

我曾被关在那座监狱里，忍饥挨饿，无人在意，被迫看着身边的人衰竭、死亡，只因为他们生来就是……错的。甚至在被关进克洛斯之前，我也是另一座监狱里的犯人。我是纽新镇的女儿，从出生的那天起就被一支特别的军队征用了，注定要一辈子生活在阴影和烟灰里，受制于轮班的哨声和工厂的时间表。我当然要杀死那些抓我关我的人，要是另有得选，我也还会那么做。

“自豪之至。”我说着绷紧了下巴。

他失望了，那是显而易见的。很好。没有什么演说家能动摇我，让我倒向他的思路。我估计其他人也不会听他这些话的。卡尔是诺尔塔的王子。流亡在外，没错，他和我们却全然不同。他的异能像我的一样被竭尽所用，但他并不是个忍气吞声的武器。他的话只会传递得更远，传递到那些装聋作哑的耳朵里。尤其是我。

他突然拐进了一条小路，那是艾拉贝尔拥挤巷道中的一条。它从较宽敞的走廊分叉而去，以缓和的坡度向地面的方向延伸。我困惑不已。那个方向什么也没有啊。只是空的走道，废弃的、没用的走道。

不过有句话提醒了我。我听到过更多事实，他说。他越走越远，高大的身影渐渐变小，而我则越发疑窦丛生。

有一瞬间，我犹豫了。卡尔不是我的朋友。我们只不过是刚好在同一战壕罢了。

如果没有那些烦人的头衔，他什么也不是。他不会伤害我的。

于是我跟了上去。

这条小路显然是废弃不用的，原本安装灯泡的地方留下了杂乱的刮痕和黑印。即便隔着一段距离，卡尔的存在仍然温热着四周的空气。这的确是令人感到舒适的温度，我在心里暗暗想着，要和另外几个逃出来的技工聊一聊。也许我们能想出办法，用地下巷道里加压的空气来取暖。

我看着顶壁上缠绕的电线，数了数它们的数量——如果只是用来照明，太多了。

我踌躇不前，看着卡尔用肩膀顶开一些木板，然后从墙上拆下了一些金属。一扇门露了出来，上方电缆密布，不知通往什么样的房间。当他走进去，在身后关上门时，我才敢更靠近一点儿。

混乱纠结的电线一下子明朗了。无线电阵列。现在我可看清楚了，清楚得就像自己脸上的鼻头一样。这些吐露实情的黑色电线意味着，这间屋子能与艾拉贝尔之外进行通信。

但是，他会跟什么人联系呢？

我的第一反应是去告诉法莱或者奇隆。

等等……如果卡尔认为他的所作所为能让我还有其他上千人免于针对科尔沃姆的自杀式袭击，我该让他继续才对。

我希望自己不会因此后悔。

# 第五章
# 梅儿

我漂在暗黑的海上，荫翳随我浮动。

它们可能是回忆。它们可能是梦境。熟悉却诡异，每个都有些不对劲。卡尔的眼睛闪着银光，极尽火热，冒着血色。我哥哥的脸上皮肉塌陷，看起来就像一具骨架。老爸从轮椅上站了起来，但他的两条腿又细又长，骨节凸起，哆哆嗦嗦地每走一步都要跌倒。吉萨的两只手上都插着金属钉子，她的嘴巴被缝起来了。奇隆在河水中沉溺，被他最擅长的东西纠缠着。法莱的喉咙被割开，里面淌出红色的布条。卡梅隆抓着自己的脖子，挣扎着想要说话，却被自己的异能压制住了。伊万杰琳身上的金属盔甲颤动着剥落，将她吞噬。而梅温陷在他怪异的王座里，任由它收紧、畏缩，直至自己也变成了石头，变成一尊坐立的雕像，有着蓝宝石做的眼睛和钻石耳朵。

紫色侵入了我的视野边缘，我试图投入它的怀抱，我知道那代表的是什么。我的闪电如此接近，我真想找到关于它的记忆，在陷入黑暗之前抓住最后一点儿能量。但是，它像其他人一样渐渐淡去，退开，消失了。黑暗蒙上来的时候，我以为寒冷也将随之而至，然而升起的却是热度。

梅温陡然靠近，近得我无法忍受。蓝色的眼睛，黑色的头发，苍白得犹如梦中之人。他的手悬在我的喉咙上方，只有咫尺之遥。他颤抖着，想要触碰，想要闪躲，而我也不知道自己希望他怎样。

我想，自己是睡着了。黑暗和光亮交替，向前后延展。我想动一动，可是四肢死沉，因为镣铐，因为警卫，或者兼而有之。他们更用力地压制着我，那些可怕的幻觉是我唯一可逃的地方。我追逐着最重要的那些——谢德、吉萨、家人、卡尔、奇隆、闪电。但他们总是从我的手里溜走，或是一闪就不见了。这是另一种折磨吧，即使我在睡觉，萨姆逊也要把我逼得精疲力竭。梅温也在，但我没去找他，他也没有动，就那么坐着，凝视着，一只手按住太阳穴揉着。我没看见他眨一下眼。

也许是几年过去了，也许是几秒钟过去了，压迫的感觉变得迟钝，我的思绪清晰起来。束缚着我的浓雾渐渐消散。我醒过来了。

我觉得渴，因为业已忘记的眼泪狂流而觉得干渴。压制着我的异能的重负仍然在，有一瞬间让我觉得无法呼吸，不知道自己会不会就这样死掉。沉陷在丝绸的睡床上，灼烧在国王的纠缠中，窒息在户外的空气里。

我又回到了监狱的寝室里。也许我一直就在这儿。窗外透过来的白光告诉我，又下雪了，外面的世界已经是明亮的冬景。当我的视觉稍微适应了这儿的光线，房间里的一切变得更清晰了，我才试着看了看四周。我瞥向左右，没有过多动弹，不过这都无所谓了。

亚尔文家族的警卫们——老猫、四叶草、三重奏、鸡蛋，分别站在床的四角，死死地盯着我。发现我看向他们时，他们便互相交换了眼色。

我没看到萨姆逊。原本还以为他会居高临下地睥睨我，恶毒地微笑，刻薄地问好呢。一个小个子女人站在床脚，她衣着朴素，黑色泛蓝的皮肤光洁无瑕，犹如打磨过的宝石。我不认得她，但她身上有着某种我很熟悉的气质。这时我意识到，镣铐原来不是镣铐，是手。她的手。她分别握住我的两只脚踝，镇静着皮肤，安抚着骨骼。

我认出了她的家族色。她的肩上佩着银色和红色，代表着两种血色。愈疗者，皮肤愈疗者。她属于斯克诺斯家族。她的触碰带给我的知觉让我多少获得了些安慰——至少是在四根静默者床柱的折磨下能活下来。要不是这个愈疗者，他们的异能足以把我压迫致死。真是微妙的平衡。她一定很有天赋。她的眼睛像莎拉，明亮的浅灰色，意味深长。

但是她没有看我，而是看向我右边的什么。

我随着她的视线看过去，不禁瑟缩起来。

梅温坐在那儿，就像我梦中的模样，静止，专注，一只手按着太阳穴，另一只手挥了挥，无声地发号施令。

镣铐确实存在。警卫们行动迅速，用打磨光滑的圆环箍住了我的脚踝和手腕。圆环上嵌着奇怪的金属链子，每一条都由单独的钥匙锁死。我想盯住钥匙的去向，可我头晕目眩，钥匙一闪就不见了踪影，只有镣铐突兀地待在那儿，沉重而冰冷。我以为还会另有一只新的项圈套住我的脖子，可脖子上竟然空空如也，那镶珠嵌宝的荆棘已经一去不返。

更让我惊异不已的是，愈疗者和警卫们离开了，走出了房间。我迷惑不已地看着他们，极力掩盖住突然而至的兴奋，脉搏跳动的速度都加快了。他们真的这么蠢？想把我和梅温单独留下？他觉得自己不会被我瞬间要了命？

我转向他，想要下床，想要挪动。但我只能勉强坐起来，其他动作几乎都是不可能的，仿佛血液里被灌了铅。我立刻就明白了。

“我太清楚你想对我做什么了。”他说。声音低低的、轻轻的，犹如耳语。

我握紧拳头，手指痉挛着，想伸手去抓那个不会回答——不能回答的东西。“静默石。”我喃喃说道，这几个字就像诅咒。那些打磨过的圆环闪着微光，是穿在我身上的监狱。“快要不够用了吧。”

“多谢你的关心，不过物资情况良好。”

就像我在尸骨碗地下的监狱里曾经做过的那样，我向他吐了口口水。口水毫无杀伤力地落在梅温脚边，而他并不在意，反而笑了起来。

“现在你可不能瞎说胡闹了，法院不会喜欢这种行为的。”

“好像是我——法院？”我惊叫道。

他的笑意更浓：“我没发错音吧。”

我一见到他的笑容心里就有些畏缩。“太好了，”我说，“你总算厌烦了，不想把我关在自己看不见的地方了。”

“事实上，我觉得这么靠近你颇有困难。”他眼神闪烁，带着某种我不愿深究的情感。

“彼此彼此。”我嘲讽道，想要撕破他这种诡异的温和。我宁可面对他的烈焰，他的愤怒，而不是平静的话语。

可他拒不上钩：“我不信。”

“我的链子呢？嗯？要换条新的吗？”

“没有链子，没有项圈，”他仰起下巴指了指镣铐，“只有这些了。”

他到底是什么意思，我还无法摸清。我早就放弃了了解梅温·卡洛雷这件事，也不再探究他迷宫般弯弯绕绕的思维。于是我任由他继续说下去，反正他最终都会说出我所需要的东西。

“对你的审讯成果卓然。关于你，关于那些自称为‘红血卫队’的恐怖分子，我们有太多需要了解了。”我的呼吸哽在了喉咙里。他们发现了什么？我泄露了什么？我极力去回忆自己所知道的最重要的信息，想找出会对朋友们造成最大伤害的内容。塔克岛？蒙弗的两兄弟？新血们的异能？

“残忍的家伙，不是吗？”他继续说，“决心要毁掉一切，除掉所有不喜欢他们的人。”

“你在说什么？”上校曾经把我关起来，没错，而且一直忌惮我，但我们现在是同盟。这对梅温意味着什么呢？

“当然是在说那些新血。”

我还是不明白。对他来说，拥有异能的红血族，除掉就是了，还有什么别的可在意的呢？他先是否认我们的存在，称我为骗子；现在我们是怪物，是威胁；是令人惊骇的东西，应该斩草除根。

“他们那么恶毒地对待你，你都得用逃跑来对付那个自称为上校的老家伙了，得知这些真是令人羞愧。”梅温很享受，一点点地解释着自己的意图，等着我自己把它拼合起来。我的脑袋仍然昏昏沉沉，身体也虚弱无力，只能极力地思索着他到底是什么意思。“更糟的是，他不同意送你去山里，像丢垃圾似的把你抛弃了。”蒙弗。可是，事情不是他说的这样，当时给我们的提议也并非如此。“当然了，我得知红血卫队的真实目的之后也很是惊讶。创造一个红血族的世界，红色的黎明，不给其他东西留一点儿余地，不给其他人留一点儿余地。”

“梅温。”我全身的力量凝聚成的怒意才挤出了这么两个字，要不是戴着镣铐，我肯定是要炸开了。“你不能——”

“不能什么？说出真相？告诉我的人民，红血卫队正在引诱新血，为的是将他们赶尽杀绝？为的是掀起一场诛灭他们全族的屠杀，也包括你——还有我们？告诉他们，声名狼藉的梅儿·巴罗是自愿回到我身边的，而这些真相是由审讯得出，再也无法遮掩？”他向前倾着身子，近得一记闪电就能击中他了。可是他知道，我连手指头都动不了。“告诉他们，你现在站在我们这一边了，因为你看到了红血卫队的真实目的？因为你和你的新血就像我们一样，为人所惧，为神所佑；因为你们和银血族一样，唯一的区别不过是血的颜色？”

我的下巴动了动，嘴巴张开又闭合，可我找不到能表达惊恐的词句。所有这些都不因伊拉的耳语而来，所有这些都来自她的死亡和寒意。

“你是个恶魔。”我只说了这一句。恶魔，彻彻底底的恶魔。

梅温撤回身子，仍然笑着说：“别指手画脚地跟我说什么不能做，也别自以为是地估量我会做什么——为了我的王国。”

他的手落在我的手腕上，用一根手指勾起了我的镣铐——静默石做的，把我压制成一个犯人的镣铐。我出于恐惧而发抖，可他也一样。

当梅温凝视着我的手的时候，我趁机观察他的模样。他穿着休闲的衣服，像以前一样是黑色的，没弄平，带着褶皱，他也没有大庭广众下的正襟危坐和拘礼。没有王冠，没有徽章。一个嫉妒的男孩。仍然只是个男孩。

我必须想出与他抗争的办法。可是该怎么办呢？我虚弱无力，闪电消失，我所说的一切都可能被曲解，不由我控制。我连走路都费劲，更不用说单枪匹马地逃出去了。我被卡死在这儿了，被这个少言寡语却致命的国王困在这儿了。一连几个月，他在远处跟踪我，追捕我，从广播录像到夺命字条，无所不用其极。

我想念你。再会。

他说自己是个说话算数的人。也许他的确是，只在这一件事上。

我深深吸气，刺向了他唯一的弱点——我猜这个弱点仍然是弱点。

“你在吗？”

蓝色的眼睛猛地看向我，这次轮到他迷惑不解了。

“这个。”我瞥了一眼床，又看了看远处。回想萨姆逊的折磨让我非常痛苦，我也希望把这一点表现出来。“我梦见你在。”

梅温身上的热度减弱，后撤，让屋子里只剩下凛冬将至的寒意。他的眼皮抖动着，黑色的睫毛映着苍白的皮肤。有那么一瞬间，我记起了自己所认识的那个梅温。我又看见他了，是个梦境，或是个幽灵。

“每一秒都在。”他答道。

他的脸颊上闪过银灰色。我知道他说的是真话。

我也知道该怎样伤害他了。

镣铐让我昏昏欲睡，所以假装睡着更是难上加难。我在毯子下面握紧了拳头，用指甲狠戳手掌。我计算着时间，数着梅温呼吸的次数。终于，他的椅子响了。他站起来了。他犹豫了。我甚至仍然能感觉到他的目光停留在我的脸上，灼热凝视。然后他走了，木头地板上响起了脚步声。他穿过我的寝室，像猫一样优雅安静。门在他身后轻轻地关上了。

太容易睡着了。

可我还是等待着。

两分钟过去了，亚尔文家族的警卫没有出现。

我猜，他们是觉得镣铐就足以困住我了吧。

他们错了。

我下了地，两条腿摇摇晃晃，光着的脚踩在冰凉的拼花木地板上。即便有摄像机在盯着，我也不在乎。他们不能拦着我不让我走路，或者说是，试图走路。

我不喜欢慢条斯理地做事。尤其是现在，分秒必争。每多一秒钟都可能意味着又有一个我挚爱的人死去。于是我推开床，强迫自己用虚弱发抖的腿站住。这感觉太怪异了。静默石压着我的手腕和脚踝，过滤掉我仅剩的源自愤怒的力量。我花了好一阵子才适应这样的压力，估计永远也不会习惯它。不过我可以扛过去。

第一步是最简单的：我扑了一下就走到了吃饭用的小桌子旁边。第二步更难了，因为我已经知道得花多大力气才行。我像个喝醉的或跛足的人似的走着，有一瞬间竟然还嫉妒起老爸的轮椅来。这些思绪带来的羞愧感激励着接下来的一步又一步，横穿过房间，到达对面，几乎撞上了墙壁，发出“砰”的一声。我的双腿像是火辣辣地灼烧着，汗珠儿从背上滚落下来。这感觉如此熟悉，就像是跑了一英里似的。不过，胃里恶心想吐的感觉却不怎么样。这也是静默石的影响，它让我的每一下心跳都像是更沉重了，而且说不上哪里怪怪的。这简直是要把我彻底抽空了。

我的前额抵在镶着嵌板的墙壁上，用那上面的凉意让自己稍微缓一口气。“再来。”我挤出两个字。

我转过身，踉踉跄跄地往对面走。

*再来。*

*再来。*

*再来。*

老猫和三重奏送午餐来的时候，我已经大汗淋漓，只能瘫在地上吃饭。老猫似乎并不在意，她用脚把盘子推到我面前，里面盛着营养均衡的肉类和蔬菜。这座城墙之外发生的事情，似乎并未对食物供给造成任何影响。糟糕的信号。三重奏把什么东西放在了床上，不过我决定不理他，先吃饭，每一口都吃得艰难无比。

再站起来似乎容易了些，我的肌肉已经能做出正常的反应，渐渐适应了镣铐。这可以算是不幸中的万幸了：亚尔文家族的人是活着的银血族，他们的异能是随着自己的专注力而起伏的，就像一波一波涌过来的海浪。他们的压制更难以承受，但压力平稳持续的静默石就不同了。

我撕开床上的包裹，扯下厚重奢华的包装，一件长袍落在了毯子上。我慢慢地向后退了几步，浑身发冷，被那种熟悉的，想要夺窗而逃的感觉攫住了。我闭上眼睛，希望用意念把那裙袍移开。

不是因为它丑。这条裙子美得惊人，闪着丝绸和宝石的光泽，可它迫使我意识到一个事实：没有这条裙子，我尚可无视梅温的言辞，无视他的计划和打算；但现在，裙子沉默以对，犹如充满艺术感的讥讽和嘲弄。那丝绸是血红色的。犹如黎明，我暗自想道。不过，也不尽然。这血红色不是红血卫队的颜色。我们的红色是绚丽的、明亮的、愤怒的，能被看到和辨识出的，几乎令人一见而惊的。可这件裙袍不同。它是在黑暗的荫翳中制作的，是深而重的殷红，坠着宝石串就的珠链，绣着繁复虬结的花纹。它以最阴暗的方式折射闪动，抓住上方的光，像一摊红色的油污。

像一摊红色的血。

这件裙子会让我——还有像我一样的人——过目难忘。

我不由苦笑起来。这真可笑。身为梅温未婚妻的那些日子里，我得掩盖真实身份，假装自己是个银血族。现在我至少用不着化妆假扮成他们中的一员了。这也算是极其微小的一点儿仁慈了。

这么说，我就要站到他的朝臣面前了，站到世界面前，将我的血色展示给所有人看。我很想知道，世人能否明白，这不过是个隐藏着利刺弯钩的诱饵。

他直到第二天早上才又出现，一进屋就冲着堆在角落的裙子皱起眉头。我无法忍受那条裙子，现在更不想看他，于是就继续我的练习：极其费力且缓慢地仰卧起坐。我觉得自己像个笨拙的学步孩童，胳膊比以往更沉重，不过还是勉力坚持着。他走近了几步，我则握起拳头，想冲着他的方向发出闪电。什么都没有，我已经试过几十次了，闪电仍然没有回来。

“还能保持平衡，不错啊。”梅温在桌边坐下，沉声说道。他今天光彩照人，胸前的徽章闪闪发亮，头发上沾着雪花，一定是刚从外面回来。他用牙齿咬着拽下了皮手套。

“噢，是啊，这些镯子可爱极了。”我没好气地说道，冲着他晃了晃手。镣铐可以旋转着动一动，却永远也别想挣脱开——哪怕是大拇指脱臼也没戏。我还真考虑过这一招儿，不过后来就发现那没什么意义。

“我会向伊万杰琳转达你的赞美的。”

“当然了，这都是她的杰作。”我嘲讽道。她要是知道自己一手打造了我的囚笼，一定高兴得很。“不过她竟然还有闲工夫做这个，我还以为她都在忙着准备后冠和新娘头饰呢，还有礼服裙子什么的。我敢打赌，你每次不得不牵她的手时都恨不得砍断自己的胳膊。”

他脸颊上的肌肉动了动。梅温对伊万杰琳没感觉，这一点是我很清楚的，也是我易于利用挖掘的。

“你订好日子了吗？”我坐起来问道。

他的蓝眼睛猛然看向我：“什么？”

“我想，王室婚礼应该是你在短期内该做的事吧。想必你知道自己什么时候会和萨默斯完婚。”

“噢，那个。”他耸耸肩，无所谓地一挥手，“安排婚礼是她的事。”

我直视着梅温。“如果那是她的事，她几个月前就是王后了。”不等他回答，我就更进一步，“你不想娶她。”

梅温并没有崩溃，反而更冷硬强势了。他甚至咯咯笑出了声，做出一副不感兴趣的样子。“那可不是银血族结婚的理由，你也知道。”

我换了个战术，刺向他内心的另一部分。我曾经了解的那些，希望它们现在也没变。“我并不是在责备你拖延——”

“在战时延期举行婚礼不叫拖延。”

“她原本就不是你选择的人。”

“好像这件事真有的可选似的。”

“事实是，她在成为你的未婚妻之前，是卡尔的。”

提及他的哥哥，让梅温懒洋洋的反对辩论中止了。我都能看见他皮肤下面的肌肉紧绷起来。他一只手弹拨着手腕上的手环，金属低柔的叮当声仿佛巨响的警报，只要一点儿火星就能燃起烈焰。

但是，烈焰已经吓不到我了。

“以你的进展来看，再有一天就能学会戴着那个走路了。”他的言辞慎重有分寸，是不自然的，是算计过的。也许他在来这儿之前就预演过几遍了。“然后你就能为我所用了。”

我像每天所做的那样，打量了一遍四周，仍然没看见摄像机，但我能肯定，它们就在这里。“你整天都在监视我吗？或者让安保官员给你打报告？书面汇报之类的？”

梅温故意不接我的话茬儿：“明天你就能站起来了，然后讲出我告诉你的话。”

“不然呢？”我强迫自己站起来，毫无过去标榜的优雅和敏捷。他一眨不眨地看着，我则听之任之。“我已经是你的囚犯了，你随时想杀了我都可以。而且，真诚地说一句，我宁可死，也不愿意引诱新血来让你杀死他们。”

“我不会杀死你的，梅儿。”梅温仍然坐着，我却觉得他高高在上。“我也不想杀死他们。”

我知道这句话的意思，但是从梅温嘴里说出来，它就毫无意义了。一点儿意义都没有。“为什么？”

“你永远不会站在我们这一边的，我知道。但是你的同类……他们强大，比很多银血族都要强大得多。想想看，如果拥有这样一支军队会怎样，再加上我们的军队又会怎样。他们听到你的召唤便会来，而来了之后受到何等待遇，当然，就取决于你的言行了。还有你的顺从。”他终于站了起来。这几个月他似乎长个子了，更高更瘦了，也更像他妈妈了。他大部分地方都像她。“所以，我有两个选项，你来决定我的选择。你将新血带来，让他们加入我们一方，或者我自己去找到他们，将他们杀死。”

我的巴掌柔弱无力，连他的下巴都没扇动一下。我的另一只手扑向他的前胸，力气简直可以忽略不计。他看着我如此努力，甚至翻了翻眼睛，一定相当享受。

我觉得自己的脸涨红了，因为愤怒和无能为力的悲哀而灼烧着。“你怎么能这样？”我咒骂着，恨不得把他一撕两半。要不是因为镣铐加身，我的闪电早就冲出来了。然而，冲出来的是我的话语，那些我来不及想就喷涌而出的话语。“你怎么还是这样？她已经死了。我杀了她。你自由了，不受她的控制了。你——你应该不再是她的儿子了。”

梅温的手紧紧地捏住我的下巴，惊得我一下子寂静无声。惯性让我弯着身子向后仰，几乎就要失去平衡。我正希望如此。我希望自己能跌出他的掌控，摔到地上，砸得粉身碎骨。

在山谷营地，和卡尔共享一张小床的温暖，那时候我便想象过这样的时刻：再次与梅温独处，有机会一窥他的真实面目——在我记得的面具之下，看看他被母亲强迫塑造成了什么样子。在那些半梦半醒的奇异时刻，他的目光追随着我，那双眼睛还是相同的颜色，但是有什么东西已经变了。他的眼睛，她的眼睛，我永远也读不懂的眼睛。现在，两双眼睛看起来是一样的了，燃烧着冷酷的火焰，要将我吞噬殆尽。

我知道这正是他想看到的，于是任由眼泪肆意奔流。他盯着泪水的轨迹，虎视眈眈。

他一把甩开我，我则踉跄着倒下去，勉强支起膝盖跪立。

“我就是她塑造的我。”他轻声说道，离开了。

门在他身后关上，我留意到了外面的警卫。这次是四叶草和鸡蛋。这么说，就算我设法逃脱，亚尔文家族的人也离这儿不远。

我缓缓地瘫坐在地上，一只手捂住脸，挡住泪水瞬间干了的事实。不管有多希望伊拉的死能改变梅温，我都知道那不可能。我没有那么蠢。与梅温有关的任何事物，都不能轻信。

他那枚最小的纪念徽章正刺痛着我的另一只手。我弯曲手指，把它藏了起来。就算是静默石也挡不住小偷的本能。徽章的金属别针抵着我的皮肤，我想让它刺进去，刺出殷殷深红的血，提醒我自己，也提醒所有人——看看吧，看看我是什么人，看看我能干什么。

我直起身子，并以此为掩护，把徽章塞进了床垫底下。那儿还有其他战利品：发夹、坏的餐叉、玻璃和瓷器的碎片。我的肾上腺素尚且平稳，不过会有用武之地的。

我瞪着角落里的裙袍，好像它该为这一切负责似的。

明天，他说。

继续我的仰卧起坐吧。

# 第六章
# 梅儿

卡片上字迹清晰，打印准确，还把我必须说的那些话标了出来。我连看都不能看，于是把它们扔在了床头柜上。

真闹不明白给我派个侍女来化妆打扮有什么好处，就为了在梅温所谓的法庭上露面而已。我穿上那件红色的袍子，系上纽扣，拉上拉链，看起来像是戴了一张厚重的面具。高领，长袖，下摆拖地，不仅遮住了梅温留在我锁骨上的烙印，也盖住了我手腕和脚踝上的镣铐。

无论多少次逃离这种优雅的公开盛典，我似乎都注定要成为其中的一个角色。最终穿好裙子的时候才发现它太大了，在我的胳膊和手腕上逛逛荡荡的。虽然努力地强迫自己好好吃饭，我还是比来这儿之前瘦了很多。我望着窗玻璃的倒影，便知道自己的头发和皮肤都被静默者的异能压制得又干又枯。我的脸色蜡黄，肌肉凹陷，眼眶发红，一副病恹恹的模样。我的深棕色的头发更烂了，发根乱糟糟地虬结，而发梢却像以前一样，褪成了灰色。我把头发往后梳，草草地编成了几股辫子。

再多的绫罗绸缎也改变不了我的样子，那些不过是梅温的戏服罢了。反正无所谓的，如果计划成功，这些东西我永远也不会再穿了。

准备工作的下一个环节让我紧张得心脏狂跳。我极力做出平和冷静的模样，因为寝室里还有摄像机。绝不能让它们知道我要做什么，如果真能奏效的话。就算我能糊弄那些警卫，它们也是另一个更难解决的障碍。

这会让我送命的。

梅温没有在我的浴室里安装摄像机。倒不是为了保护我的隐私，而是为了安抚他自己的嫉妒心。在这一点上我还是了解他的：他不会允许其他人看到我的身体。静默石切割成厚板嵌入墙壁里，它们压迫挟制的重负是一种担保。梅温确信，警卫绝无在这儿也看着我的必要。我的心脏在胸膛里沉重地跳着，但我还是走了进去。我必须这么做。

我把淋浴开到最大的一档，喷头立刻哗哗作响，水汽蒸腾，热流滚烫。如果不是因为装满了静默石，我一定会每天都在这儿享受独自热水浴的舒服时光。可我只能快速地一洗了事，否则就会被压到窒息。

在山谷营地时，我们可以在冰凉的河水里洗澡，而塔克岛的淋浴是定时开放的，而且水也温温吞吞的不够热。我想起在家里洗澡时的样子，不禁笑了起来。那时我们从厨房的水龙头里接水往浴缸里倒，夏天的水是温的，冬天的水是冷的，然后用偷来的肥皂清洗身体。不过我还是毫不羡慕老妈帮老爸洗澡的工作。

如果幸运——足够多的幸运——我很快就能再见到他们了。

我推动淋浴喷头，转动着它的角度，从对准水池变成了对准浴室的地面。水冲击着白色的瓷砖，四处流淌。水花溅在我光着的双脚上，温热的感觉让我不禁一颤，它暖融融，又和善友好，就像一条暖暖的毯子。

当水从浴室的门缝流出去的时候，我便迅速行动起来。我先把一块长长的玻璃碎片放在柜子上，差不多一臂距离，然后就轮到真正的武器登场了。

白焰宫的每一寸都是奢华奇景，我的这间浴室也不例外。它由一盏朴素的——如果这儿有“朴素”二字的话——枝形吊灯照明，银制的分支弯弯曲曲的，像是树的枝丫，上面托着十几个灯泡。我得站在水池上，岌岌可危地保持平衡才能够到它。我的动作虽然勉强，但是目的明确，几下就拉动了这台垂吊着的灯，天花板上露出了电线。等它足够松动了，我便往下一蜷身子，仍然亮着的吊灯被拽了下来。我把它放在水池上，等待着。

几分钟后，脚步声响起。检视着房间的人发现了浴室门下面有水渗出来。十秒钟后，两个人走进了我的寝室。我不知道是哪两个亚尔文，不过这无所谓。

“巴罗！”一个男人喊道，同时大力敲响了浴室的门。

我没回答。于是他们毫不迟疑，而我也没浪费时间。

鸡蛋推门而入，趟着水走了进来，他白色的脸几乎和贴着瓷砖的墙融为一体。四叶草没动，一只脚踏进浴室，另一只脚还留在寝室里。这也无所谓，反正她的两只脚都踩在水洼里了。

“巴罗……？”鸡蛋一看见我就呆住了。

把吊灯丢下去原本是不费什么力气的，不过这动作对我来说还是太沉重了。

吊灯在满是积水的瓷砖上摔得粉碎，电流一沾水就涌动着窜遍了整个房间，不仅是浴室的灯灭了，就连寝室里的灯也短路了。也许白焰宫的这一座全都停电了。

两个亚尔文全都跳起来乱扭，火花在他们身上跳跃。两个人很快就缩成一团，肌肉痉挛。

我跳过水洼，迈过他们的身体，一离开浴室，静默石的作用退去，就觉得松了一口气。镣铐仍然坠着我的四肢，事不宜迟，我马上在亚尔文家族的两个警卫身上搜索起来，小心地避开了有水的地方。我尽可能快地翻开他们的口袋，寻找着锁住我清醒时刻的那些钥匙。突然，我碰到了鸡蛋衣领下面的金属，它们躺在他的胸前，烧得红通通的。我哆嗦着双手把它们扯了下来，一个一个地打开了我的镣铐。一点一点地，静默作用随之减轻，我大口吸气，努力地想要召唤起闪电。它正在回来。它必须回来。

可我仍然觉得麻木迟钝。

鸡蛋的身体还是热的，他还活着，而且任我摆布。我完全可以用那些藏起来的杯子碎片割断他和四叶草的喉咙，切断他们的静脉。我应该这么做，我对自己说道。可是我已经浪费了太多时间，就给他们留条命吧。

不出所料，亚尔文家族的警卫训练有素，忠于职守，把我寝室的门给锁上了。不要紧，发卡和钥匙一样好用，一秒钟就把锁打开了。

上一次走出这间囚牢，是被伊万杰琳牵着，四周围着警卫，那是好几天以前的事了。现在，这条走廊空空如也，熄灭的灯泡排列在天花板上，为空洞无谓而自嘲着。我对电流的感知仍然很微弱，就连在黑暗中燃起一点儿火花也办不到。它必须回来，否则这一切都无法奏效。我强忍着惊恐——要是它永远也回不来了呢？要是梅温永远夺走了我的闪电呢？

按照我对白焰宫地形的了解，我尽全力狂奔。之前伊万杰琳领着我往左转，先到宴会厅，然后是大厅，主殿。那些地方必定满是警卫和官员，更不用说诺尔塔的那些王公贵族了，都是些危险之地。于是我向右转。

当然，摄像机盯着我呢，每个角落都有。我不知道它们是不是也短路了，或是有几个官员正以我为乐。他们也许会赌一赌，看我能跑多远——劫数难逃的女孩，劫数难逃的命运。

我沿着勤务楼梯往楼下跑，匆忙之间差点儿撞倒一个侍从。

我一看到他，心都快跳出来了。那是个男孩，年纪可能和我差不多，他扶稳茶盘，脸已经涨红了。红色的。

“这是个骗局！”我冲他大喊，“他们要逼我做的事，全都是骗局！假的！”

楼梯的上一层和下一层，砰砰两声，两扇门次第打开。我又进了死胡同了，真是个坏习惯。

“梅儿——”男孩颤抖着念出了我的名字。他被我吓坏了。

“想想办法，告诉红血卫队，告诉随便什么人。那是另一个谎言！”

有人将我拦腰抓住，把我往后拽，拎起来拖着走。我仍然盯着那个侍从。穿制服的官员们从楼下冲上来，一把把他按在墙上。茶盘砸在地上，茶水溅了出来。

“全都是谎言！”我嚷出最后一句，然后就被人捂住了嘴。

我极力想放出火花，搜寻着自己感觉不到的闪电。可是什么都没发生，我只好狠狠地咬了下去，直到尝到了血的味道。

安保官员松开手，骂骂咧咧的。又一个人来到我面前，熟练地抓住了我打战的腿。我一口血吐到了她脸上。

她把我的双手向后绑起，动作带着致命的优雅，这时我认出她了。

“很高兴再见面，桑娅。”我咬牙切齿地说道，想踢中她的肚子，却被她厌烦地闪开了。

拜托，我暗自乞求，好像电流能听见似的。可是没有任何回应，我只好忍住呜咽，不哭出来。我太虚弱了，被关了太久。

桑娅是闪锦人，极为灵活敏捷，对付一个没力气抵抗的女孩简直不胜其烦。我瞥了一眼她的黑色制服，上面带有银色的条纹，肩上还佩着代表艾若家族的红蓝两色。看她胸前的徽章和领口的别针，我就知道她已经是个高级安保军官了。“恭喜升官啊。”我挫败地大吼大叫，因为这是我唯一能做的。“这么快就完成训练课了？”

她的手更用力了，就像钳子似的抓着我的脚。

“你的礼仪课倒是一直没完成，真糟糕。”她没松开手，用肩膀蹭了蹭脸，想擦掉我吐的那口银血。“你真该讲点儿礼貌了。”

我上一次见到她不过是几个月之前。那时她和祖母艾尔拉·艾若以及伊万杰琳站在一起，穿着为老国王守丧的黑色衣裙。在尸骨碗看我决斗，恨不得看我死在那儿的人里也有她。她的家族不仅以身体的敏捷如锦而闻名，同时也以头脑的灵敏著称。他们全都是间谍，接受特训，挖掘隐秘之事。梅温宣称我是个骗子，说我是受红血卫队之命潜入王宫的，她可能并不相信。而接下来要发生的那些，她也未必相信。

“我见到你的祖母了。”我说道。这是一步险棋。

她完美无瑕的姿态没有变化，不过我感觉她的手松了松——哪怕只有一点儿也好。她点了点下巴，似乎在说：继续讲。

“在克洛斯监狱。快饿死了，静默石也让她虚弱无比。”就像我现在这副德行。“我把她放走了。”

如果换一个人肯定会说我是骗子，可是桑娅没有，她仍然安静地看向别处，看着别的什么人，偏偏不看我，一副不感兴趣的样子。

“我不知道她在那儿被关了多久，但是和其他人相比，她的反抗和斗争更猛烈。”我现在记起来了，回忆一闪而过，那个上年纪的老妇人，有着与其诨号——黑豹——相称的惊人力量。她甚至救了我一命。要不是她把那锋利的轮子拨开，它就会击中我的脑袋了。“不过，托勒密最后把她杀了，然后又杀了我哥哥。”

桑娅看着地板，轻轻皱起眉头，身体的每一寸都绷紧了。有一瞬间，我还以为她要哭起来了，不过那眼泪一直没掉下来。“怎么杀的？”我几乎听不见她的声音。

“刺穿了脖子，很快。”

她的巴掌定位精准，不过其实没使多大劲儿。是个表演，就像这鬼地方的一切。

“别再说这些肮脏的谎言了，巴罗。”她恨恨地说道，结束了我们的对话。

结果，我瘫坐在牢房寝室的地板上，两颊肿痛，还忍受着亚尔文家族的四个警卫加之于我的强大压力。鸡蛋和四叶草看起来略显狼狈，但是愈疗者已经治好了他们的伤。我真该杀了他们。

“吓着了吗？”我慢悠悠地对他们说道，因为这骇人的玩笑而哈哈大笑。

老猫逼着我穿上那件红色的裙袍，当着这些人的面宽衣解带。她这是在一雪刚才的耻辱。裙子拂过我锁骨上的烙印，那个字母 M，梅温的 M，恶魔的 M，凶手的 M〔译注：Maven（梅温）、Monster（恶魔）、Murderer（凶手）三个单词的首字母皆为 M〕。

老猫把打印着演讲词的卡片甩到我身上，而我嘴里还有那个银血族官员的血的味道。

这个王国里所有位高权重的银血族都聚集在正殿。名门贵族以一贯的骄奢喧嚣示人，三五成群地聚着。各种家族色夺人眼球，犹如珠宝和绫罗的烟花。我加入这嘈杂之中，给他们再添上一抹血的红色。正殿的大门在我身后悄然关闭，把我和这些恶中之恶关在了一起。各个家族向两旁闪开，为我让出一条走廊，从门口直通向王座。他们窃窃私语，挑剔着我的不完美，传递着各种流言。我也听到了几句。当然，他们都知道我今天早上的小小冒险。亚尔文家族的警卫两前两后，把我夹在中间，以确保我不再打破犯人的身份。

这么说，梅温那些新的谎言不是要在这一次面向这些人宣布的。我试图揣测他的动机，分析他迷宫般复杂的心思。他一定权衡了利弊，思考过该告诉他们什么——并且决定和他最亲密的贵族分享如此美妙的秘密，决定冒这一险。如果他没有撒谎，他们也就不在乎他的谎言了。

像之前一样，梅温坐在那灰色石板筑成的王座上，双手紧抓着扶手。禁卫军站在他身后，将他与墙壁隔开。伊万杰琳站在他的左边，趾高气扬。她披着披风，穿着由繁复银甲造就的裙袍，闪亮耀目，就像一颗致命的星星。她的哥哥托勒密穿着一件新盔甲，站得很近，像是同时守卫保护着妹妹和国王。另一张熟悉的面孔出现在梅温右侧，他没穿盔甲，也根本不需要盔甲。他的思维就足以充当武器和盾牌了。

萨姆逊·米兰德斯冲着我微笑，犹如深蓝色和白色混成的幻象。这是我最憎恨的两个颜色，甚至连银色也得退居其次。*我则是个屠夫*，审讯之前他曾这样警告过我。他没撒谎。他肆意宰割、切分，让我宛如挂在钩子上、流干了血的猪，这伤害是永恒的，再也不能恢复痊愈。

梅温看到我，颇为愉悦。那个斯克诺斯家族的愈疗者整理了我的头发，将它们束成一束简洁的马尾辫，又给我化了妆，遮住了疲惫不堪的面容。她没多一会儿就准备完毕了，但我很希望她能多耽搁一阵子。她的触碰冰冰凉凉的，令人感到安慰，我那注定失败的越狱带来的瘀伤都不见了。

我在几十个银血族的注视之下向前走，走近梅温，心里毫无惧怕。值得害怕的东西可比这些糟得多，比如说，前面的那些摄像机。它们尚未对准我，不过很快就会了。光是这么想一想都让我觉得受不了。

梅温打了个手势让我们停下，然后抬起手掌，亚尔文家族的警卫便顺从地撤开，让我自己走完这最后几码。而就在这时，摄像机打开了，录下的是一个独自走路的我，没有警卫，没有链子，站在银血族之间的自由的红血族。这画面会传播到每一个地方，让每一个我爱的人、我想保护的人看到。这简单的一幕足以令几十成百的新血灰心丧气，是对红血卫队的猛力一击。

“过来，梅儿。”

这是梅温的声音。不是这个梅温，是——我自以为了解的那个男孩，文雅、温柔。他把这个声音藏起来了，用来营造效果，当作武器。正如他料想的那样，这声音击中了我的内心。我不由自主地心生向往，渴望着那个根本不存在的男孩。

我的脚步声回荡在大理石地面上。在礼仪课上，博洛诺斯夫人曾教过我如何在大庭广众之下保持面部表情。她所谓的理想表情，是冷漠的，不表露情感的，比无情还更胜一筹。这些东西与我无缘，而且我也极力地避免陷入这种面具背后。于是我克制着自己，努力做出最为合适的神情姿态，既能让梅温心满意足，又能让所有人知道，这根本不是我的选择。界限微妙，极难拿捏。

萨姆逊仍然笑着，向旁边跨了一步，空出了王座右侧的位置。意图明确，让我不寒而栗，可我只能照做，站到了梅温的右边。

这是一副什么样的景象啊：身着银色的伊万杰琳，身着红色的我，中间是身着黑色的国王。

# KING'S CAGE

## 第七章 卡梅隆

所谓的“闪电警报”回荡在艾拉贝尔的主楼里，传遍了脚手架、楼梯台和各个走道。传令的小孩跑进跑出，寻找着我们中间的重要人物，传达那些关于梅儿的消息。通常我都不是他们优先要找的人，没人来拽着我下楼和她那些追随者一起听消息。那些孩子一般会事后才找到我——在干活儿的地方，然后塞给我一张纸，上面是卫队间谍道听途说来的，关于监狱里的巴罗的珍贵情况。全是些没用的东西：她吃了什么，看守怎么轮班，诸如此类。但是今天，传令的是一个小姑娘，光滑的黑长发，暖褐色的皮肤，她跑来拖着我的胳膊。

“闪电警报，科尔小姐。跟我来。”固执且甜腻。

我想跟她嚷嚷，说我的重要工作是营房里的热加工，而不是了解梅儿今天用了几次浴室。但是她甜美的脸庞让我说不出口了。法莱一定是故意派了这整个基地最可爱的小孩来找我。真见鬼。

“好吧，我会去的。”我气鼓鼓地说，把工具放回了原位。当她拉起我的手时，我想到了莫里。他比我个子矮。小时候，我们一起在流水线上干活儿的时候，他被那些喧闹的机器吓坏了就会拉住我的手。不过这个小姑娘可是一点儿害怕的样子也没有。

她领着我在弯弯曲曲的走道里转悠，很为自己认识路而骄傲。我看见她手腕上绑着红色的布条，不禁皱起眉头。她太年幼了，怎么能宣誓参加革命呢，更不用说在这心机深重的基地活下去了。不过话说回来，我五岁时就被送去干活儿了，从废弃的垃圾堆里捡出有用的部件。而她差不多有十岁了。

我张了张嘴，想问她怎么会到这儿来，不过还是作罢了。显然是因为她的父母，活人的选择或死人的结局。我想知道他们在哪儿，也想知道自己的家人在哪儿。

走道 4、走道 5 和地道 7 需要更换绝缘线，营房 A 需要热工。我在脑海中重复着不停增加的工作清单，好让突如其来的痛苦迟钝些。我将父母的面孔推开，他们便在我的思绪中渐渐消失了。爸爸开着一辆运输卡车，双手像往常一样扶着方向盘。妈妈和我一起在工厂里做工，我在速度上从来没有超越过她。我们离开的时候她已然抱病在身，头发脱落，黝黑的皮肤变得发灰。这些回忆总是让我喘不过气来。他们都在我触不可及的地方，但莫里不然。莫里在我够得着的地方。

*走道 4、走道 5 和地道 7 需要更换绝缘线，营房 A 需要热工，莫里·科尔需要营救。*

我们沿着走道来到了中央指挥室，奇隆也到了。他的传令员落在了后面，刚从转弯处拐过来，他得全力狂奔才能勉强跟得上这个瘦削的男孩。奇隆刚才一定是在地面上，冬日将至的寒冷空气让他脸颊通红。他边走边摘下线帽，露出参差不齐的茶色头发。

“卡。”他冲我点点头，在两条走道交会的地方停了下来。他因为害怕而颇显踌躇，鲜活的绿色眼睛就像走道里的荧光灯。“有什么想法？”

我耸了耸肩。我比任何一个在乎梅儿的人知道的都少。我甚至不明白自己为什么也被叫来了。也许只是为了让我有点儿归属感。人人都知道我不想待在这儿，但其实我也没别的地方可去，既不能回纽新镇，也不能去窒息区。卡住了。

“没有。”我答道。

奇隆回头看看他的传令员，笑了笑。“多谢。”他说道，带着一种温和的轻视。那个男孩立刻就明白了他的暗示，松了口气，走开了。我也照章办理，对给我传令的小女孩点点头，充满谢意地笑了一下。她便朝着另一个方向走去，转了个弯就不见了。

“他们还这么年幼就开始了。”我忍不住压低声音说道。

“并不比我们那时更年幼。”奇隆答道。

我皱起眉头：“没错。”

在过去的一个来月里，我已经足够了解奇隆，知道他比这里的其他人都值得我信任。我们的生活经历相似。他很小的时候就开始给人当学徒，而且像我一样，也有堪称奢侈品的本事在身，可以免于兵役。但法律条例变了，我们全都被卷进了闪电女孩周围。奇隆可能会争辩，说自己是自愿来这儿的，可我更明白：他是梅儿最好的朋友，所以才跟着她加入了红血卫队。至于现在，是盲目固执的坚持——更不用说逃亡的身份——让他不得不待在这儿的。

“可我们那时没被灌输过什么东西，奇隆。”我继续说道，迟疑着往前走了几步。守着指挥室的卫兵就在几码之外，寂静无声地站在门边，履行着他们的职责，一直盯着我们俩。我不喜欢这种感觉。

奇隆笑了笑，怪异、悲伤且扭曲。他垂下眼睛，看着我脖子上的文身。这是个永久的标志，标明了我的专业技能和所属的地点。即便是在我深色的皮肤上，那黑色的墨水也相当显眼。“有的，我们也有的，卡。”他悄声说道，“来吧。”

他用胳膊环着我的肩膀，推着我一起往前走。卫兵向两旁闪开，让我们进去。

这一次，指挥室比以往更拥挤。所有的技工都坐着，全神贯注地盯着屋子前面的几块屏幕。屏幕上显示的是同样的画面：烈焰王冠，诺尔塔的象征，红色、黑色、银色的焰火。通常，这个图案会出现在官方新闻节目的前后。于是我就知道，这大概是要收听收看梅温政权的最新消息了。我不是唯一一个这么想的。

“我们可能会看到她。”奇隆重重地呼吸，声音里渴望和恐惧兼有。屏幕上的画面动了动，又卡住暂停了。“我们在等什么？”

“谁知道呢。”我说着看了看四周，发现卡尔已经来了，仍然是一脸隐忍地站在屋子最后面，和其他人保持着距离。他察觉到我在看他，便点了点头，除此之外没有别的表示了。

令我惊讶的是，奇隆竟然冲他挥了挥手。卡尔犹豫片刻，回应了他，轻轻地穿过挤满人的屋子走了过来。不知道是因为什么，这一次的“闪电警报”把好多人都引到指挥室来了，他们全都和奇隆一样紧张急切。大部分我都不认识，不过也有几个新血到场。拉什和塔希尔坐在一惯的位置，随身带着无线电设备，阿奶和艾达黏在一起。她们也和卡尔一样待在屋子后面，不想引起其他人的注意。王子走近我们，那些红血族的军官一下子全都闪躲开了，而他假装没看见这些。

卡尔和奇隆勉强地互相笑笑，两个人之间的竞争早已一去不返了，取而代之的是忧虑恐惧。

“希望上校能抬抬屁股，快点儿过来。”我右边有人说道。

我回头看见法莱走近我们，她尽力遮挡着肚子，不愿引人注目。宽大的夹克几乎把她的肚子都盖住了，不过在这种地方，保守秘密太难了。她已经怀孕四个月了，也不在乎谁会知道了。即便是现在，她也是一手拿着餐叉，一手托着一盘炸土豆。

“卡梅隆，男孩们。”她向我们逐一打招呼。我也冲她点点头，奇隆也是。她举起餐叉，讥讽地朝卡尔敬了个礼。卡尔几乎没有回应，他紧绷着下巴，牙齿都要咬碎了。

“我还以为上校住在这儿呢，”我说着看向屏幕，“烦哦，正是需要他在场的时候。”

要是其他日子，我会认为他的迟到是故意的，是为了让我们知道谁是管事的——好像有人会忘了这一点似的。即便是在卡尔旁边，在这么一个银血族的王子、将军——或者说是身怀骇人异能的新血人质旁边——他也极力地把一切都掌控在自己手里。因为在这儿，在红血卫队，在这个世界，信息比其他东西更重要，而他是唯一一个消息灵通，可以控制我们大家的人。

我本该心怀敬意，因为机器的一部分并不需要知道其他零件都在干什么。不过我不是个齿轮，再也不是了。

上校进来了，身后跟着梅儿的两个哥哥。他们的父母仍然没有露面，不知躲在哪里，由他们的那个有着深红色头发的小妹妹陪着。我觉得自己可能见过她一次，她是个聪明机警、敏捷麻利的小家伙，正穿过乱糟糟的大厅。不过我一直没能凑近去问问。当然，流言不少，其他技工和士兵们老是窃窃私语。他们说是因为一个安保官员打伤了小姑娘的脚，逼得梅儿不得不留在夏宫里讨活路。反正就是诸如此类的话。我觉得，向奇隆打听这件事可能会有些不合适吧。

指挥室里的人全都看着上校，热切地等着他开口宣布，告诉大家我们来这儿是要看些什么。结果我们全都愣住了，屏住呼吸，惊讶地看着另一个银血族跟着上校走了进来。

每次我见到他，都想要恨他。就是因为他，梅儿才逼我加入，逼我又回到那座监狱，去杀人，去夺人性命，好让这个无关紧要的干瘦老头儿活下来。可是，做出那些选择的人并不是他。他和我一样，也是囚犯，被关在克洛斯监狱里，在静默石的作用下一点点被抽干，压死。闪电女孩爱他，这不是他的错。而他也必须承担这爱给他带来的重负。

朱利安·雅各既没有融入后墙边的那些新血中间，也没有靠近他的外甥卡尔，而是紧紧跟随着上校，任由其他人向两边避让，以便能更好地看清屏幕。他走动就位的时候，我一直盯着他的肩膀。他的仪态散发着银血族遗老遗少的气息，向后挺直，伸展，完美。哪怕他穿着磨损褪色的二手制服，头发花白，脸色也因为地下生活而像大家一样苍白冰冷，也无法抹灭他生来的族群。其他人也和我有同感。他身旁的士兵不由地手按枪套，警惕地盯住了这个银血族。关于他的流言都指向他的身份：他是卡尔的舅舅，死去的王后的哥哥，梅儿的老师。他置身于我们的分明等级之中，犹如一根钢丝嵌入了木头。深入，但是危险，而且易于脱身。

他们说，他能用声音和目光控制别人，就像先王后那样。还有很多人也有这样的异能。

他是我绝对绝对不会信任的人——这份名单可真够长的。

“看看吧。”上校叫道，打断了因朱利安的出现而引起的窃窃私语。屏幕应声而动，抖动着显出了画面。

没人讲话。梅温国王的脸一出现就镇住了所有人。

他坐在那粗陋的王座上，身处银血族王庭的中心，睁大眼睛，颇有诱惑力地招招手。我知道他是一条蛇，所以可以忽略他精心挑选的伪装。但是我想，全国大多数人都无法看穿这个年轻男孩的面具，他称之为伟大、尽职，尽己所能挽救王国于混乱之中。他长得很好看，不如卡尔健壮，但是容貌出众，就像一尊颧骨标致、黑发闪亮的雕塑。是漂亮，不是英俊。我听见有人在笔记本上刷刷地写着，大概是要记录下屏幕上的一切吧。而其他人就这么看着，专注于恐怖的梅温下一步的表演。

他向前倾着身子，伸出一只手，站起来召唤着什么人。

“过来，梅儿。”

摄像机掉转方向，平缓摇动，对准了站在国王前面的梅儿。我本以为会看见褴褛衣衫，却没想到她穿着我想都没想过的华服。她全身覆盖着血红色的宝石、绣花的绸缎，从银血族闪开的宽阔通道走过来的时候闪闪发亮——天知道那些人聚在哪里是要干什么。没有项圈，没有链子，但我再次看到了面具的背面，并且希望全国人民都能看到。可是，他们怎么能看得见呢？他们并不像我们这样了解她。他们看不见她深色眼睛里的荫翳，每走一步都若隐若现，摇摇欲坠；他们看不见她凹陷的脸颊，紧闭的嘴唇，抽搐的手指，绷紧的下巴……而这些只是我注意到的，卡尔、奇隆、她的哥哥们又会在这闪电女孩身上看到什么呢？

裙子遮住了她的脖子，盖住了她的手腕和脚踝。也许是为了藏住瘀青、伤痕，还有国王烙下的烙印。那根本不是裙子，而是一件戏服。

当她走向国王的时候，很多人因为惊恐而深深吸气。他握住了她的手，而她则略一迟疑才弯曲了手指。不过是一秒钟而已，但这已足够强化我们已经知道的事实了：这不是她的选择——换句话说，另一个选项要恶劣得多。

空气里涌动着一股热气，奇隆尽量不动声色地躲开卡尔，撞到了我。我也尽力挪出地方。如果事情越来越糟的话，更没人想靠近这位烈焰王子了。

梅温用不着多做什么。梅儿了解他，了解他的阴谋诡计，知道他想从自己身上得到什么。她走向王座的右边，这时摄像机的镜头向后拉，出现在我们眼前的便是一种终极的力量展示：一侧是国王的未婚妻、未来的王后、美貌与势力并存的伊万杰琳·萨默斯，另一侧是闪电女孩。银血族和红血族。

其他贵族、名门显要都聚集在讲台上。他们的名字和面孔我认不出来，但这里的很多人肯定知道。将军、大使、参谋、顾问，在把我们赶尽杀绝的伟业中，他们每一个人都有份。

国王慢慢地坐回王座，注视着摄像机，也注视着我们。

“在我说其他事情之前，在我开始这演讲之前——”他的姿态自信而富有魅力，“我要向斗争的男人和女人、银血族和红血族表示感谢。他们献身守护着我们的国境，此刻仍然抗击着外侮内敌，保卫着我们。科尔沃姆的将士们，抵御着红血卫队持续而徒劳的恐怖袭击的忠诚战士们，我向你们致敬，我与你们同在。”

“骗子！”屋子里有人骂道。但很快就有人发出嘘声叫他安静。

屏幕上，梅儿看起来也想大骂特骂。但她尽力保持平静，不让脸上的表情泄露情感。她成功了，姑且算是吧。她的两颊飞起红色，被高高的领子挡住了一部分。不过那领子还是不够高。梅温真该在她脑袋上套个口袋，好隐藏住她的情绪。

“这些天来，经过我与议会及诺尔塔的文臣武将们的深思熟虑，千阑镇的梅儿·巴罗因其针对整个王国的罪行接受了审判。她被指控犯有谋杀和恐怖主义罪行，我们有理由相信，她是啃噬我们基业的最恶劣的老鼠。”梅温抬眼看梅儿，面目平静，神情专注。我不知道这动作他练习过多少次。“她面临着终生监禁的惩罚，并已经接受了我的表亲——米兰德斯家族的首次审讯。”

一个身着深蓝色衣服的男人在国王的授意下站了出来。他距离梅儿只有几英寸，近得可以随手抓住她身体的任何部分。梅儿站在原地一动不动，浑身僵硬地坚持着，不让自己发抖。

“我是萨姆逊·米兰德斯，我执行了对梅儿·巴罗的审讯。”

在我前面，朱利安抬手捂住了嘴。这一幕带给他的震动，这是仅有的流露。

“作为一名耳语者，我的异能使我得以绕过大多数犯人所依赖的普通谎言和捏造。所以，当梅儿·巴罗将红血卫队的恐怖真相告知我时，我承认，自己并不相信。我在此证明——一字一句皆可记录在案——我不该怀疑她的供词。我在她记忆中所看到的东西是痛苦的，令人不寒而栗的。”

屋子里又开始窃窃私语，紧跟着又是一阵嘘声。紧张是显而易见的，不过这里面还掺杂着困惑。上校挺直身子，双臂环抱。我能肯定他们都在思谋着自己干过的好事，并且忖度着那个名叫萨姆逊的傻子会说出什么来。而法莱则把餐叉压在嘴上，小声地诅咒着。不过我也不敢问为什么。

梅儿仰起下巴，那样子就像要呕吐在国王的靴子上似的。我敢打赌，她就想这么干。

“我是自愿加入红血卫队的。”她说，“他们说，我哥哥在军团服役期间，因为莫须有的罪名被处死了。”提及谢德，她的声音哑了。在我旁边，法莱的呼吸速度加快了，一只手抚在肚子上。“他们问我想不想报仇，我想。于是我便宣誓对他们的革命事业效忠，并且被安排到夏宫的王室居所做了一名侍从。

“我本来是作为红血间谍潜入王宫的，但就连我自己也不知道，我属于另一个全然不同的种族。在选妃大典上，我发现自己可以控制电能。商议之后，老国王提比里亚和伊拉王后决定接纳我，以暗中研究我身上的秘密，并教给我异能的变化与应用。为了保护我，他们将我伪装成银血族。他们明智地预料到，拥有异能的红血族被当作异类还算好的，可最糟的是被人憎恨厌恶，于是他们隐藏了我的身份，让我免于因银血族和红血族双方的偏见而受到伤害。知晓我血族身份的人很少，其中有梅温，还有卡——提比里亚王子。

“但是我的真实情况被红血卫队发现了，他们扬言要将此公之于众，破坏国王的威信，也将我置于危险之中。我被迫充当他们的间谍，服从他们的命令，帮助他们打入朝臣内部。”

房间里的怒骂抗议声更大了，好不容易才平息下去。

“真是些动人的屁话！”奇隆低吼道。

“我的终极任务是为红血卫队赢得银血族的同盟。我将提比里亚王子锁定为目标，他是个狡猾的好斗之人，而且是诺尔塔的王位继承人。他……”梅儿迟疑了一下，看着我们，眼神来来回回地搜寻着。我用余光看见卡尔低下了头。“他很容易取信。我一知道怎么得到他的信任，就帮助红血卫队制造了造成十一人死亡的夏宫枪击案，以及阿尔贡桥爆炸案。

“提比里亚王子杀父弑君之后，梅温国王反应迅速，做出了应有的唯一选择。”她的声音颤抖起来。梅温在她旁边极力做出悲伤的样子，因为提到了他被杀掉的父亲。“他很悲伤，并且判处我们在角斗场受刑。我们在红血卫队的帮助下才逃出一命，并且被他们送到了位于诺尔塔沿岸的大本营。

“我在那里被关了起来，提比里亚王子也是。我还遇到了‘死去’的哥哥，原来他也和我一样拥有异能，也和我一样惧怕红血卫队。他们打算杀死我们这些被称作‘新血’的人。我发现还有像我一样的人存在，而红血卫队正在将他们赶尽杀绝，于是我和哥哥及其他少数人逃了出来。提比里亚王子也和我们在一起。我那时才知道，他打算组建一支军队，以对抗自己的弟弟。几个月后，红血卫队抓住了我们，并杀死了我们所找到的几个身怀异能的新血。我哥哥在冲突中死了，而我只身逃离。”

这一次，房间里的热量并非来自卡尔，而是群情激愤。这不是梅儿，这些也不是她的话，可我仍然像其他人一样怒不可遏。她怎么能让这些话从自己嘴里说出来？要我念出梅温的谎言，我会吐血的。可她又有什么选择呢?

“我走投无路，便投奔了梅温国王以及他所愿意给予我的正义。”她的努力自持一片一片地瓦解，终至泪流满面。我得说，他们只不过是教过她如何念稿罢了，真是难为情啊。“我此刻心甘情愿地作为一个犯人站在这里，为我所做过的一切忏悔。但我也做好了准备，愿做任何事来终结红血卫队及其恐怖愿景。他们只替自己和那些他们能控制的人牟利，其他人，挡在路上的人、和他们不同的人，他们全都要赶尽杀绝。”

最后的话阻滞卡顿，迟迟不愿被说出口。王座之上的梅温静静地坐着，他的喉咙动了动，发出的声音是摄像机捕捉不到的。他在催促她赶快照做。

梅儿·巴罗仰起头，目视前方，眼睛因愤怒而一片黑暗:“我们，新血，不配获得所谓的黎明。”

房间里爆发出叫喊声和抗议声，污言秽语直指梅温、米兰德斯家族的耳语者，甚至说出这些话的闪电女孩。

“卑鄙无耻的国王——”

“杀了我也说不出那些——”

“只是个傀儡——”

“明摆着的，就是个叛徒——”

“这可不是她第一次跟他们同仇敌忾了——”

奇隆最先出声反驳，他的两只手都握成了拳头。“你们以为她愿意这么做?”他的声音响亮，但并不严厉。他的脸因受挫而涨红了，卡尔一只手搭在他肩上，和他站在一起。大多数人都静了下来，尤其是那些年轻的军官。他们看起来很尴尬，略显歉意，甚至有些羞愧，因为被一个才十八岁的男孩给训了。

“都给我安静!”上校低沉地说道，让其他人都住了嘴。他瞪了瞪不太相称的两只眼睛说："那乳臭未干的小屁孩还在说呢。"

"上校……"卡尔怒道，那语气明摆着是一种威胁。

上校则只是转向屏幕，指了指梅温，而不是梅儿。

"……为所有逃离红血卫队恐怖组织的人提供庇护。至于你们之中东躲西藏的新血，面对的是比种族屠杀更严峻的情况，我愿意为你们敞开大门。我已下令至阿尔贡、哈伯湾、德尔菲及夏宫的王室宫殿，保护你们躲避追杀。你们是我应该保护的人民，而我也会动用一切可用的资源。梅儿·巴罗并非第一个加入我们的新血，也不会是最后一个。"他傲慢自得厚颜无耻地把手放在了梅儿的胳膊上。

所以，这就是这个臭小子能当上国王的理由。他不仅残忍、冷酷，而且智慧超群。如果不是怒火中烧，我肯定会对此印象深刻。他的阴谋势必会给红血卫队带来很多麻烦。个人来说，我更担心那些仍然散落在其他地方的新血。我们被梅儿及其追随者招募而来，本来就没什么多余的选择。现在选项更少了：红血卫队，或者，国王。这两者皆视我们为武器，皆会让我们牺牲，但是只有一方会囚禁奴役我们。

我回过头去看艾达。她的眼睛紧盯着屏幕，毫不费力地记住了所有的字词细节和音调变化，以便此后详细分析。她也像我一样皱起眉头，为那些尚未加入红血卫队的人忧心忡忡。那些和我们一样的新血会面临什么呢？

"至于红血卫队，我要对他们说的仅此而已。"梅温从王座上站了起来，最后补充道，"你们的黎明比黑夜更暗，永远也不会在这个王国升起。我们将斗争到底。要强大，要权力！"

讲台上和正殿里，每一个人——包括梅儿，都张开嘴呼应着："要强大，要权力！"

画面略作停留，将这一幕烙进了所有人的脑海。红血族和银血族，闪电女孩和国王梅温，联合起来抵抗他们自己塑造出的劲敌——我们。我知道这不是梅儿的选择，但这是她的过失。难道她意识不到，不被杀掉就要被他们利用吗？

她以为他不会那么做。卡尔在谈及对她的审讯时曾经这么说。只要事关梅温，他俩就会变得软弱，而这种软弱一直祸害着我们所有人。

在山谷营地时，梅儿尽力教了我如何使用异能。在这儿我也会和那些学着认识自己的新血一起练习。卡尔和朱利安·雅各想要帮忙，不过出于不信任，我们总是不太情愿，不想受教于他俩。再说，我也另找到能帮我的人了。

我知道自己的异能力度增加了，不加控制的话，现在就能感觉到它。它在我的皮肤下面刺刺的，仿佛是能平息周遭喧闹的一种愉悦的空虚感。它渴望释放，而我握紧拳头，尽力将静默效应压制回去。我不能将自己的怒意发泄在屋里的这些人身上。他们不是敌人。

屏幕黑掉了，演讲结束了，几十个声音立刻就嚷成一片。卡尔猛拍着他面前的桌子，然后转过身喃喃自语。

“我看够了。”好像是这么一句，然后他就挤出了指挥室。真蠢。他了解自己的弟弟，比其他任何人都能更仔细地剖析梅温的话。

上校也明白这一点，于是靠近朱利安，轻声说道：“把他带回来。”那个银血族点点头，步履平稳地去劝回他的外甥。不少人停止议论，看着他走动。

“法莱上尉，你有何高见？”上校抱着胳膊，面对女儿，尖刻的问话抓回了大家的注意力。

法莱泰然自若，好像这一通演讲根本没影响到她。她咽下一口土豆说道：“自然的反应应该是我们自己的一份录像。反驳梅温的论调，展示我们拯救的国民。”

拿我们当宣传品。这跟梅温利用梅儿一模一样。想到要被丢到摄像机前，被迫为这些我难以忍受、不完全信任的人唱赞歌，我就忍不住胃里发紧。

她的父亲点头道："我同意——"

"但我认为这不是正确的反应。"

上校扬起了坏眼一侧的眉毛。

法莱把这当作邀请讲解的一种表示，继续说道："那不过是言辞而已，鉴于有可能发生的情况，最终是百无一用的。"她把手指抵在嘴巴上，我几乎能看见她的大脑在飞速旋转。"我认为应该让梅温一直说下去，而与此同时我们一直保持行动。我们在科尔沃姆的渗透显然已经使国王高度紧张了，你们看到他提及那座城时是怎么说的了吧？提到军队了吗？他现在是在提振士气——要是他们士气高昂，还用得着这么说吗？"

在房间后面，朱利安回来了，一只手搭在卡尔的肩膀上。他俩差不多高，但卡尔看起来要比他舅舅重五十磅。克洛斯监狱对朱利安的打击并不逊于我们其他人。

"关于科尔沃姆的消息我们多得是，"法莱补充道，"它对诺尔塔军备的重要性，更不用说事关银血族的士气了，这些都让它成了个完美的地点。"

"干什么的地点？"我听见了自己的声音。这让指挥室里的人都吃了一惊，包括我在内。

法莱还是很能跟我直截了当地明说的："第一次进攻。红血卫队对诺尔塔国王的正式宣战。"

卡尔发出一声压抑的叫喊，一点儿也不像个王子或是战士。他脸色惨白，眼睛睁大，这副模样只能是出于恐惧。"科尔沃姆是个军事基地、堡垒，它建立的唯一目的就是支持战争。那儿有上千个银血族军官，士兵们都是训练有素的，以——"

"以整装集结，以对抗湖境人，以躲在战壕后面，在地图上画圈圈。"法莱愤怒地反驳道，"我说错了吗，卡尔？你们的人是不是这样躲在围墙里为战斗做准备的？”

卡尔瞪着她的目光足以吓退其他人，但法莱毫不动摇地站着，如果说有什么应对的话，那也是更强劲地捍卫她的意见。

“这是自杀，对你和你们这样做事的人来说，是自杀。”他说道。法莱却大笑着嘲弄起这种明显的闪避托词，更激怒了卡尔。烈焰王子极力自控，不愿燃起火焰。“我不参加，”他冷冷说道，“别指望从我这儿得到什么情报。祝你们进攻科尔沃姆旗开得胜。”

这银血族的异能没怎么影响法莱的情感，不管她的脸涨得多红，这屋子也不会被她烧着。“感谢谢德·巴罗，我已经拥有了必需的一切！”

提起这个名字通常会引得众人鼻酸，因为想起谢德就要想起他死去的那一幕，想起他所爱之人如今的境地。对梅儿来说，谢德的死把她变成了冷漠空洞的人，愿意以自己为筹码，换得家人朋友的安全。而法莱成了孤家寡人，追求理想之路无人相伴，只好把全部心力都倾注于红血卫队。谢德死的时候，我认识她们才没多久，可即便如此，我也会为她们感到悲伤。失去挚爱改变了她们，并不是往好的方向。

法莱强忍着回忆谢德所带来的痛苦，也要把卡尔反驳个痛快。“在伪造他的死刑之前，谢德是我们在科尔沃姆的主要内线。他用自己的异能为我们提供了所有可以弄到的情报。别再以为你是这出戏的唯一主角了。”法莱坚定地说道，然后转向上校，“我建议全面进攻。利用新血来联结红血族士兵，同时动用我们在城内布置的内线。”

*利用新血。*这几个字刺痛着我，灼烧着我，在我的嘴巴里留下苦涩的余味。

这下轮到我冲出这房间了。

卡尔看着我离开，嘴巴抿成冷酷决绝的一条线。

*可不是只有你会玩戏剧性的一套，*我想着，把他抛在了身后。

# 第八章 梅儿

我任由亚尔文家族的人把我带下讲台，鸡蛋和三重奏架着我的胳膊，老猫和四叶草跟在后面。他们把我带离众人视线时，我发现自己全身麻木。我干了些什么？会引发何种后果？

在某个地方，他们目睹了这一切。卡尔、奇隆、法莱、我的家人。他们看到了。耻辱羞愧的感觉让我差点儿呕吐在这身卑鄙华丽的袍子上。我曾经朗读过梅温的父亲下达的《加强发案》，让太多人陷入兵役之中，为红血卫队的行动付出代价。此刻的感觉比那时更糟。不过，这样所有人也就知道《加强法案》不是我的手笔，我只是个念稿的。

警卫们推推搡搡，并不是沿着原路返回，而是绕过王座，穿过后面的一道门廊，走向我从未见过的房间。

第一间显然也是个会议室，有着大理石铺面的长桌，十几把豪华座椅。其中一把椅子是石头打造的，冷冰冰的灰色——是梅温的。屋子里很明亮，阳光从一侧洒进来。窗子是向西开的，远离河流，俯瞰着王宫的围墙和连绵起伏的山峦、白雪覆盖的森林。

去年，我和奇隆还在河上破冰，搜寻冻在里面的硬币呢。我们冒着生冻疮的危险，干着这最老实的活儿。我们一连干了一个多星期，才发现那些铜币会再冻上，这完全是浪费时间。多奇怪啊，那只不过是一年之前，我却觉得像过了一辈子似的。

“你好。”有个柔和的声音从唯一一把放在阴影中的椅子那儿传来。我转过身，看见乔站了起来，手里还拿着一本书。

是那个预言者。他红色的眼睛里闪着某种我无法言说的东西。我曾经以为他是站在我们这一边的，是和我一样拥有奇异异能的新血。他比银血族的鹰眼更强大，能看见更远的未来。现在他却以敌人的身份站在我面前，背叛我们，投靠了梅温。他凝视的目光像是火热的钢针，刺痛着皮肤。

就是因为他，我才带朋友们去了克洛斯监狱，就是因为他，我的哥哥才会死。他的出现驱散了我全身的冰冷麻木，强烈的过电一般的热度取代了空洞感。我想对着这张脸狠狠地劈下去，不管用什么都行，但最终还是只能怒骂了事。

“真不错啊，梅温并不是给所有宠物都拴上了链子嘛！”

乔只是眨眨眼睛。“真不错啊，你可不像以前在这儿时那么盲目了。”我经过时他这么说道。

最初遇到他时，卡尔就提醒过我们，说人会因为苦苦揣测未来的谜题而发疯。他完全正确，我不会再掉进这个陷阱里去的。我回过身，努力地不去回想分析乔那小心选择的措辞。

“你尽可以忽略我，梅儿·巴罗。我不是你该关心的人，”他又说，“这儿只有一个人是。”

我回头看他，肌肉抢在大脑之前做出了反应。而乔又理所当然地抢在我前头，说出了我想要说的话。

“不，梅儿，我指的不是你自己。”

我们把他留在后面，继续往前，要去什么地方我也不知道。寂静无声像乔一样折磨着我，让我无法转移注意力，只能细究他的话。他说的是梅温，我明白了。要猜中这个暗示太简单了，它同时也是个警示。

我仍然还有一些——非常少的一点点——爱着那虚幻。那个潜在男孩的身体里，我无法看透的幽灵。那个在我痛苦梦魇时坐在我床边的幽灵。那个尽可能不让萨姆逊侵入我的思绪，将不可避免的伤害向后推迟的幽灵。

那个爱着我——拼尽全力像毒药一样爱着我的幽灵。

而我已经感觉到，毒药在我的身体里发挥了效力。

正如我所料，亚尔文家族的警卫并没有带我返回那间带有卧室的牢房。我试着回忆走过的路线，注意到这部分宫殿里的那些门和通向会议室、展览厅的走廊。是王室寝宫，每一分每一寸都极尽装饰华丽。不过，相较于这些繁复装潢，我更感兴趣的是这里的主导颜色。红色、黑色、王室的银色——这很好理解，是指王权在握的卡洛雷家族。还有深蓝色。我的胃里难受得一阵翻腾。这个颜色代表伊拉。她已经死了，可是仍然没离开这儿。

我们最后来到了一间小而存书充足的图书馆。傍晚的余晖穿透厚重的窗帘，与灯光分庭抗礼。灰尘在红色的微光里舞动，仿佛将熄的火焰之上浮动着灰霾。我觉得自己犹如置身一颗心脏之中，四周绕着血一般的殷红。这是梅温的书房，我想起来了。涂着清漆的书桌后有一把皮革椅子，我很想坐上去，但还是忍住了。将他的东西据为己有，会让我觉得好过一些，不过也只有片刻罢了。

我细心观察这里的一切，睁大眼睛环顾前后左右。红色的壁毯织入黑色和银色的线，挂在卡洛雷家族先辈的画像和照片中间。米兰德斯家族并不显眼，只由一面穹顶上垂下来的蓝白相间的旗帜权作代表。其他王后的家族色也在其间，有些鲜艳亮丽，有些已经褪色，有些则被人遗忘。然而，代表雅各家族的金黄色却没有出现。

柯丽，卡尔的母亲，从这里被人抹去了。

我在照片和画像中搜寻着，但自己也不知道在搜寻些什么。这些面孔我都不熟悉，只有梅温的父亲除外。他的画像比其他人的都要大，挂在空荡荡的壁炉上方，很难被人忽略。画像上仍然缀着黑色的布帘，以示哀悼。他不过才死了几个月。

我在他的脸上看到了卡尔，也看到了梅温。他们都有直挺的鼻子，高高的颧骨，厚密有光泽的黑色头发。从历任卡洛雷国王的画像来看，这是家族遗传的特点。提比利亚五世国王尤其俊美，实在颇有些令人惊讶。当然，画工们也不会冒险把他们的模特画得很难看。

卡尔的画像不在这儿，这倒是不出我的意料。像他母亲一样，他的画像也被撤掉了。空白的地方很突兀，想必梅温过去也常常遮住它们。不是吗？卡尔是他父亲的长子、最宠爱的儿子，梅温当然会把他的画像摘下来，而且无疑是烧掉了。

“脑袋怎么样？”我问鸡蛋，同时报以狡黠、干巴的一笑。

他瞪了我一眼，我笑得更高兴了。我会好好记着他倒在地上，被电得不省人事的那一幕的。

“不怎么打战了？”我甩甩手，学着当时他的身体发抖的样子。他还是没回答，但是脖颈后面因愤怒而涨起了蓝灰色。

“玩得开心吗？”

梅温独自走了进来，和坐在王座上的时候相比，他的身影显得小了很多。禁卫军一定就在附近，在书房外面。他还没傻到不带禁卫军就敢到处走。他一只手挥了一下，命令亚尔文家族的警卫离开房间。他们立刻照办了，安静得像老鼠一样。

"我没有别的可玩儿。"他们一出去我就这样答道，并且第一千次地诅咒这镣铐。要不是因为它们，梅温会像他妈妈一样死个痛快的。可它们强迫我忍受他令人厌恶的荣耀。

他冲我笑了，享受着自己的阴暗玩笑："就连我都不能改变你，真不错。"

我对此无可奉告，因为我已计算不出梅温改变了我多少，他早已毁掉了原来的那个我。

不出我所料，他翩然走向书桌，以一种冷漠娴熟的优雅坐下了。"我必须为我的无礼向你道歉。"我觉得自己一定是眼珠子都瞪出来了，因为梅温大笑起来。"你的生日已经过去一个多月了，我还没送你什么东西。"像对待亚尔文家族的警卫一样，他也冲我挥了挥手，让我坐到他面前。

我很惊讶，浑身发抖，还没从刚才的小小表演的僵硬中恢复过来，便按他说的做了。"说真的，"我嘀咕道，"不管你要拿什么吓人的玩意儿送我，都不如不送的好。"

他笑得更开心了："你会喜欢的，我保证。"

"我才不相信呢。"

梅温笑着拉开书桌上的一个抽屉，毫无仪式感地扔给我一团丝绸织物。黑色的，幅面的一半绣着金色和红色的花朵。我贪婪地一把抓住。这是吉萨绣的。我用手指摩挲着它，它仍然冰凉、光滑，而我原以为梅温会让它沾染上毒液，变得黏腻、腐坏。每一股丝线都是她的一部分，极其美丽，完美无瑕，让我想起了妹妹，想起了家人。

他看着我翻来覆去地抚摩着这块绸子："我们逮捕你的时候从你身上拿到的。当时你失去了意识。"

*失去意识*。用发音装置的重负折磨我，将我从内里囚禁。

"多谢。"我勉强挤出干巴巴的两个字，好像我真有什么可谢他的一样。

“然后——”

“什么？”

“我允许你提一个问题。”

我眨着眼睛看他，困惑不已。

“你可以问我一个问题，而我会真实地回答你。”

有那么一秒钟，我压根儿就不相信这话。

*我说话算话，在我想的时候。*梅温曾经这么说过，也一直是这么做的。要是真能说话算话，那这的确是个礼物了。

第一个问题从我脑海里冒了出来。*他们还活着吗？你真的把他们扔在那儿，让他们走了？*我就要脱口而出了，但还是觉得最好不要浪费了一个问题的机会。他们当然走了。要是卡尔死了，我肯定会知道的，梅温会洋洋得意，其他人也会说些什么。他很在意红血卫队，如果有人在我之后被捕，他就会知道得更多，也用不着这么害怕了。

梅温点着头，看着我，就像一只猫看着老鼠。他正享受着这一刻。一想到这个，我鸡皮疙瘩都起来了。

*为什么这么做？为什么要允许我提问？*我又差点儿把这机会浪费掉，因为答案我也知道。梅温并不是我以为的样子，但这不意味着我对他一无所知。我能猜到这是在干什么，可也希望自己猜错了。他在解释。他要用这种方式让我明白他做了什么，以及继续下去的原因。他知道我最终鼓起勇气问出口的会是什么问题。他是国王，可也是个男孩，孤零零地待在自己一手造就的世界里。

“你身上有多少是她？”

他不为所动，因为太了解我，所以连吃惊都不会。只有傻女孩才胆敢心怀希望——胆敢相信他是一个坏女人的傀儡，现在孤身一人，漂泊无依；才会继续认为他不知道该如何改变。所幸，我没那么傻。

“我学走路学得很慢，你知道的。”他不再看我，而是看着笼罩在我们头顶的蓝色旗帜。点缀在上面的白色珍珠和模糊可见的宝石，注定积满了关于伊拉的记忆，如同厚重的灰尘。“医生们，还有父亲，都告诉母亲，假以时日我就能好，迟早有一天我能学会的。但这个‘迟早有一天’对她来说太慢了。儿子跛脚，慢吞吞，她不愿做这样的王后。而柯丽已经为王国诞育了卡尔这样的王子，他总是谈笑风生，举止完美。她解雇了我的护士，苛责她造成了我的缺陷，然后自己取而代之，让我站起来走路。这些我都不记得了，但她给我讲过很多次。她觉得，这能体现出她有多爱我。”

恐惧让我的胃痉挛作痛，可我不知道这是为什么。好像有什么东西在警告我，应该站起来，走出这个房间，投入等待着的警卫们的怀抱。又是谎言，又是谎言，我对自己说道，巧妙地编织，只有他办得到。梅温不看我，我只好咀嚼着空气中的耻辱。

他那双漂亮的眼睛闪过冰凌似的光彩，而我早就硬了心肠，不再为他的眼泪动容了。第一滴泪沾在他黑色的睫毛上，颤动着坠下来，犹如水晶。

“我还只是个婴儿，她却强行往我的脑袋里塞进她的方式。她托着我的身体站起来，让我行走，然后跌倒。她日复一日地这么做，直到我一看见她进屋就哭，直到我自己学会了走路——出于恐惧。但这也无济于事。一个小孩，怎么能被妈妈一抱就哭呢？”他摇了摇头。“最终，她把我的恐惧也夺走了。”他的眼神黯淡下来。“就像很多别的东西一样。”

“你问我，我身上有多少是我自己，”他轻声说道，“有一些是，这已足够。”

那也不全是自己。

我无法再继续忍受了。镣铐的重负让我难以保持平衡，厌恶感紧紧攫住内心，我从椅子上爬了起来。

“你不能把这些全怪在她头上，梅温。”我轻蔑地说，往后退了几步，

“别骗我说什么你做的这一切都是因为那个已经死掉的女人。”

他的眼泪来得快，去得也快，不见踪影，好像从来就没有过似的。面具上裂开的缝隙又闭合了。很好。我完全不想知道那背后的男孩是什么样。

“我没有。”他慢慢地说出尖厉的话，“现在她不在了。我的决定是我自己的。对此我无比确定。”

他的王座，他在议会大厅里的座椅，和老国王过去用的钻石玻璃或天鹅绒的艺术品相比，实在太过简朴。以整块石料简单粗粝地砍削，没有珠宝也没有贵重金属。现在我明白了。“静默石，你是坐在那上面做出所有决定的。”

“你不也是吗？米兰德斯家族近在咫尺，心怀鬼胎。”他向后一靠，一只手支着下巴，“我受够耳语者所谓的‘指导’了。这辈子都受够了。”

“很好，”我啐了他一口，“现在没人为你的罪恶背黑锅了。”

他挑起嘴角，露出高人一等的微弱笑意：“你这么以为。”

我想抓住随便什么东西砸向他的脑袋，让他这笑容永远地消失：“要是能杀了你，要是能了结这一切，该多好。”

“你能怎么伤我呢？”他啧啧有声地取笑道，“然后呢？逃回你的红血卫队去？逃回我哥哥那儿去？萨姆逊在你的思维里看到过他很多次，梦境里、回忆里。”

“现在你都赢了，却还总是提起卡尔？”这是很容易出手的一张牌。梅温的微笑令我心烦，我的冷笑也一样让他抓狂。“真奇怪，你不是一直都很努力地向他看齐吗？”

这下轮到梅温站起来了。他双手重重地撑着书桌，站起来正视着我的眼睛。他的嘴角扭曲，让整张脸变成了个苦涩的讥笑。“我正在做的事情，是我哥哥永远做不到的。卡尔只会服从命令，不会做出选择。这一点，你和我一样清楚。”他眼神闪动，视线落在墙壁上一个空白的点上。“不管你认为他有多么出色、多么义气、多么勇敢、多么完美，他要是当国王只会比我糟糕得多。”

这些话我几乎是同意的。我已经和卡尔相处了太久，看着他在红血卫队和银血族王子之间摇摆不定，他拒绝杀戮，可也拒绝阻止我们，不曾明确地倾向于任何一方。尽管他目睹了恐怖和不公，却还是不会迈出那一步。然而，他不是梅温，他身上没有梅温的邪恶，一分一毫都没有。

“只有一个人能把他描述得这么贴切，那就是你。”我平静的回应只会加重梅温的疯狂。“我觉得，一提及卡尔你就会有点儿困扰和痴迷，这是否也要怪到你妈妈头上？”

这本来是个玩笑，但对梅温来说完全不是这样。他的目光一晃，虽然只是一瞬之间，却令我震惊。我不由自主地睁大眼睛，心脏在胸腔里猛烈狂跳。他不知道答案。他真的不知道自己的心灵有多少属于自己，又有多少属于她。

“梅温。”我忍不住轻声叫他。我被自己无意中撞破的事实吓到了。

他一只手插进深色头发里，用力拉拽着，让它们一根根全都竖了起来。怪异的静默扩散着，我和他都暴露了出来。我觉得自己好像踏足了不该去的地方，闯入了根本不想去的地方。

“出去。”他最终说道，声音发抖。

我没动，入神地沉浸其间。不是因为身体僵硬不能走路，也不是因为自己有了一种不可思议的，对这个幽灵王子的怜悯。留待后用，我对自己说。

“我让你出去。”

卡尔的愤怒会让整间屋子发热，而梅温的愤怒则是冰冷冻结，我的脊骨感到一股寒意。

“你让他们等得越久，情况就会越糟。”伊万杰琳·萨默斯挑了个最好也是最坏的时机。

她像往常一样，披钢挂铁风风火火地走了进来，长长的披风拖在身后。它仿佛吸附了房间里的红色，随着她的走动闪着猩红和殷红的光。当我看向她时，心脏禁不住狂跳，披风在我眼前敞开又合拢，露出她那健壮的双腿。她冷冷地笑着，任由我看，好像她的礼服变成了威风凛凛的战袍。这身衣服确实又漂亮又致命，配得上一位王后。

如常，她并不把我放在眼里，很快就转移了注意。她留意到空气里怪异的气氛，也没忽略梅温烦恼的姿态。她眯起眼睛，像我一样被这一幕吸引住了，也像我一样，利用这一幕占据了有利形势。

"梅温，你听到我的话了吗？"她坚定地往前走了几步，绕过书桌，站到他身旁。梅温像幽灵似的一闪，躲开了她的手。"官员们都在等着，而我父亲——"

带着某种恶毒的意图，梅温从书桌上抓起一张纸。从底部花哨的签名来看，这应该是一份请愿书之类的东西。他瞪着伊万杰琳，然后把那张纸拿远，摇动手腕，让手环激出了火花。火花蔓延成两道弧形的火苗，跳跃着吞噬掉请愿书，就像用热刀子切黄油似的。纸页立刻四分五裂，变成灰烬，弄脏了光亮的地板。

"告诉你父亲和他的傀儡，这就是我对他们提议的看法。"

就算是大吃一惊，伊万杰琳也没表露出来，而是轻蔑地哼了一声，摆弄着自己的指甲。我从侧面看着她，很清楚自己只要出个大气就会被她攻击。我闭嘴不言，睁大眼睛，埋怨自己怎么没早点儿发现那张请愿书，也不知道该说什么好。

"当心些，亲爱的。"伊万杰琳的话里没有半点儿爱意，"没有支持者的国王根本不是国王。"

梅温转向她，身手敏捷，不等她反应过来就抓住了她。他们的身高差不多，站在那儿几乎是眼睛正对着眼睛——烈焰正对着钢铁。我以为她不会退缩，因为是面对梅温，一个男孩，一个在训练课上输给她而被罚跑圈的王子。梅温不是卡尔。但她的眼皮抖了抖，黑色的睫毛映着泛银光的雪白皮肤，泄露了她想要隐藏起来的恐惧。

“不要自以为知道我是什么样的国王，伊万杰琳。”

我听到了他身上伊拉王后的那部分，这把我们都吓了一跳。

随后梅温将目光转回我身上，片刻之前的那个困惑的男孩再次消失了，取而代之的是喘气的石头，冰冷的凝视。你也一样，他的神情如是说道。

我无比地想逃离这个房间，脚下却像生了根似的动弹不了。他夺走了我的一切，但我的恐惧和尊严不能拱手相让。我现在不能逃走，尤其是当着伊万杰琳的面。

她再次看向我，细细地打量着我。我想到自己的模样，就知道她肯定看得出我试图越狱时弄出的那些瘀伤，以及眼睛深处永恒的荫翳，尽管我已经接受过愈疗者的触摸。当伊万杰琳的视线落在我的锁骨上时，我愣了一会儿才明白过来。她嘴唇微张，那只能是因为惊讶。

愤怒，耻辱，我拽了拽裙袍的衣领，遮住了那个烙印。但我这么做的时候没有挪开目光——她也夺不走我的骄傲。

“警卫。”梅温终于冲着门外说道。亚尔文家族的人应声而入，一双双手套推搡着我快速离开。这时，梅温也对着伊万杰琳仰了仰下巴：“你也出去。”

她当然受不了这个。

“我不是你可以呼来喝去的犯人——”

我被警卫们带了出去，忍不住笑了。门关上了，但仍然可以听见伊万杰琳的声音。真是走运，我想道，梅温对你的在乎还不如对我呢。

警卫们步子很快，强迫我也跟上。穿着这么一身束缚重重的衣服，这可真是说起来容易做起来难，不过我还是勉力做到了。吉萨的那块绸子被我使劲地攥在手里，温柔地触碰着我的皮肤。我强忍住想要闻一闻它，想要追索妹妹的气息的冲动。我偷偷地向后瞟了一眼，想看看到底是谁在等着我们那位诡异的国王。然而，我看到的只有禁卫军，戴着黑色的面具，披着红色的披风，守在书房的门前。

门猛地打开，又震天响地被摔上了。身为一名贵族家的小姐，伊万杰琳总是难以控制住自己的脾气。我很想知道，我那位礼仪指导——博洛诺斯夫人，是不是也很想教教她。她的模样差点儿让我大笑起来，扯动嘴角很痛，但我不在乎。

“收起你的嘲笑，闪电女孩。”伊万杰琳怒道，加快了步子。

虽然危险，可她的反应只能叫我更想笑。我大笑出声，转过身子。警卫们不发一语，只是走得更快了——就连他们也不想跟这个气急败坏找架打的磁控者硬碰硬。

她赶上我们，横跨一步挤开鸡蛋，站到我面前。警卫们停了一下，仍然没有松开我。

“你可能没注意到，我现在有点儿忙。”我说着看了看抓住我胳膊的警卫。“我的日程表里真的没给吵架留出空当，所以你还是去找那些能回嘴的人吧。”

她笑了笑，尖刻、明亮，就像她战服上的鳞甲。“别低估了自己，有的是人想修理你。”伊万杰琳向前倾着身子，像对待梅温那样靠近我。这是一种表达“不害怕”的简单方式。而我定定地站着，希望自己不会退缩，哪怕她从盔甲上抽出一把锋利的匕首，犹如从花朵上扯下一片花瓣。

“至少我希望如此。”她压低声音说道。

她的手轻巧地一晃，割开了我裙袍上的衣领，剥去了一片满绣的红色。我强忍着遮挡那个字母 M 的冲动，只觉得喉咙里涌上一股尴尬窘迫的热流。

她眼神闪动，沿着那个代表梅温的粗糙标记来回地看，并且再次表露出了惊讶。

“看起来不是意外。”

“你还能观察出什么更好的结论吗？”我咬牙切齿地说道。

她笑了，把匕首插回盔甲上。“对你是没有了。”她向后退了退，拉开我们之间珍贵的距离，这意味着缓刑。“伊兰？”

“是我，伊芙。”

伊兰·哈文从伊万杰琳背后的空气中显形，差点儿吓得我灵魂出窍。她是个荫翳人，能改变光的方向，让自己隐形。真不知道她在这儿待了多久了。也许她刚才也在书房里，和伊万杰琳一起，甚至比她更早进入了房间。她可能一直都在暗中监视着。在我看来，很可能我一到这儿，伊兰就像鬼似的如影随形了。

“有没有人曾经想过给你挂个铃铛啊？”我骂道，掩饰着自己的不安。

伊兰抿着嘴悠然一笑，但是眼神里全无笑意：“有过那么一两个。”

像桑娅一样，伊兰也是我很熟悉的。我们相处的时间很长，曾经一起参加训练，总是争吵闹矛盾。她是伊万杰琳的朋友之一，是个挺聪明的姑娘，早早就跟未来的王后结盟了。作为哈文家族的小姐，她的袍子和珠宝都是最浓的黑色。这不是丧服，而是他们引以为荣的家族色。她的头发还像我记忆中的那么红，衬着黑色，就像是明亮的红铜。有棱角的眼睛和看起来朦朦胧胧、完美无瑕的皮肤也都没变样子。她四周的光线被巧妙地弯折了，使她犹如笼罩着圣光。

“我们失败了。”伊万杰琳的注意力转向伊兰。“目前是。”她恶狠狠地向后瞥了一眼，指向相当明确。

# 第九章 梅儿

身为玩偶是一件非常古怪的事情。更多的时间我都是在玩具架子上站着，而不是在台前表演。可一旦梅温迫使我那么做，我就得按他的命令起舞——他这是在履行我们的交易呢。毕竟，他是个说话算话的人。

第一个寻求庇护的新血踏进了海岭宫——哈伯湾的王室宫殿。梅温也就信守诺言，为所谓的“红血卫队的恐怖分子”提供了全面的保护。几天之后，那个可怜的家伙——莫瑞坦被送到了阿尔贡，并向梅温自首。这一幕当然在全国各地播放，他的身份和异能也已被朝野上下所熟知。令不少人惊讶的是，莫瑞坦是个燃火者——像卡洛雷家族的后裔一样。但与卡尔和梅温不同的是，他不需要激发火花的手环，仅凭自己的异能就可以召唤火苗，正如我召唤闪电一样。

我不得不坐在一把镀金的椅子上，和梅温的随从们一起观看奇景。那个预言者乔也和我坐在一起，红着眼睛，一言不发。作为最早与银血族国王打交道的新血，我和他成了梅温身边极其令人恐惧的所在，仅次于伊万杰琳和萨姆逊·米兰德斯。莫瑞坦却只关注我们俩。当他在朝臣们和十几个摄像机面前走过来的时候，他的目光一直停留在我身上。他哆哆嗦嗦，惶恐不安，但我身上似乎有什么东西让他能继续往前走，而不是转身逃跑。显然，他相信了梅温强迫我念出的那些话，相信是红血卫队一直在追杀我们。他甚至跪倒在地，宣誓加入梅温的军队，和银血族军官一起训练，为他的国王、他的国家而战斗。

保持安静和无动于衷是最困难的。尽管莫瑞坦四肢瘦长，皮肤泛着金色，双手因常年工作磨出了老茧，可他看起来还是像个急冲冲往陷阱里跑的小兔子。只要我说错一个字，这陷阱就会立刻收紧。

更多的人随之而来。

一天又一天，一周又一周，有时是一个人，有时是十几个。他们从这个国家的各个角落奔向国王许诺的安全。大部分人是出于恐惧，但也有一些是因为愚蠢，竟然想在这里得到一席之地，想离开压抑困苦的生活，变成不可思议的所在。我无法责备他们。毕竟，我们生来就被告知，银血族是我们的主子，比我们更高一等，是人间的神。而现在，他们大发慈悲，准许我们进入他们的天国。谁不会来试试看呢？

梅温演得很好。他像对待兄弟姐妹似的拥抱他们，笑容满面，这些大部分银血族会反感的举动，都未令他表现出恐惧或羞耻。朝堂上下都效仿他的做法，但我在他们珠光宝气的双手后面，看到了冷笑嘲讽和愤怒蔑视。尽管这是解谜游戏的环节之一，是目的明确地对抗红血卫队，他们仍然不喜欢，而且觉得害怕。很多新血具备天生的异能，无需经过训练就能比他们更厉害，甚至超出他们的理解范筹。他们虎视眈眈，磨刀霍霍。

仅此一次，我不再是众人关注的焦点，这让我难得地松了口气，更不用说另有好处。没有人会在意失去闪电的闪电女孩。我量力而行，虽然能做的不多，却并非无足轻重。我在听。

伊万杰琳摆出一副铁面孔，实则焦躁不安。她的手指不停地敲着座椅的扶手，只有伊兰出现，对她轻声耳语或触碰到她时才会停下来。但她一刻也不敢放松。她仍然身处危险的边缘，就像她自己的匕首那样锋利。要猜猜这是为什么，倒也不难。就连我这么个囚犯都听说了几句关于王室婚礼的传言。她确实是和国王订婚了，可还不是王后。这令她恐惧不已。我在她的脸上，她的举止中，还有她不停展示、越发烦琐的耀目服装上，都看到了这一点。她什么都有了，就是没有“王后”的名分，而这恰恰是她最想要的。沃洛逡巡在她左右，身着黑色丝绒和银色锦缎，贵气奢华。和女儿不同，我从没见过他佩戴什么金属，既没有项链也没有戒指。他不需要穿得像个武器似的来使自己显得吓人。他的沉默寡言和黑色长袍，让他看起来更像个刽子手，而非贵族。真不知道梅温是如何承受他的存在——或者说，如何承受他眼睛里坚定而明确的渴望。这个人让我想到了伊拉：一直盯着王位，一直等待机会得到它。

梅温注意到了这些，却毫不在意。他给了沃洛想要的尊敬，但仅此而已。他任由伊兰神出鬼没地陪着伊万杰琳，显然很高兴地看到未来妻子的兴趣并不在自己身上。他的关注点另有所在。并不是我，而是他的表亲萨姆逊，这很奇怪。我也很费了一番力气来忽略这位折磨我内心最深处的耳语者。我一直都能感觉到他的存在，极力地想撇开他的耳语，却没有足够的力气来抵抗。梅温就不必担心这些，因为他的椅子都是静默石做的。它令他安全，也令他空洞。

当我接受各种培训成为王妃时——这事本身就是个笑话——我和二王子订了婚，参加过不少宫廷宴会。舞会，是的，也有很多大宴。但自打我被关起来以后，公开露面就完全不是以前那样了。现在，我已经数不清有多少次被迫坐在梅温身边，像只训练有素的宠物，听着请愿人、政客和新血信誓旦旦地结成同盟。

今天也是大同小异。裂谷区的领主、拉里斯家族的族长提出了已演练过多次的请求，为修整属于萨默斯家族的矿场申请国库资金。这也是个沃洛的提线木偶，那些棉线简直清晰可见。梅温轻而易举地就把他打发了，他挥挥手，承诺说会再次审核这一提议的。尽管梅温在我面前是个“说话算话的人”，但面对朝臣们就未必了。领主沮丧地垂下肩膀，知道自己的提议根本不会再被提起。

我的后背一直痛得很，椅子硬邦邦的，更不用说穿着这身宫廷戏服时必须保持的僵硬姿势了。又是水晶，又是蕾丝，红色的，当然。梅温喜欢我穿红色的衣服。他说这样会让我看起来富有生机，尽管我的生命正在一天天地流逝。

日常听政是不需要全部朝臣到场合议的，今天的主殿里就空着一半，当然演讲台那里还是围着不少人。那些被选出来陪伴国王的人站在他的左右，为这样的位置而骄傲，出现在新一段全国广播里就更是自豪了。摄像机一开始工作，我就知道会有更多的新血纷涌而至。我叹息着，屈从于充满愧疚和耻辱的新一天。

那些高高的大门打开时，我的胃总是绞痛。我垂下眼睛，不想记住他们的面孔。他们大多会学莫瑞坦那该死的做法，为了了解自己的异能而加入梅温的战争。

在我旁边，乔和以往一样抽搐着。我看着他的手指，又长又细，正在裤管上来回划着。向前，向后，就像是在飞速翻动着书页。他可能就是在翻动书页，读着那些关于未来的模糊线索，看着它们成形，变化。我想知道他都看到了什么，但我绝不会问他。我永远也不会原谅他的背叛。反正，从那次在议会大厅遇见他到现在，他也没有想要跟我讲话。

“欢迎你们所有人。”梅温对新血说道。他的声音老道而稳定，传遍了整个正殿。“不要担心。你们现在已经安全了。我向你们承诺，你们在这里绝不会遭受红血卫队的威胁。”

糟透了。

我一直低着头，不让摄像机拍到我的脸。奔涌的血液在我的耳朵里冲撞，随着心跳的频率一下下地拍击。我觉得紧张，我觉得恶心。快跑！我在脑海里叫道。但是现在，没有一个新血能从这间正殿跑出去。我不去看梅温，也不去看新血，不去看笼罩在他们身上的隐形囚笼。我看向伊万杰琳，却发现她也正瞪着我。她竟然没有冷笑，脸上只有茫然和空洞。在这种事情上，她接受的训练比我多。

我的指甲参差不齐，角质层也一块块地往下掉，这都是因为漫漫长夜的担忧和漫长白天的折磨。斯克诺斯家族的愈疗者奉命为我治疗，好让我看起来健康些，但她总是忘记检查我的手。我希望看到转播的人们不会忽略掉这个。

在我身旁，国王继续着惹人反感的表演：“请吧。”

四个新血逐一出场，一个比一个紧张。他们的异能总是引起阵阵惊呼和窃窃私语。这简直就像是选妃大典的残酷翻版。贵族小姐们卖弄异能是为了夺得后冠，而新血的展示则是为了活命，为了投靠梅温以得到他们以为的庇护。我试着不去看，却发现自己的眼睛里满是同情和恐惧。

首先登场的是一个身材魁梧的女人，她的二头肌壮得很，堪比卡尔。她尝试着穿过了一面墙。直接穿过去的，好像那镀金的木头和华丽的嵌线都是空气一样。在梅温富于魅力的鼓励之下，她又故技重施，同样穿过了一名禁卫军的身体。禁卫军抖了一下，这是那黑色面具之下流露出的仅有的人性的迹象，不过他一点儿也没受伤。我根本还没明白那个女人的异能是怎么回事，便想到了朱利安。他和红血卫队在一起，也会很期待地看着录像中的每一个人吧。如果上校允许的话，应该是的。上校可不是我那些银血族朋友的铁杆粉丝。

随后是两个退伍老兵，白头发，眼神恍惚，肩膀宽厚。他们的异能我就很熟悉了。其中矮个子、缺了一颗牙的那个老头儿和琪萨一样是个爆破者。琪萨是我在几个月之前招募的新血，她可以仅凭意念就炸毁物体或人，但仍然没能从那次对克洛斯监狱的袭击中幸存。她憎恨自己的异能——血淋淋的，残忍。而这个老头儿眨眨眼就将一把椅子炸烂，他似乎也并不为此感到开心。他的朋友特伦斯是个柔声者，能改变声音传播的方向，和法拉赫一样。法拉赫也是由我招募的，她没有跟我们一起去克洛斯监狱。我希望她还活着。

最后一个也是个女人，和我老妈年纪差不多，编成辫子的黑发里夹杂着灰白。她举止优雅，以寂静无声、干练流畅的步伐走近国王，是个受过训练的侍从——像艾达，像沃尔什，也像以前的我。我们中有太多人都是如此，现在也是。她鞠躬时，身子弯得特别低。

“陛下。”她轻声说道。她的声音柔和、谦逊，犹如夏日里的微风。“我是哈雷，伊格家族的侍从。”

梅温示意她起身，并且又套上了假惺惺的微笑。哈雷照做了。“你是伊格家族的侍从。”他温和地说着越过她的肩膀朝后面点点头，从人群里找到了伊格家族的领头人。“麦莉娜夫人，感谢你将她带到了安全之地。”

那个长着一张鸟脸的高个子女人早就知道国王会说什么，所以已经在屈膝行礼了。身为一名鹰眼，她能看到短时未来。我猜，她也许早就发现自家侍从的异能，而侍从自己还什么都不知道呢。

“继续，哈雷？”

她的眼睛看向我，只有一瞬。我希望自己经受住了她的监视，不过她搜寻的东西似乎并不是恐惧或者面具下的真面目之类。她的目光变得恍惚，既像是看透了一切，又像是什么都没看见。

“她能够控制和制造电流，大小皆可。”哈雷说，“您尚未为这种异能命名。”

然后她看向乔，同样也是快速地一瞥：“他能够看到命运。未来的走向，人的选择。您尚未为这种异能命名。”

梅温眯起眼睛，颇为不解。我也是这种感觉，真讨厌和他一样。

但是哈雷还在继续，她一边看一边说：

“她能够通过改变磁场控制金属物质。磁控者。”

“耳语者。”

“荫翳人。”

“磁控者。”

“磁控者。”

她走到梅温的顾问参议之间，一个一个地指认着，毫无困难地说出了他们的异能。梅温向前探着身子，饶有兴味地向一侧偏着头，像个好奇的小动物似的。他仔细地看着，几乎连眼睛都不眨一下。很多人认为，没了伊拉，他就是个蠢货，而且又不像他哥哥那样具备军事天分，简直一无是处。然而他们忘了，谋略并非只能用在战场上。

“鹰眼。鹰眼。鹰眼。”她指着自己以前的主子，一个个地说出他们的异能，然后垂下双手，握紧拳头，又松开，等待着不可避免的质疑。

“所以，你的异能就是认出异能？”梅温最后说道，扬起一侧眉毛。

“是的，陛下。”

“有点儿简单了。”

“是的，陛下。”她承认了，语气更谦卑了。

这确实不必费吹灰之力，尤其是在她曾经的那个职位上。她为贵族服务，常常出现在这类宫廷场合，要记住其他人有什么本事是很容易的——可是，乔呢？据我所知，他虽然被称为第一个投靠梅温的新血，其异能却不是人人皆知的。梅温可不希望人们认为他依赖有红血血统的人出谋划策，做出决定。

“继续。”他的黑色眉毛挑动着，鼓励哈雷继续表演。

她立刻从命，指认奥萨诺家族为水泉人，威利家族为万生人，罗翰波茨家族为铁腕人。一个接着一个。可是，这些人都身着家族色，而她是个侍从，本来就应该知道这些。她所谓的异能，往好处说，是个无伤大雅的小把戏，往坏处说，就是欺君，会带来杀身之祸。我知道，她一定感觉到了自己头顶上悬着的利剑，梅温的下巴每点一下，利剑就更近一些。

在人群后面，一个身着红色和蓝色的艾若家族闪锦人站了起来，走动的时候整了整自己的衣服。我只注意到他的步伐不像闪锦人那样流畅。这很奇怪。

哈雷也发现了这一点。她颤了颤，不过只有短短的一秒。

送命的不是她，就是他。

“她能够改变自己的面容，”哈雷的手指在半空中颤抖着，“您尚未为这种异能命名。”

朝臣间惯有的窃窃私语一下子消失了，像蜡烛似的突然熄灭了。寂静笼罩下来，我唯一能听见的就是自己加速的心跳。*她能够改变自己的面容。*

肾上腺素立刻让我浑身嗞嗞作响。*快跑！*我想大叫，*快跑啊！*

禁卫军抓住了这位艾若老爷的胳膊，架着他往前走。我暗自乞求：*一定是弄错了。一定是弄错了。一定是弄错了。*

“我是艾若家族的子弟。”那个人怒道，挣扎着想甩开禁卫军。艾若家族的人是可以笑着一拧身子就闪开的。但是这个人，不论男女，都做不到。我的心沉了下去。“您宁肯相信红血族奴才的谎言也不相信我的话吗？”

萨姆逊抢在梅温问话之前就做出了反应，快得像个鸟人。他走下演讲台的台阶，蓝色的眼睛里闪动着饥渴。我猜，在我之后，他就没享用过几个脑袋了。那个艾若叫了一声就跪倒在地，垂下了头。萨姆逊已经侵入了他的思维。

随后，他的头发变灰，变短，向后缩去，露出了另一张脸。

“阿奶。”我听见自己倒吸了口冷气。那老妇人壮着胆子抬头看我，大睁着的眼睛里满是恐惧，却是我所熟悉的。我记得自己招募她时的情景，记得她来到山谷营地，和新血小孩们拌嘴，还给大家讲她儿孙的故事。她就像核桃似的皱纹密布，比我们所有人都年长，而且总是抢着去执行任务。我真想扑过去拥抱她，但眼下的处境，这根本不可能。

于是我跪了下来，双手抓住了梅温的手腕。我向他乞求，像之前唯一的那一次一样——灰和冰冷的空气灌满了我的肺，脑袋仍未从飞机失事的撞击中恢复，眩晕得厉害。

裙子撕开了一道口子——它不是为下跪之人准备的，不是为我这种人准备的。

“求求你，梅温，别杀她。”我央求着他，大口吸着空气，抓住一切可能也要救她的命。“她还有用，她有价值，看看她能做什么呀——”

他把我甩开，用手掌按着我锁骨上的烙印：“她是混进我宫廷的间谍，不是吗？”

我仍然不放弃。阿奶的伶牙俐齿能救她也能真的让她送命，所以我抢在她之前说话。这是唯一的一次，我希望摄像机仍然在摄录。

“她是被出卖的，是被哄骗的，是被红血卫队误导的。这不是她的错！”

国王不愿屈尊站一站，即便脚下有个杀人犯在跪求。因为他害怕离开静默石，害怕离开那个空洞而安全的圈子去做决定。“战争法则很明确：间谍应被即刻处置。”

“当你生病了，你会责备谁？”我央求着，“你的身体，还是疾病本身？”

他垂下眼睛瞪着我，而我只感觉到一片虚空：“责备不起效的治疗方法。”

“梅温，我求求你……”我不记得自己已经哭起来了，但我确实哭了。这是耻辱的眼泪，为我自己也为阿奶而流。这是营救的开端。这是一场因我而起的战争。阿奶就是我的机会。

我的视线变模糊，视野边缘蒙上了一层水雾。萨姆逊伸出手，迫切地挖掘着阿奶所知道的东西。我真想知道，这会对红血卫队造成何种致命伤害——他们怎么会愚蠢到这么做。这是必输的冒险，是无谓的牺牲。

“揭竿而起，血红如同黎明。”阿奶喃喃地说道，吐了一口唾沫。

随后她的面孔变化了最后一次，变成了所有人都认得的一张脸。

萨姆逊退后一步，惊呆了，梅温则压住声音叫了起来。

伊拉匍匐在地板上瞪着众人，犹如一个活着的幽灵。她的脸已经被闪电毁了，一只眼睛不见了，另一只眼睛则爆出肮脏的银血；她的嘴巴扭曲着，弯成一个非人的狞笑。她让我胃里一阵翻腾，觉得恐怖骇人，虽然我知道她已经死了。我知道是我杀了她。

这是机智的一招儿，为阿奶赢得了时间。她伸出手，塞进嘴里，吞下去。

我曾见过的自杀毒药。我闭上眼睛，知道接下来会发生什么。

这比任由萨姆逊翻检要好一些。她的秘密仍是秘密。永远都是。

KING'S CAGE

# 第十章

## 梅儿

我把书架上的所有书都撕烂了。书脊崩开，书页散乱，我希望它们能流出血来。我希望自己能流出血来。她死了，因为我活着，因为我还在这儿，充当陷阱中的诱饵，吸引红血卫队离开他们的藏身之地。

在一连几小时毫无意义的破坏发泄之后，我发现自己想错了。红血卫队不会做这种事。上校、法莱，他们都不会为了我做这种事。

“卡尔，你这个蠢货，你这个大笨蛋。”我自言自语。

因为这只能是他的主意。他一直以来学到的就是这个：为了胜利，不惜一切代价。我希望他不要再为我做无谓的牺牲了。

外面又下雪了，但我感觉不到雪的冰冷，而只有自己身上的寒意。

早上，我醒了，躺在床上，穿着衣服。不过我不记得自己是怎样从地上爬起来的了。撕坏的书已经不见了，仿佛从我生命中小心地扫去了，一块小纸片都没留下。书架上却不是空空如也。几十本皮面书籍，新的、旧的，又塞满了。想要把它们撕烂毁掉的冲动也塞满了我的胸膛。我踉踉跄跄地站起来，扑了过去。

我抓到的第一本书是本破破烂烂的旧书，封面破损，看起来已有些年头了。我觉得这封面原来可能是黄色的，或是金色的，不过这对我来说都不重要。我把它哗啦翻开，一只手抓住几页，正要把它们从书脊上撕下来——

那熟悉的手写字迹一下子让我愣住了。我的心漏跳了一拍。

朱利安·雅各藏书。

膝盖突然罢工了，我轻轻地瘫倒在地，向这件几个星期以来最令我感到安慰的物件俯下身子。我用手指抚摩着他的名字，希望他能从中浮现，希望能听见他的声音真的响起，而不是仅仅存在于我的脑海中。我翻开书页，搜寻着更多关于他的印记。词句飞速掠过，字里行间回荡着他的暖意。诺尔塔的历史，她的形成，三百年来银血族国王和王后的光辉过去。有些地方画上了线，还有的地方写着批注，与朱利安有关的一点一滴都像爆炸似的，让我的心里充满了幸福感。尽管身陷囹圄，伤痕累累，我却还是笑了。

其他书籍也都是朱利安的，但这只不过是他庞大藏书的一小部分。我探索其间，就像个饿疯了的姑娘。他喜欢历史，不过这儿也有科学书籍，甚至还有一本小说。这本小说里面签着两个名字：朱利安送给柯丽。我凝视着这几个字母，它们是这座宫殿里仅存的卡尔母亲的遗迹。我小心地把书翻过来，摸了摸没有任何折痕的书脊。她从未读过这本书。也许是没有机会，来不及读。

内心深处，我憎恨这些书籍带给我的快乐。梅温如此了解我，知道该给我些什么，我憎恨这个。但这毕竟是他授意的，是他仅有的表达歉意的方式，也是我仅有的可能接受的方式。不，我不接受。我当然不接受。一想到这些，我的笑容便瞬间消失了。在关涉国王的事情上，我不允许自己出现“恨”以外的情感。他的心术权谋虽然不如他妈妈那么完美，但我能感觉得到，更是绝不能陷进去。

有那么几秒钟，我犹豫着要不要把这些书也撕掉，好让梅温看看我是怎么对待他的礼物的。可是我做不到。我用手指轻轻抚摩书页——想撕掉它真是太容易了——然后就小心地、一本一本地把它们放回了架子上。

我不愿毁了这些书，怒意便转嫁到了衣裙上面。我把这件镶嵌着红宝石的丝绸裙袍从身上扯了下来。

也许是像吉萨那样的某个人制作了这件裙子。一个红血族的奴仆，有着灵敏的双手，艺术家般的眼光，完美地缝制刺绣出只有银血族才能穿的衣服，如此漂亮却又如此骇人。这想法本应让我觉得悲哀，可我只感觉到了愤怒。我已经没有眼泪了。从昨天那一刻起，再也没有了。

一言不发、面无表情的老猫和四叶草拿来了新的衣服。我毫不犹豫也毫无怨言地穿上了。这件衬衫上缀着大量的红宝石、石榴石、红玛瑙，长长的袖子上用黑色丝绸滚镶着条纹。还有裤子，也是杰作，宽松得足以让人以为我穿得很舒服。

这之后，斯克诺斯家族的愈疗者来了。她全力拯救着我的肿泡眼，还有整夜啜泣造成的脑袋跳痛。她很像莎拉，也是安静又有天赋的，蓝黑色的手指轻而敏捷地拂过我的患处。她手脚利落。我也是。

“你能说话吗？还是也被伊拉割掉了舌头？”

她知道我在说什么，目光闪了一下，睫毛飞快地一眨，似乎很惊讶。可是她仍然没有开口讲话，显然是训练有素。

“好决定。上一次我见到莎拉，是把她从监狱里救出来的时候。看样子，就算割掉舌头的惩罚也不够。”我越过她看见老猫和四叶草正紧盯着。她们也像这个愈疗者一样，全部注意力都在我身上。我能感觉到她们的异

能一波一波地涌过来，应和着镣铐加之于我的静默效应，源源不绝。“那儿有几百个银血族，很多都是贵族。最近可有什么朋友失踪了？”

在这个地方，我手无寸铁，但我必须得试试。

“闭嘴，巴罗。”四叶草叫道。

在我看来，只要能让她开口说话就算是胜利了。我更进一步。

“真是诡异啊，那个小国王明明就是个嗜血的暴君，竟然没有人介意。反正我是红血族，根本不懂你们的啦。”

我大笑起来，四叶草冲过来把我从愈疗者身边拉开，气哼哼的。“给她的治疗已经够了。”她发出嘘声，拉着我出了屋子，绿色的眼睛里闪着愤怒，还有困惑——自我怀疑。我打算用花言巧语打开突破口，已经奏效了。

其他人不会冒险来救我了。我只能靠自己。

“别理她。”老猫对她的伙伴说道。她的声音又高又细，好像能滴下毒液。

“你们俩一定是忠心不二的了。”她们带着我走向那熟悉的长长走廊，而我继续说道，“竟然给红血耗子当保姆，给她收拾吃剩的饭，还替她打扫屋子。梅温果然可以随心所欲地使唤他的小玩具啊。”

这些话让她们更生气了，对我也更粗鲁了。她们加快了步伐，强迫我跟上。我们本该向右转的，可是突然向左转了，来到了这座王宫的另一部分。我模模糊糊地记得这里——寝宫，王室成员居住的地方。我也曾在这里住过，只是非常短暂。

经过壁龛里的雕塑时，我的心跳加快了。我认出来了。我的房间——我的寝宫——距此只有几扇门之遥。卡尔的房间也是，还有梅温的。

“别这么饶舌。”四叶草说道。她的声音听起来非常遥远。

日光透过窗子洒进来，因为积雪的反射而显得更加明亮。可是这丝毫不能安抚我。在正殿，在书房，在我只是公众面前的摆设的时候，我尚且可以面对梅温。但是独处——真正的独处呢？在衣服底下，他给我的烙印隐隐作痛，烈烈灼烧。

我们在一扇门前驻足，然后走了进去，我这才发觉自己想错了，一下子轻松下来。这是一间小客厅——梅温已经是国王了，他不住在这里。

但是，伊万杰琳还住在这儿。

客厅里空荡荡的，伊万杰琳坐在正中央，四周散落着扭曲的金属碎块。它们颜色不一，材质各异——铁、青铜、红铜。她两只手正忙着用铬合金制作花朵，然后用金银交织的束带扎成一束。这是她的另一顶花冠，暂时还不能戴上的花冠。

两个侍从在她左右听候调遣。一个男人，一个女人，衣着朴素，上面带有萨默斯家族色的条纹。我一个激灵，意识到他们是红血族。

“给她打扮一下。”伊万杰琳说道，都懒得抬眼看看。

那两个红血族便弯着身子，向我招手，要我走到客厅里唯一的一面镜子前面。当我看向镜子时，才发现伊兰也在。她懒洋洋地躺在长沙发上，晒着太阳，就像一只心满意足的猫。她迎着我的目光，既没有表示出疑问也没有显得恐惧，有的只是“不感兴趣”。

“你们在外面等。”伊兰移开目光，转而对亚尔文家族的警卫说道。她的红发映着阳光，仿佛漾起涟漪的液体火焰。尽管我有一万个理由面目骇人，可她的在场还是令我自惭形秽了。

伊万杰琳点头同意，警卫们便鱼贯而出，还向我这边投来颇不满意的一瞥。我贪婪地把这眼神记了下来，留待以后把玩。

“没人想解释一下？”我在这寂静的屋子里发问，等着谁来回答。

她们俩一起大笑起来，还交换了个心领神会的眼神。我则趁机观察了一下这个房间，评估了一下眼下的处境。这儿还有另一扇门，可能是通向伊万杰琳的卧室的，窗子全都紧锁着，隔绝了外面的冷气。向外看去，这屋子正对着一个花园，很眼熟——我那间囚牢一定就在对面。想到这一点让我不寒而栗。

令我惊讶的是，伊万杰琳突然丢下了手里正干的活儿。只听“哗啦”一声，花冠四分五裂，没有她的异能便无法保持原有的形状。“接待客人是王后的职责。”

“唔，我不是客人，你也不是王后，所以……”

“如果你的脑子也能像嘴巴这么快就好了。”她讥讽道。

那个红血族的女侍从飞快地眨了眨眼，打着颤，好像被我们的对话伤到了似的。确实，这些话挺有杀伤力的，而我也决意不再犯傻。我咬住嘴唇，免得又有什么愚蠢的想法直接溜出口。两个红血族侍从这才忙活起来。那个男侍从负责打理我的头发，先梳通，然后盘成发髻，女侍从则收拾我的脸。她没给我化银血族的那种大浓妆，不过还是用刷子给我描了一点儿黑色的眼线，然后又涂了红色唇膏。真是够花哨的。

“行了。”伊兰背对着我说。侍从们立刻停止工作，垂下双手，低下了头。“也不能让她看起来太好了。大公们会不解的。”

我睁大了眼睛。大公。客人。这次我又是要展览给谁看?

伊万杰琳注意到了。她一下子生了气，抓起一朵铜花扔向伊兰。铜花楔进了伊兰脑袋上方的墙壁里，但她似乎毫不介意，只是出神地叹了口气。

“留意你说的话，伊兰。”

“反正她一会儿就会知道了啊，亲爱的。这有什么要紧的?”她从枕头堆里站起来，伸展着修长的四肢，异能让她闪闪发光。伊万杰琳盯着伊兰的一举一动，当她穿过客厅走向我的时候，目光更锐利了。

伊兰靠过来，看着镜子里的我:“今天你会守规矩的，是吧?”

如果我用胳膊肘猛击伊兰那完美的牙齿，伊万杰琳会不会立刻就刺中我呢，真想知道。

“我会的。”

“很好。”

然后她就不见了。只是看不见了，但是触觉还在。我仍然能感觉到她放在我肩头的手。这是个警示。

我透过伊兰的身体看向伊万杰琳。她站了起来，裙摆聚成一团，像一摊水银似的颇具流动感。那很可能就是水银。

当她大跨步地走向我时，我不由自主地就想往后退。但伊兰的手压着我，不让我动，迫使我直挺挺地站着，任由伊万杰琳凑近。她就喜欢看我害怕，于是扬起了嘴角。当她抬起手吓得我一哆嗦时，她笑得更开心了。不过她没有动武，而是把我耳边的碎发撩到后面去了。

“别犯错。这是为了我的利益，”她说，“不是你的。”

我不明白她在说什么，不过还是点了点头。

伊万杰琳没有把我们带到正殿，而是来到了梅温的私人会议室。门口的禁卫军看起来似乎比往常更威风，而当我进了会议室，就发现连窗户边也有禁卫军守着。这是阿奶潜伏事件之后的额外警备。

上一次我从这里经过时，这儿只有乔一个人。此刻他也在，安静地待在角落，并不和屋子里的另外六七个人寒暄。我不禁打了个冷战，因为看见了沃洛·萨默斯这个少言寡语、一身黑色的蜘蛛，身边站着他的儿子托勒密。当然，萨姆逊·米兰德斯也没缺席。他斜眼看着我，我连忙低下头，躲开他的视线，好像这样就能给自己竖起盾牌，挡住他曾侵入我思维的那些记忆。

我原本以为，梅温会独自一人坐在大理石桌子的另一边，却没想到有两个人在他左右，靠得很近。他们裹着厚实的裘皮和柔软的羊皮，尽管我们在屋子里，隔绝了冬季的寒冷，他们却还是像待在极地一样。他们的皮肤呈现出一种深蓝色，犹如打磨光滑的石头。右边的那个人，复杂的发辫里装饰着碎金子和绿松石穿成的珠串，左边的那个则安然地头戴白色石英切削而成的皇冠。他们显然是王室成员。但不是我们这个国家的，不是诺尔塔的。

梅温抬起手，示意伊万杰琳走近。在冬日的阳光之下，她整个人都亮闪闪的。“这是我的未婚妻，萨默斯家族的伊万杰琳。”他说，“在抓捕红血卫队的首领、闪电女孩梅儿·巴罗的过程中，她是不可或缺的。”

伊万杰琳恪守本分，向二人点头示意，对方也点头回礼。他们的动作幅度大而且很流畅。

“祝贺你，伊万杰琳小姐。”戴着王冠的那个人说着伸出了手。伊万杰琳便让他吻了一下指关节，因为受人关注而显得喜气洋洋。

她冲我瞪着眼，我这才明白，她是要我也有所表示。我不情不愿地做了。那两个人对我很有兴趣，着迷似的看着我。除了点头之外我再也不想有任何“表示”了。

“这就是闪电女孩？”另一位大公说道。他的牙齿一闪，被黑皮肤衬出一种月白色。“这就是给你惹了那么多麻烦的家伙？而你竟然没有杀掉她？”

“当然没杀掉了。”他的同胞插嘴道。他站了起来，要我看差不多有七英尺高。“她可是个绝佳的诱饵。不过，她的同伙居然没有尝试过什么真正的营救行动。如果她真有你说的那么重要，这倒是让我觉得很惊讶了。”

梅温耸了耸肩，营造出一种平静、满足的气氛：“我的王庭固若金汤，渗透潜伏是不可能的。”

我瞥了他一眼，与他视线相交。骗子。他几乎要对我笑出来了，好像这是我们俩私下里的笑话。我强忍着那种熟悉的，想冲他吐口水的冲动。

“在皮蒙山麓，我们可以带着她游街示众，走遍所有城市。”戴着石英王冠的大公说道，“让臣民看看，像她这样的人会有什么下场。”

皮蒙山麓。这个词像铃铛似的在我的脑海里响了起来。所以这二位是皮蒙山麓的大公了？我冥思苦想，试着回忆关于这个国家的事情。诺尔塔的盟国，与我们的部分南方边境接壤，由多位大公联合统治。这些都是从朱利安那里学来的，不过我还知道些别的。我记得，在塔克岛找船的时候，我见过那些从皮蒙山麓偷来的物资。法莱暗示过，红血卫队正向那里发展，旨在将他们的反抗事业传入诺尔塔最亲密的同盟。

“她会说话吗？”那个大公接着问道，看了看梅温，又看了看伊万杰琳。

“挺不幸的。”伊万杰琳意有所指地讥笑道。

两位大公都笑了起来，梅温也是。屋子里的其他人于是有样学样，迎合着他们的主子。

“好了，达拉修斯大公，亚历山德雷大公。”梅温按顺序看了看这两个人。他很骄傲地扮演着国王的角色，尽管他们要比他年长一倍。不过，他在气势上还是做到了与他们势均力敌，伊拉真是把他训练得很好。“你们想看看犯人，现在已经看到了。”

那个亚历山德雷已经凑近了，用柔软的双手抬起我的下巴。我不知道他有什么异能，不知道应该怕他什么。“的确如此，陛下。我们有几个问题，不知您能否准予提出？”

他这措辞是在提出请求，听起来却更像是直接下令。

“陛下，我已经把她知道的都告诉您了。”萨姆逊说道。他坐在椅子上，向前倾着身子，以便指向我。“梅儿·巴罗的全部思维我都毫无遗漏地检查过了。”

我应该点头表示同意吧，但亚历山德雷抓着我，让我动弹不得。我看着他，极力地想推测出他究竟想从我身上得到什么。可他的眼睛犹如深渊，难以看穿。我不认识这个人，也无法从他身上找到有用的信息。他的触碰让我浑身难受，真希望闪电能来，在我和他之间隔开一点儿距离。在他身后，达拉修斯动了动，好更清楚地看到我。他那些金色的珠子映着冬日阳光，让他的头发闪闪发光，令人眩晕。

“梅温国王，我们希望能从她嘴里听到这些。”达拉修斯对梅温说道。然后他笑了，轻松自在且又充满魅力。达拉修斯长得漂亮，也善于利用自己的外表。“这是布拉肯大公的请求，您懂的。我们只需要几分钟就好。”

亚历山德雷、达拉修斯、布拉肯，我把这几个名字记住了。

“请便。”梅温抓住了座椅的边缘。他们人人都笑眯眯的，没有什么比这更诡异的了。“就在这儿问吧。”

过了好长一阵子，达拉修斯变得温和了一些。他恭敬地一点头：“很好，陛下。”

他的身体突然变得模糊起来，移动速度快得我都没看出他在动，而后就出现在了我的右侧。疾行者。不如我哥哥快，但足以激起我身体里震惊紧张的肾上腺素了。我仍然不知道亚历山德雷有什么本事，只能祈祷他千万别是个耳语者，我受不了再来一遍那样的折磨了。

“红血卫队是否在皮蒙山麓活动？”亚历山德雷居高临下，深邃的眼睛看着我。他和达拉修斯不同。他不笑。

我等待着思维被侵入的那种警示的刺痛。但是，没有。是镣铐——它们挡开了异能，让我用沉默把自己紧紧包裹。

我的声音嘶哑：“什么？”

“我问的是，你所知道的红血卫队在皮蒙山麓的活动情况。”

我所经受过的所有审讯都是由耳语者执行的，这样自由地提问，相信我的回答而不是撬开我的脑袋，反而显得怪异了。我想，萨姆逊应该已经把从我这儿挖到的东西都告诉他们了，可他们不相信他的话。有趣。那么就看看我讲的故事是不是更合他们的口味吧。

“红血卫队很擅长保守秘密。”我答道。这时我的思绪一晃：我要撒谎吗？我要给梅温和皮蒙山麓之间的不信任再添一把柴吗？“关于他们的行动，我无权知道得太多。”

“你的行动。”亚历山德雷皱起眉头，在额头正中间挤出一道深深的沟壑。“你是他们的领袖。我不相信你对我们这么没有用处。”

没有用处。两个月前我还是闪电女孩，是人形风暴。但在那一切之前，我就是他所说的“没用”，对任何人，甚至是我的敌人都没有用处。生活在干阑镇时我憎恨“没用”，但现在我很高兴：在银血族手中，我是个糟糕的武器。

“我不是他们的领袖。”我对亚历山德雷说。在我背后，我听见梅温靠向椅背。真希望他会觉得局促不安。“我甚至都没见过他们的领袖。”

他不相信我，但他也不相信之前听到的“供述”：“你们在皮蒙山麓安插了多少人？”

“我不知道。”

“谁为你们的活动提供资金？”

“我不知道。”

我的手指和脚趾突然感到一阵刺痛。只是很微弱的感觉。自然不是令人愉悦，可也算不上不舒服，就像发麻似的。亚历山德雷一直没有松开我的下巴。有镣铐呢，我对自己说道，它们会保护我的，它们必须保护我。

“迈克尔王子和夏洛特公主在哪儿？”

“我不认识他们。”

迈克尔、夏洛特，更多名字需要记下来。刺痛的感觉持续着，延伸到了胳膊和双腿。我咝咝地吸了口气。

他的眼睛因专注而眯了起来。我打起精神，准备迎接他的异能给我带来的痛苦。“你是否与蒙弗自由共和国有所联系？”

刺痛感仍然尚可承受，只是下巴被他抓得很痛。

“有。”我怒道。

他向后退了退，冷笑着松开了我的下巴。他瞥了一眼我的手腕，然后用力地提起袖子看了看我的手铐，满面阴沉。而我四肢里的刺痛感渐渐减弱了。

“陛下，我能否在她不佩戴静默石镣铐的情况下提问？”又是一个伪装成请求的命令。

这一回梅温拒绝了。没有镣铐，他的异能便不受束缚了。哪怕只是微微地刺入我这静默石囚笼，也一定是相当残暴的。我会遭受折磨，再一次。

“恐怕不行，殿下。那样可就太危险了。”梅温说着简单地摇了摇头。尽管我恨他入骨，此刻却迸发出一撮小小的谢意。“而且，如你所说，她是很有价值的。我不能让你把她毁了。”

萨姆逊丝毫不掩饰他的嫌恶：“有人会的。”

“我还能为你以及布拉肯大公做些什么吗？”梅温更进一步，没理会他那位恶魔般的表亲。他从座椅里挺起身子，一只手抚平佩着徽章和荣誉绶带的军礼服。但是他的另一只手仍然没离开椅子，而是紧抓着静默石扶手。那是他定心的锚，防护的盾。

达拉修斯代表他们两人深深鞠了一躬，又是笑容满面：“我听到了关于宴会的谣言。”

“仅此一次，”梅温冲着我尖厉地笑了笑，答道，“谣言乃是实情。”

博洛诺斯夫人从未教过我取悦盟国皇室的礼节。我曾见过很多筵席、舞会，还有我不小心毁掉的选妃大典，但我从来没见过这样的宴会。也许这是因为梅温的父亲并不怎么在意外表，但梅温从骨子里更像他的妈妈。*看起来强大就会真的强大*，她曾经这么说过。今天他可算是学以致用了。他的顾问参议、皮蒙山麓的客人们，还有我，一起围坐在一张长桌边，可以俯瞰其他所有人。

我从没来过这间宴会厅。它使正殿、陈列馆和白焰宫所有的厅室都显得狭小了。它能装下所有的朝臣，所有达官贵妇和他们家族的族人，还绰绰有余。这间大厅有三层楼那么高，高高的窗子由水晶和彩色玻璃制成，每一扇都是一个家族的标志色。它们高悬在蒙着黑色花岗岩的大理石地面之上，经过枝形吊灯那钻石般的切面折射，犹如十几条彩虹。吊灯造型各异：树、鸟、阳光、群星、暴雨、烈焰、飓风……象征着所有银血族的异能。要不是自己的处境风雨飘摇，我真想整顿饭的工夫都仰头盯着天花板看。至少这次我不用挨着梅温了。让两位大公去忍受他吧。不过，我的左边是乔，右边是伊万杰琳。我使劲缩着胳膊肘，不想无意中碰到他们俩。伊万杰琳可能会刺伤我，而乔也许又会跟我分享什么烦人的预言。

所幸，食物很不错。我强迫自己多吃，并且不沾酒类。红血族的侍从们服务左右，杯子里永远都是满的。我尝试着与其中某个视线交流，十分钟之后仍然无果，便放弃了。侍从们都很聪明，并不想为了看我一眼而以身犯险。

我只好目视前方，数着大厅里的桌子，数着豪门贵族的数量。所有家族都在，外加梅温自己所代表的卡洛雷家族。我不认识他的其他表亲或家人，但我猜总有那么几个。他们可能也很聪明，避免与他的嫉妒愤怒和守卫王位的紧张对峙。

艾若家族看起来是很小的一撮。尽管他们的家族色是活泼的蓝色和红色，这些人却死气沉沉的。他们的族人不多，我猜测着有多少艾若被关进克洛斯监狱去了，或是逃离了朝堂。不过桑娅还在，她举止优雅、动作熟练，却奇怪地有些紧张。她换下军官制服，穿起了华丽的长袍，坐在一个年长的男人身旁。那个人的领圈上镶着红宝石和蓝宝石，可能是接替黑豹的新一任族长。而杀害他们前任族长的凶手就在几英尺外坐着。桑娅的祖母和托勒密之间的生死一战，我已经告诉桑娅了，不知道她有没有对别人讲过。也不知道他们会不会在乎。

桑娅突然抬起头接住了我的目光，眼神锋利，把我吓了一跳。

在我旁边，乔低沉地长叹。他一只手端起盛着红色美酒的杯子，另一只手放下了餐刀。

“梅儿，你能不能帮我一个小忙？”他平静地说。

他的声音让我特别厌恶。我冷笑着回过头看他，聚起全部的恶意说：“什么？”

突然，有什么东西裂开了，痛感擦过我的颧骨，皮肤崩裂，血肉灼热。我痉挛了一下，就向旁边倒去，像受惊的动物似的急着藏身。我的肩膀撞到了乔，他向前扑去，把酒和水洒在了精致的餐布上。还有血。很多很多的血。我感觉到了，湿润的，温热的。但我没有低头去看它是什么颜色。我的眼睛盯着伊万杰琳。她站在桌旁，伸出一只胳膊。

一颗子弹在她面前的半空中战栗着，悬停住了。我想，擦伤我脸颊的东西就是这个——而它原本会造成更糟的后果。

她攥紧拳头，子弹便原路返回，射向它的来处。随之一起飞射的还有从她衣裙上分出的钢铁碎片。我惊恐万状地看着那些身着蓝色和红色衣服的人与这金属风暴交织在一起。他们闪躲、下伏、前后疾跳地避开袭来的匕首。他们甚至抓住了飞来的碎片，又猛投出去。你来我往的攻守犹如暴烈闪耀的舞蹈。

伊万杰琳并不是唯一一个做出反应的人。禁卫军齐步向前，围住了主桌，形成一堵人墙挡住了我们。他们的行动无懈可击，来自经年累月不间断的训练。但他们的阵列出现了缺口，有些人摘掉了面具，抛弃了烈焰般的袍子，掉转枪口。

那些贵族也是如此。

我从来不曾如此没遮没挡，绝望无助。这么说可能有点儿过分：在我面前，神与神在决斗。我睁大了眼睛，想看个完全，想弄明白这到底是怎么回事。我从没想象过会发生这种事。宴会厅中央的生死决斗，珠宝绫罗代替了盔甲刀剑。

艾若家族、哈文家族和拉里斯家族似乎结成了同一阵营。他们互相掩护，互相支持。拉里斯家族的织风人将艾若家族的闪锦人从房间这一边吹到那一边，后者则以致命的精准扣动手枪，投掷刀子，犹如一股狂风裹挟着有生命的箭矢。哈文家族则全都不见了，但我前面有几个禁卫军倒下了，应该是拜这些隐形的袭击者所赐。

而其他人呢。其他人根本不知道该怎么办。有些人——萨默斯家族、米兰德斯家族以及大部分警卫和禁卫军——聚集到主桌这里，保护着梅温。我已经看不见他在哪儿了。但更多的贵族向后退去，惊讶之中背叛了国王，他们不想卷入这场混战，不想拿自己的生命冒险。除了自卫之外什么都不做，他们只是观望着这股狂潮要倾向于哪一方。

我的心都要跳出来了。这是我的机会。如此的混乱之中，不会有人注意到我的。镣铐夺不走一个小偷的本能和天分。

我从地上爬起来，动了动双脚，不管梅温和其他人怎么样。我只聚焦在眼前。最近的门。我不知道它通向哪里，但它能让我离开这里，这就足够了。我行动的时候顺手从桌上抓了一把刀，想用它挑开我的镣铐。

有人先我一步逃了出去，沿途留下了殷红色的血迹。他一瘸一拐，但是动作很快，一闪就钻进了那扇门。乔，是他。他要逃离这里。他能看见未来，肯定也能看见从这里逃出去的最佳路线。

我不知道自己能不能跟上他。

但我才迈出三步就得到了答案：一个禁卫军从后面抓住了我。他把我的两只胳膊按在身体两侧，紧紧地箍住了我。我抱怨着，像个恼怒的小孩，被挫败感弄得精疲力竭，手里的刀子也掉了。

“不，不，不。”萨姆逊走了过来。我被禁卫军死死抓着，连发抖都不行。“这简直不可能。”

现在，我可以看清这一切了。这不是营救。不是为了我。这是一场政变，是一次暗杀，是冲着梅温来的。

艾若、哈文和拉里斯这三个家族没能赢得这场激战。他们在人数上处于劣势，不过这一点他们早就知道，并且也做好了准备。计划彻底夭折，他们已经开始从破碎的窗子往外逃。我目瞪口呆地看着他们乘风而起，跃上半空，向外猛冲。但并非所有人都逃脱了。诺尔塔的疾行者抓住了不少，达拉修斯大公也抓住了几个，他肩膀上还戳着一把长刀呢。我以为哈文家族的人都已经走远，但还是有一两个现身了，全都血淋淋的，被米兰德斯家族的耳语者折磨得只剩一口气。达拉修斯的胳膊抖动着变模糊，那是抓住了什么人，再用力一攥，就又有一个哈文家族的人显形。

那些临阵倒戈的禁卫军都是拉里斯和艾若家族的，他们没有逃跑，而是跪倒在地，信念坚定，愤怒，但不惧怕。没有面具，他们看起来也不那么吓人了。

液体汩汩流动的声音吸引了人们的注意。抓着我的禁卫军转过身，我也就能看见主桌中央的情况了。一群人围在梅温的座位四周，一些警戒着，一些跪着，在他们的腿后面，我看见了梅温。

银色的血从他的脖子上涌了出来。距离最近的一个禁卫军用手指按住他的枪伤创口，但血还是流出了他的指缝。梅温眼睛翻白，嘴唇翕动，不能说话，甚至也不能叫喊，只能发出一种湿乎乎像抽噎一样的声音。

幸好禁卫军紧紧抓住了我，否则我也许会跑过去。在内心深处，我很想跑过去，是完成复仇还是欣慰地看着他死去，我也不清楚。我同时渴望这两者带来的愉悦。我想看着梅温的眼睛，看着他永永远远地离开人世。

但是我动不了，他也不会死。

那个斯克诺斯家族的皮肤愈疗者——给我疗伤的那个，冲了过去，在梅温身边跪下来。她好像叫雷恩（译注：wren 意译为鹪鹩，即常说的巧妇鸟），真是人如其名，又小巧又灵活。她弹了弹手指。“取出来，我能救他！”她叫道，“快取出来！”

托勒密·萨默斯放弃警戒任务，俯下身子，弯曲手指，从梅温的脖子里剜出一颗子弹，上面还带着银血族的血肉。梅温想要叫，却只发出了嗝血的声音。

皮肤愈疗者皱起眉头，开始工作，用两只手覆盖住了梅温的伤口。她弯着身子，好像将全身的重量都压了上去。我所在的角度看不到她手下面的皮肤，但血止住了。原本差点儿杀死他的枪伤就这样愈合了。肌肉、血管、皮肤重新联结起来，恢复如初，连疤痕都没留下。留下的只有这记忆。

在长久的屏息等待之后，梅温慢慢地站了起来，两手燃起火苗，重新掌控了局势。他面前的桌子一下子弹起来，被火焰中的力量和愤怒向后猛推，轰然落地，酒精燃烧的蓝色碎屑四处散落。其他东西也烧起来了，被梅温的愤怒——我想，还有恐惧——点燃了。

只有沃洛胆敢在这种时候靠近他。

“陛下，我们是否应将您疏散至——”

梅温目露凶光，转过身去。他头顶之上的吊灯灯泡爆裂开来，燃起了烈焰而非火星。“我没有理由逃跑。”

这一切都发生在转瞬之间。大宴会厅一片狼藉，遍地是碎玻璃、倒塌的桌子，还有很多残缺不全的尸体。

亚历山德雷大公也在其间。他惊恐地瘫倒在自己的座位上，眉心中了一枪。

我一点儿也不为此感到悲伤。他的异能令我痛苦。

CHAPTER10

# 第十章 梅儿

他们自然而然地先审讯了我。现在我已经习惯这些了。

精疲力竭，情绪崩溃，我倒在冰冷的石头地面上，这才被萨姆逊放过。我的呼吸十分费力，仿佛刚刚和谁比赛跑步了似的。我试着用意念让心跳正常下来，不再狂跳，好保住仅剩的一点儿尊严和知觉。亚尔文家族的警卫把镣铐重新锁好，拿走了钥匙。我不禁瑟缩。这镣铐既是慰藉又是负担，既是屏障又是囚笼。

这次我们都撤到了议会大厅——在这间圆形的屋子里，我曾目睹沃尔什为保护红血卫队而自杀。这儿有更大的空间来审讯那些被抓住的暗杀者。禁卫军们接受了教训，紧紧地抓住犯人，让他们一动也不能动。梅温坐在自己的议会席上，斜着眼往下看，左右两侧分别站着沃洛和达拉修斯。后者相当激动，悲愤交加：他的同胞死了，死于一场针对梅温的暗杀——只是试图，可惜，失败了。

“她对此一无所知，既不知道各个家族的谋反，也不知道乔的背叛。”萨姆逊说道。这间骇人的大厅似乎小了很多，大部分座位都空着，所有的门都上了锁。只有梅温最亲近的顾问到场旁听，脑袋里各有主意。

梅温坐在座位上冷笑，差点儿被人暗杀似乎并没有吓住他：“不，这不是红血卫队会做的事。他们不这么行事。”

“你不了解，”达拉修斯咄咄逼人，所有的理解和微笑全都忘光了，“你根本不了解他们，不管你怎么说。如果红血卫队和这些人结盟——”

“这是堕落腐坏。”伊万杰琳厉声说道。她站在梅温的左后方。因为不占议会席位也没有任何头衔，所以尽管这儿有的是空椅子，她却只能站着。“神不会与虫子结盟，只会被虫子传染疾病。”

“漂亮的姑娘，漂亮的说辞。”达拉修斯说道，直接忽略了伊万杰琳，把她气得够呛。“其他人呢？”

在梅温的示意下，又一场审讯开始了。这是一个哈文家族的荫翳人。

没有异能护身，她看起来晦暗模糊，仿佛她美丽家族的淡淡回声。她红色的头发变得暗淡、粗糙，失去了以往的光泽。当萨姆逊把手放在她的太阳穴上时，她颤抖起来。

“她的思绪是关于她妹妹的。”萨姆逊说道，不带任何情感，也许甚至还有些不耐烦。“伊兰。”

我几小时之前还见过她，在伊万杰琳的客厅里轻飘飘地走来走去。当时她没有流露出任何迹象，表明即将发生一场暗杀。当然，阴谋家都不会那么做。

梅温也知道这些。他瞪着伊万杰琳，怒不可遏。“有人告诉我，伊兰小姐和她家族的大部分人一起逃跑了，正在离开首都。”他说，“你是否知道他们可能会去的地方呢，亲爱的？”

情况一下子危急起来，但伊万杰琳仍然目视前方。她的父亲和哥哥就在这儿，我却觉得谁也救不了她——如果梅温恣意释放他的暴怒的话。“不，为什么我应该知道？”她轻快地说道，一边检查着自己猫一样的指甲。

“因为她是你哥哥的未婚妻，是你的小闺蜜。”国王答道。这些倒是实情。

如果伊万杰琳心怀羞愧甚至歉意，她也不会表现出来。“哦，这个啊。”她甚至冷哼一声，淡然否决了所有指控。“她怎么可能从我这儿得到情报呢？你的议会和政务将我排除在外，这不是做得很好吗？就算有什么，那也是代替你陪在我身边而已。”

他们的口角让我想起了另一对国王和王后：梅温的父母。他们曾在红血卫队袭击辉映厅之后撕破脸皮。唇枪舌剑，针锋相对，留下的深深伤痕，都是未来可以利用的武器。

“那么请接受审讯吧，伊万杰琳。我们来看看。”梅温回敬道，用戴着珠宝的手指向她。

“我的女儿绝不会做这种事的。”沃洛低沉地说道，但这更像是某种威胁——事实如此。“她与此事无关，而且拼了性命保护你。如果没有伊万杰琳和我儿子的迅速行动——唔，这就算得上叛国罪了。”这位老族长紧紧皱眉，白色的皮肤上挤出深痕，好像觉得这事令人无法忍受。好像他不会为梅温之死举杯欢庆似的。“国王万岁。”

在地板中央，那个哈文家族的女人突然怒吼着想要甩开三重奏。但她被紧紧地抓着，被迫跪在地上无法动弹。“是的，国王万岁！”她瞪着我们，“提比利亚七世！国王万岁！”

卡尔。

梅温站起来，一拳击中了椅子扶手。我还以为整间屋子都会烧起来，但是并没有火花出现。无法出现，只要他还坐在静默石上。唯一燃着烈焰的就是梅温的眼睛。随后他狂躁地大笑起来。

“所有这些……都是因为他？”他冷笑道，“我的哥哥杀父弑君，还帮助别人杀了我的母亲，现在又要来杀我了。萨姆逊，如果你能继续的话——”梅温冲着他的表亲点点头，“我对叛国者不抱有任何仁慈和同情，尤其是最愚蠢的那些。”

审讯继续。其他人旁观在侧，听着那个哈文家族的女人吐出他们的秘密，他们的目标，他们的计划。让哥哥取代弟弟，让卡尔登上他生来就该继承的王位，让一切复归原位。

而在这一切之中，我凝视着王座上的男孩。他仍然戴着面具：下巴紧绷，嘴唇紧紧地抿成一条线，静止不动的手指，挺直的后背。但他的目光闪烁，眼睛里的某种东西一去不返了。他的脸颊上浮现出极为浅淡的灰色，一直蔓延到了脖子，耳朵。

梅温被吓坏了。

有那么一瞬，我觉得很开心。但随后我就记起来了——害怕的魔鬼更危险。

# 第十一章

## 卡梅隆

尽管这样会显得我很冷漠，但我还是想留在特里亚尔。这不是因为害怕，而是一种表态。我不是别人可以利用的武器，不像梅儿·巴罗那样准许自己落到如此地步。没有谁可以来告诉我应该去哪儿，应该做什么。那种事我已经做过了。在此之前我的整个人生都是那么过的。而所有的直觉都告诉我，要远离红血卫队在科尔沃姆的行动。那是个军事堡垒，会把所有人剥皮噬骨的。

只是，我弟弟莫里，就在几英里之外的地方，坚定地驻扎在某个战壕里。虽然我有异能在身，要救他还是得有人帮忙才行。如果要从这蠢到家的红血卫队身上得到什么，那就意味着我也得开始给予他们些什么，作为回报。法莱已经表示得很清楚了。

我挺喜欢她的，尤其是她为之前的“利用”一词道歉之后。她解释了自己的意思。她没有无精打采、闷闷不乐，尽管她比任何人都有理由忧郁。卡尔就不同了，他成天窝在角落里冥思苦想，拒绝帮忙，可又在自己

愿意的时候心软。这位流亡的王子正在耗尽自己。我不知道梅儿怎么能受得了他——或者说受得了他在选边站这方面的无能——尤其是，很多时候他能选的就只有一边。尽管他现在恶声恶气的，却还是在保护科尔沃姆的银血族和毁灭整座城中间摇摆不定。

“你们得控制住城墙。”卡尔站在法莱和上校面前嘟哝着。我们正在洛卡斯塔的大本营做准备。这是个低防备的供给型城市，距离我们的目标有几英里远。“只要控制了城墙，你们就能把整座城市翻个底儿掉了。或者干脆把城墙毁掉，让科尔沃姆彻底被摧毁，任谁都可以入侵。”

我百无聊赖地坐在空荡荡的房间里，和艾达一起，听着他们翻来覆去的讨论。这是法莱的主意。我们俩是比较惹人注目的新血，不管是普通红血族还是新血都认得我们。开会也带上我们一起参加，这就给其他人传递出了明确的信息。艾达睁大眼睛看着，记住他们说的每一个词和做的每一个动作。以往，阿奶都会和我们坐在一块儿，但现在她不在了。她是个矮小的老太太，可是她留下了巨大的空洞。我知道这是谁的错。

我死死盯住卡尔的背，感觉到自己的异能在流动。我想把他击倒，可是又忍住了。为了梅儿，他会杀死我们所有人，可是为了其他人，他却不愿意杀死他的族人。阿奶是自愿潜入阿尔贡的，但人人都明白，那不是她的主意。

法莱和我一样愤怒，她几乎都不看卡尔，哪怕是在跟他讲话：“现在的问题是，如何有效地分配我们的人。城墙虽然很重要，但我们不能把所有人都留在那里守着。”

“据我计算，不设定时间的话，一万名红血族士兵可以占领科尔沃姆。”我几乎要笑话艾达的谦逊了。据她计算，她的推算肯定是完美无缺的，人人都知道。“军事条款里明确写有，每一名军官负责对抗十名敌人，假设城内有一千名银血族——不包括指挥中心和行政机构，因为这些部门的银血族是我们策反的对象——便可以得出以上结论。”

卡尔双臂环肩，艾达无可争议的完美情报也不能让他信服。“我不太确定。我们的目的是破坏科尔沃姆，重击梅温军队的中坚力量。这不需要——”他犹豫了一下，“双方的巨大伤亡。”

好像他很在乎我们这一方的情况似的。好像他很在乎我们的人会有多少死掉。

“那么你有什么计划，可以在一千个银血族的眼皮底下毁掉一座城呢？”我知道自己不该有过多的表示，但还是忍不住大声发问，“王子殿下可以叫他们安静地坐着旁观吗？”

“我们当然会和那些试图抵抗的银血族斗争到底。”上校插进来说道。他瞪着卡尔，谅他也不敢争辩。“而他们会抵抗的。这一点我们已经知道了。”

“是吗？”卡尔的声调里有一种淡淡的傲气，“上星期，梅温自己的朝臣对他发起了暗杀。如果贵族中已经发生了分裂，军事力量也将出现裂痕。直接攻击他们只能让他们更团结，至少在科尔沃姆是这样。”

我的冷笑声回荡在房间里：“所以呢？我们干等着？让梅温舔好伤口，重新布局？给他喘息的时间？”

“给他自掘坟墓的时间！”卡尔厉声说道，怒目相向，“给他犯下更多错误的时间。现在他与皮蒙山麓的关系如履薄冰，他自己的同盟已经有三大家族公开与之反目。其中一个家族几乎控制了空军，另一个则是情报工作的关键。更不用说，他还要操心我们和湖境人。他已经害怕，仓皇失措了。眼下的这种王位我都不愿意坐！”

“真的吗？”法莱问。她说来随意，这话却像刀子似的切割着这间屋子，刺痛了卡尔。人人都能看出来。王室礼仪可以让他面不改色，但他的眼睛却背叛了他，荧荧地闪着火光。“别对我们撒谎，说你对阿尔贡之外的消息不感兴趣。比如，拉里斯、艾若和哈文家族要暗杀你弟弟的理由。”

卡尔凝视着她：“他们发起政变，是因为梅温是个暴君，滥用权力，滥杀无辜。”

我一拳砸向椅子的扶手。他别想在这个问题上兜圈子。“他们反抗是因为他们想让你当国王！”我叫道。而令我惊讶的是，卡尔竟然瑟缩了一下。也许他以为我不会说说就算了呢。不过我还是约束着自己的异能，尽管这很难。“‘提比利亚七世万岁！’暗杀者就是这么对梅温说的。我们在白焰宫的探子对此清楚着呢。”

他充满挫败地长叹了一口气，似乎被这对话催老了不少。他眉头紧锁，下巴紧绷，脖子上的肌肉凸了出来，双手攥成拳头。他就像个要坏掉的机器——或者说，像个要炸掉的机器。

“这也不算意外。”他喃喃说道，好像这样能让自己感觉好一点儿似的，“继承权的危机是早晚肯定会出现的。不过，任何人都没有让我重返王位的可行办法。”

法莱点了点头。“如果他们有办法呢？”我暗暗地为她鼓劲。她不会像梅儿那样那么轻易地放过卡尔的。“如果他们议及你所谓的长子继承权，想以这一切的完结来交换王位，你会接受吗？”

这位卡洛雷家族的失势王子死死地盯住她。

“不。”

他在撒谎这方面可不如梅儿。

“虽然我也很不愿意承认，但他提议的暂时等待观望确实有道理。”

我差点儿把法莱给我的茶呛出来，我连忙把那裂着缝的茶杯放回摇摇晃晃的桌子上。“你这不是说真的吧。怎么能相信他呢？”

法莱踱着步子，在这长宽不过几大步的小屋子里来回转悠。她一边走动，一边用一只手揉着后背，按压着痛点。她的头发越来越长，于是就向后梳，扎成长度怪异的辫子。我本来要让出位子给她，但她这些天来不太喜欢坐着。她必须不停走动，好让自己舒服一点儿，也让自己紧张的能量有地方发泄。

“我当然不相信他。”法莱说，轻轻地踢了踢一块翘起来的墙皮。她的挫败感随着情绪高涨了起来。“但我能相信与他有关的事情。在涉及特定的人时，他会有特定的表现，这个是可以相信的。”

“你是说梅儿。”明摆着的。

“梅儿，和他弟弟。他的爱意与恨意旗鼓相当。这是我们把他留在这儿的唯一办法。”

“要我说就随他去。就让他鼓动起更多银血族，成为梅温身边的一根刺好了。我们根本不需要他。”

法莱几乎大笑起来，听着真是苦涩：“好啊，我这就去跟司令部说，我们要解雇最负盛名、最合法理的间谍。这绝对是大受欢迎的提议。”

“他并不是真的在我们这一边——”

“是啊，梅儿也不是真的在梅温那一边。但人们似乎并不了解这一点，不是吗？”虽然法莱说的没错，可我还是气哼哼的。“只要卡尔和我们在一起，我们就会获得关注。不管最初对阿尔贡的进攻遗留下多少后患，我们还是把一位银血族的王子拉过来了。”

“根本没什么用的王子。”

“烦人、丧气、大家的眼中钉——但并非一无所用。”

“哦，是吗？那么请问他在阿奶被杀害这一事件中起了何种作用？”

“阿奶不是被谁逼着去阿尔贡的，卡梅隆。她自己做出选择，然后牺牲了。事情有时就是这样的。”

虽然法莱循循善诱、谆谆教导，但她也比我大不了多少。她可能至多也就二十二岁。我觉得她的母性本能在很早的时候就展现出来了。

“他不仅为我们争取到了某些没有敌意的银血族，蒙弗对他也很有兴趣。”

蒙弗。那个神秘的自由共和国。那对双胞胎兄弟——拉什和塔希尔，描绘出的自由、平等的天堂般的所在。在那里，红血族、银血族、阿尔当——他们对新血的称呼——和睦地生活在一起。听起来是个根本不可能存在的地方。但是，我相信他们的钱、资源和支持。我们的大部分物资都是他们经由不同途径提供的。

“他们想要什么？”我搅拌着杯子里的茶，让热气扑在脸上。这里不像艾拉贝尔那么冷，但冬天还是侵入了我们在洛卡斯塔的藏身之处。“海报男孩？”

“诸如此类吧。司令部里各种各样的喋喋不休，似乎也争不出个所以然。他们本来想要梅儿的，但是——”

“她被人捷足先登了。”

提及梅儿·巴罗并不像提起谢德那样会惹得法莱特别伤心，但她脸上还是掠过了一丝痛苦。当然，她还是想要遮掩的。法莱尽全力做出刀枪不入的样子，通常她也的确如此。

“这么说，真的没法儿救她了。”我轻声说道。而当法莱摇头的时候，我的胸膛里竟然奇异地发出了一声悲哀的巨响。虽然梅儿真的很气人，但我还是希望她能回来。我们需要她。而且，经过这漫长的几个月，我意识到自己也需要她。她知道与众不同是怎样的，知道该如何搜寻与你相同的人，知道在害怕的同时也被人害怕是怎样的——虽然她总是居高临下地挖苦人。

法莱停下来，给自己也倒了一杯茶，屋子里立刻充满了热气和植物的香味。她拿着杯子却没有喝，而是走到了蒙着雾气的高高的窗子下面。窗外是明亮的日光。“我想不出应该如何出牌。我们手里的牌。和阿尔贡相比，潜入科尔沃姆要容易得多。那会是一场全面展开的攻防战，我们招架不了。尤其是现在，阿奶和暗杀事件之后，梅温的宫廷朝野必定是高度戒备——比监狱还难办。除非——”

“除非什么？”

“卡尔让我们静观其变。等科尔沃姆的银血族自相残杀，等梅温走错更多的招数，然后我们再采取行动。”

“而这也能帮到梅儿。”

法莱点点头。“那个偏执狂国王的朝廷分裂、虚弱，她要逃走就更容易些。”她叹了口气，盯着那杯没喝一口的茶。“现在，只有她能救自己了。”

这样的对话很容易跑题。我希望梅儿能回来，更希望别人也能回来。“我们现在离窒息区有多远？”

“又是这个？”

“总是这个。”我推开桌子站了起来。我觉得此刻应该站起来。我和法莱差不多高，但她总像是低着头看我似的。我年轻，没受过训练，对工棚以外的世界知之甚少，但这不代表我愿意坐在这儿唯命是从。“我并不是要请求你或红血卫队的帮助。我只需要一张地图，再有一支枪更好。其他事情我自己来办。”

她眼睛都不眨：“卡梅隆，你弟弟是在一个军团里，这可不是拔掉一颗牙齿那么简单。”

我握紧了拳头。“你以为我来这儿就是为了傻坐着？为了看卡尔转磨磨？”这些话已经是老生常谈了。法莱轻易地就让我住了嘴。

“好吧，我当然知道你不是来送死的。”她平静地答道，宽肩膀只是略微耸了耸，颇有几分挑衅的意味。“但不管你的异能有多厉害多致命，那样做最终的结果就是送死。哪怕你带上十几个银血族一起去，我也不能让你去做无谓的牺牲。明白吗?”

“我弟弟不是‘无谓的’。”我咕哝着。她是对的,可我不愿意承认。我避开法莱的眼睛,转向墙壁,用手指抠着翘起来的墙皮,烦躁地把它们一块块地撕了下来。孩子气的行为,但这样能让我好过些。“你不是我的上尉,不要指挥我该怎么过我自己的人生。”

“没错。我只是作为朋友,觉得应该把这些讲明白。”我听见她动了动,脚步踏在地板上咔嗒咔嗒的,很是沉重。但是她的触碰很轻柔,只是用一只手拂过我的肩膀。她的动作很僵硬,因为她并不知道该怎样去安慰别人。我突然心生凄凉,想着她和那个笑眯眯的暖男谢德·巴罗交谈时会是什么样,更不用说同枕共眠了。“我记得你对梅儿说过的话。那时我们刚找到你,在飞机上,你说她寻找新血、搭救新血,是错的,是另一种血液区隔,是让红血族中的某一批人优于其他人。你是对的。”

“这不是一回事。我只是想救我弟弟。”

“你以为其他人是为什么来这儿?”法莱冷笑道,“是为了救朋友,救兄弟姐妹,救父母。是为了救我们自己。我们都是出于自私的目的来这儿的,卡梅隆。但我们不能为此分心。我们得考虑整个事业,考虑更宏大的善。而你在这儿可以做更多的事,和我们一起。我们不能连你也……”

*失去。我们不能连你也失去。*最后一个词悬在半空,没说出来,但我还是听到了。

“你错了,来这儿不是我的选择。我是被你们带来的。是梅儿·巴罗强迫我,是你们支持了她。”

“卡梅隆,这张牌你已经用过很多次了。你在很久以前就选择了留下来。你选择了要帮我们。”

“若是你会如何选,法莱?”我盯着她。她或许是我的朋友,但那不意味着我就得投降。

“什么？”

“你会选择更宏大的善，还是选择谢德？”

她没回答，但是眼神一晃，不知看向何处。我便有了答案。我不想看见她哭泣，于是转过身，走向了门边。

“我得去训练了。”我对着空气说道。大概她没有在听吧。

在洛卡斯塔的训练更为艰苦。我们藏身之处的附近没有足够的空间，而且我认识的大部分人都留在了艾拉贝尔。比如说，奇隆。尽管他渴望战斗，但他远远没有准备好参与全面战斗，也没有异能可以依赖。他留在了后方，我的教官却跟来了。毕竟，她是个银血族，上校可不愿意让她离开自己的视线。

在加固大货仓的地下室里，一间屋子被辟为新血的训练场。正值吃饭时间，独占这处避难所的新血都到楼上和其他人一起吃饭去了。我们画地为牢自己待着，根本不是因为我们需要如此。

莎拉没去，她盘腿坐着，手掌撑在与水泥墙壁相称的水泥地面上。她的笔记本也带在身边，以备不时之需。她看着我走进来，这就是仅有的问好了。到目前为止，她是唯一一个加入我们的皮肤愈疗者，也一直沉默无言。虽然已经习惯了，但每次看到她凹陷的脸颊和被割掉舌头的嘴，还是会让我不寒而栗。像以往一样，她假装没注意到我的反应，只是指了指面前的空地。

我按照她的指示坐下来，想要逃离或攻击的冲动如常袭来，我忍住了。

她是个银血族，是我从小便被告知要惧怕、憎恨、服从的那类人。但我无法像瞧不起朱利安或卡尔那样轻视莎拉。这不是因为我同情她，而是我觉得……我理解她。我理解那种挫败绝望的感觉：知道什么是对的，却被忽略无视，甚至因此受到惩罚。我以前常常因为神情不当地看着银血族监工或是不合时宜地讲话而被克扣定量补给，都数不清有多少次了。莎拉做了同样的事，而她的言论是针对一位在位的王后，于是再也不能发表任何言论了。

尽管不能说话，莎拉仍然有办法与人交流。她轻敲我的膝盖，让我对视她那雾气蒙蒙的灰色眼睛，然后她垂下脸，一只手放在胸口心脏的位置上。

我明白她想要做什么，跟随着她的动作，学着她放缓呼吸，越来越深地呼吸。这个放松技巧有助于平息我脑海中乱哄哄的思绪，能让我平静下来。它清理着我的思维，让我得以感觉到常常被自己忽略掉的东西。我的异能在皮肤之下嗡鸣，虽然平时也是如此，但现在我有意地关注它。不使用它，但感知它的存在。对我来说，沉默是一种全新的东西，我必须像了解其他异能一样了解它。

在长久的呼吸练习之后，她又拍了拍我，让我看着她。这回，她指了指自己。

“莎拉，我真的不在状态。”我想对她解释。但她伸出手在空中做了个截断的手势，很明显是在说：闭嘴。

“我的意思是，我可能会伤害到你。”

她在喉咙深处轻轻咳了一声，这可能是她唯一能发出的声音，听起来像在笑似的。然后她点了点自己的嘴唇，黯然地冷笑起来。她所经受的伤害要可怕得多。

“好吧，我可警告过你了。”我叹了口气，动了动身子，好坐得更稳。我皱起眉头，能量在四周环绕、深入、扩展，直到触及莎拉。静默效应倾泻而出。

她被击中了，睁大了眼睛，先是感觉到一阵刺痛——至少我希望那仅仅是刺痛。我只是在练习，并不是有意要逼迫她举手投降。我想到了梅儿，她能唤起风暴，而卡尔可以燃起地狱之火，但他们俩很难心平气和地对话。和使用蛮力比起来，控制需要更多练习。

我的异能越发深入，莎拉竖起一根手指来表示不适的程度。我极力想将静默效应保持在同一位置，持续且平稳。这就像是要控制住潮水。我不知道被这种静默效应影响是什么感觉。克洛斯监狱里的静默石对我不起作用，却渐渐让我周围的人窒息，抽干，慢慢走近死亡。我也能做同样的事。大约一分钟之后，莎拉竖起了第二根手指。

“莎拉……？”

她用另一只手示意我继续。

我想起了昨天的讨论会。她现在已经达到第五级的不适了，而我还可以更用力。不过，让我们唯一的一个皮肤愈疗者失去她的异能无疑是不明智的，我也不想那么做。

莎拉的脸涨成了银色，她正要再竖起一根手指，地下室的门突然开了。

我的注意力和静默效应一下子被打乱了，这让莎拉缓过一口气。我们都回过头，看是谁闯进来了，当她少有地微笑起来时，我则怒气冲冲。

“雅各，”我冲着他说道，“你也许没注意到我们正在训练。”

朱利安挑起一侧嘴角，本想给我一个嘲讽的冷笑，但还是放弃了。像其他人一样，他到这儿以后状态也好多了。补给不那么难弄，衣服的质量也好些，有夹层，有内衬，可以抵御寒冷。食物尚可下咽，屋子里也更暖和了。朱利安的脸色恢复了，花白的头发也有了光泽。他是银血族，生来就挺拔勃发。

“噢，瞧我多傻啊。我还以为你们坐在这水泥地上是因为好玩儿呢。”他答道。现在，我和他之间没什么好感。莎拉瞪了他一眼，虽然只是淡淡的嗔怪，但还是让朱利安柔和了下来。“抱歉，卡梅隆。”他飞快地说，“我只是有事情需要告诉莎拉。”

莎拉扬起眉毛，表示疑问。当我起身要离开时，她止住了我，并且冲着朱利安点点头，要他继续讲。只要是她的意见，他永远都会服从。

“阿尔贡出现了大批的撤离，梅温驱逐了几十名贵族，大多是他父亲的老顾问，或是仍然对卡尔效忠的人。这……我一开始并不相信这些情报。我从没见过这种事。”

朱利安和莎拉凝视彼此，都在沉思这意味着什么。我倒根本不在乎那些银血族的达官贵人、太太小姐，也不在乎他们俩的老朋友。“梅儿呢？”我问。

“她还在那儿，被关着。至于抗议的那些家族会进一步引起何种大断裂，我们也预料得到……”他叹了口气，摇头道，“梅温已经处于战时了，他竟又要掀起更大的风暴。”

我动了动身子，在地板上换了个更舒服的姿势坐着。他刚才说的对，冰凉的水泥令人不快。“我们已经知道要营救她是不可能的了，这些情报又有什么用？”

“唔，这是好事，也是坏事。梅温树敌越多，在他够不着的地方，我们的机会就越多。但是与他最为亲密的那些人，护着他撤回了他仅有的那一小片地盘，我们也许永远也接触不到他本人。”

在我身旁，莎拉的喉咙里低低出声，我们都想到的事情，她说不出来。于是我替她说了。

“也接触不到梅儿。”

朱利安神色黯然地点了点头。

“你的训练如何了？”

他突然转换了话题，于是我回答得结结巴巴。

“还……还行吧，尽量。这儿的教官不多。”

“因为你拒绝和我外甥一起训练。”

“其他人可以和他练。”我懒得遮掩声音里的不快，“我可不能保证不会杀了他，所以还是别尝试的好。”

莎拉发出声音，但朱利安挥挥手，让她稍安勿躁。“这没什么，真的。你也许认为我不懂，认为我不理解你的立场。你是对的。但我的确尽全力在努力着，卡梅隆。”他向我们走近一步，这让我很反感。因为我们一直盘腿坐在地上，我便忙乱地往后挪了挪，这都是处于自我防卫的本能。如果要离朱利安·雅各这么近，我得先做好准备才行。“你用不着这么怕我，我跟你保证。”

“银血族的保证一文不值。”我本来没必要这么尖刻，但这话够刺耳的。

令我惊讶的是，朱利安笑了。不过他的表情是空洞虚无的。“噢，我还不知道这个吗？”他咕哝着，更像是在对自己和莎拉说话，“保持你的怒意吧。莎拉也许不赞成，但这比其他东西都有益。只不过你得学会驾驭它。”

尽管我根本不想接受这个人的任何建议，可这句话我听进去了。他教过梅儿，我得承认他能令我的异能成长，否则就太傻了。再说，怒意我有，肯定的。

“还有什么新闻？”我问，“法莱和上校似乎有意拖延，或者说，是你外甥让他们拖延的。”

“是的。”

“真奇怪。他明明就准备好战斗了。”

朱利安又一次怪怪地笑了：“卡尔从小就是照着战争培养的，就像你从小就是照着机器培养的。但你并不想再回到工厂里去，不是吗？”

我的回答黏在了喉咙里。我是奴隶，我是被迫的；我所知道的就是这些。

“别对我耍聪明，朱利安。”我咬牙切齿地说道。

他只是耸耸肩："我不过是试着理解你的观点。你也试试去理解他吧。"

如果是在往常，我也许会冲出房间，怒不可遏，剑拔弩张，在坏掉的保险丝或剥了皮的导线里寻求安慰。然而，我坐回了莎拉身边。朱利安·雅各无法激怒我，让我像个气坏了的孩子似的跑开。比他更糟的监工我也打过交道。

"我见过婴孩死去，他们没见过阳光，没呼吸过新鲜空气。你们族人的奴隶，你当过吗？等你试过之后再来对我演说各种观点吧，雅各大人。"我转过头，不再看他。"王子真正选定阵营的时候，请让我知道。但愿他能选对。"

我冲莎拉点点头："准备好再来一次了吗？"

# 第十二章
## 梅儿

几个月前，银血族倾巢而出逃离白焰宫，因为红血族在他们珠光宝气的舞会上发起了袭击，令他们惊恐。那时，银血族的行动是有组织的。我们一起离开，整齐划一，分批分期地顺流而下，以期有朝一日班师回朝。这一次却完全不同。

梅温的免职令一股脑儿地颁布下来。我不了解详情，但我注意到朝臣的人数在减少。很多老资格的顾问不见了。皇家财务主管，一些将军，各种委员会的成员——被免职了，传言漫天。不过我更明白，这是因为他们与卡尔关系亲近，与他们的父亲关系密切。梅温很聪明，他不信任他们，无情地解雇了他们。他没有杀掉他们或让他们“失踪”，因为那样会再次激起高门贵族的抗议。他可没那么傻。不过，退一万步说，这些变动也是决定性的。梅温扫除异己和障碍，犹如从棋盘上拿掉一颗颗棋子。结果就是宴会坐席空荡荡的，像是缺了牙的嘴。裂痕出现了，随着时间的推移越来越大。大部分被勒令离开的是那些上了年岁的男女，他们仍然对旧朝忠诚，往往回忆更多，对新王的信任更少。

一些人开始称其为“儿戏治国”。

很多勋爵和夫人离开了，被国王送走了，他们的儿子和女儿却被留了下来。一种要求，一种警示，一种威胁。

他们是人质。

就连米兰德斯家族也没能逃过梅温日益增长的偏执。唯一得以保全的是萨默斯家族，他们没有一个人在他暴风雨般的免职令中折戟。

那些留下来的人笃志忠诚——至少是设法让自己看起来如此。

也许这就是梅温越来越多地召唤我的原因，也是我能更看清他的原因。我所拥有的忠诚，他可以信任，这样的人仅此一个。他真正了解的人仅此一个。

梅温在我们的早餐时间浏览报告，眼睛飞速地前后一扫了事，想偷着看清内容是不可能的。他很谨慎地把报告放在他那侧的桌子上，一读完就倒扣过来，我根本够不着。既然不能看报告，那就看看他吧。他安之若素地被静默石环绕着，不论是在这儿还是在他的私人餐厅，哪怕禁卫军就在外面，守住所有的门，守在高高窗子的另一边，也不例外。我能看到他们，但是他们听不见我们讲话，这是梅温设计的。他的制服外套没系扣子，头发蓬乱，时候尚早所以也还没戴上王冠。我觉得这里就像他的小小避难所，在这儿待着，他就能骗自己说一切都很安全。

他现在的样子几乎就是我想象中的模样：排行第二的王子，安时处顺，对无缘于自己的王冠王位毫无负担。

透过杯子边缘，我看得到他脸上的一切细节。眯起眼睛，绷紧下巴，是坏消息。黑眼圈又出现了。而当他吃掉两人份的食物，把我们面前的盘子推开时，我发现他这些日子以来更消瘦了。他是否会梦见暗杀的那一幕呢。梦见他的妈妈，尸首在我的手里。他的父亲，因他的言行殒命。他的哥哥，流亡在外却仍然是持续的威胁。真可笑，梅温自称为卡尔的荫翳，但现在，卡尔变成了阴影，在梅温岌岌可危的王国的每个角落躲避着被追猎。

关于流亡王子的消息到处都是，连我都能听到几句。他们在哈伯湾、德尔菲、洛卡斯塔发现了他在踪迹；而不确切的消息却称他已经越过边境，到了湖境之地。我的确不知道这些传言里哪一句是真的，但就我所知，他应该去蒙弗，到遥远的安全之地去。

尽管这儿是梅温的王宫、梅温的地盘，我却还是能看见卡尔的痕迹：整洁完美的制服、训练中的士兵、燃烧的蜡烛、悬挂画像和家族色的镀金墙壁。一间空置的大厅让我想起了我们的舞蹈课。要是用余光打量梅温，我甚至能把他当成卡尔。毕竟，他们是同父异母的兄弟，容貌肖似，都有着黑色的头发，以及王室血统的优雅轮廓。但梅温更苍白、更瘦削，与卡尔相比就像是一副骷髅架子——无论身体还是灵魂，都是那么空洞。

“你这么盯着我，都能从我眼睛的倒影里看见字了。”梅温突然大声打趣道。他把面前的纸页一丢，盖住了上面的内容，抬起头来。

他本想吓唬我，没能奏效。我只是继续往面包上抹着黄油。“如果我真能看见什么的话，那也是看出了，”我话中有话地说，“你的空洞。”

他毫不退让：“而你是没用的。”

我翻了个白眼，懒洋洋地用我的镣铐在餐桌上磕了磕。金属和石头撞击着木头，声音就像是谁在敲门。“我们的对话真是有趣。”

“要是你更喜欢你的房间……”他警告道。这又是一种徒劳的威胁，日复一日地在说。我们都知道，这比其他选项好得多。至少现在我能假装做点有用的事，而他也能假装在这座自己造就的囚笼里并非彻底孤独。这样对我们两个人都好。

我在这儿很难入睡，就算有静默石的镣铐也不行，这意味着我有很多时间来思考。

一个计划。

朱利安的那些书不仅仅是慰藉，也是工具。尽管不知相去几何，他仍然在教导我。在他那些保存完好的文件中，有很多新的东西要学，要利用。首先，最为重要的就是，分而治之，各个击破。梅温已经对我用过这一招儿了，我也该礼尚往来才是。

"你是不是在追踪乔呢？"

梅温吃了一惊，因为这是我第一次提起那位利用暗杀事件逃跑的新血。据我所知，他们没有抓住他。我觉得难过，因为乔能逃离，而我不能。但我同时也觉得高兴，因为他是一件武器，能让我远离梅温·卡洛雷。

片刻之后，梅温缓过神来，又开始吃东西。他把一片火腿塞进嘴里，优雅礼仪都抛到了九霄云外。"你和我都很清楚，他不是那么容易找到的。"

"但是你还在找。"

"他明知道有人会对他的国王发起袭击，却袖手旁观。"梅温陈述着事实，"这本身就等同于谋杀。而我们已经知道的是，他与艾若、哈文、拉里斯家族有所牵连，是他们的同谋。"

"这一点我表示怀疑。如果有他帮助那些贵族，他们早就成功了。真可惜。"

他公事公办地忽略了我的尖刻，继续读报告，吃东西。

我摆了摆头，让黑色的头发甩到肩膀的一侧。尽管愈疗者已经尽力了，但是灰色的发梢还是摊开来，乱七八糟地竖着。就连斯克诺斯家族的愈疗者也救不了已经死了的东西。

"乔救了我的命。"

蓝色的眼睛看向我，盯住了。

"在袭击之前的几秒钟，他叫了我一声，让我扭过头，否则的话……"我用手指摸了摸自己的颧骨。子弹只是从这儿擦过去了，而没有打烂我的脑袋。伤口已经愈合了，但是我不会忘了它。“在他所看到的未来里，我一定是扮演了什么角色。”

梅温凝视着我的脸——不是看我的眼睛，而是看着那原本该被子弹打穿的地方。“也不知道是什么原因，你就是那种很难死掉的人。”

为了他，为了将来历史性的一幕，我挤出一丝苦涩的微笑。

“有什么好笑的？”

“你有多少次想要杀死我？”

“只有一次。”

“那么那个发音装置是什么？”我的手指因回忆而颤抖，那东西带来的痛苦在我的记忆里仍然鲜活。“游戏的一部分？”

又一份文件在阳光下抖了抖，内容朝下，放下了。梅温舔了舔手指，拿起下一份。公务性的。都是表演。“研发那个装置并不是为了杀死你，梅儿，它只是让你的异能失效——在必要的时候。”他的脸上掠过一丝怪异的表情，像是洋洋自得，但我不太确定。“那个东西甚至都不是我造出来的。”

“当然了，你向来不是出主意的人。那么，是伊拉？”

“其实，是卡尔。”

噢。我没控制住自己，低下头不去看他，想要独处片刻。背叛的痛楚刺痛了我的内心，要是只会痛一秒该多好啊。现在为此愤怒已经没用了。

“真不敢相信，他竟然没告诉你。”梅温却步步紧逼。“他一直挺自豪的呢。那确实是个了不起的玩意儿，不过我不太在意，已经把它给毁了。”他的目光在我脸上逡巡，渴望着我的反应。我极力保持神情平静，面不改色，但是心脏漏跳了一拍。发音装置已经毁了——又是个小礼物，来自魔鬼的示好。

“不过，如果你决定不合作的话，再把它重新造出来也不难。卡尔很好心地把设备图纸留下了，自己却跟着你们那帮红血耗子跑了。”

“逃离。”我含混不清地说道。继续，继续，别让他把你绕迷糊了。我装作不感兴趣的样子，扒拉着盘子里剩下的食物。我尽全力做出伤心的样子——那是梅温想看到的，但我也尽全力不让自己真的伤心。我必须把计划坚持下去，在自己想的时候扭转对话的主题。“是你把他逼走的。这样你就能取代他的位置，模仿他的样子了。”

像我一样，梅温勉强地大笑，好遮掩自己内心的厌烦。“你根本不知道他戴上这王冠会是什么样。”

我双臂环肩，向后靠在椅子里。对话正按照我想要的方向发展。“我知道他会和伊万杰琳·萨默斯结婚，继续那些毫无意义的战争，仍然无视遍及全国的愤怒、受压迫的人民。听起来熟悉吗？”

梅温也许算得上一条蛇，但即使是他也没法儿反驳我的这些话。他粗暴地把面前的报告扔下，动作很快，于是有字的一面翻了过来。只有一秒钟，他就又把纸页翻过去了。我只瞥见了几个词：科尔沃姆，伤亡。梅温发现我看见了，嗞嗞地叹着气，很是不耐烦。

“即便这对你有帮助，”他平静地说，“反正你哪儿也去不了，何必在乎这些？”

“我看也是。我估计自己命不久矣。”

他歪了下头，颇为在意地皱起眉头，正如我所希望的那样，正如我所需要的那样。“何出此言啊？”

我抬头看着天花板，细究着头顶上那些精致的嵌线和华丽的吊灯。细小的电灯泡闪动着，要是我能感觉到那里的电流该多好。

“你知道，伊万杰琳不会让我活下去的。一旦她成了王后……我就完了。”我的声音颤抖着，在这句话里注入了全部的恐惧，希望它能奏效。“自打我闯进她的生活，这就成了她的目标。”

梅温冲我眨着眼睛：“你觉得我不会护着你？”

“我觉得你做不到。”我的手指抓弄着身上的裙袍。虽然不像公开场合穿的那件那么漂亮，但这件也够考究的了。“你和我都很清楚，一位王后要杀人有多简单。”

梅温一直盯着我看，空气里的热量一波波地袭来。我本能地想要回敬他，也瞪着他，但我瞥向一边，拒绝与他目光相接。这样只能让他更得意。梅温喜欢听众捧场。沉默继续着，我觉得自己没遮没挡，就像是被猎食者追踪的猎物。我就在这儿，被囚禁，被压制，被束缚。我仅有的就是自己的声音，还有我所了解的——希望如此——梅温的点滴。

“她不会碰你的。”

“那么湖境人呢？”我回过头厉声质问。愤怒的泪水涌出了眼眶，它们源自挫败，而非恐惧。“如果他们把你这已经四分五裂的王国彻底击碎呢？当他们赢得了这场没完没了的战争，把你的世界付之一炬，那时候又会怎么样？”我冲自己冷笑，呼吸里夹着颤音，眼泪掉了下来——它们必须掉下来。我调动自己的全部来演这一出戏。“我猜，那时我们就会一起踏上尸骨碗，肩并肩地等着受死了。”

梅温脸上仅有的一点儿颜色也褪去了，脸色变得惨白，我知道他一定是也想到了同样的场面。那种结局像瘟疫似的，不停地折磨着他，犹如一道渗血的伤口。于是我拧动了刀柄。

“你正处在内战的边缘，就连我都看得出来。何必装出我能活下去的那种戏剧情节呢？那有什么意义？我要么会被伊万杰琳杀死，要么会死在战争中。”

“我已经告诉过你了，那种事不会发生的。”

我冲着他咆哮，这根本用不着演：“我这辈子还能相信你说的话吗？”

他站起身，恐惧的寒意在我的胃里打转，这也不是演出来的。当梅温绕过餐桌，以干练优雅的步子走近我时，我浑身的肌肉都紧绷了起来，因为只有这样我才不会发抖。但我还是哆嗦起来。他柔软的双手捧起我的脸颊，两个大拇指紧紧地抵住我的下巴，只差几英寸就要戳进我的静脉。这令我不安，而我强打起精神。

梅温的吻比他的烙印更灼热。

他的嘴唇压上我的嘴唇，那触感是最恶劣的暴力侵犯。但是因为他，因为我的需要，我的拳头紧压在自己的膝盖上，指甲抠进了自己的身体，而不是他的。他需要相信，正如他的哥哥需要相信。他需要选择我，正如我曾设法令卡尔选择了我。然而，我始终无法张开嘴巴，下颌仍然紧紧地闭锁着。

他率先结束了这个吻。我希望他的手指不要感觉到我皮肤上的鸡皮疙瘩。他的眼睛搜寻着我的目光，搜寻着我试图掩盖的谎言。

“我失去了所有我爱的人。”

“这是谁的错？”

不知道为什么，梅温抖得比我还厉害。他向后退开，放开了我，摩擦着手指。我愣住了，因为这个动作我认识，我也会这么做。当我脑海中的疼痛无法忍受时，我需要其他事情来转移注意。当他注意到我在盯着看时便停下了，手垂在身体两侧，非常轻。

“她改掉了我的很多习惯，”他承认道，“这个却没能改掉。有些东西总会回来。”

“她。”伊拉。她的杰作正站在我面前呢。经由被她称之为“爱”的折磨，这个男孩被塑造成了此刻的国王。

梅温慢慢地坐了回去。我仍然看着他，知道这样会让他心神不宁。我让他失去了心绪的平衡，但我一直不明白这是为什么。

*所有我爱的人。*

我不知道为什么自己也包含其中，但我知道这是自己眼下还能喘气的原因。我小心地将话题转向了卡尔。

“你哥哥还活着。”

“不幸确实如此。”

“那么你不爱他吗？”

他懒得抬头看我，目光溜向下一份报告，盯住那上面的某一个点。他不吃惊，甚至也不悲哀，而是比任何时候都要困惑，就像一个努力玩拼图的小孩，可拼图的插片已经遗失太多了。“不爱。”梅温最终说道。撒谎。

“我不相信。”我说道，甚至还摇了摇头。

因为我记得他们过去的样子。兄弟，朋友，一块儿长大，一块儿接受抗争世界的教育。梅温无法割断这样的联系，伊拉也无法切断这样的联结。不管梅温有多少次试图杀死卡尔，他也无法否认，他们过去就是这样的。

“信不信由你，梅儿。”他答道。像之前一样，他营造出一种不感兴趣的氛围，霸道地想说服我，这些都毫无意义。“我确切地知道，我不爱我哥哥。”

“别撒谎。我也有兄弟姐妹。这很复杂，尤其像我和我妹妹那样。她永远是更有天分的那一个，干什么都很出色，又温和，又聪明。所有人都更喜欢她，不喜欢我。”我喃喃咕咕地说起了过去的那些惶惑，用它们为梅温织了一张网。“鬼知道相信了谁。失去他们中的一个——失去一个哥哥……”我的呼吸滞涩住了，思绪也飞走了。继续，利用痛苦。“那种伤痛是无可比拟的。”

“谢德，是吗？”

“别念他的名字。”我厉声说道，一瞬间忘了自己要干什么。这伤口远未愈合，仍然鲜血淋漓。他则泰然处之。

“我妈妈说，你常常梦见他。”梅温说。我回忆起过去，想到她侵入我的脑海，不禁发抖。我仍然能感觉到她在抓着我的颅骨。“但是，我猜那些根本不是梦吧，是真的他。”

“她对所有人都这样吗？”我回敬道，“有什么能逃得过她？你的梦也逃不过？”

他没有回答。而我更进一步。

“你梦到过我吗？”

再一次，我无意中击中了梅温。他垂下眼睛，看着面前的空盘子。他抬起手想要去抓装水的杯子，可是又改了主意，手指颤抖了片刻，便把手抽回去，缩进了桌子下面。

“我不知道，”他最终说道，“我不做梦。”

我冷笑道：“那是不可能的，就算是你这种人也会做梦的。”

他的脸上拂过些许黯然，些许悲伤，下巴绷紧了，喉结上下浮动，想要咽下那些他不该讲的话。然而，它们还是脱口而出。他的双手又伸了出来，轻轻地敲着桌子。

“我以前常常做噩梦。在我还是小孩的时候，她把那些梦拿走了。就像萨姆逊说的，我妈妈是个思维的外科医生，切除一切她认为不合适的东西。”

近几个星期，梅温身上的残忍和暴怒取代了我所习惯的空洞。而随着他此刻的讲述，那种寒意又回来了。它渗进我的身体，犹如毒药，犹如感染。我不想听他那些不得不说的话。他的理由和解释对我来说什么也不是。他仍然是个恶魔，一直都是。但我无法停止倾听，因为我原本也可能成为恶魔的。如果做了错误的选择，如果有人击碎我，就像他被击碎拆解那样。

“我的哥哥，我的父亲，我知道我曾经爱他们。我记得的。”梅温握紧了一把黄油刀，盯着钝的刀锋。我不知道他是不是想用这把刀子对付自己，或是他已经死去的妈妈。“但我感觉不到了。爱已经不在了。他们两个我不爱了，大部分事物我也都不爱了。”

“那么还把我留在这儿干什么？既然你什么都感觉不到了，为什么不直接杀了我，了结这一切呢？”

“她很难擦去……某种特定的感觉，”梅温承认了，看着我的眼睛。“她试图那样对待父亲，让他忘记自己深爱着柯丽。但那只是让事情更糟了。而且，”他喃喃说道，“她常常说，心碎更好，因为痛苦令你强大。她是对的。在认识你之前我就领会了这一点。”

一个名字悬在空中，没有说出来。

“托马斯。”

一个在前线打仗的男孩，一个在无谓战争中送命的红血族。他是我第一个真正的朋友，梅温曾经这样告诉我。我现在才意识到这句话的含义，没说出口的那些东西——他爱那个男孩——就像他声称爱我的那种爱。

“托马斯。”梅温机械地重复道，更紧地抓紧了刀子。“我感觉……”他皱起眉头，两眼之间出现了深深的沟壑。他用另一只手压住太阳穴，安抚着我所不能理解的那种疼痛。“她不在那儿，也没见过他，她不理解。他根本不是兵，那是一次意外。”

“你说你想要救他，但是被你的警卫拦住了。”

“总部发生了爆炸。报告称，是湖境人潜入偷袭。”不知什么地方，钟表的指针滴答作响。沉默四处蔓延，梅温思忖着要说什么，要将面具打开几分。但面具已经消失了，他只有和我在一起时才能多少真实一些。“其实那时没别人。是我没控制好。”

我在脑海里想象着，全是那些他无法告诉我的情景。也许是弹药库，也可能是输气管道——只消一丝火星就能完蛋。

“不是我点燃的。是他。”

“梅温——”

“即使是我妈妈也无法割掉这些记忆。无论我怎么恳求，她都无法让我忘记。我想让她帮我抹掉这痛苦，而她也试了很多次。然而，结果只有更糟。”

我知道他会怎么回答我，但我还是问出口了。

“让我走吧，好吗？”

“不。”

“那么你也会让我死掉的，就像他一样。”

热量让屋子咔咔作响，汗从我的背上流下。梅温迅速地站起，把椅子往后一推，摔在地板上，然后一拳擂在桌面上，把盘子、杯子、报告全都横扫到了地上。纸页在半空中飘浮了片刻，缓缓地落向碎成一堆的水晶和瓷器。

“不！”他压着声音怒道，那咆哮声极低，低得我几乎听不到。随后他就昂首阔步地走出了屋子。

亚尔文家族的警卫们走进来，抓住我的胳膊，把我从满是纸页的桌边拉开，我便眼睁睁看着那些报告越来越远。

据说，在接下来的几天里，梅温一丝不苟的日常工作——听政、廷议——将全部暂停。得知这一消息，我觉得很是惊讶。也许是我们的谈话对他产生了超出预期的影响。既然他不露面，我也就只能被困在自己的房间里，与朱利安的那些书为伴了。我强迫自己阅读，好不再回想起今天早上的景象。梅温是个天赋异禀的骗子，他说的话我一个字也不相信。就算他吐露了实情，就算他真的是他妈妈一手塑造的产物，就像一朵王位之花被迫以特定方式生长，一切也都不会改变。我无法忘记他对我、对其他人做过的那些事。我最初见到他时，是被他的痛苦吸引的。他是躲在影子里的男孩，是被遗忘的儿子。我在他身上看见了自己——吉萨是我父母心中最明亮的星星，我永远也比不上她。后来我才知道，那些都是设计好的，他把我抓回来，引诱我踏进王子的陷阱。而现在，我身处国王的囚牢，他也一样。我的镣铐是静默石，他的镣铐是顶上王冠。

诺尔塔的国土，由较小的邦国与贵族庄园结合而成，大如萨默斯家族的裂谷王国，小至德尔菲那样的城邦国家。阿尔贡的银血族领主恺撒·卡洛雷是一位出色的战略家，他将分裂的诺尔塔重新统一，共同抵御皮蒙山麓和湖境之地不停进犯的隐忧。他一登基称帝，便将自己的女儿朱丽安娜嫁给了具有皮蒙山麓统治权的大公加利翁·萨瓦纳。这一举措巩固了卡洛雷家族与皮蒙山麓历任大公的持久同盟关系。在几个世纪间，卡洛雷家族后裔与皮蒙山麓贵族一直保持联姻。恺撒国王开创了诺尔塔的繁盛时代，因此，诺尔塔纪年将他统治的初始年份称作“新纪元年”，亦作“新纪”。

我试了三遍才勉强读完这一段。朱利安撰写的史书比我在学校里学到的那些要厚重得多。我的思绪飘忽不定：黑头发，蓝眼睛，拒不表露的眼泪——即便面对的是我。这是另一出戏吗？是表演吗？如果是的话，我该怎么办？如果不是呢？我为他心碎，也为他硬起了心肠。为了不再思考这些，我继续读了下去。

然而，新兴的诺尔塔与湖境之地的关系却恶化了。在新纪元年后的第二个百年之中，诺尔塔与普雷草原爆发了一系列边境战争，导致湖境之地失去了其重要的位于敏诺万的农业领土以及对宏河（亦称米斯河）的控制权。战争、赋税、饥荒、红血族的暴动，迫使诺尔塔不断扩张版图，边境内外不断发生小规模冲突。为了避免进一步的伤亡，诺尔塔的提比利亚三世国王与湖境之地的奥涅卡·锡格尼特国王在梅登瀑布进行了历史性的会晤。很快，谈判破裂，新纪200年，双方宣战，并皆指责对方应为外交关系的崩塌负责。

我忍不住大笑起来：一切都没有改变。

这场战争被诺尔塔人称作“湖境战争”，湖境人则称之为“侵略战争”，至笔者撰写此书时，冲突仍在继续。银血族死亡总人数约五十万人，大多死于开战后的前十年间。红血族士兵的精确记录并未存留，但是据估计其死亡总人数高达五千万人，伤亡总数是此数字的两倍。诺尔塔和湖境之地在红血族的伤亡人数上比例相当。

我花了很长时间才愿意承认，自己试了几百次才划掉脑袋里的那些数据。如果这本书不是朱利安的，我肯定会怒不可遏地把它扔掉。

一个世纪的战争，无谓的牺牲。

会有谁能改变这种东西吗?

我发现自己竟然开始指望梅温颠倒黑白、谋划设计的本事。也许他能看到某个办法——伪造一条路——前人都想象不到的一条路。

# 第十三章
## 梅儿

直到一个星期之后，我才又离开自己的房间。尽管梅温的礼物表达着他对我的异样痴迷，我却还是很喜欢朱利安的书。它们是我仅有的陪伴，是遗留在这个地方的朋友的痕迹。我把它们放在身边，和吉萨的那块绸子放在一起。

日复一日，书页翻动，我在字里行间回顾着历史，越来越感到不可置信。卡洛雷国王统治的三百年，银血族军阀割据的几个世纪——这些都是我尚可理解的。但随着我追溯更久远的过去，更阴暗的历史便显露出来。

关于革新时期的文字记载相当缺乏，不过大多数学者认为，这一时期始自旧元 1500 年（按新历法纪年）。革新时期之前、其间、紧随其后的一段时期，或者说大灾难降临之前的所有记载，几乎全部被销毁、遗失或无法读取。修复文件保存于德尔菲的皇家档案馆，仅供少数学者研究，并有警卫把守。这些档案在邻国的遭遇也与此类似。针对大灾难的研究十分详细，运用了田野调查及与之相应的银血族史前神话来反证事实。至笔者撰写本书时，很多人相信，大灾难是由人类战争、地质迁移、环境变化及其他自然灾害共同导致的近乎灭绝人类种族的天灾人祸。

发现最早并可译出的记载可追溯至约旧元950年，但具体年份已无法核实。一份名为《巴尔·兰布勒庭审纪实》的文件不完整地记录了德尔菲重建后的一次法庭审判。巴尔被控告偷窃了邻居的马车，而在审讯过程中，记录称巴尔截断了捆绑他的链子，就如“折断细枝一般”，并且在警卫的看守下逃脱。人们普遍认为，这是银血族第一次展现其异能。如今，罗翰波茨家族声称继承了此人的铁腕人血统。然而，另一份文件《希尔曼、特里恩、戴维庭审纪实》却证实这一说法存疑。文件中提及的这三个人因谋杀兰布勒受审，而据悉兰布勒并无子嗣。这三个人后来被德尔菲民众所熟知，并因其摧毁“兰布勒恶行”而备受赞扬。(《德尔菲史纪》，第一卷)

巴尔·兰布勒的遭遇并非是孤立的偶发事件。很多早期手稿及文件均详述了对具有银色血液及异能的新兴人种的恐惧和迫害。这些人大多聚集起来以自卫，在红血族统治的城市之外形成了新的社会群落。革新时期终结于银血族族群的兴起繁盛，他们有些与红血族同城而居，但绝大多数最终取代了红血族的地位。

红血族迫害银血族。我简直要笑出来了。多么愚蠢，多么难以置信。我这辈子活到现在都只知道他们是神，我们是虫。颠倒过来的世界，我根本理解不了。

这些都是朱利安的书。他乐于在阅读和研究中发现价值。我却觉得特别不安，看不下去，于是选择近期历史去读：新纪，卡洛雷国王，我认识的人名和地名，我能理解的世界。

有一天，送来的衣服比以往要简单质朴得多，穿起来舒适，而不是只为了好看。我的第一反应是，一定是哪里出了问题。我的样子看起来就像个安保官员：有弹性的裤子，黑色的外套，简单地装饰着红宝石珠子连缀而成的涡状纹，还有靴子，舒适得让我吃惊。它们擦拭得亮亮的，不过皮子是软的，平底，松紧得宜，刚好能把我的脚镣塞进去。至于手腕上的镣铐，也像以往一样，用手套遮得严严实实——带有毛皮衬里，可抵御寒冷。我还从来没为一副手套如此兴奋过，心跳都加快了。

"要出去吗？"我压低声音问老猫，忘了她在无视我这方面有多么擅长。她倒也没令我失望，两眼直视前方，领着我走出了那奢华的牢房。四叶草总是更容易揣测，她抽搐的嘴唇和眯起来的绿眼睛已经意味明确了。更何况，她们也穿上了厚衣服，戴上了手套。为了防止被我电到的橡胶手套还戴着，尽管我已经无法唤起电流了。

外面。自从踏上这座王宫台阶的那天起，我所呼吸的新鲜空气就仅限于那扇打开的窗子。我想，梅温是要砍我的头了，这再明显不过了。我的思绪四处飘飞。我希望自己能记住十一月的冰冷空气，以及随着冬天而来的凛冽寒风。我如此心急，步子都超过了亚尔文家族的警卫。她们立刻拉住了我，让我排好队，按照她们的速度走。斜坡，下楼，穿过走廊，这些地方我早已烂熟于心，走得这么慢真让人恼火。

熟悉的压迫感一波一波地袭来，我向后瞥了一眼，发现鸡蛋和三重奏也加入了我们的队列，为另外两位警卫殿后。他们与老猫和四叶草步调一致，看样子，我们是要到入口大厅和恺撒广场去。

兴奋感来得快，去得也快。

恐惧啃噬着我的内心。我之前试图巧妙地摆布梅温，想让他犯下代价惨重的错误，想让他疑窦丛生，焚毁自己最后的退路。不过，看来我是失败了。他要焚毁的是我。

我专注地听着靴子踏在大理石地板上的咔嗒声。我需要某种坚固的东西来稳住自己。我的手在手套里握成拳头，乞求着闪电助我渡过难关。但是它一直也没出现。

王宫里空荡荡的，比往常还要空旷，这很怪异。门紧紧地关着，侍从在那些尚未关闭的屋子里穿行，又快又轻，像老鼠一样。他们抖动着白色的布单，将家具和艺术品盖了起来，活像诡异的裹尸布。警卫不多，贵族更少，我经过的几个都很年轻，大睁着眼睛看我。我知道他们的家族，认得他们的颜色，并且在他们脸上看到了无遮无挡的恐惧。他们穿的衣服和我的类似，御寒、实用、便于移动。

“人们都去哪儿了？”我自言自语，因为没人会回答我。

四叶草粗暴地拽了拽我的马尾辫，让我目视前方。并不很痛，可是这动作太奇怪了。她从来没有这样对待过我，哪怕我给了她好理由。

我思索着各种可能：这是撤离吗？红血卫队再次发起了对阿尔贡的袭击？反抗的家族回到这里继续他们未完成的行动？不，这些都不可能。太平静了，并不像逃离什么。

穿过大厅时，我深深吸气，环顾四周。脚下是大理石，头上是吊灯，两边的墙壁上高高地悬挂着耀目的镜子和卡洛雷家族先辈的镀金画像。红色和黑色旗号，金、银与水晶。我觉得它们仿佛要一哄而下向我撞来。前方的大门徐徐打开，巨大铰链上的金属和玻璃松开了，恐惧从我的脊背上滑落。寒风的冰冷迎头袭来，让我的眼睛里充满了水汽。

冬季的太阳照着广场，微光闪闪，令人目眩。我快速地眨了眨眼睛，想尽快适应光线，哪怕错过一分一秒我也承受不起。外面的世界渐渐明晰起来，王宫的屋顶上和恺撒广场四周的建筑上积着厚厚的雪。

王宫前的台阶两旁分列着士兵，队伍整齐得像一条线。亚尔文家族的警卫领着我从两排士兵中间穿过，途经他们的枪和制服，以及一眨不眨的眼睛。我一边走，一边回过头，偷偷地瞥了一眼庞然华丽的白焰宫。房顶上有人影在徘徊，穿黑衣服的是官员，穿暗灰色衣服的是士兵。即便从我这里看去，他们的步枪也轮廓清晰，映着冷冷的蓝色天空。这只是我能看见的警卫，应该还有更多在围墙边巡逻，把守大门，秘不现身却时刻准备着保卫这座惨兮兮的宫殿。也许有几百人吧，尚有忠心且身怀致命的异能。我们就这样穿过了广场，没人看，也没什么事发生。这到底是怎么回事？

我留意了我们经过的建筑。皇家法院是一座环形建筑，有着光滑的大理石围墙，雕着旋涡纹的柱子，以及水晶屋顶，自从梅温的加冕礼之后就没再使用过了。它是权力的象征，巨大的大厅足以容纳所有贵族家族的成员和家臣，以及银血族市民中的重要人物。我从来没见过它里面的样子。我希望自己永远也不要去。环形建筑的分支即刑事法庭，在那里，银血族的法律法规以残忍的效率制定和颁布。廊桥和水晶通道连接着财政厅。它看起来很晦暗，厚厚的石板墙——又是大理石，真不知道这地方掘空了多少采石场——上面没有窗子，活像坐落在雕像中间的一块大石头。诺尔塔的财富就在这里的某个地方，锁在凿入基岩的地窖里，守卫它的人比守卫国王的更多。

“这边。”四叶草吼道，把我往财政厅那边拽。

“为什么？”我问。还是没有回答。

心跳加快了，心脏一下一下地撞击着胸骨，我连呼吸都觉得费力了。冰冷空气的每一呼每一吸都犹如指针滴答，倒数着我被吞噬之前的最后时刻。

大门相当厚重，比我记忆中的克洛斯监狱更甚。它们向两边洞开，像是一张张开的大嘴，把守在两侧的是身着褐紫色的警卫。财政厅没有豪华宏伟的入口大厅，这一点与我所见过的其他银血族建筑形成了鲜明对照。这儿只有一条长长的白色走廊，弯曲盘绕，向下延伸。警卫们沿着纯白的石墙而立，每隔十码左右就有一个。地窖在哪儿，我要去哪儿，我全都不知道。

走了整整六百步之后，我们在一个警卫面前停了下来。

他一语不发，向前跨了一步，然后向旁边闪开，用手指推动背后的墙。墙壁向后滑动了一英尺，露出一扇门。在他的触碰下，门轻而易举地滑开了，石头上出现一道三英尺宽的缝隙。那个警卫根本没用劲儿，他是个铁腕人。我记住了。

石头又厚又沉，恐惧翻倍了，我费力地吞了口口水，发觉手套里的手直出汗。梅温最终还是要把我关在一座真正的监狱里。

老猫和四叶草推搡着我，想让我放松警惕，但我的脚死扣住地面，每一个关节都对抗着她们。“不！”我叫着，用肩膀撞向她们。老猫咕哝了一声，可是并没停下来，她继续推着我，而四叶草将我拦腰抱起，一下子把我从地上拔了起来。

“你们不能把我关在这儿！”我不知道该出什么牌、该戴什么面具了。我要哭吗？要求饶吗？还是像别人认为的叛逆王后那样做？哪一个能救我？恐惧统治了我的所有感官，我像个溺水的女孩大口呼吸。“求你，我不能——我不能——”

我向四周踢打，想让四叶草跌倒，但她比我想象中的要强壮得多。鸡蛋抓住了我的腿，被我的脚后跟踹到了下巴，却还是简单干脆地不予理会。他们像抬家具似的把我抬起来，不假思索，若无其事。

颠三倒四之间，我瞥见那个警卫正在把门关回去。他哼了一声，漠不关心——这不过是上班罢了。我强迫自己往前看，看看在这白色深渊里，等着我的会是何种命运。

这座地窖空荡荡的，通道也像上面的走廊一样是螺旋状的，只是旋转的角度更大更密。墙壁上什么标记都没有，也没有可以分辨的特征，没有接缝，甚至没有警卫。就只有头顶上的灯和四周的石头。

"求求你们。"我的声音在寂静中回荡，回应它的只有我越发加速的心跳声。

我瞪着天花板，真希望这是一场梦。

当他们把我放下来时，我重重喘息，把空气从肺里挤了出来。我尽最快速度站稳，握紧拳头，露出牙齿，准备好战斗也准备好了失败。我不会任人将我抛在这儿，而不让他们付出点儿代价。

亚尔文家族的警卫们向后退开，排成一排，不苟言笑。冷淡无谓。他们的关注点不在我身上，在我身后。

我转过身，目瞪口呆。我面对的不是另一面空白的墙壁，而是一座蜿蜒的站台。是新建的，通往其他走廊或地窖，或秘密通道。站台下面是铁轨。

我的头脑还来不及把这些关键点连接起来，甚至来不及感受思绪中涌过的一丝最轻微的兴奋，梅温说话了，把我仅有的希望撞得粉碎。

"别高兴得太早。"他的声音在我的左侧，在更靠下的站台上。他站在那儿，等着我，旁边守着一个禁卫军，伊万杰琳和托勒密也在。他们全都像我一样穿着厚厚的皮毛衣服，用来保暖。两个萨默斯家族的年轻人身上的黑色貂皮真是华贵万分。

梅温走向我，露出了狼一般自得的微笑："会建造火车的并非只有红血卫队。"

我们的地下列车满是锈迹，到处叮当作响，迸出火花，就像个随时都会从焊接点裂开的铁罐子。可即便如此，我也更喜欢它，胜过眼下这豪华的金属盒。

"当然，是你的朋友们启发了我。"梅温坐在我对面的长毛绒椅子上说道。他懒洋洋的，很是得意，看不出半点儿心理上的创伤。它们被小心地藏起来了，暂时撇开，或暂时遗忘。

我强忍着想在座位上蜷起来的冲动，两只脚牢牢地踩在地板上——要是哪里出了差错，我得时刻准备好逃跑才行。我留意地观察着梅温的火车，一分一寸地搜寻着可以利用的东西，但是什么也没有找到。没有窗户，长长的车厢两端由禁卫军和亚尔文家族的警卫守着。这里的装潢像个大厅，挂着画，摆着带有软垫的椅子和沙发，就连灯也是水晶的，随着火车的运行一摇一摆。然而，正如银血族的一切，这里也有漏洞。画上的颜料还没干，我闻得到。这列车是崭新的，从未试行过。在车厢的另一边，伊万杰琳左顾右盼，这说明她正在试图让自己平静下来。这列车让她感到不安。我敢打赌，她能感觉到每一片高速行驶的金属。那是难以习惯的感觉。我就一直没能做到，总是感受得到地下列车或是黑梭的电流脉冲。以前，我能感知到电流的血脉，现在她肯定也能感知到金属的脉动。

她哥哥坐在她旁边，气哼哼地看着我。他有一两次碰了碰伊万杰琳的肩膀，后者痛苦的表情便缓和下来，因为他的陪伴而变得平静。我暗自忖度，要是这崭新的列车爆炸了，他们能不能从碎片中幸存呢。

“他们设法从尸骨碗快速逃脱，沿着旧铁轨一路逃到了纳尔希，而我却根本到不了那儿。于是，我发现给自己准备一条小小的逃脱路线感觉也不错。”梅温用手指敲着膝盖，继续说道，“你永远不会知道，为了胜过我，我哥哥会搞出多少新玩意儿。还是早做准备的好。”

“现在你有什么可逃的？”我含糊地说道，尽量压低声音。

他耸耸肩，大笑起来。“别总这么阴沉沉的，梅儿。我只是为了咱们好。”梅温笑着向后倚在椅子里，抬起脚放在了我旁边的座位上。“白焰宫的监牢，一个人也只能忍受这么久。”

监牢。我咬住嘴唇，没有反驳，强迫自己顺从他的意思。你根本不知道监牢是什么，梅温。

因为没有窗户，也没有任何表示方位的东西，我便无从得知我们要到哪儿去，也不知道这趟地狱列车到底要走多远。感觉上，它的速度和红血卫队的地下列车差不多，要么就是稍快一点儿。我猜，我们可能向南行驶，往纳尔希去。如今连红血卫队也抛弃了那座废弃的城市。在阿尔贡的渗透战斗之后，梅温搞了这么一出破坏隧道的表演。

他任由我左思右想，看着我苦苦猜测而不得。他知道我的信息不够，无法推测出事情的全貌。然而，他还是让我猜，并且不给我任何提示。

时间一分一秒地过去，我的注意力转向了托勒密。在过去的几个月里，我对他的恨意有增无减。他杀了我哥哥，把谢德从这个世界上抹去了。只要有机会，他会对我所爱的每个人做同样的事。这一次，他没穿那甲壳般的盔甲，看起来矮小，软弱，易受攻击。我想象着切断他的喉咙，让银色的血溅在梅温新装修的舱壁上……

"有什么好看的？"托勒密瞪着我骂道。

"让她看，"伊万杰琳说着向后靠在座位里，点点头，一刻也没有移开视线，"反正她能做的也只有这个了。"

"我们走着瞧。"我回敬道，放在膝盖上的手痉挛起来。

梅温清了清嗓子，责备道："小姐们啊。"

伊万杰琳并未反驳，而是突然转移了注意，看向别处——舱壁、地板、天花板。托勒密也和她一样。他们感知到了某种我感觉不到的东西。随后，列车慢了下来，齿轮和机械摩擦着铁轨，发出尖厉的声音。

"这么说，快到了。"梅温说着站了起来，并向我伸出了手。

有那么一瞬间，我冒出了想要咬他手指的念头。不过我还是把手放进他的手里，忍住了皮肤之下刺痒恶心的感觉。当我站起来时，他的大拇指擦过了我手套里面翘起来的静默石镣铐。这是明明白白的提醒——我在他的掌控之中。我忍不住向后退开，弯起一只胳膊护在胸前，好在我和他之间竖起屏障。他的眼睛里闪过一丝黯淡，也拉起了自己的盾牌。

梅温的列车停驻得很平稳，我几乎感觉不到，亚尔文家族的警卫也是，他们迅速围拢过来，那熟悉的窒息感又席卷而来。至少没用链子皮带什么的捆住我。

禁卫军也以同样的姿势守在梅温两旁，他们火红的披风和黑色的面具像往常一样带着凶相。他们让梅温决定步速，走过长长的车厢，伊万杰琳和托勒密跟在后面，我和我的警卫便只能走在这诡异队列的最后。我们跟着他们，跨过门，来到车厢连接处的小厅，然后是另一道门，另一节装饰华美的车厢——是餐车。同样没有窗户，没有任何我们身处何地的线索。

在下一个小厅那里，门朝着右边开了。禁卫军率先鱼贯而出，而后是梅温，再然后是其他人。我们来到了另一座站台，头顶的灯光刺眼地照着。这里干净得令人惊讶——毫无疑问，也是新建的——但是空气很潮湿。除了空旷站台上一丝不苟的命令声，似乎还有什么东西在滴答作响。我顺着铁轨向左右望去，只见它们消失在黑暗中，可见这并不是铁轨的尽头。就这几个月的工夫，梅温做了多少事，一想到这个我就不寒而栗。

我们踏上台阶往上走。我专心地记住走了多远，好算出地下通道有多深，可是没几级台阶就来到了另一扇门前，这着实令我吃惊。这扇门是用加固了的钢铁制作的，预示着门外不会有什么好事。一个禁卫军抓住上面的横杆锁，吱吱嘎嘎地转动，巨大的机械的低沉声音便应声而起。伊万杰琳和托勒密丝毫没有要帮忙的意思，他们像我一样，毫不遮掩满心惊奇地看着。我想，他俩知道的比我多不了多少。真奇怪，这个家族与国王的联系多紧密啊。

钢铁大门打开了，日光洒了进来，外面一片灰色和蓝色。枯死的树木，枝丫像血管似的张开，伸向晴朗的冬季天空。一走出列车的地堡，我就深深地吸了一口气。松树，冷空气的清冽。我们站在一块空地上，四周环绕着常青树木和落光了叶子的橡树。脚下的土地冻实了，几英寸厚的积雪之下，是硬邦邦的泥土。我的脚趾已经开始觉得冷了。

我站着不动，想在这开阔的森林里多待一会儿。但亚尔文家族的警卫推着我，让我脚下打滑。我没怎么抵抗，也不想故意拖慢他们，而只是前前后后地转动着脑袋，极力地想弄清自己的位置。太阳正在落下的方位是西方，那么我的正前方就是北方了。

四辆军用车停在路边，锃光瓦亮的颇不自然。发动机嗡鸣着，等待着，喷出的热量在冷空气中凝成了雾气。要认出梅温的车再容易不过了。烈焰王冠——红色、黑色、王室的银色——镶在最大的那辆车的车身上。它离地面足有两英寸高，轮子巨大，车身也必定是加固过的：防弹，防火，防死——一切都是为了保护这个少年国王。

他毫不犹豫地爬了上去，披风在身后飘荡。幸好，亚尔文家族的警卫没让我也上去，而是把我往另一辆车里推，这真让我松了一口气。这辆车上没有任何标记，我钻进去时最后瞥了一眼辽远的天空，同时注意到伊万杰琳和托勒密走向了他们自己的车——黑色和银色相间，车身上覆满了长钉——也许是伊万杰琳自己装饰的吧。

鸡蛋关上了车门，把我和四个亚尔文家族的警卫关在了一起，随后车子便向前冲去。开车的是个士兵，他旁边还坐着一个禁卫军。我和警卫们挤在一起，思绪投入到下一段旅程之中。

至少，车身上有窗子，我的眼睛一眨不眨，看着我们穿过这令人心痛的熟悉的森林。我们来到河边，宽宽的铺面道路与之并行，渴望和归属感在我的胸膛里翻腾。

那是卡皮塔河。我的河。我们沿着皇家御道向北行驶。他们大可立刻把我从车上扔下去，把我留在泥地里自生自灭，那样我也能找到回家的路。想到这些，泪水涌了出来。要是有机会回家，我会怎么样呢？又会对别的人怎么样呢?

但是那儿已经没有人了，没有我在乎的人了。他们已经离开，受到保护，身处远方。家，不再是我们的来处，而是和家人安然团聚的地方。希望如此。

其他车辆加入我们的车队时，我吓了一跳。它们都是军用级别的，车身上带有代表军队的黑剑标志。我数了数，能看到的就有十几辆，还有更多远远的跟在后面。车上大多是银血族士兵，不是靠在车厢侧壁，就是坐在车顶上特殊的座位里，束着带子。他们全都处于警戒状态，时刻准备行动。亚尔文家族的警卫并没有表露出惊讶，他们早就知道这些士兵要来。

皇家御道蜿蜒穿过河床上的村镇——红血族的村镇。我们的位置靠南，离干阑镇还远得很，但这丝毫无损于我的兴奋。首先映入眼帘的是矗立在浅滩上的布里克磨坊。我们向右绕过它，飞速驶入了热闹的磨坊镇郊外。尽管我想再多看看，可并不希望车队停下。我希望梅温直接驶过这个地区，不做任何破坏。

我的愿望几乎算是实现了。车队放慢速度，但是一直没停下来。车子缓缓地从村镇中心招摇而过，耀武扬威，极尽恫吓之能事。街道两旁挤满了人，向我们挥手。他们欢呼着，叫着国王的名字，卖力地想要看见他，或是被他看见。红血族商人和磨坊工人，老人和年轻人，几百人向前拥挤着，想看得更清楚一点。我原以为是有安保官员在把他们往前推，强迫他们做出这种粗糙的迎宾仪式。我向后靠着椅背，不愿意让他们看见自己。他们已经被逼迫目睹我和梅温并肩而坐了，我不想往这巧妙操纵的火焰上再添一把柴。让我放心的是，没有人逼我露面。我就只是坐着，盯着放在膝盖上的手，祈祷着快点儿驶离这座小镇。在王宫里时，我眼见梅温的真容，清楚自己对他如何软硬兼施，这就很容易让我忘记，全国大部分地区其实仍在他的囊中。他花了很大力气将民意的潮头转向红血卫队和他的敌人，看样子他的措施奏效了。这些人相信了他说的话，也许根本没有机会抗争。我不知道哪一种结果更糟。

当小镇被我们甩在身后时，欢呼声仍然回荡在我的耳边。这些都是为了梅温，为了推动他计划的下一步。

我们一定离纽新镇很远，这再明确不过了，因为目力所及之处没有任何污染的迹象。这儿也没有其他房产庄园。我想起了第一次到南方去，经过河滨大道时的情景，那时候我还假扮成梅瑞娜呢。我们顺流而下，从辉映厅一路回到阿尔贡，沿途经过村庄、城镇，以及那些豪门家族建造私人庄园的浅滩。我试着回忆朱利安给我看过的地图，想来想去却只觉得头痛。

日渐西沉，车队在经过三个夹道欢呼的村镇之后转弯，以训练有素的队形驶上了另一条路。向西。我勉强压下心里升起的悲伤。北方召唤着我，诱惑着我，但我无法跟随。我熟识的地方离自己越来越远。

我尽力暗自辨别方向。西边是铁通路，通往湖西区，湖境之地，窒息区。西部是战区，是废墟。

鸡蛋和三重奏不让我动，于是我只能伸着脖子往外面看。车子驶过一连串的大门，我搜寻着可以定位的标志或符号，什么都没找到。我咬住嘴唇，只能看见一些熟铁条掩映在令人惊异的绿色藤蔓和开花的常春藤之下——这可不是它们繁茂的季节。

路的两旁竖着精致的篱笆，尽头是一座宫殿般的庄园。我们驶入一座宽敞的石头广场，房舍矗立一旁，车队环行，排列成弧形队列之后停住了。这儿没有欢呼的人群，但警卫已经等在外面了。亚尔文家族的警卫手脚麻利地带我下了车。

我仰头看着迷人的红砖白瓦，一排排光洁的窗户，悬空盛放的花钵，带有凹槽的圆柱，繁花似锦的阳台，还有庄园中间那棵茂盛的大树——我从来没见过这么高大的树，它的枝丫伸展开来，遮蔽了尖尖的屋顶，几乎和房子融为一体；没有一片多余的叶子、乱长的细枝，完美得犹如一座活生生的雕塑。是木兰，我想，这白色的花朵和馥郁的香气，应该是木兰。有那么一瞬间，我都忘了现在是冬天。

“欢迎您，陛下。”

这个声音我很陌生。

是个女孩，和我年龄相仿，但是又高又瘦，苍白得像是本该降下的雪。后加入我们的车队中，有一辆就载着她。她的注意力都在梅温身上，见他从车上下来，便与我擦身而过，上前行了屈膝礼。我一见她就认出来了。

赫伦·威勒，参加过很久以前的那次选妃大典。当时，她把粗壮的大树从地上连根拔起，博得族人的连连喝彩。像很多人一样，她也希望能成为王室新娘，也想嫁给卡尔。而现在，她顺从地站在梅温面前，目光低垂，等着服从他的命令。她把身上金绿两色的外套裹紧，抵御寒冷，抵御梅温的注视。

在被迫进入银血族的世界之前，我知道的贵族不多，赫伦的家族就是其中一个。她的父亲是我出生地的领主，我以前常常见到他的船在河上行驶，也总会和傻孩子们一起冲着那绿色的旗帜挥手。

梅温不慌不忙，从容淡定。从座驾到房舍就这么点儿距离，他也毫无必要地戴上了手套。他走动时，黑色鬈发上面的那顶王冠映着渐弱的阳光，闪烁着红色和金色。

“真是个迷人的地方啊，赫伦。”他懒懒地没话找话，听起来却暗含凶兆。这是个威胁。

“谢谢您，陛下。一切都已为您的莅临准备就绪。”

我故意走近一点儿，赫伦瞥了我一眼，这就是对我仅有的表示了。她的面容有点儿像鸟，不过和她瘦削的体型搭配起来，倒显得优雅、精致，有一种尖利的美感。我原本以为她的眼睛是绿色的，就像与她的家族和异能相关的一切事物那样，结果没想到它是充满生气的深蓝色，更衬托出她光滑的皮肤和赤褐色的头发。

其他车上也下来了不少人，更多家族，更多颜色，更多警卫和士兵。我在他们中间看到了萨姆逊，他穿着染成蓝色的皮毛衣服，一副蠢相。他的家族色和寒冷的天气让他更显苍白，犹如杀气腾腾的金色冰柱。他走向梅温身边，其他人便远远地让开了。我粗粗地一算，朝臣官员有几十名之多，也不知道威勒的府邸能不能装得下这些人。

梅温冲萨姆逊点了下头，然后就轻快地迈开步子，向着连接广场与房舍的华丽台阶走去。赫伦紧跟在他身后，取代了禁卫军的位置。其他人也都跟在后面，像是被一条无形的绳链拽着。

橡木色和金色相间的大门里快步冲出一个人，那只能是威勒领主了。他一边走一边哈着腰，单薄的下巴，暗金色的头发，不胖不瘦的身材，整个人乏善可陈，和这华美的庄园一比，颇有些相形见绌。他的衣着弥补了他的不足，甚至还挺引人注目。他脚蹬靴子，皮革裤子像黄油般柔软，外套是华丽的织锦做的，领子和褶边上都缀着亮闪闪的翡翠。而这些都比不上他脖子上戴着的那个古老的大奖章，那上面用宝石镶嵌成家族的守护神树，随着他的步子一颠一颠地在他胸前晃动。

"陛下，能招待您莅临这里，我简直说不出有多高兴！"他说着又鞠了一躬。梅温抿起嘴唇笑了笑，饶有兴味地看着。"您的加冕巡游以这里为第一站，真是太荣幸了。"

我的胃里一阵恶心。我就要到全国去游街示众了，以几步之遥站在梅温旁边，召之即来挥之即去——我的脑海里全是这些画面。被摄像机对着，再转播到各个屏幕上，就已经足够颜面扫地了，那么"亲临现场"呢？站在众人面前，就像刚刚那几个村镇一样？我肯定受不了，反倒是白焰宫的监牢更好呢！

梅温和领主握手，微笑舒展开来，完全可以以假乱真。他真擅长演戏，我甘拜下风。“当然，塞勒斯，我可想不出哪儿还能比这儿更适合了。赫伦对你大加赞扬呢。”他说着就对赫伦招手。

赫伦连忙走上前来，飞快地看了一眼父亲，二人的神色都轻松了些。这是梅温一贯的行事风格，她此时登场也是精心计划过的，暗含着各种信息。

“走吧？”梅温指了指庄园。他一走，其他人也全都跟上，威勒领主忙不迭地追在旁边，想要彰显自己在这个地方尚有某种控制权。

屋子里面，红血族侍从们在墙边排成一排。他们都穿上了最好的制服，鞋子擦得干干净净，眼睛盯着地板。没有人看我，我也忍住不去看他们，而是着意观察领主的庄园。不出所料，我见到了万生人的杰作。门厅里满是各种各样的花儿，它们盛开在在水晶瓶里，粉刷在墙壁上，雕刻在天花板上；玻璃的枝形吊灯是花儿的形状，马赛克地板拼接出花儿的图案。花香阵阵袭来，清幽醉人，每一呼一吸都使人平静。我深深地吸气，允许自己享受片刻的愉悦。

威勒家族的其他族人早已等候在此，他们或鞠躬点头，或行屈膝礼，或赞美梅温的一切——从他的鞋子到他的法令。好不容易应付完这些人，伊万杰琳过来了，她沉甸甸的外套已经脱掉，不知交给了哪个倒霉的侍从。

她在我身边驻足，让我紧张起来。所有的绿色都映在她的金属衣裙上，汇成了一种病态的色调。我突然想到，她的父亲没来。以往，像这样的场合，他一直都是周旋在女儿和梅温中间的，一旦她的脾气要发作，就赶快设法平息安抚。可是，现在他不在这儿。

伊万杰琳没说话，只是看着梅温的背，而我则看着她。当威勒领主凑近梅温耳语时，她握紧了拳头。梅温召唤一个银血族上前。那是个又高又瘦的女人，头发乌黑，颧骨凸出，皮肤是冷冷的赭石色。她一点儿也不像威勒家族的人，身上没有一丝绿色，而是穿着灰色和蓝色的衣服。她僵硬地鞠躬，谨慎地看着梅温的脸。梅温的神情变了，一下子笑了出来，他兴奋得摇头晃脑，随即和威勒领主又说了几句话。我则只听见了一个词。

“就现在。”领主和那个女人连忙谢恩。

他俩和禁卫军一起离开了。我看了看亚尔文家族的警卫，盘算着我们是不是也应该离开，可他们一动不动。

伊万杰琳也没动。可不知道为什么，她的肩膀垂下来，身体也放松了些，好像如释重负。

“别瞪着我了。”她气哼哼地说道，不让我继续观察了。

我低下头，姑且让她小赢一次，这不重要。我一直在猜测的是：*她知道些什么？有什么是她看到而我忽略的吗？*

亚尔文家族的警卫领着我——去哪儿都一样，不过是过夜的牢房罢了。我的心沉了下去：朱利安的书留在白焰宫了，今晚没什么能安慰我。

# 第十四章
## 梅儿

在被捕之前的几个月里，我四处奔波，走遍全国，躲避梅温的追击，招募新血加入。我睡在脏兮兮的地上，能偷到什么就吃什么，所有醒着的时间不是太敏感就是太迟钝，拼尽全力也要占得先机，超越我们所有的恶敌。我无法妥善地处理压力，关闭了心门，将朋友和家人隔绝在外，想要帮我、理解我的每个人，我都不准他们靠近。当然，现在我后悔了，我想回到山谷营地去，回到卡尔、奇隆、法莱和谢德身边去。如果可以的话，我不会那样做了，事情也会完全不同。

可悲的是，无论银血族还是新血，都无法改变过去。我的错误已经铸成，无法抹去、遗忘，或是忽略不计。不过我还可以补救。现在我还能做点什么来亡羊补牢。

我所见识的诺尔塔，是戴罪之人的视角，是从荫翳之地观望的。而在梅温看来，诺尔塔只是他庞大疆域的一部分，与我眼中的那座城市有着天壤之别。我裹紧外套瑟瑟发抖，搓着双手取暖。在亚尔文家族的警卫和镣铐的压制之下，我对气温的感知竟然如此灵敏。尽管我恨梅温，我却正在慢慢向他靠近——只不过是为了凑近他身上持续的热量罢了。在他的另一侧，伊万杰琳却跟我相反，和他保持着距离。她对威勒领主的关注更胜于国王，时不时地对他轻声说着什么，而且小心地压低声音，不影响梅温的演讲。

“感谢你们的款待，以及对我这个年轻且经验不足的国王的支持。”

梅温的声音被话筒和扩音器放大了，回荡着。他没有照着稿子念，而是做出一副谦恭模样，似乎能与阳台下、广场上聚集的每一个人目光相接。一切都像个国王的样子，连位置都别有用心。我们高高地站在几百人之上，向下俯视，仿佛超越了渺小的人类，遥不可及。这里是威勒领主治下的首府阿尔博鲁斯，人群抬起头，仰着脸，紧盯着，让我浑身难受。红血族推搡着，好看个清楚。他们很容易被认出来：一帮一伙地站着，穿着一层层不成套的衣服，脸庞冻得发红——而银血族市民是身穿裘皮坐着的。身着黑色制服的安保官员安插在人群之中，禁卫军则守在阳台和附近的屋顶上。

“我希望，加冕巡游不仅能令我更深刻地了解自己的王国，也能更深刻地理解你们。你们的奋斗，你们的希望，你们的恐惧。因为我的确是恐惧的。”下面的人群中传出窃窃私语，阳台上的人们也是，就连伊万杰琳也从侧面打量着梅温，拥着洁白无瑕的裘皮毛领眯起了眼睛。“我们的王国正处于危机之中，同时受到战争和恐怖主义的威胁。防止分裂，拯救我们于红血卫队所期望的无政府状态，这些都是我的神圣职责。太多人死去了，在阿尔贡，在科尔沃姆，在夏宫。我自己的母亲和父亲因此亡故，而我的哥哥则迫于叛乱者的煽动堕落了。可是，即便如此，我也并不孤独。我有你们，我有诺尔塔。”他缓缓地叹息，脸颊上的肌肉抖动着。“我们，红血族和银血族，仍然站在一起，抗击着那些意欲破坏我们生活的人。我以生命起誓，将采取一切可能的方法，将红血卫队根除。”

阳台下的欢呼声在我听来就像金属撞击着金属，金属摩擦着金属，嘈杂而骇人。我保持着面部的平和，尽量显得中立，这也是我的盾牌。

梅温的演讲越来越果决，遣词造句都是精心设计过的，像刀子劈砍着。但是他从来没有用过“反抗”和“革命”。红血卫队永远是“恐怖分子”，是“杀人凶手”，永远是“破坏我们生活的敌人”，诸如此类。和他的父母不同的是，他小心而巧妙地不去辱骂红血族。巡游途经银血族的庄园，也深入红血族的村镇，他似乎一样怡然自得，从不因王国最糟糕的情况而躲躲闪闪。经过那些摇摇欲坠的公寓房，或是站在污染严重的空气里，连我都忍不住瑟缩，梅温却毫不担忧，冲着工人和他们脖子上文刻的工号微笑。伊万杰琳捂住了嘴巴，其他人也因为难闻的气味而作呕，连我也是，但他没有。梅温相当擅长于此，超出了我的预料。他的父母不明白，或者拒绝明白，将红血族吸引至银血族阵营，是打赢这场仗的最大胜算，而他清楚得很。

在另一个红血族村镇，银血族庄园的台阶上，他又为这致命道路添了一块砖。上千个可怜的农夫目睹了这一切，他们不敢相信，更不敢期待。甚至连我也闹不明白梅温这到底是在干什么。

“我父亲的《加强法案》是在一次造成多位政府官员死亡的袭击之后颁布的。他的本意是惩罚红血卫队的恶行，但令我内疚的是，遭受惩罚的是你们。”在众目睽睽之下，梅温垂下了脸。这是震撼人心的一幕：一位银血族国王在红血族民众面前鞠躬道歉。我不得不提醒自己，他是梅温，那是花招儿。“所以，今天，我决定废除《加强法案》。那虽然是一位国王出于善意犯下的错误，却终归是错误。”

梅温瞥了我一眼，只有短短的一瞬间。但这一瞬间足够让我明白，他在意我的反应。

《加强法案》，兵役年龄降低至十五岁，严苛的宵禁令，任何犯罪皆处死刑。这些让诺尔塔的红血族转而反对红血卫队的举措，突然就消失了，只在这位黑心国王黑色的一念之间。我应该觉得高兴，觉得自豪，他是因为我才这么做的，为了取悦我，也为了护我周全。但是看着我的族人，看着那些红血族对着压迫他们的人欢呼，我却只觉得恐惧。我低下头，看见自己的双手在发抖。

*他要干什么？他的阴谋是什么？*

为了找到答案，我必须鼓起勇气，飞向烈焰。

公开演讲结束了，梅温走向人群，和红血族握手，也和银血族握手。他轻松自在地穿梭其间，禁卫军以多角队形守在四周。萨姆逊·米兰德斯一直跟在他身后，我忍不住想着，会有多少人感觉他的意识正拂过自己的。对那些潜在的暗杀者来说，他是最佳的震慑。我和伊万杰琳紧随其后，各自带着警卫。像以往一样，我拒绝微笑，拒绝去看、去触碰任何人。这样对他们更安全。

车子已经在等着我们了，引擎懒洋洋地发出轰鸣。在上方，阴沉的天空暗了下来，我闻到了雪的气味。警卫们拉近距离，收紧队形，好让国王上车，而我则尽可能地加快了脚步。心跳加快了，呼出的热气在冷空气里变成了白雾。

“梅温。”我大声说道。

尽管大呼小叫的人群就在我们身后，他还是听见了，停下来没上车。他优雅地转过身，披风旋开，露出里面血红色的内衬。不像我们，他不需要皮毛大衣。

我拽紧外套，为的只是让紧张的双手有点儿事做：“你是当真的吗？”

萨姆逊已经上了车，他看着我，眼睛直直地瞪着。他没法儿读出我的思维，因为我戴着静默石镣铐呢。不过，这不意味着萨姆逊就彻底失效了。我只能依靠真正的困惑来作为自己所需要的面具。

我对梅温的言行没有半点儿幻想。我了解他扭曲的内心，而这让我感觉到了什么——某种他想要摆脱，却又永远无法甩开的东西。他朝我招手，让我和他共乘一辆车。我原以为伊万杰琳会冷嘲热讽地抗议，可她迅速地上了自己的车，什么表示都没有。在寒冷之中，她不那么闪耀夺目了，看起来几乎是个普通人。

亚尔文家族的警卫没跟上来。他们原本想的，结果被梅温的眼神制止了。

梅温的车子和我所乘坐过的所有车都不同。司机和前排的警卫被玻璃窗隔开了，后排只有我和他。车厢和窗子都很厚重，是防弹的。禁卫军也没上车，而是直接爬上了车架，以防御队形守住了所有的角落。这让我很不安：禁卫军就端着枪坐在我头顶上呢。但更让我不安的是，国王就坐在我对面，凝视着，等待着。

他看着我的手，而我正搓着冻僵的手指头。

“你冷吗？”他喃喃问道。

我立刻把手塞进腿下面暖着，车子向前冲去：“你真的要那么做吗？要废除《加强法案》？”

“你认为我在说谎？”

我忍不住暗自发笑，真希望手里有把刀，看看是他先把我烧成灰，还是我先把他的喉咙割断。“你？绝不啊。”

梅温干笑着耸耸肩，换了个姿势，更舒服地坐在铺了椅垫的座位上：“我是说真的，《加强法案》是个错误，执行它，弊大于利。”

“对红血族？还是对你们？”

“当然二者皆有。不过，要是有机会我还是得感谢我父亲，修正他犯的错误有助于我赢得你们的支持。”梅温声音里冷漠的超然令人不快，至少是如此。我现在明白了，这是源于他对父亲的回忆。毒化的东西，干涸的爱或幸福感。“这样一来，恐怕你的红血卫队不会有什么同情者了。我会根除他们，而不会发起另一场没有意义的战争。”

“你以为给人们施舍点儿残渣就能安抚打发他们了？”我愤怒地仰起下巴，指着车窗外面。农田，冬季里贫瘠的土地，一直延伸到山脚下。“哦，太好了，国王赏我们的孩子多活两年。既然他们还是会被永远地带走，这又有什么区别。”

他笑意更浓：“你这么想？”

“对。这个王国是这样的，一直就是这样的。”

“等着瞧吧。”他向后靠着，抬起脚放在我旁边的座位上，甚至还摘下王冠，拿在手里转着玩。铜和铁闪着暗光，映出了我和他的脸。我慢慢地挪向一边，蜷缩在角落里。

“我想，是我给你上了最难的一课吧。”他说，“上一次你错过太多，而现在你什么都不相信了。你一直在看，在搜寻那些永远用不上的信息。你猜出我们要到哪儿去了吗？为什么要去？”

我吸了一口气，觉得好像又回到了朱利安的课堂上，对着地图做测验。但在这儿，测验的赌注似乎更大些。“我们正走在铁通路上，往西北去，往科尔沃姆去。”

梅温恶毒地挤了挤眼睛：“接近了。”

“我们不是……”我飞速地眨眼，用力地思考，脑袋嗡嗡作响地在这些天来搜罗到的那些碎片里翻检。新闻片段，传闻的片言只字。“洛卡斯塔？你在追踪卡尔？”

梅温又往后靠了靠，似乎被我逗笑了：“太狭隘了吧。我干吗要浪费时间追踪那些关于我那流亡哥哥的传言？我要终结一场战争，防止一场叛乱。”

“战争……终结？”

“你自己说过，一旦有机会，湖境之地就会推翻我们。我不会让那种事发生的。尤其是，皮蒙山麓无暇他顾，自有复杂的麻烦事要解决。我必须自己解决这件事。”车里很暖和，因为烈焰国王就坐在我对面，可我还是觉得，仿佛有一根冰冷的手指划过我的脊骨。

我过去常常梦见窒息区。老爸在那儿丢了一条腿，哥哥们差点儿在那儿送了命。太多的红血族死在那里，那是一片灰烬与鲜血的废弃之地。

“你不是个战士，梅温。你不是将军，也不是士兵。你怎么能指望打败他们而——”

“而其他人都做不到？父亲做不到？卡尔也做不到？”他恶狠狠地说道，每个字都像是剐蹭着骨头，“你说的没错，我和他们不一样。我不是为战争而塑造的。”

塑造。他说起这个字眼是这样轻松。梅温·卡洛雷不是他自己。他已经告诉过我了。他是一件产品，由他妈妈增减删补而成。没有自我意识，没有灵魂，犹如机器，迷失疑惑。我们的命运，就掌握在这样一个人颤抖的手中，这是多么恐怖！

“不会有人员伤亡，真正的伤亡。”他絮絮叨叨地说着，拉回我和他的思绪，“我们的军事经济将把重点转移到红血卫队身上。那之后我们再决定接下来怕谁吧，还有哪一种方法能最有效地控制人口——”

要不是戴着镣铐，我的怒火足以把这辆车变成过电的废铁。我跳起来，向前扑过去，伸出双手拽住了他的领子。我的手指在他外套的翻领下面打滑，于是握紧拳头死死地攥住了衣服。我不假思索地把他拎起来往座位后面猛撞。他缩起来，离我的脸有一掌远，粗重地喘着气。他像我一样，吃了一惊。我一下子愣住了，吓呆了，动不了了。

他瞪着我，眼睛对着眼睛。他的睫毛又黑又长，我甚至都能看见他的瞳孔放大了。我希望自己就此消失，希望自己在地球的另一边。慢慢地，他摸到了我的手，抓紧了我的手腕，触到了镣铐和腕骨，把我的手从他的胸前掰开。我听之任之，吓得什么也不能做。尽管隔着手套，他的触碰还是让我的皮肤起了鸡皮疙瘩。我袭击了他，梅温，国王。只消一个字，或敲一下窗户，禁卫军就能把我的骨头抽出来。也许他会亲自杀死我，把我活活烧死。

“坐回去。”他轻声说道，字字尖厉，不给我第二种选择。

我照做了，像只仓皇的猫似的，缩回了角落里。

梅温比我更快地恢复了镇定，摇了摇头，露出鬼魅般的微笑。他拉平了外衣，把弄乱的头发拢整齐。

“你是个聪明的姑娘，梅儿。别对我说什么你从没把那些特定的关键点联系起来。”

我的呼吸变得沉重，胸口好像压了块大石头，脸颊上一阵阵发热，出于恼怒，也出于羞愧。“他们想要我们的海岸、电力，我们想要他们的农田、矿源……”我结结巴巴地说着，这些都是我在那所破破烂烂的学校里学到的，“朱利安的书里面说，国王没有同意。两个人隔着棋盘吵了起来，就像是被惯坏的孩子。他们造成了这一切，造成了这持续百年的战争。”

“我还以为朱利安教过你如何读懂字里行间那些没写出来的话呢。”梅温摇摇头，一副失望的模样，“想来，就算是他也没法儿补救你长年的落后教育。不过我得说，这是相当好用的计谋。”

这我知道，一直以来都知道。红血族被迫保持着愚昧和无知，这使我们越发羸弱。我的老爸老妈甚至都不识字。

我眨眨眼睛，甩掉失意的眼泪。*你早就知道这些了*，我对自己说道，极力想平静下来。*战争是一场阴谋，将红血族置于控制之下。某种冲突也许能结束，但总会有另一种冲突再冒出来。*

在这场游戏里，有人作弊占了上风，而其他所有人都蒙在鼓里，那么久。我心里辛酸得很。

“愚蠢的人更好控制。不然我的母亲何以能如此长久地控制我父亲呢？他酗酒，是个心碎的蠢货，无视一切，只管保持原状。容易控制，容易利用，一个好操纵的人——也是一个应受责备的人。”

我猛地给了自己一个耳光，好掩饰自己情绪的蛛丝马迹。梅温只是看着，神情柔和了一些，好像这样就能有用似的。“那么，当两个银血族王国不再互相投放红血族人肉炸弹了，他们又会怎么做呢？”我咬牙切齿地说，“让我们开赴随便哪座悬崖跳下去？像抽奖似的选出人去送死？”

他一只手支着下巴：“我不相信卡尔没有告诉过你这些。不过，他一直也没有真正接受做出改变的机会，哪怕是为了你。也许是认为你不能处理好接下来的一切，或者，好吧，也许是认为你根本不能理解——”

我一拳砸向防弹车窗，剧痛立刻袭来，我沉浸其中，免得去想绝境中的卡尔。我不能让自己陷入要命的旋涡中，就算那是真的，也不行——卡尔也曾想要支持这些恐怖的计谋啊。“别说了，”我怒道，“别说了。”

“我不是傻瓜，闪电女孩。”梅温也怒吼起来，“如果你想对我使什么攻心计，我很乐意以其人之道还治其人之身。我们都很擅长。”

我刚才还觉得冷，可现在，他身上愤怒的热量几乎要将我消耗殆尽。我难受地把脸颊贴在冰凉的车窗玻璃上，闭上了眼睛。“别拿我跟你相提并论。我们不是同一种人。”

“大家喜欢我们，”梅温冷笑道，“我们对所有人撒谎，包括自己。”

我还想砸窗子，却抱着胳膊，把拳头紧压在下面，想缩小，再缩小。也许我就要缩没了吧。我喘着气，后悔不该上他的车。

“你永远也别想让湖境之地同意。”我说。

我听见梅温从喉咙深处迸出了笑声：“他们已经同意了。”

我震惊地睁大了眼睛。

梅温点点头，相当满意自己的杰作：“威勒领主促成了一次与对方高级部长的会谈。他与北方有所联系，而且……通情达理。”

“那是因为你把他女儿当人质了吧。”

“也许。”他承认了。

所以，这才是巡游的目的。权力的巩固，新同盟的缔结。施加压力、屈服让步，或者随便安什么名头，这些都是必要的。我知道除了装装样子，这一定另有所图，但我想不出来。我想到了法莱、上校，还有那些宣誓效忠红血卫队的湖境人士兵。休战对他们来说意味着什么呢？

“别这么一副郁郁寡欢的样子。我正在终结一场死了几百万人的战争。人们早就不知道‘和平’这个词的意思了，而我就要把它带回这个国家。你应该为我自豪，应该感谢我。别——”梅温抬起手，好挡住我吐的唾沫。

“你真得换个方式来表达愤怒了。”他咕哝着擦了擦衣服。

“把镣铐拿掉，我就给你看看别的方式。”

他爆发出一阵狂笑：“是呀，当然了，梅儿·巴罗。”

车外，暗沉的天空和万物渐渐褪成了灰色。我用手掌撑着玻璃，希望自己就此坠落消失，可什么都没发生。我还在这儿。

“必须得说，我挺惊讶的，”梅温又说道，“我们与湖境之地的共同之处远比你想象的多。”

我绷紧下巴，从牙缝里挤出几个字：“你们都把红血族当奴隶，当炮灰。”

他突然坐直了，吓了我一跳。“我们都想要消灭红血卫队。”他说。

整件事几乎像是个笑话。我所走过的每一步都像过电影似的在面前展开。为了不让奇隆服兵役，我把自己的妹妹弄残废了。为了帮助家人，我做了侍女，几小时之后成了囚犯。我相信了梅温的话，和他的假情假意。我相信卡尔会选我。我袭击了一座监狱，救出了那里的犯人，谢德却送了命。为了救出我爱的人，我牺牲了自己。是我把武器递到了梅温手里。而现在，如果能由内而外地瓦解他的统治，我可能会做出更多更恐怖的事情。湖境之地和诺尔塔联合起来，会是什么样子？

不管梅温如何巧舌如簧，我们还是朝着洛卡斯塔行进，在湖西区的几处做了停留之后便加速行驶。我们没再停驻，因为这一带没有能招待梅温及其臣属的高宅大院，而且梅温自己也不想多待。我明白这是为什么。洛卡斯塔是个军事城市，它不是科尔沃姆那样的要塞，而是用来长期支持军队补给的。建得不怎么好看，完全是实用至上。它距离塔里翁湖有几英里远；铁通路直穿正中，像刀子似的将整个城市一分为二，把富有的银血族城区与红血族区隔开来。这里没有城墙可言，城市尽陈眼底。房屋和建筑的阴影映着暴风雪的炫目白色，显得很突兀。银血族的风暴者已经把路清扫干净了，他们对抗着天气，好让国王不至于耽误行程。他们站在我们的车顶上，仅用意念就可以让雪和冰向四周让开。如果没有他们，情况可能会更糟——残酷的凛冬。

不过，雪还是向车窗扑来，让人看不清外面的世界。拉里斯家族的织风人已经不在了，他们不是死了就是离开了，和其他反抗家族一起逃离了。可银血族的威力仍然不减。

风雪中，一切都模糊难辨，但我还是看见，洛卡斯塔近了。红血族的工人走动着，紧握着提灯，灯光在暗淡的天光里晃来晃去，犹如浑水中的鱼。

我把自己裹进长长的大衣里，尽管它是血红色的诡异物件，我也很乐意就此取暖。我瞥了一眼亚尔文家族的警卫，他们仍然穿着白色的普通衣服。

“你们害怕了吗？”我对着空气说道，完全不期待有谁会回答我。警卫们专心致志地忽略掉了我的声音。“我们会掀起这样的风暴，打败你们。”

我叹了口气，环抱着胳膊。“真是痴心妄想。”

梅温的车子在我们前头飞驰，四周守着禁卫军。他们像我的大衣一样，在暴风雪里尤为显眼，火红色的披风犹如引路的浮标。即便是这么低的能见度，他们也没摘掉面具，挺让我惊讶的。看起来非人类，吓人，他们一定乐此不疲——恶魔也要抵御其他恶魔。

车队在铁通路上靠近市中央的地方转了个弯，驶向一条亮着灯的宽阔大道，放慢了速度。街道两边有很多住宅区和围着围墙的庄园，窗子里透出暖融融的、好客的灯光。在正前方，一座钟楼时隐时现，在暴风雪中影影绰绰。我们抵达时，时针刚好指向三点，钟鸣响亮，仿佛在我的胸腔里激起了回声。

阴影投向街道，随着风雪越来越大而越发昏暗。我们是在银血族的街区，因为这儿没有垃圾，也没有脏兮兮的红血族在小巷里游荡。这里是敌人的地盘。我早已深入敌后，远比这更深。

王宫朝廷里流传着关于洛卡斯塔的流言，尤以关于卡尔的为甚。有几个士兵收到口信，说他就在城里，或是有几个老头儿自以为看到他了，还要以定量配给交换情报。然而，这类事说是在哪儿发生都有可能，唯独不可能在这儿——他不会傻到留在一座梅温控制之下的城市里，而且，科尔沃姆离这里特别近。如果他够聪明，就该远远地离开，隐姓埋名，尽量帮助红血卫队才是。拉里斯、艾若和哈文家族以他的名义发起政变，他却永远不会称王，想到这些就觉得诡异。无用之功。

行政大楼坐落于钟楼脚下，与洛卡斯塔的其他建筑相比，显得华丽宏伟多了，颇能与白焰宫的立柱和水晶相媲美。车队在它前面停下了，我们鱼贯而出，站在雪里。

我以最快的速度跑上台阶，拉起那亮烈的红色衣领遮风。可是，大楼里面既没有暖意，也没有大批观众等着聆听梅温那些精美的措辞，而是一片混乱。

这儿以前应该是个大会议厅：墙边排列着铺有软垫的长凳和座椅，不过现在都推开了，大多一个摞着一个地摆着，好为一楼留出宽敞的空地。我闻见了一丝血的气味。对一座满是银血族的大厅来说，这可是奇怪的现象。

不过随后我就看到了：与其说这是大厅，不如说是医院。

所有受伤的人都是官员，躺在简易小床上，密密地一排又一排。我大致扫了一眼，估计约有三十人。他们规规矩矩地穿着制服，佩着整洁的肩章，来自军队中的各个阶层，并且佩有贵族的家族色。皮肤愈疗者尽可能快地医治伤员，不过，肩上戴着银色和红色的十字标志的也只有两个人。他们跑前跑后，按照伤情的严重程度一一处理。其中一个愈疗者刚从呻吟的男人旁边起身，就又跪到了一个咳血的女人身边，那女人不停咳出银色的血，下巴上一片金属的银光。

“禁卫军斯克诺斯，”梅温沉郁地说，“去帮忙。”

戴着面具的禁卫军中有一人应声而动，略一鞠躬就离开了国王守卫者的队列。

我们都进了大厅，这原本就很拥挤的地方人更多了。有几个大臣抛掉了应该先慰问士兵的礼节，寻找起他们的家人来。其他人全都吓坏了——他们这种人可是不该流血的啊，而且还是这副惨状。

在我前面，梅温前前后后地打量着，两手叉腰。要不是足够了解他，我可能会以为他深受影响，觉得愤怒或者悲伤。但这不过是另一出表演罢了。尽管这些伤员都是银血族，我却颇有些同情他们。

这座医院般的大厅证实了我的那些亚尔文警卫并非铁石心肠。让我惊讶的是，头一个崩溃的竟然是老猫。她左顾右盼，眼睛里含着泪水，目光投向大厅的尽头，那儿放着白布单蒙着的尸体——有十几人已经死了。

在我脚边，一个年轻人嗞嗞地倒气。他用一只手按住胸口，压着某种内伤。我凝视着他，观察着他的制服和面孔。他比我年长，银色的血污之下，是一张挺帅气的脸。黑色和金色——普罗沃家族，是个电智人。他很快就认出了我，扬起一边的眉毛，呼吸更费力了。在我的注视之下，他哆嗦起来。他怕我。

“出什么事了？”我问他。在吵吵嚷嚷的大厅里，我的声音轻得犹如耳语。

我也不知道他为什么会回答，或许是觉得，不回答就会被我杀掉吧；也或许是希望有人能知道真相。

“科尔沃姆。”他轻声说道。这位普罗沃家的军官呼哧呼哧地喘息着，挤出几个字来：“红血卫队，大屠杀。”

我的声音里浸满了恐惧：“杀谁？”

他犹豫了，我等待着。

最终他薄薄地吸了口气。

“双方皆有。”

# 第十五章

## 卡梅隆

我不知道什么东西才能刺激那位流亡王子采取行动，直到梅温国王的加冕巡游拉开帷幕。那明显是一场表演，是又一个阴谋，是冲着我们来的。人人都预想到了袭击，我们得先下手为强。

有一件事，卡尔是说对了的：攻占科尔沃姆的城墙是我们的最佳计划。

于是他两天前就开干了。

卡尔与上校以及这座要塞城市内部的反抗者协同，率领由红血卫兵和新血组成的突击队攻了进去。暴风雪为他们提供了出色的掩护，突袭造成的震荡也对他们有利。卡尔心里有数，并没有要求我参加，于是我便和法莱一起留在了洛卡斯塔。我们在电台旁踱步，焦急地等待消息。我睡着了，但法莱在天亮前把我弄醒，笑着告诉我，我们占领了城墙。科尔沃姆见不到新的黎明了，它已陷入恐慌混乱。

这样一来我们就不能留下来了，包括我在内。我得承认，我很想去。不是为了打仗，而是想要看看真正的胜利是什么模样。当然，也是为了离窒息区，离我弟弟，离我的真正目的更近一点儿。

所以，我就和法莱的部下，在林木的遮挡之下，向外看着那焦黑的城墙，以及更黑的浓烟。科尔沃姆城内已经烧起来了。我看不见什么，但我知道战报。当卡尔和上校发起进攻时，几千名红血族士兵——大多是在红血卫兵的鼓动之下——掉转枪口，对准了他们的军官。整座城市犹如火药桶，由烈焰王子点燃了引线，猛烈爆炸。现在，尽管已是一天之后，战斗仍没有结束。我们逐步占领城市，一条街，又一条街，零星的枪击声打破了宁静，让我不禁瑟缩。

我极目远眺，想要看得再远一些，再远一些。这里的天色已经暗下来了，太阳掩在雾蒙蒙的灰色天空里，模模糊糊的。在西北方，窒息区那边，云朵是黑色的，沉甸甸地沾满了灰霾和死亡的气息。根据我们获得的最新情报，虽然梅温已经解除了低龄兵役法案，可那些军团依旧没有撤回来。他们深陷交战区中，遥遥不可望。而近来，红血卫队偶尔会占领那些国王的部队撤退后的地区。我极力不去想象弟弟——在寒冷中缩成一团，大号制服晃晃荡荡，眼窝乌黑深陷——但这些思绪一直在我的脑海里灼烧。我回过头，转向科尔沃姆，转向眼下的任务。我必须把注意力放在这里。我们更快地占领城市，那些士兵就能更快地被调回。*然后呢？*我自问，*送他回家吗？送他回到另一座地狱吗？*

我无法回答脑海里的疑问，也绝不愿意把莫里再送回纽新镇的工厂里去，哪怕那样他就能回到父母身边。他们是我的下一个目标，得先把弟弟救回来——不可能实现的梦，一个接着一个。

“两个银血族把一个红血族士兵从塔上扔了下去。”艾达眯着眼睛，用双筒望远镜观察着。在她旁边，法莱一动不动，平静地把胳膊交叠在胸前。

艾达继续搜索城墙，解读着信号。在灰暗的光线里，她的皮肤显出一种灰黄色。但愿她没有生病。

“他们在巩固战果，正撤回内城墙后面的中心城区重新整队。我统计了下，至少有五十人。”她喃喃说道。

五十人。我努力地压下恐惧，告诉自己没必要害怕：我们和他们之间还有一支部队隔着呢，也不会有人蠢到要逼我去任何我不想去的地方——尤其是跟着我训练了几个月之后。

“伤亡如何？”

“银血族的戍卫部队死了一百人。大部分伤员和其他人都逃到郊外去了，也可能会去洛卡斯塔。留在城里的不足一千人，有不少在卡尔发起进攻前就被反抗家族策反了。”

“有没有卡尔的最新回报？”法莱问，“投诚的银血族？”

“已经包含在刚才的数据里了啊。”艾达有点儿不耐烦，但也只是一点点，她永远是我们中间最冷静的那一个。“有七十八人在卡尔的控制和保护下。”

我双手撑着腰：“投诚和投降是有区别的。他们并不想加入我们，只是想保住小命罢了。他们知道卡尔会心慈手软的。”

“要是你，就会把他们全杀掉？激起所有人来反对我们？”法莱转向我，反驳道。但随即她就不屑地摆了摆手。“已经有五百多人逃出了城，随时可能折回来杀了我们。”

艾达没理会我们的口角，继续监视着城边的动静。在加入红血卫队之前，她一直是一位银血族领主家里的女仆，那样的过去比我们的更糟。“我看见朱利安和莎拉站在祈祷门上面。”

我感到了一丝安慰。卡尔汇报战况时并没有提及我方的伤亡，但并不能确定究竟如何。莎拉没事，我很高兴。我眯起眼睛打量着那令人生畏的祈祷门，搜寻着科尔沃姆最东端的那座黑色和金色的入口。在城墙的栏杆上，红色的旗帜前后飘扬，在阴沉的天空之下像是闪闪发光。艾达解释道：

“他们在向我们发信号。那是安全的入口。”

艾达瞥了一眼法莱，等着她下命令。上校在城里，她就成了这里级别最高的军官，发的话就像法律一样管用。但是法莱没什么表示，我猜她应该是在权衡吧。要抵达祈祷门，我们就得穿过一片开阔地带，很容易被一网打尽。

“你看到上校了吗？”

很好。她不相信银血族，不会拿我们的命去押注。

“没有。”艾达吸了口气，又重新搜寻了一遍城墙，把每一块砖都看过了。我看着她，而法莱等在一边，坚定地一动不动。“卡尔和他们在一起。”

“好吧。”法莱突然说道。她的蓝眼睛生机勃勃，果决勇敢。“我们走。”

我不情不愿地照做了。尽管不乐意，但我得承认，卡尔不是会出卖我们的那种人。他和他弟弟不一样。我隔着法莱的肩膀和艾达对视了一下，另一个新血边走边低下了头。

我的双手在口袋里攥成拳头，猛挥了几下。如果这样看起来像个凶巴巴的小子，我也不在乎。我就是这样：又害怕，又凶巴巴，只消看一眼就能杀人的臭小子。恐惧啃噬着我，对那座城的恐惧——对自己的恐惧。

几个月来，我从来没有在户外训练中使用过自己的异能——自打那些混蛋磁控者把我们的飞机击落之后，就没用过了。但我记得那种感觉，把静默压制当作武器的感觉。在克洛斯监狱里，我用它杀了人。他们都是可怕的人，是银血族，把我们关起来，让我们慢慢等死。我感觉到他们的心脏停止跳动，感觉到死亡步步紧逼，犹如降临在自己身上。这样的能量让我恐惧，让我迷茫：我会变成什么样子？我想到了梅儿，想到了她在狂烈暴怒与自我封闭两个极端之间摇摆。这就是拥有异能的代价吗？我们必须得二选一吗？空洞虚无，或是邪恶魔头？

我们默不作声，对自己所处的危险境地心知肚明。我们突兀地站在新降下的雪地里，一个接一个地踩着前面的脚印走。法莱部队中的新血尤为紧张。其中一个是由梅儿招募来的，名叫洛里，正像条猎犬似的在最前头领着我们，脑袋前后摇晃。她的感官极其灵敏，一旦有迫近的袭击，她就会看到、听到，或者嗅到。在劫狱克洛斯之后，在梅儿被抓走之后，她就把头发染成了鲜红色，此刻在皑皑白雪和铁灰色的天空之间，犹如一道伤口。我紧盯着她的肩胛骨，一旦她有所犹豫，我准备撒丫子就跑。

尽管有孕在身，法莱仍然做出一副威风凛凛的模样。她把步枪从肩上拿下来，两手握着，却不像其他人那样警惕。她的眼神时时涣散，让我感觉到了她身上的悲伤。

“你以前和谢德来过这儿吗？”我轻声问道。

她猛地朝我转过头：“为什么这么问？”

“对间谍来说，你有时太容易被一眼看穿了。”

她的手指在枪筒上弹了弹：“我说过，谢德一直是我们在科尔沃姆的主要情报来源。我曾与他在这里工作过，仅此而已。”

“当然，法莱。”

我们又沉默了，呼出的空气结成了雾，寒意入侵，冻僵了我的脚趾。纽新镇虽然也有冬天，但从来没这么冷过。污染物起了一定作用，工厂冒出的热量总是让我们在干活儿的时候大汗淋漓，哪怕是在深冬。

法莱是湖境人，更适应这种天气。她看起来一点儿也不在意雪或是刺骨的寒冷。她的思绪明显飘向了别的地方，飘向了某个人。

“我想，没去找我弟弟，这是件好事。”我咕哝着打破沉默。我们得想点别的，对她来说是这样，对我来说也是。“真庆幸他此刻不在这儿。”

她斜眼看着我，满腹狐疑地眯起眼睛：“卡梅隆·科尔也会承认自己错了？”

“我常常那么做。我又不是梅儿。”

别人也许会觉得这么说很粗鲁，法莱却笑了：“谢德也很固执。这是他们的家风。”

我原以为他的名字会像锤子一样把法莱击倒，可她没有一丝停留，一步一步地继续往前走。她打开话匣子说道：“我是在离这儿几英里外的地方遇到他的。当时我正忙着在诺尔塔黑市招募游说威斯托。运用当地现成的组织对红血卫队来说更为便利。干阑镇的威斯托给了我线索，说这儿有些士兵也许愿意跟我们合作。”

“谢德就是其中的一个。”

她点点头，若有所失：“他被编入一支补给部队，派往科尔沃姆。那时他是军官助理，那是一个相当不错的位置，对我们来说更是如此。他给红血卫队提供了相当多的情报，那些情报都是经由我传递的。后来，他不能再待下去了，被送到另一个军团里。有人知道他身怀异能，便想要处死他。”

我从来不知道这些事，估计也没几个人知道。法莱很少讲述自己过去的事，现在何以会告诉我，就不得而知了。不过，我看得出来，她需要诉说。我也就任由她说，给她当听众。

“后来，他妹妹……我从来没见过他那样惊恐。我们一起看了选妃大典，看着她掉下去，看着她放出闪电。他以为银血族会杀了她。后来的事，我猜你已经知道了。”法莱咬住嘴唇，低头看着手里的步枪。“那是他的主意。我们必须把他从军队里弄出来，于是他伪造了死刑记录，连上面的字都是他自己写的。然后他就走了。银血族才不会在意死掉的红血族呢，但是，他的家人会啊。这让他耿耿于怀了好久。”

“可他还是那么做了。”我试着去理解，却无法想象，如果把我的家人置于那种境地会是什么样子。不管为了什么我也做不出来。

“他必须如此。而这——这是个绝佳的动机。梅儿得知以后就加入了我们。又一个巴罗。”

“这么说，她演讲里的这部分不是撒谎。”我想起了梅儿被迫说出的那些话。当时她垂首盯着摄像机，仿佛那是刽子手。他们问我是否想要为他的死复仇。“难怪她的性格这么怪，根本没人告诉她任何实情啊。”

“她早已没有回头路了。”法莱喃喃说道。

“人人如此。”

“而现在，她正和那个邪恶的国王一起巡游。”法莱喋喋不休。她像一架机器似的加速运转起来，声音里充满了干劲和力量。谢德的幽灵不见了。“那会让事情简单一点儿。当然，困难是一定的，不过死结已经开始松动了。”

“地点也是计划的一部分吗？她离这儿越来越近了，阿尔博鲁斯，铁通路——”

“她昨天已经到洛卡斯塔了。”

我们四周的沉默被打破了。如果其他人之前还没怎么听的话，现在这些他们一定都听见了。我回过头看向艾达，她水汪汪的琥珀色眼睛睁大了，我几乎都能看见她杰出大脑里的齿轮在飞速运转。

法莱继续说。“国王探望了伤员，那些人是在我们的第一波袭击中撤退逃离的。我们来这儿的半路上我才知道，否则的话……”她叹了口气，“好吧，现在说这个也晚了。”

“国王出巡是带着一支军队的，”我对她说，“日夜都有人看着她。就算你事先知道也做不了什么，我们都无能为力。”

法莱的脸颊涨红了，不是因为冷。她的手指仍然懒懒地敲着枪托。“也许吧。”她答道。“也许吧。”她更轻地说服自己。

科尔沃姆就在前面，向我们投下巨大的阴影，暗处的温度更低了。我拉起衣领，裹得更紧，想缩进仅余的暖意里。这有着黑色城墙的骇人巨物仿佛冲着我们咆哮。

“那边。祈祷门。”法莱指了指一张洞开的大嘴，铁獠牙，金利齿。拱门是由一块块静默石砌成的，不过我感觉不到它们。它们对我不起作用。让我松了一口气的是，守城门的是红血族士兵，都穿着褪色的制服和磨破的靴子。我们向前走，离开积雪的路，进入了科尔沃姆。穿过祈祷门时，法莱仰头向上看，她睁大了蓝眼睛，不住地发抖。我听见她屏住呼吸，小声地念着什么。

“来时，你祈祷远走高飞；去时，你祈祷永不归返。”

尽管没人听见，我也照此祷告了一遍。

卡尔俯身站在一张书桌旁，用指关节抵着木头桌板。盔甲的黑色皮革甲板原本能勾勒出年轻人魁梧壮实的身体，此刻却松散成一堆，堆在角落里。汗水从他的黑头发里渗出，流向前额，流向脖颈，一道一道亮晶晶地闪着。尽管他的异能能温暖整个屋子，比任何火焰都好用，这汗水却不是因为热。不是。是因为恐惧。羞愧。我不知道他无奈之下杀死了多少个银血族。*那根本不够，我对自己说道*。然而，看见他脸上明明白白地写满了惊骇，让我不想多说什么了。我知道那很难承受，不可能轻而易举做到。

他在发呆，古铜色的眼睛像两个茫然的空洞。我跟在法莱后面进了屋子，他也没动一下。法莱走向上校。上校正坐在卡尔对面，一只手按着太阳穴，另一只手抚着地图或简图之类的——也许是科尔沃姆，因为那上面的形状是八角形，而且还有个圈，应该是代表城墙。

艾达在我后面，我感觉到她有些犹豫，不知该不该加入我们的谈话。我只好推了推她。她比任何人都擅长这些，她精致的大脑是红血卫队的宝物。不过，女仆的习惯总是很难改。

“过来呀。”我咕哝着，拉住她的手腕。她的皮肤比我白，可是在阴影之中，我们都混为一体了。

艾达冲我点点头，甚至还微微笑了一下："他们在哪个包围圈，上校？"

"柯尔塔。"上校答道，他敲了敲地图上相应的位置，"防御森严，几乎相当于地下堡垒的水平，要攻进去很难。"

艾达叹了口气："是的，柯尔塔就是为应对这类情况而建。最后的阵地，装备优良，供给充足，双层防护，满坑满谷地配备着五十名训练有素的银血族，而且隘道处兵力可能有五倍之多。"

"像洞里挤满了蜘蛛。"我嘀咕着。

上校冷哼道："也许他们已经开始自相残杀了。"

卡尔脸上的抽搐是毫不掩饰的。"若是普通敌人从正面进攻，他们是不愁的。没什么比共同的恨意更能使银血族联合起来了。"他没有抬起头，而是一直把目光对准了桌板，意思很明确。"尤其是，现在人人都知道，国王就在附近。"他的脸色暗了下去，阴云密布。"他们可以等。"

法莱打断了他的连绵思绪，低声怒道："可我们不能等。"

"只要一声令下，窒息区的各个军团就能以急行军的速度在一天之内抵达这里。如果更积极些，还可能更快……"艾达没说完。其实她用不着掩饰，我都能看见我弟弟。梅温的新律虽然救了他，可那只是字面上的，他们还是会被银血族的军官驱赶着，在冰天雪地里疾驰，最终也不过是来当炮灰而已。

"红血族肯定会加入我们的。"我大声地说道，好像这样就能对抗脑海中的画面似的。"就让梅温调遣他的军队吧，那只会让我们更壮大。士兵们会倒戈相向，就跟这里的情况一样。"

"她这个观点倒是有可能——"上校开口了，破天荒地赞同我的话。这感觉真奇怪。不过，法莱打断了他。

"可能而已。几个月前，我们就开始渗透科尔沃姆的卫戍部队了，鼓动他们发起暴动，一直不断地动员他们，才有了现在的爆发。可军团的情况未必如此，国王能说服调派的银血族就更不用提了。”

艾达点点头表示赞同：“梅温国王提及科尔沃姆时的措辞相当谨慎，他把一切都描述为恐怖活动，而非反抗革命。他称此为无政府状态，是嗜血的、滥杀无辜的红血卫队的杰作。军团里的红血族，全国的红血族，都不知道这儿究竟发生了什么。”

法莱用一只手护着肚子，恨恨地说：“因为‘如果’和‘可能’，我已经失去太多了。”

“我们都是如此。”卡尔说道，声音听起来十分遥远。他最终离开桌子，背对着我们，跨了几大步走到窗边，俯瞰着仍然燃烧着的城市。

浓烟混在寒冷的空气里，让天空染上了一股股的黑色。这让我想起了工厂。我不禁颤了颤，脖子上的刺青暗暗发痒，但我没有伸手去抓。那儿已经被我抓破很多次了，有一回，莎拉要帮我治疗，我拒绝了。这刺青，这浓烟，都提醒着我的来处，提醒着那些没人能承受的过去。

“我觉得你不会什么想法都没有吧？”法莱从上校手里拿过地图，一边问一边瞥着那位流亡的王子。

卡尔耸耸肩，他宽阔的肩膀轮廓上下抖动：“很多，但都不好，除非——”

“我不会让他们活着从这儿离开的。”上校咬牙切齿，很不耐烦。我猜他们已经讨论过好几轮了。“梅温太近了。他们会投靠他，然后带着更多当兵的回来复仇。”

卡尔手腕上闪闪发光的手环咔嗒一响，激起了火花，火花沿着他的胳膊迅速燃起了红色的火苗。“无论如何，梅温已经来了！你听到简报了，他到洛卡斯塔了，并且继续向西。他一路巡游，微笑，挥手，掩盖着他的真实目的，那就是夺回科尔沃姆。如果你要把我们的后方交给一窝狼，在这座破城里与他开战，他就真的能得逞了！”他转向上校，肩膀上的余烬还在冒着烟。通常卡尔都能控制好自己，不会烧着衣服，但现在不行了。烟雾缭绕，他的针织背心上出现了一个焦黑的洞。“两面作战等于自杀。”

“那么，押为人质如何？你该不会想告诉我，塔里就没有一个有价值的家伙吧？”上校回敬道。

“对梅温来说，没有。他愿意付出一切来交换的那个人，已经得到了。”

“所以，我们既不能饿死他们，也不能放了他们，还不能拿他们讨价还价。”法莱掰着手指说道。

“也不能把他们全杀了。”我用手指点点嘴唇。卡尔看着我，很是惊讶。我只是耸耸肩膀。“如果有办法，如果能接受，上校早就那么干了。”

“艾达，”法莱轻轻推了推她，“你有没有看到我们疏忽了的东西？”

她前前后后地看着，在地图和自己的记忆中搜索，数据、策略，以及那庞大的信息处理中心里的一切。她的沉默安慰不了任何人。

“我们需要的是那个该死的预言者。”我咕哝着。我没见过乔，那个家伙帮梅儿找到了我，抓住了我。我在梅温的新闻转播里看到过他。“让他为我们干活儿多好。”

“如果他想帮忙，肯定会来。但那个见鬼的家伙无影无踪了。”卡尔咒骂道，“自己逃跑的时候也不带上梅儿。”

“别纠结那些无法改变的事了，没用的。”法莱在冰冷的地板上蹭了蹭靴子。“我们唯一的办法只有蛮干了？一块石头一块砖地推倒那座塔？一寸阵地一泼血地强攻？”

卡尔正要发作，门突然开了，朱利安和莎拉冲了进来，两个人都大睁着眼睛，脸上闪着银光。上校跳了起来，是惊讶，也是防备。事关银血族时，我们都不会掉以轻心。对他们的恐惧是根植于骨髓中、流淌在血液里的。

“怎么回事？”上校问道，眼睛里闪着血红色的光，“审讯这么快就结束了？”

朱利安被“审讯”二字刺痛了，讥讽道：“与您的所作所为相比，我的提问堪称仁慈。”

“哈！”法莱冷笑着看向卡尔。卡尔动了动，在她的注视下有些尴尬。“别跟我说什么银血族的仁慈。”

我不怎么在乎朱利安，也不太相信他，但莎拉的表情很惊异，她看着我，暗沉的脸上满是同情和恐惧。“怎么了？”我问。但只有朱利安能回答。即使在科尔沃姆，莎拉也没能找到另一个皮肤愈疗者来帮助自己治好舌头。那些人要么就是躲进了柯尔塔，要么就是已经死了。

“麦肯瑟斯将军无意中看到了训练指令。”朱利安说。他像莎拉一样，也犹豫地看了我一眼。我的耳朵里响起了脉搏跳动的声音：不管他说什么，都不会是好事。“在围城之前，部分军团就已被召回待命。他们无法胜任交战区域的守卫任务，包括红血族。”

我疾速奔流的血液开始在耳朵里嚎叫，几乎要听不见朱利安的声音了。艾达站在我旁边，肩膀碰着我的肩膀。她已经知道是什么事了。我也是。

“我们找到了那条调令。由几百名儿童组成的匕首军团，已被调回科尔沃姆。尽管梅温下达了赦令，但他们仍未解散。我们解救出了大部分，还是有一些……”朱利安的话语开始磕绊，但他还是勉强继续说道，“他们被押为人质，被关在柯尔塔，和守塔的银血族军官在一起。”

我一只手扶着冰凉的墙壁，好支撑住自己。皮肤之下的静默异能冲撞着、渴求着，向外扩张开来，想要把屋里的所有人都击倒。我必须得亲自开口，因为朱利安不会说的：“我弟弟在那儿。”

那个银血混蛋迟疑着，拖延着，最终说道：“我们认为，是的。”

我的心在怒吼，声音压过了一切。我什么都听不见了，甩开他们的手，冲出了指挥部。我不知道有没有人跟上来。我不在乎。

我的脑子里只有莫里。莫里，和挡在我们中间的、五十个即将成为尸体的银血族。

我不是梅儿·巴罗。我不能让自己的弟弟陷入这种境地。

我的异能包裹着我，沉重得像烟雾，轻飘得像羽毛，犹如汗珠儿一般，从每一个毛孔中渗出来。这不是看得见摸得着的东西，它无法为我推倒柯尔塔。我的异能只对血肉之躯有效。我一直在练习。它令我恐惧，可我需要它。静默的异能像飓风似的裹挟着我，将我置于正在成形的暴风眼中。

我不知道要去哪儿，但科尔沃姆的路很好认。柯尔塔本身就是个明证：这座城市是精心设计的，是秩序井然的，就像一个巨大的齿轮。我明白的。我的脚踏在人行道上，推着我穿过守在外面的士兵。左侧，科尔沃姆高高的城墙直指向天；右侧，花岗岩建成的内城墙边是军营、办公楼、训练设施。我必须找到内城墙门，好进入城中采取行动。猩红色的围巾是最好的伪装，我的样子就像一个红血卫兵。我原本也有可能成为红血卫兵的。红血族的士兵没阻拦我，他们或是心烦意乱，或是兴奋不已，或是手忙脚乱，反正没空去管自己人任性的举动。他们推翻了自己的主子，对我则视而不见。

但是，对该死的王子殿下、提比利亚·卡洛雷，就不是如此了。

他抓住我的胳膊，强迫我停下。要不是我的静默异能在四周涌动，他肯定会燃起烈焰的。他很聪明，利用惯性把我往回甩——同时小心地不被我碰到。

“卡梅隆！”他叫着，伸开胳膊，指尖弹动，火苗便浮现在空气中。他往后退了一步，严严实实地堵住了我的路，那火苗更猛烈了，舔舐着他的肘部。他又穿起了盔甲，那些互相连接的皮革、钢铁甲板将他的身影放大了一圈。“卡梅隆，要是一个人去塔里，你会死，他们会把你生吞活剥的。”

“你有什么好担心的?”我冲他吼道。我浑身的骨头都僵死了，关节紧绷着，多用了一点劲儿。静默效应击中了卡尔。他的火苗熄灭了，喉结上下滑动。他感觉到了。我正在伤害他。坚持住，记着你的定量，不要太多，也不要太少。我又增加了一些，他便又向后退了一步，但仍然挡在我必须去的那个方向。在他身后，已经能看见内城城门了。“我到这儿来只有一个目的。”我不想跟他打，我只想让他往旁边让一让。“我不会让你的人杀了他。”

“我明白。”卡尔叫道，声音像是从喉咙里硬挤出来的。我不知道那些会燃起烈焰的银血族，是不是也有着他这样的眼睛：灼灼逼人，郁郁燃烧。“我明白，你一定会去的。我也会的，如果——”

“那就让我过去。”

他绷紧了下巴，毅然决然，就像一座山。即便是此刻，衣服烧烂，瘀痕累累，肉体上遍体鳞伤，情感上千疮百孔，他仍然像一位国王。卡尔的确是那种永远都不会下跪屈服的人。那种东西根本不存在于他的生命里。

然而，我已经崩溃绝望太多次了，再多一次都不能承受。

“卡尔，让我过去，让我去救他。”听起来像是在乞求。

这一次，他向我靠近了，指尖的火苗变成了蓝色，连空气里都有了焦煳味。它们在我的静默效应下闪动着，喘息着，努力地想要继续燃烧。只要我想，我就能把它们熄灭。我能攫住他的异能，猛撕猛打，把他杀死，感知着他的生命一分一厘地消逝。我想那么干，但那是愚蠢的，由愤怒狂躁和盲目的复仇心统治的。我可以让它激发我的异能，让它把我变得强大，但我不能让它控制我。正如莎拉教给我的，这是一条狭窄的界限。

他眯起眼睛，仿佛看穿了我的所思所想。所以当他说出这句话的时候，我惊讶无比，心脏狂跳，几乎盖过了他的声音。

“我来帮你。”

在遇见红血卫队之前，我一直认为，同盟只能建立在相同的想法和目的之上，就像串联起来的机器，为了一致的目标而一起工作。我真是太天真了。卡尔和我虽然看起来同一战壕，可我们想要的根本不一样。

他开诚布公地分享了自己的计划。细节极其详尽，以至于我都能看得出，他是打算利用我的愤怒，利用我弟弟，来实现他自己的目的。吸引警卫，调虎离山，进入柯尔塔，用你的静默异能作为盾牌，迫使银血族用人质来交换自己的自由。朱利安会打开大门；我会把他们护送出去。兵不血刃。不必再围城，科尔沃姆便是我们的了。

好计划。只是，那些银血族士兵会逃跑，再次投靠梅温，加入他的军队。

我生长在贫民窟，可我不傻，更不是那种会被卡尔棱角分明的脸孔和迷人微笑哄得晕乎乎的女孩。他的魅力也有局限。他能迷住巴罗，可这招儿对我没用。

要是这位王子再多些锋芒就好了。卡尔心太软，他不忍心把银血族士兵留给毫无仁慈可言的上校，可如果不这么做，就只能让他们逃跑，然后再折回来对付我们。

“你需要多长时间？”我问。对着他撒谎并不困难，尤其是，我也知道他在糊弄我。

他笑了，还以为哄过我了呢。很好。“只要几小时就能把我的人集合好，朱利安，莎拉——”

“好。你们准备好之后，我在外面的军营等你们。”我向后退了退，勉强挤出一个“哦你可真体贴”的眼神。起风了，风吹着我的发辫，颇有暖意，但这不是因为卡尔，而是因为太阳。春天总归会来的。“我需要理清思绪。”

卡尔表示理解，点点头，把一只热乎乎的手放在我肩上握了握。我笑了一下作为回应，但感觉上自己只是做了个鬼脸。我一转过身，笑容就消失了。他一直站在我身后等着，目光几乎要把我的背烧穿，直到那环形的围墙在我的视野中渐渐模糊。气温虽然升高了一些，可是寒意仍然侵入了我的脊骨。我不能让卡尔那么做，但我也不能让莫里在那座塔里多待一秒钟。

在我面前，法莱正以她能承受的最快步速向我走来。她一看见我就沉下脸，紧紧地皱起眉头，脸涨得红通通的，像个甜菜，让她嘴角的那块白色疤痕更显眼了。总之，是一副吓人的模样。

“科尔，”她快速地说道，音调像她爸爸一样坚定，“我担心你要去做什么傻事。”

“不是我。”我咕哝着。她仰起头，我便跟着她走。

我们一回到储藏室，安全了，我就把一切都告诉她了。法莱生气极了，好像卡尔的计划只是个烦人的把戏，而不是会影响到我们所有人的威胁。

“他是在拿整个科尔沃姆冒险。”我挑拨道，“而且，如果他这么干了——”

“我知道。但我已经告诉过你了：蒙弗和司令部希望卡尔能留在我们这边，不惜一切代价。他几乎堪称防弹，其他人则都可能在暴动中被打死。”法莱用两只手搔了搔头皮，把金色的头发向后拢。“我也不想如此，但如果一名军人不能服从命令、不能对行动保密，他一定是我不愿意信任的人。”

“司令部。”我憎恨这个词，憎恨这个词所代表的那些人。“我开始觉得，他们并没有把我们的利益放在首位。”

法莱并不赞同。“完全信任他们是很难，但他们明白我们不会做什么、不能做什么。而现在……”她重重地喘了口气，眼睛直直地盯着地板，“我听说，蒙弗打算介入更多。”

“什么意思？”

“我也不完全确定。”

我冷哼一声："你都不知道事情的全貌吗？我好震惊啊。"

她瞪着我，那眼神像是要把我劈开似的："系统不完善，但能保护我们。如果你总是这么气哼哼的，我可不会帮你了。"

"噢，你有好主意吗？"

她阴沉地一笑："有的是。"

海瑞克那爱发抖爱抽搐的老毛病还没改掉。

法莱小声地讲解着我们的计划，嘴唇飞快地翕动，海瑞克则不停地点头。法莱不会跟我们一起到柯尔塔里去，但是她要确保我们能成功。

海瑞克看起来很紧张。他不是个战士，既没去过克洛斯监狱，也没参加科尔沃姆的袭击行动，可他的幻象异能可以帮我们的大忙。他和其他人一起加入，躲在这位有孕在身的上尉身后进行训练。梅儿还在的时候，在一次失败的新血征募行动中，他似乎大受影响。自那以后，就渐渐地不参与讨论了，只负责防御，而不用投身于激烈的战斗。我有些嫉妒他。他不知道杀死一个人是什么感觉。

"有多少人质？"他的声音颤抖着，手指也颤抖着，红色攀上了脸颊，在苍白的皮肤下晕开来。

"至少二十人。"我极快地答道，"我们认为我弟弟也在其中。"

"由至少五十个银血族看守。"法莱补充道。她不会遮掩危险，不会哄骗他加入行动。

"噢，"海瑞克咕哝着，"噢，天啊。"

法莱点点头："当然，这取决于你的意见。我们还可以想别的办法。"

"但是不流血的办法，没有了吧。"

"没错。你的幻象——"我强调说。但海瑞克抬起一只手，直发抖。真不知道他的幻象是不是也会一样抖得厉害。

他张了张嘴，可什么也没说出来。我焦虑不安地等着，每一根神经都在恳求他快点儿答应。他必须明白这有多么重要。他必须如此。

“好吧。”

我强忍住了欢呼雀跃的冲动。这是关键的一步，但还远远没有成功，在莫里重获安全之前，我丝毫也不能放松。“谢谢你。”我握住他的手，晃了晃。“非常非常感谢你。”

他飞快地眨了眨眼，棕色的眼睛看着我：“等成功了再谢我吧。”

“至理名言。”法莱咕哝着，为了我们俩的默契而忍住笑意。她的计划很仓促，可那是因为卡尔迫使我们这么做。“好吧，跟我来。”她说，“这需要迅速、安静，以及一点儿好运。”

我们跟在她身后，经过了重重防卫的红血卫兵和那些投靠了我们的红血族士兵。他们大多用手指碰碰眉毛，以示尊敬。法莱在红血卫队是人尽皆知的人物，我们所依赖的就是她的这种地位。我一边走，一边拉起发辫，把它们尽可能地绑紧。头发被我拽得很痛，这能让我保持警醒，也能让我的双手有点儿事做，否则，我可能会像海瑞克一样开始发抖。

有法莱带路，内城门那里没有人阻拦我们，我们便向着科尔沃姆的中心走去，离柯尔塔越来越近。黑色的花岗岩直指天空，上面有些许窗户和阳台，全都紧紧关着。地面上围着几十名士兵，紧盯着两个守卫森严的通向塔内的入口。我猜这一定是上校的命令。他不失时机地增加了士兵的人数，因为他意识到我想要进入塔里——而卡尔想让塔里的银血族出来。上尉没有领着我们到塔那里去，而是越过它，来到了依着内城墙而建的一座房子里。像这座城市的其他建筑一样，它也由黄金、钢铁和黑色的石头建成，在辽远的日光里显得阴沉。

我的心狂跳起来，一步一步地走向了科尔沃姆大小监狱中的一个。按照计划，法莱将我们带到楼梯间，然后我们就自己下去，进入地牢。一看到栏杆，看到那由数不清的灯泡照亮的白色石墙，我就汗毛直竖。至少这座地牢是空的。那些投降的银血族被卡尔带到祈祷门那儿去了，静默石打造的拱顶之上有个屋子，他们就被拘在那儿，异能全无。

“我去引开下层的卫兵，你和海瑞克就溜进去。”法莱压低声音，小心地不引起回声，还顺手递给我们两把钥匙。“先用铁钥匙。”她指了指那把粗糙的黑色钥匙，它和我的拳头差不多大，而另一把则闪着光，精巧得多。“然后是银钥匙。”

我把它们分别塞进不同的口袋，好方便拿取：“明白。”

“我遮不住声音，所以我们必须尽可能地安静。”海瑞克嘀咕着，拉住我的胳膊，跟上来说道，“离我近一点儿。幻象越小，持续的时间就越长。”

我点点头，明白他的意思：海瑞克需要为解救人质保存体力。

地牢在科尔沃姆的地面之下，越来越深，空气也越来越潮湿、冰冷，直到我呼出了雾气。当拐角处亮起灯光时，我感到了一阵不安。法莱只能送我们到这儿了。

她默默地挥了挥手，让我们退到后面。我靠近了海瑞克。来了。兴奋和恐惧同时袭来。我来了，莫里。

弟弟就在不远的地方，四周围着的都是想要杀死他的人。我没有时间去思考自己会不会因此送命。

我的眼前有什么东西在晃动，像窗帘似的落了下来。幻象。海瑞克紧拉着我，让我贴在他胸前，两个人步调一致地往前走。我们可以清楚地看见四周，但当法莱回头张望时，她的目光茫然地前后搜索——她看不见我们了。拐角那里的红血卫兵也看不见我们。

“这儿一切正常吗？”她嚷嚷着，用力在石板上跺着脚。我和海瑞克与她保持着安全的距离，转过拐角，便看见六个荷枪实弹、戴着红色围巾的士兵。他们挤在狭窄的过道上，肩并着肩，一动不动。

## 第十五章 卡梅隆

法莱的出现让他们吓了一跳。其中有个胖乎乎的家伙，脖子比我的大腿还粗，他站出来，代表其他人回答道："是的，上尉，没有动静。如果银血族想逃跑，他们是跑不出这条隧道的。他们肯定没那么傻。"

法莱咬了咬牙："很好，继续保持警惕——噢！"

她哆哆嗦嗦地弯下腰，一只手撑住漆黑的墙壁，另一只手捂住了肚子，脸上表现出疼痛的模样。

红血卫兵们马上帮忙，有三个人冲到她旁边搀扶她，这就留下了一道足够我们通过的口子。海瑞克和我迅速地走了过去，贴着另一侧的墙壁走向走道尽头那扇锁闭的门前。法莱跪在地上，仍然装着百般不适，眼睛却看着这扇门。我周围的幻象抖了抖，这说明海瑞克聚精会神，他现在要藏住的不仅是我们俩，还包括这扇门——它就在六名把门的士兵眼皮底下打开了。

我把那把铁钥匙插进锁孔，转动锁芯，法莱叫唤起来。她不舒服地吸着气，叫着痛，变换着花样，来掩护合页转动的声音。幸好，这门不缺油。它打开了，没人看见，也没人听见。

我慢慢地把门关上，免得铁门在花岗岩上碰出声音。光线一点点地消失了，最终我们便深陷于五指不见的漆黑中。法莱和卫兵们吵吵嚷嚷的声音也都听不见了，被关闭的铁门隔绝在外。

"我们走。"我说着紧紧箍住海瑞克的胳膊。

一、二、三、四……我在黑暗里数着自己的步子，一只手在冰冷的墙壁上摸索。

到达第二扇门前面时，肾上腺素激增：我们就在柯尔塔的正下方。我来不及去回想塔的构造，但还是能记得个大概。这足够让我们找到人质，并且把他们从监视的正中心带到安全的地方。没有了人质，银血族就没有了讨价还价的筹码。他们非投降不可。

我摸到了第二扇门，用钥匙在锁孔四周戳来戳去。锁孔很小，我来回划了好几次才把钥匙插进去。“走了。”我小声说道，是提醒海瑞克，也是警示我自己。

我一打开门，走进塔里，就明白自己千不该万不该做这件事。哪怕是我的异能加上海瑞克的异能，也绝不足以对抗五十个银血族。一旦出现差错，我们必死无疑，而那些人质，也会在遭受巨大恐惧之后被杀死。

我不会让那种事发生的。绝不能。

与隧道相连接的一个小房间也是漆黑一片，但要暖和得多。正如法莱所说，这座塔严防死守，完全与外界隔绝。海瑞克跟在我身后进来，和我一起关上了门。他的手拂过了我的手，没发抖，很好。

这儿应该有楼梯才对……对了。我的脚趾碰到了最底下的一级台阶。我攥住海瑞克的手腕，开始往上走。灯光影影绰绰，但是越来越亮了。两架飞机飞过，就像我们去劫狱时乘坐的那两架一样。

有人讲话，墙壁回传来他们的声音，很低沉，可以听见，却听不清内容。似乎很焦急，在争论着什么。黑影晃过，我飞速地一闪，随后来到了柯尔塔的第一层，从楼梯边探了探头。温暖的亮光洒过来，勾勒出螺旋向上，通往中央厅室的圆形楼梯井——就像是这座塔的脊柱。很多楼层都有门可通往别处，但那些门都紧紧地锁着。我的心像打雷似的怦怦狂跳，声音大得我都担心会被银血族听到。

有两个人守着楼梯井，很警醒，随时准备着抵抗偷袭。但我们既不是士兵，也不是红血卫兵。他们的身影微微抖动，就像被拨动的平静水面。是海瑞克的幻象，它遮住了我们，不被那些不友好的眼睛看到。

我们跟着声音的来源，齐齐地往前走。中央厅室位于第三层，而踏上台阶的时候，我几乎无法呼吸。按法莱的图示，这间大厅向四周扩张，占据了整整一个楼层。人质就在那里，还有一大堆等着梅温开恩或是卡尔援救的银血族。

这些巡逻的银血族都是大块头，铁腕人。他们有着石灰色的脸孔和木桩那么粗的胳膊。如果我使用自己的静默异能，他们根本不能把我怎么样，但我的异能对枪不起作用，而他们个个都佩着好几支枪：双筒手枪，肩上还背着步枪。塔里储备充足，为的就是抵御包围，我因此推断他们的枪支弹药远比所需的多。

我们走近时，一个铁腕人刚好从楼梯上下来，步子很笨拙。我暗自庆幸银血族派他来巡视。他的异能是蛮力，感知力很迟钝。不过，要是我们撞到他，他还是会发现的。

我们慢慢地从他身边溜过去，后背紧贴着这座塔的外墙。他走过去了，完全不疑有他，注意力根本不在眼前。

另一个铁腕人则没那么容易混过。他倚在门上，两条长腿向外伸着，几乎把整个走道都堵死了。我和海瑞克只得挤到楼梯的另一端去。所幸我个头儿不高，没费什么力气就跨了过去。海瑞克却又开始发抖了，好不容易才叉开腿迈过去，没弄出响动。

我咬紧牙齿，将静默异能在皮肤之下聚积。我不知道该不该在这两个人发出警报之前杀死他们。一想到这个就让我觉得恶心。

但海瑞克向前冲去，脚碰到了台阶。这声音不大，可足够引起银血族的警惕了。他前后打量搜索，吓得我一动不动，紧抓住海瑞克伸出来的手。恐惧在我的喉咙里抓挠着，想要冲出一声尖叫。

他转过身，看着他的同伴，而我推了推海瑞克。

“吕科斯，你听到什么声音了吗？”铁腕人冲着下面喊道。

“没有啊。”另一个银血族问答。

他们的对话刚好盖住了慌乱的脚步声，让我们得以冲向楼梯顶端，来到一扇半开着的门边。我无声无息地呼了口气，感觉到一种不可思议的松弛。我的手也颤抖起来。

厅室里传出了争吵的声音。“我们必须投降了。”有人说道。

反对的人立刻嚷嚷起来，掩护着我们进了屋子。我们就像是老鼠，潜入了一间饿猫环伺的房间。银血族的军官们都凑在墙边，大部分人身上都挂了彩。血的气味很重，争吵不休的声音里夹杂着喊痛的呻吟，他们一个比一个大声，苍白的脸上写着恐惧、悲哀和挣扎。有些负伤的人已是弥留状态了。伤员身上散发出的恶臭和这一幕让我几乎窒息。这儿没有愈疗者，我明白了。这些银血族身上的伤，不能靠挥挥手就消失。

即便恨意绵绵，我也不是铁石心肠。伤情最重的那些人沿着拱形的外墙排成一列，离我的脚只有几英尺远。距离我最近的是个女人，她的脸上带着刀伤，徒劳地想捂住自己被剖开的肚子，可银色的血还是不断地从她的手底下流出来。她的嘴巴一开一合，就像在空气里捯气的鱼。她的痛苦如此深重，让她连发抖和喊叫也不能。我咽了口唾沫，突然冒出了个奇怪的想法：*如果我愿意，我可以带她离开这悲惨的境地。*我可以伸出手，用我的异能把她送往永恒的平静之中。

只是这么想一想就让我觉得恶心。我连忙转开了脸。

“投降绝对不行。红血卫队会杀了我们的，而且还可能更糟……”

“*更糟？*”躺在地上的一个士兵惊讶道，他身上布满伤痕，绑着绷带。“看看这儿，还能更糟吗，凯荣？”

我环顾四周，不敢多想。如果他们继续这么大呼小叫的话，我们的任务就容易得多了。在厅室的最里面，我看见他们了：挤作一团，粉色或棕色的皮肤，他们的血是红色的，年纪不超过十五岁。恐惧把我钉在原地，动弹不得，让我隔绝了外界，变成一部愤怒而致命的杀戮机器。

*莫里，再有几秒钟，再有几英寸。*

我们像上楼梯时一样小心地穿过厅室，速度放慢了一倍。伤情不严重的银血族晃来晃去，照看着那些重伤员，同时也是为了让自己不那么紧张。我从来没见过这样的银血族：疏忽不备，距离很近，看起来太像是普通的人类了。一个年长的女军官缠着好多绷带，她拉着一个年轻小伙儿的手。后者大概只有十八岁，脸色苍白得像白骨，一点儿血色也没有。他平静地凝视天花板，等着死神降临。他旁边的人已经没气了。我忍住惊呼，强迫自己平稳安静地呼吸。尽管这儿有这么多掩护，我还是不能冒险。

“告诉我妈妈，我爱她。”垂死的青年轻声说道。

另一个只剩一口气的士兵则大声叫着谁的名字，而那个人已经不在人世。

死亡像阴云般降下，它同样笼罩在我的身上。我可能会死在这儿，和这些人一样惨——*只要海瑞克累了，只要我踏错一步*。我努力地撇开胡思乱想，只专注于自己的两只脚和前面的目标。越往里面走，情况就越艰难。我眼前的地板变模糊了，但那不是因为海瑞克的幻象。我……我哭了吗？为他们而哭？

我愤怒地抹掉眼泪，免得它们落下来留下痕迹。尽管我知道自己憎恨这些人，此时此刻却再也恨不起来了。一小时前攫住我的愤怒全都无影无踪了，取而代之的是怪异的同情。

人质越来越近了，只要一伸手就能碰到。其中有一张脸，我再熟悉不过，他和我是那样的相像：卷曲的黑色头发，乌黑的皮肤，瘦长的四肢，一双大手，手指像爪子似的弯曲。我所见过的最明亮、最开怀的笑颜，此刻却如此遥远。如果可以，我会一把抓住莫里，让他再也不离开。然而，我慢慢地爬到了他身后，在刚好能够到他耳朵的地方蜷伏下来。我希望他千万千万不要被吓着。

“莫里，卡梅隆来了。”

他的身体抖了一下，但是没发出任何声音。

“我和一个新血在一起，他能让我们隐形。我要把你救出去，但你必须按我说的做。”

他转过头，眼睛大睁着，充满了恐惧。他遗传了我们母亲的眼睛，眼线黑黑的，睫毛长长的。我强忍住想要拥抱他的冲动。慢慢地，他的头向前后点了点。

“好。我能办到的。”我屏住呼吸。“把我说的话告诉其他人。小心。别让银血族看到。去吧，莫里。”

过了好一会儿，他咬咬牙，同意了。

没花多少时间，我们的情况就在这些红血族之间传遍了。没有谁质疑。对他们来说，在野兽的肚腹中，质疑是一种奢侈品。

“待会儿你们见到的东西，不是真的。”

我冲海瑞克打了手势。他点点头，准备好了。我们慢慢地跪下，匍匐着身子，混进红血族之中。这样当海瑞克的幻象包裹着我们站起来的时候，银血族就不会一下子注意到我们了。打个掩护，但愿有效。

我的指令迅速传递，人质们紧张起来。尽管他们和我年纪差不多，却因为几个月的战斗训练和战壕中的艰苦日子而显得很是衰老。就连莫里也是，虽然他看起来比在家时壮了一些。我看不见他的眼睛，试探着伸手拉他。他的手靠近了，紧紧地攥住我的手。幻象隐去了我们的形状，同时往人质那里增加了两个人形。他们瞪着我们，努力地掩饰着自己的惊讶。

“我们走。”海瑞克轻声道。

在我们身后，银血族们仍然在为死和垂死而争吵。他们完全没心情去管人质如何了。

海瑞克眯起眼睛，将注意力集中在我们右侧的塔壁上。他粗重地呼吸，鼻子和嘴巴向外呼气，能量渐渐积聚。虽然知道幻象是不存在的，但我还是打起精神，准备应对。

突然，墙壁向里爆炸开来，火球和碎石四处迸裂，塔被炸上了天。银血族们吓坏了，四散逃窜，还以为是遭到了袭击。喷气机呼啸着掠过，在云层中俯冲。我眨眨眼睛，不敢相信自己看到的一切。这些都是幻象，可是看起来却如此惊人，如此逼真。

这可不代表我能停下来喘口气。

海瑞克和我跳起来，轰赶着其他人跟我们一起走。我们穿过火海，火苗近在咫尺，足以将我们烧焦。虽然知道这不是真的，我却还是忍不住瑟缩。烈火是极佳的掩护，银血族都吓呆了，我们便慌慌张张地跑出门，来到了楼梯上。

我冲在最前头，领着大家往外跑，海瑞克断后。他像舞蹈演员似的挥动双手，在稀薄的空气里编织幻象：火、烟、炸弹。这样一来，银血族就无暇追踪我们，而是只顾着在吓人的幻象中活命了。静默效应自我的身体中喷发，延展成一个蕴含着致命能量的球体，撂倒了两个巡逻的银血族。莫里紧紧跟在我后面，几乎要把我绊倒，但他抓住了我，我才没从栏杆之间掉下去。

“站住！”一个铁腕人向我冲来，他压低脑袋，就像一头公牛。我将静默的能量注入了他的体内，死死地卡住了他的喉咙。他踉跄起来，感觉到了泰山压顶般的重负。我也感觉到了死亡正在他的身体中汹涌翻滚。我必须杀死他，尽快杀死他。我的急切冲击着他，让他的嘴巴和眼睛里都喷出了血，让他的身体器官逐一坏死。我夺走了他的生命，比我以前杀死的那些人都要快。

下一个铁腕人死得更快。我尽全力将异能冲向他，把他撞下了楼梯。他头向下掉了下去，脑袋撞在石头地面上，颅骨粉碎，血和脑浆四溢。我的胸膛里一阵呜咽，可也没有时间去思考，为什么会觉得自己恶心不堪。为了莫里，这都是为了莫里。

我弟弟如我所料，惊恐万状，他的眼睛死盯着那个血溅楼底的铁腕人。我安慰自己，说他只是惊呆了，并不是怕我。

“快走！”我喊道，声音因耻辱而嘶哑。谢天谢地，莫里照做了，和其他人一起向下层冲去。

首层的入口是锁死的，不过有人质们帮忙，银血族的工事很快就被破除开，露出了双开大门。挡在我们和自由之间的，只是一把锁。

我跨过那脑袋摔烂的铁腕人，把一枚小小的银钥匙抛了出去。莫里接住了。即便他曾服兵役，我曾被囚禁，孪生姐弟的默契却始终如初。他用力把门拉开，冲向清新的空气，阳光洒了进来，其他人质全都一拥而出。

海瑞克从楼梯上飞奔而下，他造出来的火焰紧随其后。他冲我挥手，让我赶快离开。可我站在原地，不肯抛下幻象师。

我们紧拉着彼此，踉踉跄跄地冲出去，迎面是一大堆武装到牙齿、困惑不已的红血卫兵。他们在法莱的命令下，为我们让出一条路。法莱在一旁叫着，让他们盯住柯尔塔的入口，以防银血族突围。

我听不清她的话，只是一直奔跑，直到抱住了我弟弟。他的心脏狂跳着，而我为此陶醉：他在这儿，他活着。

不像那些铁腕人。

我仍然能感觉到，自己对他们所做的一切。

仍然能感觉到每一个死在我手里的人。

那些回忆让我一阵眩晕，无比羞愧。这都是为了莫里，为了活命。而现在再也用不着那么做了。

我再也用不着顾忌这个那个，去当一个杀人凶手了。

莫里紧箍住我，因为害怕而翻着眼睛。“红血卫队，”他嗞嗞吸着气，更紧地抱着我，“卡，我们得快跑。”

“你安全了，你和我们在一起。他们不会再伤害你了，莫里！”

可他并没有平静下来，反而更加恐慌。他拉着我的手更用力了，脑袋不停地转来转去，打量着法莱的部下。“他们知道你是什么吗？卡，他们知道了吗？”

羞愧化成了困惑。我推开他，好更清楚地看着他的脸。他粗重地喘息着。“我是什么？”

“他们会因为这个杀了你的。红血卫队会因为你是那个而杀死你的。”

一字一句像锤击般袭来，我这时才发现，我弟弟不是唯一一个觉得害怕的。他的战友，那些十几岁的少年，聚成一团，远远地躲着红血卫兵。几步之外，法莱与我目光相接，她和我一样闹不明白。

我试着站在我弟弟的角度去看法莱，看到的，都是他们被灌输后的结果。

恐怖分子，杀人凶手，他们被征兵服役的始作俑者。

我想把莫里拉进我的怀抱，轻声细语地跟他解释这一切。

可他在我的臂弯里变得冷硬。“你和他们是一伙儿的。”他厉声说道，目光里的愤怒和指责令我膝盖发软，“你是红血卫队的人。”

我的灵魂被恐惧攫住了。

梅温夺去了梅儿的哥哥。

他也会夺走我的弟弟吗？

# 第十六章
## 梅儿

阴云低迫，无法看到科尔沃姆，但我仍然望向东方的地平线，凝视着。红血卫队夺取了科尔沃姆，那座城市现在在他们的控制之下了。我们绕开它，敬而远之了。梅温尽了最大努力保持平静，但他也遮掩不住巨大的挫败感。我猜测着这消息将会如何传遍全国。红血族会争相庆祝？银血族会伺机报复？红血卫队的每次袭击总有报复紧随其后，我都还记着呢。当然，也会出现镇压下的反弹。科尔沃姆已是不宣而战，红血卫队扬起的旗帜再也无法被抹杀掩盖了。

朋友们离我如此之近，我觉得自己可以跑回他们中间。扯掉镣铐，杀死亚尔文家族的警卫，跳上车子，消失在灰暗之中，冲向银妆素裹的森林。在这白日梦里，他们就在那被攻破了的城墙外等着我。上校眼睛猩红，饱经风霜的脸和挎在腰上的枪极大地安慰了我。法莱和他站在一起，强壮、高挑、果决，一如我记忆中的样子。卡梅隆，她的静默异能是一副盾牌，而非一座监狱。奇隆，那样熟悉，就像我自己的双手一样。卡尔，愤怒、力竭，像我一样，怒意的火苗要将我脑海中关于梅温的记忆全部烧尽。我想象着跌入他们的怀抱，求他们将我带走，带我去别的地方。带我回到家人身旁，带我回家。让我把一切尽情遗忘。

不，不能忘。忘记被囚禁的点点滴滴，乃是一种犯罪，一种浪费。我比任何人都了解梅温，了解他脑海中的漏洞，了解那些他拼凑不起来的碎片。我亲身经历了他的朝臣的分裂。如果能逃走，能得救，我一定能做些有益的事。我会让这愚蠢的交易获得最大的利益，也可以开始修正我自己的错误。

尽管车窗紧闭，我还是闻到了烟尘的气味。灰烬、火药、血液中金属的酸涩味。梅温的车队一路向西，窒息区越来越近。我希望这个地方的现实不要像我噩梦中的那么糟。

老猫和四叶草仍然在我两侧，手上戴着手套，平放在膝盖上。她们时刻准备着抓住我，扑倒我。另外两个警卫，鸡蛋和三重奏站在上方的车架上，守卫着移动中的汽车。这是个预警，说明我们已经靠近战争区域。更不用说，这儿距离那座被反抗者占领的城市只有几英里。四个人一如既往地高度警戒，让我无法逃脱——也让我很安全。

外面，铁通路的最后几英里向森林延伸，最终消失了。光秃秃的树枝掉落下来，坚硬的地上连雪都留不住。窒息区是个丑陋的地方。灰色的尘土，灰色的天空，二者融合在一起，让我分不清哪里是天与地的交界。我甚至期待着能听见远处的爆炸声。老爸经常说，在这儿能听见几英里之外的炸弹爆炸。我觉得现在可能并非如此了，如果梅温的计策成功了的话——我正在终结一场死了几百万人的战争。这不过是改名换姓的另一种杀戮罢了。

车队向着前方的营地逼近，大片的建筑让我想起了红血卫队位于塔克岛的基地。它们向各个方向延伸，直至目力不及。大多数是军营，给活人预备的棺材。我的哥哥们曾经就住在那里，老爸也住过，现在，大概轮到我继承这一传统了。

像加冕巡游途经的那些城市一样，这里的人们也拥出来围观梅温国王和他的随从。一条主干道将窒息区营地一分为二，带着军事区特有的精准，人们就在这条大道上夹道而立，毕恭毕敬地点头哈腰。我懒得去数这儿究竟有几百人，那太令人沮丧了。我双手交握，用力让自己觉得疼痛，好转移注意力。洛卡斯塔那个受伤的银血族军官说，科尔沃姆发生了大屠杀。*不要，我对自己说，别想那个*。当然，我的思绪还是飘到那儿去了。回避那些你真正不愿想起的恐惧，是不可能的。大屠杀，双方皆有，红血族和银血族，红血卫队和梅温的军队。卡尔还活着，我从梅温的言行中猜出了这一点。可是法莱、奇隆、卡梅隆、哥哥们，其他人呢？有可能朝着科尔沃姆的城墙发起进攻的人，太多了，太多的名字，太多的脸孔。他们都怎么样了？

我用手指按住眼睛，想把眼泪憋回去。这让我精疲力竭，但我绝不愿意当着老猫和四叶草的面哭泣。

让我惊讶的是，车队并没有停驻在窒息区营地的正中央，可是那儿有个广场，适合梅温进行他那满是甜言蜜语的演讲。有一些车子减速，不见了，那上面坐着贵族家族的后裔，而我们的车子却速度不减，继续长驱直入。老猫和四叶草极力掩饰，可她们越来越紧张，不住地看着窗外，又看着对方。她们不喜欢这样。*很好，就让她们难受吧*。

不过，胆大如我，也觉得有一种恐惧的阴霾袭上心头。梅温脑子不清醒了吗？他要带我们去哪儿——我们所有人？显然，他不会把自己的大臣带到战壕、雷区或是更糟的地方去。车子不断加速，越开越快，夯实的土路渐渐变成了公路。在远处，火炮和重型机枪架在粗陋的铁架上，扭曲的阴影像是黑色的骷髅。不到一英里，我们便穿过了交战区域的第一道战壕，车子咆哮着冲过仓促建成的桥。而后是更多的战壕，用来储备、支援、通讯，像是山谷营地里纵横交错的隧道，掘入了冰冻的泥土。十几条之后我便数不过来了。所有战壕都是废弃的，要么就是士兵们都隐蔽得很好，我连一点点红色的制服都没看到。

以我们的现状来看，这很可能是个陷阱：腹黑的老国王想要诱捕击败一个年轻的男孩。我有点儿希望这是真的：要是我不能杀死梅温，就让湖境之地的国王来替我办吧。锡格尼特家族，水泉人，统治湖境之地数百年。这就是我对敌方仅有的了解。他的王国和我们的一样，以血色区分阶层，以高贵的银血家族实施统治——当然，正为红血卫队发愁。他也像梅温一样，不惜一切代价，不择一切手段，也要攫取源源不断的能量，保住自己的地位——哪怕是与死对头老对手共谋。

东方，几道阳光从云破处穿出，勾勒出我们周围的大地。目力所及之处，没有一棵树。我们穿过了最靠近前线的战壕，所见令我惊异。红血族士兵排成长长的一列，挤在七八米深的坑里，制服显出深浅不一的锈红色和猩红色，聚起来犹如一摊摊血水。他们的手扶着梯子，冻得瑟瑟发抖。他们时刻待命，只要国王一声令下，就得冲出战壕，冲到窒息区致命的交战区域中去。我在他们中间看见了银血族军官，他们穿着灰色和黑色的制服。梅温虽然年轻，却并不傻。如果这真是湖境人的陷阱，他早已做好了突围的准备。我猜，湖境之地的国王也必然带着一支军队，在交战区另一边的战壕里伺机而动。更多红血族士兵被当成了炮灰。

我们的车子一抵达交战区另一边，我旁边的四叶草就浑身僵硬紧绷起来。她那电光似的绿色眼睛直勾勾地盯着前方，极力保持冷静。她额头上沁出的细密汗珠儿却泄露了她的恐惧。

真正的交战区是一片荒地，上面布满了双方军队贡献的弹坑，其中一些大洞一定已经有几十年历史了，冻结的泥地里掺着虬结的带刺铁丝网。

在前面，打头开路的汽车上，一个铁腕人和一个电智人正在通力协作。他们前前后后地甩动胳膊，把所有挡住车队的战争残骸撬开移除，一时间卷曲的铁块四散。我猜，那里面一定有人的骸骨。一代代的红血族在这里送命，这片土地上到处都是他们的骨灰。

在我的噩梦中，这个地方是无限阔大的，向各个方向延伸着。而我们的车队却并没有一直往前开，而是在越过前线战壕半英里的地方放慢了速度。车子绕着圈子，相互穿梭，排成半月形的队阵，我紧张得都要爆出大笑了。费了这一番周折，一切都准备停当，之后我们便停在了一顶大帐篷前面。这对比相当突兀，帐篷是全新的，竖着白色的立柱，丝绸帘幕在毒气般的风中飘摇。搭建它只是为了一个目的：最高级别的首脑会议，就像好久好久以前的那次一样。那一次，两位国王决定开始一场长达百年的战争。

一个禁卫军拉开了车门，示意我们下车。四叶草犹豫了半秒钟，老猫则清清嗓子，催促她赶紧照办。我夹在她们俩中间，下了车，踏上了这片被毁灭殆尽的土地。石块和泥土让脚下的地面崎岖不平，我暗自祈祷，千万别有什么玩意儿突然爆炸。头骨、肋骨、股骨、脊骨……不需要更多证明，我就是走在这无边无垠的坟墓之上。

感到害怕的不只四叶草一个，禁卫军的步子也慢了下来，他们戴着面具，前前后后地看着，紧张不安。他们也像关心梅温的安全那样，关心起自己的死活了，这还是头一次。其他人——伊万杰琳、托勒密、萨姆逊——也慢吞吞地下了车。他们目光游移，鼻子翕动，像我一样，闻到了死亡和危险的气味。只要有一点儿异常，一点儿威胁的迹象，他们就会迅速出击。伊万杰琳换下皮毛外套，穿上了盔甲，钢铁覆盖着她的全身，从脖子，到手腕，到脚趾。她飞快地摘下皮手套，在寒冷的空气中活动着手指，这样更便于战斗。我心里痒痒的，也想摘掉手套，但那对我没有任何帮助：镣铐一如既往地锁死着。

唯一一个泰然自若的人是梅温。垂死的冬季很适合他，让他苍白的皮肤有了一种奇异而突兀的优雅。他的眼睛周围仍然暗沉，黑黑的像是两块瘀青，给他平添了悲剧性的美感。他今天戴上了最多的徽章——一个少年国王，但总归是国王。他就要亲身实地地去面对那位最强大的对手了。那顶王冠现在经过调整，低低地压在他的眉毛上方，显得自然多了，铜和铁在他闪亮的黑发下面闪着微光。即使是在窒息区晦暗的光线里，银、红宝石和玛瑙，他的徽章和绶带仍然闪耀。一件烈焰般火红的织锦披风，为这一暴烈的国王形象添上了最后一笔。但窒息区让所有人沮丧。灰尘蒙上了他那擦得锃亮的靴子，他向前走着，极力遮掩着本能的惊恐。他不耐烦地回头瞥了一眼，目光扫过被他带到这儿来的十几个人。他那双火焰般的蓝眼睛就足够警示了：我们必须得跟着他去。我不怕死，于是第一个跟上他，走向有可能是坟墓的未知之地。

湖境之地的国王已经到了。

他四仰八叉地坐在一把简朴的椅子上，和背后宽大的旗子相比，显得尤为矮小。旗子是钴蓝色的，上面有一朵银色和白色相间的四瓣花。他的乳蓝色的车队停在帐篷的另一边，活像是我们这一边的镜像成像。我扫了一眼就看到十几辆，上面爬满了湖境之地的禁卫军，而守着国王和随从的则更多。他们没有戴面具，也没有披风，但是都穿着战术护甲，深蓝色的甲板闪闪发亮。他们站在那儿，安静、严肃，脸像是石头刻的，人人都是一生下来就接受训练的斗士。我不了解他们的异能，也不知道国王的随从都有什么本事。很久之前，在博洛诺斯夫人的课堂上，湖境之地的宫廷并不在我学习的范畴中。

我们走近了，那国王的形象渐渐清晰。王冠由白金、黄玉、绿松石和青金石打造，我盯着他，试图看透这顶王冠之下的本尊。正如梅温喜爱红色和黑色，这位国王喜爱蓝色。毕竟，他是个水泉人，是操纵水的好手，这颜色很衬他。我以为他的眼睛也是蓝色的，但它们是灰色的，和他又长又直的铁灰色头发颜色一致。我不自觉地将他和我所知道的唯一一位国王——梅温的父亲——两相比较。他显然是凌厉的。提比利亚六世是个大块头，留着胡子，脸和身体因为醉酒而浮肿，而这位湖境之地的国王身材瘦高，髭须刮净，目光清澈，皮肤黝黑。像所有银血族一样，他的皮肤也显出一种冷冷的灰蓝色调。他站起来时，姿态优雅，流动的步态像是一个舞者。他没穿盔甲，也没穿礼服，只穿了一件银色和钴蓝色的袍子，像那面旗子一样明亮且凶兆暗现。

“卡洛雷家族的梅温国王。”梅温一走进帐篷，他便点点头招呼。黑色的丝绸帷幔拂过白色的立柱。

“锡格尼特家族的奥莱克国王。”梅温照章答道。他谨慎地比他的对手更低地躬下身子，唇边带着笑意。“真希望我父亲也能看到这一幕。”

“还有你的母亲。”奥莱克说道。言辞并不尖厉，但梅温一下子站直了，好像突然感到了威胁。“请节哀。你太年轻了，本不该经受这一切。”他讲话有些口音，听起来带着怪里怪气的调调。他的目光越过梅温的肩膀，扫过我，看向身着米兰德斯家族蓝色衣服的萨姆逊。“你已经知道我的……请求了？”

“当然。”梅温回过头仰了仰下巴。他先是瞥了我一眼，然后，像奥莱克一样，目光也落在了萨姆逊身上。“表亲，不介意的话，请你在车上等。”

“表亲——”萨姆逊的声音里尽可能多地表达了反对的意味，但他最终还是住了口，定定地站在距离座位几码外的地方一动不动。没有争论的余地，尤其是在这儿。奥莱克国王的警卫们紧张起来，把手伸向了武器：枪、剑，还有我们周围的空气。他们会动用一切办法阻止耳语者靠得太近，以免他读出他们国王的所思所想。要是诺尔塔的王宫里也能这样那就太好了。

最终，萨姆逊软了下来，他鞠了一躬，干脆、熟练地一摆胳膊：“好的，陛下。”

他转过身，朝着车队走去，直到他的身影完全消失，湖境之地的警卫们才放松下来。奥莱克国王微微一笑，朝梅温招招手，让他靠近些——就像在招呼一个小孩。

然而，梅温转身走向了奥莱克对面的座位。那不是静默石做的，并不安全，可他还是毫不迟疑地坐下了。他向后靠着，跷起二郎腿，一只胳膊拢起披风，另一只胳膊随意地垂着。他的手晃了晃，上面的烈焰手环清晰可见。

我们这些随从围绕着他坐下，就像对面的湖境宫廷一样。伊万杰琳、托勒密坐在梅温的右侧，他们的父亲也在那儿。沃洛是什么时候加入车队的，我一点儿也不知道。威勒领主也在场，他的绿色袍子在窒息区的一片灰暗里显得病恹恹的。艾若、拉里斯和哈文家族的缺席让我感觉很刺眼，他们的位置被其他顾问取代了。我坐了下来，亚尔文家族的四个警卫守在两侧，近得我都能听见他们的呼吸声。不过，我的注意力都在对面的湖境人身上：国王最亲密的顾问、心腹、大使、将军，他们几乎像国王一样令人胆寒。没人来介绍，但我很快就发现了他们中间最重要的人物，她坐在国王的右手边，和伊万杰琳的位置相当。

也许是一位特别年轻的王后？不对，家族遗传的相似之处太明显了。她的眼睛很像她的父亲，并且戴着一顶完美无瑕的蓝宝石王冠，必然是湖境之地的公主了。她黑色的直发闪着微光，其间点缀着珍珠和青金石。她感觉到了我的目光，立刻看向我。

梅温先开口，打断了我的观察：“一个世纪以来，我们终于首次有了共识。”

“是的。”奥莱克点点头，眉间的宝石映着微弱的晨光发亮。“红血卫队及其所有同类必须被根除。要快，以免他们的瘟疫传播得更广，以免其他地区的红血族被他们虚假的承诺所蛊惑。我听说了一些关于皮蒙山麓的传言。”

“传言，是的。”我这位黑心烂肚的国王绝不肯多让一步。“你也知道那些大公，一向都是内讧不停的。”

奥莱克冷笑道：“的确如此。普雷草原的首领也没两样。”

“提到这个嘛——”

“别这么心急，年轻的朋友。跨过这道门槛之前，我得先了解一下你们家族的现状。”

哪怕是在我的座位上，也能感觉到梅温剑拔弩张起来。“请随便问。”

“艾若家族？拉里斯家族？哈文家族？”奥莱克的眼睛一一扫过我们这群人，没放过一丝一毫。他的目光从我身上划过，停留了半秒钟。“我没见到他们。”

“所以呢？”

“所以，报告是真的。他们针对合法国王发起了叛乱。”

“是的。”

“为的是支持那位流亡王子。”

“是的。”

“你的新血部队怎么样了？”

“每天都在发展壮大。”梅温说道，“那是我们都必须学着去使用的武器。”

“比如说，她。”湖境之地的国王冲着我努努嘴。“闪电女孩可是个非凡的战利品。”

我紧握住自己的膝盖。当然，他说的没错。我可不就是梅温的战利品嘛，被他拖着到处展示，用我这张脸，和被迫说出口的话来吸引更多人投靠他。我没有脸红。天长日久，我早就习惯了这种羞辱。

我不知道梅温有没有看我。反正我不想看他。

“战利品，是的，同时也是个象征。”梅温说，“红血卫队也一样是血肉之躯，并非妖魔鬼怪。血肉之躯便可控制，击败，毁灭。”

奥莱克国王清了清嗓子，好像有几分同情似的。他快速地站了起来，袍子在他脚边涌动，仿佛翻腾的河水。梅温也站了起来，走到帐篷中央与他会合。他们势均力敌，针锋相对，谁也不想先开口。我觉得四周的空气都紧张起来了：热，然后是冷，然后干涸了，随后又是湿黏的。两位银血族国王的意志在我们四周肆虐流淌。

我不知道奥莱克是怎样看待梅温的，不过他先软化了，伸出一只黝黑的手，每个手指上都戴着闪亮的戒指。“好吧，他们很快就会被解决掉的。你那些反叛的银血族也是。三个家族对抗联合起来的两位王国，不啻为以卵击石。”

梅温略略点头，作为回应，他握住了奥莱克的手。

我朦朦胧胧地胡思乱想起来：干阑镇的梅儿·巴罗到底是怎么跑到这儿来的？在距离两个国王咫尺之遥的地方，见证我们血腥历史的又一进程。要是把这些告诉朱利安，他会疯掉的。*要是*。我会再见到他的。我会再见到他们所有人的。

“现在谈谈议题吧。”奥莱克说道。他并没有松开梅温的手，禁卫军立刻采取行动了。他们朝着这两个人迈进一步，烈焰披风之下有的是致命的武器。在另一边，湖境之地的警卫也是如此。双方虎视眈眈，只要有一丝不轨，这一切便会以流血杀戮终结。

梅温既没有扭动抽回手，也没有更靠近，他只是站在原地，一动不动，毫无惧意。“议题是合理的。”他平铺直叙地答道。我看不见他的脸。

"窒息区二等分，原有边界照旧，并开放通旅。你们将拥有使用卡皮塔河和厄里斯运河的同等权利——"

"鉴于你哥哥仍在世，我另需保证。"

"我哥哥是叛国者，流亡在外，要不了多久就会死的。"

"我是这么考虑的，孩子。一旦他过世，一旦我们消灭了红血卫队——你会不会翻脸不认人，又变成我们的对头呢？你会不会觉得红血族太多了，得找个地方把他们当炮灰解决掉？"奥莱克的脸色阴沉下来，泛起了灰紫色，之前冷漠超然的态度变成了愤怒。"人口控制是一回事，但战争、没完没了地扯皮，却是疯狂的。我不会因为你号令不了你的红血耗子，而让我的银血族再多流一滴血。"

梅温向前倾着身子，回应着奥莱克的强势："我们的条约在这里签署，这一幕会通过电视转播传遍所有城市，我的王国的男女老幼都是见证。人人都会知道，战争结束了。至少，在诺尔塔是如此。我知道你们湖境之地还不具备这种技术，老先生。不过我相信，你会尽力通知你那穷乡僻壤里的国民的。"

我们中间起了一阵骚动。银血族们觉得恐惧，我却感到兴奋。*自相残杀吧*，我在脑海里轻声说道，*大打出手吧*。我能肯定，一位水泉人国王用不着费吹灰之力就能把梅温淹死。

奥莱克龇着牙："你根本不了解我的王国。"

"我所了解的是，你的家族里已经渗入了红血卫队，而我的家族还好。"梅温反唇相讥。他用另一只手示意禁卫军退后。*真是装腔作势的蠢孩子*。我希望他能就此毙命。"别觉得是你给了我什么好处。你像我们一样需要这么做。"

"那么我要你的保证，梅温·卡洛雷。"

"我已经——"

“你的保证，和你的行动。你所能给予的最强大的联结。”

噢。

梅温的一只手仍然被湖境之地的国王拉着。我把目光从他身上转向了伊万杰琳。她静静地坐着，像冻僵了似的，两眼直勾勾地盯着大理石地面。我以为她会跳起来大喊大叫，把这个地方变成一堆废铜烂铁。可她一动不动。就连她那个哈巴狗似的哥哥托勒密，也老老实实地在座位上坐着。他们的父亲，穿着一身黑衣的老萨默斯像往常一样沉默不语。我在他身上看不到变化。伊万杰琳艰苦奋斗那么久才得到的位子眼看就要落入旁人之手，他们却全都没有表示。

在帐篷的另一边，湖境之地的那位公主仿佛是石雕的，连眼睛都没眨一下。她早就知道会发生什么。

曾经，梅温的父亲告诉他，要娶我为妻，他惊讶得说不出话，结结巴巴地争辩、反驳，可真是一幕好戏。他假装不明白那场婚事会如何发展，意味着什么。他像我一样，有千百种面具、万千种表演。而今天，他要扮演的是一位国王。国王是不会吃惊的，是不会措手不及的。就算他觉得震惊，也没表现出分毫。我在梅温的声音里只听到了坚定。

“能称您为父亲是一种荣幸。”他说。

奥莱克终于松开了梅温的手：“称你为女婿也很荣幸。”

两个人都不能更虚伪了。

在我右侧，椅子挪动，在大理石地板上发出剐蹭声。紧接着又有两把椅子动了。金属和黑色如疾风骤雨，萨默斯家族迅速离开了帐篷。伊万杰琳走在最前面，她的哥哥和父亲紧随其后。她没回头，两只手放在身体两侧，没拿武器，肩膀下垂，平时看起来一丝不苟的严谨姿态似乎也松弛了下来。

她像是解脱了。

她像是解脱了。

梅温没有看她，而是全心专注于手头的工作。这工作就是湖境之地的公主。

“女士。”他说着冲她鞠了一躬。

她则仅仅是点了一下头，眼睛仍然直直地看向前方。

“在尊贵的王室成员的见证下，我向你求婚。”仿佛就在昨天，我听过同样的话，说话的也是同一个男孩。在众目睽睽之下，一字一句都犹如正要闭合的锁。“我承诺忠贞以待。湖境之地的公主，艾丽斯·锡格尼特，你是否愿意？”

艾丽斯很美，比她的父亲更为优雅。不过，她不像是舞者，而像是猎手。她站起来，舒展了修长的四肢，身后的座椅满是蓝宝石色的天鹅绒，充满了女性的柔和。

在她的长袍之下，我瞥见了皮革紧身裤——很旧了，膝盖那里都磨破了。她不该是毫无准备就到这里来的。像其他人一样，她也不顾寒冷，没戴手套。她向梅温伸出手，皮肤是琥珀色的，手指修长，不饰珠宝。她的眼神毫不闪躲，却犹如空中的雾气，萦绕在她伸出的手四周。我的眼前微光一闪，只见雾气凝成了细小的水滴，紧接着变成了水晶般透亮的水珠，扭转流动之间折射着光亮。

她的第一句话我听不懂，是湖境语，听起来有一种夺人心魄的美，字词逐一流淌而出，像是陈述的歌曲，像是流水。随后，她换成了带有口音的诺尔塔语。

“牵起我的手，我誓将忠贞待你。”她回答道。在完成了故乡的传统习俗之后，她说：“我愿意，陛下。”

梅温伸出手，握住了她的。他手腕上的烈焰手环随之激出了火花，一小丛火苗在空中燃烧，像蛇一样缭绕着他们握在一起的手。火苗没有烧到她，不过只要再靠近一点儿就不好说了。艾丽斯不为所动，眼睛都没眨一下。

一场战争，就这样结束了。

# 第十七章 梅儿

我们花了好多天才回到阿尔贡。不是因为路途遥远，也不是因为湖境之地的国王要带上一千多人的随从——王公贵族、士兵警卫，甚至还有红血族的侍从。这是因为，整个诺尔塔王国突然有了欢庆的理由。战争的结束，以及即将到来的婚礼。梅温如今一眼望不到头的车队，沿着铁通路、皇家御道慢吞吞地蜿蜒而行。银血族和红血族以相同的方式夹道欢呼，争抢着想要看一眼国王。梅温常常会施恩惠般地停下来接见人群，并且带着艾丽斯同往。我们本来该对湖境人怀有深沉的恨意，诺尔塔人却在她面前鞠躬。她是个奇人、贵客，是个有福之人，是个桥梁。甚至连奥莱克国王也受到了态度尚可的欢迎：礼貌的鼓掌，毕恭毕敬的鞠躬。死对头如今变成了盟友，将与我们一起面对未来的长路。

这就是每一次停驻时梅温都要说的话。“诺尔塔与湖境之地如今团结一致，齐心协力面对未来的长路，抵抗一切威胁着我们王国的危险。”他指的是红血卫队。他指的是科尔沃姆。他指的是卡尔，反抗的家族，威胁到他薄弱权力的一切。

记得战前时光的人已经全都不在人世。我们的国民早已不知道和平为何物，这也就难怪他们把眼下的情况误认为和平了。我想冲着每一个走过我面前的红血族大叫，我想把文字刻在身上，让人人都能看见：陷阱，谎言，阴谋。可我的话也不再有意义，我被人当作掌中玩偶的时日已经太长了。我的声音不再是我自己的，行动也因为环境而受到极为苛刻的限制。如果可以，我就要绝望地放弃自己了，可那些糊涂沉迷的过去已经一去不返了。必定是的。否则，我就只能溺死在这里，当一个提线木偶，被一个空洞的孩子操控。

我会逃走的。我会逃走的。我会逃走的。我不敢把这些话大声说出来，但它们一直在我的脑海里掠过，奔涌的节奏和我的心跳一样。

途中没有人和我说话。就连梅温也没有。他正忙着试探他的新未婚妻呢。我有一种感觉，那就是她知道他是什么样的人，并且早有准备。她也好，她父亲也好，我希望他们和梅温自相残杀。

诺尔塔高耸的塔尖是我所熟悉的，却没让我觉得安慰。车队驶入了牢笼的血盆大口——这牢笼我如今再了解不过了。我们穿过城市，沿着陡峭险路来到宏伟的恺撒广场和白焰宫。湛蓝的天空中，太阳明晃晃的，假惺惺的。快要到春天了。真奇怪，我还以为冬天永远也不会离开呢，就像我的牢狱生活一样。我不知道自己能不能承受在皇家监狱里看着四季轮回的感觉。

我要逃走。我要逃走。我要逃走。

鸡蛋和三重奏把我夹在中间，拉着我下了车，踏上白焰宫的台阶。空气温暖、潮湿，闻起来清爽而洁净。要是再在太阳底下站一会儿，我肯定会开始出汗，弄湿红银相间的外套。

不过，几秒钟之后我就又置身宫殿之中，走在修好的枝形吊灯下了。

它们现在不会让我觉得烦躁了，尤其是在我那第一次越狱尝试之后。事实上，我一看见它们就有点儿想笑。

“回家了很开心？”

我呆住了，没想到会有人跟我讲话，更没想到跟我讲话的人是她。

我很想向她鞠躬，但是忍住了，我挺直脊骨，停下来面对她。亚尔文家族的警卫们也停住了，但是离我很近，以便必需的时候一把抓住我。我能感觉到他们的异能，像潮水一样一波一波地滤掉了我的能量。而她自己的警卫也相当紧张，四周的厅堂都是他们严防死守的对象。我猜，他们仍然将诺尔塔和阿尔贡当作敌人的领土。

“公主。”我答道。这头衔念在嘴里有些酸涩，不过我觉得现在就激怒梅温的新未婚妻没什么好处。

她的旅行装束相当朴素，只有一条紧身长裤和一件深蓝色的外套，腰间束紧，显出曼妙的身材。她没有佩戴珠宝，也没有戴王冠，头发也只是简单地拢向脑后，扎了一条辫子。她这样子足可以假扮银血族平民了——富有，但并非王族。甚至她连脸上的神情也很平和，没有微笑，没有讥讽，没有对戴着镣铐的闪电女孩的评判指责。与我所知道的那些达官贵人相比，她相当与众不同，而且必定很难搞。我并不了解她，但我知道，她也许比伊万杰琳更糟，甚至比伊拉还更胜一筹。我对这位年轻的女士及其对我的态度一无所知，这让我很是不安。

艾丽斯看出来了。

“不，我觉得你不开心，”她继续说道，“陪我走走？”

她伸出手勾了勾，邀请我。这么一个冠冕堂皇的机会，惊得我眼珠子都要掉出来了。我照做了。她快步向前走去，穿过入口大厅，把双方的警卫都甩在了后面。

“尽管名字如此，白焰宫却是这样冷冰冰的地方。”艾丽斯仰头看着天花板，吊灯映在她灰色的眼睛里，亮晶晶的。“我可不想被囚禁在这儿。”

我压住气息冷哼了一声。这个可怜的傻瓜就要成为梅温的王后了，还有什么比那更糟的监狱？

“有什么好笑的吗，梅儿·巴罗？”她咕噜咕噜地说。

“没有，殿下。”

她打量着我，目光落在我的手腕上，长长的衣袖遮住了我的镣铐。她慢慢地碰了碰其中一只，深吸了一口气。静默石及其激发的本能恐惧都没能让她瑟缩。“我父亲也会养一些宠物。也许国王们都喜欢这么做。”

如果是几个月之前，我会厉声反驳：*我不是宠物*。可她说的没错。于是我只是耸耸肩道：“我不认识几个国王，所以不知道。”

“生来微不足道的红血族女孩，却有三位国王围着你团团转，真不知道神是爱你还是恨你。”

我哭笑不得：“没有神。”

“诺尔塔确实没有，守护你的也没有。”她的神情柔和了。她回过头，看了看那些挤来挤去的大臣和贵族。他们大多不屑于掩饰谄媚与贪婪。如果这让艾丽斯觉得讨厌，她也没有表现出来。“我不知道，在这样不敬神的地方，他们会不会听我说话。这儿甚至连神庙都没有。我必须让梅温给我建一座。”

在我的生命里，出现过形形色色的人，他们至少有某一方面是我可以理解的，比如情感、梦想、恐惧。我看着艾丽斯公主，意识到她说的越多，就会让我越困惑。她看起来聪慧、强壮、自信，可这样一个人为什么会同意嫁给一个明摆着的恶魔呢？她肯定看出他是什么人了。也绝不会是盲目的野心把她带到这儿来的。她是国王的女儿，是公主，还想要什么？或许，她根本没有选择？她关于神的论调更让我糊涂了。我们没有这种信仰。我们怎么可能有？

“你是在打量我的脸，记住我的模样吗？”当我试图读懂她的时候，她轻声问道。我觉得她也在做同样的事：观察我，仿佛我是件复杂的艺术品。“还是想在锁住的房间外面多待一会儿？如果是后者，我不会责备你。如果是前者，我觉得你以后会看到更多，更了解我；我也会更了解你。”

要是换个人，这话听起来会像种威胁。不过，我认为艾丽斯不会特别介意。至少，她看起来不是那种嫉妒心重的人。而且，嫉妒就意味着她对梅温有感觉，可我对此表示强烈怀疑。

“带我去主殿吧。”

我撇撇嘴，很想笑。通常，这儿的人提出的要求都是铁一般的命令，艾丽斯却正相反。她的命令听起来像是发问。“好。”我咕哝着，抬脚就走。亚尔文家族的警卫不敢把我拉走。艾丽斯·锡格尼特不是伊万杰琳·萨默斯。忤逆她会被视作宣战。我忍不住回过头，冲着鸡蛋和三重奏冷笑。他们怒目而视，生气的样子让我笑了起来——哪怕这样会扯痛我的伤疤。

“你真是个怪异的囚犯，梅儿·巴罗。我之前还没意识到。梅温在电视上总是把你描绘成贵族小姐，他一直都是这么要求你的吧。”

小姐。这个头衔从来就不是我的，以后也永远不会是。“我只不过是个穿着体面、束着皮带的哈巴狗而已。”

“国王这么待你真是太特殊了。你是这个国家的敌人，是价值斐然的宣传品，却被他当作贵族。不过，男孩子们对待玩具总是奇奇怪怪的——尤其是那些总会搞丢东西的男孩。他们会比其他人攥得更紧。”

“那么你又会如何待我？”我反问道。作为王后，艾丽斯可以将我的生命置于股掌间，能使之结束，也能使之更悲惨。“如果你处于他的位置之上的话？”

艾丽斯巧妙地回避了这个问题。“我不会为他设身处地，那是犯错误。

任何神志正常的人都不会那么做。”然后她自顾自地笑了起来，“我猜，他的母亲在这儿过得很愉快吧。”

伊拉憎恨我，憎恨我的存在，这么看来，她也会憎恨艾丽斯，而且更甚。退一万步说，这位年轻的公主绝对堪称强大，令人敬畏。“你永远用不着见她，这是你的幸运。”

“感谢你这么说。”艾丽斯答道，“不过我还是希望你不要把那种杀死王后的传统发扬光大。即便是哈巴狗也会咬人的。”她朝我眨眨眼，灰色的眼睛似乎能看透人心。“你会吗？”

我还没傻到会回答这种问题。说“不会”显然是在撒谎，说“会”又会为我树立一个新的王室敌人。我沉默了，她冷笑起来。

没走多远我们就来到了梅温听朝议政用的议会大厅。在经过了许多天的摄像机前的表演之后，在强迫一个又一个新血对他宣誓效忠之后，我对这个地方已经相当熟悉了。通常，讲台上会有很多座椅，不过大概是因为我们都不在，所以椅子都撤掉了，只剩下了令人望而生畏的灰色王座。我们慢慢走近，艾丽斯凝视着它。

“有趣的策略。”我们走到跟前的时候，她这么咕哝着。像对待我的镣铐一样，她伸出一根手指，摸了摸那一大堆静默石。“也是必要的。朝堂之上竟允许那么多耳语者出现。”

“允许？”

“他们在湖境之地的宫廷里是不受欢迎的。他们不能穿过首都底特莱昂的城墙，也不能在没有得宜的陪同人员的情况下进入王宫。而且，任何耳语者都不被允许出现在距离国王二十英尺以内的地方。”艾丽斯解释道，“事实上，在我的国家，没有一个贵族家族宣称自己拥有这种异能。”

“没有耳语者？”

“我们那里没有。不再有了。”

这暗示悬浮在半空中，像一丝轻烟。

她离开王座，前前后后地点着头。她不喜欢见到的一切，嘴巴抿成了一条细线。“米兰德斯曾有多少次侵入过你的意识？”

有那么一秒钟，我竟然试图回忆。真傻。“太多了，数不过来。”我耸耸肩，对她说，“先是伊拉，然后是萨姆逊。说不上哪一个更糟。我现在知道的是，伊拉会在我意识不到的情况下翻检我的思维。但是他……”我的声音颤抖起来。回忆太痛苦了，让太阳穴一跳一跳地痛。“萨姆逊，他在的每一秒钟都能让你感觉得到。”

她的脸色暗了下来。“这儿有太多耳目。”她说，先看了一眼我的警卫，然后又看了看墙边：安保摄像机监视着空旷大厅里的每一寸，也监视着我们。“他们很愿意被人盯着。”

艾丽斯慢慢地脱掉外套，搭在胳膊上。里面的衬衫是白色的，高高的直拉到脖子，不过是露背的。她转过身，假装在参观主殿。真的，她是在做戏。她的后背肌肉紧绷，充满力量，线条修长，黑色的刺青从她的脖颈向下延伸，覆盖了脖子，肩胛骨，直到脊骨末端。是树根，我一开始想道。不过我想错了，那不是树根，而是水的涡流，盘转缠绕，以完美的曲线溢满了她的皮肤。她一动，这图案就随之涌动，仿佛有了生命。最终，她缓缓地看向我，唇边带着微微的冷笑。

突然，她的目光越过了我，笑意消散了。我用不着转身就知道是谁来了，是谁的脚步声回荡在大理石上，回荡在我的脑袋里。

“我很高兴能带你旅行，艾丽斯。”梅温说道，“你的父亲已经在他的房间安顿好了，我觉得他不会介意我们多多了解彼此。”

亚尔文家族和湖境之地的警卫们都向后退开，给国王和他的禁卫军留出地方。蓝色的制服、白色、橘红色——他们的身影在我脑海中根深蒂固，以至于我从眼角就能瞥见他们。但没有人能比得上那位苍白年轻的国王。我在看到他的同时也感觉到了他，他身上甜腻的温暖威胁着要将我吞没。他在我旁边停住了，距离我只有几英寸，只要他想，就能拉住我的手——这想法让我不寒而栗。

“我非常愿意。”艾丽斯答道。她以一种不自然的方式很古怪地点头。对她来说，鞠躬是不太容易的。“我刚才正和梅儿·巴罗谈论你的——”她搜索着合适的词语，回过头瞥了一眼那光秃秃的王座，“你的装潢。”

梅温紧巴巴地笑了笑：“只是以防万一。我父亲是被人行刺杀死的，同样的事也可能发生在我身上。”

“要是那时候有静默石做的椅子，就能救你父亲吗？”她一脸无辜地问道。

空气中扑过来一股热气。我也想像艾丽斯一样脱掉外套了，免得梅温的坏脾气让我汗湿衣襟啊。

“不。我哥哥认为，砍掉父亲的头是最好的选择。”他坦白道，“那是无可防备的。”

那就发生在这座宫殿里。穿过几条走廊，经过几个房间，再登上几级台阶，就能到达那个没有窗子、墙壁隔音的屋子。警卫们把我拖进去的时候，我茫然无措，还担心着自己和梅温就要因为叛国罪被处死呢。然而，国王被一剑毙命，身首异处，奔涌的银血流淌遍地。梅温就这样得到了王位。我回忆着这些，握紧了拳头。

“多可怕呀。”艾丽斯喃喃说道。我感觉得到她的目光投在我身上。

“没错，是不是啊，梅儿？”

梅温突然把手放在我的胳膊上，像那个烙印似的灼热发烫。我强忍住反驳辩论的冲动，瞥了一眼他的侧脸。“是的，”我从牙缝里挤出一句话，“可怕。”

梅温赞同地点了点头。他咬住后牙，绷紧下巴，让脸部的骨骼都紧缩起来。我简直不敢相信，他竟然能做出一副忧郁、悲伤的样子。他不可能真的如此。他妈妈早就把他对父亲和兄长的爱夺走了。我希望她也能把他对我的那部分爱夺走。然而，那爱腐烂溃败，反过来毒害着我和他。黑暗吞噬着他的头脑，吞噬着他的人性。他自己也知道。知道哪里不对劲了，而且异能和权力都无法医治。梅温已经四分五裂，世界上没有哪个愈疗者能让他痊愈。

“好了，在我带你参观这里之前，还有几个人得见见我未来的新娘，好吗？禁卫军诺努斯。”梅温对他的手下打了个手势。被他叫到的那个禁卫军立刻化作一丛橘红色的火焰，从这里冲到了门口，又折返回来，统共用了不到一秒钟。疾行者。再加上他的袍子，看起来就像一个火球。

紧接着又有几个人遵命走上前来，他们的家族色我都很熟悉。

“艾丽斯公主，这位是萨默斯领主，这几位是他的族人。”梅温说着在他的前后两任未婚妻之间挥了挥手。

与衣着简朴的艾丽斯相比，伊万杰琳显得尤为突兀。我真不知道她花了多少工夫，才让熔化的金属液体包裹着全身的所有曲线，就像闪亮亮的沥青。没有了后冠，她的珠宝首饰也毫不逊色。她的脖子上、手腕上、耳朵上都戴着银链子，链子精致的像细线似的，上面还缀满了钻石。她的哥哥也与往日不同，抛弃了盔甲和皮毛。他的壮硕身材仍然叫人看了害怕，可托勒密眼下更像他父亲，身着完美无瑕的黑色天鹅绒，戴着闪烁的银色项链。沃洛领着他的儿女，身旁另有一位我不认识的人。不过我已经猜出了她的身份。

在那一瞬间，我似乎有几分理解伊万杰琳了。她的母亲看起来相当吓人。这不是说她有多丑，相反，她非常漂亮。伊万杰琳继承了她锐利的黑色眼睛、陶瓷般无瑕疵的肌肤，但光滑垂直的乌发和秀丽优雅的身姿是她独有的。这个女人的模样，让我一见就想把她撕成两半，用我的镣铐或是别的什么。也许就是因为她的外表。她身着自己的家族色：黑色和翡翠绿色。维佩尔。博洛诺斯夫人的声音在我脑海里响起。伊万杰琳的母亲是个兽灵人。她走近了，闪耀的衣饰能看得更清楚些。我终于明白伊万杰琳何以执着于把自己的异能穿在身上了——因为这是家族传统。

她的母亲佩戴的不是珠宝，而是蛇。

在她的手腕上、脖颈上，细细的、黑色的蛇慢慢地蠕动着。它们的鳞片闪闪发亮，就像润滑的油膏。恐惧和恶心同时攫住了我。我突然很想冲回自己的房间，锁上门，让自己和这些扭动着的生灵隔开点儿距离。可是，它们跟着她一起靠近了。我原本以为伊万杰琳就够糟的了。

“沃洛勋爵，他的太太，维佩尔家族的劳伦缇亚。他们的儿子托勒密，女儿伊万杰琳。他们都是我朝颇具名望且非常重要的成员。”梅温一边解释，一边指着每个人。他笑得挺开心，牙齿都露出来了。

“很抱歉，我们没能早一点儿来见您。”沃洛向前一步，拉住了艾丽斯伸出来的手。除了刚刚修剪的银色胡须，他与儿女们之间的相似之处十分明显。强壮的骨骼，雅致的轮廓，长长的鼻子，嘴巴总是紧紧地抿着，像是在嘲讽讥刺。他轻吻了艾丽斯没戴珠宝的手，两相对照，他的肤色显得更为苍白。“我们回领地办了点急事。”

艾丽斯轻轻点头，现在优雅多了：“这用不着道歉，阁下。”

他们正在握手，梅温却抓住了我的目光。他扬起眉毛，很是戏谑。如果可以的话，我很想问问他，到底给萨默斯家族许了什么愿——或是怎样的威胁。两位卡洛雷家族的国王都从他们手指缝里溜掉了，费尽心机、筹谋规划，如今竹篮打水一场空。我知道伊万杰琳不爱梅温，甚至连喜欢都谈不上，但她生来就是冲着王后的位子使劲的。她的目标两次落空，这不仅是她个人的失败，也是她的整个家族的失败。不过，至少她现在另有人可怪罪，不必只抓着我不放了。

伊万杰琳朝我这边瞥了一眼。她的睫毛又黑又长，随着她眼神的变化而扇动，上上下下地飘忽，就像一座旧钟表的钟摆。我向后退了一小步，和艾丽斯之间拉开了距离。现在，萨默斯家的女儿有了新的敌人，我可不想给她错误的表示。

“你曾经与国王订过婚，是吗？”艾丽斯松开沃洛的手，手指交叉在一起。伊万杰琳的目光从我的脸上转向了公主。我还是头一次见到有人能跟她势均力敌呢。也许我是幸运的，而伊万杰琳要是像威胁我那样威胁艾丽斯，那可就失算了。我能感觉得出来，艾丽斯根本不会买她的帐。

“是的，有一段时间了。”伊万杰琳说道，“在他之前，是他的哥哥。”

公主并不惊讶。我猜，湖境之地对诺尔塔的王室八卦也很了解。“唔，很高兴你们回到这儿来。我们正需要得力的人手来筹备婚礼呢。”

我使劲地咬住嘴唇，都快咬出血了。那也比大笑出来好：艾丽斯正往萨默斯家的伤口上撒盐呢。在我对面，梅温转过头，掩住了冷笑。

一条蛇咝咝作响，那低频、单调的声音绝不可能听错。但劳伦缇亚飞快地行了个屈膝礼，拂过她闪光的袍子，将衣裙展平。

“我们听候您的调遣，殿下。”她说道。她的声音低沉、厚腻，像糖浆一样。就在我们的目视之下，盘在她脖子上的那条最粗的蛇抬起头蹭了蹭她的耳朵，然后钻进她的头发里去了。令人厌恶。“为您提供力所能及的帮助是我们的荣幸。”我本来以为她会用胳膊肘戳戳伊万杰琳，让她也表示赞同呢，可这位维佩尔家族的女人将注意力转向了我，速度快得我来不及移开目光。“囚犯盯着我是有什么理由吗？”

“没有。”我咬紧牙齿答道。

劳伦缇亚把她与我的目光接触当成了挑衅，就像动物一样。她向前几步，拉近了与我的距离。我们个头儿差不多。她头发里的蛇仍然在吐着芯子，咝咝作响，卷曲盘绕着垂到了她的锁骨上。它那双宝石似的眼睛看着我，分叉的黑色舌头在长长的毒牙间出出进进。尽管我还坚持着自己的姿态，却忍不住吞了口唾沫，嘴唇突然干得厉害。蛇一直死盯着我。

“他们说你与众不同，”劳伦缇亚小声说道，“但是你的恐惧，和那些不幸为我所见过的红血耗子闻起来是一个气味。”

红血耗子。红血耗子。

这个字眼我听过太多次了，也曾自己思索探求，从她的嘴里说出来，却似乎击碎了我心里的什么东西。我极尽努力保持着的控制力——必须让自己保有求生欲的控制力，时刻濒于崩溃的控制力。我深吸一口气，希望自己能静止不动。她的蛇还在咝咝叫着，一条缠绕着另一条，像是由鳞片和脊骨结成的黑色死结。有几条足可以够到我，只要她一声令下。

梅温低叹了一声：“警卫，我想梅儿·巴罗该回她自己的房间了。”

不等亚尔文家族的警卫拥上来，我便立刻转过身，投入了他们“安全的怀抱”。是因为蛇，我对自己说，我忍不了蛇。有那样一个妈妈，难怪伊万杰琳这么恐怖。

而当我冲回房间时，一种让人不那么自在的感觉袭来：放松，感谢——感谢梅温。

我调动了所有的愤怒来冲淡这些丑恶的情感。梅温是个恶魔。我对他只有恨意。我不能让其他任何东西——哪怕是同情——溜进我心里。

我必须逃走。

漫长的两个月过去了。

梅温的婚礼盛况将十倍于大舞会，甚至是选妃大典。散落在诺尔塔各地的银血贵族，带着他们的随从，像潮水似的拥向首都。就连那些被流放的人也都来了。梅温自觉有了新的盟友，已足够安全，可以对着门外的敌人微笑了。尽管贵族们大多都有自己的豪宅，但还是有不少得住进白焰宫来，把整个王宫挤得快要爆开了。我几乎只待在自己的房间里。我不在乎这些，这样更好。但即便是在我的牢房里，也能感觉到那场婚礼步步逼近的震荡。这是诺尔塔与湖境之地的结合，有形的结合。

我窗子下面的庭院在干枯了整个冬天之后，突然焕发了生机，绿意盎然，春色袭人。达官贵族们在玉兰树之间慢悠悠地散步，有的还手挽着手。总有些轻声低语传来，不是筹谋算计就是乱嚼八卦。真希望我会读唇语，那样的话就能多打听到一些有用的东西了。可眼下我只知道哪几个家族在拉帮结派，因为他们的家族色在阳光下显眼得很。梅温要是以为他们没有暗中谋划着对付他和他的新娘，那可真是傻瓜了。不过，什么可能都有，他偏偏不可能是傻瓜。

我在这儿度过的第一个月与世隔绝，那时的每日日程——醒来、吃东西、坐着、大叫、重复——如今已经变了。我有了更有益的方法来打发时间。这儿没有笔和纸，我也懒得去要。为此折腾很没必要。我只是凝视着朱利安的那些书，懒洋洋地翻动书页。有时，我会全神贯注地思索书里的批注，它们都是朱利安手写的，笔记弯弯曲曲：*有意思*；*古怪*；*见第四卷*。我用手指沿着那些字母滑动，感受着那已干的墨迹和早已隐形的笔尖的压痕。朱利安的这些书足以让我保持思考，在字里行间搜寻，找出其中的深意。

有一本书是他尤为在意，反复翻阅思考的。这本比那些历史书都要薄，但是文字很密，书脊已经损坏了，里面写满了朱利安的笔记。他的双手曾经抚平这些破旧的书页，如今我几乎能感觉到它们的暖意。

封面上用黑体字母写着书名：*起源*，随后是一连串撰写了部分章节，提供了部分论证的银血族学者的名字。这本书里的大部分内容都太深奥了，我理解不了。但我还是细细查看，哪怕只是因为朱利安。

他在其中一页上做了特别的标记，不但折了角，很多句子下面还划了线。都是关于基因和突变的。那古老的武器我们如今已不再拥有，也无法再造。有一位学者认为正是基因突变创造了银血族，而其他人并不赞同。其中提及几位神祇，也许是艾丽斯所信仰的吧。

在这一页的底部，朱利安写下批注，清楚地表达了自己的观点。

有一种奇怪的论调，即很多人认为自己是神，或认为自己是神所拣选的，他写道，被某些更伟大的东西赐福，并提升了地位。然而，所有证据都表明，事实与此相反。我们的异能来自堕落腐败，来自大肆杀戮之后的余存。我们并非是神所拣选的，而是为神所诅咒的。

我盯着这些字句，思考着：如果银血族是被诅咒的，我们这些新血呢？岂不是更糟？

或许，朱利安弄错了？我们也是神所拣选的？为了某种目的？

那些比我聪明的男男女女都没有答案，我就更甭提了。何况，我还有好多迫在眉睫的事得考虑。

我在吃早餐的时候思索筹划，一边慢慢嚼着食物，一边把自己所知道的情况在脑子里过滤了一遍。王室婚礼必定是乱糟糟的，安保部署会更加严密，警卫会多得数不过来，不过，这仍然是个好时机。侍从到处都是，贵族们喝得醉醺醺，外国公主会吸引人们的视线，他们就用不着盯着我了。要是不试试看，那我就傻透了。卡尔就是那种不愿尝试的蠢货。

我凝视着手里的书页：白色的纸张，黑色的墨迹。阿奶试图救我出去，却以死告终。这样牺牲了一条生命，我却自私地希望他们再次尝试。因为如果我再继续待下去，如果我的余生都得站在梅温身后，承受着他虎视眈眈的目光、缺失的灵魂，以及对万事万物的恨意——

憎恨万事万物，除了——

“停！”我制止自己，抵抗着那幽灵般的恶魔潜入我思绪的围墙，“别想了。”

回忆白焰宫的布局有助于转移注意，我通常都是这么干的。出门，向左转，经过两扇门，穿过陈列着雕塑的走廊，再向左转，走下螺旋状的楼梯……我复习着各种路线：主殿、入口大厅、宴会大厅、各个研究室和会议室、伊万杰琳的房间、梅温原来的卧室。我来这儿以后的每一步都印在了自己的脑子里，对这座宫殿越了解，机会来临时能逃脱的可能性就越大。梅温迎娶艾丽斯，一定是在皇家法院，不然就是恺撒广场。因为除了这两个地方，哪儿也装不下这么多宾客和警卫。我在窗子那儿望不到法院，也没到那里面去过，不过要是去法院，至少能到桥的另一边去了。

自打我们回来之后，梅温就没再把我拖在身边了。很好，我对自己说道。空荡荡的房间，安静沉默的日子，比他那些恶心的话语要好得多。然而，每天夜里闭上眼睛之前，我还是能感到一丝失望。我孤独，害怕，自私。静默石，以及在这儿、每日行走在刀锋上的时光，让我觉得空虚，心神尽耗。想让已经伤痕累累的我彻底崩溃，是很容易的。如果他愿意，让我重新恢复起来，也是很容易的。也许，用不了几年，这个地方就不那么像监狱了。

不。

一想到这个，我直接把早餐盘子扔向墙壁并且大叫起来，就像以前一样。随后是水杯，玻璃碎裂开来，像是闪烁的水晶。砸烂东西让我觉得好受了一点儿。

房门立刻就开了，亚尔文家族的警卫们冲了进来。鸡蛋率先跑到我旁边，把我拉回椅子上坐下。他紧紧地按着我，让我不能再站起来。他们现在学聪明了，知道在打扫残骸的时候应该另找个地方让我待着。

“或许你们该给我塑料餐具。”我气哼哼地说道，“那会明智得多。”

鸡蛋想要揍我，他的手指深深地嵌入了我的肩膀，可能会留下瘀青。静默石让疼痛楔入骨髓，我的胃翻腾绞痛，这时我才意识到，自己几乎已经不记得情绪稳定是什么感觉了，只是在痛苦和愤怒中渐渐窒息。

其他警卫进来扫走了杯盘碎片，玻璃划过他们戴着手套的手，也都无动于衷。只有在他们离开了，脉动的压制效应逐渐降低之后，我才又有力气站起来。我恼怒不已猛地合上了刚才在读的书：《诺尔塔贵族宗谱·第四卷》。百无一用。

我无可奈何地把它放回书架上，皮质封面顺畅地滑进了同一套书的第八卷和第十卷。也许我应该把其他书都拿下来，重新排列整齐：不过是在漫无止境的时日里打发几秒钟罢了。

最终我还是在地上坐了下来，开始做伸展练习，并且努力比昨天做得更好一点儿。被这种环境压抑着，我过去的敏捷身手如今只是模糊的回忆了。不管如何，我还是费力地用手指去碰脚尖。两腿的肌肉酸胀起来，这比单纯的疼痛要好得多。驱逐疼痛，现在只有这件事能提醒我，这具躯壳里的灵魂还活着。

一分一秒，时间也随着我延展。外面的日光抖动着，那是春天的云朵在追逐嬉戏，遮住了太阳。

敲门的声音很轻柔，犹犹豫豫的。从来没有人费心敲我的门啊。我的心漏跳了一拍，但同时肾上腺素退下去了，因为营救者是不会敲门的。

不等我邀请，伊万杰琳便推开门走了进来。

我没动，突如其来的恐惧让我定定地待在原地。我把腿收了回来，准备着一旦有必要就跳起来躲开。

她居高临下地看着我，穿着她那身一贯优人一等的闪亮长外套和皮革紧身裤。她就这样静静地站了一会儿，与我在沉默里互相瞪着彼此。

“你有那么危险吗？他们甚至连窗子也不敢开？”她吸了吸鼻子，“这儿都发臭了。”

我紧绷的肌肉松弛了一点儿。“你是太无聊了吧，”我咕哝着，“到别人的笼子里去叨叨吧。”

“也许过一会儿我会去。不过目前，你还是挺有用的。”

“我真的不是很愿意充当你的飞镖靶子。”

她刻薄地说道：“噢，不是给我当。”

她一只手捞起我的手臂，把我拎了起来。胳膊一进入静默石镣铐的作用半径，她的衣袖就裂开了，掉在地上，摔成了亮晶晶的金属碎片。碎片迅速地重新拼合，又开裂，以一种平稳而奇异的节奏如是反复，直到她把我拉出了房间。

我没有挣扎，因为那没有意义。最终，她松开了让人瘀青的手，让我自己往前走。

“如果你只是想带个宠物散步的话，尽管开口下令就好了。”我冲着伊万杰琳吼道，一边揉着自己身上的瘀痕，“你不是已经有了新的憎恨对象了吗？还是说，欺负一个犯人比对付公主容易？”

“艾丽斯太冷静了，我不喜欢。”她回敬道，“你至少还是个刺儿头。”

“我让你开心了，真荣幸。”我们面前的走廊曲曲折折，向左，向右，向右。白焰宫的布局蓝图突然出现在我的脑海中。我们经过了红黑相间、宝石镶边的凤凰挂毯，然后是陈列着雕塑和绘画、向诺尔塔的第一位国王恺撒·卡洛雷致敬的绘厅。越过它之后，沿着大理石台阶走下去，就到了我称之为“战争大厅”的地方。天窗透出的光线勾勒出向前延伸的走廊，两边的墙壁上分别挂着两幅诡异骇人的巨幅画作，表现的内容是湖境之战，从地面一直铺展到了天花板。不过，她并没有领着我走向那描绘着死亡与荣耀的绘画。看来，我们不是要去参朝议政的那一层。厅室的装潢越来越华丽，但公开展示的意味越来越淡，这是要去往王室寝宫。镀金的画像上，国王、政客、武士看着我走过，他们大多有着卡洛雷家族标志性的黑发。

“至少梅温国王保留了你的居所，不是吗？尽管他剥夺了你的后冠。”

她撇了撇嘴，不过并非怒骂，而是冷笑：“看吧，你就是不会叫人失望。总是这么气哼哼地乱咬乱叫，梅儿·巴罗。”

我从来没有到过这里，不过，这些门背后会是什么地方，我也能猜得出来。如此豪华宏伟，除了国王，没人能消受：喷着白漆的木头，金或银的门框，镶嵌着珍珠和红宝石。伊万杰琳这次没有敲门，而是直接推门而入。只见这间宽大的前厅里站着六个禁卫军，一见到我们就紧张起来，手摸向武器，面具后面的眼睛也闪着寒光。

伊万杰琳毫不犹豫地说：“告诉国王，梅儿·巴罗要见他。”

“国王不方便接见。”其中一个禁卫军说道。他的声音震颤，其中裹挟着力量。这是个音爆者，一旦尖叫起来会把我们俩都震聋的。“请离开吧，萨默斯小姐。”

伊万杰琳并不害怕，一只手拂过长长的银色发辫。“去通报。”她又说了一遍，不屑于压低声音或者咆哮着威胁，“他一定很想知道。”

我的心脏怦怦狂跳。*她这是要干什么？为什么？*上一次她带着我在白焰宫里穿梭，随后的结果就是萨姆逊·米兰德斯的仁慈问话，我的思绪分崩离析，任由他翻检。她的目的是什么，动机是什么，我得知道这些，才能反其道而行。

另一个禁卫军抢在伊万杰琳前头说话了。他是个大块头，鼓鼓的肌肉都从他火红的袍子底下凸出来了。他侧过脸，嵌着宝石的面具反射着微光。“稍等，小姐。”我是忍受不了梅温的寝室的，仅是待在那儿就有踏进流沙的危机感，像是掉进了大海，坠下了悬崖。*把我们哄走，把我们哄走。*

禁卫军很快就回来了，当他冲着同伴们摆手时，我的心沉了下去。“这边走，巴罗。”他朝我示意。

伊万杰琳极轻地戳了戳我，推着我的后背。完美的刑罚。我只得向前走去。

"只有巴罗。"禁卫军又加了一句，看了看跟在我身后的亚尔文们。

他们停住了，让我自己去。伊万杰琳也是。她的眼睛暗沉，比以往更黑。我有一种奇怪的冲动，那就是抓住她，让她跟我一起进去。单独去见梅温，在这儿，令我一下子惶恐惊惧起来。

那个禁卫军——可能是罗翰波茨家族的铁腕人——用不着碰我就领着我走了进去。我们穿过一间客厅，这里洒满了阳光，但是很怪异地空荡荡的，什么装饰也没有。没有家族色，没有油画和雕塑，甚至没有书。卡尔以前的房间是乱糟糟的，堆着不同形状的盔甲、他很宝贝的手工，还有棋盘游戏……带有他的气息的东西到处都是。梅温和他哥哥完全不同。他在这儿没什么可表演的，房间如实地映射着这个男孩的空虚内心。

他的床相当小，像是给小孩用的，这很奇怪，因为显然这房间是用来摆放那些高大华丽的东西的。卧室的墙壁是白色的，没有修饰。唯一稍事装潢的是一扇窗子，俯瞰着恺撒广场一角、卡皮塔河，以及曾经被我毁掉的那座桥。桥横跨水面，将白焰宫和城市东半部连接起来。绿色的植物生机勃勃，向四面八方生长着，其间还点缀着盛开的花朵。

禁卫军清了清嗓子。我瞥了他一眼，明白他这就要留下我一个人在这儿了，于是忍不住发抖。"那边走。"他指了指另外一扇门。

如果有人拖拽着我，事情会简单得多。要是禁卫军拿枪指着我的脑袋逼我往前走该多好，把我的双脚移动寄托在别人身上也没多大坏处啊。可是，只有我自己。厌烦，病态的好奇，持续不变的疼痛和孤独。我所依存的这个世界不停紧缩，唯一可以相信的只有梅温的痴迷。就像静默石镣铐一样，是屏障盾牌，同时也是缓慢的窒息而死。

门向里开了，露出闪光的白色瓷砖。蒸汽在半空中回旋，并非来自这位烈焰国王，而是来自滚热的水。水懒洋洋地在他四周沸腾，融着肥皂和香氛油，像牛奶一样。与他的睡床不同，浴缸倒是很大，用爪形的银质支脚支撑着。他的两个胳膊肘架在瓷质的浴缸边上，手指百无聊赖地划着水流的旋涡。

我一进来，梅温就一直盯着我。他的目光凌厉、致命。我还从未见过他如此不设防备和怒不可遏。更聪明点儿的女孩会转身就跑，我却把身后的门关上了。

这儿没有椅子，我便只好站着。我不知道该看哪儿，于是就把目光放在梅温的脸上。他的头发乱糟糟的，湿漉漉地沾着肥皂沫，黑色的鬈发黏在了皮肤上。

“我忙着呢。”他轻声道。

“那你可以不让我进来啊。”话一出口我就后悔了，真希望自己没说。

“是啊，我可以。”他意味深长地说道。然后他眨眨眼，移开目光，向后仰着，把头放在浴缸边上，看着天花板。“你有何需求？”

*逃离，原谅，一夜好眠，家人……单子越来越长，永无止境。*

“是伊万杰琳硬拉我来的，我并不想从你这儿得到什么。”

他在喉咙里咕噜一声，几乎笑起来了：“伊万杰琳。我的禁卫军都是懦夫啊。”

如果梅温是我的朋友，我会提醒他，别低估了萨默斯家族的姑娘。可是，我缄口不言。水汽刺痛了我的皮肤，热热的，像是人的躯体。

“她带你来这儿是为了说服我。”他说。

“说服你做什么？”

“娶艾丽斯，不娶艾丽斯。反正她肯定不是让你来这儿喝茶的。”

“当然不是。”伊万杰琳会不停地谋划夺得后冠的方法，直到梅温真的把它戴到另一个女孩头上为止。她生来就是要干这个的。就像梅温生来就被塑造成了某种更恐怖的东西。

“她以为我对你的感情能混淆我的判断。真蠢。”

我瑟缩了一下。衬衫之下，锁骨上的烙印隐隐作痛。

“听说你又开始砸东西了？”梅温继续说道。

“你对餐具的品位太差。”

他冲着天花板笑了。歪着嘴笑了，这笑容很像是他哥哥。有那么一瞬间，梅温的脸变成了卡尔，他们的五官开始游移。我突然意识到，我在这儿待的时间，比我和卡尔在一起的时间还要长。我对梅温面孔的熟悉和了解，也超过了对卡尔的。

他动了动，一只胳膊垂到浴缸外面，让水泛起一阵涟漪。我移开目光，垂首看着瓷砖。我有三个哥哥，还有一个不能走路的老爸。我在这儿一待就是好几个月，和十来个可恶的男人和男孩共享华丽的牢笼。我对男性并不陌生，可那不意味着我想观赏梅温的身体。我又一次觉得自己就要陷入流沙之中了。

“婚礼明天举行。”梅温最终开口了。大理石反射着回声。

“噢！”

“你不知道？”

“我怎么知道？没人通知我。”

梅温耸耸肩，抬起肩膀。水又波动起来，他白色的皮肤露出了更多。“是啊，唔，我的确认为你不会左右我的想法，不过……”他停住了，看向我。我的身体感到一阵刺痛。“遐想一下也不错啊。”

如果不是担心后续的结果，我肯定会咆哮着扑过去，把他的眼珠子挖出来。我想告诉梅温，尽管我和他哥哥共度的那些时光一去不返了，我却仍然记得我们的心跳，记得我们睡在一起时他紧贴着我的感觉——只有我和他，共担着彼此的噩梦；记得我们从天空坠落时，他的手托住我的脖子，让我看着他。我记得他的气息，记得他的味道。我爱的是你哥哥，梅温。你是对的，你只是荫翳。而当人们拥有烈焰时，谁还会多看荫翳一眼？谁会选择一个恶魔，却不去选择一个神？我无法用闪电击中他，但我能用这些话语伤害他。刺向他最薄弱的地方，撕扯开他的伤口。让他流血，结痂后变成更糟的东西。

可我努力说出来的话完全不同。

“你喜欢艾丽斯吗？”

他抓了抓脑袋，孩子气地呼了口气：“好像这有什么意义似的。”

“唔，这是自打你妈妈死了之后，你的第一次恋爱啊。没有她的逼迫毒害，事情会如何呢？这很有趣。”我的手指敲击着自己的身侧，这些话缓缓而出，他几乎要点头了。赞同。我有一种想同情他的冲动，但还是拼命忍住了。“而且你们两个月前才订婚。这有些快，至少比你跟伊万杰琳相处的时间要短。”

“大兵压境的时候，事情往往都会如此。”梅温尖刻地说道，“众所周知，湖境人没什么耐心。”

我冷哼一声：“这么说，萨默斯家族挺懂事？”

他挑起嘴角，露出一个恶魔般的狞笑。他拨弄着能唤起烈焰的手环，让那银色的圆环在纤细的手腕上缓缓转动。“他们另有所图。”

“我原以为伊万杰琳会把你变成她的针插呢。”

梅温的笑容舒展开来：“如果她杀了我，她想要的一切机会也就随之拜拜了。他老爸不会允许她那么干的。就算她不是王后，萨默斯家族也仍旧位高权重。可她当王后会是什么样啊。”

“只能略作想象。”那些念头让我不寒而栗：钢针、匕首、利刃造就的后冠，她母亲身上缠着蛇，她父亲则把梅温当作傀儡。

“我不能想象。”他承认道，“即便是现在，我也还是把她当作卡尔的王后。”

“你陷害了卡尔之后，不是自己选择的她——”

“唔，我不可能选择自己真正想要的人，不是吗？”梅温厉声说道。四周的空气没有变热，反而凉了下来。他瞪着我，那双眼睛是青灰色的，像火焰的蓝光，让我起了一身鸡皮疙瘩。渐渐凉爽的室温让水汽消散，我和他之间薄弱的屏障也慢慢消失。

我不禁发抖，强忍着躲到最近的一扇窗户旁边，背对着他。外面的玉兰树在微风里轻轻摇晃，它们的花朵在阳光下洁白、温润，泛着淡淡的红色。如果没有嗜血的堕落、野心和背叛，这种简单的美好根本无立足之地。

“你把我扔进角斗场等死。”我娓娓道来，仿佛我们已经遗忘了那些事。“你用镣铐锁住我，把我关在你的宫殿里，让警卫日夜看守。你让我日渐衰弱，耗尽心力——”

“你以为我看着你这样很开心？”梅温喃喃自语，“你以为我愿意把你囚禁起来？”他的呼吸猛地卡住了。“只有这样你才能待在我身边。”他拨动，让水从指缝中流过。

我凝神静听着水流的声音，而不是他的话语。尽管我知道梅温在干什么，也能感觉得到他紧紧抓住了我，却无法反抗，任由他将我拖进水里。这么容易办到，反而无法淹死我。其实我倒是挺希望被淹死的。

我仍然盯着窗子，头一次觉得静默石的存在令人愉快。它不争地提醒着我，梅温是什么样的人，提醒着我，他的爱于我意味着什么。

“你想杀死所有我在乎的人。你杀死了那些孩子。”那个婴儿，血溅摇篮，小小的拳头里握着他的字条。那一幕如此生动地刻在我的脑海里，犹如噩梦。我不想赶走那画面。我需要记住它。我需要记住，他是什么样的人。“因为你，我哥哥死了。”

我转向他，爆发出充满报复的粗粝大笑。愤怒让我的头脑清醒。

他一下子坐了起来，裸露的半身和洗澡水一样白。

## CHAPTER17
## 第十七章 梅儿

“而你杀了我妈妈，夺走了我哥哥，夺走了我父亲。你从天而降的那一刻起，这一切就开始了。我妈妈进入了你的脑海，看到了机会。那个机会她原本永远也碰不到。如果你没有——如果你从来没有——”梅温停住了。这些话是他来不及阻止就喷涌而出的。他咬紧了牙齿，把那些也许更可怕的话咽了下去。“我不想知道那会如何。”

“我知道那会如何。”我夺口怒骂，“我会死在战壕里，尸骨无存，或是被大卸八块，或是像个活死人似的幸存下来。我知道自己会变成什么样，因为数百万人都是那样活着的。我父亲，我哥哥，太多的人都是那样活着。”

“你这是马后炮……你愿意回去吗？你会选择那样的人生吗？服兵役，你那泥乎乎的村子，你的家人，还有那个打鱼男孩？”

太多的人因我而死，就因为我与众不同。如果我只是个红血族，只是梅儿·巴罗，他们也许还能活着。谢德也许还活着。我的思绪飘向了他。如果能让他活过来，我愿意付出代价，哪怕让我死一千次都行。不过，反过来说，我们找到了新血，保护了他们，反抗革命得到了支持，战争结束了，银血族开始自相残杀……这一切我也都有份儿，尽管很小。我犯了错，错误多得难以计数。完美是另一个世界的东西，甚至良善也距离遥远。关键的问题，正是梅温提出的那个，它正啃噬着我的思绪：*你愿意放弃你的异能，放弃你的力量，回到过去吗？*我立刻就有了答案。

“不。”我轻声说道。我不记得自己已经离他这么近了，手也放在了陶瓷浴缸边上。“不，我不愿意。”

这坦白比火焰更灼烧得我难受，它侵蚀着我的内心。我恨梅温，因为他让我心有所感，他让我意识到了这些。我谋算着自己的动作够不够快，能不能制伏他。握紧拳头，用镣铐砸烂他的下巴。皮肤愈疗者能让牙齿再长出来吗？这种试验没有意义。我不会活着看到试验结果的。

他仰起头凝视着我：“那些经历过黑暗的人，会不惜一切代价留在光明里。”

“别说的好像我们是同类。”

“同类？不。”他摇摇头，“但是，也许……我们是平等的。”

“平等？”我又想把他撕成两半了。用我的指甲、牙齿，把他的喉咙撕开。这暗讽很是伤人，不过事实可能是，他是对的。

“我曾经问过乔，问他能不能看到不复存在的未来。他回答说，通往未来的路径永远都是在变化着的。这个轻而易举的谎言让他操控着我，那是萨姆逊都无法企及的方式。而当他将我带向你身边的时候，我竟然没有提出异议。我怎么会知道你竟是这样厉害的毒药呢？”

“如果我是毒药，那就除掉我啊。别再折磨我们两个人了！”

“你知道我做不到，尽管我非常想那么做。”梅温的睫毛闪动，眼神辽远，仿佛退向了我够不到的地方。“你就像托马斯一样。你是我唯一在乎的人，唯一能提醒我自己还活着的人。不空洞，不孤独。”

*活着。不空洞。不孤独。*

每一句坦白的话都像是一支箭，射中了我的神经末梢，让我的身体燃起冷酷的火焰。我恨梅温能说出这些话，我恨他能感受到我的感受，恐惧着我的恐惧。我恨这些。我恨这些。如果可以，我宁愿自己不是这个我，也宁可不这样思考。但我不能。如果艾丽斯的神真的存在，他们肯定知道，我已经努力过了。

“乔不该告诉我已死的未来——不可能发生的未来。”他喃喃说着，“银血国王，红血王后。若真是那样，事情会变成什么样？有多少人能活下来？”

“你父亲仍然活不下来，那个银血国王也不是卡尔。更可以肯定的是，红血王后不是我。”

“我知道那只是白日梦，梅儿。”梅温怒气冲冲，就像个在教室里被人纠正错误的小孩。“我们的出路，无论多窄小，都已经不在了。”

“那都是因为你。”

“是的。”他的声音更轻，仿佛是在对自我剖白，“是的。”

梅温定定地看着我，没有移开目光，然后将烈焰手环摘了下来。缓缓地，从容地，有条不紊地。我听见它掉在地板上，滚动着，发出金属撞上大理石的那种清脆声音。而后是另一只。他仍然看着我，向后靠在浴缸边，歪着头，露出了脖子。而我的手拧在了一起。这很容易。用我褐色的手指箍住他苍白的脖子，以全身的力量压上去，把他闷进水里。卡尔怕水，梅温呢？我可以把他溺死。杀了他。让洗澡水把我俩都煮熟。他等着我，看我敢不敢那么干。也许他挺希望我能动手。又或许，那只是千万个陷阱之一。梅温·卡洛雷的另一个花招儿。

他眨眨眼，长嘘一口气，仿佛将内心深处的什么东西吐了出来。咒语解开了，这一刻结束了。

“明天你去给艾丽斯当侍从女官。祝开心。”

又是一箭，正中红心。

我希望手边有个玻璃杯，好让我把它扔在墙上。世纪婚礼的侍从女官。绝没有逃跑的机会了。我会站在所有朝臣贵族的面前，警卫环伺，到处都是监视的眼睛。真想大叫。

利用愤怒，利用复仇心，我努力地告诉自己。可这只能让我精疲力竭，陷入绝望。

梅温只是懒懒地挥了一下手：“门在那边。”

离开的时候我本来不想回头看，可是没忍住。梅温盯着天花板，眼神是空洞的。我似乎听见朱利安在我脑海中，念着他写的那句话：

*并非是神所拣选的，而是为神所诅咒的。*

# 第十八章
## 梅儿

头一次，我不再是受折磨的对象。如果有机会，我一定会感谢艾丽斯，让我能好好坐在一旁，被人忽略。伊万杰琳取代了我的位置。她极力做出平静安然，不为四周环境所动的样子。侍女们不断地打量着她，因为那是她们原本要服侍的女孩。我总觉得她会像她妈妈的蛇那样卷曲起来，谁要是胆敢靠近她那镀金的椅子，她就要冲人家吐芯子了。毕竟，后位原本是她的。

化妆室已经为它的新居者修缮一新，并且完全当得起她的身份。浅蓝色的墙帷，清水里的鲜花，温柔的喷泉……这一切都不会让人弄错，这里的主人将是一位湖境公主。

在房间中央，艾丽斯被侍从们围着，那些红血族侍女相当擅长化妆打扮，不过她需要修饰的地方不多，高而瘦削的颧骨和黑色的眼睛都不用涂颜色。一个侍女正把后冠戴到她黑色的头发上，手法繁复地用青金石和珍珠卡子加以固定。另一个侍女则把闪亮的腮红涂到她脸上，使已经很漂亮的脸颊显出一种优雅缥缈、超尘脱俗的气息。她的嘴唇涂成了深紫红色，至于婚纱，则是由白色渐变为边缘的闪亮浅蓝，将她深色的皮肤衬托得更加艳丽，犹如日落后的天空。虽然外表并不是我首要在意的问题，但我在她身边就像个被抛弃的娃娃。我还是穿着红色的衣服，和珠宝啊锦缎啊什么的比起来堪称朴素至极。如果我能健康一些，看起来也会很漂亮的。不过，我不在乎这个了，我不该闪耀夺目，也不想闪耀夺目——尤其是在她身边，我肯定也不会闪耀夺目。

伊万杰琳与艾丽斯两相对照，差别悬殊——她确实是着意如此的。当艾丽斯扮演着年轻羞涩的新娘角色时，伊万杰琳则欣然接受了被抛弃、被轻视的角色。她的衣裙有金属光泽，闪烁着虹彩，可能是珍珠做的，通体覆盖锋利的白色羽毛，镶嵌着银质装饰。她自己的侍女忙碌着，为她的妆容做最后的完善。伊万杰琳透过她们的身影瞪着艾丽斯，黑色的眼睛一转不转，只有在她妈妈走近时才会才能打断她片刻，让她把目光转向劳伦缇亚那以蝴蝶作为装饰的翡翠绿色衣裙。蝴蝶的翅膀懒懒地扇动，像是阵阵微风，温柔地提醒着众人，它们是有生命的活物，只不过是被这位维佩尔家族的女士束缚住了。但愿她不会想要坐下去。

我以前也见过婚礼，还是在干阑镇。那可真是粗糙的大集会，说几句吉祥话之后就匆匆忙忙地开吃。双方家庭搜肠刮肚地找出足够的食物来款待宾客，而那些不请自来的闲人就只能过过眼瘾了。奇隆和我曾经试着去索要过剩菜，我们把面包卷塞满口袋，溜之大吉然后大快朵颐。想必今天我是不能重操旧业了。

我要做的只是抓住艾丽斯长长的婚纱拖尾，以及保持头脑清醒。

“真遗憾您的其他家人没能来参加婚礼，殿下。”

一位满头灰发的老妇人向艾丽斯问好，有好几位银血族太太都在她身后等着。她袖手肃立，身穿一件整洁的黑色军礼服。不过，和其他军官不同，她衣服上的徽章数量不多，不过相当引人注目。我从来没见过她，可总觉得她的面孔有些似曾相识。从我所在的角度只能看个大概轮廓，暂时说不好。

艾丽斯向这位老妇人点点头，身后的两个侍女则正把闪亮的头纱系紧。“我的母亲是湖境之地的执政女王，她必须得时刻待在国内，而她的继承人、我的姐姐则不愿意远离故土。”

“可以理解，最近时局不稳啊。”老妇人鞠躬还礼，不过腰弯得不深。“祝福您，艾丽斯公主。”

“多谢您，殿下。很高兴您能来。”

殿下？

老妇人转过身，背对着艾丽斯，让那些侍女继续工作，她的目光落在我身上，极轻微地眯起了眼睛。她招了招手，右手上一颗巨大的黑宝石一闪，我左右两侧的老猫和四叶草连忙猛地戳戳我，把我推到了这位头衔不俗的老妇人面前。

“巴罗小姐。”她很强壮，腰很粗，个头比我高好几英寸。我打量着她的礼服，想用家族色判断出此人是何方神圣。

“殿下？”我照搬了头衔，听起来像个问句——确实如此。

她好像被逗笑了。“要是能早点儿见到你就好了，那时你还是梅瑞娜·提坦诺斯，而不是沦落到——”她轻轻地碰了碰我的脸颊，让我不禁一颤。“沦落到这么个油尽灯枯的地步。那样的话，也许我就能弄明白，我孙子怎么会为了你连整个国家都不要了。”

她的眼睛是古铜色的，闪着金红色的光，我本该认出来的。

尽管四周是乱糟糟的婚礼现场，鬓影衣香，我却仿佛回到了国王砍头、儿子失怙的那恐怖的一刻。而这位老妇人同时失去了儿子和孙子。

在我记忆深处，那些阅读历史书籍所花的时间总算没白费，我记起了她的名字：来洛兰家族的安娜贝尔。安娜贝尔王太后，提比利亚六世的母亲，卡尔的祖母。现在我才看见她的王冠，玫瑰金色点缀着黑色钻石，戴在梳理得很整洁的头发上。和其他王族趾高气扬地显摆的那些冠冕相比，这可算相当低调了。

她垂下了手。这更好。安娜贝尔是个湮灭者，我可不希望她的手指头离我太近，它们只消碰我一下就能把我炸烂。

“很遗憾您的儿子不在了，请节哀。”提比利亚国王不是个和善的人，对我，对梅温，对这个国家活着和死去的奴隶，都不够和善。但他爱着卡尔的母亲，爱着他的孩子们。他不是恶魔，他只是太软弱了。

她一直注视着我：“真怪，是你帮忙杀死他的。”

她的语气里没有任何指责的意味，没有怒意，没有激动。

她在撒谎。

皇家法院缺乏色彩，只有白墙黑柱，大理石、花岗岩和水晶。它将花枝招展的人群吞入其中。贵族们拥进大门，他们的裙袍、套装、制服将所有阴沉之处都染上了彩虹般的色彩。落在后面的几位紧赶慢赶——接下来，新娘一行人就要穿过恺撒广场行进至此了。上百名银血族挤在铺着瓷砖的宽敞厅堂里。与婚礼本身的规格相比，这个地方显得太普通了。他们三三两两地等待着，辟开的通道两侧排列着数量相等的诺尔塔和湖境之地的警卫。摄像机运转着，对准了讲台。整个王国都将通过它们看到实况。

我被众人夹在白焰宫的入口处，地形角度有利，能看到艾丽斯的肩膀。

她很安静，一根头发也不乱，像水一样平和。我不知道她是怎样承受这一切的。她父亲挽着她的胳膊，钴蓝色的袍子映着雪白的婚纱衣袖。今天，为了和女儿相衬，他戴了银和蓝宝石制的王冠。他们彼此没有讲话，专注于面前的通道。

我的手里捧着她的婚纱拖尾，感觉起来就像液体一样。丝绸的质地太好了，仿佛随时会从手中滑下去。我紧紧地攥着，免得去注意那些自己不该关注的东西。伊万杰琳捧着婚纱拖尾的另一角，我竟然觉得有她在旁边是一件好事，这可是头一回。一些等着的小姐太太窃窃私语，可见这一幕在她们眼里就是个丑闻八卦。她们的关注点都在她身上，再没人会絮絮叨叨地议论没有闪电的闪电女孩了。伊万杰琳泰然自若，照单全收，下巴紧绷，嘴唇紧闭。她一直也没跟我讲话，又一处微小的幸运。

在某个地方，号角吹响了。人群应声而动，全都转过身子面向王宫，数不清的眼睛望过来。我们往前走，走上平台，走下台阶，走向银血族的盛景奇观，而我能感觉到每一束目光。上一次我在这儿见到人群时，跪在地上，套着项圈，鲜血淋漓，伤痕累累，心碎痛苦。现在的我和那时没两样。我的手指颤抖起来。警卫们近了，老猫和四叶草一直跟在我身后，穿着简单但合宜的制服。人群越来越近，伊万杰琳就在旁边，可以瞬间就把刀子插进我的肋骨。我觉得自己的肺绷紧了，胸口发闷，喉咙干哑。冷静。我盯着手里的婚纱，盯着面前几英尺的地方。

我觉得脸颊上好像落下了几滴水，希望那不是紧张的泪水。

“振作点儿，巴罗。”这气呼呼的声音只能是伊万杰琳的。像面对梅温一样，这粗劣的鼓励让我心里涌起一股病态的感谢。我极力想撇开它，想说服自己。但我就像一条饥不择食的狗，任何残羹冷炙都会接受，任何在这孤独牢笼里算得上“善意”的东西都会接受。

我开始头晕眼花，要不是我的脚——我亲爱的、敏捷的、确定的两只脚——我肯定会跌倒的。恐慌沿着脊柱攀升，每一步都越发艰难。我埋首沉浸在艾丽斯白色的婚纱里，甚至数着自己的心跳。我用尽了一切办法，挣扎着继续往前走。不知道为什么，这场婚礼就像是关闭了一千扇门，梅温的力量翻倍了，束缚钳制更紧了。我永远也无法逃脱了，再也无法逃脱了。

我脚下的石头变了，平整的方形瓷砖化成了台阶。我在第一级那里绊了一下，不过还是稳住了自己，捧牢婚纱拖尾。我只能坚持着自己尚且能做的事：站在一旁，跪下，萎缩干枯，在阴影里变得满心怨恨，饥渴贪婪。我的余生就这样了吗？

在走进皇家法院之前，我仰望天空。越过烈焰、星尘、剑矢、列王的雕塑，越过闪耀的穹顶和水晶的梁柱，天空在上，云在远处聚集。有几朵随风飘摇，已经来到了广场上方。它们慢慢地消散，从大朵变成小块，直至消失不见。雨水想要凝结，但有什么东西——也许是银血族的风暴者——控制着它，阻止着它。一切都不能给这一天添乱。

而后，天空也消失了，取而代之的是拱形的天花板。光滑的石灰岩在头顶上弯曲，镶嵌着由烈焰锻造的螺旋银线。代表诺尔塔的红黑旗号，与代表湖境之地的蓝色旗号分列前厅两侧，好像有人需要提醒：我们即将见证的是哪两个王国的结合。上千名观礼者的窃窃私语犹如蜜蜂的嗡鸣，越是走向里面，声音就越大。前方，通道连接着皇家法院的中央大厅，正是那水晶穹顶下宏伟的圆形厅堂。阳光攀上洁净的窗格，勾勒着下方的景象。座无虚席，从中央向四周一圈一圈地排列，仿佛闪耀色彩的光环。人们屏息以待。我还没看到梅温，但是能猜出他会在哪儿。

在这种场合，人人多少都会有些迟疑。但艾丽斯没有。我们走入众人的视线焦点时，她的步子一丝不乱。上千人起身肃立，声响回荡在大厅里——衣裙摩擦的沙沙声、移动碰撞声、交头接耳声——几乎震耳欲聋。我专注于自己的呼吸，但还是心跳加速。我想抬起头，看看入口，看看四通八达的走廊，看看我能利用的所有细节，可我连走路都很费劲，更何况筹谋什么注定失败的越狱行动呢。

我们好像是走了好多年才终于走到大厅中央。梅温等在那里，他的披风和艾丽斯的婚纱一样奢华，甚至也差不多长。他原本固守的红色和黑色此刻换成了红色和白色，令人印象深刻。王冠是新制的，用银和红宝石塑造出烈焰的形状。他转过头，面对着走近的新娘和陪侍，王冠便也随之闪烁。他的眼神先落到了我身上。我太了解他了，知道其中并没有什么歉意。他的眼睛闪动着，瞬间一晃，就像蜡烛燃烧的烛心，随后便消失了，仿若追逐回忆的轻烟。我恨他，因为此时此刻，我无法抑制地为这烈焰的荫翳感到同情。恶魔并非天生，乃是塑造而成。梅温亦是如此。谁会预料得到，他将变成什么样的人。

证婚仪式持续了一小时，我不得不全程与伊万杰琳以及其他侍从女官一起站着。梅温和艾丽斯在诺尔塔法官的引领下交替说出誓言与承诺。一个穿着简单的靛蓝色袍子的女人也讲了话。我猜她是湖境人，也许是他们那里神灵的使者？我听不清她说什么，因为我的思绪中一直萦绕着红色和蓝色的军队，横扫整个世界。云朵不停地涌来，飘浮在穹顶之上，颜色越来越暗。不过它们还是变成碎片消散了。风雨欲来而不得。

我知道那种感觉。

“从今天，到往后，我誓将对你忠贞以待。湖境之地公主，锡格尼特家族的艾丽斯。”

在我的前方，梅温抬起手宣誓。他的指尖上跳跃着火苗，温和柔弱，犹如烛光。如果可以的话，我能一口气把它吹灭。

“从今天，到往后，我誓将对你忠贞以待。诺尔塔国王，卡洛雷家族的梅温。”

艾丽斯与他动作一致，伸出了手。那白色蓝边的衣袖也优雅地垂下，露出她光洁的胳膊。空气中的湿气被她过滤攫取，在她的手掌中凝成一个抖动着的透亮水球。当她握住梅温的手时，两种互不相容的异能并未显露出咝咝蒸汽或是烟雾。和平的盟友关系就此缔结，并以两人嘴唇的触碰

封缄。

他吻她的方式与吻我不同。应有的热情竟辽远无痕。

但愿我也如此。

掌声如雷，吓得我不禁发抖。绝大多数人都欢呼了起来。我无法责备他们，因为这场婚礼给湖境之战盖棺论定，敲下了最后一根钉子。红血族死伤百万，银血族也一样。他们为和平而欢庆，并不会让我觉得不快。

皇家法院里的座椅挪动着，剐蹭着石头地板，乒乓作响。我微微瑟缩，还以为要被拥来祝福的人们淹没。不过，禁卫军靠近了。我像抓住救命稻草似的拽住艾丽斯的婚纱，让她敏捷的身影引领我从重重包围的人群中脱身，重新回到了恺撒广场上。

当然，拥挤和喧嚣有增无减，像是加重了十倍。旗帜飘扬，欢呼阵阵，纸花纷纷扬扬地撒向我们。我低下头，想把这一切隔绝在外。可是，我开始耳鸣，无论多努力地摇晃脑袋，那声音都紧追不舍。越来越多的人向我们挤过来，亚尔文家族的一个警卫用力地攥住我的胳膊肘，指甲都抠进了我的肉里。禁卫军嚷嚷着什么，命令人群向后撤。梅温回头眺望，脸上泛起了银灰色的光，或是因为兴奋，或是因为紧张，或是二者兼而有之。耳朵里的声音更响了，我不得不松开艾丽斯的婚纱拖尾，用双手捂住耳朵。可这只能让我被落在后面，让我离开了艾丽斯安全的小圈子。她一直往前走，挽着她的新婚丈夫，伊万杰琳紧随其后。而我，被人潮阻隔，甩开。

梅温看到我停下了，便扬起眉毛，张开嘴巴想要发问。他的步子慢了下来。

随后，天黑了。

乌云聚拢，暗淡而凝重，笼罩在我们头顶，犹如地狱的轻烟。一道闪电从云中劈开，白色、蓝色和绿色交织。它们锋利、狂烈、暴戾。它们是不自然的。

我的心脏狂跳起来，巨大的心跳声几乎要淹没周遭的混乱。却掩不住雷鸣。

那声音震动着我的胸腔，如此迫近，如此危险，以至空气都开始颤抖。我的舌头尝到了它的味道。

没来得及去看下一道雷电，我就被老猫和四叶草扑倒在地上——这该死的衣裙！她们按住我的肩膀，用双手和异能压制住我疼痛的肌肉。静默效应流遍了全身，快而有力，几乎要把空气从我的肺里挤出。我捯着气，努力地呼吸着，手指在铺着瓷砖的地上摸索，想要抓住什么。如果能喘过一口气来，我肯定会放声大笑——这可不是我第一次被人按倒在恺撒广场了。

又一声雷鸣巨响，又一道蓝色的闪电。亚尔文家族的静默者就快要让我把五脏都吐出来了。

“不能杀死她，詹妮！别！”四叶草咆哮着。詹妮，这是老猫的真名。“要是她死了我们都活不了！”

“不是我，”我费力地挤出几个字，“不是我。”

就算老猫和四叶草听见我的话了，她们也没有任何表示，压制的力量接踵而来，疼痛持续不止。

我不能叫喊，只得勉强抬起头来，搜寻着谁——搜寻着梅温——来救我。我恨自己竟然会这样想。

我的视野里有好多腿跑过，黑色的制服，各种家族的颜色，远处，橘红色的袍子越来越远。禁卫军一直行进着，队形纹丝不乱。就像在那场以暗杀告终的宴会中一样，他们训练有素地迅速应变，专注于他们唯一的目标：保护国王。他们立刻改变了方向，不再前往白焰宫，而是护着梅温向财政厅走去。他要到他的火车那儿去。他要逃了。

逃离什么?

这怪异的雷暴不是我弄出来的。闪电也不是我的。

“跟上国王。”老猫——詹妮吼道。她把我拎起来，我的腿软绵绵的，差点儿再次跌倒。可亚尔文们不会让我倒下去的，突然围上来的穿着制服的军官们也不会。他们以钻石似的队形围着我，把我和人群隔开。静默者放松了他们的异能，好让我至少可以走路。

头顶上方的闪电越发猛烈，我们步伐一致地往前跑。没有下雨，天气也没有干燥炽热到干打雷的地步。真是怪异极了。要是我能感觉到它，利用它驱遣它该多好。真想用闪电划破天际，把四周的这些人全都除掉。

人群困惑不已，他们大多举目观望，还有不少人冲着天空指指点点。有人想要往后退，却发现自己早已被其他人挤得动弹不得。我在这些面孔中寻找，希望能找到答案。可我看到的只有茫然和恐惧。如果人群恐慌奔逃，不知道禁卫军能不能拦住他们，别把我们踩死。

在前方，梅温的禁卫军正在开路通道。他们不得不把人们往两边推搡，一个铁腕人用身体把一个男人撞开几码远，还有一个电智人挥动双手挡开了三四个人。于是人们远远让开，给飞奔的国王和他的新王后辟开一块空地。在骚乱之中，我看见梅温回过头，在混乱中寻找我。他的眼睛大睁着，疯了一般，即便是相隔甚远，我也能感受到那浓烈的蓝色。他的嘴唇动着，喊着，可是在雷声和恐惧之中，我什么也听不见了。

“快点儿!”四叶草叫道，推着我顺着刚才辟出的通道往前走。

所有的警卫都剑拔弩张起来。一个疾行者前后飞窜，把人们往通道两边赶。他敏捷的身影模糊了，就像一股旋风。可随后他就突然停了下来，浑身冰冷。

一颗子弹正中他的眉心。距离是这么近，无法闪躲，速度是这么快，无法逃离。他的头颅猛地向后仰去，洒下一片血和脑浆。

我不认得拿枪的那个女人。她的头发是蓝色的，身上文着蓝色的刺青——手腕上还系着一条猩红色的围巾。四周的人一哄而散，惊恐无措，一时间情势大乱。

这个蓝头发的女人一只手仍然在举枪瞄准，而另一只手则直指向天。

闪电撕裂了天幕。

蓝光冲着围成一圈的禁卫军而去，堪称“弹”无虚发。

我浑身紧绷，等待着随之而来的爆炸。然而，那道蓝色的锋利闪电击中的，却是突然出现的一道晶莹水幕。闪电沿着液体滑过，没有击穿它，像脉络似的四散开来，其亮光让人无法直视。随后闪电便消失了，只余一道水做的盾牌。在它之后，梅温、伊万杰琳，还有禁卫军全都伏在地上，两手护着脑袋，只有艾丽斯傲然挺立。

水在她的四周回旋，弯曲盘绕，就像劳伦缇亚的蛇。它不停地变大，不停地从空气中攫取水分，以至于我都觉得自己的喉咙开始发干。艾丽斯一不作二不休，一把扯掉了头纱。我暗自祈愿，千万不要下雨。我一点儿也不想知道，艾丽斯召唤来雨水会怎么样。

湖境之地的警卫们在人群中打斗着，他们深蓝色的身影努力地想穿过奔逃的人流。安保官员面临着同样的困难，他们深陷在混乱中，难以赶上前去支援。银血族向各个方向猛冲，有的朝着骚乱的地方去，有的则拼命远离危险。我既想跟着他们一起跑，又想去找那个蓝发女人，左右为难，不知如何是好。肾上腺素疾速攀升，我的脑袋嗡嗡作响，想用牙齿和指甲剥离抑制着自己的静默效应。闪电。她能使用闪电。她是新血，像我一样。这些念头几乎让我喜极而泣。要是她不能迅速离开这儿，那就只有死路一条了。

“快跑啊。”我努力地大喊，可是发出的声音像耳语一般。

“保护国王安全！”伊万杰琳大叫着跳起来，袍子瞬间变成了盔甲，以珍珠般的甲板包裹住了她的身体。“撤退！”

一些禁卫军依令行事，将梅温拉进他们的护卫队形中间。梅温的手上燃着微弱的火苗，火苗闪烁，噼啪作响，正是他内心恐惧的映照。其他随从有的举起了枪，有的施展异能。一个音爆者张开嘴巴想要尖叫，却突然跪倒在地，不停抽噎。他撕扯着自己的喉咙，无法呼吸了。可是，为什么？是谁干的？眼看他就要窒息，其他禁卫军连忙把他拖走了。

有一道闪电在我们的头顶之上劈响，亮得人无法抬头去看。而当我再睁开眼时，那个蓝发女人已经不见了，只剩下混乱的人群，和不知何处传来的火药味。

我突然间倒吸了一口冷气：并非所有人都在奔逃，并非所有人都在害怕，有些人并未对这突如其来的暴力骚乱感到困惑。他们的行动各不相同，但都各有目的、动机，完成着各自的任务。黑色的手枪闪着寒光，抵住了警卫的后背或者肚子，暗下来的天色里刀光闪闪，恐惧的尖叫渐渐变成了痛苦的呻吟。一个个身体软下去，倒下了，重重地撞击铺着瓷砖的地面。

我想起了夏宫的那次暴动。红血族被追杀，被折磨，最弱小的人成了暴徒的目标。那是无组织的、混乱的，没有命令上传下达。这一次却完全相反。这狂乱的恐慌似乎是由人群中的十几个暗杀者精心营造出来的。我意识到他们的共同之处，不禁笑了起来。在这疯狂的乱局中，每一步背后都有红色围巾的影子。

红血卫队在这儿。

卡尔、奇隆、法莱、卡梅隆、布里、特里米、上校……

他们都在这儿。

而我唯一能做的就是，猛地向后仰头，撞向四叶草的鼻子。她叫唤起来，满脸都是银色的血。就在这一瞬间，她的手松开了，只有老猫还抓着我。我抡起胳膊，用肘部猛击她的肚子，想把她也甩开。她放开了我的肩膀，却用胳膊卡住了我的脖子，用力挤压。

我扭动着，想要挣出些空间弯下脖子咬她。没有用。她加强了静默效应，几乎要压断我的气管。我的视野里出现了斑点，感觉自己正被人拖着往后走，离财政厅，离梅温和他的禁卫军越来越远。穿过致命的混乱人群，我们一路后退，最终碰到了台阶。我无力地踢打，想要抓住点儿什么。安保官员轻易就闪开了我这毫无作用的挣扎。他们有些跪下来，举着枪，掩护着我们撤退。四叶草居高临下地站着，半边脸上都是镜面一般的银血。

“原路撤回白焰宫。我们必须服从命令。”她对老猫厉声说道。

我想呼喊求救，可是我无法呼吸，一点儿声音也发不出来——就算能喊出来也没用。比雷鸣更响的声音从天空中划过，两个，三个，金属的鸟儿、锋利的翅膀。是金鱼草？是黑梭？可这些飞机与我以前见过的那些不同，它们更圆润，速度更快。也许是梅温新组建的飞行舰队吧。远处发生了爆炸，红色的火舌席卷，黑色的浓烟弥漫。这些飞机是在轰炸广场，还是在轰炸红血卫队？

当亚尔文家族的警卫们拖着我往宫殿里走时，我们差点儿撞倒一个银血族。我伸出手，以为这个人也许需要帮助。

萨姆逊·米兰德斯冷笑着扭动胳膊，甩开了我的手。我连忙往后躲，仿佛碰到他就会烧伤自己。只是看见他，就足以引起剧烈的头痛了。他被排除在婚礼之外，没有参加，但还是装扮一新，穿着崭新的深蓝色套装，浅金色的头发梳得服服帖帖。

“要是让她跑了，我就把你们的肠子翻出来！”他回过头吼道。

与其他人相比，亚尔文们似乎更怕他。他们连忙点头如捣蒜，另外三个军官也是如此。米兰德斯家族的耳语者能干些什么，他们全都清楚得很。如果我还需要什么逃跑的动机，希望他们的大脑毁在萨姆逊手里肯定是其中一个。

我最后瞥了一眼广场，只见乌云中泛起了黑色的荫翳，正在逼近。更多的飞机来了。不过它们更笨重，容量更大，不是为了高速飞行和空中打斗而建造。也许它们就要着陆了，不过我是看不到那一幕了。

我竭尽全力地挣扎着，或者说，是在静默的压制之下含混不清地抗议，软弱无力地扭动。这拖慢了警卫们，可也没慢多少。每一寸的抵抗都像是巨大的胜利，却又是徒劳无用的。我们仍然在行进。白焰宫的厅堂在四周飞速旋转，以我对这里的记忆，我能确定我们要去的地方：东座。那是白焰宫距离财政厅最近的地方。那里一定有通道，可以通往财政厅，通往梅温的火车。一旦被他们带到地下，逃跑的希望就会消失殆尽。

三声枪响传来回声，它们离我如此之近，我差点儿以为是自己被打中了。广场上的乱象渐渐地蔓延到了白焰宫内部。窗外，红色的烈焰熊熊燃烧，是源自爆炸还是源自某个人，我不得而知。我只能心怀希望。卡尔。我在这儿。卡尔。我想象着他就在外面，像愤怒和毁灭的地狱之火，一只手拿着枪，另一只手上燃着火焰，将他所有的痛苦与狂怒烧个精光。如果他救不了我，我希望他至少能除掉那个曾经是他弟弟的恶魔。

“叛军进攻白焰宫了！”

我一听见伊万杰琳·萨默斯的声音就不禁一颤。她的靴子重重地踏着大理石地面，每一步都像愤怒的锤击。她的左半边脸上溅着银色的血，精致的发型也全都乱了，整个人闻起来一股烟味。

她的哥哥不见踪影，不过另有人跟着她。雷恩，那个一连好多天给我治疗，让我有点儿活气的皮肤愈疗者，紧跟在她身后。也许雷恩是被硬拖过来的，好确保伊万杰琳身上的外伤立刻就能痊愈。

像卡尔和梅温一样，伊万杰琳对军情和兵法也不陌生。她踮脚站着，准备随时接招儿。“下面的图书馆和旧绘厅被占了，我们得带她走另一条路。”她用下巴指了指，那分叉的走廊刚好与我们正走的这条路垂直。外面闪电闪烁，她的盔甲反射着那强光。“你们三个——”伊万杰琳对三个警卫弹弹手指头，“给我们殿后。”

我的心沉到底了：伊万杰琳是要亲自看着我上火车了。

“迟早有一天我要杀了你。”她接替老猫抓住我的时候，我诅咒道。

伊万杰琳完全没理会我的威胁，忙着发号施令。警卫们屁颠屁颠地服从了，跑到后面去掩护我们——有人接手负责这地狱般的一团乱，他们求之不得，高兴得很。

“外面到底发生了什么？”我们一边跑，四叶草一边嚷嚷，声音里满是恐惧。“你，给我整整鼻子。”她抓住雷恩的胳膊。这位斯克诺斯家族的愈疗者连忙将四叶草断掉摇晃的鼻子复归原位，不过伤痕还是清晰可见。

伊万杰琳回过头，并非看向四叶草，而是看着我们背后的走廊。外面的风暴四起，白昼如夜，走廊里也随之暗了下来。她的脸上划过一丝恐惧，令人倍感陌生。“人群里有奸细，他们扮成了银血贵族。是新血，我们认为。他们很强大，能一直坚持到……”她转过一个拐角检查了一番，然后挥手让我们跟上。“红血卫队占领了科尔沃姆，但我原以为他们没有这么多人，全是些真正的战士，受过训练，装备齐全。还从天上往下丢那些该死的炸弹。”

“他们是怎么混进来的？婚礼的安保布置是万无一失的啊。有一千多人的军队，还有梅温招徕的那些新血玩意儿——”老猫义愤填膺地说。门廊外面的光晕里出现了两个人影，她便自己住了口。随之而来的静默效应击中了我，让我的膝盖直打战。“卡斯、布瑞克，跟我们来！”

我觉得还是叫他们“鸡蛋”“三重奏”更好。他们快步滑着大理石地板冲过来，加入了我们这移动着的监狱。如果还有力气，我真想哭：四个亚尔文家族的警卫，再加上伊万杰琳，所有的希望都破灭了。连求饶都没有用。

“他们赢不了。他们必输无疑。”四叶草继续说道。

“他们不是来占领首都的，他们是为她而来！”伊万杰琳打断了她。

鸡蛋将我往前一搡：“为了这把臭骨头，他们是白费力气。”

我们又转了个弯，往长长的战争大厅走去。与广场上的骚乱相比，这里似乎很平静，那些描绘着战争场面的油画远离了喧嚣。它们高而庞大，古老的庄严感让我们显得十分渺小。如果没有远处飞机呼啸的声音和震耳欲聋的雷鸣，我也许会以为这一切都只是个梦。

“没错。”伊万杰琳说道。她的脚步略有些踉跄，不过很轻微，其他人都没注意到。但我发现了。“他们就是白费力气。”

我像看一场表演似的看着：伊万杰琳以流畅柔和、赋予女性优雅的方式扭动身体，猛地伸出双手。手腕上的盔甲立刻竖起了甲板，刹那间化成了像子弹那样致命的武器。它们的边缘闪着寒光，像匕首一样锋利。它们呼啸着刺破空气，也割断了血肉。

静默效应突然消失了，这突如其来的轻松让我如释重负。四叶草的胳膊从我脖子上松开了，手松开了，她的身体也倒下去了。

四颗头颅滚落在地，鲜血四溅。随后是身体，戴着白色塑料手套的身体，一个一个地坠了下去。他们的眼睛大睁着，根本没有活的机会。血——景象和气味——冲击着我的感官，我觉得胃里的食物都泛了上来。我之所以没大吐特吐，是因为我被恐惧和恍然钉住了。

伊万杰琳不是要带我上火车，她是要杀了我。她是要结束这一切。

她显露出一种令人震惊的冷静，全然看不出刚刚杀死了四个自己人。金属匕首复归原位，重新覆盖上她的双臂。皮肤愈疗者雷恩没有动，她举目凝视着天花板，不想看见接下来发生的事。

逃跑是没有用的。我最好还是坦然面对吧。

“你坏了我的好事，我就要慢慢地杀掉你。”伊万杰琳轻声说道，跨过一具尸体，抓住了我的脖子。她的呼吸拂过我的脸，暖暖的，带有薄荷味。“闪电女孩。”

“那就请便，赶紧的。”我从牙缝里挤出几个字。

在这个角度，我才发现她的眼睛不是黑色的，而是炭灰色，像风暴中的乌云。她眯起眼睛，思索着用什么方法杀我才好。她非得用手碰我才行，我的镣铐会让她的异能失效。不过，只消一把刀子就能搞定一切了。我希望快一点儿，但我很怀疑她有没有那种好心。

“雷恩，麻烦你。”伊万杰琳伸出手。

并非是什么匕首刀子。那皮肤愈疗者从三重奏——如今只是一具无头男尸——的口袋里掏出一把钥匙，把它放在了伊万杰琳的手掌上。

我愣住了。

“你知道这是什么。”我怎么会不知道呢？我天天做梦都想要这把钥匙！“我要跟你做笔交易。”

“你说，”我轻声说道，眼睛一刻也没有从那黑铁小尖片上面挪开。“我什么都答应你。”

伊万杰琳抓住我的下巴，让我看着她。我从未见过她如此绝望，哪怕是在角斗场上。她的眼神闪动，嘴唇颤抖。“你失去了你的哥哥，但不要夺去我的哥哥。”

我的胃里翻起一阵狂怒。什么都行，这个除外。因为我确实想要托勒密的命：切开他的喉咙，把他大卸八块，把他电成焦肉。他杀死了谢德，一命偿一命。一个哥哥换另一个哥哥。

她的手指戳进了我的皮肤，指甲几乎要划破我的皮肉。“若敢说谎，无论你在哪里，我必会杀了你，然后再杀了你的家人。”在王宫曲折的走廊里，某处，打斗的声音响起。“梅儿·巴罗，做选择吧。让托勒密活下去。”

“他会活着的。”我沙哑道。

“你发誓。”

“我发誓。”

我的眼睛开始湿润，看着伊万杰琳一个一个地打开了镣铐，然后一个一个地把它们扔得远远的。这时，我已泣不成声。

没有了镣铐和静默石，整个世界似乎虚无缥缈起来，仿若失去了重力。我都有点儿担心自己会飘走。然而，虚弱的感觉依然如故，比我上一次试图逃跑的时候还要严重。我已经虚弱了六个月，不会立刻就强壮起来。我试着搜寻自己的异能，试着感受头顶的灯泡，可我几乎感觉不到它们内部嗡嗡的电流。我不知道自己能不能把它们关上，在以前，这可是理所当然、见惯不怪的。

“谢谢你。”我轻声说道。我从未想过，自己竟然会对伊万杰琳说出这句话。它让我们两个人都别扭起来。

“你想要感谢我，巴罗？”她喃喃说着，把最后一块镣铐踢开。“那你就要信守诺言。然后把这个鬼地方烧了吧！”

我正要告诉她我还什么都干不了，需要时间来——几天、几周、几个月——来恢复，雷恩就把手放在了我的脖子上。我现在明白伊万杰琳为什么要带着皮肤愈疗者一起来了，那不是为了她自己，而是为了我。

温暖贯通了我的脊柱，蔓延至我的血管、骨骼、骨髓。它冲击着我的全身，能量之猛烈让我难以承受，不禁屈膝跪倒。我都有些担心这愈疗会不会反而弄伤我了。然而，疼痛消失了。颤抖的手指、虚弱的双腿、迟滞的脉搏——静默石遗留的一切幽灵都在愈疗者的触碰下消失了。我的头脑也许永远无法忘记发生在自己身上的事，但我的身体显然已经忘了。

电流回来了，在我身体的最深处隆隆作响，所有的神经都颤抖着复活了。在整条走廊里，吊灯上的灯泡闪烁起来，隐蔽的摄像机爆出了火花，露出了电线。雷恩叫着跳开了。

我低下头，看见一片紫色与白色。电流在我的指尖跳跃，在空气中发出嗞嗞的声音。那拉扯的感觉有些痛，却又是如此熟悉。我的异能，我的力气，我的能量，全都回来了。

伊万杰琳谨慎地向后退开，眼睛里映着我的电火花，闪闪发亮。

“信守你的诺言，闪电女孩。”

黑暗随我而来。

我途经的所有灯盏都嗞嗞地熄灭了。玻璃破碎，电流溢出，空气震颤着，像是一条有生命的电线。它抚摩着我张开的手掌，让我不禁因这强大的能量而战栗。我原以为自己已经忘记了这种感觉，但那怎么可能呢？这世界上的一切我都能忘记，但绝不会忘记我的闪电。绝不会忘记我是谁。

镣铐让我难以行走，而它们一旦消失，我便健步如飞。向着硝烟，向着危险，向着得救或末路，一路狂奔。我不在乎结果，只要别让我再待在那地狱般的牢笼里就行。我的衣裙撕破了，鼓动着，就像红宝石碎片，好让我能拼命地飞速奔跑。新涌出来的电火花点燃了衣袖，闷烧着。现在我不再退缩。闪电肆意窜动，随着我的每一下心跳而爆裂开来。白紫色的光束和火花在我的手指上跃动，在我的手掌上穿进穿出。我快乐得颤抖，没有什么能比这种感觉更美妙。我一直盯着电流看，每一条血管都着迷陶醉。我等了太久。我等了太久。

这大概就是猎食者的感觉吧。每转过一个拐角，我都期待着找到某种猎物。我按照记忆中最短的路线飞奔，横穿过议会大厅。我迈过诺尔塔的纹章，那些空着的座椅一直萦绕不去。如果有时间，我一定会想办法除去脚下那些图案，把烈焰王冠一寸寸地撕烂。但是，我得去杀了戴着烈焰王冠的那个人。那就是我要做的事。要是梅温在这儿，要是那个卑劣的男孩没有逃走，我肯定会看着他呼出最后一口气，让他再也无法拉扯我的锁链。

那三个安保官员仍然按照伊万杰琳的命令，掩护着我们的“撤退”，正背对着我。他们都把长枪扛在肩上，手指搭在扳机上，守着走廊。我不知道他们的名字，但我认得他们的家族色。格雷科家族，都是铁腕人。他们要杀我根本用不着子弹，一个人就能掀翻我，打碎我的胸骨，像捏葡萄似的把我的脑壳捏碎。不是我死，就是他们死。

其中一人听到了我的脚步声，他仰起下巴，扭头来看。我的闪电啸叫着击中了他的脊骨，冲进了他的脑袋。有那么一秒钟，我感觉到了他枝杈纵横的神经，但随后就只剩死寂。另外两人立刻反应，赶忙转过身，但闪电比他们的动作更快，一击即中。

我没有停留，从他们冒着烟的尸体上跳了过去。

接下来的一座大厅与广场相邻，原本闪亮的窗子此刻满是一道道的灰尘。有几盏枝形吊灯掉下来砸在地板上，变成了一堆堆扭曲的黄金和玻璃。这儿也有几具尸体：穿着黑色制服的安保官员，蒙着红色围巾的红血卫兵。这是大战役中数不胜数的局部交火中的一个。我检查了离自己最近的一个红血卫兵，摸了摸她的脖子。没有脉搏了。她的眼睛是闭着的。幸好我不认识她。

外面，另一道蓝色的闪电劈裂了乌云。我忍不住咧嘴笑了，嘴角牵动了我的伤疤，一阵刺痛。另一个能控制闪电的新血。我不再孤单了。

我立刻行动起来，从尸体身上拿走我所需的东西。军官的一把手枪，一个弹匣，那个女人的红色围巾。她是为我而死。又一次，梅儿，我呵斥自己，但随即就撇开了这容易让人陷落的思绪。我用牙齿帮忙，把那条红色围巾系在了自己的手腕上。

子弹击中了窗户，乒乒乓乓地四散开来。我一愣，连忙扑倒在地。但是窗户没有碎。钻石玻璃，防弹的。在它背后，我是安全的，也是被囚禁的。

再也不会了。

我倚在墙边，观察外面，同时不让自己被人发现。然而眼前的一幕让我屏住了呼吸。

一场婚礼变成了一场战争。那次贵族家族的反抗——艾若、哈文和拉里斯家族在宫廷里发动的暗杀袭击，曾经让我敬畏不已。可那次袭击与眼下的景象相比，几乎就微不足道了。一方是数百名诺尔塔军官、湖境之地的警卫、拥有致命异能的贵族，而另一方是红血卫队。在红血卫队这一方，新血必定掺杂其间，而红血族的士兵数量超过了我的想象。他们的人数与银血族的人数几乎达到了五比一。以其娴熟的相互配合的行动方式来看，他们一定是接受过精密系统的军事训练。我开始疑惑：他们是怎么来到这儿的？但随后我看见了飞机。六架飞机，就停在广场上，士兵就从那里源源不断地拥出。希望和兴奋一下子席卷了我。

“超酷的救援啊。”我忍不住喃喃自语。

我要去助一臂之力，确保这一仗的胜利。

我不是银血族，无需依赖周围环境获取异能，不过，如果能随手利用更多的电流和能量，那自然有益无害。我闭上眼睛，只一秒钟就唤醒了所有的电线、所有的脉冲、所有的电荷，并且将它们集中到了悬垂着的窗帘上。它应声而起，将能量注入我的身体，像雷恩治好我的外伤那样，让我痊愈。

六个月的黑暗之后，我终于感受到了闪电。

紫色和白色在我视野的边缘闪动。我的整个身体都发出了嗡鸣，电流的愉悦让皮肤战栗。我不停疾跑，带着肾上腺素和我的电流，仿佛自己可以穿墙而过。

入口大厅里守着十几个安保官员。其中一个磁控者正忙着用一大筐弯

曲的吊灯和镀金嵌板来加固窗子。两种血色皆有人员陈尸地上。火药味盖住了一切，但外面仍然爆炸不断。这些官员保卫着宫殿，坚守着自己的岗位。他们的注意力都在外面的交火情况上，在广场上，而不是他们的身后。

我伏下身子，双手按住脚下的大理石地面。手指之下的石材冰冰凉凉的。我用闪电击中它，让闪电带着锋利的电流沿着地板向前延伸。它脉动着，像海浪一般，击中了毫无警觉的安保官员。有些倒下了，有些则飞了出去，爆炸的巨大力量震荡着我的胸膛。它能不能置人于死地，我并不清楚。

我唯一的想法就是到广场上去。当外面的空气冲入我的肺里，我几乎要大笑出来。它混合着灰尘、血腥气、雷电风暴的嗡鸣，却比任何东西都要甜美。在我的头顶之上，黑色的乌云颤动着，而我的骨骼发出了回应。

我放出一道白紫色的闪电，让它划破天际。这是个信号：闪电女孩自由了。

我没有在此停留——站在台阶上打量整个乱象，是很容易被人一枪爆头的。我潜入混乱之中，想搜寻到自己熟悉的面孔。用不着多友善，只要是我认得的就好。人们在四周乱撞乱挤，没有任何规律和理由可循。银血族们毫无准备地被人击中，根本没有机会重新组成他们练习过的队形。只有红血卫队的士兵们保持着某种组织，但也很快就被冲散了。我朝着财政厅迂回前进，那儿是我最后一次见到梅温和禁卫军的地方。就在几分钟之前。他们肯定还在那儿，四面楚歌地待着。我要杀了他。我必须杀了他。

子弹呼啸着擦过我的脑袋。虽然比大多数人都要矮，我还是边跑边猫腰。

第一个迎头挡我路的银血族穿着普罗沃家族的袍子——金色和黑色。这是个瘦削的男人，头发更没有几根。他扬起一只胳膊一击，我便一下子向后倒下，脑袋撞在铺着瓷砖的地上。我冲他咧开嘴，正要笑起来，却突然觉得不能呼吸了。我的胸膛猛地收缩，绷紧，而后是肋骨。我抬眼看到他站在我面前，手握成了拳头。这个电智人想要砸碎我的胸骨。

迎接他的是闪电，是愤怒的火花。他闪开了，动作比我预料中的更快。因为撞到头而缺氧，我的视野里出现了斑点。下一道闪电又被他躲开了。

这个普罗沃全神贯注地对付我，没留意到在离他几码之外，就有一个端着枪的红血卫兵。他以一枚穿甲弹击穿了普罗沃的脑袋。银血溅满了我那扯烂的裙子，这画面可不美。

"梅儿！"那个红血卫兵大叫着朝我冲过来。我认出了他的声音，他的深棕色的脸——还有他那双蓝盈盈的眼睛。另外四个红血卫兵跟着他，立刻围成一圈把我保护起来。他一双有力的大手把我拎了起来。

我费力地呼吸着，松了一口气，打着颤。我哥哥的这位走私贩朋友是什么时候变成了真正的战士，我一无所知。现在也不是提问的时候。"克朗斯。"

克朗斯仍然没放下枪，他抬起另一只手，对着对讲机叫起来。"我是克朗斯，我在广场上找到了巴罗。"回传的只有无线电的嗞嗞声。"重复。我找到了巴罗。"他骂骂咧咧地把对讲机别回腰带上，对我说，"频道一团乱，干扰太严重了。"

"因为雷暴吗？"我再次仰起头。蓝色、白色、绿色。我眯起眼睛，将一道紫色的闪电送入其中，与那些混合的色彩汇合。

"可能吧。卡尔提醒过我们——"

我嗞嗞地吸着气，用力抓住他的胳膊，他愣住了。"卡尔。他在哪儿？"

"我必须带你离开——"

"在哪儿？"

克朗斯叹了口气，知道我不会问第三遍。

"他就在这儿，忙着，可我也不知道他的具体位置！你的集结地点是在正门那里，”他在我耳边大喊，生怕我听不清，“五分钟。找到穿绿衣服的女人。这个给你。”他脱下自己身上厚重的夹克。我毫无异议地把它套在了裙子外面，感觉沉甸甸的。“防弹衣，多少能护住你一点儿。”

我拔腿就走，都没来得及说声谢谢，就把克朗斯和他的同伴们留在混乱中。卡尔就在这里的某个地方。他一定在追踪梅温，就像我一样。人群拥动，犹如疾速变向的潮汐。没有红血卫兵帮忙推挤，我就得想办法凭一己之力穿过人群，狠揍每一个挡在前面的人，在广场上开出一条路来。我倚赖着自己原有的本能，跳舞似的迈着步子，预估着人流拥动的方向，敏捷地左躲右闪。闪电尾随着我，挡开所有伸过来的手。一个铁腕人从侧面猛击我，让我站不稳当，歪歪斜斜地穿过人群。但我没有折回去揍他，而是继续前进。一个名字在我脑海里喊叫。卡尔，卡尔，卡尔。如果能找到他，我就安全了。或许是个谎言，却是个美丽的谎言。

我越往前走，焦烟味就越重。希望高涨起来：烟在哪里，烈焰王子就会在哪里。

财政厅的白墙被灰尘和煤烟染得一道一道的。一枚导弹击中了建筑的一角，像刀切黄油似的截掉了一大块大理石。碎石堆在入口处，形成了一道绝佳的掩护。禁卫军充分利用它，其队列中有湖境人，还有一些身着紫色制服的财政官员。他们有些冲着步步逼近的红血卫兵开火，用子弹掩护他们的国王出逃，更多人施展着自己的异能。我瞥见他们的脚下已经有好几具被冻僵的尸体，那是格莱肯家族的冰槊者的杰作。还有些人虽然没死，却跪倒在地，耳朵里冒出血来。这显然是马里诺家族的音爆者干的。银血族致命异能的铁证到处都是：被金属刺中，被折断脖子，被凿穿颅骨，被水流溺死——尤其可怖的是，有个人被嘴里长出来的植物活活憋死了。就在这时，一个万生人朝着进攻的红血卫兵抛出了一把种子，我眼看着这些种子像手榴弹似的爆裂开来，向四面八方蔓延出藤蔓和荆棘。

我没看到卡尔，也没找到其他认识的人。梅温已经进了财政厅，向着他的火车紧赶慢赶。

我攥紧拳头，冲着禁卫军发起了猛烈的进攻。我的闪电击中了那堆碎石，他们连忙后撤。而我此时听见有人喊着“推进”“冲啊”。红血卫兵也是如此，持续不断地开火。我保持着攻势，又向他们射出一道闪电，就像噼啪作响的鞭子猛抽。

“进来！”有人大喊。

我抬起头，原以为会有人从天空中发起进攻。但飞机穿梭在乌云之中，彼此追击，根本没理会我们。

这时有人把我推向旁边，让我偏离了原来的路线。我连忙回头去看，认出了这个人。他正瞄准着一条辟出来的通道，低着头，头、颈和肩膀上戴着盔甲。他加快了速度，迈开两腿飞奔。

“达米安！”

他没听见，只忙着往大理石碎块搭建的工事那里冲。子弹乒乒乓乓地打在他的盔甲上、皮肉上。一个冰槊者瞄准他的胸膛射出了冰柱，但它们一碰到就碎了。如果达米安害怕，他也没有表现出来。这是卡尔教给他的。那还是在山谷营地，我们住在一块儿的时候。我记忆中的达米安完全是另一个人。他是个很安静的人，和另外一个拥有刀枪不入异能的新血尼克斯完全不同。尼克斯很久以前就死了，而达米安还是如此鲜活。他咆哮着冲上碎石堆，扑向两个禁卫军。

他们连忙拿起武器对准他。真蠢。那只会像击中防弹玻璃一样。达米安也同样回敬，冷冷地丢出一枚枚手榴弹。一时间烟火四溢，禁卫军向后倒去，只有很少的几个人能抵挡直接的爆炸。

红血卫兵们越过碎石工事，紧跟在达米安后面，还有几个人超过了他。禁卫军不是他们的目标，梅温才是。他们冲进财政厅，追踪着国王的

踪迹。

我跟上去，让自己的异能一马当先。我感知到了财政厅主厅里的电灯，旋转着深入我们脚下的石头底下，我的感觉也追着电线越来越深。有个大块头的家伙在底下，它的引擎空转，高声轰鸣着。他还在这儿。

要攀登碎石堆再容易不过，我手脚并用地翻过了这道屏障，思绪却专注于上百英尺以下的地方。又一枚手榴弹爆炸了，这才让我回过神来。热浪把我往后推，让我重重地摔在地上。我平躺着，费力地呼吸，为自己穿了克朗斯的防弹衣感到庆幸。爆炸的火焰扑过来，近得几乎要烧着我的脸颊。

这么烈的火焰，不像是手榴弹，这么精准的火焰，不像是自然的燃烧。

我踉跄着站起来，一边用力吸气，一边强迫自己的两条腿往前走。梅温。我早该料到的。他不会把我留在这儿，不会自顾自地逃离，而不带上他最喜欢的小宠物。他要亲自把锁链捆回我身上。

*好运。*

黑色的浓烟追随着旋涡般的烈焰，让原本就已暗下来的广场更加朦胧一片。它们包裹着我，每一秒都越发猛烈，越发灼热。紧张之中，我将闪电送入自己的神经，让它在身体的每一寸爆裂。我朝着他那黑色的，在火焰中显得有些怪异的身影跨了一步。浓烟盘绕着，火苗以狂怒的蓝色烈烈燃烧。汗从我的脖子上流了下来。我握紧拳头，准备好带着所有牢笼之中积累的愤怒冲向他。这一刻，我已经等了很久。梅温是个狡猾的国王，却不是个斗士。我要把他碎尸万段。

头顶上，闪电劈过，比烈焰更亮，像风吹开云雾似的，透过那些浓烟，让我看清了——

金红色的眼睛，宽阔的肩膀，结茧的双手，熟悉的双唇，不羁的黑发，还有那张我一直渴望再见到的脸。

不是梅温。所有关于国王的思绪一瞬间无影无踪了。

“卡尔！”

火球在空中呼啸，几乎要将我的脑袋一口吞下。我凭着本能俯下身子躲了过去，却困惑不已。没错，是他。卡尔，穿着他的盔甲，腰上系着红色的饰带。我抑制住想跑向他的冲动，极力控制住自己，向后退了几步。

“卡尔，是我！是梅儿！”

他没说话，只是转动身体，再次面对着我。我们周围的火焰涌动着，挤压着，迅速向内收紧。热量将空气从我的肺里挤出，让我呛了好几口浓烟。幸好我的闪电保护着我，在我周围像屏障似的噼啪作响，不然我肯定已经被烧焦了。

我又打了个滚，躲开他的地狱之火。我的裙子闷烧着，冒着烟。用不着花宝贵的时间或是浪费脑细胞，我就已经知道是怎么回事了。

他的眼睛蒙着荫翳，茫然失焦，没有一丝认出我的眼神，也没有六个月后久别重逢的惊喜。尽管仍然保有军事训练的准头，可他的动作是机械的。

他的脑袋里有个耳语者。用不着猜我就知道是谁。

“对不起。”我喃喃说道，虽然他听不见。

一道闪电将他击中，火花在他的盔甲上跳跃。他重重地向后摔倒，因电流拉扯神经而扭曲着、挣扎着。我咬住嘴唇，更小心地保持着微妙的力道——既要让他无法进攻，又不能使他受伤。但是，我错了，这想法让我处于劣势。

卡尔比我想象的更强大，而且使他占据上风的是：我想要救他，可他想要杀我。

他在疼痛和电流中掀起猛烈攻势。我则只能左躲右闪，原本想要制伏他，现在却只能闪避他致命的钳制。一记燃着火焰的重拳划过我的头顶，我闻到了头发烧焦的气味，紧接着又是一拳正中我的肚子，把我掀翻在地。我借着惯性打了个滚，又跳起来，小时候常用的花招儿又一次奏效了。我扭动手掌，让闪电击中他的腿，让火花跳跃着攀上了他的脊背。他号叫起来，那声音击中了我的内心，却也让我占了先机。

我将注意力集中到一件东西上，一个人邪恶的脸——萨姆逊·米兰德斯。

萨姆逊一定距离卡尔不远，这样才能操纵他追击我。我边跑边四下搜索，寻找着他那深蓝色的衣服。如果他在这儿，那真是藏得完美。不过，他也可能居高临下，从财政厅的屋顶上或是附近某一扇窗子背后俯瞰。我一下子束手无策。卡尔就在这儿，我们又见面了，可是他却要杀我。

愤怒的烈焰舔舐着我的脚跟，又一记火球从我左侧擦过，让我的左臂一阵火辣辣的剧痛。肾上腺素迅速地把疼痛压了下去，我现在可没工夫疗伤。

至少，我的速度比他快。脱掉镣铐以后，我的步子越来越轻松。头顶之上的雷暴给了我能量，我所攫取的电能源自另一个能够控制闪电的新血。真糟糕，她现在要是在这儿就好了。

如果萨姆逊就藏在附近，我只要把卡尔引到他的控制范围之外就可以。我一边飞奔一边回头去看，卡尔还跟着我呢，就像个蓝色烈焰和怒火熔成的影子。

“来抓我啊，卡洛雷！”我冲他叫道，对准他的胸口射出一道闪电。电量增加了，也许会留下伤疤。

他向旁边一闪，躲开了，却没有停下脚步，仍然紧追不舍。

但愿能奏效。

没人敢挡我们的路。

红色、蓝色、紫色，烈焰与闪电尾随着我们，就像一把刀子似的将打斗人群劈开。卡尔犹如猎狗般死死咬住我不放，我当然有种猎物的感觉，狂奔着横穿过广场。

我要到正门那儿去，到克朗斯提到的那个集结地点去。那是我逃离这里的机会，不过我现在还不想走。没有卡尔的话，我不走。

几百码之后，我确定萨姆逊是跟着我们一起跑的，只是我看不见他。米兰德斯家族的耳语者不会有这么大的控制范围，即便是伊拉也没有。我前后摇摆晃动着在混战中搜索。战斗持续的时间越长，银血族就越有机会重新组织起来。穿着雾灰色制服的陆军士兵拥向广场，有条不紊地夺回了一块又一块阵地。大部分贵族都撤到了墙后，由军队保护着，只有那些最强壮、最勇敢、最嗜血的银血族仍然在战斗。我以为会在这些人中见到萨默斯家族的成员，但是我没见到一个磁控者，也没看见其他我认识的红血卫兵。法莱不在，上校不在，奇隆、卡梅隆和其他由我招募的新血全都不在。只有达米安——他也许正猛攻财政厅，还有卡尔——正竭尽全力想让我入土为安。

我骂骂咧咧的，最希望卡梅隆能来。她能压制住卡尔的异能，那样就能给我足够的时间去解决萨姆逊了。可现在，我只能自己想办法：牵制他，活下去，设法把那个折磨我们的米兰德斯除掉。

突然，视线一角闪过一丝深蓝色。

长久的囚禁使我对银血族的家族色相当熟悉敏感。博洛诺斯夫人曾将她的知识强灌进我的脑袋里，现在我无比的感谢她。

我转过身，带着复仇的怒意改变了方向。浅金色的头发在士兵之间一闪而过，试图融入其间，不过，大礼服和普通军装相比，可就太显眼了。我锁定了他。我全神贯注，凝聚所有能量，朝那个方向放出我的异能。一道锯齿状的闪电直追萨姆逊和银血屏障而去。

他的眼神落在了我身上，落在了鞭子一样噼啪作响的弧形闪电上面。

他的眼睛和伊拉一样，和梅温一样，都是冰一样的蓝色，烈焰一样的蓝色。冷酷且不可原谅。

不知为什么，闪电掉转方向，绕过了萨姆逊，朝着另一个目标——卡尔——呼啸而去。我的手随之扇动，身体也转了过来，我想要大叫，可冲着那个被操控了意识的人叫嚷根本没有用。我的嘴唇没有动，恐惧沿着脊柱流淌下来，这是我唯一的知觉了。我脚下的地面，新烧伤的伤口，甚至空气中的焦烟味……它们全都消失了，被拂去了，被夺走了。

而在思绪之内，我却叫了起来，因为萨姆逊此刻控制了我。我无法发出声音。他的意识残忍撕扯着我的思维，不会错，肯定是他。

卡尔眨着眼睛，就像在长睡之后刚刚醒来。他几乎没有时间反应，不过还是抬手护住了头部。有一些电火花一碰到他的异能就变成了烈焰，但大部分闪电还是击中了他。他跪倒在地，痛苦地大叫起来。

“萨姆逊！”他咬着牙喊道。

我意识到自己的手动了，摸向了腰间的手枪，然后把冰冷的枪筒对准了我自己的太阳穴。

萨姆逊的絮语在我的脑海中提高了声音，几乎要将一切淹没。

开枪，开枪，开枪。

我感觉不到扳机在哪儿。我也不会感觉到子弹。

卡尔一把扯开我的胳膊，把我甩了一个圈。他掰开我的手，把那把手枪扔得远远的。我从未见过他如此恐惧。

杀了他，杀了他，杀了他。

我的身体服从了。

我就像一个存在于自己思维中的旁观者，眼睁睁看着惨烈的打斗，却什么都不能做。萨姆逊让我狂奔起来，撞向卡尔，铺着瓷砖的地面变得模糊了。我就像一道人形闪电，刺向他的盔甲，将天空里的闪电也吸引过来，一起涌向他。

痛苦和恐惧蒙上了他的眼睛。他的烈焰屏障抵挡不了多少。

我扑上去，抓住卡尔的手腕，却碰到了那烈焰手环。

杀了他，杀了他，杀了他。

大火把我往后推，我整个人摔在地上，肩膀和头都弹了起来。整个世界天旋地转，麻木的四肢正挣扎着要再站起来。

起来，起来，起来。

“趴着别动，梅儿！”我听见卡尔在喊。他的身影在我眼前跳动，变成了三个人。我大概是被撞得脑震荡了。白色的瓷砖上都是红色的血。

起来，起来，起来。

我的脚动了起来，使劲一蹬，猛地站起身，差点儿再次跌倒。萨姆逊强迫我踉跄着往前走，拉近了和卡尔的距离。我曾见过这一幕，那是好久好久以前，在干阑镇的角斗场。萨姆逊·米兰德斯强迫另一个银血族杀死了自己。现在，他要在我身上重现这一幕，要让我杀死卡尔。

我想要反抗，可我不知道究竟该怎么做。我试着动动手指，动动脚趾，可它们全都不听我的。

杀了他，杀了他，杀了他。

闪电从我的手中冲出，旋转着扑向卡尔。它噝噝作响，像我的身体一样失去了平衡。他则射出弧形的火焰，逼迫我摇晃着闪躲。

起来，杀了他，起来。

耳语声非常尖锐，在我的思维中乱砍乱割。我的脑袋里面一定流血了。

杀了他，起来，杀了他。

在火焰之中，我再次看见了深蓝色。卡尔追在萨姆逊身后，单膝跪倒，正用他自己的手枪瞄准。

起来——

疼痛像海浪一般涌来，我向后倒去，子弹刚好擦边掠过。随后又是一发子弹，离我更近了。我凭着纯粹的求生本能，强忍着挨撞后满脑子的嗡嗡作响，再次爬了起来。现在我能以自己的意志行动了。

我尖叫着，将卡尔的烈焰转化成闪电，红色的火苗变成了白紫色的电流。它像盾牌似的保护着我，挡开了卡尔一股脑儿射过来的子弹。在他身后，萨姆逊狞笑着。

混蛋。他是要让我们两个自相残杀，直到一切了结。

我以最快的速度推出闪电，让它们的碎片溅到萨姆逊身上。我得打破他的注意力，哪怕只有一秒也足够了。

卡尔像提线木偶似的动了，用自己的身体挡住了萨姆逊，承受着我的进攻。

“快来帮帮我们！”我喊道。可是，在数百人的混战中，谁会注意到三个人呢。而战斗的局势已经变了，银血族占了上风，军营里的士兵和阿尔贡的卫戍部队都调来了。这早就超过了五分钟，克朗斯说的“逃离”也早就不算数了。

我必须打败萨姆逊，必须。

我又发出一道闪电，这次掠着地面擦了过去，没有人闪躲。

杀了他，杀了他，杀了他。

耳语声又来了。我以自己的双手撤回了电流，让它的弧形冲击波向后回转。

卡尔伏低身子，抬起腿扫向萨姆逊，把他踢得倒在地上动弹不得。

他对我的控制松懈了，我抓住机会射出另一波电流。

电流劈头盖脸地涌向他们两个人。卡尔咒骂着向后跳开，而萨姆逊则扭动着，哀号着，那声音几乎能让人的血都凝结起来——他对疼痛这感觉不熟悉。

杀了他——

耳语声渐渐远去，是我可以抵抗的了。

卡尔掐住萨姆逊的脖子，把他拎起来，然后猛撞他的脑袋。

杀了他——

我的手凭空一劈，一道闪电便击中了萨姆逊，给他留下了从肩到臀的深深裂痕。伤口中喷出了银色的血。

救我——

烈焰灌进了萨姆逊的喉咙，烧焦了他的身体。他发不出声音了，仅剩的尖叫声是在我思绪中的。

我将闪电注入他的脑袋，电流煎熟了他颅骨里的那些玩意儿，就像在煎锅上煎一枚鸡蛋。他翻着白眼没了气。我原本想拖久一点儿，让他好好偿还自己加诸别人身上的种种折磨，没想到他死得这么快。

耳语声消失了。

“完了。”我大声地喘息着。

卡尔仍然跪在那尸体旁边。他抬起头来，睁大了眼睛，仿佛是第一次见到我似的。我的感觉也是如此。我一直梦想着这一刻，一个月又一个月地盼着。如果没有这场混战，如果不是此刻广场中央的危险位置，我肯定会紧紧地抱住他，把自己埋在这位烈焰王子的怀里。

然而，我只是扶着他站了起来，用肩膀架起他的一只胳膊。他一瘸一拐的，一条腿已是血肉模糊。我也伤痕累累，身体一侧缓缓地淌着血。我用空着的那只手按住了伤口，痛感尖锐起来。

“梅温在财政厅的地下。他有一列火车。”我们一起费力行走的时候我说道。

卡尔的胳膊紧紧地箍住了我。他指引我往正门那里走，步子越来越快。“我不是为梅温而来。”

正门洞开着，足以容纳三辆汽车并排驶过。外面，阿尔贡桥横跨卡皮塔河，连接起这座城市的东半部。硝烟弥漫，扶摇直上，和黑色的天空融为一体。我强忍着冲动，才没有掉头冲向财政厅。梅温已经走了。我够不着他了。

更多的军用车辆向我们飞速驶来，飞机也呼啸着掠过。银血族的援军太多了。

“可有对策？”我咕哝着。我们眼看就要被包围了。这念头消磨着我的兴奋震惊和肾上腺素，让我清醒起来。这一切都是因为我，到处都是尸体，银血族和红血族。何必呢。

卡尔的手摸着我的脸，让我看向他。尽管我们四周是一片毁灭的战场，他还是笑了。

“难得的一次，我们真有对策。”

我视野的一角掠过一抹绿色，好像有人抓住了我的胳膊。

随后便是天旋地转，我什么也不知道了。

# 第十九章
# 伊万杰琳

他来迟了，我的心狂跳起来。我强忍着恐惧，把恐惧化作力量，又用这新的力量，将这座宫殿走廊里托着画像的镀金画框全部撕碎。那些精致的黄金叶子一下子变成了暴戾扭曲的碎片。黄金是一种不牢靠的金属。柔软，易延展，在真正的战斗中一无用处。我任由它们纷纷落下。我可没有时间和精力浪费在这弱爆了的东西上面。

我的胳膊和腿上覆盖着铑制的甲板，它泛着珍珠般的光泽，随着我的肾上腺素震颤，镜子一样明亮的边缘就像液体似的泛起涟漪。它们已做好准备，化作任何能保护我活下去的东西。一把剑，一面盾牌，一颗子弹。我并未面临着直接的危险，此刻尚未。但是，如果一分钟后托利还没来，我就要出去找他。我肯定要去找他。

她答应了，我对自己说道。

这听起来很蠢，就像个傻孩子的愿望。我其实很清楚。在我的世界里，唯一的联结是血色，唯一的承诺是家族。银血族通常会笑着应承另一个家族，然后在下一秒就打破誓言。梅儿·巴罗不是银血族，她比我们中的任何人都更缺少诚信。而她也根本不欠我什么，不欠我哥哥什么。她完全有理由将我们赶尽杀绝——萨默斯家族可一直都没怎么优待过闪电女孩。

“我们时间很紧，伊万杰琳。”雷恩在我旁边说道。她一只手按着前胸，尽最大努力治疗自己，免得留下丑陋的疤痕。这位皮肤愈疗者动作不够快，没能躲开梅儿恢复的异能。不过她很有本事，所以这没什么大不了的。现在，闪电女孩自由了，可以大开杀戒报仇了。

“我要再多等一分钟。”

面前的走廊似乎不断伸展，每一秒钟都变得更长。在白焰宫的这个位置，我们几乎听不到恺撒广场上混战的声音。窗子外面是平静的庭院，只有黑色的乌云说明着什么。如果我愿意，我可以假装这是普普通通、日常折磨的一天。人人都露出毒牙微笑着，围着那越来越致命的王座绕圈子。我原以为成了王后就意味着危险结束。我可不是那种会低估恶意的人，可我确实低估了梅温的邪恶。他继承了他母亲的衣钵，其程度之深超过了所有人的认知，而且他自己本身就是个恶魔。

我再也不用忍受这个恶魔的折磨了，谢天谢地。等我们回了家，我就会送给湖境公主一份大礼，让她取代我的位置，站在梅温旁边吧。

他现在应该已经走远了，乘着他的列车到安全的地方去。我一直把新郎新娘送到财政厅才跟他们分手。除非，梅温对梅儿病态的迷恋又胜出了，那就另当别论。这个小屁孩总是能猜到她在哪儿。依我看来，他也许会折返回来找她。那样的话他没准儿会死。我当然希望他死掉，那会让我们的下一步更加容易。

我很了解父亲和母亲，所以不会担心他们。他们巴不得那些公开反对我父亲的人——无论银血族还是红血族——遭难逢劫呢。而母亲也自有应对意外的策略。对我们来说，这场针对婚礼的偷袭并非意外。萨默斯家族早有准备。只要托利严格按照计划去做就好。要我哥哥从混战中撤退下来是件难事，而且他很任性，容易冲动。这也是一个不可预料的人。我们不应该伤害反叛者，也不应该干扰他们战事的进程，这是父亲的命令。但愿哥哥能服从。

我们会没事的，我深深吸了一口气，紧紧抓住这几个字。但它们对平复我的神经作用不大。我想摆脱这个地方，我想回家，我想再见到伊兰。我想看见托利从拐角处昂首阔步地走过来，全须全尾，安然无恙。

然而，他几乎无法行走。

“托勒密！”他一出现在拐角那儿，我就把所有的恐惧都抛到脑后了。

在黑色的钢铁盔甲上，银血像油漆似的泼溅在他的胸膛上，显得尤为突兀。我能闻到那里面的铁，那种刺鼻的金属的气味。我不假思索地一把抓住他的盔甲，把他拽了过来，并且用自己的身体支撑着他，这才没让他倒下去。他虚弱得几乎站不住，更不用说跑了。冰冷的恐惧从我的指尖蔓延到了脊背。

“你迟到了。”我轻声说着，哥哥痛苦地咧嘴笑了。还能活着，这本身就当得起任何幽默感。

雷恩迅速行动，拉扯起他的胸甲来。不过她没有我快。我猛力一扯，胸甲就带着金属互相撞击的声音脱落下来。我连忙去看他的胸膛，还以为会看到丑陋的伤口。不过那儿只有几道浅浅的割痕，绝不至于把托勒密这么强壮的人伤成这样。

“失血过多。”雷恩解释道。她把我哥哥推起来，让他跪着，抬起了他的左臂。哥哥忍不住痛得哼哼起来。我扶住他的肩膀，伏在他身后。“我没有时间来治好这个。”雷恩说。

这个。我顺着哥哥的胳膊看去，只见白色皮肤上布满了灰色和黑色的伤痕，末端则是血肉模糊的一团。他的手不见了，从手腕那里齐齐断掉，尽管他草草地包扎了伤口，可银色的血还是慢慢地从每一条血管中往外渗。

“你必须治。”托勒密咬着牙说道。他的声音都痛得沙哑了。

我热切地点头。“雷恩，只不过多花几分钟。”没有哪个磁控者对砍掉手指头陌生，我们从会走路时就开始玩刀子了。我们知道要再长出一根手指、脚趾需要多少时间。

“如果他还希望那只手能用，你就得照我说的做。”她说，“那太复杂了，无法迅速处理。我现在先将伤口闭合。”托勒密又发出压抑的呻吟，因为各种思绪和剧痛而捯着气。

“雷恩！”我恳求道。

可她不让步：“只是暂时的！”她那双美丽的灰色眼睛——斯克诺斯家族的眼睛——急切地看着我。我在其中看到了恐惧，这也是不奇怪的。就在几分钟前，她目睹我杀死了四个警卫，还放走了国王的囚徒。若是论及萨默斯家族的叛国罪，她也脱不了干系。

“好吧。”我紧攥着托利的肩膀，极力劝说他，“只是暂时的。我们一到安全清静的地方，她就帮你治疗。”

他没回答，只是点点头，让雷恩着手治疗。托利转过头，无法去看自己的皮肤生长出来，包裹了手腕，封住了血管和骨骼。进展很快，蓝黑色的手指在他苍白的皮肤上跃动，将他的血肉织补起来。皮肤的生长相对容易——别人是这么告诉我的，而神经、骨骼想要愈合则复杂得多。

我尽力分散他的注意力，让他别去想自己的胳膊：“这是谁干的？”

“另一个磁控者，湖境人。”他一个字一个字地挤出来，“他看见我要撤了，偷偷地一下子劈过来。”

湖境人，全是些冻僵的傻瓜，穿着丑极了的蓝衣服，不苟言笑的。他们还以为梅温拿了本属于萨默斯家族的东西给他们当筹码呢。“我希望你跟他礼尚往来了一番。”

“他没有脑袋了。”

“那就行了。”

“好了。”雷恩处理好了手腕，用双手拂过托利的脊椎和后腰。“我会刺激你的骨髓和肾，尽量提高你的造血机能。不过，你仍然很虚弱。”

“没关系，只要能走就行。”托利的声音已经有力气了，“帮我站起来，伊芙。”

我把他那只没受伤的胳膊架在肩膀上。他很沉，几乎要把我压趴下了。“真如午后甜点一般轻松，”我抱怨道，“来，跟我一起走。”

托利勉强地抬起一只脚，迈了一步，然后又抬起另一只脚，他尽力了，可这速度跟我所谓的“快”完全沾不上边。“很好。”我咕哝着，向着他撕开的盔甲伸出手。那些甲板重新组合起来，变成了一块平坦的钢板。“抱歉了，托利。”

我把他推倒，让他躺在上面，然后用自己的异能抬起钢板，就像抬起一副担架。

“我能走……”他抗议道，不过没有多强烈，“你需要留神。”

“那就为我们两个人留神好了，”我回敬道，“受伤的人是没用的，不是吗？”

抬着他确实消耗了我的异能，但并非需要竭尽全力。我一只手放在钢板上，以最快的速度疾走。钢板紧随身后，就像被一根看不见的绳子拖着，雷恩跟在旁边。

在我的知觉中，金属在歌唱。我一边赶路，一边本能地把它们一一归类。铜线——绞死人的刑具；门锁和合页——飞镖或子弹；窗框——带有碎玻璃的铁匕首……父亲以前常常这么训练检查，直到这变成了本能，让我进入任何一间屋子都能把它变成武器。萨默斯家族从不会放松警惕。

父亲策划好了我们离开阿尔贡的路线：穿过军营，沿着北部山崖而下，河上有船在等着接应我们。钢铁建造的船，带有凹槽，特别为速度和静音而设计。重重阻碍，都有可能像针刺入皮肉，将我和父亲隔开。

我们比预计的时间晚了，不过只晚了几分钟。在混战之中，梅温的大臣们得几小时之后才会发现，萨默斯家族不见了。我毫不怀疑，别的家族也会抓住同样的机会，就像老鼠逃离沉船似的溜之大吉。拥有逃离计划的可不止梅温一个人。事实上，就算每个家族都各有打算我也不会吃惊。这朝廷就像个火药桶，引信越来越短，而国王自己就是个喷火的家伙。爆炸近在咫尺，只有傻瓜才感觉不出来。

从梅温不再听从于他的那一刻起，父亲就感觉到了风向的转变。很明显，继续和卡洛雷国王保持同盟关系，会将我们也拖向崩溃衰败的深渊。除了伊拉，没人能牵得住梅温的缰绳。就连我父亲也不行。后来，红血卫队的那些乌合之众渐渐成了气候，有了组织，已经构成了威胁，而不再是小小的麻烦。他们似乎每一天都在壮大，皮蒙山麓和湖境之地也都有他们的人在活动，还有传闻说他们与远在西部的蒙弗结成了同盟。他们的强大超出了所有人的预期，其组织严密、意志坚决，也都超过了以往的历次叛乱。自始至终，我那卑劣的未婚夫就从未掌控住王位、心智、一切——除了梅儿·巴罗。

他曾经想要放了她，至少伊兰是这么说的。梅温和我们中的所有人一样，很清楚自己对她的迷恋会导致何种危险。*杀死她，了结一切，不再沉沦*，他常常这么嘀咕。这是伊兰偷偷听到的，当时她正潜伏在他的私人寝室里。然而，这也只不过是说说而已，他无法做到与她分离。于是，这就很容易了——把她推到梅温的面前，让他偏离航线。这就像在一头公牛面前挥动红布一样。她是他的飓风，每一次怂恿都会让他离暴风眼更近。我原以为能好好利用她，迷惑心不在焉的国王，让强大的王后更强大。

然而，梅温将我拒之门外，剥夺了原本属于我的合法权利。他不知道要盯好伊兰，我那可爱的、隐形的荫翳人。她的消息总是借着夜色传来，非常周密、详尽。我仍然能感觉到它们，轻语着拂过我的皮肤，而月亮是唯一的听众。在任何情况下，伊兰·哈文都是我所见过的最美的女孩，但她在月光下的模样最好。

在选妃大典之后，我就许诺过夺权之后要王后之权。但是，这个梦想，和其他很多梦想随着提比利亚王子那转折性的悲惨一天而破灭了。她曾经试图结束梅温的性命，而在那之后——婊子，梅温这么称呼她。我差点儿当场把他杀了。

我摇摇头，把注意力重新集中到当下的任务上。伊兰可以等。一如我父母所承诺的，伊兰正在等待，在我们的家乡，安全地隐匿在裂谷区。

阿尔贡的后防线与一大片繁茂的花园相连，花木本身就作为屏障，与白焰宫相隔。这些守护着鲜花和灌木的熟铁篱笆，可真是当箭矢的好材料。这些护城墙和花园巡逻队原本的目的是保护各个家族——拉里斯家族的织风人，艾若家族的闪锦人，伊格家族的鹰眼……但是最近几个月以来，情势大变。拉里斯家族和艾若家族反对梅温的统治，还拉上了哈文家族。两相对抗的结果就是，国王身处险境，其他地方的警卫被抽调。我抬头望向那些植物，只见夜空下掩映着盛放的玉兰和樱花，身着黑衣的人影在钻石玻璃塔楼附近若隐若现。

现在还能掌控护城墙的，只有萨默斯家族。

“铁之手足！”

有人应和着我的声音，做出了回应。

“钢之兄弟！”

护城墙近了，汗从我的脖子上流了下来，因为恐惧，因为用力。只剩几码的距离了。我加厚了靴子上带有珍珠光泽的金属，为最后的这几步做好准备。

“你能自己站起来吗？”我问托勒密，同时把手伸向雷恩。

他呻吟一声，从担架上翻身起来，不稳地勉强站着。“我可不是小孩子了，伊芙；我能搞定三十英尺。”为了印证自己的话，他让黑色的钢铁重新组成了平滑的盔甲。

如果我们还有多一点儿时间，我肯定会指出他这看似完美的常用盔甲的弱点。侧面有漏洞，后背那里又太薄了。不过，我只是点点头说：“你先。”

托利扬起嘴角，想做出一个冷笑来缓解我的担忧。他一跃而起，攀上护城墙的塔楼之后，我才松了一口气。上面的兄弟们轻巧地抓住了他，并以他们自己的异能把托利拉了上去。

“该我们了。”

我用胳膊夹住雷恩，让她安全地紧贴在我身旁。我深吸一口气，感知并控制着蜷伏在我脚趾下、靴子上的铑，然后抬起双腿，提起肩膀。“上升。”我命令自己的盔甲。

*砰*。

父亲让我记住的第一种感觉就是被子弹击中，我曾经每晚睡觉都在脖子上绑一颗子弹，就这样过了两年，直到我熟悉它如同熟悉我的家族色。我能在一百码之外判断出子弹的口径、重量、形状和成分。这么一小块金属片，便能决定是我取别人性命还是我自己送命。它能杀死我，也能拯救我。

*砰，砰，砰*。子弹在枪膛里爆响，那感觉就像针刺般的尖锐，很难忽略不计。它们是从背后来的。因为注意力被分散了，我向下落，脚尖擦着地面。我扬起双手，抵御着突如其来的进攻。

透甲胄旋转着，加了钨芯，带有锥形尖刺的厚重铜衣向后飞去，在我面前划出一道弧线，毫发无损地落在草地上。又是一波扫射，估计至少有十几支枪。我伸出胳膊保护自己，自动步枪雷鸣般的声音淹没了托利的叫喊声。

每一颗子弹都像石头投向湖水一般，让我的异能漾起涟漪，消耗着它的一点一滴，消耗着我的一点一滴。有的停在半空里，有的被揉成一团。我投掷、发射，想尽一切办法为自己营造一个安全的保护层。托利和兄弟们也一样，他们拉住了我，让我看清开枪的人是谁。

红色的围巾，锋利的目光。红血卫队。

我咬紧了牙齿。把这些散落在草地上的子弹扔回他们的脑袋上很容易，但我没那么干。我像撕羊毛似的把钨撕开，以最快的速度把它们纺成亮晶晶的金属线。钨的密度和硬度都很高，需要花费更多的能量。汗珠儿从我的背上滚了下去。

钨线以网状向四周发散，迎头击中了十二个造反者，与此同时，他们手里的枪也被我扳成了碎片。雷恩紧贴着我，用力地抓着，我觉得自己向后退去，向上升起，沿着光滑的钻石玻璃滑动。

托利接住了我，他一向如此。

“还得下去。”他咕哝着，力气大得快要把我的胳膊攥碎。

雷恩屏住呼吸，向前倾着身子去看，她睁大了眼睛。“这次要高得多！”

我知道，这座险峻的山崖有上百英尺高，随后还有二百英尺倾斜的崎岖峭壁，然后才能到达河边。就在桥底阴影中，父亲曾这么说。

在花园里，那些造反者还在挣扎，撕扯着我的金属网。我感觉得到他们的拉拽，因为金属网濒临破裂，侵占着我的注意力。钨，我暗自骂道，我需要多多练习。

“走吧。”我对他们说道。

在我身后，钨网碎裂，化作尘埃。这种金属又沉又硬，却又是那么易碎。若不是出自磁控者之手，它恐怕还会来个“宁折不弯”。

而这两者，萨默斯家族都试过了。

我们不会破碎毁灭，也再不会弯腰逢迎了。

## CHAPTER19
## 第十九章 伊万杰琳

船行水上，寂静无声。我们在水面上滑动，速度很快，唯一的一点儿障碍就是灰城的污染。污染物的臭味沾在我的头发上，甚至在我们通过第二道屏绝林之后还缠在我身上。雷恩察觉到了我的不适，于是伸手拉住我没带盔甲的手腕。她的触碰涤净了我的肺，也帮我缓和了精疲力竭的感觉。在水上推动钢铁，用不了多一会儿就会觉得累。

母亲和我同乘一船，她靠在光滑圆润的船边，把一只手伸进流淌的卡皮塔河。几条鲶鱼浮了上来，颌须缠绕着她的手指。这些黏滑的生灵没打扰她，却让我觉得一阵恶心。她专注地感知着它们带来的消息：没有人随后追踪。她的鹰隼也在上空盘旋，一直注视着我们。当太阳落下，母亲把它们换成了蝙蝠。不出所料，她毫发无伤，父亲也是——他正站在领航船的船首，为我们引路。黑色的身影映着绿水青山，他的存在比任何安宁的河谷都能令我平静。

一连几英里都没有人讲话，就连一向喜欢闲聊的堂兄弟们也静静的。他们正专心地脱下安保官员的制服。诺尔塔的印记向后飘去，那些珠宝般闪耀的肩章和徽章沉入了黑暗之中。这些都是以艰苦卓绝换来的，都是用萨默斯家族的血挣得的，标志着我们的臣顺与忠诚。而今，它们被抛入幽深的河流之中，成为过去。

我们不再是诺尔塔人了。

“所以，就这么决定了。”我喃喃说道。

在我身后，托利挺直了身子。他那只受伤的胳膊仍然绑着绷带，雷恩不想冒险在河上复原一整只手。“还有什么可犹豫的？”

“还有什么可选择的？”母亲转过头来说道。她的动作总是带着猫一般纤细的优雅。她抚平身上的绿色袍子，那上面的蝴蝶早就不见了。“软弱的国王，我们可以控制，但是疯狂，是无可控制的。艾若家族决意全面反对他时，我们的戏码便已经注定。至于选择了湖境人——”她翻翻眼睛，“梅温自己斩断了与贵族家族之间的最后联系。”

我真想冲着她的脸冷笑：没人能替父亲做出选择。不过我还没蠢到会犯“嘲笑母亲”的那种错误的程度。“那，其他家族也支持我们吗？我知道父亲和他们有过交涉。”抛下子女不管，任由他们在梅温日渐不稳的宫廷里辗转……还有太多太多的话，是我绝不敢对父亲和母亲说的。

不过母亲还是感觉到了。“你做得很好，伊芙。”她温柔地说着，一只手放在我的头发上，银色的发丝在她湿漉漉的手指下拂过。“还有你，托勒密。在科尔沃姆的暴动和贵族家族反抗的乱象中，没有人会怀疑你的忠诚。你为我们赢得了时间，宝贵的时间。”

我将注意力放在钢铁和水流上，忽略了她冰冷的触碰：“但愿这是值得的。”

在今天之前，梅温就已面临着各种各样的反对和反抗。没有萨默斯家族，没有我们的资源、我们的土地、我们的士兵，他怎么可能屹立于不败之地？但是在今天之前，他也没有把湖境人扯进来。现在我已经难以推论事情的走向了。我完全不喜欢这种感觉。我生来就被教育要学会筹谋，要有耐心，不可知的未来令我恐惧。

西方，落日把山峦映得一片火红。就像伊兰的头发似的那么红。

*她在等我，我再次告诉自己，她是安全的。*

她的姐姐就没这么好运了。可怜的马里利亚被那个残暴的米兰德斯家的耳语者折磨致死。我尽可能地躲着他，所幸我对父亲的计划一无所知。

我亲眼见过他的折磨给梅儿带来了多么深的伤害。自从过审之后，她一直避之不及，就像一条被踢过的狗。那是我的错。是我逼迫梅温下手的。如果没有我的介入，梅温也许永远都不会允许耳语者那么干——不过，话说回来，他真应该彻底地回避梅儿。他不该被她搞得如此盲目。不过，他还是按我希望的做了，并且和她拉近了距离。我原本希望他们能互相拖累，一起毁灭。多简单，一石二鸟。但她拒绝深陷。那个我记忆中的女孩，那个伪装者，那个会相信所有谎言的可怕奴仆，本该在几个月前就对梅温言听计从了。然而，她这次又换了一副面具：被他的绳索牵着，坐在他身旁，失去了自由和异能，半死不活。可她的骄傲仍在，她的热烈，她的愤怒，一直都在，一直都在她的眼睛里灼烧着。

我真得为此对她表示敬意——尽管她也没少折磨我。

她一直提醒着我曾经的身份：王妃，王后。我比提比利亚小十个月，生来就是为了嫁给他而被塑造的。

我最初的记忆是母亲的那些蛇，它们咝咝作响，将她的低语和承诺送入我的耳朵。*你是毒牙与钢铁的女儿，如非一统王国，又有何存在的意义？*所有课堂里或角斗场上的训练都是准备。*要做最强的，最好的，最聪明的，最致命的，最狡猾的。要做最配得上他的。*这就是全部的我。

国王是没有善意和同情心的，选妃大典也不是为了造就幸福的婚姻，而是为了造就强大的后代。有了卡尔，这两者我就都拥有了。他不会嫉妒我自己的伴侣，也不会试图控制我。他的眼睛柔和、多思，大大超出了我的预期，是再好不过的人选。而我洒下的每一滴血，每一滴汗，所有痛苦的眼泪与挫折，都将为我赢得他的青睐。为了我真心想要的东西，所有的牺牲都值得。

选妃大典的前一夜，我梦见了未来的模样。我的后位，我的王室后代。再不必受到任何人，甚至是父亲的牵制。提比利亚将是我的朋友，而伊兰是我的爱人。按照计划，她会嫁给托利，以保证我们不会分开。

而后，梅儿闯入了我的人生，让这个梦像沙子似的被吹散了。

曾经，我以为这位王储会毫不犹豫地把我推到一边，让那来路不明的、拥有奇怪异能的提坦诺斯家族的独苗来取代我。然而，她这个害人不浅的人质，竟然完胜了我们的国王。命运之路诡异地改变了方向。我真想知道，那个新血预言者能不能看见今天。他会嘲笑这一切吗？我真想立刻就能把他抓过来。我憎恨“不知道”。

在前方的河岸上，修剪整齐的草地映入眼帘。草坪的边缘染上了金色和红色，给沿河的房屋增添了喜人的颜色。还有一英里多，就要到我们的庄园了。随后我们将向西掉头，朝着真正的家乡驶去。

母亲一直没有回答我的问题。

“那么，父亲有没有说服其他家族？”我问。

她眯起眼睛，全身都绷紧了，像她的蛇那样蜷伏着：“拉里斯家族已经和我们站在一起了。”

这个我知道。拉里斯家族的织风人掌控着大部分诺尔塔空军，统治着裂谷区——事实上，他们只是替我们看家而已。他们是热心的小狗，为了保有我们的铁矿和煤矿，他们愿意交换一切。

*伊兰。哈文家族。如果他们不支持我们——*

我舔了舔突然发干的嘴唇，身侧的手握成了拳头。船发出了吱吱嘎嘎的响声。“那……”

“艾若家族不同意我们的协议，哈文家族大多也不同意。”母亲吸了吸鼻子，双臂环抱在胸前，好像受了侮辱似的。“别担心，伊兰不在其中。请别再挤压船体了，我可不想游过最后一英里。”

托利碰了碰我的胳膊，动作很轻。我这才发觉，自己加诸船体钢铁的力量太大了。船首抖动着，恢复了平滑的形状。

“抱歉。”我飞快地说道，“我只是有些……困惑。我还以为那协议早就通过了。那样的话，裂谷区公然起义，艾若家族带动来洛兰家族以及整个德尔菲，一个州就完整脱离了。”

母亲瞥了一眼，越过我，看向父亲。他将船驶向岸边，我则跟随着他的方向。我们那熟悉的庄园从树丛中耸出，笼罩在薄暮之中。“他们对头衔有些微词。”

“头衔,”我冷哼一声,“真蠢。他们到底有什么可争的?”

钢铁撞击着石头,船撞上了沿河修建的低矮护土墙。我稍稍凝神,让金属在回流中保持平稳。雷恩先帮着托利下了船,踏上厚厚的草坪。堂兄弟们下船时,母亲不动声色地看着,目光在托利少了手的胳膊上逡巡。

一道阴影笼罩上来。父亲站在母亲身边,微风吹拂着他的斗篷,拨动着浓黑的绸缎和银色的丝线。斗篷下是一身泛着铬蓝色的套服,精致得就像液体一样。

“‘我不会跪拜另一位贪婪的国王’。”他轻声说道。父亲的声音一直都像天鹅绒般柔软,像猎食者般致命。“萨林·艾若是这么说的。”

他走下来,向母亲伸出手。母亲灵巧地牵住了,下了船。船在我的控制下一动不动。

另一位国王。

“父亲……?”

我咽下了后半句话。

“铁之手足!”他喊道,一刻也没有回避我们的凝视。

在他身后,萨默斯家族的堂兄弟们跪了下来。托勒密没动,他像我一样疑惑不已。家族的内部成员是不会互相行跪拜礼的。不会像他们这样做。

可他们齐齐应和,声音亮如洪钟:“钢之国王!”

父亲飞快地伸出手,拉住我的手腕,免得我把下面的船晃散。

他的低语轻得几乎听不见。

“裂谷王国的国王。”

# 第二十章
# 梅儿

身穿绿色制服的传动者双脚平稳地着陆了。我已经很久没有体会过这种挤压眩晕的感觉了——上一次是谢德。想到他的一闪念令我感到了疼痛。浑身伤痛再加上痛苦冲击而来的恶心，我一下子倒了下去，四肢撑着趴在地上。眼前直冒金星，就要将我吞没。我希望自己能保持清醒，千万别吐出来……不论在哪儿。

我能看见的只是手指底下的金属，正要再往远处看时，有人把我拉起来猛地抱住了。我紧紧抓住他，用尽了全身力气。

“卡尔。”我在他耳边轻语，嘴唇擦过他的皮肤。他身上都是烟与血、热与汗的气味。我的头放在他的脖子和肩膀之间，位置是那么的刚刚好。

他在我的臂弯里发抖，打战，呼吸急促。他此刻的所思所想，与我一样。

*这竟然是真的。*

慢慢地，他松开我，双手捧住了我的脸。他凝视着我的眼睛，将我的每一分每一寸尽收眼底。我也一样，搜寻着花招儿、谎言、背叛。也许梅温也有一个阿奶那样会易容的人，也许这是另一个米兰德斯营造的幻觉。我也许会在梅温的列车上醒来，面对着他冷酷的眼睛，和伊万杰琳那匕首般的微笑。整个婚礼，我的逃跑，混战——也许全都是个可怕的玩笑。可是，卡尔的感觉，是如此真实。

他比我记忆中的样子还要苍白，头发刚刚剪过，乱糟糟的一团。如果再长长一点儿，它们会卷曲起来，就像梅温的鬈发。他的脸颊上冒出了粗糙的胡楂儿，棱角分明的下巴上还有几道刮痕。他更瘦了，但我双手摸到的他的肌肉更坚硬了。只有他的眼睛没有改变：古铜色的，闪着金色和红色的光，就像接近熔点即将燃烧起来的铁。

我的模样也变了，像个骷髅架子，像幽幽的回声。他用手指轻轻地捋过我的头发，看着棕色的发梢褪成了又脆又枯的灰色。他抚摩着我的伤疤，脖子、脊背、破烂裙子底下的烙印。在我们差点儿把彼此撕烂之后，他的手指竟然如此轻柔，真令人惊异。对他来说，我就像是玻璃做的，脆弱至极，随时都可能破碎消失。

“是我。”我对他说，这是我们两个人都迫切需要听到的字眼，“我回来了。”

我回来了。

“是你吗，卡尔？”我的话听起来就像个小孩。

他点点头，目光毫不犹疑：“是我。”

我动了，而他没有，这让我们都有点儿惊讶。我把他拉近，带着狂烈，用我的唇紧压上他的。他的温热像一条毯子，拥着我的肩膀。我努力地不让电火花也冒出来，但他脖子上的汗毛还是竖起来了，回应着空气中窜动的电流。我们都没有闭上眼睛，只怕这是梦一场。

他先回过神来，把我拎起来，扶我站稳。十几张脸看向别处，礼貌地假装什么都没发生。其实我不在乎。让他们看好了。我不会脸红，也不会觉得羞愧。比这糟糕得多的事，我也被迫当着众人的面做过。

我们是在飞机上——狭长的机舱，沉闷的发动机轰鸣，向后飞掠的云彩，肯定是的。更不用说，还有覆盖了每一寸机身的电线中那令人愉悦的电流脉冲。我伸出手，用手掌按住舱壁冰凉弯曲的金属。要将这富有节奏感的脉冲吸进我自己的身体里，再容易不过了。容易，而且愚蠢。要是我任由自己贪婪地陷在这种知觉里，那一切都得玩儿完。

卡尔的手一直放在我的背上，他回过头，向那十几个坐在座位上、系着安全带中的一个人说道："愈疗者里斯，先给她做治疗。"

"好的。"

一个陌生男人抓住了我的手腕，我的微笑刹那间消失了。他的抓握感觉不对劲，沉沉的，像石头一样。镣铐。我想都没想就给了他一巴掌，他向后跳开，像被烫到了似的。恐慌从我的内心涌出，火花从我的指尖喷溅。一张张面孔闪回，模糊了我的视野：梅温、萨姆逊，还有那些手和眼睛都锋利坚硬的亚尔文家族的警卫。头顶上的灯闪了起来。

那个红头发的愈疗者叫着向后退开，卡尔顺势挡在了我和他之间。

"梅儿，他是要帮你治疗伤病。他是新血，是我们的人。"卡尔一只手撑在我脸旁的舱壁上，保护着我，箍住了我。突然间，体积正常的飞机显得狭小无比，空气陈腐，令人窒息。镣铐已经不在了，可那压抑的感觉仍然挥之不去，它们似乎仍然束缚着我的手腕和脚踝。

顶灯再次闪了起来。我吞了口唾沫，紧紧地闭上眼睛，努力地集中精力。控制。但是我的心跳不断加速，脉搏狂烈得像雷鸣一般。我紧咬牙齿，咝咝吸气，希望自己能平静下来。*你安全了。你和卡尔在一起，和红血卫队在一起。你安全了。*

卡尔再次捧起了我的脸："睁开眼睛，看着我。"

其他人一片静默。

“梅儿，这儿不会有人伤害你。都过去了。看着我！”我听出了卡尔的绝望，他和我一样很清楚，如果我完全失去控制，这飞机会怎么样。

飞机在我脚下改变了方向，角度向下，不停降低高度。与地面拉近距离，也许会导致最可怕的结果。我紧绷住下巴，强迫自己睁开了眼睛。

*看着我。*

梅温也说过同样的话。那是在哈伯湾，声音装置快要把我撕裂的时候。我在卡尔的声音里听见了他的声音，我在卡尔的脸庞上看见了他的脸庞。*不，我已经逃离你了，我已经离开了。*可梅温还是无处不在。

卡尔叹了口气，又恼火又心痛：“卡梅隆。”

这个名字撑开了我的眼睛，让我朝着卡尔的胸口挥拳。他踉跄着后退，惊讶于我突如其来的爆发。他的脸上泛起了银光，眉毛拧在一起，困惑不已。

在他身后，卡梅隆一只手扶住自己的座位，随着飞机的晃动而晃动。她看起来很强壮，披挂着各种战斗装备，发辫紧紧地盘在头上，深褐色的眼睛看着我。

“不要。”求饶轻易地溜出口，“什么都行，不要那个，求你。我不能——再也不能承受那个了。”

静默的窒息，缓慢地垂死，我一连六个月都处于这样的压制束缚之下，现在才刚刚感觉到了自己的存在。要是再让我重温那种窒息，我肯定会活不下去的。夹在两座监牢之间的只有喘息，何尝不是一种折磨。

卡梅隆的手垂在身体两侧，细长黝黑的手指没有动弹。她在等待出击的命令。这几个月也改变了她。她的怒火仍然没有消失，但它们变得有方向、有目标、有目的了。

“好。”她回答道，然后颇为老到从容地把胳膊环抱在胸前，藏起了那双能取人性命的手。我松了一口气，几乎瘫软下来。“很高兴见到你，梅儿。”她说。

我的心跳仍然很快，也还是有些喘不过气来，但是顶灯已经不闪了。我放松地点点头。“谢谢你。”

卡尔在我旁边，沉郁地看着。他脸颊上的肌肉动了动。我说不好他在想什么，但是我能猜到：我和恶魔共度了六个月，已经难以忘记自己身为恶魔的感觉。

我缓缓地跌坐在一张空座位上，手掌按在膝上，然后手指交叠，然后把双手塞在腿下……我不知道怎样能让自己看起来不具威胁性。我瞪着脚趾间的金属地板，生自己的气。突然间我意识到自己的防弹外套和破烂衣裙，几乎都扯成一条一条的了，而这里怎么这么冷呢。

那个愈疗者注意到我在发抖，连忙在我肩上披了一条毯子。他的动作很稳当，完全是一副公事公办的样子。和我目光相交时，他冲我笑了笑。

“这是常事。”他咕哝着。

我勉强地干笑了几声。

“让我看看那一边，好吗？”

我扭着身子，让他看我肋骨上那道颜色已经变淡却仍然很深的伤口。这时卡尔在我旁边的座位上坐了下来，对我笑了笑。

对不起，他用唇语说道。

对不起，我也用唇语回答。

但其实我没有什么可道歉的——仅此一次。我经历了可怕的事情，为了活下来也做了可怕的事情。这种方式要简单得多。目前是如此。

我不知道自己为什么要装睡。愈疗者为我疗伤的时候我闭上了眼睛，而后就那么延续了几小时。这是我梦寐以求的时刻，渴望得太久，以至于它将我完全淹没了。我唯一能做的事是靠在座位上，平缓地呼吸。我觉得自己就像颗炸弹，不能突然移动。卡尔守在我旁边，他的腿抵着我的腿。我能听见他偶尔动一动，但是他一直没和任何人讲话。卡梅隆也没有。他们的注意力都放在了我身上。

我有点儿想交谈，想问问他们我的家人怎么样了；还有奇隆，法莱；之前都发生了什么事，现在又是怎么回事；我们到底要到哪儿去。我无法一直思考这些字眼。我仅余的能量只够让自己去感受“放松”。冷静，令人欣慰的放松。卡尔活着，卡梅隆活着，我活着。

其他人窃窃私语，出于礼貌，他们压低了声音。或者，他们只是不想吵醒我，冒险掀起另一阵变幻的闪电。

偷听是我的老习惯了，我抓住了片言只语，足够拼凑出事件的大概面貌：红血卫队、战术胜利、蒙弗。最后一个词让我沉思良久。我几乎不记得那对来自遥远国度的双胞胎使者了。他们的面孔在我的记忆中已经模糊，但我还记得他们的提议。安全的新血天堂——只要我也愿意随之同行。这个提议那时候令我不安，现在仍然令我不安。如果他们和红血卫队结成了盟友，代价是什么？一想到可能的答案，我的身体就紧绷起来。蒙弗想要得到我，这是再明显不过的了。而蒙弗似乎对这场营救我的行动给予了帮助。

在脑海中，我感受着飞机内部的电流，任由它召唤自己身体中的能量。虽然不确定缘由，但我知道，战斗仍未结束。

黄昏之后，飞机平稳着陆。我跳了起来，卡尔条件反射似的，像猫一样敏捷地抓住了我的手腕。肾上腺素骤升，我猛地向后瑟缩。

“对不起，”他结结巴巴地说，“我——”

虽然胃里一阵翻腾，我却还是强迫自己平静下来。我握住他的手腕，手指拂过他的烈焰手环。

“他一直锁住我，用静默石做的镣铐，夜以继日。”我轻声说着，手上加了劲儿，让卡尔也能感受到我记忆中的压迫感。“我还是无法把它们逐出脑海。”

他眉头紧锁，目色沉沉。我对疼痛已然熟悉，但我没有力量看着卡尔疼痛。我垂下目光，用大拇指抵住他灼热的皮肤。这也是一种提醒，提醒着他在这儿，我也在这儿。无论发生什么，这种感觉都是一样的。

他动了动，优雅得摄人心魄，我牵住他的手，我们的手指交缠、握紧。“但愿我能让你忘记那些。”他说。

“也许不会有什么帮助。”

“我知道。但还是希望可以做到。”

卡梅隆在走道另一边看着，跷起的二郎腿晃悠着，当我看向她时，她似乎被逗笑了。“不可思议。”她说。

我强压着不发火。我与卡梅隆相处的时间不长，可也是磕磕绊绊的。以后见之明，那都怪我。在我那长长的需要改正的错误名单里，这也是一个。“怎么了？”

飞机正在减速，她笑着解开安全带，站了起来：“你竟然一直没问我们要去哪儿。”

“不管去哪儿，都比我之前待的地方好。”我瞥了卡尔一眼，抽回手，假装摸着安全带的卡扣。“我想，有人取代我了吧。”

他站起身，耸了耸肩：“只是在等待合适的时机，不想把你压趴下啊。”

长久以来，这是第一次，我发自内心地笑了：“这可真是吓死人的双关语。”

他也咧开嘴笑了：“干得好。”

“真是受不了你们俩。”卡梅隆咕哝道。

我一从座位上站起来，就试探着朝她走过去。她明白了我的意图，把手从口袋里拿了出来。让步或者软化可不是卡梅隆会做的事，但是为了我，她还是那么做了。在混战中，我一直没看到她，但如果现在还猜不中她的目的，那我就太傻了。她在这架飞机上看着我，就像篝火旁避免暴怒失控、以防万一的一桶水。

我慢慢用胳膊搭上她的肩膀，把她拉近，抱住。我告诫自己不要因为触碰她的皮肤而瑟缩。*她能控制自己的异能，*我对自己说道，*她不会用静默效应压制你。*“谢谢你来。”我对卡梅隆说道。我是真心的。

她轻轻地点点头，下巴蹭着我的头顶。见鬼，她竟然这么高。是她仍然在长个子，还是我已经开始萎缩了。也许两者皆有。

“现在告诉我吧，这是什么地方，”我松开她，“还有，我到底都错过了什么？”

她仰起下巴，指了指机舱尾部。像过去那架黑梭一样，这架飞机也有个坡道出入口。在气动装置的嘶嘶声中，坡道放下去了，愈疗者里斯领着其他人走下飞机。我们隔开几步，跟在后面。我很紧张，因为不知道外面会是什么情况。

“我们真幸运，”卡梅隆说，“就要看到皮蒙山麓的模样了。”

“皮蒙山麓？”我看着卡尔，掩饰不住心里的震惊和困惑。

他耸耸肩膀，脸上掠过一丝不安：“我是直到一切都计划好了才知道的，他们没对我们透露太多。”

“他们一向如此。”红血卫队就是这样行动的，就是这样领先于伊拉和萨姆逊那样的银血族。人们只知道自己要做什么，其他一概不多问。像这样服从命令，需要相当强大的信念，或者愚蠢。

我走下坡道，每一步都越发轻松。没有了镣铐死一般的压抑，我觉得自己都要飞起来了。其他红血卫兵走在我们前面，融入了另一群士兵之中。

“红血卫队在皮蒙山麓的分支，对吗？看起来，是很庞大的一支。”

“你这是什么意思？”卡尔在我耳边轻声说道。在他旁边，卡梅隆打量着我们，也是一脸茫然。我来回地看着他们，思考着应该怎么回答才对。我选择了说真话。

“正是因此，我们才能在皮蒙山麓着陆。红血卫队一直在这里活动，就像在诺尔塔和湖境之地一样。”皮蒙山麓的那两位大公——达拉修斯和亚历山德雷，他们的话回荡在我的脑海里。

卡尔凝视了我一会儿，然后看向卡梅隆：“你和法莱关系亲近，有没有听她说过什么？”

卡梅隆拍拍嘴唇说：“她从来没提起过。我不知道她是否知情，也可能是没空告诉我。”

他们的语气变了，变得尖锐、严肃。他们不喜欢对方。卡梅隆这么做，我能理解，但是卡尔呢？他生来就是王子，就算是红血卫队也不能改变分毫。

“我的家人在这儿吗？”我也尖厉起来，“你至少知道这个吧？”

“当然。”卡尔答道。他不会撒谎，我目前也没在他身上看到谎言的迹象。“我可以确定，他们会跟随上校，与其他人一起从特里亚尔过来。”

“很好，我想尽快见到他们。”

皮蒙山麓的空气闷热、厚重、黏腻，像是夏季最热的时节，可现在明明才刚刚开春。我从来没有这么快就冒出汗来。就连微风也是温的，无济于事地拂过平坦滚烫的水泥地面。停机坪上满是泛光灯，明亮得连星星都相形见绌。在远处，更多飞机停在那里，有些是绿色的，和我在恺撒广场上见到的那些一样，有些是黑梭那样的喷射机，还有些体量更大的运输机。蒙弗。我脑海里的几个点慢慢联结起来。机翼上的白色三角是蒙弗的标志。我以前见过，在塔克岛，装物资的板条箱上，还有那两兄弟的制服上。夹杂在蒙弗的飞机之间，是一些涂装成蓝色的飞机，还有一些是黄白相间的，机翼上涂着条纹。可见前者是湖境人的，后者是蒙弗自己的。我们周围的一切都秩序井然，而且就机库和附属建筑来看，这里的装备精良且充足。

显然，这是一座军事基地，而且远非红血卫队之前的基地可及。

卡尔、卡梅隆和我一样，相当意外。

“我在监狱里待了六个月，现在竟然告诉我，关于你们的行动，我比你们知道得还多？”我嘲讽道。

卡尔局促起来。他是个将军，是个银血族，生来就是王子。困惑和无助令他感到不安。

卡梅隆则反唇相讥：“你才出来不过几小时，就恢复了原来的自以为是。速度之快，真是刷新纪录。”

她说的对，这刺痛了我。我赶上去拉住她，卡尔在我旁边。“我只是——对不起。我想得太简单了。”

一只手拂过我的后背，暖意放松了我的肌肉。“你都知道些什么？”卡尔问。他的声音非常温柔，令人心痛。我有点儿想甩开他。我不是个玩偶——不是梅温的玩偶，也不是其他任何人的玩偶——我已经可以控制自己了。我不需要被人百般安抚。但我也很希望得到这样温柔的对待，这比我长久经历过的那些都好太多了。

我没有停下步子，不过压低了声音。“就是艾若家族和其他家族试图刺杀梅温的那天，当时他正为皮蒙山麓的两位大公举行宴会。达拉修斯和亚历山德雷。他们事先向我提了一些问题，问起了红血卫队及其在他们国家的行动，还问了一些关于王子公主的事。”记忆突然明晰起来。“迈克尔和夏洛特。他们失踪了。”

卡尔的脸上掠过一丝阴云：“我们在阿尔贡听说过这两位大公。亚历山德雷死了，死于那场暗杀行动。”

我眨眨眼，很惊讶："你怎么——"

"我们尽了全力监视你四周的动静，"他解释道，"报告里是这么说的。"

报告。这个词旋转扑来。"所以阿奶才被安插进了宫里？为了盯住我？"

"阿奶，是我的错。"卡尔结结巴巴地说，他盯着我的脚，"都是我的错。"

他旁边的卡梅隆怒道："见鬼地完全正确。"

"巴罗小姐！"

这声音并不令我惊讶。红血卫队在哪儿，法莱上校也会在哪儿。他看起来几乎和以前一样：忧心忡忡，粗鲁生硬，像野兽似的暴烈；浅金色的头发是新修剪过的，压力在他的脸上过早地刻下了皱纹，一只眼睛里蒙着永久的血红色翳障。唯一的变化是渐渐灰白的头发，还有他鼻子上的日晒痕迹，以及裸露的前额上多出来的雀斑。湖境人不习惯皮蒙山麓的阳光，而他看起来已经在这儿待了不短的时间。

他亲随的湖境人士兵护卫在他侧后方，他们的制服犹如一片红色中的蓝色裂缝。这一行人的末尾还有两个身着绿衣的人。我一眼就认出来了，那是拉什和塔希尔，正步伐一致地走着。法莱没和他们在一起，停机坪上正停着一架战斗机，那儿也没有她的身影。她不太可能厌倦了战斗——难道她根本就没离开诺尔塔。我强压下这些思绪，专心面对她的父亲。

"上校。"我点头致意。

他伸出一只结满老茧的手，这倒是让我吃了一惊。

"很高兴见到你全须全尾的。"他说。

"和预期的一样。"

这让他觉得有些不安。他咳嗽几声，来回地打量着我们三个人——对一个害怕新血的人来说，这可是值得警惕的场景。

"我想去看看我的家人，上校。"

我没有必要等待他的许可，于是向旁边跨了一步。但是他抬起手阻止了我。我浑身发冷，不过还是忍住了瑟缩后退的冲动。不能让其他人看出我的恐惧，现在不行。我抬眼与他四目相交，让他好好想想自己在干什么。

“这不是我的决定。”上校坚决地说道。他扬起眉毛，恳求我听懂他的话。然后他偏了偏头，在他身后，拉什和塔希尔说话了。

“巴罗小姐——”

“我们奉命——”

“护送你——”

“去简报室。”

这对双胞胎一起朝我眨眼睛，交替着说完了他们的话，令人抓狂。像上校一样，他们也在湿热的空气里不停冒汗，让他们的黑胡子和赭石色皮肤都亮晶晶的。

真想给他们一拳，不过我只是向后退了一小步。简报室。一想到要直抵红血卫队的策略中枢，我就想要大喊大叫，或是掀起风暴——或者两者兼有。

卡尔插在我们中间——但愿这能缓和一下我挥过去的拳头或者什么。

“你们真的现在就要带她去吗？”他不可思议的语气里暗含着警告，“这可以等一等。”

上校缓缓地吸了一口气，看起来很是恼怒。“这确实有点儿无情——”他狠狠地瞥了一眼蒙弗两兄弟。“但是有些事关我们敌人的重要消息需要你了解。这是命令，巴罗。”他缓和了声音说道，“我也不愿意这样。”

我轻轻碰了碰卡尔，把他推到一边。“我——现在——要去——看我的家人！”我冲着那两个讨人厌的蒙弗人大声喊道。他们皱起眉头，怒目相向。

“真是粗鲁。”拉什咕哝着。

“太粗鲁了。”塔希尔也咕哝着。

卡梅隆低低咳嗽了一声，掩饰住笑意。“别惹她，”她警告他们，“要是闪电劈过来，我还得花力气。”

“你们的命令可以等一等。”卡尔动用了他全部的军事经验来使自己显得有威严，好像他在这儿真有主导权似的。红血卫队只把他当作武器，别无其他。我深知这一点，因为我以前也曾如此。

两兄弟并没有让步。拉什像个奓毛的鸟似的嚷嚷起来：“你显然也像其他人一样，矢志在梅温国王的垮台中尽一份力了？”

“你显然知道击败他的最好方法了？”塔希尔接口道。

他们说的没错。我确实窥见了梅温最深的伤口和最晦暗的部分，知道如何出击能让他损伤最重。但是此刻，我所爱的人就在这么近的地方，我有些看不清了。就算现在有人把梅温绑来，送到我面前，我也不会停下来去踢掉他的牙齿。

“我不在乎是谁牵着你们的绳子，”我干脆利落地绕过他们俩，“告诉你们的主子，叫他等着。”

两兄弟互相交换了眼色，他们正在思维中彼此交谈、争论。如果我知道该去哪儿，肯定会拔腿就走，可我只能无助地盘桓起来。

我的思绪已经冲向了老妈、老爸、吉萨、特里米，还有布里。我想象着他们聚在另一处营房里，挤在比干阑镇的家还要小的宿舍里。老妈那不怎么样的手艺，饭菜味飘满屋子，还有老爸的轮椅、吉萨的绣片。我的心痛了起来。

“我会自己找到他们的。”我决定最好还是早点儿躲开这两兄弟。

然而，拉什和塔希尔却鞠了一躬，说道：“很好——”

“你的简报时间安排在早上，巴罗小姐。”

“上校，您是否愿意护送她——”

“好的。”上校突兀地打断了他俩。他这急性子很让我开心。“跟我来，梅儿。”

以停机坪的面积来预估，皮蒙山麓的基地要比塔克岛大得多。夜色中很难看得清，但它多少让我想起了爱国者要塞——位于哈伯湾的诺尔塔军事总部。机库很大，飞机也有几十架。我们没有继续步行，而是由上校的人带到了一辆敞篷车边。像部分飞机一样，这辆车的两侧也涂装着黄白相间的条纹。我明白了，塔克岛是个被遗弃的基地，不受关注，红血卫队要夺取它可能很容易。但这里就完全不一样了。

“奇隆呢？”我压低声音，碰了碰身旁的上校。

“和你的家人在一起吧，我猜。要不然就是和新血混在一块儿。他大多时间都如此。”

因为他没有自己的家人。

我把声音又压低了一点儿，免得上校觉得受到冒犯：“那法莱呢？”

卡梅隆在卡尔旁边探出头，眼神柔和起来。“她在医院里，不过别担心。她没去阿尔贡，也没受伤。你很快就能见到她。”她飞快地眨了眨眼，搜寻着合适的词语，“你们俩应该会……有得可谈。”

“很好。”

温热的风像是黏糊糊的手指，拖着我，弄乱我的头发。我既兴奋又紧张，几乎坐不住了。我被抓住时，谢德刚刚死去——因为我。就算别人因此恨我，我也不会怪他们，包括法莱在内。时间不一定能愈合伤口，有时还会让伤更深。

卡尔一直把一只手放在我的腿上，提醒着我，他在这里。他的眼睛不住地前后打量，留意着车子转过的每一个弯。我本来也该这么做的。皮蒙山麓是我们不熟悉的地方。但是，除了咬住嘴唇、满怀希望之外，我什么都做不了。我的神经嗡嗡作响，但那不是因为电流。当我们向右转弯，驶向令人愉悦的联排砖房时，我觉得自己就要爆炸了。

“军官宿舍。”卡尔压低声音说道，“这是皇家军事基地，官方提供资金维护的。这种规格的基地在皮蒙山麓为数不多。”

他的语气告诉我，他和我一样疑窦丛生：我们怎么会来这儿？

我们在唯一一栋窗明几净的房子前放慢了速度。我毫不犹豫地翻身跳下车，差点儿被我那破破烂烂的裙子绊倒。我的视野里只有面前的这条路。碎石步道，石板台阶。挂着窗帘的窗子后面似乎有人影在动。我只能听见自己的心跳声，还有门打开时的咔拉声。

最先冲向我的是老妈，她比我那两个长手长脚的哥哥跑得还快。她一头撞向我，几乎要把我肺里的空气撞出来，而随后的紧紧拥抱的确让我喘不过气了。我不介意。就算她要把我的骨头捏碎我也不介意。

布里和特里米半拥半抱地把我们带进了屋里。他们俩大呼小叫的，而老妈在我耳边絮絮低语。可我什么都没听见，幸福和快乐盖过了一切感官。我从来没有过这样的感觉。

在宽敞的客厅中央，我跪坐在地毯上，老妈在我旁边，不停地亲我的脸，左脸颊右脸颊，都要亲出瘀青了。深红色的头发在我眼角一闪，吉萨蹭了过来。像上校一样，她也添了几颗雀斑，棕色的斑点衬着金色的皮肤。我把她拉了过来，她还是那么小小的。

特里米笑着看着我们，捋着精心修剪的黑胡子。他以前一直像个青春期的男孩，脸上总是冒出一块块的胡楂儿。布里老是因此笑话他。但现在不了。他压在我背上，粗壮的胳膊环抱着我和老妈。他的脸颊湿湿的，我一惊之下才发现，自己也是。

“老爸……”我问。

谢天谢地，他没让我有空想象最可怕的事。而当他出现时，我差点儿以为自己出现幻觉了。

他倚着奇隆的胳膊，拄着一根拐杖。这几个月他过得不错，按时吃饭让他壮实了很多。他慢慢地从隔壁的房间里走了过来。走。他的步子很僵硬，不自然，不习惯。老爸失去双腿已经好多好多年了。而且只有一个肺叶功能正常。他走近了，眼神明亮。我屏息静听，没有听到磨挫的声音，没有听到呼吸机的咔嗒声，也没有听到生锈的旧轮椅吱吱嘎嘎的声音。我不知道该想什么，或说什么。我都已经忘了他有多高了。

愈疗者。可能就是莎拉。我在内心深处感谢了她一千遍。我慢慢地站了起来，拉紧身上的防弹夹克。那上面满是弹孔，老爸看着它们，仍然是一个战士的模样。

“你可以拥抱我。我不会摔倒的。”他说。

骗子。我抱住他的腰时，他明明差点儿歪下去，幸好奇隆扶住了他。我们好久没有这样拥抱过彼此了——自打我还是小女孩时开始。

老妈轻轻地把我的头发从脸上撩开，把脑袋放在我脸的旁边。他俩就这样夹着我，像一座安全的庇护所。有那么一会儿，我忘了一切。梅温，镣铐，伤疤，烙印，全都忘了。战争，革命，也全都忘了。

然而，谢德。

家人深深思念的，不只我一个。可那已经无法改变了。

他不在这儿，永远也不会回来了。我哥哥一个人留在那被遗弃的岛上了。

我绝不会让巴罗家的人再受这种罪。

# 第二十一章
## 梅儿

洗澡水打着旋儿，混着棕色和红色——尘和血。老妈换了两次水，但脏东西还是一直从我的头发里往外冒。幸好飞机上的愈疗者已经处理好了我身上的外伤，让我可以好好享受热水肥皂泡，而不至于觉得痛。吉萨坐在浴缸旁边的凳子上，脊背挺直，姿势拘谨——这是她常年养成的习惯。不过她似乎更漂亮了——也可能是因为六个月没见，她的面容在我记忆里变得模糊了——直直的鼻子，丰满的嘴唇，明亮的黑色眼睛。那是老妈的眼睛，是我的眼睛，巴罗家都是这样的黑眼睛，只有谢德除外。他的眼睛是蜜糖的那种金色，继承于我们的奶奶——那双眼睛永永远远地不在了。

我将思绪从哥哥身上转向了吉萨的手——因为我的愚蠢错误而受伤残疾的手。

她的皮肤恢复了光滑，骨骼也重新归位，完全看不出那曾经弯折的角度，也看不出被银血族军官的枪托砸碎的痕迹。

“莎拉。”吉萨温柔地解释着，动了动她的手指。

“她好厉害啊，”我说，“老爸也是她治好的。”

“花了整整一个星期呢，你知道，得让大腿以下的部分重新长出来。老爸现在还没习惯呢。但是，那可不如这个痛。”吉萨弯曲着自己的手指，笑道，“你知道吗，她得想办法把这两根手指头分开。”她动了动中指。“得用斧子劈开，吓死人了。”

“吉萨·巴罗，你的笑声才吓死人了呢。”我往她脚上泼水。她赌咒发誓的，把脚趾缩了回去。

“都怪红血卫队。他们一直也不消停，没完没了地要更多的旗子。”听起来没错。吉萨可不是甘愿服输的人，她把手伸进浴缸，向我泼水。

老妈冲着我们啧啧出声，想做出一副严厉的表情，然而并没有成功：“别玩儿了，你们两个。”

她双手捧着一条毛茸茸的白毛巾，递了过来。虽然我还想在这热乎乎的水里多泡一会儿，但我更想赶快到楼下去。

我站起来，跨出浴缸，水纷纷落下，浸入了毛巾里。吉萨的笑容淡了一点儿。我身上的伤疤袒露如白昼，白色的疤痕在黝黑的皮肤上像珍珠一般夺目。就连老妈也挪开了目光，让我把毛巾裹得更紧一些，遮住锁骨上的那个烙印。

我则忽略了她们自觉羞耻的表情，关注起这个浴室来。这里虽然不像我在阿尔贡的浴室那样精致，但是没有静默石，这一点比什么都强。不论以前住在这儿的官员是谁，他的品位都挺轻佻花哨的。白色的墙壁上嵌着鲜艳的橘色，和陶瓷的水槽、浴缸以及掩在石灰绿色浴帘后面的花洒相称。水池上方的镜子映出了我自己的模样——就像一只湿漉漉的老鼠，不过很干净。老妈在我旁边，让我更清楚地看到了我们的相像之处：瘦小的骨架，金褐色的皮肤——但她的皮肤上已经有了岁月和忧心刻下的皱纹。

吉萨带着我出了浴室，走进走廊，老妈跟在后面，用另一条毛巾帮我擦干头发。她们带我看了一间灰蓝色的卧室，里面有两张蓬松的睡床。房间不大，但是很适合我——我宁愿躺在地上，也不愿睡在梅温宫里的豪华寝室。老妈快手快脚地给我穿上一件棉睡衣，当然还有袜子和柔软的披肩。

“妈，我都要熟了。”我好声好气地抗议着，把披肩从脖子上摘了下来。

她笑着接回披肩，又亲了亲我的脸颊：“只是为了让你舒服点儿。”

“放心，我舒服得很。”我说着抱了抱她。

这时，我瞥见角落里放着我那间珠光宝气的袍子，原本是参加婚礼的礼服，现在已经撕烂了。吉萨顺着我的目光看去，脸红了。

“我以为可以收集一些，”我妹妹承认道，一脸的羞怯，“都是些红宝石。我不想浪费红宝石。”

看来，她比我想象中更具备小偷本能。

而且，显然老妈也是如此。

我正要走出卧室，她就先开口了。

“如果你觉得我会让你醒着大谈特谈什么战争，那就完全错了。”为了加强自己的观点，她抱着胳膊，直接站在了我的面前。老妈像我一样，也是小个子。但她常年辛劳，并非弱不禁风。我曾亲眼见过她是怎样收拾我那三个哥哥的，所以我很清楚，如有必要，她会直接把我扔到床上去的。

“妈，我有话得说——”

“明天早上八点，你要去简报室。那之后再说。”

“我还得问问别的事呢——”

“红血卫队占领了科尔沃姆，他们在皮蒙山麓也有活动，楼下那些人知道的只有这些。”她一边放炮似的说着，一边把我往床那里赶。

我看着吉萨求饶，但她也往后退了退，举起了双手。

“我还没跟奇隆说话呢——”

“他不会介意的。”

# CHAPTER21
# 第二十一章 梅儿

“卡尔——”

“他和你老爸哥哥在一起很好。他都能搞定首都了，肯定也能搞定他们。”

我想象着卡尔被布里和特里米夹在中间，忍不住笑了。

“再说，他拼尽全力，把你给我们带回来了，”老妈冲我挤挤眼，“他们不会找他麻烦的，至少今晚不会。现在上床，闭上眼睛。不然我就要手动帮你闭眼了。”

灯丝在灯泡里嗞嗞作响，屋子里的电线里涌动着电流。可它们的力量都无法与老妈的话相匹敌。我照她说的，爬上床，裹进毯子里。令我惊讶的是，她也在我旁边躺了下来，抱紧了我。

她第一千次亲了亲我的脸颊，说：“你哪儿也不会去。”

可是我心里清楚，这不是真的。

战争还远远没有结束。

不过至少，今晚可以暂时休战。

皮蒙山麓的鸟儿吵闹极了。它们在窗外叽叽喳喳地叫个不停，我猜一定是有一大群站在树上，否则怎么会这么吵。不过，这也有个好处：我从来没有在阿尔贡听到过鸟叫，现在我不用睁开眼睛就知道，昨天的一切并非梦境。我知道醒来后自己在哪里，要面对什么。

老妈一向起得早，吉萨也不在房间里，但我并不是孤单一人。我推开卧室的门，发现楼梯边坐着一个瘦高的男孩，两只脚伸着，踩在台阶上。

奇隆笑着站起来，张开双臂。就算被他们抱散架了也算是体面吧。

“真够久的。”他说。尽管我被关了六个月，受尽折磨，他也没有小心翼翼地对待我。我们转瞬间就找回了原来的相处模式。

我戳了戳他的肋骨：“也用不着感谢你吧。”

“是啊，军事突袭啊，战术打击啊，这些都不是我擅长的。”

“你有擅长的事？”

“唔，当个烦人精？”奇隆大笑起来，领着我下了楼。锅碗瓢盆的声音传来，我还闻见了煎火腿的香味。在日光之中，这栋联排公寓看起来亲切可爱，和军事基地的气氛大相径庭。奶油黄色的墙壁，紫色的地毯，让客厅显得十分温馨。不过这儿再没有别的装饰物了，令人疑惑。墙纸上有一些钉子孔，也许曾经挂着些画，已经被移走了。我们途经的屋子——小厅和书房——都没什么摆设。也许是之前住在这儿的官员腾空了自己的房子，或者是别人替他做的。

停。我告诫自己。我已经有权不去思考背叛和陷害之类的事了。你安全了，你安全了；都过去了。我在脑海里重复着这些话。

奇隆伸出手，在厨房门前拦住了我。他向前倾着身子，让我不得不看着他的眼睛。我记忆中的绿眼睛，它们专注地眯了起来。“你还好吗？”

以往，我都会点点头，笑着回绝这种暗示。我已经无数次这么做了。我推开最亲近的人，认为自己应该独自伤痛。我不想再那么做了。那样让我心怀恨意，变得可怕。但我心里的话没能说出来。我不想对奇隆说，他不会懂的。

“我在想，我需要一个词，既是‘是’也是‘不是’。”我轻声说道，低头看着自己的脚趾。

他把手放在我的肩膀上，但是没有多停留。奇隆知道我在我们之间划下的界限，他不会逾界的。“你想说的时候尽管找我。”是“尽管”，不是“如果”。“我会一直追着你的。”

我勉强笑了笑：“好啊。”空气里飘来肥肉吱吱作响的声音。“但愿布里不会把肉都吃光。”

哥哥显然真想那么干。当特里米帮老妈做饭的时候，布里却围着她转悠，直接从油里捏起火腿来吃。老妈狠拍他，特里米则幸灾乐祸的，一边笑一边煎蛋。他们俩早就是成年人了，却还是一副小孩子模样，和我记忆中的一样。吉萨坐在餐桌旁，斜眼看着他们，手指在木头桌面上敲着，她已经尽力保持仪态了。

老爸更克制一些，他倚在摆着碗橱的墙边，新腿弯曲着伸出来。他先看到了我，冲我微微一笑。那是只属于我俩的笑容，除了开心，还有悲伤。

他感到了我们中间失去的一员，再也不会回来的一员。

我咽了口唾沫，想把谢德的幽灵推开。

卡尔也不在。他应该不会离开很久，也许还在睡觉，或者去谋划什么新计策了……谁知道呢。

“其他人也要吃呢。”经过布里时，我一边说，一边飞快地从他手里抢过一块火腿。六个月的监禁并没有使我的本能冲动变得迟钝。我冲他咧嘴一笑，坐在吉萨旁边。她现在把长头发盘成了一个圆圆的发髻。

布里坐下来，做了个鬼脸，手里拿着一大盘黄油面包。在军队里，在塔克岛，他都没有吃过这么好的食物。像其他人一样，良好的饮食也让他的状态好多了。“是啊，特里米，给我们留一点儿吧。”

“说得好像你还需要吃似的。”特里米回敬道，捏了捏布里的脸。他们打闹起来，*真是孩子*，我想道，*也是战士*。

他们都服过兵役，并且比大多数人活得长久。也许有人会说那是因为运气好，但他们确实很强壮。两个都是。如果不是在家，在战场上，他们也机智得很。战士总是隐藏在轻松的微笑和孩子气的行为背后的。很高兴现在不用看到他们的另一面。

老妈先给我上菜。没有人抱怨，就连布里也没有。我立刻就被鸡蛋和火腿埋了起来，还有一大杯加了奶和糖的浓咖啡。这都是银血贵族吃的东西，我早该知道。“妈，你们怎么弄到这些的？”我一边嚼着鸡蛋一边问道。吉萨做了个鬼脸，皱起鼻子，因为我说话的时候嘴里塞满了食物。

“街上的每日供给。”老妈答道，把肩膀上灰棕相间的发辫撩到后面。“这一排房子里住的都是红血卫队的军官，高级军官，还有一些特别的人——以及他们的家人。”

“‘特别的人’是指……”我试图弄明白，“新血？”

奇隆替老妈回答了：“如果是军官，不管是不是新血都住在这儿。不过那些招募来的普通新血和士兵一起住在兵营里。这样更好一些，隔阂少一点儿，也不会让人太害怕。要是其他人总是害怕与他们站在一起的话，我们可就别想组建一支真正的军队了。”

我不由自主地扬起眉毛，很是惊讶。

“跟你说过我有擅长的事嘛。”他轻声说道，还眨了眨眼睛。

老妈满面笑容地把第二盘食物推到奇隆跟前，爱怜地抚摩他的头发，把发尾打结的地方通开。他尴尬地摸了摸自己的头发，想把乱发压下去。“奇隆一直在设法改善新血与红血卫队其他成员的关系。”老妈自豪地说。奇隆则抬起手挡住了涨红的脸。

“沃伦，要是你不打算吃了——”

老爸比其他人的反应都要快，他用拐杖打了一下特里米的手。“注意礼貌，小子。”他说着从我的盘子里抢了一片火腿。“真不错。”

“是我吃过的最好的火腿。”吉萨赞同道。她优雅但又热切地叉起撒了奶酪的鸡蛋。“蒙弗的食物真好。”

“是皮蒙山麓，”老爸纠正她，“食物和物资都是从皮蒙山麓来的。”

我收集着字里行间的信息，同时也因为这种本能而瑟缩。我太习惯分析周围人的片言只语了，想都不想就这么做了，连我的家人也不例外。*你安全了，你安全了；都过去了。*这些话在我的脑海里盘桓，它们的节奏让我稍稍平复了一些。

老爸还是一直站着。

“你的腿怎么样？”我问。

他抓抓头，有点儿烦恼不安。“唔，我可不会立马把它们都给弄没了，”他少见地笑了，“还在适应它。那个皮肤愈疗者有空时也会来帮忙。”

“太好了。真的太好了。”

我从来没有因老爸的伤势而感到羞愧。那意味着他活了下来，从兵役中回来了。太多其他人的父亲——包括奇隆的——都死在那场毫无意义的战争中了，而我们的老爸还活着。缺了一条腿让他厌烦、不满，在轮椅上满心愤恨。他阴郁皱眉比微笑的时候多，对大多数人来说不过是个苦闷的隐居者。但他活着。他曾经告诉我，给人无望的希望是最残忍的。他对重新行走，恢复原来的模样不抱希望。而现在他站起来了，这就证明，无论是多渺小、多不可能的希望，都会有所回应。

在梅温的牢狱里，我绝望地虚耗着。我度日如年，希望末日——无论如何——赶快到来。但我仍然心存希望。傻乎乎的、不合逻辑的希望。有时候是一点儿光，有时候是一丛火。虽然看起来也是不可能实现的，就像我面前这条战争和革命的路。我们也许全都会死去。我们也许会被人背叛。还有……我们也许会赢。

我甚至不知道胜利是什么样子，也不知道该具体地希望些什么。我只知道必须心怀希望。这是我能用以抵御内心阴郁的唯一盾牌。

我环顾餐桌周围。我曾经认为家人不理解我，不懂得我会成为什么样的人，并且为此悲哀。我曾经觉得自己被隔绝在外，孤独，无依。

我不会再那么想了。我现在懂得了。我了解我自己了。

我是梅儿·巴罗。不是梅瑞娜，不是闪电女孩。我是梅儿。

老爸老妈静悄悄地想陪我去简报室，吉萨也是。我拒绝了。那是军事事宜，完全是公事公办，只和红血卫队的事业有关。如果没有老妈握着我的手，我会更容易回忆起那些细节。我可以在上校和其他军官面前强势，但在她面前做不到。她会让我感情用事，脆弱崩溃。在家人周围，脆弱是可以接受、可以原谅的，但在战争和生死悬而未决的时候可不行。

厨房里的钟敲响了八点钟，那辆敞篷车准时飞驰而至，停在联排公寓外面。我悄无声息地走出屋子，只有奇隆跟着，但他也不会跟我一起去。他知道自己无权参与。

“你今天有什么可干的呢？”我拉开黄铜门把手，问他。

他耸了耸肩：“和在特里亚尔的日程差不多。做点儿训练，和新血们拉拉关系，还有艾达的课。和你父母一起来到这儿以后，我觉得能跟上进度了。”

“日程，”我嗤笑着踏进外面的阳光里，“听起来像个银血贵族小姐呢。”

“唔，等你像我一样貌美如花了……”奇隆叹了口气。

外面已经很热了，太阳在东边的地平线上光芒万丈。我脱掉了老妈硬要我穿上的外套。街道两旁是枝繁叶茂的树木，让这军事基地看起来就像个高级住宅区。大多数联排砖房似乎都无人居住，门窗紧闭，没有亮光。门前台阶边，接我的汽车在等着。驾驶员摘下太阳镜，从上到下地打量了我一番。我早该知道的。卡尔已经尽可能多地给我留出和家人独处的时间，但他可不能离开太久。

“奇隆。”他叫道，挥手打了个招呼。奇隆也很轻松地冲他笑笑。这六个月已经让他们俩之间的对抗关系不见了踪影。

“我晚些时候找你，”我对奇隆说，“交换交换意见。”

他点头道：“那当然好。”

尽管驾驶座上的人是卡尔，像灯塔似的吸引着我，但我走向车子时还是很慢。远处，飞机的引擎隆隆作响。我脚下的每一步都意味着要接近那六个月的监禁经历。如果此刻我掉头而去，没人会怪我。但那不过是将不可避免的事往后拖延罢了。

卡尔看着，他的脸在日光下阴气沉沉。他伸出手，帮我坐进前排座位，好像我是个残疾人似的。发动机响了，车子的电力心脏是一种安慰，也是一种提醒。我或许会觉得害怕，但我绝不软弱。

卡尔又朝奇隆挥了挥手，就掉转车头，猛踩油门，沿着街道往前驶去。微风吹拂着他的头发——剪得很粗糙，东一块西一块地反着光，不均匀。

我伸手摸了摸他的后脑勺："你是自己剪的头发吗？"

他的脸颊泛起了银光。"是啊。"卡尔一只手扶着方向盘，另一只手拉住了我的手。"你能坚持下去吗？"

"我会熬过去的。你的报告应该掌握了大部分信息，我只要填上漏掉的细节就好。"两侧的树木越来越稀疏，住宅区的街道变成了宽阔大路，左边是停机坪，我们向右转弯，车子平稳地跃上了人行道。"而且，但愿有什么人可以代替我做……所有这些。"

"跟这些人打交道，你得强势要求他们作答，而不是等着答案出现。"

"你'强势要求'过吗，殿下？"

他低声笑了起来："他们肯定是认为有过了。"

五分钟之后我们就要到达目的地了，卡尔趁此机会将必要信息告诉我，好让我迅速进入状态：湖境之地在与诺尔塔接壤处的特里亚尔附近设有一个总部，上校的那些撤回北方的士兵都在为突袭而备战。他们一连几个月待在地下冰冷的地堡里，上校和法莱则负责与司令部保持联系，交换情报。他们的目标是——科尔沃姆。卡尔在描述那围城之役时，声音微微沙哑。他自己率领先锋队，以出其不意的偷袭攻下了科尔沃姆的城墙，随后一砖一石地占领了整个要塞城市。他很可能认识那些与自己交战的士兵，很可能杀死了自己的朋友。我没有去触碰他的伤痛。总之，他们的围城赢得了胜利，最后的那些银血族军官不是举手投降，就是被就地正法了。

“现在他们大多数成了人质，有些人被家人赎回去了，还有些选择了死。”卡尔喃喃说着，声音越来越小。他瞥了我一眼，只是一瞬之间，他的眼角藏在深色的太阳镜片后面，看不清。

“真遗憾。”我咕哝着。这是心里话。不仅是因为卡尔身陷痛苦，也是因为我早就明白了，这个世界的灰色地带有多么可怕。“朱利安会去简报室吗？”

卡尔叹了口气，欣然转换了话题：“我不知道。今天早上他还在说，蒙弗的厚脸皮们挺通融的，他关心的事都网开一面——准许他进入基地的档案馆，允许他使用实验室。他一直都想把关于新血的研究继续下去。”

对朱利安·雅各来说，没有什么奖赏酬劳比时间和书更好。

“不过，他们也许不太愿意让一位心音人靠近他们的头领。”卡尔深思道。

“可以理解。”我答道。我们的异能可以摧毁人的肉体，而朱利安的异能可以操控人心，更具破坏力。“那么，蒙弗参与这事有多久了？”

“我也不知道。”卡尔的恼怒显而易见。“但他们是在科尔沃姆一战之后开始真正关注的。而现在，梅温和湖境之地结盟，他在重新凝聚力量，伺机压制反抗。”他解释道，“蒙弗和红血卫队也一样。蒙弗提供的不是食物和武器，而是士兵。有红血族，也有新血。他们有一个现成的计划，能把你从阿尔贡救出来。即钳形攻势。于是，我们从特里亚尔出发，蒙弗人从皮蒙山麓出发。他们既然能组织，我便让出指挥的位置。他们只需要一个好的时机。”

我冷哼一声。“他们还真会选。”枪炮和杀戮浮上了我的思绪。“那都是为了我。看起来很蠢。”

卡尔握紧了我的手。他所受的教育和训练将他培养成一个完美的银血族战士，我记得他的那些作战手册和兵法书籍。为了胜利不惜一切代价，那上面这样写道。他曾经深信这一点，就像我也曾经认为自己绝对不会回到梅温身边去。

“也许他们在阿尔贡确实另有目标，要么就是蒙弗真的非常非常想要把你弄到手。”卡尔喃喃说道。车子减速了。

我们停在一幢砖砌建筑前面，它的正面装饰着白色的柱子和长长的门廊。我又想到了爱国者要塞，它的大门是以青铜装饰的，令人不安。银血族喜欢漂亮的东西，这里也不例外。藤蔓盘绕在柱子上，盛开着紫色的紫藤花，散发着蜜一样甜美的芳香。身着制服的士兵们在植物底下走动着，不离开阴影半步。我认出了那些穿着不成套的衣服、绑着红色围巾的红血卫兵，穿蓝色衣服的湖境人，还有到处乱晃的属于蒙弗人的绿色。我的胃翻腾起来。

上校走出来迎接我们——还好只有他一个人。

我正要下车，他就开口了：“除了我之外，你还会见到两位蒙弗将军，以及一位司令部军官。”

卡尔和我都愣住，睁大了眼睛。“司令部？”我嚷嚷道。

“是的。”上校那只好眼眨了眨。他转过身，催我们跟上。“车轮滚滚，瞬息万变呀。”

我翻了翻眼睛，快气疯了：“有话直说不好吗？”

“也许是因为他也不知道到底是怎么回事。”一个熟悉的声音回答了我。

法莱倚在一根柱子上，躲在阴影里，两只胳膊高高地抱在胸前。我张着嘴，下巴都要掉下来了，因为她挺着肚子，孕相喜人。她身上的制服改成了系带裙和宽松长裤，肚子紧绷绷地缩在里面。哪怕她半分钟后就要生了我也不会惊讶。

“啊！”我半天只挤出了一个字。

她似乎被逗笑了："算算日子，巴罗。"

九个月。谢德。在那架货运飞机上，我将乔的话告诉了她：你的疑问的答案是"是"。

我那时候不知道这是什么意思，但是法莱明白。她曾心怀疑虑。我哥哥被杀死之后不到一小时，她就发现自己怀了他的孩子。一点点显露出来的事实刺痛着我的心，既开心又悲伤。谢德有孩子了——可他永远也无法见到自己的孩子。

"真不敢相信，竟然没人告诉你。"法莱说，意有所指地瞥了一眼跟在后面、满脸尴尬的卡尔。"肯定有这个时间啊。"

我震惊无比，只有点头的份儿。不仅是卡尔，还有老妈，还有我的家人——"他们全都知道了？"

"唔，现在讨论这个也没什么意义了。"法莱挺起身子，离开背后的柱子。即便是在干阑镇，这个阶段的孕妇也要卧床休息的，但法莱不是这样。她腰上挎着枪，枪套就是赤裸裸的警示。怀孕的法莱仍然是危险的法莱，也许还更胜一筹。"我感觉，你想尽快把这话题跳过去。"

她转过身，领着我们往里走。我猛戳卡尔的肋骨——两下才够。

他咬着牙，忍着痛，吸着气。"抱歉。"他咕哝道。

这儿应该是基地的指挥大楼，不过它的内部看起来更像一座庄园。入口大厅的两侧是螺旋状的楼梯，连接着上层带有窗子的走廊。天花板的嵌线上镶着王冠，造型像是外面的紫藤花。镶木地板由桃花心木、樱桃木、橡木拼接出复杂的图案。然而，这里也像联排公寓一样，所有能取下来的东西都不见了。墙壁空空如也，原先摆放雕塑或雕像的壁龛里站着警卫——蒙弗警卫。

离近一些看，他们的制服要比红血卫队和湖境人的好得多，更像是银血族军官的制服。这些制服是批量生产的——配件俱全——肩章、徽章，以及衣袖上的白色三角形纹样。

卡尔像我一样仔细观察着，他碰了碰我，冲着楼梯点点头。在走廊上，看着我们走过来的至少有六个蒙弗军官。他们头发灰白，看起来久经沙场，身上的军功章多得都能沉掉一艘船了。将军。

“有摄像机。”我轻声对他说。我们穿过入口大厅时，我留意着所有的电流信号，把它们的位置牢记在脑袋里。

尽管墙壁空空，也没什么装饰，但精致的走廊还是让我浑身不舒服。我不停地告诉自己，身边的人不是亚尔文家族的警卫，这儿也不是白焰宫。我的异能就是证明。没有人能再囚禁我了。我希望自己能放松点儿警惕，这已经变成我的第二本能了。

会议室让我想起了梅温的议会大厅。屋子里有长长的、光滑的会议桌，还有带坐垫的座椅，一排窗子对着外面的另一座院子，透进光来。这里的墙壁也是光秃秃的，只有孤零零的一个纹章：黄白相间的条纹，中央一颗紫色的星星——皮蒙山麓。

我们是最先到的。我原以为上校会坐在桌子上首的位置，但他只是选了右侧的一把椅子。我们便随着他坐在同一侧，对面的一排空座位就留给蒙弗和司令部的军官们。

上校看着法莱坐下来，有些困惑，他那只好眼又冷又硬。“上尉，这儿没有你的位子。”

卡尔扬起眉毛，和我交换了眼色。上校和法莱总是冲突频频，这一点直到现在也没有改变。

“哦，你没有接到通知吗？”法莱说着从口袋里掏出一张叠着的纸。“真是悲哀。”她手一抖，把那张纸丢给了上校。

他连忙把纸展开来，眼睛飞速地扫过一行行打印出来的字句。内容不长，他却看了好一会儿，好像不敢相信似的。最后，他把那张纸铺在桌上。“不可能是这样。”

“司令部派代表参会，”法莱笑了起来，张开双手，“代表就是我。”

“司令部肯定弄错了。”

“现在我代表司令部，上校。没有弄错。”

司令部统领着红血卫队，是神秘操舵手的中心。我只听说过他们的存在，却已明白他们控制着这整个庞大复杂的组织。如果他们把法莱吸纳其中，这是否意味着红血卫队真的要从暗处走出来了呢？还是说，他们只想把法莱推出来？

“戴安娜，你不能——”

法莱生气了，脸涨得通红。“就因为我怀孕了？我告诉你，我可以二者兼顾。”要不是他俩不可思议的相似之处——容貌和脾气皆有——人们会很容易忘记法莱是上校的女儿。“你想违令施压吗，威利斯？”

上校握紧拳头，压住那一纸通知，关节都发白了。但他最终还是摇了摇头。

“很好。现在我是将军了。照准执行。”

上校把反驳咽了回去，看起来憋得难受。法莱满意地冷笑，把那张通知收了回来，塞进口袋。她发现卡尔在看着自己，和我一样困惑不已。

“现在，你不是这屋里唯一的高级军官了，卡洛雷。”

“想必如此。恭喜你。”卡尔勉强挤出一丝笑意。

这让法莱松弛了一些。在被自己的父亲公开反对之后，她原本不指望得到其他人的支持了，尤其是那个百般不情愿的银血族王子。

蒙弗的将军从另一扇门走了进来，身着绿色制服，光彩照人。其中一人我刚刚在走廊上见到过。她留着一头白色的齐耳短发，水汪汪的棕色眼睛，长长的睫毛随着她快速眨眼而忽闪着。另一个深色头发、棕色皮肤的女人看起来四十多岁，壮得像头公牛。她冲我点了点头，好像在和一个老

朋友打招呼。

“我认识你，”我努力地辨认着她的面孔，“我怎么会认识你呢？”

她没回答，而是回过头等着另一个人。这个人头发灰白，衣着朴素，在另外两个将军的衬托之下，我竟一时没有注意到他。可即便他穿着简朴的灰色衣服，代表家族的浅金色也不见踪影，我还是一下子认出了朱利安。看到老师，我心里涌过一股暖流。朱利安点点头，微微一笑算是打了招呼。他的状态很好，甚至比我在夏宫第一次见到他时还要好。那时候他疲倦憔悴，厌倦了宫廷里的尔虞我诈，为死去的妹妹、受伤的莎拉·斯克诺斯，以及他自己困扰不安。现在，虽然他的头发从棕色变成了灰色，皱纹也更深了，但他似乎重新振作，生机勃勃，如释重负。身心完整。红血卫队给了他新的目标。莎拉也给了他希望——我敢打赌。

他的出现不但安慰了我，更令卡尔心安。他在我旁边放松了一些，极轻地冲着他的舅舅点了点头。我们全都心知肚明，接收到了蒙弗想要传递的信息：他们不恨银血族——也不怕银血族。

朱利安在座位上坐了下来，另一个人跟在他身后进了屋，关上门，然后就站在桌子旁边不动了。虽然他足有六英尺高，却因为没穿制服而显得矮小。他穿的是普通公民的衣服：简单的系扣衬衫、长裤、鞋子。我没看到武器。他的血是红色的，这是可以确定的，看他那沙色皮肤透出的粉色调就知道了。不过，是新血还是红血族，我就不得而知了。他身上的一切都是中性的、平和的、谦逊的。他看起来就像一张空白页，也许是天性如此，也有可能是有意为之。没有任何线索能推断出他是谁。

但法莱知道，她站了起来。那人挥挥手，让她坐下。

“不必如此，将军。”他说。他的某个地方让我想起朱利安。他们有着相似的充满渴望的眼睛，这是他身上唯一引人注目的地方。这双眼睛前后打量了一番，将一切尽收眼底，胸有成竹。“很高兴，终于见到你们所有人了。”他说，分别向我们每个人点头致意，“上校，巴罗小姐，殿下。”

在桌子底下，卡尔的手指扭动起来：已经没有人这样称呼他了，至少是没有人言之由衷地这样称呼他。

“你究竟是谁？”上校问道。

“当然，”那个人答道，“很抱歉我没能早点儿赶来。我叫戴恩·戴维森，先生，我是蒙弗自由共和国的首相。”

卡尔的手指又开始扭动了。

“感谢你们的到来，我期待这次会议很久了。”戴维森继续说道，“我想，我们同心协力，一定能成就宏伟的事业。”

这个人就是整个蒙弗的统治者，就是那个邀请我来这儿、要求我加入他们的人。这些都是他为了达成自己的目的做的吗？就像他这张大众脸一样，他的名字也犹如遥远的钟声，我没有什么印象。

“这位是托尔金斯将军，”戴维森指点道，“这位是萨利达将军。”

萨利达。我没听过这个名字，但是我能确定自己以前见过她。

那个魁梧的将军主动解开了我的疑团：“我做过一些侦察工作，巴罗小姐。我曾在梅温国王接见阿尔当——我是说，新血——的时候见过你。你可能还记得。”她说着就把手劈向了桌子。不，不是劈向，是劈过。好像桌子——或者她——是不存在的。

我一下子想起来了。当时她展示了自己的异能，和其他很多新血一起，投奔了梅温的“保护”。正是他们中的一个，当着所有人的面揭发了阿奶。

我盯着她：“阿奶——就是那个能易容的新血——死的那天，你在那儿？”

萨利达看起来很难过，她低下了头：“如果早知道是那样，我肯定会做点什么的，真的会的。但那时候，蒙弗和红血卫队并没有公开地沟通信息，我们不了解你们的全部行动，你们也不了解我们的。”

“再也不会那样了，”戴维森仍然站着，拳头抵在桌子上，“红血卫队固然有保守秘密的必要，但我担心从今往后，那样只会弊大于利。多个运转中的部分不该互相掣肘。”

法莱在座位上动了动，不知是不赞同，还是只是椅子不舒服。反正她没有开口，让戴维森继续讲。

“所以，为了公开透明起见，我认为最好请巴罗小姐讲述一下被囚禁的过程，越详尽越好，以便各方都有所了解。之后，我会向你们解答关于我个人、我的国家，以及我们的未来的任何问题。”

在朱利安的历史书里，确实记载有选举得来，而非生来世袭的国家统治者。他们之所以赢得顶上王冠，是因为某些特质——有的以力量服人，有的以智慧取胜，还有的空有承诺，或威胁恫吓。戴维森统治的国家以“自由”命名，他的人民选了他做领袖。至于是出于什么理由，我就说不好了。他讲话沉着稳健、中立、坚定，显然是个聪明人。更不用说，他是那种随着年岁增长而越发有吸引力的人，可以想见他的人民有多渴望被他统治。

“巴罗小姐，你可以开始了。”

让我惊讶的是，先握住我的手的，不是卡尔，而是法莱。她颇有鼓励意味地捏了捏我的手。

我从头开始，从我能承受的地方开始。

当我提及他们如何强迫我回忆谢德时，我的声音哑了。法莱垂下眼睛，她的痛苦与我一样深重。我继续刺向更深处，谈起梅温与日俱增的沉迷，谈起那个男孩将谎言化作武器，利用我的面孔和他的花言巧语，说服新血掉转枪口反抗红血卫队。而在这过程中，他那些陈年心结也越来越明显。

“梅温说，伊拉留下了漏洞。”我告诉他们，“她在他脑袋里玩弄手段，取走一些又填补一些，让他彻底混乱。他知道自己不对劲，但他相信自己正走在解决问题的路上，不会回头。”

热量从我身边涌来。卡尔面无表情，眼睛直直地盯着桌子上的洞。我小心翼翼地继续。

*他妈妈夺走了他对你的爱，卡尔。他曾经是爱你的。梅温知道他曾经爱你。只是那爱现在不在了，也永远找不回来了。*但是这些话，戴维森、上校，甚至法莱，都用不着知道。

蒙弗人似乎对皮蒙山麓使者的到访尤为感兴趣。提到达拉修斯和亚历山德雷时，他们精神一振，我便讲述了那次会晤的方方面面：他们的问题、他们的姿态，甚至还包括他们穿了什么样的衣服。当我提到失踪的王子和公主——迈克尔和夏洛特时，戴维森抿起了嘴唇。

我说着，吐露着自己所经受的折磨。我已经麻木了，仿佛与我讲述的字词分离开来，声音单调呆板。贵族家族的反抗。乔的逃脱。梅温命悬一线。他脖子上喷出来的银色的血。再次审讯。审讯我，还有哈文家族的那个女人。当伊兰的姐姐宣誓对另一位国王——卡尔效忠时，我第一次见到梅温真的惊慌失措了。那次事件导致了大批议会成员和贵族被驱逐——可能的同盟。

“我试图离间他和萨默斯家族。我知道他们是梅温最强有力的支持者，所以我利用了他面对我时的弱点。我告诉他，如果他娶了伊万杰琳，她就会杀死我。”我讲述着，回忆拼凑起来，我脸红了，因为这暗示着是我间接促成了那致命的联姻。“我认为这更让他确信，有必要转向湖境之地，谋求一个不同的新娘——”

朱利安打断了我：“沃洛·萨默斯一直在寻找脱离梅温的理由，解除婚约恰恰斩断了他们之间的最后维系。而且我推测，与湖境之地的谈判早在你发觉之前就开始了。”他微微一笑，哪怕这是撒谎，也让我感觉好了一点儿。

我又回忆着讲起了加冕巡游——为了掩饰与湖境人交接细节的盛大游行。梅温废除了《加强法案》，结束了湖境之战，与艾丽斯订婚。他处心积虑地换得了国内的好感，因终止战争——而非终止战争的破坏——而受到好评。

“婚礼之前，银血族的贵族都回到了宫里，梅温也有好一阵子没理会我。然后就是婚礼了。与湖境人的同盟关系缔结。再之后就是风暴——你们的风暴。梅温和艾丽斯乘着地下列车逃走了，我们却被截开了。”

这不过是昨天的事，我回想起来却像是在做梦。混战的场面激起了我的肾上腺素，记忆恢复了痛苦和恐惧。“我的警卫把我拖回了白焰宫。”

我停住了，犹豫起来。即便是现在，我也仍然不敢相信伊万杰琳做过什么。

“梅儿？”卡尔碰碰我。他的声音和拂过来的手都是那样温柔。他其实和其他人一样好奇。

面对他要比面对别人容易些，只有他明白我的逃脱是多么离奇。“是伊万杰琳·萨默斯拦住了我们。她杀了亚尔文家族的警卫，然后把我……放了……她打开了我的镣铐。我完全不明白这是为什么。”

一阵静默笼罩下来。我最大的死对头，那个时刻威胁着要杀了我的女孩，那个冷酷坚硬似乎没有心的女孩，竟是我眼下身处此地的关键。朱利安完全没有掩饰他的惊讶，他那稀疏的眉毛都要融进发际线里去了。但卡尔似乎并不感到意外，反而深深地吸了一口气，胸膛起伏着。他是觉得——自豪吗？

我没有力气去猜测，也没有力气去描述萨姆逊·米兰德斯的死——他让我和卡尔自相残杀，最终死于我们两人联手的火葬台。

“其他事你们都知道了。”我讲完了，精疲力竭，仿佛讲述了几十年一般。

戴维森首相站起来，舒展了一下身子。我以为他要提问，他却打开小橱柜，给我倒了一杯水。我没碰。我现在是在一个陌生的地方，被陌生的人控制，我心中仅余的信任不多了，我不想把它浪费在任何初识的人身上。

“轮到我们了吗？”卡尔问。他向前倾着身子，热切地想要开始由他主导的“审讯”。

戴维森点了一下头，嘴巴抿成了一条线，看不出什么情绪：“当然。我猜，你们可能很想知道我们在皮蒙山麓做了些什么，以及我们是如何拿下一座皇家空军基地的？”

没有人接茬儿，戴维森便自顾自地说了下去。

“正如你们所知，在过去的这一年里，红血卫队开始深入湖境之地活动，并逐渐扩散到了诺尔塔。法莱上校和法莱将军对此尽心尽力，我在此对他们的工作表示感谢。”他分别对他们点点头。“按照你们的司令部的命令，类似的活动也在皮蒙山麓展开。渗透，控制，夺取。事实上，这里是蒙弗与红血卫队最早会师的地方，而红血卫队一直到去年为止，都犹如遥不可及的想象。但红血卫队是真实存在的，而且我们拥有共同的目标。与你们的同胞一样，我们也在寻求机会，推翻专制压迫的银血族统治者，扩张我们的民主共和国。”

“看起来你们已经做到了。”法莱指了指屋里。

卡尔眯起眼睛：“怎么做到的？”

“我们将主力放在皮蒙山麓，是因为这里的政体相当不稳定。大公和女大公各自统治其领地，但同时受制于同一阶层选出的大公，局势岌岌可危。他们有的占有大片领土，有的则只拥有一个城市，甚至几平方英里的农场。权力不稳固，导致常有变局。目前，低地公国的布拉肯大公是最高统治者，他是皮蒙山麓最强大的银血族，拥有最广大的领土和最丰厚的资源。”戴维森挥了挥手，拂过墙上的那枚纹章，他指着中间的紫色星星说道，“在他所拥有的三座军事基地中，这是最大的一座，现在让与我们使用了。”

卡尔吸了口气：“你和布拉肯合作？”

“他为我们工作。”戴维森自豪地答道。

我的思绪却转向了别的地方：一个银血王族，竟然会任由一个看似要夺去他一切的国家予取予求？这听起来很荒唐，但我突然记起坐在身边的是什么人了。

“两位大公是代表布拉肯去见梅温的，他们向我提了一些问题，”我眯起眼睛看着戴维森，“是你叫他们问的？”

托尔金斯将军在座位上动了动，清清嗓子说道：“达拉修斯和亚历山德雷曾宣誓与布拉肯结盟，至于他们与梅温国王的关系，我们一直不甚清楚，直到他们死于那次暗杀。”

“得益于你的缘故，我们知道了个中原因。”萨利达说。

“那么幸存者呢？达拉修斯，他反对你们——”

戴维森缓缓地眨着眼睛，眼神空洞，难以捉摸：“他反对我们。”

“噢。”我咕哝着，思索着那位皮蒙山麓的大公可能的死法。

“那么其他人呢？”上校不依不饶地问，“迈克尔和夏洛特，失踪的王子和公主呢？”

“他们是布拉肯的子女。”朱利安说道，他的声音紧绷绷的。

一阵不安席卷了我的全身：“是你们带走了他的孩子？为了迫使他合作？”

“控制一个男孩和一个女孩就能控制这个沿海国家，控制所有资源。”托尔金斯冷哼一声，摇了摇头，她的白发随之拂动。“合算的交易。想想吧，要是一分一寸地争夺，我们得牺牲多少人。再说，蒙弗和红血卫队确实获得了长足的进步。”

我想到那两个孩子——也许是银血族，也许不是——他们被囚禁控制起来，就是为了让他们的父亲就范，我的心缩紧了。戴维森从我脸上读到了这些情绪。

“他们被照顾得很好，应有尽有。”

头顶上的灯泡闪烁起来，就像飞蛾扑扇翅膀。“监牢就是监牢，无论你怎样粉饰它。”我讥刺道。

他也没退让：“战争就是战争，梅儿·巴罗，无论你的意图有多善良。”

我摇摇头道：“好吧，太糟了。节省了那么些兵力，却又牺牲他们来救出一个人，这也是合算的交易吗？用他们的命换我的命，合算吗？”

“萨利达将军，最后的统计数据出来了吗？”首相问道。

萨利达点点头，背诵道：“在前几个月里，共有一百零二名阿尔当被诺尔塔军队征募入伍，其中六十人担任婚礼当日添配的卫戍工作。这六十人均获营救，并在昨晚做了报告。”

“这一成果相当程度上得益于打入内部的萨利达将军，”戴维森拍了拍她宽厚的肩膀，“加上你，我们从你的国王手中一共营救出六十一名阿尔当。他们有饭吃，有地方住，还可选择继续参与工作或重新安置。此外，我们还对诺尔塔财政厅进行了大范围突袭。战争代价高昂，营救无用或羸弱的犯人只会让我们离目标更远。”他顿了顿，“这回答你可满意？”

我略略松了一口气，但混合着从未有过的恐惧的暗涌。他们袭击阿尔贡并不是为了我一个人，我也不会就此自由，而只是从一个独裁者那儿转移到了另一个独裁者手里。我们谁也不知道戴维森究竟想干什么，可他不是梅温。他的血是红色的。

“恐怕我还得再问你一个问题。”戴维森说道，“巴罗小姐，你是否认为诺尔塔国王对你心怀爱意？”

CHAPTER21

## 第二十一章 梅儿

在白焰宫，我曾无数次将杯子摔到墙上，而现在我又有了这样的冲动。“我不知道。”谎言。轻巧的谎言。

戴维森不是容易糊弄的人。他那双野性的眼睛闪动着，饶有兴味。应着光亮，它们变成金色，棕色，又变成了金色——就像太阳照耀着摇摆的麦子那样色彩变幻。“你可以猜一猜嘛。”

我怒不可遏，火一下子窜了起来。

“梅温所谓的‘爱’根本不是‘爱’。”我一把扯开衬衫领子，露出那个烙印。字母M赫然在目，一双双眼睛逡巡在我的皮肤上，打量着隆起的边缘、暗淡的疤痕、灼伤的血肉。戴维森的目光沿着这烈焰烧过的痕迹游走，而我在他的凝视里感觉到了梅温的触碰。

“够了。”我喘了口气，把衬衫重新扣好。

首相点点头：“好吧。我要请你——”

“不。我的意思是，这一切我受够了。我需要……时间。”我颤抖着呼出一口气，从桌边站了起来。椅子剐蹭地板的声音在突如其来的沉默里回响。没有人阻止我。他们只是看着，眼睛里充满了同情。仅此一次，我为此感到高兴。他们的同情放了我。

又一把椅子挪动了。我不需回头去看就知道，那是卡尔。

就像在飞机上一样，我觉得世界开始闭合，窒息感开始扩张、压制一切。这大厅延伸成了看不到尽头的一条路，实在太像白焰宫了。头顶的灯盏闪烁起来，我沉入知觉之中，渴望它能支撑住我。你安全了，你安全了；一切都过去了。我的思绪旋转着，失去了控制，我的双脚也自顾自地走动起来。下楼梯，穿过一扇门，走进外面的花园，闻到馥郁的花香。晴朗的天空犹如折磨。我想要雨天。我想要把自己洗干净。

卡尔的双手覆上了我的后颈，伤疤隐隐作痛。他的温暖浸入了我的肌肉，极力地抚慰着痛苦。我用掌根压住眼睛，这似乎有点儿作用。黑暗之中，我什么也看不见了。梅温、他的王宫、那可怕房间的边界，全都看不见了。

你安全了，你安全了；一切都过去了。

在黑暗中静止、沉溺要更轻松一些。缓缓地，我放下了双手，强迫自己看着阳光。这比我想象中更费力些。我绝不能让梅温再继续囚禁我，我绝不能那样活着。

“我带你回去好吗？”卡尔问。他的声音很低，大拇指一直在我的肩窝上画着圈按摩。“我们可以走回去，给你一点儿时间。”

“我再也不想在他身上浪费自己的时间了。”我生气地转过身，仰起下巴，望向卡尔的眼睛。他没动，很耐心，也没摆出架子。他的所有举动都配合着我的情绪，让我来设定节拍。在长时间的受制于人之后，知道有人允许我自己做出选择，这感觉很好。“我还不想回去。”

“好。”

“我不想待在这儿。”

“我也不想。”

“我不想谈论梅温、政治，或者战争。”

我的声音在花叶间回荡，听起来就像个小孩，但卡尔只是一直点头。就这么一次，他也像个小孩，头发剪得参差不齐，衣服简简单单。不是制服，也不是军礼服。就是一件薄衬衫、长裤、靴子，还有他的烈焰手环。在另一种人生里，他看起来也许很普通。我凝视着他，等着他的身影幻化成梅温。但那没发生。我突然发现，卡尔也不太像自己了。他比我想象中要更忧心忡忡。过去的六个月也折磨消耗着他。

“你还好吗？”我问。

他垂下肩膀，钢筋铁板般的紧张姿态柔和了一点儿。他眨了眨眼睛。卡尔从来就不是会放松警惕的人。我想，自从我被带走的那一天起，也许根本没人会费心问这个问题。

他沉默了好一会儿，深深吸了一口气："会好起来的。但愿。"

"我也是。"

这座花园曾有园丁悉心打理，如今，繁盛的花床生长过度，螺旋盘结，遮住了原来的复杂设计。大自然接管了这里，不同的花朵相互交织，不同的颜色彼此渗透，按照自己的意愿混合，衰败，凋敝，重生。

"恰当的时候请提醒我，我得麻烦你俩采点儿血。"

我一听到朱利安这毫不优雅的请求就大笑起来。他在花园边晃来晃去，颇为体贴地插了嘴。我根本不介意。我笑着穿过花园走过去，紧紧地拥抱他。他也开心地拥抱着我。

"要是别人说这话那可真够奇怪的。"我松开他说道，卡尔在我旁边咯咯笑出了声。"但是朱利安嘛，当然没问题。你随意怎么都好。另外，我得感谢你。"

朱利安困惑地偏了偏头："噢？"

"我在白焰宫找到了一些你的藏书。"我没有撒谎，但是措辞小心。没有必要伤害卡尔，他已经伤痕累累了。他不需要知道是梅温给了我那些书，我也不愿让他对弟弟还怀有不切实际的希望。"用来……打发时间。"

提及我的囚禁时光，卡尔清醒严肃起来，而朱利安则不愿让我们盘桓在痛苦里。"那么你就该明白我现在正在做的事了。"他飞快地说道，但是那双暗下来的眼睛里没有笑意，"是不是，梅儿？"

"并非是神所拣选的，而是为神所诅咒的。"我回忆着那本被人遗忘的书，喃喃念出了他潦草写下的字句。"你想弄清楚，我们从何处来，以及为什么会出现。"

朱利安双臂环肩："我必须得试一试。"

# 第二十二章
## 梅儿

每个清晨都以同样的方式到来。我在卧室里待不住，鸟儿早早就叫醒了我。它们干得好，因为迟些跑步就太热了。皮蒙山麓的基地状况良好，它被保护得不错，边境都由蒙弗和皮蒙士兵守卫。后者是红血族，当然。戴维森知道，那个傀儡大公布拉肯没准儿会暗中筹谋，于是不允许他们银血族入内。事实上，除了认识的那些银血族之外，我就再也没见过其他银血族了。所有拥有异能的人都是新血——或称为“阿尔当”——这取决于你和谁交谈。如果真像戴维森所说，他那个自由共和国里也有银血族，并且地位平等，我还一个都没见到。

我绑紧了鞋带。外面的街上雾气缭绕，在砖房之间低低悬垂。打开门，凉爽的空气扑面而来，闻起来像是雨和雷的气味。我不禁笑了起来。

不出所料，卡尔坐在最末一级台阶上，两条腿伸向狭长的人行道。直到现在，我一看到他还是会怦然心动。他则打了个大哈欠跟我打招呼，下巴都要掉了。

“喂喂，”我没好气地说，“战士哪有这么爱睡的！”

“可以的时候我宁愿睡觉。”他站起来，夸张地做出恼怒的样子，就差吐舌头了。

“那你尽管回宿舍好了。谁叫你坚持要住在营房里。要是搬到军官公寓不就能多睡一会儿了——或者别再陪我跑步了也行。”我耸耸肩，有点儿害羞地笑了。

他拎起我的衬衫领子，把我拽向他。“别怪罪我的宿舍了。”他咕哝着，在我唇上印下一吻，然后又亲了亲我的下巴，我的脖子。每一点触碰都绽放开来，犹如点燃了我皮肤之下的火种。

我颇不情愿地推开他的脸：“你要是在这儿继续这么干，我老爸可能真会从窗子给你一枪。”

“好吧，好吧。”他连忙敛容，脸都白了。如果我没猜错，卡尔是真的很怕老爸。这太好笑了：一位银血族王子，一位弹弹手指就能燃起地狱之火的将军，竟然会怕一个跛脚的红血族老头儿。“我们做做拉伸吧。”

我们开始运动，卡尔比我更卖力，动作更到位。他好脾气地训我，每个动作都能找出点儿错来。“别猛冲。别前后晃。放松，慢一点儿。”但我很急切，渴望马上开始跑步。他最终还是让步，点点头，同意了。

一开始我跑得很轻松，几乎是足尖点地，像跳舞似的，每一步都兴奋极了。这是一种自由的感觉。清新的空气，啁啾的小鸟，雾气犹如湿手指般拂过。还有我平和、稳定的呼吸，以及渐渐加速的心跳。我们第一次在这里跑步时，我不得不停下来放声大哭，高兴得收不住眼泪。卡尔压着步子，免得我因为冲得太快而上气不接下气。我们很快就跑完了一英里，来到围墙边。围墙半是石头，半是铁链，顶端还有铁丝网，不远处有很多士兵在巡逻。是蒙弗人。他们冲我们点点头，已经习惯了我和卡尔两周以来的路线。其他士兵则在远处慢跑，进行例行训练。不过我们没有加入他们。士兵们排着队，喊着口号，这太不适合我了——卡尔的要求就已经够多了。而且，所幸戴维森没有逼我在“重新安置或正式服役”之间做选择。其实，虽然他现在和大家一起住在基地，但自从那次简报会议之后，我就再也没见过他了。

接下来的两英里有点儿费劲了。卡尔加快了步伐。今天更热了，尽管还早，云彩却已开始在头顶聚集。雾气弥漫，我满身大汗，嘴唇上都咸咸的。两条腿越来越沉，我拉起衬衫领子擦脸。卡尔则干脆脱掉了衬衫，把它塞在作训裤的腰带上。我先是本能地想提醒他注意防晒，而后又盯着他赤裸上身的完美肌肉，最后我还是把注意力放在了面前的跑道上，想努力再多跑一英里。再多一英里。再多一英里。他的呼吸声突然让我心不在焉起来。

树林将军营、军官公寓和停机坪隔开，我们就绕着树林的阴影跑步。这时，似乎有雷声传来。就在几英里之外，我能确定。卡尔伸出胳膊，让我减速。他转向我，两只手抓住我的肩膀，俯下身子，古铜色的眼睛凝视着我，像是在搜寻着什么。雷声又响了，更近了。

“怎么了？”他关切地问道。他一只手伸向我的脖子，抚摩着因为运动而发红发烫的伤疤。“冷静。”

“不是我。”我仰起头，冲着暗下来的积雨云努努嘴，笑着说，“只是天气。有时，当气温太高、空气太潮湿，就会形成雷雨——”

他大笑起来：“好，我明白了。多谢。”

“跑得好好的，让你毁了。”我啧啧出声，用我的手去拉卡尔的手。他歪着嘴笑了，笑得那么开心，连眼角都挤出皱纹了。风雨欲来，我感知到了它那电流中心的震颤。我的脉搏仍然平稳，但我推开了闪电那诱惑性的呜呜声。不能让雷雨在这么近的地方释放。

我无法控制雨水，它突然间瓢泼而至，淋得我们都叫唤起来。我的衣服就算没被汗水洇湿，这会儿也被雨水淋湿了。突如其来的冰凉让我俩一时呆住了，尤其是卡尔。

他裸露的皮肤蒸汽腾腾，薄薄的灰色轻烟在他的身体和胳膊周围缭绕。雨滴落下来时，便发出咝咝的声音，瞬间蒸发。卡尔很冷静，所以这情况很快停止了，不过他仍然一波一波地散发着热量。我不假思索地扑进他怀里，浑身发抖。

“我们得回去了。”他在我头顶喃喃说道。我感觉到卡尔的声音在他的胸膛里回响，我的手掌按在心脏的位置，那儿正加速跳动。它在我的触碰之下如雷鸣一般，相较于卡尔平静的神情煞是突兀。

不知为什么，我没有答应。身体更深的某个地方——我说不上来究竟是哪里——有什么东西猛地抻了一下。

“要回去吗？”我轻声说道，期待着雨水能吞没我的声音。

他的胳膊紧紧地搂着我。他听见了。

树林是新近栽种的，它们的枝杈和叶子还不太繁茂，没有完全遮挡住天空——但是挡住街道足够了。我的衬衫先被扯掉了，扔在泥里，我把他的也拽下来丢在泥地里，这样才平等。大雨滂沱，每一滴厚重的雨点都犹如冰凉的惊奇，沿着我的鼻子、后背，或是环绕着他脖子的双臂流下。温热的双手在我的背上游走，与雨水鲜明反差令人愉悦。他的手指顺着我的脊柱而下，按压着每一块脊骨。我也一样，抚摩着他的肋骨。他颤抖着，不是因为雨，而是因为我的指甲楔入了他的身侧。卡尔用牙齿回应我，它们擦过我的下颌，而后又咬住了我的耳朵。我闭上了眼睛，除了用心去感知以外，什么都不能做。所有感官都犹如焰火，犹如雷电，犹如爆炸。

雷声越发近了，仿佛要将我和他一口吞下。

我把手指插进卡尔的头发里，让他靠近我。再近一点儿。再近一点儿。再近一点儿。他身上是盐和烟的味道。再近一点儿。我好像总觉得还不够近。“你以前有过吗？”我应该害怕，但让我战栗的只是冰冷的雨。

他向后歪着头，而我几乎要哭起来了。“没有。”他轻声说着，看向别处，黑色的睫毛上滴下雨滴。他绷紧下巴，像是觉得害羞。

这就是卡尔，他就是会在这种时候尴尬起来。他喜欢事先知道结果，喜欢在发问之前就知道答案。我几乎要笑出来了。

这是另一种“战争”，也没有“训练”可言。我们不是套上盔甲，而是把我们仅余的衣服全脱掉了。

六个月来，我坐在他弟弟的身边，将自己的身体与灵魂借予了魔鬼。现在我已经完全不害怕在所爱的人面前展露身体，哪怕是在泥地里。闪电在头顶上闪动，在我的眼底闪动，每一条神经都释放着火花。我全神贯注，所思所想都是不要让卡尔感觉不佳，诸如此类。

他的胸膛在我的手掌之下发亮，恣意的热度不断升高。他的皮肤与我的相比，显得更加苍白。他用牙齿扯开了烈焰手环，把它甩到地上。

“谢天谢地，下着雨。”他喃喃说道。

我的感觉却正相反。我想要灼灼燃烧。

我不想浑身是泥地回到联排公寓去，而卡尔那超级不方便的宿舍也不能去——除非我愿意和十几个士兵共享一个浴室。于是我们便往基地的医院走。那是一幢矮矮的建筑，覆盖着常春藤。而这时，卡尔正从我的头发里往外择树叶。

“你看起来像棵灌木。”他说，脸上的笑容都有点儿犯傻了。

“我就知道你得这么说。”

卡尔几乎要咯咯笑出声了：“你怎么知道？”

“我——呸！”我转了个弯，走向医院的入口。

医院现在几乎荒废了，没有病人，所以护士和医生也没什么可干的。

因为有了愈疗者，他们无所事事，只在治疗慢性病人和伤情特别复杂的伤员时才能派上用场。我们走在煤渣砖块砌成的走廊里，头顶上是惨白生硬的荧光灯，四周寂静一片。我的脸颊仍然火辣辣的，脑袋里一团乱，本能的冲动还没有平息。我想把卡尔推进最近的一间屋子里，然后锁上门……但理智告诉我，不能那么做。

我以为会有什么变化。我以为自己会感觉到不同。卡尔的抚摩和触碰并没有擦去梅温的痕迹。我的那些记忆还在，昨天有多痛苦，现在就一样有多痛苦。尽管我尽力了，却还是无法忘记横亘在我们之间的沟壑。没有哪一种爱能抹去他的错误，也没有哪一种爱能抹掉我的。

前面的拐角处走来一个护士，手里抱着一大堆毯子，脚踩在铺着瓷砖的地上，有些看不清。她一见到我们就停住了，手里的东西差点儿都掉了。“噢！”她说，“你可真快啊，巴罗小姐！”

卡尔用咳嗽掩饰住了笑意，我的脸则更红了：“什么？”

护士笑了：“我们才刚往你家里送了消息。”

“呃……”

“跟我来吧，亲爱的，我带你到她那儿去。”护士抱着毯子，两手在腰间动了动，招呼我过去。我一头雾水地看着卡尔，他也一样困惑，而后耸了耸肩，小跑着跟了上去——这么无忧无虑的，真古怪。他那军队里训练出来的警醒仿佛一去不返了。

护士一边领着我们走，一边兴奋地聊着。她的口音带有皮蒙山麓的腔调，听起来低沉又甜美。“应该用不了太久。她进步神速。我猜她骨子里就是个战士，一点儿时间也不想浪费。”

走廊尽头是一间大大的病室，比医院里的其他地方要热闹些。宽阔的窗子对着一座花园，花木在大雨中暗沉摇曳。皮蒙人的确很喜欢鲜花。病室两侧有好几扇门，分别通往不同的病房和病床。其中一扇门开着，很多护士出出进进。门口由一位荷枪的红血卫兵把守，但是他看起来并不是太紧张。时间还早，他缓缓地眨着眼睛，对四周静悄悄的忙碌无动于衷。

莎拉·斯克诺斯似乎已经醒了。我还没有叫她，她就先抬起了头，眼睛像外面的暴风雨一样灰蒙蒙的。

朱利安是对的，她的声音很美。

“早上好。”她说。这是我第一次听到她讲话。

我并不十分了解她，但我们还是拥抱了彼此。她的手拂过我的胳膊，让我疲劳的肌肉松弛了下来。她向后撤回身子时，从我的头发上摘下了一片树叶，然后认真地擦掉了我肩膀后面的泥。她的眼神闪动着，看到了卡尔胳膊和腿上的泥印。医院里一尘不染，到处都干净得发光，被灯照得亮亮的，在这种气氛下，我俩就像是两个又脏又狼狈的笨蛋。

莎拉的嘴唇抿着，微微笑道：“看来你们很享受晨跑啊。”

卡尔清了清喉咙，脸上泛起银光。他一只手掸了掸裤子，却把泥甩得到处都是。“是啊。”

“这些病房都配有洗手间和淋浴，我还可以为你们找些换洗的衣服。”莎拉点点头，“如果你们需要的话。”

卡尔垂下脸，把涨成银色的脸埋起来，然后悄悄溜走了，身后留下一串湿脚印。

我没动，就让他先去好了。尽管莎拉又能讲话了——我猜，她的舌头是被另一位愈疗者治好的——可她仍然不多说什么。她自有更加意味深长的沟通方式。

她又碰了碰我的胳膊，轻轻地把我推向另一扇门边。卡尔在视线之外的时候，我能更清醒一点儿。散落的点连成了线，我的胸口一阵发紧，悲伤和兴奋交织纠缠。我真希望谢德在这儿。

法莱坐在病床上，脸颊红扑扑的，有些浮肿，眉毛上蒙着细细的一层汗。外面的雷声渐渐融入了瓢泼落下的声音里，雨水像是永不停止一般冲刷着窗子。她一看见我就爆发出一阵大笑，然后又因为这突然的动作瑟缩起来。莎拉连忙赶到她身旁，两手放在她脸上安抚着。另有一位护士在墙边逡巡，以备不时之需。

“你是跑步还是爬阴沟啊？”法莱嚷嚷着问道。

我往屋子里面走近了一点儿，小心地不碰脏任何东西：“刚好赶上雷阵雨。”

“是啊，”法莱似乎完全不相信，“是卡尔在外面？”

我的脸突然像她的一样红了：“是的。”

“是啊。”她拖着长音说道。

她的眼睛懒洋洋地看着我，好像能从我的皮肤上看出半小时之前的情景。我真想好好检查一下自己，看看身上有没有什么引人怀疑的手印，不过还是忍住了。这时法莱伸出手，招呼那个护士。护士向前俯着身子，听她耳语了几句。法莱说得很快，声音很低，我听不清。护士小跑着去取她要的东西了，而法莱则不自然地冲我笑了笑。

“你可以靠近点儿，我又不会爆炸。”她瞥了一眼莎拉，“目前不会。”

那位皮肤愈疗者展露出训练有素的礼貌微笑：“不会等太久了。”

我试探着又往前走了几步，直到一伸手就能碰到法莱。她的病床边有好几台机器在闪烁着，电流的脉冲缓慢而平静。我下意识地被它们吸引了，沉浸在它们平稳的频率中。因谢德而来的痛苦成倍增长：他的一部分即将呱呱坠地，但他永远都不会回来了。即使这个婴孩有着他的眼睛、他的名字、他的笑容，他也不会再回来了。这将是他永远爱不到的孩子。

“我在想玛德琳。”

她的声音把我拽出了思绪的旋涡：“什么？”

法莱用指尖勾着白色的床单：“那是我妹妹的名字。”

“噢。”

去年，我曾在上校的办公室里看到过一张她的家庭照。照片年代久远，但法莱和上校我肯定不会认错，旁边还有同样金发的妈妈和妹妹。他们身上有肖似的地方：肩膀宽厚，体格健壮，蓝色的眼睛坚忍硬气。法莱的妹妹是四个人中最矮小的，容貌尚未定型，但和她越来越像。

“或者克拉拉，我妈妈的名字。”

如果她想继续聊下去，那我就一直在这儿听着好了。不过我不会刺探什么。于是我保持安静，等着，让她引领谈话的方向。“她们好几年前就死了，在湖境之地，在我们家里。那时候红血卫队还不够谨慎，我们的一个侦察员被抓了，而他知道很多。”法莱的脸上不时掠过痛苦，来自对过去的回忆，也来自眼下的处境。“我们的镇子很小，是个被忽视的地方，对红血卫队之类来说，是再完美不过的了。直到那个人受不了折磨，吐露了它的名字，湖境之地的国王便亲自严惩了我们。”

他的模样一下子出现在我的记忆里：小个子，安静，但暗含杀机，就像波澜不惊的水面。奥莱克·锡格尼特。“当时我和我爸不在家，而他拎起了哈德湖的湖岸，让湖水漫过湾地，淹没了我们的镇子，把我们的故乡从他的国土上整个抹去了。”

“她们被淹死了。”我喃喃说道。

法莱的声音没有丝毫起伏：“全国的红血族都被那场北部大洪水激怒了。我爸把我们的故事拿出来讲个没完，到各个镇子村子里面去讲，红血卫队就这样在我们那儿壮大起来。”法莱空洞的神情变成了怒容，“‘至少她们死得其所’，他老是这么说，‘我们只是运气好罢了’。”

“最好生得其所。”我赞同道。这是我经历千难万难学会的一课。

“是啊，没错，没错……”她的声音低了下去，但又毫无畏惧地拉起我的手问，“你是怎么适应的呢？”

“慢慢适应。”

“这倒不是件坏事。”

“家人们就在公寓里，朱利安不在实验室忙的时候会来拜访，奇隆也在。护士们给老爸做治疗，帮助他重新适应双腿——顺便说一下，他可真是进步神速。”我说着看了看莎拉，她安静地待在角落里，高兴地笑了。“他很擅长隐藏自己的感受，不过我能肯定，他很快乐，前所未有地快乐。”

“我问的不是你的家人，是你。”法莱用一根手指敲了敲我的手腕内侧。我不由自主地想起了镣铐的压抑，哆嗦起来。“这可是我第一次给你机会，让你为自己发发牢骚，闪电女孩。”

我叹了口气。

“我——我不能独自待在锁门的屋子里。我不能……”我把手腕从她手里慢慢地抽出来。“我不喜欢手腕上有东西，那样太像是梅温囚禁我时给我戴的镣铐了。我也不能正常地看待事物，我看一切都像是谎言，到处都是，人人都是。”

她的眼睛暗了下去：“这未必是个坏的本能。”

“我知道。”我轻声道。

“那么卡尔呢？”

“什么？”

“上一次我见到你们在一起，还是在——在这一切发生之前，你俩当时差点儿要把对方撕烂了。”*就在距离谢德的尸身几英寸的地方。*“我想，矛盾都解决了吧。”

我记得那一刻。我和卡尔没提起过它。成功逃离让我松了口气，也让我们松了口气，那一刻便被抛到脑后，暂时遗忘了。但法莱谈起时，我觉得旧日伤口又被扯开了。我极力解释：“他仍然在这里；他帮助红血卫队突袭了阿尔贡；他领导了科尔沃姆一役。我只希望他能选择一方，显然他已经做了选择。”

我的耳畔响起轻语，将我拉回了久远的记忆：选我，选择黎明。“他选了我。”

“真是花了够久的时间。”

我不得不同意这一点。不过，至少他是不会在这条路上回头了。卡尔是红血卫队的，梅温已经确保全国都知道这件事了。

“我得去清理一下。要是我哥哥看见我这副样子……”

“去吧。”法莱在垫高了的枕头上动了动，想换个更舒服的姿势。“你很快就会有个侄女或侄子了。”

我只觉得苦乐参半，又悲又喜。为了她，我勉强挤出了笑容。

“不知道孩子会不会……像谢德一样。”我的意思很明确：不是容貌，而是异能。他们的孩子会像他和我一样，也是新血吗？血缘和遗传会起作用吗？

法莱只是耸了耸肩，她明白我在说什么：“唔，反正他还没从我肚子里跳出来。谁知道呢。”

门边，护士回来了，端来一只浅浅的杯子。我往后退了退，让她过去，她却没走近法莱，而是在我面前站定了。“将军叫我给你这个。”她说着递过杯子，里面是一粒药片，白色的，样子普普通通。

“你随意。”法莱在病床上说道。她用手抚摩着自己的肚子，眼色黯然。“不过我觉得你应该吃一片。”

我没有犹豫，吞下了药片。

过了一段时间，我的侄女降生了。老妈拒绝让任何人抱克拉拉，还坚称她在新生的小婴儿身上看到了谢德的影子。这明明不可能，那个小女孩一点儿也不像我哥哥，倒像是个皱皮的红番茄。

CHAPTER22

# 第二十二章 梅儿

在病房外，巴罗家的成员兴奋地聚在一起。卡尔已经走了，继续他的训练去了。他不想打扰这种私密的家庭时刻，而是像其他人一样，尽量多地给我空间。

奇隆和我坐在一起，缩在窗户边的一把小椅子里。雨渐渐小了。

“真是个钓鱼的好天气。”他说，看了看灰暗的天空。

“噢，你竟然也议论起天气来了。”

“神经过敏，真是的。”

“你这是活腻歪了吧，沃伦。”

他大笑起来，接着说道：“我看我们都活腻歪了。”

要是别人说这话，可能会觉得有点儿不吉利，但我太了解奇隆了。我撞了撞他的肩膀。“训练怎么样？”

“唔，蒙弗一共有几十个新血，都在接受训练。有几个新血的异能比较类似——达米安、海瑞克、法拉赫，等等，他们正跟着教练强化弹跳和跃界。我和艾达一起练习，卡尔不在的时候也帮忙照顾孩子们，他们需要熟悉的面孔。”

“这么说，没空钓鱼了？”

奇隆咯咯笑了起来，向前倾着身子，胳膊肘支在膝盖上。“没空，真没空。挺好笑的，我原来可讨厌早起到河上干活儿了。被太阳晒呀，绳子钩子乱缠呀，鱼内脏粘满身呀，全都讨厌极了。”他开始咬指甲。“可我现在挺想念的。”

我也想念那个男孩。

“那个味，真的让人很难跟你交朋友。”

“也许就是因为这个，咱俩才这么铁。我身上的臭鱼味和你身上的臭脾气，别人都不能忍。”

我笑了，向后仰着，把头靠在窗子上。雨水滴落，沉重而平缓。我暗暗数着雨滴——这比思考周围和未来的一切要简单得多。

四十一，四十二。

“你竟然可以呆坐这么长时间。”

奇隆看着我，满脸关切。他也是个贼，有着小偷的本能，对他撒谎并不能蒙混过关，只能把他推得更远。现在的我承受不了这种事了。

“我不知道该做什么。”我轻声说，“在白焰宫里，我被囚禁起来，还能试图逃跑，计划筹谋，刺探消息，努力活下去。可现在……我不知道。我不太确定，自己还能不能继续下去。”

“你没必要继续下去啊。如果你抛下这一切走开，再也不回来了，也根本不会有人责备你。”

我仍然凝视着雨滴，肚子里面好像有点儿不舒服。“我知道。”内疚感吞噬着我，“可是，就算我能立即消失，带着我在乎的人离开，我也不会那么做。”

我的身体里有太多愤怒，太多恨意了。

奇隆很理解地点了点头：“但是你不想再争斗了。”

“我不想变成……”我的声音低了下去。

*我不想变成恶魔，不想变成徒有空壳的恶魔，像梅温那样。*

“不会的。我不会让你变的。哪怕不让我跟吉萨开始约会。”

我忍不住笑了：“好。”

“你并不是孤身一人。我和那些新血相处时，发现他们最害怕的就是这个。”他也把头靠在窗户上。“你应该和他们聊聊。”

“应该。”我咕哝着。我是说真的。我的胸口里感到了一点儿轻松。奇隆的这些话比任何东西都能安慰我。

“最终，你还是得自己选出你想要的。”他温和地刺了我一下。

浴缸里的水打着旋儿，懒懒地涌着细密的白色泡沫。苍白的男孩仰脸看我，他的眼睛大睁着，他的脖子裸露着。现实中，我只是站着，软弱、愚蠢、心怀恐惧。但在梦境里，我用双手掐住了他的脖子。他在滚烫的水里扑打挣扎，慢慢下沉，再也没有浮上来。再也不会纠缠我。

“我想要杀了他。”

奇隆眯起眼睛，脸颊上的肌肉抽缩着：“那么你就必须去训练，必须去赢。”

缓缓地，我点了点头。

在病房的尽头，几乎全黑的暗影里，上校一直守着。他盯着自己的脚，一动不动。他没有去探望女儿和新生的外孙女，但是也没有离开。

# 第二十三章 伊万杰琳

她靠在我颈边笑了，朱唇拂过犹如冰冷钢铁。我的公主冠冕歪歪斜斜地戴在她的红发上，钢铁和钻石在红宝石间闪闪发亮。她动用异能，让钻石像星星般半明半昧。

我颇不情愿地坐起来，离开睡床，将丝绸床单和伊兰撇在身后。我猛地拉开窗帘，让阳光倾泻，而她叫了起来。她摆摆手，窗子就变暗了，荫翳扩张开来，直到光线减弱成她满意的亮度。

我身上的黑色贴身内衣暗淡凌乱，脚上是一双蕾丝拖鞋。今天是个特别的日子，我得花些时间从衣橱里挑选合适的金属薄片来塑造形象。钛和铁缠绕上了我的四肢，银色和黑色将光线折射成灿烂绝妙的颜色。我不需要侍女来帮我穿衣打扮，也不希望有人在我的房间里进进出出。我自己化妆，涂上闪耀的蓝黑色唇膏，以搭配混着特制水晶粉的黑色眼线。伊兰一直百无聊赖，直到我把冠冕从她头上取下来。它戴在我的头上才是完美的。

“亲爱的。”我俯下身子，又吻了吻她。她懒洋洋的，嘴唇压着我的嘴唇，笑得弯弯的。“别忘了，你今天也得露面。”

她玩笑着垂首道：“遵命，殿下。”

这头衔听起来真是甜美至极，我真想在她唇上舔一舔。不过，那样也许会毁掉妆容，还是算了。我也不会回头去看，免得把这些日子以来我仅有的自控也撒手放任。

数代以来，山脊庄园一直属于我的家族，它盘踞在起伏裂谷的顶端，而我们的领地正是因此得名。庄园全部由钢铁和玻璃建成，毫无疑问是我最喜爱的家族房产。我的寝室面朝东方，向着黎明。我喜欢初升的太阳，但伊兰可不这么想。将我的房间与庄园大厅连接起来的走廊是专为磁控者设计的，钢铁步道两侧是空的，有些是沿着地面铺设，但更多的是弯曲交叠，凌驾于繁茂的树顶、参差的岩石，以及各个亭台榭厦之上。因此，就算是打上门来，入侵者也难以突破这些精妙险峻的防线。

尽管山脊庄园面积辽阔，林木修剪整齐，鸟儿却鲜少飞临这里。它们很清楚。自从孩提时代起，托勒密和我就把它们当作练习用的靶子，就算不被我们击中，也会在母亲的法术里坠落。

三百多年以前，卡洛雷家族还没有崛起，山脊庄园也不存在。甚至诺尔塔也不存在。那时，这片大陆是由我的直系祖先、萨默斯家族的军阀统治的。我们身上流着征服者的血，我们的命运再次上升，梅温不再是诺尔塔唯一的国王。

这儿的仆人们很善于“隐形”，只有需要或被叫到的时候才会出现。在最近的几个星期里，这一点显得尤为突出。其原因并不难猜：太多红血族逃走了，不是跑到远离国内战争的城市去了，就是加入了反叛组织红血卫队。父亲说过，红血卫队撤到蒙弗去了，他们在那儿只不过是傀儡，在蒙弗人的刀尖上跳舞罢了。尽管很勉强，但他还是与红血卫队和蒙弗的领导人保持着联系，因为现在，敌人的敌人就是朋友，为了对付梅温，所有潜在的盟友都是必要的。

托利正在游廊里等我。那是一座沿着主楼而建的宽敞的开阔走廊，四周皆有窗户，能看到四面八方的景象和裂谷间的矿藏。在最晴朗的日子里，我也许还能看见西方的皮塔鲁斯，但远处的云彩低压压的，春雨正沿着蜿蜒的河谷成形。在东方，山谷和丘陵沿着斜坡扶摇直上，消失在蓝绿色的山峦间。以我公正的眼光来看，裂谷区是诺尔塔最美的地方。而这里属于我，属于我的家族。萨默斯家族统治着这天国之境。

哥哥看起来的确像个王子，像裂谷王座的继承人了。托利没穿盔甲，而是穿了一身新制服。银灰色代替了黑色，缟玛瑙和钢铁相间的扣子亮闪闪的，黑亮的饰带由肩及胯。还没有徽章——至少，没有能佩戴的，因为他的那些徽章都是因侍奉另一位国王而获得的。他银色的头发湿漉漉的，贴在脑袋上，看样子是刚刚洗过澡。他的那只新手蜷着，缩在护具里。雷恩几乎花了一整天才让他的手重新长出来，她花费了巨大的能量，不得不靠另外两个亲友帮忙。

“我老婆呢？”他问道，打量着我身后的走廊。

“反正她会来的，懒家伙。”托利一个星期前和伊兰结婚了。我不知道他俩有没有共度新婚良宵，不过他根本不在乎。这种安排是大家都认可的。

他用那只没受伤的胳膊挽着我：“可不是人人都能给你这种睡得浅的人做手术。”

“是吗，那你呢？我听说为了治疗你这只手，雷恩小姐加了好几次夜班。”我瞥了他一眼，“还是说我听岔了？”

托利害羞地笑了：“有可能听岔了？”

“没有。”在山脊庄园，保守秘密几乎是不可能的。尤其是跟母亲保密。她的眼线遍布各处，老鼠、猫，还有偶尔出现的麻雀。阳光照进游廊，在流动的金属雕塑之间游弋。我们走过的时候，托勒密在空中扭动着他那只新手，雕塑也随之扭动，重新组成不同的造型，每一个都越发复杂。

“别磨蹭了，托利。要是大使在我们之前到了，父亲会把咱俩的头钉在大门上的。”我嗔怪道。他则笑话起这微不足道的威胁和旧日玩笑。我们从未见过那种场面。父亲以前肯定杀过人，但不会用那么粗糙的手段，也不会在离家这么近的地方动手。*别把自家花园里弄得血淋淋的*，他会这么说。

我们沿着游廊，一直走在外面的步道上，这样能更好地享受春天的气息。大部分室内的房间都可以看见外面的步道，窗子上的平板玻璃擦得干干净净，门开着，好让春风吹进。萨默斯家族的警卫排成一排，当我们经过时便点头行礼，对他们的王子和公主表示敬意。我也微笑致意，但他们的出现总让我觉得不安。

这些警卫正在监视一项残忍的工程：制造静默石。我们经过的时候，就连托勒密都脸色煞白。血腥气味瞬间席卷而来，让空气里充满了尖锐的金属味。屋子里有两个亚尔文家族的人，被锁链绑在椅子上，都不是自愿到这儿来的。他们的家族是梅温的盟友，但我们需要静默石，所以他们就来了。雷恩在他们之间忙着，盯着进度。那两个人的手腕都被割开了，血液不停地淌出来，流到大桶里。当他们快受不了时，雷恩就让他们的伤口愈合，刺激血液再生，如此循环往复。与此同时，取出的血液与水泥混合，硬化，就成了可以压制异能、置人死地的静默石。我不知道为什么要这么做，但父亲必定有他的计划。也许是要建一座监狱，就像梅温给银血族和新血建的那座监狱一样。

我们最大的一间会客室“日落大厅”名副其实，位于西部的斜坡上。我想，它现在已经担负起主殿的功能了。我们走过去时，一路上尽是父亲新设立提拔的贵族臣僚，越靠近大厅越多。他们大多是萨默斯家族的表亲，因我们宣布独立而提高了地位。有一些近亲——父亲的兄弟姐妹及其子女，自己加封了王室头衔，不过其他人仍然是“勋爵”“夫人”，像过去一样，心满意足地寄生于我父亲的名号和野心之下。

在黑色和银色之中，明亮的色彩显得十分突兀，也说明了这次集会的目的。那些公开反对梅温的家族各自派出使者来到这里，与裂谷王国进行谈判。下跪臣服，艾若家族也许会有争议，还试图讨价还价。闪锦人自以为他们的秘密能买到王冠。可是在这里，力量才是通行的货币，强大才是可支付的硬币。而他们一进入我们的领地就被包围了。

哈文家族的人也来了，那些荫翳人正舒服地晒着太阳。拉里斯家族的织风人穿着黄色的衣服，聚在一起，挨得很近。他们已经对我父亲宣誓效忠了，并且带来了他们在皇家空军的势力，这就能控制大部分空军基地了。我更在意哈文家族。伊兰虽然没说，可她很想念家人。他们并非人人都愿意效忠萨默斯家族，哈文的父亲就是反对者之一。看到自己的家族四分五裂，让她痛心不已。我觉得这才是她不愿意和我一起来这儿的真正原因。目睹家族分裂，这是她无法承受的。我真想说服他们，看在伊兰的分儿上下跪吧。

在晨光中，日落大厅仍旧以其平滑的鹅卵石地面和俯瞰山谷的视野而显得华彩动人。忠河流淌，犹如绿色丝绸上的蓝色缎带，慵懒地曲折绵延，没入远方的暴风雨中。

结盟仪式尚未开始，这让我和托利可以悠然坐上座位——王座。他的在父亲右边，我的在母亲左边，四把座椅都由最精炼的钢铁铸成，抛光打磨得如镜面一般。它摸起来冰凉，我告诫自己，坐下去的时候不要发抖。可不出意料，我身上还是起了鸡皮疙瘩。我是一位公主了，是裂谷王国、尊贵的萨默斯家族的伊万杰琳。我曾以为自己的命运就是成为某个国王的王后，戴上某个王国的后冠。但是现在这样更好。这才应该是我们长久以来计划筹谋的啊。为了成为别人的妻子而花费了那么多年训练学习，我真有些悔不当初之感。

父亲步入大厅，身边围着一群顾问。他点头倾听，并不多言。这是他的天性。他独断思考，不过也能听取意见，在做决定之前考虑方方面面。不像梅温，那个傻瓜只知道顺从自己缺陷重重的感觉。

母亲一如既往身着绿色衣裙，独自跟在后面，身边没有太太女眷围绕。大部分人都对她敬而远之，大概是因为她身后跟着一头悠游踱步、两百多磅的黑豹。它亦步亦趋，紧紧跟随，只在母亲登上后座时才闪到一旁。而后它就围着我打转，硕大的脑袋在我脚踝上蹭来蹭去。出于习惯，我一动不动。母亲对生灵的操控很娴熟，但尚不完美。我就曾见过她的宠物咬伤了侍从——不管有没有她的授意。黑豹晃晃脑袋，回到母亲身边，在她左侧、我们中间坐下了。她伸出戴着绿宝石的手，抚摩着豹子光滑的皮毛。大猫缓缓地眨着眼睛，黄色的眼睛圆圆的。

我越过黑豹，与母亲四目相交，扬起眉毛说："真是惊人的亮相。"

"不是黑豹就是蟒蛇。"她答道。后冠上的绿宝石镶嵌在白银上，莹莹夺目，她的长发垂下，厚密、顺直、光滑，就像一张黑色的纸。"但我找不到搭配蟒蛇的袍子了。"她指了指绸缎裙子上镶玉的褶边。我对这个理由心存怀疑，但是没有说出口。她的意图很快就会明朗起来。尽管母亲很聪明，她却不擅长找托词。她的威胁总是那么直白。在这方面，父亲倒是能很好地与她互补。他经年累月地谋划布局，总是在暗中行动。

然而，现在，他站在明亮的阳光中了。他挥挥手，让那些顾问退了下去，然后登上王座，与我们并排坐定。这是充满权势力量的一幕。他也像托勒密一样，穿着银色的锦缎，那件黑色的旧袍子已经不见了。我能感觉到他徽章底下的盔甲——铬——和他横亘眉上的简洁王冠是同一材质。父亲没有佩戴珠宝，那些东西对他来说没用。

"铁之手足！"他平静地对着日落大厅说道，望着散落在人群之中的萨默斯家族的面孔。

“钢之国王！”他们呼应着，在半空中挥起拳头。巨大的力量震得我胸口隆隆作响。

在诺尔塔，在白焰宫或夏宫的主殿里，人们只呼号国王的名字，宣扬国王的存在。而我父亲不在乎那种没用的东西，就像他不在乎珠宝一样。这里人人都知道彼此的名姓，重复它就犹如渴望认可，只会显得软弱。父亲可不是这样的人。

“开始。”他说道。他的手指敲打着王座的扶手，大厅深处厚重的铁门徐徐打开。

大使人数不多，但级别都很高，是各个家族的首领。艾若家族的萨林领主似乎把我父亲撇掉的那些珠宝都戴上了，他那宽大的衣领上镶满了红宝石和蓝宝石，从一侧肩膀直覆盖到另一侧。他的其他衣饰也都由红蓝两色的图案点缀，袍子垂到脚踝，随之翻动。如果是别人，没准儿会被绊倒，但艾若家族的闪锦人没有这种顾虑。他优雅地走动，黑色的眼睛冷硬无情。为了比得上他的前任——艾尔拉·艾若，他已经尽力了。他的陪同者也是闪锦人，同样艳丽惹眼。真是个漂亮的家族，人人都有着青铜般的皮肤和丰美的黑发。桑娅没有和他一起来。在宫里的时候我把她当作朋友，就和我那些普通的点头之交差不多。我并不想念她，她不在这儿也许更好。

萨林一见到我母亲的那头黑豹就眯起了眼睛。豹子被摸得正舒服，咕噜作响。啊。我差点儿忘了，他的母亲，那位被杀了的艾若夫人，年轻时就被人称作“黑豹”。真妙啊，妈。

六位哈文家族的荫翳人现形了，他们的脸上明显带有敌意。在房间后面，我看见伊兰也现身了。不过她的脸藏在暗处，不让大厅里的其他人看见自己的痛苦。我真希望能让她坐在我身边。可就算我的家人待她已经足够妥帖，那种事也不可能发生。有朝一日，她会坐在托利的身后，而不是我身边。

伊兰的父亲、杰拉尔德领主是哈文代表团的首领。他也拥有明亮的红发和红润的皮肤，像他女儿一样。得益于操控光线的异能，他看起来比实际年龄年轻一些。也许知道女儿就在这间屋子里，不过他没有表现出来。

“陛下。”萨林·艾若垂首致意，不过仅限于礼貌层次。

父亲没有回应，他只是动了动眼睛，来回看着使者们：“领主们，夫人们，欢迎来到裂谷王国。”

“感谢您的盛情款待。”杰拉尔德说道。

我几乎能听见父亲咬牙切齿的声音了。他讨厌浪费时间，这种漂亮话尤甚。“好，你们远道而来，我希望能就此对你们的忠诚做出承诺。”

“我们承诺支持您，与您结盟，推翻梅温。”萨林说道，“但不支持这个。”

父亲叹了口气：“梅温已经被裂谷驱除了。如果有你们的支持，反抗的胜果将继续扩大。”

“胜果就是让你当国王。不过是换了一个独裁者罢了。”人群里响起了窃窃私语，但我们保持安静，任由萨林继续胡说。

在我旁边，母亲向前倾着身子：“将我丈夫与那位毫无建树、头脑腐坏、坐享王位的王子相比，这不太公平。”

“我不会袖手旁观，任由你们抢夺不属于你们的王位。”萨林回敬道。

母亲啧啧出声：“你的意思是，你们没有想过篡位吗？可怜的黑豹夫人已经死了，至少她谋划过吧。”她继续抚摩着身旁的猎食者，豹子低低咆哮，露出了利齿。

“事实如此啊，先生，”父亲插进来说道，“梅温正在垂死挣扎，他的军队和资源在数量上远胜于我们，尤其是现在他又和湖境人结盟了。不过，如果我们齐心协力，共同出击，便可抵御无虞了。我们只需坐等他的王国继续崩溃，坐等红血卫队——"

"红血卫队。"杰拉尔德往漂亮的地板上吐了口唾沫，脸色涨得发灰。"你是指蒙弗，那些乌合之众背后的真正势力，另一个王国。"

"严格地说——"

"我开始觉得，你在乎的不是诺尔塔，而是你自己的头衔和王冠。当更凶猛的猛兽吞噬着我们的国家时，你却在想方设法地攫取一切。"杰拉尔德厉声说道。在人群里，伊兰瑟缩着闭上了眼睛。从来没有人像他这样跟我父亲讲话。

那头豹子又低声咆哮起来，应和着母亲节节上升的怒火。父亲则只是倚坐在王座上，静观日落大厅里一波波袭来的公然威胁。

在令人颤抖的长长的一段静默之后，杰拉尔德单膝跪地："抱歉，陛下，我失言了。我无意……"他没说下去。在国王戒备的眼色下，他的话哽在了嘴唇之后。

"红血卫队绝不会夺占这里，无论他们背后有何种力量支持。"父亲坚决地说道，"红血族低人一等，乃在你我之下。这是生物学决定的。生命自知，我们是他们的主人。否则我们何以成为银血族呢？如果不能统治他们，我们又何以成为他们的神？"

萨默斯家族的表亲们叫了起来。"钢之国王！"回声充斥着整个大厅。

"如果新血想要把命运押在这些虫子身上，那就随他们去。如果新血想要拒绝我们给他们的生路，那也随他们去。但若是想反抗我们、对抗自然，那就杀了他们。"

欢呼声高涨，从我们家族扩散到拉里斯家族，甚至代表团里也有不少人鼓掌或点头。我怀疑他们从未听过沃洛·萨默斯这样讲话——他一直惜字如金，缄口不语，等待着值得开口的时刻。此刻显然就是。

只有萨林无动于衷，他那双暗沉的眼睛在黑色眼线的衬托下相当突兀:“这是您的女儿放走那个恐怖分子的原因吗?这是她为此杀死四个银血贵族的原因吗?”

“四个效忠梅温的亚尔文。”我的声音像鞭子似的劈过。艾若领主将目光掉转向我,让我觉得像是触电一般,差点儿从椅子上跳起来。这是我作为公主讲出的第一句话,是我用自己的真实声音讲出的第一句话。“四个会遵从邪恶国王的命令夺走你的一切的士兵。你会为他们哀伤吗,先生?”

萨林嫌恶地皱着眉头:“我为失去了有价值的人质而哀伤,别无其他。显然,我是在质疑您的决定,公主殿下。”

再嘲笑我试试,我会把你的舌头割下来。

“那是我的决定。”父亲平静地说道,“正如你所说,那个巴罗家的女孩是个有价值的人质,所以我们把她从梅温手里夺过来了。”然后在恺撒广场上把她放了,犹如野兽出笼。我不知道那天梅温派了多少兵力盯着她。至少足以完成父亲的计划,足以掩护我们的逃亡。

“而现在她溜了!”萨林切切说道,他的怒意正在一分一寸地消失。

父亲没有表现出任何兴趣,只是陈述事实:“她现在在皮蒙山麓,当然。不过我能肯定的是,比起任何其他环境,巴罗在梅温的控制下会更危险。我们关心的是如何除掉梅温,而不是那些注定失败的激进分子。”

萨林脸色发白:“失败?他们占领了科尔沃姆,控制了皮蒙山麓的大部分地区,还有一位银血族王子作为傀儡。如果这也叫作失败的话——”

“他们想要的,是建立在不平等之上的平等。”母亲冷漠地开了口,她的话听起来有几分真实。“这很蠢,就像配平不可能的方程式。它注定要以杀戮告终,终归会完结。皮蒙山麓会崛起,诺尔塔会击退红血恶魔,世界会照常运转。”

一切争执似乎都消弭在母亲的话语中了。她也像父亲一样,向后倚坐着,志得意满。仅此一次,她的身边没有那熟悉的毒蛇吐芯子的咝咝声,而只有那头黑豹，在她的抚摩下咕噜作响。

父亲步步紧逼，急切地想要抛出杀招儿：“我们的目标是梅温，是湖境之地。将国王与他的新盟友分裂开来，会使他脆弱无依，也是致命打击。你是否愿意支持我们，为国家铲除这一毒瘤呢？”

萨林和杰拉尔德交换了眼色，他们的视线在两人中间的空旷之处交汇。肾上腺素在我的血管里奔涌。他们会下跪臣服的。他们必须下跪臣服。

“你们是否愿意支持萨默斯家族、拉里斯家族、来洛兰家族……”

有人打断了他。那是一个女人的声音，回荡在——每一个地方。“你们敢擅自替我表态？”

杰拉尔德扭动着手腕，手指飞快地划着圆圈。大厅里的所有人——包括我在内，都不禁倒吸了口冷气：第三位大使在艾若和哈文家族之间出现了，十几位族人跟在她身后，全都穿着红色和橘色衣服，犹如西沉的太阳，犹如一场爆炸。

母亲在我身边一抖。这是她太多太多年来第一次表现出吃惊。我的肾上腺素变成了冰凌，冻结了我的血液。

来洛兰家族的首领向前一步，神色严峻。她灰色的头发盘成整洁的发髻，眼睛像是燃烧的古铜。这位老妇人不知“恐惧”为何物。“当卡洛雷家族的王位继承人还在世时，我不会支持萨默斯家族的国王。”

“我就知道，刚才闻见的是烟味。”母亲低声说，从黑豹身上抽回了手。黑豹立刻紧张起来，它蹭地站起来，露出了利爪。

老妇人只是耸耸肩，冷笑道：“简而言之，劳伦缇亚，现在看见了，我就在这儿。”她的手指在身侧轻拍。我严密注视着。她是个湮灭者，只消碰一碰就能引起爆炸。如果她再靠近一点儿，就完全可以让我的心脏在胸膛里炸裂，或是让我的大脑在颅骨中爆开。

“我是王后——”

“我也是。”安娜贝尔·来洛兰笑意更浓。尽管衣服很精致，但她身上没有佩戴什么显见的珠宝，没有冠冕，也没有任何金属。我握紧了拳头。“我们不会背叛我的孙儿。诺尔塔的王位属于提比利亚七世。我们的王冠是烈焰王冠，而不是什么钢铁。”

父亲的愤怒像闷雷般积聚，像闪电般爆发。他从座位上站起身，一只拳头紧握着。加固大厅的金属扭动起来，在他怒意的压力下沉声低吼。

“我们已经达成协议了，安娜贝尔，”他怒道，“用巴罗家的女孩换你们的支持。”

安娜贝尔只是眨眨眼。

尽管隔着很远，我仍然听见哥哥气哼哼地说：“你已经忘了红血卫队夺取科尔沃姆的原因了吗？你没看见你那孙儿在进攻阿尔贡？王国怎么可能支持他登上王位？”

安娜贝尔毫不退缩，她那满是皱纹的脸仍然平静，神情坦然，沉着耐心。这是一位和蔼可亲的老妇人，可她能掀起残忍的暴行。她在等着我哥哥说下去，但是他没有继续，于是她点点头，说道：“感谢你，托勒密王子，至少，你没有在我儿子的惨死和孙儿的流亡这两件残忍的舛误中添油加醋。这些都应归咎于伊拉·米兰德斯，事实的捏造传播却是我见所未见的荒谬。是的，提比利亚为了活命，做了可怕的事情。但，在我们所有人都背叛他、抛弃他之后，在他那恶毒的弟弟意图在角斗场像处死罪犯一样处死他之后，他做这些都是为了活下来。能替我们表达歉意的，也只有一顶王冠了。”

在她身后，艾若家族和哈文家族立场坚定，犹如一袭紧绷的帘幕垂在了大厅中央。人人都感觉到了。我们是银血族，是为强大与权力而生的。我们每一个人都被训练得能打会斗，杀人不手软。我们听着心脏倒数，计算着血溅当场的时间。我看向伊兰，紧盯着她，而她的嘴巴冷冷地抿成了一条线。

“裂谷王国是我的。”父亲咆哮起来，犹如母亲的那头黑豹。这声音震慑着我全身的骨骼，让我立刻变成了小孩。

然而，这丝毫无碍于那位老太后。安娜贝尔只是歪了歪头，颈后束发用的铁线反射着阳光。

“那你就留着她。”她耸耸肩，“正如你说的，我们已有协议了。”

这句话一说出口，房间里迫人的紧张骚动便一扫而空了。几位表亲，甚至还有杰拉尔德领主，全都放松地呼了一口气。

安娜贝尔张开双臂，姿态坦然：“你是裂谷王国的国王，祝你国富民强，福寿绵长。但我的孙儿是诺尔塔王国合理合法的国王，为了夺回王位，他需要一切可以集结的盟友。”

即便是父亲也没有预见到这种情况。安娜贝尔·来洛兰已经多年不入朝了，她选择留在德尔菲，作为领主处理家族事务。她鄙视伊拉·米兰德斯，甚至不愿靠近她——也许，她怕她。我现在明白了，耳语者王后死了，湮没者王后可以回来了——她确实回来了。

我告诫自己不要惊慌。父亲只是措手不及，不是就此投降。我们保住了裂谷，保住了我们的家，保住了我们的王冠。这一切不过几个星期而已。然而，我还是很不愿意放弃我们一直谋划的东西——我应得的东西。

“我想知道，你打算如何把王位归还给无意登基的国王呢？”父亲谈笑风生，他把手指搭在一起，越过它们看着安娜贝尔，“你的孙儿现在在皮蒙山麓——”

“我的孙儿并非自愿参与红血卫队，而红血卫队已经由蒙弗自由共和国接手。你会发现，他们那个自称为‘首相’的头领，是个相当明智的男人。”她淡定地说着，就像人们在谈论天气那样。

我的胃开始翻腾，模模糊糊地觉得恶心。身体里仿佛有一种本能，叫喊着催促我，要我赶在她继续说下去之前杀了她。

父亲挑起眉毛："你和他取得联系了？"

那位来洛兰家的老太后微微一笑："用来谈判是足够了。不过，近日我与他多聊了几句。他是个有才华的孩子，极其擅长机械机器。他在危难绝境中，所要求的东西只有一件而已。而多亏了你，我已经交货了。"

梅儿。

父亲眯起眼睛："他知道你的计划吗？"

"他会知道的。"

"那么，蒙弗呢？"

"热切地想与国王结盟呢。他们会支持一场以提比利亚七世为名义的讨伐战争。"

"像他们控制皮蒙山麓一样吗？"要是没人能指出她的愚蠢，我就不能客气了。"布拉肯大公正步步惊心地走在悬崖上，由他们控制。情报指出，他们关押了他的儿女作为人质。难道你愿意让你的孙儿成为他们的傀儡？"

我来到这里，原本是热切地希望看到人们跪拜的景象，而此刻我仍然坐在宝座上，却在安娜贝尔的笑意里觉得茫然无遮。"你母亲刚才说得很动人：'他们想要的，是建立在不平等之上的平等'。胜利是不可能的，银血的统治是不可能被推翻的。"

就连那头黑豹也安静地眯起眼睛，观看着眼前的讨价还价，尾巴缓缓地摇摆着。我凝视着它的皮毛，黑得犹如夜空，犹如深渊，而我们正站在边缘。我的心跳怦怦加速，因为恐惧也因为身体里的肾上腺素。我不知道父亲会倾向于哪一条路，不知道那条路会有什么样的终点。这让我浑身难受。

"当然。"安娜贝尔接着说道，"诺尔塔王国与裂谷王国应该更紧密地联合结盟——以联姻作为保障。"

脚下的地板似乎裂开了，将我这冰冷残忍宝座上的意志和骄傲全部吞下。你是钢铁，我对自己说道，钢铁是不会断裂弯折的。我却觉得自己已经弯下身子，为父亲的决定让路了。为了保住自己的王冠，他会毫不犹豫地用我做交易的。裂谷王国，诺尔塔王国——沃洛·萨默斯会尽可能多地抓住利益。要是后者够不着了，他会做出一切来保住前者，哪怕这意味着要打破自己的承诺，哪怕这意味着要再次将我出卖。我的皮肤刺痛起来。我还以为我们是受人支持的。我现在是公主了，我的父亲是国王，我不需要为了冠冕而嫁给任何人。冠冕就在我的血液里，在我的身体里。

不，那些都不是真的。你需要父亲，需要父亲的姓氏。你从来就不是自己的。

血液在我的耳朵里隆隆作响，犹如飓风咆哮。我无法鼓起勇气去看伊兰。我曾对她有过承诺：嫁给我哥哥，这样我们便能永不分离。她守信遵从，做了她应做的，可现在呢？他们会把我送回阿尔贡，而她会留在托利身边，当他的妻子——有朝一日，当他的王后。我想要叫喊。我想要将身下这可憎的宝座撕成碎片，把大厅里的所有人都劈成两半——包括我自己。我不能。我不能这么活。

这几个星期是我所能理解的、距离“自由”最近的东西，我不能放弃它。我不能回到那种为了谁的野心而活的日子。

我用鼻子呼吸，极力地约束着自己的愤怒。我不信神，但我仍然祈祷着：

说不，说不，说不。求你，父亲，说不。

没有人看我，这是我仅有的安慰。人人都看着我父亲，等待着他的决定。我极力自持，想把自己的痛苦塞进盒子藏起来。这在训练中，在战斗中，都是很容易做到的。可现在，几乎是不可能的。

当然了，一个声音在我的脑海里悲哀地笑了，无论如何，你的路就是通向这里。我就是为了与卡洛雷家族的王位继承人结婚而塑造出来的。身体上是，精神上也是。我就是这么造出来的，像一座城堡，或一枚炸弹。我的生命从来就不是我自己的，未来也永远不会是。

父亲的话犹如在我心上狠戳，每一个字都被悲伤撕扯的鲜血淋漓。

“诺尔塔王国万岁。裂谷王国万岁。”

# 第二十四章
# 卡梅隆

莫里比其他人质花的时间都长。

有些人几分钟就相信了。有些人坚持了几天，固执地抱着灌输给他们的那些谎言不放：红血卫队是恐怖组织，红血卫队是恶魔；红血卫队会让你们的生活更加艰难；梅温国王能把你们从战争中解放出来，也能把你们从其他苦难中解放出来。半真半假的话经过扭曲加工，编织成铺天盖地的宣传布道。我能理解他们以及更多人都是如何被吸引其中的。在红血族中，有人不知道受人操控是什么样子，梅温便挖掘激发这些人的渴望，展现出一个愿意倾听的银血族形象。而他的前任，是从来不会倾听红血族的声音的。单纯的愿望，易轻信的谎言。

再说，红血卫队也绝不是什么圣洁的英雄。他们有瑕疵，有缺点，以暴力镇压来进行斗争。匕首军团的孩子们仍然心存警惕。他们才不过十几岁，从一支军队的战壕跳进另一支军队的工事，我无法责怪他们过分小心。

莫里一直忧虑不安，因为我，因为我的身份。梅温指控红血卫队肆意杀害我这样的新血。无论我弟弟怎样努力，他一时都难以转变观念。

我们坐下来吃早饭，碗里的麦片粥还太烫，而我已经为那些常规问题做好了准备。我们喜欢在户外的草地上吃饭，看着开阔天空，训练场向前铺展。在贫民窟里生活了十五年，对我们来说，每一阵微风都犹如奇迹。我盘腿坐着，深绿色的连身工装已经洗了不知道多少次，变得非常柔软。

“你为什么不离开呢？”莫里突然发问了。他搅拌着燕麦粥，逆时针绕了三圈。“既然你没有对红血卫队宣誓效忠，那就没理由再待下去了呀。”

“这是干吗？”我用我的勺子敲敲他的。这是个傻问题，却是个简单的回避。我还没有想好答案来回答他，也讨厌被他弄得迷惑。

他耸了耸窄窄的肩膀。“我喜欢按部就班，”莫里咕哝道，“在家里时……唔，你知道，在家里时我们吃得不怎么样，但是……”他又搅拌起来，发出金属擦碰的声音。“你记得工作日程，记得哨子的声音。”

“记得。”我在梦里都能听得见。“你忘了？”

他冷哼一声：“当然没忘。我只是……不知道接下来会发生什么，我不能理解这些。这感觉——很可怕。”

我舀起一勺麦片粥。麦片粥很浓，很美味。莫里把自己的那份糖给了我，双份的甜味降低了我所感受到的不安。“我想，人人都是如此吧。这也许正是我留下来的原因。”

莫里扭过头看着我，他眯起眼睛来抵挡朝阳的亮光。阳光勾勒出他的脸庞，让我突然意识到了他的变化。定量配给让他更结实了，洁净的空气让他恢复了健康。他以前说话时夹杂的咳嗽声不见了。

然而，有一件事没有变，那就是他的文身。我也一样。黑色的字母环绕着脖子，像一枚铭牌。我们的字母和数字几乎是一样的。

NT—ARSM—188908，他的。纽新镇，小型制造部－装配与修理车间。我的是 188907，因为我出生得早。我想起了被烙上文身的那天，想起了我们永恒的卖身契，脖子上不禁一阵刺痛。

“我不知道还能去哪儿，”我第一次把这话大声说出来了，从克洛斯监狱逃出来以后，我就一直在想着它，“我们不能回家。”

“我想也是，”他嘀咕道，“可我们在这儿做什么呢？你要留下来，任由那些人——”

“我之前告诉过你了，红血卫队不会杀死新血。那是谎言，是梅温的谎言——”

“我说的不是这个。就算红血卫队不想杀你，可他们还是一直把你推到危险的地方去。你不在我身边的每一分钟都用来训练了，练习打斗，练习厮杀。在科尔沃姆，我看见……你带我们出去时……”

别复述我做过的事。我记得很清楚，用不着他来描述我是如何杀死两个银血族的：比以前干得更干脆。他们的眼睛和嘴巴里冒出银血，内脏一个接一个地衰竭，我的静默效应摧毁了他们的一切。随后我就感觉到了，感觉到了静止。死亡的知觉在我的身体里涌动。

“我知道你可以帮他们。”莫里放下麦片粥，拉起我的手。在工厂里时，一向是我拉住他的。现在，我们的角色掉了个个儿。“我不想看到他们把你变成武器。你是我的姐姐，卡梅隆。你为了救我拼尽全力，现在让我也对你做同样的事吧。”

我气鼓鼓地仰躺在柔软的草地上，把碗扔到了一边。

他让我思考，自己则望向地平线。他挥动着黝黑的手，指着我们面前的旷野。“这里真是绿啊。你说，世界的其他地方也是这样子吗？”

“我不知道。”

“我们可以去看看。”他的声音很轻，我假装没听见，和他一起陷入沉默。我看着春风吹着云朵拂过天空，而他在吃东西。他的动作又快又高效。“或者我们回家。妈妈和爸爸——”

“不可能的。”我盯着上空的蓝色——那是我们生长的污垢之地见不到的蓝色。

“你救了我。”

“我们差点儿死了。我们稳操胜券还差点儿死了。”我缓缓地呼气，“现在，我们为他们做不了什么。我原以为可以，但是——我们能做的只有心怀希望。”

悲伤拉扯着莫里的脸孔，让他神情萧瑟，但他还是点头了。“还有活着。坚持自我。你听到我的话了吗，卡？”他抓住我的手，“别让这些改变你。”

他是对的。我满腔怒火，痛恨威胁着我的家人的一切——可是，为这怒意付出的代价，值得吗？

“那么我该怎么做呢？”我最终勉强问道。

“我不知道拥有异能是什么感觉，不过你有这样的朋友吧。”他意有所指地顿了顿，眼睛闪闪发亮。“你确实有一些朋友，对吗？”他端着碗，露出一丝坏笑。我则在他的胳膊上拍了一巴掌。

我首先想到了法莱，可她还在医院里，刚生完孩子正在恢复。再说她也没有异能，不知道这种能轻易置人死地的感觉，不知道控制着致命能力的感觉。

“我很害怕，莫里。当你发脾气时，你只是叫喊、大哭。可我，因为我的异能……”我向上伸出手，把手指弯曲成云朵的形状。“我很害怕。”

“这也许是好事。”

“什么意思？”

“在家时，你记得他们怎样利用小孩吗？修理大齿轮时，让他们到深处的电线那儿去？”莫里睁大眼睛，想让我明白他的意思。

回忆袭来。无边无际的铁，无休无止地运行的机器，摩擦扭曲的刺耳声音，望不到头的工厂地板。我甚至还能闻到机油味，还能感觉到手里的扳手。当我和莫里长大了，不能再充当蜘蛛人时——这是监工对我们部门里的小孩的称呼——我们都松了一口气。孩子们身量小，能钻到成人到不了的地方，他们也太年幼，还不懂得害怕摔死。

“恐惧可以是件好事，卡。”莫里继续说道，“恐惧让你不会忘记。因为拥有那种致命的东西，心怀恐惧，心怀敬畏，我想这也是异能的一部分吧。”

我的麦片粥凉了，不过我还是喝了一大口，这样就不用回答了。此刻，糖的味道占了上风，黏糊糊的东西沾在了我的牙齿上。

“你的辫子乱了。”莫里自言自语地咕哝着。他换了话题，而那是我们都很熟悉的过去。父母上工的时间比我们早，所以每天清晨，我们得互相照顾彼此。他很小的时候就知道应该怎样打理我的头发，能很快地帮我梳好辫子。他在我身后，把我卷曲的黑发束成两条辫子。这感觉很好，我暂且让情感超越了理智。

他没有催促我做决定，但这次谈话足以让我一直以来的疑问明朗起来。*我想成为什么样的人？我要做什么样的选择？*

远处，训练场边，我看见两个熟悉的身影。一个高，一个矮，正绕着圈儿慢跑。他们每天如此，这种练习对我们大多数人来说都见惯不怪了。虽然卡尔的腿更长，可梅儿要跟上他也不费吹灰之力。他们靠近时，我看见了她脸上的微笑。这个闪电女孩身上的很多东西我都不能理解，边跑边笑也算是一例。

“谢谢你，莫里。”我等他编好辫子便站了起来。

我弟弟仍然坐着，循着我的目光，注视着渐渐靠近的梅儿。让他紧张的不是梅儿，而是卡尔。莫里马上忙活着收拾碗盘，低下头掩饰着怒容。科尔家的孩子和诺尔塔的王子之间没有任何友谊存在。

梅儿仰起下巴，她看见我们了。

她放慢了步子，由跑变成了走，向我和莫里走来，而王子也尽力不做出烦扰的模样。卡尔不擅长掩饰，但他还是冲我们点点头，礼貌地打了个招呼。

“早上好。”梅儿一边说，一边倒换着两脚的重心，调整呼吸。她的脸色好了很多，棕色的皮肤上又有了那种金色的暖意。“卡梅隆，莫里。”她的眼睛迅速打量着我们，大脑不停地飞速运转，寻找破绽。在经历了那些事之后，她怎么可能不变成这样？

她让我更加犹豫不决起来，因为她停在那儿，等着我开口。我几乎要完全失去勇气了，但莫里碰了碰我的腿。咬咬牙就过去了，我对自己说，她可能会懂。

“你是否介意跟我一起走走呢？”

如果是在被抓走之前，她也许会冷哼一声，告诉我赶快去训练，像轰苍蝇似的把我轰走。梅儿根本就受不了我。此刻她却点点头，挥一下手就让卡尔离开了——好像只有她能这么做。

囚牢改变了她，正如囚牢改变了我们所有人。

“当然可以了，卡梅隆。”

我好像一连走了好几小时，把心中积压已久的东西全都一吐为快。恐惧、愤怒、恶心——每当我想到自己能做什么和做过了什么，就会有这样的感受。这种能量以前令我感到紧张、兴奋，令我觉得自己所向无敌、坚不可摧——可是现在，它让我觉得羞愧、耻辱。那感觉就像是抓住了自己的肚子，然后把所有内脏往外掏似的。我讲述的时候躲着她的眼睛，只盯着自己的脚。我们绕着训练场走，越来越多的士兵拥了过来。有新血，也有红血族，都是来进行早训的。他们全都穿着蒙弗提供的绿色连身作训服，认不出哪个是哪个。我们看起来全都一样，像是一个集体。“我想保护我弟弟。他说我们应该离开……”我的声音越来越小，最终无话可说了。

梅儿的回答很有说服力。“我妹妹也说过同样的话，每天都说。她想接受戴维森的安置，搬到别的地方去，让其他人去战斗。”她专注地说着，眼神暗了下去，打量着铺满了绿色作训服的训练场。她总是下意识地观察四周，搜寻危险和机会，但她自己也许并不知道。“她说，我们付出的已经够多了。”

“那你想怎么做呢？”

“我不能回头。”她咬住嘴唇，若有所思。“我的身体里有太多愤怒了。如果不想办法除掉它，我的余生可能都受其毒害。不过，这也许不是你想听到的话吧。”要是别人这么说——卡尔、法莱、六个月前的梅儿，这可能听起来相当尖锐刻薄。然而她此刻说出口的这些话却很柔和。

“再坚持下去我会被生吞活剥的。”我承认道，“继续这样，用我的异能杀人……这会让我变成恶魔的。”

恶魔。我说到这个词的时候，她颤了一下，似乎有些退缩。梅儿·巴罗自己身上就已经有了恶魔的影子。她看向别处，呆呆地拉扯着一绺汗湿的鬈发。

“要变成恶魔太容易了，尤其是我们这样的人。”她咕哝着，不过很快恢复了常态，“你没参加阿尔贡的战斗，还是参加了？我没见到你。”

“没有，我到那儿去只是为了……”只是为了看住你。一瞬间，我的脑海里冒出了一个好主意。但现在我已经知道她经历了什么，这个主意就显得太可怕了。

她没再追问。

“在特里亚尔的时候，奇隆给我想了个办法。”我说，“他负责把新血和红血族分开，干得很不错。他也知道我想撤了。于是我跟着一块儿去——

但是没有参与战斗，没有杀人，除非确有必要。”

“你打算继续这样下去。”这不是个问句。

我慢慢地点了点头。我不该觉得尴尬才对。“我想这样更好些。只自卫，不伤人。”我垂在身旁的手指弯曲起来，静默效应开始在我的皮肤之下积聚。我不憎恨自己的异能，我憎恨的是它所做的事。

梅儿看着我，笑了笑：“我不是你的指挥官，不能命令你做什么，或者怎样战斗。不过我觉得这是个好主意。要是有人跟你说三道四，你就带他们来见我。”

我笑了，多少觉得放下了重负：“多谢。”

“另外，我很抱歉，”她靠近我，又补上一句，“你是因为我才走到这一步的。我现在明白自己做了什么。我强迫你加入——那是不对的。对不起。”

“这句话倒是完全正确：你做错了，完完全全地错了。不过，我最终还是得到了我想要的。”

“莫里。”她叹了口气，“你能把他找回来真是太好了。”她的笑容没有消失，但是明显地黯淡了——提起兄弟就惹她伤心了。

在前面的矮楼那里，莫里在等我，他身后的建筑徐徐铺展，映出了他的身影。卡尔不在。很好。

尽管我们已经相处了好几个月，卡尔却还是拙嘴笨舌，没正事就不会聊天，而且要是不思虑周全，就总是很紧张。我有时还是会觉得，他把我们当作一次性的武器——根据战术策略来选择，有用的留着，没用的丢弃。但是，他爱梅儿，我提醒自己，他爱的女孩身体里流着红色的血。

这一定会有点儿用吧。

我们正要往回走，去找我弟弟，我心里最后的一丝惧怕脱口而出了。

“我这样算不算抛弃你们？抛弃新血？”

我的异能是静默效应，我是一件武器——诸如此类吧。我是有用的，我也可以让自己有用。这样走开是不是太自私了？

我有一种感觉，那就是这个问题，梅儿也曾问过自己无数遍。不过她的回答是针对我的，只适用于我。

“当然不是。”她小声说，“你还在这儿呢。而且，我们不会担心你变成恶魔。你离恶魔很远。离魔鬼很远。”

# 第二十五章 梅儿

在山谷营地时，我一直忧心忡忡，精疲力竭，而且身心俱损，但它一直在我心里占据着一个角落。因为它使我记起了那种“善大于恶”的感觉。那时，我们带着新血从追杀中逃生，活着回到那里，很有成就感。一张张面孔都证明着“我不孤独”，证明着我可以救人活命，一如我可以夺人性命。有时候，那种感觉很单纯。对。从那时到现在，我一直在追寻那种感觉。

皮蒙山麓的基地有自带的训练设施，室内室外都有。其中有些是给银血族用的，更多的则是为那些学习战争的红血族准备的。上校和他的手下——如今已有数千人之多，而且每天都在增加——占用了射击场。像艾达这样异能不太具有杀伤力的新血，和他们一起训练，帮他们提高精确度和格斗技巧。新血在银血族的训练场活动，奇隆就在这两队人马之间窜来窜去。他不属于任何一队，他的出现却让很多人觉得安心。这个打鱼男孩没有任何威胁，而且还是个熟面孔。再说，他也不怕新血，但那些“真正的”红血族士兵就不然了。奇隆在我身上看到了太多，他连我都不怕，更不用说其他新血了。

此刻他正陪着我绕过一座建筑，按大小推测应该是一座机库，不过没有跑道。“那是银血族的健身馆，”他指了指说道，“里面应有尽有，举重砝码、障碍训练场、角斗场——”

“明白了。”我就是在那样的地方激发出了自己的异能——恶意的银血族环伺，只要他们看见我的血色就会杀了我。至少，现在我不用再担心类似的事了。“也许我训练的地方不该有装着灯泡的屋顶。”

奇隆轻蔑地哼了一声：“也许吧。”

健身馆有一扇门是开着的，从里面走出一个人，脖子上搭着毛巾。卡尔擦着脸上的汗，可浑身仍然银闪闪的，看起来很卖力。是练习举重了吧，我猜。

他眯起眼睛，尽可能迅速地拉近了和我们的距离。他气喘吁吁地伸出手，和笑容满面的奇隆握了握。“奇隆，”卡尔点点头，“带她参观？”

“是——”

“不是啊，她今天就要和其他人一起训练了。”奇隆拦住了我的话头，我则强忍着才没有一肘戳中他的肚子。

“什么？”

卡尔的脸色沉了下去，他深深地呼了一口气说：“我还以为你会多给自己一点儿时间呢。”

在医院时，奇隆的话令我惊讶，但他说的对。我不能再坐视旁观了，那会让我觉得自己一无用处。而且我本来就焦躁不安，饱受愤怒的煎熬。我不是卡梅隆，还不够强大，还无法退后。我走进一间屋子时，就连灯泡都会闪。我需要释放。

“已经有几天了，我也考虑好了。”我两手叉腰，做好准备迎接他的盘问。也许卡尔自己都没发觉，他又进入专属的“梅儿吵架狂”状态了。胳膊环抱，眉头紧皱，两只脚稳稳地矗立着。阳光照在我的背上，让他不得不眯起眼睛看我，而且他刚刚结束训练，身上的汗正在蒸腾。

奇隆这个胆小鬼，立刻就躲得远远的。“等你们谈完了我再来。”他回头冲我笑笑，一副吃了屎的模样，然后就丢下我一个人招架了。

“一分钟就好。”我冲着他叫道。他挥挥手，一溜烟就转过健身馆不见了。“他来也不过是有备无患，但其实我根本不需要。”我飞快地说，“因为这是我的决定，而且只是训练，肯定不会有什么问题的。”

“好吧，其实我有点儿担心那些和你一起训练的人，还有就是……”卡尔抓住我的手，把我拉近。我皱起鼻子，脚跟用力，可不管怎么挣扎，还是从地面上滑了过去。

“你都湿透了。”

他笑了，一只胳膊箍住了我的背，这下我跑不了了。“是啊。”

他身上的味倒不是特别难闻，虽然本该臭死人的。“这么说，你不打算跟我辩论这个了？”

“你刚才说了，这是你的决定。”

“太好了。我可没力气一个早上拌两次嘴。”

他轻轻地推开我，好更清楚地看着我的脸，大拇指蹭着我的脸颊。“是吉萨？”

“是。”我气哼哼的，撩开脸上的一小绺头发。摘除了静默石之后，我的健康状况大大好转，指甲和头发也以正常速度生长了。不过，发梢还是发灰。这个永远也改善不了了。“她一直没完没了地跟我叨叨说要搬走，要去蒙弗，要把一切都抛下不管。”

“而你跟她说随便好了，是吗？”

我脸红了：“那只是顺口说出来的！有时候……我不等思考就先说了。”

他大笑起来:“什么?你?”

“老妈最后当然跟她站在一边,老爸谁也不得罪,当了和事佬,当然了。这就好像——”我的呼吸滞涩起来,“就好像一切都没有改变。我们本来该待在干阑镇,在家中的厨房里。我想这不会让我特别困扰的,事过境迁了。”我尴尬地抬起头,看着卡尔。在他面前抱怨自己的家人,这感觉真糟。不过,既然他问了,我就不吐不快了。他则只是在观察研究我,就像在勘察战斗场地似的。“这不是你要考虑的东西。这些不要紧的。”

我正想抽回手,他却赶在我前头拉紧了我的手腕。他早知道我溜走的套路了。“事实上,我考虑的是和我一起训练的所有的士兵。尤其是上过前线的那些。我见过不少全身而退的士兵,可他们的某些部分缺失了。他们可能不能吃,也可能不能睡,有时候会陷入过去——战争的回忆,由声音、气味或别的感觉一触即发。”

我停住了,转动着手腕,手指颤抖着。攥握的感觉让我想起了镣铐,触碰的感觉让我恶心。“听起来很耳熟吧。”

“你知道有什么办法可以改善?”

我当然不知道,否则就会设法自救了。我摇了摇头。

“恢复常态,例行作息,交谈沟通。我知道你不喜欢最后这个,”卡尔说着,慢慢地笑了,“不过你的家人只是希望你安全。你……不在的时候,他们也在地狱里走了一遭。”他仍然没有找出合适的词来指代我所经历的一切。“被逮捕”“被囚禁”,都无法表达出应有分量。“现在,你回来了,他们这样做乃是人之常情。他们是在保护你——不是闪电女孩,不是梅瑞娜·提坦诺斯,而是你。是梅儿·巴罗,是他们所认识、所记得的那个女孩。就是这样。”

“对。”我缓缓地点了点头,“谢谢你。”

“所以来聊点什么吧。”

“哎呀，行了，现在吗？”

卡尔咧开嘴大笑起来，肚子上的肌肉绷紧了贴着我。“好吧，过一会儿，训练之后再说。”

“你该去洗个澡。”

“你在开玩笑吗？我得守在你身后两步之内。你想训练？那就要正确适宜地训练。”他戳了戳我的背，把我往前一推。“来吧。”

这位王子一刻也不闲着，向后慢慢跑起来，直到我跟上了他的步子。我们穿过跑道，经过户外障碍训练场，一大片割得短短的草坪，更不用说还有用于拳击练习的圆形场地和四分之一英里长的靶场。有一些新血正在障碍训练场和跑道上跑步，还有一些在草坪上单独练习。我不认识他们，他们的异能我却不陌生。有一个新血有点儿类似水泉人，他掀起水柱，泼洒在草地上，造出一个个扩散的泥潭。一个传动者轻松地通过了所有障碍，她一会儿显形，一会儿隐形，笑话着其他费力穿越的人。她每跳动一下，我的胃就抽搐一下。我想起了谢德。

最让我觉得不安的是拳击场。训练也好，体育也罢，我好久没与人对打过了，上一次是和伊万杰琳，那也是几个月之前的事了。这经验我不想再重温，但显然我必须练这个。

卡尔的声音将我拉回了当下，让我平静下来：“我会安排你在明天开始重量训练，今天我们就先跳到瞄准和理论上吧。”

“瞄准”我能理解：“理论？”

我们在长长的靶场边上停了下来，望着远处腾起的硝烟。

“宫里的训练课，你比我们晚了将近十年。我们将异能应用于打斗之前，花了很多时间来研究自己的优势和劣势，以及如何利用它们。”

“就像水泉人压制燃火者？水胜于火？”

“诸如此类吧。那是很简单的。不过，如果你是燃火者呢？”我只好摇摇头，而卡尔笑了起来。“观察，保持机警；记忆，理解，试验。不过你还是先拿苍蝇来练吧。”

我已经忘了该如何配合这样的卡尔。他如鱼得水，轻松自如，笑着，热切地期待着。这是他所擅长的，是他有着深刻认识的东西，是他胜于别人的地方。这是这个荒谬世界里的救生索。

“现在说我不想训练是不是已经晚了？”

卡尔大笑着仰起头，脖子上滑下一滴汗珠儿。“你甩不开我了，巴罗。好了，试试第一个靶子吧。”他伸出手，指了指十码之外的一块方形花岗岩，上面的图案像一只公牛的眼睛。“一击，命中。”

我冷笑着照做了。这种距离我是不会打偏的。一道白紫色的闪电划破半空，呼啸而去，在石块碎裂的回声中，只见那“公牛眼睛”的正中央留下了一道黑色的印记。

我还没顾得上骄傲呢，就被卡尔猛地撞向一边。因为没防备，我踉跄着，差点儿摔个大马趴。“喂！”

他只是退了几步，又指着前面说：“下一个，二十码。”

“好。”我气呼呼地看着第二块石块。我抬起胳膊，瞄准，准备发射——这时卡尔又撞了我一下。这一次，我脚下反应很快，却还不够。闪电打偏了，击中了地面。

“这太不专业啦！”

“他们朝着我的脑袋放空弹时我常常这么干。你想试试？”我连忙摇摇头，“那就——继续——瞄准。”

要是在平时，我肯定会生气的。但卡尔的微笑漾开来，让我不禁脸红了。这是训练，我想道，控制住自己。

这一次，当他推我时，我往旁边跨了一步，同时射出闪电，击中了花岗岩靶子。接着又是一闪躲，又是一出击。卡尔开始改变策略，扑向我的腿，甚至放出火球来干扰我的视线。他第一次这么干时，我猛地扑倒，呛了一嘴的泥。“击中目标”变成了他口里的赞美诗，范围则是十码到五十码之间的任何靶子。他随机地选择目标，迫使我踮着脚尖跳跃。这比跑步难，难多了，而且随着时间流逝，太阳也越来越毒了。

“如果目标是个疾行者，你该怎么做？”他问。

我咬着牙，呼哧带喘地说：“扩张闪电。在他躲避时抓住他——”

“别跟我汇报。做。”

我咕哝一声，扬起胳膊，水平地甩动斩削，冲着靶子射出了喷雾般的一丛电弧。因为不够集中，电火花很弱，不过这也足够拖慢疾行者的速度了。卡尔在我旁边点了点头，这就是对我的表现仅有的肯定了。不过，这感觉还是很不错的。

“三十码，音爆者。”

我捂住耳朵，眯着眼睛瞄准靶子，用意念在手指以外的地方积聚闪电。我的身体喷射出一道闪电，弯曲得像是彩虹。闪电没有击中靶子，但我让电流向四面八方涌动，使火花四散蔓延。

“五码，静默者。”

我一想起亚尔文家族，就觉得一阵巨大恐慌袭来。我试着瞄准，手指摸索着并不存在的枪，做出射击的动作。“砰——”

卡尔冷哼一声：“这次不算，但也还可以。五码，磁控者。”

这个，我太熟悉了。我积聚起全部的能量，冲着靶子射出强烈的闪电。靶子从正中央裂成了两半。

“理论？”我们身后传来一个温和的声音。

我全神贯注地盯着靶场，都没注意到朱利安一直在一旁看着我们，奇隆也在。我的这位老师微微笑着，双手像往常一样背在背后。我从来没见过他穿这么休闲的衣服：轻便的棉质衬衫，短裤，露出一双瘦脚杆——卡尔真应该也给他安排点儿重量训练。

“理论。”卡尔认可道，“花架子可不行。”他挥挥手，让我歇一会儿。我一坐在地上就伸直了两条腿。除了不停地闪躲，更让我感觉疲劳的是放射闪电。这会儿，我的身体里没有战斗激发的肾上腺素，头顶上也没有死亡威胁悬着，精力和耐力都明显地降低了。更不用说，我有六个月都没怎么练习过。奇隆弯下腰，在我身旁放了一瓶冰水。

“你也许需要这个。”他挤挤眼睛。

我仰起头冲他笑笑。“多谢。”说着就咕咚咕咚地大口喝起来。“你怎么来这儿了，朱利安？”

“我正要去档案馆，路上看到这儿很热闹，就来瞧一眼。”他指了指背后。我一看就愣住了：靶场边上聚集了几十个人，他们全都盯着我看。盯着我。“你的观众可不少。”

我咬着牙齿。很好。

卡尔动了动，挡住了我的视线：“抱歉，我不想打断你的注意力。”

“没关系。”我说着，努力地想要站起来，但胳膊腿嘎吱作响地表示抗议。

“唔，我过一会儿再来找你们。”朱利安看着我和卡尔。

我连忙说：“我们可以跟你一起去啊——”

可是他打断了我，还心照不宣地笑了起来，他指了指那围观的人群说：“噢，我觉得你得做个自我介绍吧。奇隆，你介意吗？”

“完全不介意。”奇隆答道。我真想把他脸上的笑容给揍掉，他显然也清楚得很。“你先来吧，梅儿。”

“好。”我咬着牙挤出一个字。

我本能地想要避开众人的关注，但我忍住了，朝着那些新血走了几步。再多几步。再多几步。直到我一伸手就能碰到他们。卡尔和奇隆陪在我两侧。在山谷营地时，我不想交朋友。因为朋友是难以说“再见”的。这一点仍然没有改变，可我明白奇隆和朱利安为什么要这么做。我不能再自我封闭了。在人们的环绕中，我勉强地挤出了骄傲的微笑。

“嗨，我是梅儿。”这话听起来真蠢，我也觉得自己蠢透了。

有个新血——就是刚才那个传动者，冲我点了点头。她穿着一身蒙弗提供的丛林绿色作训服，四肢修长，头发参差不齐，像是刚刚才剪过。“是呀，我们知道你。我是阿莱佐，”她伸出手，“是我把你和卡洛雷带出阿尔贡的。”

难怪我没认出她。刚逃出来的几分钟里，恐惧、兴奋，以及压倒一切的轻松感混合在一起，我整个人都是昏昏沉沉的。“是啊，当然了。谢谢你。”我眨眨眼，努力地记住她的模样。

其他人也一样友好、坦率，见到我就像见到其他新血一样，很开心。他们全都是出生在蒙弗或蒙弗盟国的，穿着绿色作训服，胸前带有白色的三角形标志，袖子上佩着徽章。有些徽章很好认：两道深蓝色的条纹，代表像水泉人一样的新血；三个箭头代表失重者。不过，没有人佩戴肩章或纪念章，所以也就说不好这里有没有军官。不过，就算他们不是从小就接受军事训练，其军事素质也相当高。他们用姓氏彼此称呼，相互握手，像是生来的战士。大部分人都认识卡尔，他们对他点头，一副公事公办的模样。但他们和奇隆打招呼的样子就像是老朋友了。

“艾拉呢？”奇隆冲着一个男人发问。那个人皮肤黝黑，头发绿莹莹的——显然是染的。他名叫雷夫。“我跟她说了要下来见见梅儿，还有泰顿。”

“我之前见到他们，是在风暴山的山顶，他们在那儿练习呢。严格地说，那儿是——”他看了我一眼，好像很抱歉似的，“是雷电者的训练场。”

“雷电者是什么？”问完了我就觉得自己很傻。

“你。”

我叹了口气，悻悻然说道：“是啊，才问出口我就猜到了。”

雷夫在手上燃起了电火花，让火花在手指间穿梭着。我能感知到它，不过和我自己的闪电有点儿不一样。那绿色的火花只听命于他。“这个词有点儿怪，不过我们本来就是怪人啊，不是吗？”

我盯着他，兴奋得都喘不过气来了：“你……你和我一样？”

他点点头，把袖子上的闪电徽章给我看：“是的，我们是一样的。”

风暴山名副其实。它是个平缓隆起的山坡，位于基地另一边的空地上，尽可能地远离停机坪。这是为了尽量降低闪电误伤飞机的可能性。我感觉这座山像是新堆起来的，因为当我们往山顶上爬的时候，脚下的土石有些松散，草坪也刚长出来不久——有的新血具备与万生人类似的异能，这就是他们的杰作。这里的草木要比训练场上的繁茂，不过山坡顶端却是一片焦黑，光秃秃的，裂缝遍布，弥漫着雷雨将至的气息。基地的其他人都享受着晴空艳阳，风暴山上却笼罩着一片乌云。雷暴云砧从数千英尺之外的天空中升起，犹如一团浓黑的烟雾。我从未见过这样的景象，如此克制，如此泰然。

曾经出现在阿尔贡的那个蓝发女人站在乌云底下，她双臂张开，手掌向上，迎着雷电。她身后站着一个身材挺拔的男人，一头飘逸的白发犹如海浪，身着绿色制服，瘦削颀长。他们两人的袖子上都有闪电徽章。

蓝色的火花在女人的手掌上舞动，微小得像虫子一样。

雷夫走在前头，卡尔守在我旁边。尽管他的约会对象就是个闪电咖，但这些乌云还是让他紧张起来了。他不停地抬头往上看，好像担心乌云会爆炸似的。昏暗中微弱地闪过几丝蓝光，勾勒出它们隐藏着的形态。雷鸣隆隆，又低又轻，像是汽车发动机的嗡鸣。这令我不禁战栗。

“艾拉，泰顿。”卡尔挥挥手喊道。

他们应声转过身来，乌云里的闪电一下子就不见了。女人垂下胳膊，收回手掌，雷暴云砧就这样在我们眼前像溶解般渐渐消失了。能量的剧变让她弹了一下，被更冷静的那个男人扶住了。

“我一直在想什么时候能跟你见面呢。”她的声音很高，夹杂了呼吸声，和她秀丽的外表很搭。我毫无准备地就被她拉住了手，脸颊上还被亲了两下。她的举动吓了我一跳，电火花从她的皮肤上跳到了我身上。这伤不到我，但明显地让我振作起来了。“我是艾拉，你当然就是梅儿了。这个高高的大水罐子是泰顿。”

她指的那个男人确实很高，褐色的皮肤上有不少雀斑，下巴尖尖的，比山崖还要锋利。他偏了偏头，把白发甩到一侧，挡住了左眼，右眼则眨了眨。刚才看他一头白发，我还以为他年纪不小，不过这会儿细看，他应该不超过二十五岁。“你好。”他只说了这么一句，声音又低又稳。

“嗨。”我冲他点点头。我被他们俩的样子镇住了，没想到自己的异能在这儿竟然显得如此寻常。“抱歉，我只是太惊讶了。”

泰顿翻了翻眼睛，艾拉却大笑起来。半秒钟之后，我突然反应过来，有点儿不好意思。

卡尔在我旁边轻声笑道：“这可真是太可怕了，梅儿。”他极轻地碰了碰我的肩膀，传递来一丝暖意。在皮蒙山麓的高温气候里，这安慰的效果微乎其微。

“我们明白。”艾拉快言快语地说，“见到其他阿尔当总是会这样惊讶的，更不用说一下子碰到三个与你异能相同的人了。对不对，男孩们？”她说着，用胳膊肘戳了戳泰顿的前胸。泰顿没什么反应，有点儿烦躁，而雷夫只是点了点头。我感觉，艾拉是他们中间起主导作用的代言人，说的多，做的也多——我还记得阿尔贡那场混战中的蓝色暴风雨呢。“你俩真让

我失望,”艾拉咕哝道,“不过现在有你在就好了。是吧,梅儿?”

她热情的天性和坦诚的笑容反而让我警惕起来:这样和蔼亲切的人通常都隐藏着秘密。我按下心里的疑惑,回敬给她一个最真诚的微笑。

“多谢你带她过来。”她对卡尔讲话时,语气一下子变了。这位乐天派的蓝发小精灵挺直了后背,声音冷硬,在我面前变成了一个士兵。“我想,我们可以让她在这儿训练。”

卡尔低声笑道:“她自己留下?你是认真的吗?”

“怎么了?”艾拉眯起眼睛反击,“我见过你们的‘练习’。那种瞄准靶子的小练习怎么能提升她的异能呢?还是说,你知道怎么哄着她弄出一阵雷雨?”

看到卡尔抿着嘴唇,我就知道他一定想说什么不合适的话了。我赶在他自己发觉之前拉住他的手腕,拦住了他的话头。“卡尔的军事背景——”

“作为调节还是不错的。”艾拉打断了我,“训练你像他那样与银血族对战也很好。但是,你的异能超出了他的理解范畴。这些东西他无法教你,你只能以更刻苦的方式学习——自学——或者,想简单些的话,就和我们一起练习。”

她的逻辑很合理,虽然听起来不舒服。卡尔不能教我的东西,卡尔不能理解的东西。我想起了自己试图训练卡梅隆时的情景——我不明白她的异能,我只明白我自己的。这就像鸡同鸭讲说外语一样。我那时确实是在不停地与她沟通交流,却不是真正的沟通交流。

“那么我要看着,”卡尔斩钉截铁地说,“这个总可以接受吧?”

艾拉咧嘴笑了,她的情绪一下子又好了起来:“当然,我接受。不过我建议你站远一点儿,时刻警惕。闪电可是一匹小野马啊,不管你怎么驾驭,它总会撒野乱跑的。”

卡尔看了我一眼,又微微一笑鼓励我,然后就向山顶边走去,一直走到了圆形的爆破区之外。他坐下来，两手撑着向后靠，一眨不眨地盯着我。

“他挺和善的，一位王子这样很难得。”艾拉说道。

“银血族这样也很难得。”雷夫接口道。

我瞥了他一眼，很困惑：“蒙弗没有和善的银血族吗？”

“我不知道，我没去过那儿。”他答道，“我生在皮蒙山麓，从弗罗里达斯过来的。”他用手指在半空中指指点点，描画出那些潮湿岛屿的轮廓。“几个月前，蒙弗招募我入伍的。”

“你们两个呢？”我看着艾拉和泰顿。

艾拉迅速答道：“普雷草原，沙丘。那是个屡遭侵袭的国家，我和家人一直颠沛流离，最终躲进了西部的山里。差不多十年之前，蒙弗把我们接了过来。我就是那时认识的泰顿。”

“我是蒙弗人。”他说道，好像这句话能解释一切似的。他不太善谈，大概是因为艾拉说得已经够多了吧。她领着我走向山顶中那片只能称之为“爆破区”的地方，让我站在正渐渐消散的乌云下面。

“唔，让我们看看你的本事吧。”艾拉说着推了推我，让我站到自己的位置上。微风吹动着她浅蓝色的头发，堆在一侧肩膀上。另外两人也一前一后地走过来就位，这样一来，我们四人就站在了正方形的四个角上。“从小的开始。”

“为什么，我可以——”

泰顿抬头看了看：“她想检测你的控制力。”

艾拉点点头。

我嘘了一口气。和雷电者们在一起很兴奋，但我同时也觉得自己像个被过度照顾的小孩。“好吧。”我拱起双手，召唤闪电，让紫白色的火花围绕着我的手指跃动。

“紫色的火花？”雷夫笑了起来，“真好。”

我瞥了一眼他们头顶不自然的颜色，暗自笑了。绿色、蓝色、白色。

“我可不打算染头发。”

夏天带着复仇般的蒸腾之火席卷皮蒙山麓，唯一能受得了的只有卡尔。又是用力又是热，我喘着粗气，用手掌拍着卡尔的胸。他滚开了，慢悠悠、懒洋洋的，就要迷迷糊糊地睡着了。结果，他滚得太远，直接从窄窄的床上滚了下去，摔到硬邦邦的地板上。这让他清醒了点儿。他撑起身子，黑发乱糟糟地竖着，就像个新生儿似的浑身赤裸。

“该死的颜色！”他咒骂着揉了揉脑袋。

我多少有点儿不好意思：“要不是你非得住在这荣耀的杂物间，怎么会有这种事嘛。”低矮的天花板，沾着斑点的石膏块，让人觉得压抑。唯一的一扇窗子也对散热没什么效果，尤其是正午时分。我不愿意去想象这里的墙壁可能会有多薄，不用跟士兵们挤在一起已经不错了。

卡尔仍然趴在地上，咕哝着：“我喜欢军营。”他摸索着抓过一条短裤穿上，然后“咔嗒”一声，把那对手环戴回手腕。搭扣其实很复杂，但他熟门熟路，仿佛这已经成了他的第二本能。“你却不喜欢和你妹妹同居一室。”

我胡乱地套上衬衫。午休时间只剩几分钟了，我得赶快回到风暴山顶去。“你说的对。不能独自睡觉这事，我很快就会克服掉的。”当然，“这事”我指的是使人衰弱的心理创伤：如果没有人在屋里陪着，我就会做可怕的噩梦。

卡尔停住了，衬衫还卡在头上。他深吸一口气，敛容道：“我不是这个意思。”

这下轮到我咕哝了。我挑起卡尔的衬衫——这是部队里的那种配给，因为洗太多次，都要破了。“我知道。”

他压向我，床晃动着，嘎吱作响。他的嘴唇蹭着我的头顶。“现在还做噩梦吗？”

“不了。”我答得太快，让他疑虑地挑起了眉毛。可这是真的。“只要吉萨在就不做梦。她说我没弄出什么动静。不过她嘛……我都忘了，她这么个小家伙竟然能发出那么大的声音。”我自顾自地笑了起来，鼓起勇气直视卡尔的眼睛。“你呢？”

在山谷营地时，我们睡在一起，大多数夜晚他都会辗转反侧，嘴里念念有词，有时还会哭起来。

他下巴上的肌肉抖了抖：“不多。大概一周两次吧。我能记得的就是这样。”

“梦到什么？”

“我父亲，最多。你。跟你打斗时的感觉，看着自己要杀掉你，想阻止却无能为力。”他回忆着梦境，双手交握。“还有梅温。他小的时候，六七岁吧。”

尽管我已经很久没有见到梅温了，可听到这个名字仍然会让我的骨髓里一阵阵酸痛。他曾发来几段广播录像，还有声明公告，但我一直拒绝去看。关于他的记忆已经足够骇人了。卡尔很清楚这些，出于对我的尊重，他绝不在我面前谈论自己的弟弟——现在他说了。是你问的，我责备自己。我真想把那些没对他说过的话全吐出来啊，但我咬着牙，勉强忍着。那对他来说太痛苦了：知道自己的弟弟被逼迫着变成了何种恶魔，这又有何益？

卡尔继续回忆着，眼神辽远。“梅温一直很怕黑，直到有一天突然不怕了。我梦见他正在我的房间里玩儿。到处乱走，看看书什么的。黑影一直跟在他身后。我想要告诉他，想让他当心，可他毫不在意，直到被黑影吞没。我却阻止不了这一切。”卡尔慢慢地用手拂过自己的脸。“就算不是耳语者，也明白那意味着什么。”

“伊拉已经死了。”我动了动，和他并排躺着，好像这样就能有几分安慰似的。

“可他还是一直缠着你，一直在做可怕的事。”卡尔躲闪着我的目光，凝视地板。“我只是不能理解，为什么啊。”

我应该保持沉默，或是换个话题，但那些话在我的喉咙里翻滚着，不得不说。他应该知道真相。我犹豫着拉住了卡尔的手。

“梅温说，他记得他爱你，爱你们的父亲，但是伊拉把那些爱夺走了，像割掉肿瘤似的切割掉了。她也想把他对我的感觉剥除掉——”她在托马斯那件事上试过了——“但是没有成功。这种爱……”我的呼吸滞涩住了，“他说这种爱更加不易剥除。我想，是他所做的那些努力扭曲了自己。他本可以放开我，但伊拉让这变得不可能。他对我们的感觉是矛盾的，这让事情更糟了。对于你，是怨恨，对于我，是迷恋。我们也没有任何办法能改变他。我甚至觉得伊拉对他的影响永远都无法消解。”

卡尔只以静默回答我，真相飘在空中，这位流亡王子令我心碎。我认为他需要的一切，我都给了：我的手，我的陪伴，我的耐心。经过好长好长的一段时间之后，他睁开了眼睛。

“据我所知，新血中没有耳语者。”卡尔说，“我没发现，也没有听说过谁是，我所能做的搜寻观察也都做了。”

这是我始料未及的。我眨眨眼睛，一脸困惑。

“新血比银血族强大，而伊拉只是个银血族。如果……如果有人能治好他，改变他呢？这是否值得一试？”

“我不知道。”我只回答了这么一句话。这个想法让我麻木，不知该做何感受。假如说，真的有人能矫正梅温的心理，他就能变回正常的模样吗？显然，那无法改变他已经做过的事。改变不了他对我和卡尔、对他父亲所做的事，也改变不了他伤人无数这个事实。“我真的不知道。”

不过，这想法给了卡尔希望。我看见了，他的眼睛深处有了一点点亮光。我叹了口气，捋顺他的头发。他需要一位手法娴熟的理发师来给他剪剪头发。“我猜，如果伊万杰琳能改变的话，任何人都能。”

他突然低低地笑了起来：“噢，伊万杰琳和以前一样啊。只不过放了你比扣住你对她更有益。”

“你怎么知道？”

“因为我知道是谁叫她那么做的。”

“什么？”我尖厉地问道。

卡尔叹了口气，站起来走到房间的另一边。那面墙上全部装着柜子，不过大多是空的，因为除了衣服和战斗装备之外，他没有别的行李了。让我惊讶的是，他踱起步来。我一下子紧张起来。

“我想救你回来，但红血卫队阻断了我的一切尝试。”他的两只手飞快地动着，“没有消息，不支持打入内部，任何形式的间谍密探都没有。我不能坐在那个冷冰冰的基地里干等，等着别人来告诉我该怎么做。于是我设法与可信的人取得了联系。”

我的肚子上好像挨了一拳：“伊万杰琳？”

“见鬼的颜色，不是。”他吸了一口气，“是阿奶贝尔，我的祖母——我父亲的母亲。”

*安娜贝尔·来洛兰，老太后。*“你叫她‘阿奶贝尔’？”

他的脸上泛起银光，而我的心漏跳了一拍。“只是习惯，”卡尔咕哝道，“反正，伊拉在的时候她一直没有入朝听政，不过我想，伊拉一死，她立刻就会开始活动了。她知道伊拉是什么样的人，也了解我。她应该看穿了王后的谎言，应该明白梅温在我们父亲的死亡中扮演了什么角色。”

和敌人联络。绝不能让法莱和上校知道这件事，否则不管卡尔是不是诺尔塔的王子，他们都会一枪把他崩了的。

“我那时绝望了。这其实很不明智，我知道这是马后炮。”他继续说道，“但确实起效了。她答应我，等到时机合适就放了你。婚礼就是最好的时机。她一定是表态支持了沃洛·萨默斯，才确保你能逃走。这是值得的。你之所以现在能在这儿，就是因为她。”

我的话说得很慢，我必须弄明白：“所以，偷袭阿尔贡的事，你提前告诉她了？”

卡尔飞快地回到我面前，跪下去握住我的双手。他的手指滚烫，但我强迫自己没有抽回手。“是的。在与蒙弗合作这件事上，她比我想象的要开通得多。”

“她与蒙弗有联系？”

卡尔眨眨眼睛：“一直有。”

有那么一瞬间，我希望自己也有个家族色可以用来骂街。“怎么会呢？这怎么可能？”

“我猜你不会希望我解释无线电的工作原理吧。”他笑了。可我一点儿都不觉得好笑。“蒙弗显然乐于和银血族合作，只要能达到目的，什么人都可以。这算是一种——”卡尔停下来，搜寻着合适的词，“一种契约关系。他们想要的东西是一样的。”

不可置信，我简直要冷笑起来了。银血族王室成员与蒙弗……还有红血卫队合作？这听起来太荒唐了。“那么，他们想要什么？”

“梅温退位。”

尽管阳光炽热，卡尔也靠得很近，我却还是感到了彻骨的寒意，眼泪不自觉地溢了出来。

“他们还是要王位。”

“不——”

“换个蒙弗的银血国王来统治，也仍然是银血国王。红血族仍然卑贱到尘埃里，和现在一样。”

“我跟你保证，不是那样的。”

“提比利亚七世万岁。”我轻声说道，他不禁一颤。“贵族家族反抗行动之后，梅温审讯了他们。他们人人至死都说着这句话。”

他的脸上一片悲戚。“我从未谋求过那个，”卡尔喃喃说道，“我从来也不想要那个。”

这个跪倒在我面前的年轻人，生来就是王位的继承人。在他的成长过程中，“想要”无足轻重。从他很小的时候开始，“想要”就被扑灭了，取而代之的是责任，是他父亲告诉他的国王的模样。

“那么，你想要的是什么呢？”奇隆问过我同样的问题，这个问题让我在黑暗中找到了目标、关键和清晰的路。“你想要什么，卡尔？”

他回答得很快，眼睛灼灼发光。“你。”他的手指握紧了，很烫，但是温度平稳。他正竭尽全力地控制着自己。“我爱你。除了你，这世界上的其他东西全都无所谓。”

“爱”是我们不曾用过的字眼。我们能感觉它，表达它，却从未说出口。这就像是一锤定音，像是无法轻易反悔的宣言。我是个小偷，知道出口在哪儿；我是个囚犯，憎恨紧锁的门。可是，他的眼睛那么近，那么热切，这就是我能感知的全部。尽管他的话令我恐惧，可那些话是真的。难道我就不该吐露真言吗？

“我爱你。”我轻声说着，用我的额头抵着卡尔的。他的睫毛闪动着，拂过我的皮肤。“答应我。答应我你不会离开。答应我你不会回去。答应我不要让我的哥哥枉死。”

他低声一叹，气息扑在我的脸上。

“我答应你。”

“还记得我们对彼此说过不要分心吗？”

“记得。”卡尔灼热的手指攀上我的耳朵，一个一个地抚摩着我的耳环。

“让我分心吧。”

# 第二十六章
## 梅儿

双倍训练继续着，让我精疲力竭。这再好不过了。精疲力竭使人容易入睡，不会胡思乱想。每次我的脑海中划过疑虑——关于卡尔，关于皮蒙山麓，关于以后可能发生的一切，我都会因为太过疲劳而无法细思。我每天早上和卡尔一起跑步，进行力量训练，这颇得益于静默石镣铐的持续影响：在承受过它们的重负之后，任何有形物体的重量都变得不值一提了。卡尔也会在休息间歇给我讲一些战术理论，就算我提醒他，说艾拉已经讲过了，他也只是耸耸肩膀，继续他的讲解。我没跟卡尔提过艾拉的训练很野蛮，招招杀机毕现。卡尔从小就练习打斗，但他总有皮肤愈疗者在侧，所以他对打斗的看法和艾拉的完全不同。艾拉的目的是消灭敌人，卡尔却更倾向于防御。如果不是绝对有必要，他是不愿意杀死银血族的，这一点在我和雷电者一起训练时显得尤为突出。

艾拉是个好斗的家伙。她能以迅雷不及掩耳之势召唤风雨，在晴空中升起乌云，催化毫无怜悯的闪电雷鸣。我记得她在阿尔贡时的模样：一只手举着枪，另一只手上擎着闪电。只有艾丽斯·锡格尼特反应得够迅速，这才避免了梅温被烧成冒烟的灰烬。我觉得自己的闪电永远不会变得这么有破坏力，哪怕是练上好几年。不过，她的指教还是珍贵无价的。我在她身上学到了很多：风暴闪电比其他类型的闪电更厉害，它的温度比太阳表面还要高，强度甚至能击穿钻石玻璃。这样的闪电我仅仅射出一道就几乎被榨干了，站都站不住，她却能轻松自如地拿它来做射击练习。有一次，艾拉甚至叫我跑步穿过她营造的“雷区”，好检验我的脚程。

网状闪电——雷夫这么叫——更常见一些。他手脚并用放射出闪电和火花，让它们交织成一道绿色的网，以保护自己的身体。他也可以召唤风暴闪电，不过他更喜欢精确的方法，总是和准确性较劲。他的闪电能够凝聚成形，最擅长的是盾形闪电——电能织成的电网，噼啪作响，能抵挡子弹——以及抽动时能击碎石头和骨头的鞭形闪电。后者威力巨大，必须小心对待：那是一道边缘参差的电弧，犹如致命的绳索，能将挡在前路的任何东西烧穿。每次对练时我都能感觉到它的厉害。它倒没怎么伤到我，伤到我的往往是我自己控制不了的闪电能量。一日将尽时，我常常头发直竖，以至于卡尔吻我时也会被电几下。

安静的泰顿不和我们对练——其实也不跟任何人一起练习。他还没给自己的异能起名字，不过艾拉称之为“脉冲闪电”。泰顿对电流的控制力是惊人的，那些纯白色的火花虽然很小，却非常集中，浓缩了风暴闪电的能量——就像一颗通了电的子弹。

“我本来应该给你看看过脑闪电的，”他有一天跟我嘀咕道，“不过我觉得没人愿意帮忙展示。”

我们一起穿过训练场，踏上那段从营地到风暴山的长长的路。虽然我和他们已经相处了一段时间，泰顿却仍然话很少，总是寥寥几个字。所以，听见他这又低又稳的声音，着实让我惊讶。

“过脑闪电，那是什么？”我来了兴趣。

“就是字面意思。”

“好解释。”艾拉在我旁边哼了一声。她一直在编辫子，好把那头鲜艳的头发梳到脑后去。她有几个星期没染发了，发根露出了金棕色。“他是说，人的身体会在电流脉冲的刺激下动起来。动作幅度很小，但是快得荒谬。那种闪电很难察觉，而且几乎不可控。它主要作用于大脑，就像套上马嚼子似的，可容易了。”

我看着泰顿，睁大眼睛。他只是默默走路，白发挡住了一只眼睛，两手揣在口袋里。他很淡然，好像艾拉说的并不是多可怕的事。“你能控制一个人的大脑？”寒冷的恐惧像刀子刺中腹部般地撕裂了我。

“不是你想的那样。”

“你怎么知道——”

“因为你藏不住心事，而且这太容易推断了。我不会读心术，但我知道被耳语者控制六个月会让人变得疑神疑鬼。”他不胜其烦地叹了口气，抬起一只手。一颗比太阳还亮，几乎令人目眩的电火花从他的手指上冒了出来。只要被它碰一下，就会被翻个底儿掉。“艾拉的意思是，我可以在看着一个人的时候把电流倾注到他身上，就像扔出去一口袋锤子似的，让电量作用在他身上。如果我大发慈悲呢，就攫取他的意识，要是不呢，就杀了他。”

我回头看着艾拉和雷夫：“你们也学过这个吗？”

他们同时冷笑起来。“我们都不具备那种闪电所要求的控制力。”艾拉说。

“泰顿能够相当谨慎地杀死一个人，却不让其他人有所察觉。”雷夫解释道，“比如说，我们在一间乱哄哄的大厅里吃饭，但首相在另一边的角落里倒下去了。攫取。死亡。可泰顿连眼睛都不会眨一下，还继续吃东西呢。”他说着拍了拍泰顿的背。“不过我们觉得你不会那么干的。”

泰顿几乎没有反应：“多谢安慰。”

这种运用异能的方式，多么可怕——却又是多么有用。

在对练场地里，有人正歇斯底里地大叫着。叫声吸引了我的注意，循声望去，只见两个新血正在打斗，奇隆在一旁观望，向我们挥了挥手。

“今天要给我们露两手吗？”奇隆说着，指了指因对练而尘土飞扬的场地，“好久都没看到闪电女孩放电啦！”

我竟然有一种跃跃欲试的感觉。和艾拉、雷夫对练是很过瘾，但总是闪电对闪电，其实对我们帮助不大，因为类似的战斗可能很长时间都不会碰到。

艾拉抢在我前头回答了，她边走边说：“我们是在风暴山上练习的，现在已经有点儿晚了。”

奇隆只是扬起了眉毛。他想听我的回答，而不是她的。

“其实，我倒不介意。我们练习的对象应该是梅温军火库里也有的东西。”我极力保持自己的语气中立。我喜欢艾拉，喜欢雷夫，喜欢我知之甚少的泰顿，但我也有自己的意见。而我认为我们仅靠三人之间的对练是走不了多远，提升不了多高的。“我今天想在这儿练习。”

艾拉张着嘴正要反驳，泰顿却抢先说话了。“好，”他说，“跟谁？”

我们这儿与梅温最相像的人。

“你知道，我比他更擅长这个。”

卡尔把一只胳膊举过头顶，二头肌把棉布衬衫绷得紧紧的。他见我看着他，就咧开嘴笑了，很是享受这种关注。我则只是怒目相向，双臂环肩。他并不赞同我的看法，可他也没说不行。而且，他缩短了自己的训练日程，应邀来到对练场地，就足以说明一切了。

“很好。以后要打赢他就更容易了。”我小心地字斟句酌：是打赢，不是杀死。自从卡尔提起他在寻找能“矫正”梅温的人，我就稍微收敛了一些。梅温对我所做的那些事，让我只想杀了他，可这种想法我不能说出口。“我要是能和你对练，赢他就根本不费劲了。”

他蹭了蹭脚下的土，检查了一下地形：“我们已经对打过了。”

“那是受制于耳语者，被人牵着鼻子走。这可不一样。”

训练场边已经聚集了不少围观者。当我和卡尔踏上同一块对练场地时，各种话立刻就冒了出来。奇隆咧着嘴，在十几个新血中间穿来穿去的，我甚至觉得他可能还设了个赌局。里斯——就是那个挨过我巴掌的愈疗者，也在他们中间。他待在那儿等着——我和银血族训练时，他们的皮肤愈疗者也是如此：时刻准备着处理伤者。

我用手指挨次敲打着胳膊，在身体内部呼唤闪电。它应声而起，我能感觉到乌云开始在头顶聚集。“你是想继续磨蹭好制定战术，还是我们这就开始？”

卡尔只是挤了挤眼，继续做着拉伸运动：“就快好了。”

“好吧。”我弯下腰，用场地上铺着的细土摩擦双手，蹭掉汗水。这是卡尔教我的。他笑了，也如法炮制。随后，他脱下衬衫，把它塞到一边——这让不少人既惊讶，又兴奋。

良好的饮食和严格的训练让我们俩都更强健了。不过，我纤细敏捷，线条柔和，他却是棱角分明，肌肉状如切削。尽管我已经多次看过他衣衫不整的样子了，但他这样做还是让我愣住了，从脸颊到脚趾都涨得通红。我费力地吞了口唾沫，余光看见艾拉和雷夫也饶有兴味地盯着他看呢。

“你这是干扰我呢？”我假装不理他，假装没感觉到脸上热辣辣的。

卡尔歪着头，做出一副无辜的样子，甚至还用手拍着胸口，喘着粗气，好像在说：*谁啊？我吗？*“反正你会把衬衫烧烂的，我是在节省物资嘛。不过，”他绕着场地边缘行动起来，“好战士总是会调动起一切优势的。”

头顶之上的天空越来越暗，我明明白白地听见了奇隆正在跟别人打赌。“噢，你觉得你还有优势呢？真可爱。”我配合着卡尔的动作，在场地另一边绕起了圈子。我的双脚仿佛是自主移动的。我信任它们。肾上腺素的感觉如此熟悉——它曾出现于干阑镇、角斗场，出现于我投身其中的每一场战役。它席卷了我的神经。

卡尔紧张起来，全面进入战斗状态，可他的声音仍在我脑海中回荡。燃火者，十码。我垂下双手，手指转动，紫色的火花在我的皮肤上跃动进出。在对面，他拨动手环——灼热的火球烫到了我的手掌。

我叫着往后一跳，看见自己的电火花变成了红色的火焰。他夺取了我的电能。我又调动起一波能量，注入火焰，将它们变回了电火花。它们涌动着，想要再变成火，但我集中精力，不让火花脱离自己的控制。

“卡洛雷先得一分！”奇隆在场地边叫道。吼叫声欢呼声迭起，人群还在不断壮大。他又是鼓掌又是跺脚，让我想起了干阑镇的角斗场。那时，他也是这样为银血族的胜利叫嚷起哄的。“去呀，梅儿，打他！”

我突然意识到这是很好的一课。其实卡尔不必一开始就把这种我没有准备、难以招架的东西展示出来。他应该保存实力，等待更好的时机来利用这个别人看不出来的优势。可是，他一上来就摊牌了。他这是轻敌了。

第一个错误。

十码之外，卡尔招了招手，示意我继续。这无异于奚落嘲弄。他极擅长防守，当然希望我杀过去。很好。

在场地外围，艾拉咕哝着警告那些围观者：“我要是你们，现在就往后退。”

我握紧拳头，射出闪电。闪电带着炫目的巨大能量直劈向场地的正中央，就像射中“公牛眼睛”的一支箭。不过，闪电没有像人们预想中的那样击中、震裂地面，而是以风暴闪电和网状闪电的结合体，在及膝的高度蒙住了整个练习场。紫色的闪电激起了尘土，卡尔扬起手臂遮住眼睛，免得被强光刺伤，另一只手则推动着四周的电火花，把它们变成闪耀的蓝色火焰。我在他无法直视的强光里飞速冲刺，吼叫着对准他的腿，想把他打倒。他被电火花击中，笨重地摔倒，在电击的作用下动弹不得。

我向后跳开。鲜红而灼热的热量扑面而来，但我用盾形闪电把它挡开了。而后我也落回地面，可两条腿没站稳，甩了出去。我头冲下摔在地上，吃了一嘴的泥。一只手——灼热的手，抓住了我的肩膀，而我甩开胳膊，冲着他的下巴一记肘击。他的下巴也是热的，他的整个身体就是一丛烈焰。红色与橙色，黄色与蓝色。他身上散发出的高热让空气变了形，让世界都摇摆、扭曲起来。

我踉踉跄跄地，尽量多地拢起泥土和能量，一股脑儿地向他脸上扔了过去。他抖了一下，烈焰稍有削弱，给了我喘息站稳的时间。我又抡起双臂，一条鞭形闪电成了形，在半空中闪着火花，嗞嗞作响。他躲避着我的每一击，翻滚、匍匐，脚下的步子轻快得像个舞者。我的闪电爆出了火球，这是我尚不能完全控制的。但卡尔把它们吸进了自己的汹涌烈焰之中，火环包围了整个对练场地。紫色和红色撞击着，电火花闪动，火焰灼灼。我们脚下的夯土地面像波浪滔天的大海般涌动起来，天空黑压压的，暴雨如注，电闪雷鸣。

他跃动着靠近了，近得一击就能击中我。我感觉到了第一波涌来的热浪，连忙俯下身子闪躲，却闻到了头发烧着的气味。我狠狠地用胳膊肘猛击他的腰。他痛得咕哝一声，用燃着火苗的手指按向我的后背。我的皮肉皱了起来，鼓起了一串串燎泡，我咬着嘴唇才没叫出声来。如果卡尔知道这会造成什么样的伤害，他一定会中止对练的。我的确受伤了，疼痛席卷了我的脊椎，膝盖也咔嗒作响。我颤抖着伸出胳膊支撑自己，而闪电把我推了起来，让我站住。我承受着这灼烧的剧痛，因为我必须知道这是一种什么样的感觉。等时候到了，梅温要经受的，可比这个痛苦得多。

我再次使出了网状闪电作为防御战术，好逼迫他把双手从我身上移开。一道强力闪电沿着他的腿往上窜，刺入了他的肌肉、神经、骨骼。王子的骨架在我的脑海里一闪而过，我撤回了一些能量，免得给他造成永久性的伤害。他抽搐着向旁边倒下，我则毫不犹豫地扑了上去，想要摘下他的烈焰手环——我曾几十次地看到过他是怎样开合那卡扣的。他在我身下翻着眼睛，挣扎着想要把我甩下去。手环飞了出去，在我的紫色电火花里闪闪发亮。

一只胳膊环住了我的腰，把我掀翻在地。地面滚烫，就像一条白色的火舌，烫得我的背剧痛无比。这次我忍不住叫了出来。电火花从我的双手中喷溅而出，卡尔飞速后撤，踉跄着躲避暴戾的闪电。

我强忍着眼泪坐了起来，手指深深地抠进了泥土里。几码之外，卡尔也做着同样的动作。他的头发在静电的作用下乱糟糟地竖着。我们都受伤了，都骄傲得不愿停下来。我们摇摇晃晃地站起来，四肢僵硬紧绷，就像老头子似的。没有了手环，他召唤着场地四周闷烧的草坪，让灰烬复燃。火焰向我扑来，我也射出了闪电。

烈焰和闪电猛撞——撞上了一堵蓝色的墙。墙发出嗞嗞声，震得人发麻，它吸掉了这一道烈焰和一道闪电的能量，然后就像擦净玻璃似的一下子消失了。

“也许下次你们该改在靶场对练。”戴维森喊道。今天，首相像其他人一样穿着绿色的制服，站在圆形场地之外——至少，这还算得上是个“圆形”，夯土地面和草坪全都烧得一塌糊涂，几乎被掀掉了一层，这对练场地被我们的异能给毁了。

我喘着气，一屁股坐了下来，暗自庆幸终于结束了。就连呼吸都会让我的背一阵阵剧痛，我只能向前倾着跪坐，紧握拳头，强忍着疼痛。

卡尔朝我走近了一步，随后也瘫倒了，用胳膊肘支撑仰躺着。他粗重地喘息，胸脯猛烈地起伏，从头到脚都汗湿透了，连微笑一下的力气也没有了。

“如果可以的话，也别搞这么多观众。”戴维森加上一句。在他身后，浓烟渐渐消散，又是一道蓝色的墙把围观的人们和我们隔开了。戴维森一挥手，它便无影无踪了。他干巴巴地笑了一下，抬起胳膊给我们看那上面的标志——一枚白色六角形。“屏障者。颇有用处。”

“真是的。”奇隆叫着，朝我冲过来。他蹲在我旁边，回头叫道：“里斯！”

但是那个红头发的皮肤愈疗者站在几码之外一动不动：“你知道，不该这样。”

“行了，里斯！”奇隆嗤之以鼻，恼怒地咬着牙，“她的整个后背都烧伤了，他也连走都不能走了。”

卡尔喘着粗气看向我，他的脸上满是关切和歉意，但也有痛苦。我疼痛难当，他也一样。王子尽了全力想坐起来，想展现强壮，可他只能嗞嗞吸气，立刻又倒下了。

里斯仍然坚持己见：“对练就是会有这种后果。我们不是银血族，我们需要知道自己的异能会对别人造成什么样的伤害。”这话听起来像是早就想好了的，如今娓娓道来，要不是痛得要命，我也会赞同。我记得银血族的角斗场，他们把搏命打斗作为一项运动，毫无惧意。我记得白焰宫里的训练，皮肤愈疗者随时待命，时刻准备着抚平创口。银血族不在乎伤害别人，因为伤痛不会持续多久。里斯看着我们两人，晃晃手指。“这伤并不致命，他们可以这样待上二十四小时。这是规定，沃伦。”

“通常，我会同意你的意见。”戴维森说着，步伐坚定地走到愈疗者旁边，眼神空洞地看着他。“但很不幸，我需要这两个人，现在就需要。去吧。”

“长官——”

“去吧。”

我抓着地面，指缝之间的泥土都挤了出来。我松了一口气：如果这意味着折磨将终结，我愿意听任首相的任何要求，微笑着从命。

我的连身制服穿着不舒服，闻起来也是一股消毒药水的气味。但戴维森的特工刚刚送来的最新简报让我无暇抱怨。就连首相也震惊不已，在坐满顾问和参谋——卡尔和我也在列——的长桌前来回踱步。他用拳头支着下巴，凝视地板，目光难以捉摸。

法莱瞪着他看了许久，而后又低头瞥了一眼艾达的速记——这位智力超常的新血现在已经是一名军官了，与法莱和红血卫队共同工作。就算克拉拉以后会成为军官我也不会惊讶，因为这小婴儿被法莱用背带绑在胸前，正打盹儿呢。她的头上已经冒出了毛茸茸的深棕色头发——越来越像谢德了。

“科尔沃姆由五千名红血卫队的红血族士兵和五百名蒙弗的新血防守。”法莱念着艾达的笔记，“报告称梅温的部队有数千人，都是银血族。他们在哈伯湾的爱国者要塞及湖境之地的底特莱昂集结。具体数字不详，异能情况不详。”

我的手抖个不停，我连忙把它们从桌面上抽回，放在膝盖上。那些有可能协助梅温夺回军事重镇的人在我的脑海里一字排开：萨默斯家族已经离开了；拉里斯、艾若、哈文家族也离开了；来洛兰家族也不可能——如果卡尔的祖母可信的话。尽管想要从这儿消失，可我还是勉强开口说道：“他拥有罗翰波茨家族和威勒家族的强力支持，这两个家族分别是铁腕人和万生人。还有亚尔文家族，他们能压制消解任何新血的异能。”我没有多解释什么，我亲身体验过亚尔文家族的威力。“我对湖境人了解不多，只知道他们的王室是水泉人。”

上校向前倾着身子，手掌撑着桌子。“我了解。他们拼死战斗，亦能隐忍，他们对国王的忠诚是坚贞不屈的。如果国王支持那个邪恶的——”他顿了顿，用余光瞥了一眼卡尔，可卡尔无动于衷。“支持梅温，他们也会毫不迟疑地跟随。水泉人固然是最为致命的，但他们还有风暴者、冰槊者、织风人。石皮人那种脏兮兮的壮汉也很难对付。”

他每念出一个名字，我就会哆嗦一下。

戴维森转过身，面对着塔希尔。没有了双胞胎兄弟的陪伴，这位新血显得有些残缺不全，他姿势古怪地倚着椅背，好像这样能弥补另一半的缺席。“时限有没有新补充？”首相厉声问道，“‘一周之内’可不够精确。”

塔希尔眯起眼睛，将精神集中于某个地方，这间屋子之外很远的某个地方——他的兄弟所在的地方。像其他特工一样，拉什的位置也是秘而不宣的。不过，我可以猜。萨利达曾经混迹于梅温的新血部队，而拉什就是她的完美接替者，也许他正以红血族侍从的身份在宫廷某处潜伏着。这真是机智。利用与塔希尔的联系，他便可以像无线电或其他通信装置那样迅速的传递信息了，而且不会留下任何痕迹，也不会被人拦截窃听。

“仍在确认。”塔希尔慢悠悠地说道，“密谈……”他突然停住了，嘴巴惊讶得张成了 O 形。“一天之内，由边境两侧同时发起进攻。”

我咬住了嘴唇，咬出了血：怎么可能这么快？毫无预警？

卡尔和我想到了一处。“我想你们应该关注军队的调动情况，陆军是不可能彻夜行军的。”他身上散发出一波波的低热，烤着我的右半边身体。

“我们知道敌军主要是在湖境之地这一边。梅温的新娘子和她的盟友把我们咬得死死的。”法莱解释道，“我们在那里没有充足的人力物力，因为大部分红血卫队现在都到这儿来了。我们无法同时监控三个互不相连的国家——"

"你们确定是科尔沃姆吗？你们能绝对肯定？"卡尔质问道。

艾达毫不迟疑地点了点头："所有的情报都表明：是的。"

"梅温喜欢设陷阱。"我不愿意念出他的名字。"将我们的兵力吸引过去，在途中设伏，这都可能是他的阴谋。"那时，我们的飞机在空中分崩离析，参差的碎片擦过星星，发出尖锐刺耳的声音。这些我都还记得。"或许是调虎离山。比如说我们到了科尔沃姆，他却向低地公国发起袭击。这对我们来说可是釜底抽薪。"

"这正是我们等待观望的原因。"戴维森心意沉沉地握紧了拳头，"让他们先行动，这样我们才能决定对策。如果他们按兵不动，显然这就是个陷阱了。"

上校的脸涨得和他的眼睛一样红："如果是进攻呢？显而易见？"

"一旦他们的目的明确了，我们就会迅速行动……"

"你'迅速行动'的时候，我的士兵又会死伤多少？"

"和我的人一样，"戴维森冷笑道，"别以为只有你的人会为此流血牺牲。"

"我的人……？"

"够了！"法莱喊了一声，截住了两人的话头，她的声音很大，把克拉拉都吵醒了。可这孩子比我认识的任何人脾气都要好，被人扰了梦乡也只是懒洋洋地眨了眨眼。"如果没有更多的情报，等待是我们唯一的选项。我们不顾前后的行动已经犯了够多错了。"

*多得难以计数。*

"这的确是牺牲，我承认。"首相看起来和他的将军们一样清醒、严肃、面无表情。如果还有别的办法可想，他不会拒绝的。但所有人都想不出来。就连卡尔也束手无策，沉默不语。“但这牺牲是必须的。不积跬步，无以至千里。”

上校怒火中烧，气急败坏，一拳擂在桌子上。一只盛满水的玻璃罐子摇晃起来，戴维森不动声色地把它扶住了，几乎是条件反射一样。

“卡洛雷，我需要你的协助。”

还有他的祖母，还有银血族。那些盯着我和我的镣铐却无动于衷的人，那些认为我的家人该是他们的奴仆的人。我默不作声。那些我们必须战胜的人。

卡尔点了一下头：“裂谷王国已经保证予以支持，我们可以借兵萨默斯、艾若、拉里斯和来洛兰家族。”

“裂谷王国。”我压低声音，差点儿吐口水了。呵，伊万杰琳总算得到一顶冠冕了。

“你呢，巴罗？”

我抬起头，看见戴维森凝视着我，表情里仍然读不出什么。他真是难以捉摸。

“你和我们一起去吗？”

家人在我眼前闪过，不过只有一瞬间。我的愤怒、恨意和复仇之火潜伏在身体的深处、头脑的一角，它们胜过了家人。我真该为此感到羞愧。要是再次离开，老妈老爸一定会杀了我的。但我愿意投身战火之中，好找到某种表面的平静。

“好。”

KING'S
CAGE
第二十七章
梅儿

这不是陷阱，也不是花招儿。

午夜之后的某一刻，吉萨摇醒了我。她棕色的眼睛大睁着，满满地盛着担忧。晚餐时，我把即将发生的一切告诉了家人。不出所料，他们对我的决定丝毫不感到开心。老妈用力地拧着餐刀，为谢德的死而哭泣，那伤口还鲜血淋漓——还有我的被俘。她斥责着我的自私，又一次要抛弃他们而去。

后来，她的责备变成了歉意，絮絮地倾诉着我的勇敢。勇敢、坚忍、珍贵，以至于她不能不放我走。

老爸一言不发，握着拐杖的手关节直发白。我们，他和我，是一样的。我们做出决定，然后坚持到底，哪怕那个决定是错的。

至少布里和特里米明白，他们没有被征募参与此次行动，对其他家人来说已是安慰了。

“卡尔在楼下，”吉萨轻声说道，她灵巧的双手放在我肩上，“你得走了。”

我已经穿好了制服，坐起身来，拉住她最后抱了抱。

“你可干了太多次了，”她喃喃说着，极力做出幽默顽皮的样子，好掩饰喉咙里压抑的哽咽。“这次也要回来。”

我点点头，却没有给她承诺。

我们在走廊里遇见了奇隆，他穿着睡衣，睡眼惺忪。他也不会和我们一起去。科尔沃姆不是他能去的地方。这也算是一点儿苦涩的安慰吧。尽管我总是抱怨他拖累了我们，总是为这个只会补渔网的男孩担心，但我还是会非常想念他的。尤其是因为，事实根本不是那样，他保护我、帮助我，远比我对他做得多。

我张了张嘴，想说出这些话，却被他亲了亲脸颊给打断了。“你要是敢说什么‘再会’，我就把你从楼梯上丢下去。”

“好吧。”我挤出两个字，握紧了拳头。越是靠近楼下，我就越是难以呼吸。

所有人都聚在一起等着我，像突击小队似的严阵以待。老妈的眼睛又红又肿，布里也是。他先拥抱了我，把我从地上拎了起来。这个大块头抵着我的脖颈，发出一声呜咽。特里米更内敛些。法莱也在，她紧紧地抱着克拉拉，前后摇晃着她。老妈会替她照顾孩子的。当然。

我想要抓住这里的每一分每一寸，每一分每一秒，但一切都变得模糊了。时间过得太快了。我转过头，还没弄清发生了什么就已经出了门，走下台阶，坐进了车子里。老爸真的和卡尔握手了？还是只是我的想象？我还在睡吗？还是已经醒了？基地的灯光穿透黑暗，像闪烁的星星。车头灯劈开阴影，勾勒出通往停机坪的路。我已经听见了引擎的咆哮，还有飞机冲上云霄的尖鸣。

大多数是直升运输机——专为快速运载大批士兵而设计，可垂直起降，不需要跑道，并且可直接导航至科尔沃姆。乘坐飞机的感觉如此熟悉，恐惧攫住了我。上一次乘机出行的后果是我被关了六个月，回来时业已魂飞魄散，如同幽灵。

卡尔感觉到了我的不安，他替我扣好安全带，手指灵巧地穿梭移动，而我只是盯着脚下的金属铁板。“不会再发生那种事了。”他喃喃说道，声音低得只有我能听到，“这次是不同的。”

我用双手捧住他的脸，让他停下，看着我：“可是，为什么这感觉是一样的？”

古铜色的眼睛望着我，搜寻着答案。没有答案。卡尔吻了我，仿佛这样就能解决一切。他的嘴唇压住我的，比一个吻应有的时间更长——尤其是，周围还有这么多人。不过没人大惊小怪。

他撤回身子，往我手里塞了什么东西。

“别忘了你是谁。”他轻声说道。

我不用去看就知道，那是一只耳环。小小的彩色石头镶在金属底托上，好像在说“再会”，好像在说“平安”，好像在说“若我们分离，请记住我”。这是我旧日生活里的另一个传统。我把它紧紧地攥在拳头里，尖锐的耳针刺痛了我的皮肤。直到卡尔在我对面坐下之后，我才低头细看。

红色的。当然。如血的红色，如焰的红色。如将我们生吞的愤怒的红色。

我暂且没法儿把它戴到耳朵上，于是就把这小小的石头妥帖收了起来。它很快就会跟其他耳环会合的。

法莱抱着复仇的心态坐在了蒙弗飞行员旁边，卡梅隆紧跟着她，在她坐下时勉强笑了笑。她最终还是拥有了一身绿色的军官制服，就像法莱的一样。但法莱此刻的制服变了，不是绿色的，而是深红色的，胳膊上佩着一个字母C——司令部成员。她又理了发，金色的头发剪掉了几寸，好合称她的个人风格。她看起来很严肃，脸上的伤疤扭曲着，蓝色的眼睛仿佛能刺穿所有盔甲。我突然明白了谢德为什么会爱她。

她有理由停止战斗——比我们任何人的理由都多，但她还是继续坚持，勇往直前。她身上的决绝一点点地涌向我：如果她做得到，我也可以。

戴维森是最后一个登机的。加上他，这架飞机上一共有四十人。在他之前登上飞机的是一队失重者，衣服上带有向下的线型符号。戴维森仍然穿着那身作训服，平日里服帖的头发此刻乱蓬蓬的。我猜他可能根本没睡觉，而这让我对他多了一份好感。

他经过时冲我们点了点头，然后就步履沉重地径直走到机舱前头，和法莱坐在了一起，两个人立刻就头碰头地商量起来。

自从和其他雷电者一块儿训练以来，我对电流的感知能力比以前提高了。我能感觉到飞机的每一节线路，每一颗电火花，每一次脉冲。艾拉、雷夫和泰顿当然也参加了这次行动，不过没人敢把我们塞在同一架飞机上——如果最糟糕的事发生了，至少我们不会全军覆没。

卡尔在座位上坐立不安。紧张的能量。我却和他相反。我尽力让自己无知无觉，无视蠢蠢欲动的狂烈怒意。自打出逃以来，我一直都没再见到过梅温，而他那时候的模样时时出现在我的想象中：越过人群朝我大喊大叫，极力想要扭转局面。他不想放掉我。而当我的双手掐住他的喉咙时，我也不会放掉他。我不会害怕的。距离那一刻，只有这一战了。

“我的祖母会尽可能多地带人过去，”卡尔嘀咕着，“戴维森已经知道了，但我觉得可能没人告诉你。”

“噢。”

“她有来洛兰家族，以及其他反抗的家族，还有萨默斯家族。”

“伊万杰琳公主。”一想到这个我还是想笑。卡尔也和我一起冷嘲热讽起来。

“至少现在她也有王冠戴，用不着借别人的路平步青云了。”他说。

“你们原本应该已经结婚了，要不是……”“要不是”这个词涵盖了太多内容。

卡尔点点头。“已经结婚很久，久得彻底疯掉了。她也许会是个好王后，但不是我的王后。”他看也不看地拉起我的手说，“而且她一定是个很可怕的妻子。”

我没有精力去仔细思量他的弦外之音，不过胸膛里还是升起了一股暖意。

飞机向前猛冲，拉到了高速挡位。电机和引擎旋转着，轰鸣声淹没了我们的交谈。又是一冲，我们离开地面，向上升起，没入了夏季的炎热夜空。有那么一小会儿，我闭上眼睛，想象着接下来会发生什么。我对科尔沃姆的了解来自地图和新闻广播：黑色的花岗岩城墙，以黄金和铁加固，那是一座螺旋盘升的堡垒，任何即将开赴窒息区的士兵都将在此做最后的停留。在另一种人生里，我也会到那里去，而现在，那座城市正面临着一年之内的第二次围攻。几小时之前，梅温的军队已经出发了，在他们所控制的洛卡斯塔降落，而后转为陆上行军。他们应该很快就会到达城墙附近了。比我们快。

*不积跬步，无以至千里，*戴维森这么说过。

但愿他是对的。

卡梅隆把她出的牌扔到我腿上：四个王后瞪着我，面带嘲讽。“四个Q，巴罗。”她偷笑道，“这一把呢，赌你的靴子怎么样？”

我咧嘴一笑，把四张牌拢到自己这边，丢出没用的红色同花顺和一张黑色J。“我的靴子不适合你，”我说，“我的脚可不像独木舟似的那么老大。”

她咯咯大笑起来，仰着头，伸着脚。就是嘛，她的脚又长又瘦。我想，因为伙食良好，卡梅隆总算是发育完全了。“再来一把，”她嚷嚷着，伸手要牌，“打赌，洗一个礼拜的衣服。”

在我们对面，卡尔停下正在做的准备拉伸运动，冷哼一声说：“你以为梅儿会洗衣服？”

“你会吗，殿下？”我笑着回敬他。他干脆假装没听见。

这些轻巧的玩笑既是安慰剂，又可让人分神。如果被卡梅隆的牌技缠住，我就不必思索即将到来的恶战了。当然，她是在工厂里学会玩牌的，我则几乎算不上会，不过这样刚好能占用我的注意力。

在我们脚下，直升运输机摇晃起来，因为空中的气流而颠簸。在经历了长时间的飞行之后，这已经不会吓到我了。我继续洗着牌。随后又是一颠，这次更严重些，不过也没到拉警报的地步。而第三次颠簸，让纸牌从我手里甩了出去，四散纷落。我跌回座椅，摸索着安全带。卡梅隆也是。卡尔已经扣好了，眼睛望着驾驶舱。我循着他的目光看去，只见两个飞行员正手忙脚乱地力图保持飞机平稳。

更令人忧心的是窗外的景象：现在，太阳应该已经升起来了，可我们前面的天空还是黑的。

“风暴。”卡尔屏住呼吸，他指的既是天气也是银血族，“我们得爬升。”

他的话刚一出口，我就感觉到飞机倾斜了，仰角向上，往更高的地方飞去。乌云深处，闪电耀目。那是真正的闪电，来自雷雨云砧，而非新血的异能。我能感觉到它，就像遥远的心跳。

我攥紧了系在胸前的安全带：“我们没法儿在暴风雨里降落啊。”

“根本就不能降落。”卡尔怒道。

“也许我能想想办法，阻止闪电——”

“那下面不是只有闪电而已！”尽管爬升的飞机在咆哮，卡尔的声音仍然隆隆作响。有几个人转过头，往他这边看。戴维森也是。“一旦我们没入云中，织风人和风暴者就会掀起飓风，让我们机毁人亡。”

卡尔的眼睛上下打量，仔细观察机舱，估量着我们的现状。他的大脑正飞速运转，超负荷地冥思苦想。而在我心里，信念取代了恐惧。“你的计划是什么？”

飞机又颠簸起来，所有人都在座位上东倒西歪。这没吓住卡尔。

“我需要失重者，还需要你。”他说着，指了指卡梅隆。

她的目光变得坚毅起来，点头道：“我想我知道你要去哪儿了。”

“联络其他飞机。我们需要传动者，我还要知道其他失重者都在哪儿。他们必须分散开。”

戴维森仰起下巴重重地点了点头：“按他说的做。”

想到前景，我的胃里一阵翻腾，可飞机里立刻群情激昂。士兵们重新检查了武器和装备，人人脸上都是必胜的决心。卡尔尤甚。

他勉强离开座位，抓紧扶手保持平衡：“带我们直接到科尔沃姆去。那个传动者在哪儿？”

阿莱佐一闪显形，巨大的惯性让她一下子单膝跪了下来。“我不喜欢这玩意儿。”她啐道。

“很不幸，你和其他传动者得多来几次了。”卡尔说，“你们能在飞机之间跳跃传动吗？”

“当然可以。”她说道，好像这是全世界最显而易见的事了。

“很好。我们一下去，你就把卡梅隆带到后面那架飞机上去。”

下去。

“卡尔。”我几乎发不出声音。我可以做很多事，可这？

阿莱佐咔嗒咔嗒地活动着关节，抢过我的话头说：“收到。”

“失重者，用你们的缆绳。一人带六人，绑紧了。”

待命的新血们立刻匆匆起身，从他们作战背心的特殊凹槽里抽出绳索。每一条绳索上都有很多卡扣，能让他们运用改变重力的异能，运送多人到所需的地点。在山谷营地，我曾招募过一个名叫加雷斯的人，他就可以用异能跳跃或飞跃很远的距离。

但，并不是从飞机里跳出去啊。

我突然觉得浑身难受，额头上沁出了汗珠儿。

“卡尔？”我的声音提高了一点儿。

他没理我：“卡，你的任务是保护飞机。尽可能多地释放你的静默效应——撑出一个球体；这能帮助我们在风暴中保持平稳。”

“卡尔？”我叫了起来。只有我一个人认为这是在自杀吗？这儿的人是不是都疯了？就连法莱也是一副木然的模样，她的嘴巴冷冷地抿成一条线，把自己身上的绳索扣在了一名失重者的卡扣上。她感觉到了我的目光，抬眼向上。她的面容一晃，映照出我所感受到的恐慌，然后眨了眨眼睛。为了谢德，她无声地说道。

卡尔强迫我站起来，无视我的恐惧，或者根本没注意到我吓得要命。他亲自把我绑到了个子最高的那个失重者——一个瘦削女人的身上。随后他把自己也扣好，就在我旁边。他一只胳膊紧紧地箍住我的肩膀，把我整个人贴在那个新血身上。其他人也一样，左右两侧紧贴着他们的失重者的救生索。

“飞行员，我们在什么位置？”卡尔在我头顶上方叫道。

“还有五秒钟到达中心。”对方大喊着回答。

“计划都传达下去了？”

“收到，长官！中心，长官！”

卡尔咬牙道：“阿莱佐？”

她敬了个礼：“准备完毕，长官！”

人群犹如蜂巢，挨挨挤挤，密不透气，身处其中，我绝对会把旁边这位失重者吐个满头满脸的。“放轻松。”卡尔在我耳边喘着粗气说，“抓紧了。你会没事的。闭上眼睛。”

我真的很想照做。可我如针芒在背，两条腿瑟瑟发抖，每一条神经，每一个动作，都十分不安。

“这并不疯狂。”卡尔轻声说，“这是可行的。战士接受的训练就是完成这样的任务。”

我紧紧地攥住他，都能在他身上留下瘀伤了：“你也是吗？”

他只是深吸了一口气。

“卡，你可以先开始了。飞行员，下降。”

静默效应像大锤子似的向我涌来，这不会对我造成真正的伤害，由此引发的回忆却让我膝盖打战。我咬紧牙齿，免得大喊出来，使劲地闭着眼睛，眼前都冒金星了。卡尔身上的温热就像一只锚，却也是摇摇晃晃的一只锚。我拼命地箍住他的背，仿佛要把自己埋进他的身体里。他含糊地说着什么，可我没有听清。在这迟缓、滞涩，甚至比死还要可怕的黑暗里，我什么也听不见了。我的心跳快了三倍，好像要从我的胸膛里跳出来了。虽然不可置信，但我真的想赶快从飞机里跳出去。只要能逃离卡梅隆的静默效应，只要能停止那些回忆，让我做什么都好。

我几乎感觉不到飞机下降或撞向风暴。卡梅隆的胸膛起伏着，极力保持呼吸平稳。也许飞机上的其他人也感觉到了静默效应带来的痛苦，不过他们都没有表现出来。我们悄无声息地下降——或许，是我的身体拒绝听见任何声响。

我们向机舱后部拥去，聚在机尾坡道上，我意识到：时候到了。飞机隆隆作响，和卡梅隆无法压制的狂风搏斗着。她叫喊着什么，可我的耳朵里都是血液奔涌的砰砰声，根本听不见。

而后，世界就在我的脚下打开，我们跳了下去。

CHAPTER27

## 第二十七章 梅儿

当我的上一架飞机被萨默斯家族的磁控者撕裂时，他们好歹还给我们留了个算是体面的铁箱子，而此刻什么都没有，只有猛烈的风、冰冷的雨、打着旋儿的黑暗，拉扯着我们，不知要去往何方。重力加速度足以让我们变成活靶子，不过，没有哪个心智正常的人会预料到，我们会从几千英尺高的飞机上跳入风暴之中。呼啸的风如同女人的尖叫，狠狠刨抓着我身体的每分每寸。至少，卡梅隆的静默效应消失了。云层中闪电的脉络呼唤着我，好像要赶在我变成一个弹坑之前跟我说一句再见。

坠落的过程中，所有人都在喊叫。卡尔也不例外。

科尔沃姆的内城墙和六角形建筑顶端矗立着螺旋状的参差尖角，我们在距其五十英尺的高度开始减速，而我仍然喊叫不止。我们轻轻地落在平坦的夯土地面，那上面已经有了两英尺深的积水，这时，我的嗓子已经哑了。

新血急匆匆地松开卡扣，我一下子向后躺倒，全然不顾身下是冰冷的泥潭。卡尔立刻站稳了。

我躺了几秒钟，脑子里什么也不想，就只是盯着天空——我们从中坠落，没有送命。而后，卡尔抓住我的胳膊，把我拎起来，带回了现实。

“其他人也会在这儿降落，我们得离开。”他推着我走在他前面，滑腻的水让我有点儿踉跄。“失重者们，阿莱佐会随着下一批人一起降落，然后将你们带回。随时待命。”

“是的，长官。”他们异口同声地答道，开始为下一次的降落做准备。我只是想一想就觉得要吐了。

法莱是真的吐了，她正在一条小巷里吐得搜肠刮肚，匆匆吃下的早饭全都吐了出来。我忘了，她讨厌飞行，更不用说传动跳跃了。这种速降是最难受的。

我走过去，扶着她站直：“你还好吗？”

“没事，”她说，“只不过给这墙壁来点儿新涂料。”

我抬眼望天，冰冷的雨水仍然瓢泼而下。就算是在北方，这种寒冷也够奇怪的了。“我们走吧。他们现在不在城墙这儿，可早晚会来的。”

卡尔身上微微冒出蒸汽，他把衣服上的拉链拉到脖子底下，把雨水隔离在外。“冰槊者，”他说，“我觉得我们会被冰雪封冻住。”

“我们要到城门那儿去吗？”

“不。城门是静默石砌成的。银血族无法施展他们的异能，所以会另辟蹊径。”卡尔冲着我们和其他人打了个手势，让大家跟他走。“我们得到塔楼上去，准备好抵御他们发起的一切进攻。暴风雨只不过是打个前站罢了，为的是把我们困住，阻挡我们的视野，这样他们就能神不知鬼不觉地发起突袭了。”

卡尔的速度很快，要跟上很难，尤其是在倾盆大雨里，但我还是不顾一切地紧跟在他身旁。我的靴子里灌了水，没过多久，脚趾就失去了知觉。卡尔凝视着前方，仿佛他的眼睛能将整个世界付之一炬。我想，他确实想那么做。那会让一切都容易些。

他又要去战斗，去杀戮——面对着他本该保护的人民。我拉住他的手，因为此时此刻，我无话可说。他攥紧了我的手指，但很快就松开了。

“你祖母的部队不能像我们这样进城。”我说话的时候，更多的失重者和士兵正从天而降。他们全都大喊大叫，全都安全着陆。我们转过弯，在一层层环形城墙中往里走，把他们留在身后。“他们怎样支援我们？”

“他们从裂谷来，从西南部来。如果进展顺利，我们将把梅温的部队牵制住，由他们从后方逼近，形成前后夹击之势。”

我吸了口冷气：这计划太过于依赖银血族的行动了，而我心知肚明，不该太相信他们。萨默斯家族只要来个不现身就能让我们被抓住被杀死，然后他们就可以和梅温全面开战。卡尔不傻。这些他全知道。他知道科尔沃姆是战略要地，失重者弥足珍贵，二者皆不可失。这是我们的旗帜，是我们的反抗，是我们的承诺。我们反对梅温·卡洛雷的统治，反对他扭曲的王权。

新血们已经在塔楼就位了，和荷枪实弹的红血族士兵会合。他们没有开火，只是望着远方。其中一个豆芽菜似的高个子男人也穿着法莱那样的制服，肩上佩着带有字母 C 的肩章。他向前一步，握住法莱的手，点头致意。

“法莱将军。”他说。

法莱一点下巴：“唐森将军。”她随后又冲着另一位身着绿色制服的高级军官点了点头。她又矮又壮，皮肤是古铜色的，白色发辫盘在头上，可能是蒙弗的新血指挥官。“阿卡迪将军。”

“我们在看什么？”法莱问他们俩。

另一个穿着红色制服的士兵走了过来。她的头发染成了猩红色，但即便如此，我还是认出了她。

“洛里，很高兴再见到你。”法莱公事公办地说道。如果时间充裕，我本该好好问候这位新血的。不过我只是静默欢喜：山谷营地的另一个应征者不但活着，而且生机勃勃。像法莱一样，她的红色头发也是新近才剪的。洛里真正是这革命事业的一员了。

她冲我们点了点头，然后伸出胳膊，指着金属包边的塔楼外面。她的异能是将感知觉极度提升，这使她能比我们看到更远的地方。“他们的军队在西边，背倚窒息区。作为掩护作用的云层之中就有风暴者和冰槊者——在你们视野之外。”

卡尔往前倾着身子，眯起眼睛打量那厚重的乌云和猛烈的暴雨。他只能看到距离城墙四分之一英里左右的地方。“你们有狙击手吗？”

“我们试过了。”唐森将军叹了口气。

阿迪卡补充说："那只是浪费物资罢了。狂风把子弹都刮走了。"

"这么说，也有织风人了。"卡尔绷紧下巴，"他们是有备而来。"

这话的意思很明确了。诺尔塔的织风人——拉里斯家族，是公开反抗梅温的，所以这股力量来自湖境之地。卡尔歪着嘴一笑，紧绷的肩膀略微放松，别人也许会忽视这一点，但我不会。他从小接受的训练就是与湖境人决战，他们是不会令他心碎的敌人。

"我们需要艾拉，她是最擅长风暴闪电的。"我指了指俯瞰着这部分城墙的模糊塔尖，"如果我们把她送到高处去，她就能让风暴倒戈相向。不是控制它，而是用它提升自己的能量。"

"很好，照准执行。"卡尔干脆地说道。我曾见过打斗中的他，战场上的他，但从来没见过这样的他。他完全变成了另一个人：聚精会神，毫无人情味，那位温柔心碎的王子身上的一分一毫都不见了。他身上仅余的热量，乃是地狱之火，时刻准备着毁灭，时刻准备着胜利。"失重者完成降落任务后，把他们带到这儿来，平均分布位置。湖境人会对城墙发起进攻，我们就让他们寸步难行吧。阿卡迪将军，你手下还有什么可用的人？"

"防御和进攻兼具，"她答道，"足够的爆破者，能把窒息区的路面变成雷区。"她说着骄傲地撇嘴一笑，指了指附近的几个新血，他们的肩膀上都带有旭日形状的标志。爆破者，比湮灭者更厉害，他们不必触碰人或物，就能把他们炸裂。

"听起来是个办法。"卡尔说，"你带着你的人准备好，何时发起进攻，由你自由裁量。"

唐森也许会觉得受制于人很不高兴，何况那人还是个银血族，不过他没表现出来。像其他人一样，他也感受到了空气中弥漫的死亡气息，容不得人计较什么政治关系了。"那么我的人呢？城墙上有一千名红血族士兵。"

"让他们守在那儿。子弹和异能一样好用，有时更甚。但是要节约弹药，只瞄准那些突破了第一层防线的敌人。他们想让我们逞强争胜，我们偏不那么做。”卡尔瞥了我一眼，“是不是？”

我咧开嘴笑了：“是的，长官。”

一开始，我猜测湖境人是不是行动迟缓，或是非常愚蠢。在卡梅隆、失重者和传动者的共同协作下，三十余架飞机上的所有人都降落到了科尔沃姆城内。这花了大约一小时。一千多名士兵，都是训练有素的死士。我们的优势——正如卡尔所言——乃是不确定性。银血族仍然不知道该如何与我们这样的新血作战。他们不知道我们究竟能做什么。我想，这也是卡尔让阿卡迪自由调动她的部队的原因。他不够了解那些人，无法合理地下达命令。但是红血族，他就很了解了。我的嘴里漫起了苦涩的滋味，但我强吞了下去。在这段时间里，我极力不去想，有多少红血族为一场无谓的战争做出了牺牲。

暴风雨没有变化。仍然是狂风大作，暴雨倾盆。要是他们想要淹死我们，那可得花上好长一段时间。大部分的雨水都排走了，不过一些地势低洼的街巷，则已经积水六英尺深了。这令卡尔感到不安，他不停地抹着脸上的水，或是把头发往后拨，皮肤在寒冷的空气里微微冒着热气。

法莱却没什么不好意思的，她早就把外套蒙在头上了，看起来像个红色的鬼魂。她的头支在交叠的胳膊上，定定地盯着远处的地平线。像我们一样，她也在等待着随时会发起的进攻。我紧张极了，因愤怒而不停涌起的肾上腺素消耗着我，犹如静默石。

法莱开口说话的时候吓了我一跳。

“洛里，你是不是和我想的一样。”

守着另一个垛口的洛里也把外套顶在头上。因为不能改变异能的方向，她没有转身。“我真希望不会是那样。”

“哪样？”我来回看着她俩。这动作让雨水流进了衣领，让我不禁一颤。卡尔看见了，走过来，分享了一些温热给我。

法莱缓缓地转过身，小心地不被雨淋湿：“暴风雨在行进，在靠近。每分钟靠近几英尺，而且速度越来越快了。”

“见鬼。”卡尔在我身后重重一喘。他立刻转身行动，温热也随之而去。“失重者，准备！我下令时，你们便拉紧那片地域的重力。”拉紧。我从来没见过失重者加强重力，只见过他们减轻重力。“把靠近的一切都坠下去。”

我随之远眺，只见风暴加快了速度，肉眼可及。它仍然打着旋儿，但螺旋状的旋涡越来越近，乌云蒙住了开阔的地面。闪电在云层深处噼啪炸响，颜色苍白而空洞。我眯起眼睛，转瞬之间，闪电变成了紫色，带着力量和愤怒劈响。但我还没有目标可瞄准。闪电，无论多强大有力，无的放矢都是没用的。

“军队就在风暴后面，近了。”洛里喊道，我们的恐惧一下子落实了，“他们来了。”

# 第二十八章 梅儿

狂风呼啸。风从更远的地方吹来，冲击着城墙和塔楼。雨水冻在了石头上，让我们的脚下湿滑危险。最先发生的意外是坠落。那是一个红血族士兵，唐森的手下。风卷起了他的外套，拖着他在滑溜溜的地面上向后滑行。他尖叫着滑到墙边，坠下三十英尺，而后被向上托起——多亏了失重者时刻留神。他重重地落在城墙上，"咔嚓"一声，必定是骨折了。失重者的控制力还不够。但那个士兵总算是活下来了。就算是受伤，也比送命强。

"振作起来！"士兵的队伍里、红色和绿色的制服间回荡着打气的声音。当风再次咆哮而来时，我们全都匍匐下去。我紧紧地抵住塔楼的一处冰冻的金属，这才免于一劫。织风人的袭击是难以预期的，和普通的天气情况完全不同。风劈刺、弯曲、刨抓，像手指一样。而四周的暴风雨越来越猛烈了。

卡梅隆挤在我旁边。我瞥了她一眼，很是惊讶。她本该和愈疗者们一起待在后面，为抵御围城建起最后一道防线。如果有谁能保护愈疗者们不受银血族的伤害，为他们赢得时间和空间来医治伤员，这个人就是她。冰雨冻得她瑟瑟发抖，牙齿直打架。在寒冷和迫近的黑暗中，她看起来更瘦小，更年幼了。我都怀疑她到底有没有满十六岁。

“还好吗，闪电女孩？”她有些费力地说。水从她的脸上流了下来。

“还好。”我喃喃说道，“你在这儿干什么？”

“我想看看。”她说。撒谎。这个小姑娘待在这儿，就是因为她觉得自己应该待在这儿。*我这样算不算抛弃你们？*她曾这样问过。此刻，我又在她的眼睛里看到了这个问题。而我的答案是相同的。如果她不想当一个杀手，那就不必当。

我摇摇头：“你的任务是保护愈疗者，卡梅隆。快回去。他们手无缚鸡之力，要是被打死了……”

她咬住嘴唇：“我们都会被打死的。”

我们凝视着彼此，极力地想变得坚强，极力地想在对方身上找到力量。她像我一样浑身湿透，深色的睫毛粘在一起，每眨一下眼都像是在哭泣。雨点重重地砸下来，糊得满脸都是，我们不得不眯起了眼睛。直到雨突然停驻，朝相反的方向涌去。我们睁大了眼睛，惊恐地看着。

“水泉人进攻了！”我大声示警。

在我们上方，雨水莹莹闪烁，在半空里跃动起舞，汇合成越来越大的水滴。而那些小水洼——街巷里的积水，汇成了河流。

“撑住！”有人喊道。这一次，猛击而来的不是风，而是冰冻的水。它们汹涌撞击，像海浪一样泛着白色的泡沫，高高掀起，越过了城墙和科尔沃姆的工事。一道水雾重重地击中了我，把我的脑袋撞向塔楼，四周一下子天旋地转。有几个人被掀出了城墙，在暴风雨中旋转。他们的身影，还有叫声，很快就消失了。失重者救下了一些人，但救不了全部。

卡梅隆手脚并用，一步三滑地爬到楼梯那里，冲回她在二层城墙之后的位置，用自己的异能撑起了一只安全气囊。

卡尔滑到我旁边，差点儿摔倒。慌乱之中，我连忙抓住他，把他拉近。如果他要冲出城墙去，我知道自己也会随他而去的。他惊恐地看着水肆虐地扑向我们的队伍，就像翻涌着泡沫的海浪。这令他无能为力。烈焰在这儿毫无用武之地。他的火苗无法燃烧，我的闪电也一样难以施展——水是导电的，一旦溜出一颗电火花，谁知道会有多少我们的人挨电。我不能冒这个险。

阿卡迪和戴维森不受这种限制。首相在城墙边竖起了一道发光的蓝色屏障，免得再有人从墙边掉下去，阿卡迪则大吼着向她的新血士兵发号施令。在汹涌的水流中，我根本听不清她在喊什么。

水流劈刺着，颤动着，突然间自相残杀起来——我们也有水泉人。

但我们没有风暴者。没有哪个新血能控制围绕着我们的飓风。黑暗步步紧逼，几乎和午夜一样。我们得摸黑战斗了，而一切还没正式开始呢。我仍然没看到梅温的士兵，也没看到湖境人的军队。红色和蓝色的旗帜，没有。但他们一直在逼近。他们来了。

我咬紧了牙齿："起来。"

王子身体沉重，因恐惧而行动迟缓。我把手放在他的脖子后面，给了他小小的一点儿电击——这种温和的电击是泰顿教给我的。卡尔立刻站了起来，又恢复了活力和警醒。"好了，多谢。"他咕哝着，草草看了看四周，评估战况。"气温在降低。"

"天才。"我回敬道。真是废话，我浑身都要冻僵了。

在我们头顶之上，水仍在狂暴地劈开、合拢。它想要冲下来，想要驱散我们。有一部分水一碰到戴维森的屏障就高高跃起，冲向风暴之中，像是诡异的鸟儿。片刻之后，更多的水扑落下来，把我们浑身浇个透湿。不知哪儿传来一阵欢呼，那是新血中的水泉人。他们人数不少，且不被敌人提防，刚刚赢得了第一回合。

卡尔没有加入庆祝，而是将两个手腕倾斜相抵，燃起了微弱的火苗。火苗在倾盆大雨中挣扎，努力地燃烧。突然，雨变成了雪，寒冷凛冽。在全然的黑暗里，雪花映着科尔沃姆的晦暗灯光和卡尔的火焰，透出了淡淡的红色。

我觉得头发开始结冰，于是晃了晃马尾辫，碎裂的冰碴儿飞向四面八方。

风暴之外响起了咆哮声，那不同于狂风的呼啸，而是混杂着多种声音。几十，几百，上千。遮蔽一切的暴雪迫近了。卡尔闭了闭眼睛，大声地一叹。

“准备进攻。”他的声音哑了。

第一座冰凌凝成的桥刺穿了距离我两英尺之外的一座塔楼。我一边惊叫一边连连后撤。另一座冰桥则射中了二十英尺外的石头，参差的锋芒刺向了士兵们。阿莱佐和其他传动者立刻行动起来，搜寻伤员，把他们送到愈疗者那里。说时迟那时快，湖境人的身影像猛兽一样，踏着冰桥扑了过来。冰在凝结延伸，他们随之奔跑。两军交战，一触即发。

我曾见识过银血族的战役。它们是混乱嘈杂的。

而眼下的这一战要糟糕得多。

卡尔向前冲去。他的烈焰高高地燃了起来，温度猛升。冰层很厚，不易融化，他从最近的冰桥开始，一块一块地凿掉冰块，就像一个伐木工人用链锯锯掉木头。这样一来，他就无法防御敌人的进攻了。我用闪电劈向第一个靠近他的湖境人，把那个穿着盔甲的家伙推下了黑暗的深渊。其他湖境人很快就跟上来了，我的皮肤上布满了血管般的白紫色闪电，嗞嗞作响。不管是谁发出的命令，都被枪声淹没了。我将注意力集中在自己身上，集中在卡尔身上，集中于我们的生天。法莱离我们不远，举着枪。她也和卡尔一样，背倚着我，让我掩护她射击。她毫不退缩地扣动扳机，把子弹连续射向最近的冰桥。她瞄准的是冰，而不是那些风雪中的敌兵。狂飙突进的士兵们的脚下开始碎裂、崩塌，随后便是坠入黑暗之中。

雷声滚滚，秒秒逼近。蓝色的闪电炸裂层云，绕着科尔沃姆猛击猛撞。在塔顶上，艾拉瞄准城墙之外发起致命的袭击。一座冰桥在她的进攻下碎成两半，塌了下去——但它很快就在半空中重新凝结，重新成形，由不知躲在哪里的冰槊者操纵着。爆破者也瞄准那些晶莹剔透的巨大冰块，用爆破异能把它们炸碎。可碎掉的冰碴儿又悄然回转，飞掠向其他塔楼。我的左边亮起了绿色的闪电，雷夫的鞭形闪电将一大群湖境人打得四散逃窜。可他的进攻遭到了水墙抵挡，电能被吸走了。不过，水挡不住子弹。法莱不停地扫射，击中了好几个银血族。他们的尸体没入了黑暗之中。

我将注意力转移到最靠近的冰桥上。我关注的不是冰，而是那些从黑暗中冲出来的敌人。他们身穿蓝色的盔甲，佩着甲板，头戴头盔，这都让他们看起来有几分不像人类。因此，夺其性命更容易些。他们一个接一个地往前冲，不断靠近城墙，犹如无脸猛兽组成的蛇行队伍。紫色的闪电从我弯曲的双手中涌出，刺向他们的心脏，从一身盔甲跃向另一身。金属不断升温，由蓝色变成了红色，敌兵痛苦地坠下了冰桥。但更多的人从风暴中拥出，前仆后继。这是一片杀戮之地，是一条死亡通道。我已经数不清自己杀死了多少人，眼泪在脸颊上冻结成冰。

突然，城墙开始开裂，一块块地互相剥离。震荡性的重击摇晃着我的骨头，紧接着又是另一击。裂缝在变宽、变大，很快就把我脚下的平地变成了深渊边缘。我连忙跳向卡尔那里，才没掉下去。树根从裂缝中冒了出来，每一条都有我的胳膊那么粗，而且还在不停生长。它们像巨型手指一般撬动着石头。裂缝如蛛网密布，犹如石头做成的闪电。拉伸张力之下，城墙摇晃起来，岌岌可危。

万生人。

“城墙要倒了，”卡尔吸了口气，“他们会把城墙推开，把我们一网打尽。”

我握紧了拳头。“除非，除非怎么样呢？”我问。可他空洞地瞪着眼，困惑不已。“我们必须得想出办法来！”我说。

“风暴。只有平息掉风暴，获得良好视线，我们才能施展优势……”他一边说，一边用火焰去烧那些靠近的树根。烈焰烧焦了植物，阻截了它们的蔓延。树根退回去了。“我们需要织风人，需要他们把乌云吹散。”

“拉里斯家族。那我们只能坚持着等他们赶来？”

“坚持，坚信，这就够了。”

“好吧。至于这个……”我冲着越来越宽的裂缝努努嘴。要不了多久，银血族士兵就会从那里冲进来的。“给他们来个爆炸式的欢迎吧。”

卡尔点点头，明白了我的意思。“爆破者！”他在呼啸的风雪中大喊，“到下面去！做好准备！”他指了指紧贴外墙内壁的一条街道——湖境人想冲进来，那里是必经之路。

十几名爆破者听从他的命令行动起来，离开原来的位置，到街上去。我的双脚不由自主地想要跟他们一起去，但卡尔一把抓住了我的手腕，差点儿让我滑倒。“我没让你去，”他吼道，“你就在这儿待着！”

我连忙把他的手掰开。他抓得太紧，沉重得像静默石镣铐。身处混战的中心，我发觉自己一直在回溯过去，不停地想起那座囚禁我的宫殿。“卡尔，我得去帮爆破者们守住街道。我可以的。”黑暗之中，他古铜色的眼睛目光炯炯，像两根蜡烛上的红色火焰。“如果他们破开城墙，我们就会被包围。那样的话，要担心的可就不仅仅是风暴了。”

他的决定很快——很蠢：“好，我这就去。”

“他们需要你在上面。”我用手掌按着卡尔的胸膛，把他推开。“法莱，唐森，阿卡迪——还有战士们，他们需要将军守在阵线上。他们需要你守在这里。”

要不是战况紧迫，卡尔肯定还会跟我争一争的。但他只是碰了碰我的手。没有时间考虑其他了，尤其是，我说的没错。

“我会没事的。”我说着就跳开，顺着冰冻的石头滑了下去。风暴吞没了他的回答。有那么一瞬间，我为卡尔担心不已，不知道我们会不会就此一别，生死两隔。但下一刻我就抹掉了这样的思虑。没时间想那个了。我必须全神贯注，全力以赴。我必须活下去。

我拔脚冲下楼梯，冰冻的栏杆从我弯着的手掌中滑过。在街上，在狂风之外，空气温暖得多，积水也都干了。冰和水全都集中在上方，进攻着科尔沃姆城墙的守军。

爆破者们面对着城墙，底部的裂缝每一秒钟都在变大。在塔楼上，裂缝有几英尺宽，而在这里的裂缝则只有几英寸宽——不过仍在不停开裂。一阵震动穿过石头，我脚下的土地中有一股爆破或地震般的动能袭来。我吞了口唾沫，想象着城墙另一边的铁腕人——他的拳头正一下接一下地擂动着地基。

“等待时机。”我对爆破者们说。尽管我并不是军官，但他们全都看着我，听从我的命令。“明确他们冲进来之后再爆破。我们可不能帮倒忙。”

“我会尽量长时间地挡住缺口。”身后有人说道。

我转过身，只见戴维森的脸上淌着一道道的血痕，灰色的血迹正慢慢变成黑色。他看起来很苍白，因为失血而显得有些迟滞。“首相。”我冲他点点头。过了好一会儿，他才回答我。激战令他茫然若失——真正的战场和作战办公室可是大大不同。

我用闪电作为进攻部队，把那些树根当作地图，让闪电沿着植物的组织蜿蜒盘旋。我看不见远处的万生人，但能感觉到他。尽管稠密的树根有些牵绊碍事，我的电火花还是击中了他的身体。远方的战栗回荡在石头裂缝间，仿佛能压过四周的混乱嘈杂被我听到。

然而，银血族用来破拆城墙的，并非只有万生人而已。马上有人接替了他。以石块的震颤和开裂情形来看，那是个铁腕人。碎石和灰尘随着他的一击又一击从裂缝中扑了进来。

戴维森站在我的左侧，微张着嘴巴，呆住了。

“第一次打仗？”我咕哝着，而这时又有雷震般的一击袭来。

“不算是吧。”他的话令我惊诧不已，“我以前是个当兵的。有人说我也在你的名单上？”

戴恩·戴维森。这个名字一下子跃入我的脑海，像蝴蝶扑闪着翅膀在颅骨箱子里乱飞。我努力地，慢慢地，犹如趟过泥潭似的想起来了。“朱利安的名单。”

他点点头。“雅各是个睿智的人，把没人留意到的蛛丝马迹连接起来了。是的，我曾是军团要处死的诺尔塔的红血族。不是因为犯了什么错，而是因为我的血有罪。我逃脱了，那些军官却给我标上了‘已处死’，这样他们就不必承担走失犯人的责任了。”他舔了舔冻裂的嘴唇，“我逃到了蒙弗，沿途遇到不少像我一样的人。”

又是“咔嚓”一声，我们面前的裂缝更宽了。我的脚趾开始恢复知觉，它们在靴子里活动着，准备迎战。“听起来很耳熟。”

戴维森的声音随着他的讲述渐渐有了力量，因为他记起了我们是为何而战：“蒙弗已是一片混乱废墟。上千个银血族各自称王，每个山头都成了一个王国，国家四分五裂，面目全非，而只有红血族团结一心。忠烈阿尔当潜伏暗处，等待着挣脱束缚的时刻。分而治之，各个击破，巴罗小姐，这是唯一能战胜他们的办法。”

诺尔塔王国，裂谷王国，皮蒙山麓，湖境之地……银血族相互掣肘、彼此遏制，为了越来越小的地盘争执不休，而我们，正伺机夺取全境。尽管戴维森看起来不堪重负，我却还是感受到了他骨子里的坚忍。他是个天才——也许是，但肯定是个危险分子。

一阵风雪将我向后扑。我唯一需要关注的，是此刻正在发生的事。是活下去。是赢。

淡蓝色的能量冲出碎裂的城墙，在一英尺宽的裂口处涌动着。戴维森伸出一只手，支撑着这屏障。一滴血从他的下巴上滴了下来，在寒冷中升华成水汽。

屏障之外，有个身影不断地猛击猛擂，拳头像雨点般落下，冲击着抖动不已的屏障。另一个铁腕人过来帮忙，冲击石块，将裂口撕得更大。屏障也随之扩张变大了。

"准备，"戴维森说，"我撤掉屏障时，你们就开火。"

我们依令而行，做好了射击的准备。

"三。"

紫色的电火花在我手指间跳动，织成了脉动着的、闪着毁灭之光的火球。

"二。"

爆破者们像狙击手似的跪了下来。不过，他们不需要枪，只需要自己的眼睛和手指。

"一。"

蓝色的屏障一闪，裂成两半，把那两个铁腕人狠狠地掼到墙上，他们的骨头发出碎裂的咔嚓声。我们冲着裂口猛烈开火，我的闪电光亮夺目，照亮了远处的黑暗。在那儿，十几个凶狠敌兵正要扑过来。他们大多跪倒在地，被爆破者的异能炸得血火一片。不等他们反应过来，戴维森就重新弥合起屏障，猛烈的扫射戛然而止。

对我们的成功，戴维森一脸的惊讶。

在我们之上的城墙上，一枚火球搅动着黑色的风暴，像火把似的照亮了伪装的黑夜。卡尔的烈焰四散蔓延，重重出击，犹如火蛇。红色的高温把天空变成了血色的地狱。

我只是握紧拳头，示意戴维森。

“再来。”

计算时间的流逝几乎是不可能的。没有太阳，我不知道我们在裂口那里战斗了多久。尽管我们击退了一波又一波的进攻，裂口却还是一点一点地扩大了。*不积跬步，无以至千里*，我对自己说道。在城墙上，敌兵没能占领塔楼，而冰桥也在我们不间断地抵抗下一次融化，断裂，后撤。街上躺着很多尸体，就连愈疗者也回天乏术。在进攻的间歇，我们把那些尸体拖进小巷里，好不被人看到。我屏住呼吸，细看着一张张已无生气的脸。不是卡尔，不是法莱。唯一一个我认识的人是唐森，他被人一击封喉。我原以为自己会有些内疚或同情，但我什么都没感觉到。我只是知道了“铁腕人攀上城墙，把我们的战士打死了”这样一个事实。

戴维森的屏障延展包覆着城墙底部的裂口。裂口现在至少有十英尺宽了，像洞开的石头大嘴。尸体就躺在这张嘴中间，他们要么是被闪电电得冒烟，要么就是被爆破者无情的意念炸得体无完肤。在颤动的蓝色屏障的另一边，暗影在黑暗中聚集，准备着再次发起进攻。汹涌的雨水和冰凌削弱了戴维森的异能。音爆者的尖叫撞击在屏障上，弹了回去，哪怕是回声也让我们的耳朵疼痛不已。戴维森抽搐起来。汗水从他的额头上、鼻子上、脸颊上流下来，片片血迹变成了条块斑纹。他快要到达极限了，我们也没有时间了。

“让雷夫过来！”我喊道，“还有泰顿！”

我的话一出口，就有个传令兵冲上台阶去找他们。我仰望城墙，搜寻着那个熟悉的身影。

卡尔以一种疯狂的节奏忙碌着，就像一台完美的机器。迈步，转身，出击；迈步，转身，出击。他也和我一样，除了“活下来”之外不作他想。在敌人发起进攻的间隙，他重整队伍，指示红血族开火，或是与阿卡迪和洛里一起判断下一个目标的来路。那上面死了多少人，我说不上来。

又一具尸体从塔楼上翻身坠落。我拉住他的胳膊，这才发现他的盔甲并非盔甲，而是一片片石化的血肉，被烈焰王子的愤怒点燃，闷烧。我惊讶地往后退了退，好像自己也被烧到了。石皮人。他身上仅余的衣服还能看出蓝色和灰色。麦肯瑟斯家族。诺尔塔。梅温的人。

想到这背后的事实，我使劲地咽了口唾沫：梅温的军队已经抵达了城墙。我们抵抗的不再只是湖境人。我的胸膛里涌起了愤怒的咆哮，我甚至希望能亲自冲出裂口，把墙外的一切撕毁殆尽。追上他，抓住他，在他的军队和我的军队之间，杀死他。

这时，那个“尸体”抓住了我。

他的手一拧，我的手腕就“啪塔”一声骨折了。剧痛攀上了我的胳膊，我一阵战栗，向后躲闪。

闪电从我的身体中喷涌而出，犹如尖声叫喊，带着紫色的电火花和致命的亮光蒙上了他的身体。但不知是石皮人的皮太厚，还是意志太坚定，他并没有马上死掉，而是用那钳子般的手指掐住了我的脖子。这时，他的背上炸裂开来——是爆破者。碎石片像死皮似的从他身上剥落。他号叫起来，因为疼痛而更加用力。我犯了个错，那就是想要掰开他紧锁住我喉咙的手。他坚硬的皮肤割破了我的皮肤，血从我的指间冒出来，在冰冷的空气中鲜红、滚烫。

我的眼前直冒金星，连忙又射出一道闪电，好释放自己的痛苦。这一击把他从我身边甩开了。他头冲下撞向城墙，身体甩出了街道。爆破者从他溃破的后背入手，了结了他的生命。

戴维森的脚开始打战，但仍然支撑着越来越薄弱的屏障。他目睹了刚才的一切，却无法施以援手，除非他想把入侵者放进来，让我们全军覆没。他的嘴角抽搐着，仿佛是在为这一正确的决定道歉。

“你还能坚持多久？”我气喘吁吁地问道，往地上吐了一口血沫。

他咬紧了牙齿：“一小会儿。”

这是废话，我真想骂他：“一分钟？两分钟？”

“一分钟。”他挤出几个字。

“一分钟就够了。”

我瞥了一眼那越来越微弱的屏障，蓝色的光影正随着戴维森能量的降低而淡化。当蓝色完全消失时，另一边的人影也明晰起来：蓝色、黑红相间；湖境之地、诺尔塔。没有王冠，不见国王，有的只是想要战胜我们的乌泱泱的军队。梅温是不会踏足科尔沃姆的，除非这座城市已经属于他。当卡洛雷家族的兄长正在城墙上决意死战时，梅温却没傻到拿自己的命冒险。他知道自己的力量在于阵线之后，在于王座，而非战场。

雷夫和泰顿从另一边赶过来了。雷夫看起来小心谨慎，绿色的头发仍然妥帖地向后梳着，而泰顿却正相反，浑身沾满了鲜血——都是银色的。他没有受伤。他的眼睛里闪耀着异样的怒意，将我们头顶上的火光烧得发红。

我注意到达米安也在那些清障者之中，他们天生拥有刀枪不入的肉身。他们扛着的斧子磨得锋利极了，足以和铁腕人对抗一二。在近身肉搏战中，他们是我们最大的优势。

“列队。”泰顿说道。看来，沉默寡言只是个假象。

我们听从他的指挥，匆忙地在戴维森身后站成一排。戴维森的胳膊颤抖，竭尽全力地坚持着。我的左侧是雷夫，右侧是泰顿，我来回看着他俩，思索着是不是该说些什么。我能感觉到他俩身上喷发出的静电能量，既熟悉又陌生——那是他们的电能，不是我的。

在风暴之中，蓝色的雷电仍在肆虐狂卷。那是艾拉在为我们注入更多能量，而我们也要借助她的闪电起势。

“三。”戴维森说。

左侧闪起了绿光，右侧爆发出白光，两种颜色在我的视野边缘闪烁，电火花像心跳般涌动。

“二。”

我深深地吸了一口气。喉咙有些刺痛，那是被石皮人抓出的瘀伤。但我仍然用力呼吸。

“一。”

屏障再次消失，将我们展露给外面的狂风暴雨。

“裂口！”塔楼间回荡着吼声，敌军的注意力都被吸引了过来。银血族军队应声而动，向我们扑来，喊叫声震耳欲聋。绿色和紫色的闪电震动着这片修罗场，沿着第一波冲过来的敌兵跃然而去。泰顿像投掷飞镖似的不停移动，他那极细微的电针无声无形地将银血族军队炸向半空。很多人抽搐着、扭曲着。他分毫仁慈也不留。

爆破者们随后支援，和我们一起靠近了裂口。他们需要的只是视线清晰，便可大开杀戒。那毁灭性的能量同时搅起了石块、血肉、泥土，污物随着雪花一同坠落，空气里尽是灰烬的气味。在窒息区打仗，是否也是这样的感觉？泰顿扬起胳膊把我往后拉，达米安和其他清障者挡在我们前面，成了一道人形盾牌。他们的斧子上下挥舞，劈得鲜血四溅，直到这破开的城墙内外两侧都泼满了银色的液体，犹如亮晃晃的镜子。

不。我记得窒息区，记得那些战壕；地平线向四面八方延伸，地上散落着几十年血战遗留下来的弹坑；交战双方知己知彼。那场战争是个魔鬼，但仍然阵线分明。而此刻，是一场混乱的噩梦。

士兵，士兵，没完没了的士兵，诺尔塔人和湖境人，冲向城墙上的裂口。每个人都被后面的人推搡着。在上面的冰桥上，他们穿过死亡隧道，来到杀戮之地；在下面的裂口处，人群像海洋似的潮涌，一波把我们推向里面，一波又被我们挡到外面。我们占据优势，但这优势很微弱。越来越多的铁腕人凿击着城墙，想要扩大裂口；电智人把碎石抛向我们的阵线，把一个爆破者砸成了肉饼。其他人吓坏了，大张着嘴巴发呆，像是无声的尖叫。

泰顿步履矫健，动作流畅，犹如舞蹈般地从手掌中射出白色的闪电。我在地面上铺了网状闪电，用电能绊住脚步沉重的前进敌军。他们的尸体堆积如山，几乎成了另一堵城墙，挡住了裂口。但那些电智人把这些尸体卷起来，肆意地扔向黑色的风暴之中。

我尝到了血的气味，但我骨折的手腕此刻只有微微的痛感。它吊在我的身侧，肾上腺素让我几乎感觉不到碎裂的骨头。幸亏如此。

脚下的街道和土地变成了液体，流动着红色与银色，而湿软的地面并非仅此而已。一个新血跌倒了，这时一个水泉人跳到他旁边，把水灌进了他的鼻子和嘴巴。他就在我面前活活溺死了。另一具尸体倒在他旁边，眼珠里冒出虬结的树根。我所知道的就只有闪电。我记不得自己的名姓，记不得自己的目的，记不得自己为何而战——除了肺里的一口气，活着的一秒钟，我什么也记不得。

一个电智人冲散了我们。雷夫向后飞去，我则向前摔倒。我打着旋儿往前，跃过冲击裂口的军队，冲向了城墙的另一边，冲向了科尔沃姆的杀戮场。

我重重地落在地上，一连打了几个滚，撞到结冰的泥塘才停下。一阵剧痛穿透了我用肾上腺素支撑的盾牌，让我想起了折断的骨头和数不清的伤痕。我试着坐起来，狂风撕扯着我的衣服，碎冰碴儿剐蹭着我的眼睛和脸颊。尽管风雪呼啸，这里却不是全然的黑暗。不是黑色，而是灰色，像是幽冥黄昏，而非子夜午时。我眯着眼睛前前后后地打量，可是风太大了，只能徒劳地躺着。

这是一片空旷的野地，沿着铁通路两侧蔓延的绿色草坪，此刻已经成了冰冻苔原，每一片草叶都犹如锋利的冰凌。从这里遥望科尔沃姆，很难看清那座城市的轮廓。正如我们难以透过风暴的浓重黑暗看到敌军，他们也难以视线清晰地进攻。风暴也妨碍着他们。有几个营的敌兵聚在一起，像黑影似的只能看个大概。有些人还在不停地重建那些冰桥，不过大部分士兵都拥向了裂口那里。其他敌兵在我身后的某处待命，犹如风暴之外的混沌一团。也许有几百人，也许有上千人。红色和蓝色的旗帜在风中猎猎作响，只能凭着鲜艳的颜色分辨一二。真是进退两难，我叹了口气。我就这么陷在泥地里，四周是尸体和走动的伤员。幸好他们的注意力都在自己身上——缺失的肢体、开裂的身躯——没人发现混进了一个红血族女孩。

湖境人在我身边走来走去，我做好了最坏的准备。但他们要么就是一股脑儿地前进，踏着沉重的脚步朝着雷雨云走，要么就是面对残垣断壁，没精打采地干站着。“去找愈疗者！”有人头也不回地喊道，看都不看一眼。我低头看看自己，这才发现身上沾着银色的血。也有红血，但大部分还是银色的。

我赶紧抓起泥巴，糊住自己流血的伤口和绿色的制服碎片。伤处一阵刺痛，我忍不住咝咝吸气。我看了看乌云，只见其间仍有闪电脉动。蓝色在上，绿色在下，那底下就是裂口的位置。我必须回到那里去。

烂泥糊满了我的四肢，渐渐变干，几乎要把我冻僵。我把骨折的手腕护在胸口，甩动另一只胳膊猛力挣扎。“砰”的一声，我从泥潭里站了起来，夺路狂奔。我极力呼吸着，每一口气都灼烧得痛极了。

我跑了大约十码，差不多跑到了银血族军队的后面，但我发现这可能不会奏效。他们人数众多，队列密集，就算是我也难以冲出去。而且，我一旦动手就会被发现。我的这张脸人尽皆知，抹着泥巴也无济于事。我不能冒这个险。那么，冰桥呢。它可能在我脚下坍塌，我也可能会在试图返回城墙时被红血族士兵误杀。每个选项都那么糟糕，可我不能干站在这儿。梅温的军队即将发起又一波进攻，又一队人马会冲过来。前进不行，后退也不行，我惊恐万状地愣住了，茫然无措地瞪着科尔沃姆的黑影。闪电在风暴中闪动，比之前微弱了，看起来就像一股顶着雷雨云的飓风，一层层地夹杂着暴雪和狂风。在它面前，我觉得自己渺小无比，仿佛狂暴宇宙中的一颗星星。

我们怎么能赢过这些呢？

突然，一架飞机呼啸而过，我跪倒在地，用没受伤的那只手护着脑袋。它在我的胸膛里掀起涟漪，电流像心跳似的涌动奔撞。随后又有十几架飞机低空掠过，啸叫着从对阵的两军之间穿过，引擎搅动着雪花和灰烬。

更多的飞机盘旋在风暴的边缘，一圈一圈地冲进乌云。云层飘浮移动起来，好像被机翼的磁力吸引着。而后我听见了又一声咆哮，那是另一股飓风，比之前的风暴更猛烈。它以数百倍的风力猛吹，渐渐吹散了黑色的风暴。乌云被撕扯开来，足以看清科尔沃姆那座由蓝色闪电统辖的高塔。风随着飞机而来，聚集在鲜艳涂装的机翼之下。

黄色。

*拉里斯家族。*

我笑了：他们来了，安娜贝尔·来洛兰没有食言。

我搜寻着其他家族。但一只鹰隼嚎叫着在我四周盘旋，蓝黑色的翅膀拍击着空气。它的爪子闪着寒光，锋利得如同匕首。我连忙遮住自己的脸，不让它看到。而它只是热切地叫着，而后就扑着翅膀飞过战场，飞向——哦，不。

梅温的后备部队来了。一营又一营，一团又一团。黑色的盔甲、蓝色的盔甲、红色的盔甲。我会被他的军队踏成肉泥的。

我不甘心就这样束手待毙。

我释放出紫色的闪电，让它们在我脚下盘桓。闪电阻拦了敌兵，让他们的每一步都战战兢兢。他们知道我的异能是何种模样，他们见过闪电女孩的本事。他们停住了，不过只有一瞬。但这片刻也足够我站稳，转身，调整身体的角度——目标越小，活下来的几率就越大。我没受伤的那只手握成了拳头，准备好与他们决一死战。

很多正在攻打裂口的银血族掉转方向，朝着我来了。这一时的分神注定了他们的溃败。绿色和白色的闪电冲向他们，为红色的烈焰扫清了进攻的路径。

疾行者率先靠近，撞上了我的网状闪电。他们有的尖叫着后退，但更多的躲避不及，被闪电击落。风暴闪电在空中噼啪作响，在我四周撑起了防护圈，使我免于陷入绝境。从外面看，它就像一只电流交织的笼子，但这只笼子是我自己创造出来的，是我所控制的。

我打赌没有哪个国王敢把我再关进牢笼里去。

我希望这闪电能把他引来，就像烛光吸引飞蛾。我在拥来的泱泱人马中搜寻着梅温的身影：红色的披风，铁制的烈焰王冠，人海中苍白的脸，足以劈裂山峦的蓝色眼睛。

然而，拉里斯家族的飞机从另一边飞来，低空掠过双方的军队。它们在我四周盘旋，金属冲撞的巨响让士兵们乱成一团。十几个人从飞机的尾部跳出，在空中翻了几个筋斗，落向地面，其重力加速度足以把大多数普通人砸成粉末。他们却只是伸展双臂，突兀地站住不动，卷起大片尘土、灰烬、雪花——还有铁屑。很多很多的铁屑。

伊万杰琳和她的族人——包括她的哥哥和父亲，面对着逼近的敌军。那只鹰隼热切地绕着他们盘旋，尖叫着冲进了烈烈风中。伊万杰琳回过头瞥了我一眼。

“能不能别老来这一套！”她嚷嚷道。

精疲力竭的感觉一下子袭来，因为我竟然觉得自己安全了。

伊万杰琳是来帮我的。

火焰在我的视野两侧熊熊燃烧，它包覆着我，几乎令我盲目。我踉跄着向后退，撞到了坚实的肌肉和坚硬的盔甲。卡尔托起我受伤的手腕，温柔地握住了它。

这一次，我没有再忆起静默石镣铐。

KING'S
CAGE
第二十九章
伊万杰琳

科尔沃姆行政高塔的大门是由坚硬的橡木雕成的，不过合页和边缘是铁的。它在我们面前徐徐洞开，在萨默斯王室家族面前俯首。我们优雅地步入会议厅，眼前所见乃是以盟友之名求得谅解的乌合之众。蒙弗人和红血卫队的人坐在长桌左侧，穿着他们简陋的绿色衣服，而银血族则端坐右侧，各自身着家族色。双方备受尊敬的领袖——戴维森首相和安娜贝尔王后，静静地看着我们走进来。安娜贝尔今天戴上了后冠，彰显着她的老太后身份，尽管老国王已经过世很久了。玫瑰金色的环状金属上镶嵌着黑色宝石，简单至极，却仍旧跃然出众。她那可夺人性命的手指敲击着桌面，急切地展示着她的结婚戒指。浓烈的红色宝石，也是镶在玫瑰金底托上。像戴维森一样，她的神情也犹如猎食者，一眨不眨，聚精会神。提比利亚王子和梅儿·巴罗不在这里，或许也只是我没看见他们。他们会不会因不同的血色身处不同的阵营呢。

高塔四面的落地窗大开着，空气里仍然弥漫着闷烧的气味，西部的大片地域淤塞着烂泥，那是非自然的暴风雨和大洪水的杰作。哪怕是在这么高的地方，四处仍然是一股血腥味。我搓了搓双手。虽然已经每一寸都洗干净了，好像洗了几小时，可这气味还是无法摆脱。它像幽灵般纠缠盘绕，比那些我杀死的人的脸孔更加难以忘怀。一切都染上了血里的金属味。

从这里俯瞰，下面的一切尽收眼底，不过人们还是把目光对准了我们家族的首领。父亲没有穿他那件黑色的袍子，而是身着金属铬制成的盔甲。盔甲像镜子似的，让他的形象显得更加庄严肃穆，从头到脚都是一个武士君王的模样。母亲当然也不会令人失望。绿宝石镶嵌的后冠由绿色的蟒蛇陪衬，蛇盘绕在她的脖子和肩膀上，犹如一条披肩。它缓缓地吐着芯子，鳞甲映着午后的阳光。托勒密的装束和父亲差不多，只不过包裹着他的宽肩、窄腰、细腿的盔甲是油亮的黑色。我的紧身盔甲则是他们二者的融合，银色的铬和黑色的铁相间。这不是我在战场上穿的那件，但此刻我需要它——凶光熠熠，令人生畏，细致入微地展示着萨默斯家族的骄傲和力量。

窗边摆着四把王座一般的椅子，我们一起坐下了，表现出团结一致的意味。可我其实很想大喊。

我觉得自己背叛了自己，放任一天天、一周周过去，却没有表示出任何反对，甚至连几句害怕父亲计划的话也没说过。我不想成为诺尔塔的王后。我不想属于任何人。但我想要的东西根本不重要，什么都不能阻挡父亲的大计。沃洛国王是不容拒绝的，尤其是他自己的女儿，他的骨肉至亲，他的私人财物。

当我坐下来时，一股熟悉的疼痛在我的胸膛里蔓延。我极力保持镇定，安静，顺从。忠于我的血统——我只知道这个。

我有几个星期没和父亲讲过话了。我只能点头服从他的命令。言辞不是我所擅长的东西，我担心自己一开口就会被情绪绑架。保持沉默是托利的主意。交给时间吧，伊芙，交给时间。可是交给时间做什么呢，我完全没有头绪。父亲不会改变决定的，安娜贝尔则急于把她的孙儿推上王位。哥哥和我一样沮丧，因为我们所做的一切——把伊兰嫁给他，背叛梅温，支持父亲称王的野心——都是为了我们能在一起。可这些全都白费了。他将来会统治裂谷王国，我所爱的女孩是他的王后，而我则会像个弹药箱似的被送走，成为献给另一个国王的礼物。

梅儿·巴罗最终还是决定现身会议室，提比利亚王子紧随其后。我很高兴他们转移了众人的焦点。我都忘了，在她面前，他充当的是何种可悲的角色：像小狗似的睁大眼睛，渴望着她的注目；机敏的战士本能全都寄托在她身上，而不是当务之急。他们两人还没从围城之战的兴奋中恢复，这也难怪，那是一场惨烈的战役，巴罗的制服上甚至还沾着血。

中央的走道将会议室一分为二，他们走在上面，步履沉重。或许也明白自己行动的分量，不过他们没有表现出来。交谈的声音渐渐变成了轻声低语，或干脆沉默，所有人都看着他们俩，等着看他们会选择这间屋子里的哪一边。

梅儿动作很快，她径直从那排绿色制服前面走了过去，靠在远处的墙上，不动声色。

而王子，诺尔塔的合法国王，则没有跟着她走。他走近自己的祖母，伸出手拥抱了她。安娜贝尔比他矮小得多，在他面前也只是个小老太太。不过她的胳膊很容易就环抱住了他。他们拥有相似的眼睛，像燃烧着的灼热古铜。她冲他笑笑。

提比利亚埋首在她的怀抱里，紧拥着这仅余的家人。他祖母身边的位子空着，但他没有坐上去。他选择了和梅儿一起站在墙边，胳膊环抱在宽阔的胸前，目光灼灼地看着我父亲。他知道安娜贝尔计划把我们俩怎么样吗？

没有人去坐他空出来的那个座位。没有人敢占用诺尔塔合法国王的位置。我的脑海里回荡着“我亲爱的未婚夫”这几个字，它们折磨着我，比母亲的毒蛇更甚。

突然，父亲弹一弹手指，吸住萨林·艾若的腰带扣，把他从座位上拎起来，甩过桌面，拖过橡木地板。没有人抗议，也没有人发出声音。

“你是负责追捕的。”

父亲的声音在喉咙里隆隆低响。

激战之后，艾若都没有清洗整理一下自己——他黑色的头发还汗涔涔地粘在一起呢。或许，他只是吓呆了。这确实怪不得他。“陛下——”

“你曾担保说梅温不会逃跑。我相信了你的话，阁下，你说‘没人能逃出闪锦人的手心’。”父亲并未屈尊俯视这位一方首领的败相，这对他的家族和姓氏来说都是尴尬的羞辱。母亲深深地凝视他们二人，除了用她自己的眼睛，还有那条绿色蟒蛇的眼睛。蛇注视着我，朝我吐出粉红色的信子。

其他人看着萨林受辱。那些红血族比他还脏，有些人身上还沾着烂泥，冻得脸色发青。不过，至少他们没喝酒。总司令拉里斯在他的椅子里晃来晃去，从一只长颈瓶里啜着酒，那瓶子的大小可远超出这种场合的礼节范畴。父亲、母亲乃至所有人，都不会吝啬这些酒。拉里斯和他的族人把活儿干得漂亮，在恐怖的暴风雪即将把科尔沃姆埋葬时及时派来了战机。他们证实了自己的价值。

新血也是——他们选的这个名字真蠢，不过他们抵抗着袭击，还是撑了几小时。如果没有他们的流血和牺牲，科尔沃姆早就重回梅温手中了。然而，梅温又输了，这是他第二次被打败。第一次，他输给了乌合的暴民，而这一次，他输给了合法的国王和正当的军队。我的胃里一阵翻腾：尽管我们赢了，可这胜利在我看来犹如失败。

梅儿瞪着眼睛，整个身体就像一团紧绷绷的扭曲电线。她来回看着萨林和父亲，而后又看向了托利。我感到一阵巨大的恐慌，为哥哥忧心不已，虽然，她答应我不会杀他。在恺撒广场，她所释放出的愤怒是我前所未见的。而在科尔沃姆的战场上，哪怕是被银血族士兵环伺，她也泰然自若。她的闪电比我记忆中的更厉害了。如果她此刻就要杀了托利，恐怕也没有谁能制止她。他们会惩罚她，当然，但是不会制止她。

我有一种感觉，那就是她不会为安娜贝尔的计划欢欣鼓舞的。任何一个爱上国王的银血族女人都会满足于成为情妇——婚约之外的亲密关系；但我认为红血族不会这么想。他们不理解家族之间的联姻有多么重要，也不明白血统继承的深刻意义。他们以为爱情最终意味着说出结婚誓词。我觉得这倒是他们生命中的小小幸事——无关权力，无关强大，没什么可保护，也没有遗产要继承。他们的生命不值一提，但毕竟属于自己，可以自己做主。

再想想我自己的命运，在这短短的、愚蠢的几个星期里，是什么模样。

在战场上，我曾告诫梅儿，不要老是让我去救她。真是讽刺啊！我现在希望她能救我逃出王后的镀金监狱，逃出国王的新娘牢笼。我希望她的雷电风暴能在这婚约尘埃落定之前把它毁灭。

“……逃跑和进攻同样筹备周密。疾行者适时出现，还有汽车、飞机。我们甚至都没看见梅温。”萨林用手捂着头，仍然在辩解。父亲不动声色。他总是给人机会放长线绞死自己。“湖境之地的国王也在，他自己就可以号令三军啊。”

父亲眼光一闪，神色暗了下来。他突然感到不安，但也仅仅流露出这么一点儿暗示。“所以呢？”

“所以他也躺在坟墓里了。”萨林仰视着钢铁国王，犹如一个小孩在乞求认可，浑身上下都在颤抖。我则想到了阿尔贡的艾丽斯，那位邪恶国王的新王后。现在她和她父亲天人相隔，与南方家族的仅有联系也被切断了。退一步说，她的确强大令人敬畏，但眼下这种情况会极大地削弱她的力量。要是不能与她为敌，我还觉得挺可惜的。

父亲慢慢地从座位上站了起来，看起来若有所思："那么，是谁杀死了湖境之地的国王？"

绞刑的绳套收紧了。

萨林咧开嘴笑了："是我。"

绳套扣死了。只见父亲握紧拳头，转瞬之间就扭掉了萨林外套上的纽扣，把它们变成细长的铁锭。铁锭箍住了萨林的脖子，拉拽着，迫使他站了起来。它们不断升起，直到萨林只能用脚尖蹭着地板，寻找着可以蹬踏的东西。

在桌旁，蒙弗的首领向后靠着椅背。坐在他旁边的那个女人，有着一头耀目的金发，脸上有一块伤疤，她撇着嘴，冷笑着旁观。我记得她曾袭击过夏宫，就是那个差点儿杀死我哥哥的人。卡尔亲自审讯了她，可现在他们却肩并肩地站在一起。她是红血卫队的人，地位不低，而且，如果我没弄错的话，她是梅儿最亲密的盟友。

"是你的命令——"萨林快要窒息了。他徒劳地抓着脖子上的铁线，铁线深深嵌入了他的皮肉。他的脸渐渐发灰，发白，就像他身体下面流淌的银血。

"我的命令是杀死梅温·卡洛雷，或是阻止他逃跑。你并没有做到。"

"我——"

"你杀死了一个主权国家的国王，而这个国家是诺尔塔的盟友，除了维护湖境王后之外没有理由做其他不轨图谋。可现在呢？"父亲怒不可遏，用他的异能把萨林拉近。"你给了他们绝佳的动机来把我们淹死，湖境之地的执政王后不会坐视不理的。"他给了萨林一巴掌，掌掴的清脆声音回响在屋子里。这一巴掌不是为了让他痛，而是为了羞辱他。效果很好。"我剥夺你的头衔和职权。艾若家族，你们酌情重新分配吧。来人，把这条虫子从我眼前弄走。”

萨林的家人立刻把他拖出了会议室，免得那伤口变得更深，变成一个洞。那些铁线一松开，他就咳嗽起来，可能还哭了。他的啜泣声回荡在走廊里，但很快就随着门的关闭戛然而止。真是个可怜人。不过他没能杀死梅温，我倒是很高兴。因为，如果那个卡洛雷家的臭蝙蝠今天就死掉，卡尔和王座之间就没有任何障碍了。卡尔和我之间，也一样。而这样呢，至少还能有些暗黑的希望。

“还有哪位能贡献些有用的东西？”父亲悠悠地坐了回去，一根手指拂过母亲蟒蛇的脊背。蛇很舒服地闭上了眼睛。真恶心。

杰拉尔德·哈文看起来像是要消失在座位上一般，他做得到的。他盯着自己交叠的双手，祈祷着父亲下一个折磨的人不要是自己。所幸，那个怒气冲冲的红血卫队的指挥官救了他。她站起来，椅子向后拖动。

“我们的情报显示，梅温·卡洛雷现在依靠鹰眼来保证自身安全。鹰眼能看到短时未来——”

母亲清清嗓子：“我们知道鹰眼是什么人，红血族。”

“哟，了不起。”指挥官毫不犹豫地答道。

如果不是父亲和我们眼下的地位尚且不稳，母亲肯定会指使她那绿色的蟒蛇缠住这个红血族的脖子。但此刻她只是抿起嘴唇。“管好你的人，首相，否则我就要动手了。”

“我是红血卫队司令部的将军，银血族。”那个女人回敬道。我看见梅儿在她身后冷笑。“如果你们想要我们帮忙，最好放尊重点。”

“当然。”母亲颇有气度地让步，她一点头，那些珠宝便随之闪烁，“尊重总要放在值得的地方。”

指挥官仍然瞪着眼，怒气冲天，一脸嫌弃地看着母亲的后冠。

我飞快地想了想，然后拍响了双手。这是个熟悉的声音，是个信号。静默之间，萨默斯家族的一个红血族侍女急匆匆地走了进来，手里捧着一杯酒。她知道自己该服从的命令，于是跑到我身边，服侍我饮用。我以缓慢而夸张的动作举起杯子，喝酒的时候也没有挪开目光，一直与那个红血族指挥官对视。我的手指轻弹着刻花玻璃，掩盖着自己的紧张：最糟的结果是激怒父亲，而最好的结果是……

我把高脚杯扔在地上，自己也被玻璃破碎的声音和其中的暗示吓了一跳。父亲没有反应，但他的嘴唇绷紧了。*你应该更了解我，我不会不战而屈的。*

侍女毫不迟疑地跪下来清理地面，用手直接把碎玻璃拢到一起。那个暴脾气的红血族女人也毫不迟疑地跃过桌子，激动失态。银血族们都站了起来，红血族也是，梅儿也从墙边赶过来，挡住了她朋友的去路。

这个指挥官比她高很多，但梅儿还是拦住了她。

“我们怎能接受这个？”那个女人一边冲我大喊大叫，一边挥舞拳头指着地上的侍女。她的手割破了，血的气味一下子浓重无比。“我们怎能接受？”

屋子里的所有人似乎都在想着同一件事：双方阵营里不够沉稳的成员爆发争吵，矛盾升级。我们是高贵的银血贵族，拥有古老的血统，此刻却与叛军、罪犯、奴仆、窃贼成了同盟。不管有没有异能，我们和他们就是相互对抗的两种生命，目标也不可能相同。会议室成了火药桶，要是我够幸运，就让它爆炸吧。把婚约的威胁炸烂，把他们为我准备的牢笼炸烂。

越过梅儿的肩膀，那个指挥官朝我冷笑，她那双眼睛就像蓝色的匕首。如果这间屋子和我的衣服没有充足的金属含量，我也许会害怕的。我凝视着她，浑身上下每分每寸都十足是一个银血族公主的派头，而那是她从小就憎恨的存在。在我脚边，侍女清理好了地面，默默地退下了。她的手被碎玻璃扎烂了，我会传令让雷恩来为她疗伤的。

“真差劲。”母亲在我耳边轻语，拍了拍我的胳膊。蛇沿着她的手蜿蜒而行，盘绕着拂过我的皮肤。又黏湿，又冰冷。

我咬紧牙齿忍受着。

“我们怎能接受这个？”

王子的声音终止了嘈杂混乱，惊得好多人一下子安静了下来，也包括那个怒目相向的红血族指挥官。梅儿拖着她，很费了一番力气才把她送回座位。其他人则把目光转向流亡的王子，看着他站了起来。这几个月对他颇有好处，提比利亚·卡洛雷适合戎马生活。尽管刚从城墙上的死战中捡回一条命，他却仍然充满生气，活力四射。而他的祖母，则露出了最轻微的笑意。我感觉自己的心沉了下去。我不喜欢她那种表情。我的双手抓着椅子的扶手，指甲抠进了木头里。

“在座的每个人都清楚，我们正处于临界点。”他的眼睛寻找着梅儿的身影，从她身上汲取力量。如果我是个多愁善感的人，我也许会感动的。但此刻我想起了留在山脊庄园的伊兰。托勒密需要继承人，我们都不愿她参加战斗。尽管如此，我还是希望她能陪我坐在这儿。我不想再承受这种孤独的折磨了。

卡尔生来就以治国安邦的标准培养，演讲对他来说并不陌生。不过，在这方面，他还是不如他弟弟有天分，在地板上踱步的时候磕绊了好几次。不幸的是，没人在意这个。“红血族的人生是美名化了的奴隶的人生，多种束缚加诸其上。他们生活在贫民窟里、我们王宫的某处，或是——河边小镇的泥地里。”梅儿的脸上泛起了红晕。“我曾经也对自己学到的东西、我们的思维方式深信不疑——红血族低人一等，改变他们的地位是不可能的，否则必定会引发流血杀戮，会造成重大的损失和牺牲。我曾经认为，这些确实代价高昂，不值得一试。但我错了。

“你们中间有些人并不赞同。”他瞥了我一眼，让我不禁瑟缩，“你们相信自己高人一等，认为自己就是世间的神灵。你们错了。这并非因为有闪电女孩这样的人存在，也不是因为我们突然需要寻求盟友来击败我的弟弟，而是因为，你们的想法是错的。”

“我生来就是王子，比你们大多数人都更明白‘特权’的意味。我从小就有侍从随侍身边，有求必应。我所学到的是，他们的血，因为颜色不同，所以比我的血低等。‘红血族都很愚蠢；红血族是耗子；红血族掌握不了他们自己的人生’，诸如此类的话我们都听到过。而这些话是谎言。这些随意编造的谎言让我们生活得更恣意，让我们不觉羞耻，却让他们的生命不堪重负。”

他在他祖母身边驻足，高高地站在那里：“我们不能再容忍这种情势，绝不能。不同，并不意味着分裂。”

可怜天真的卡洛雷啊。他的祖母点头表示赞同，可我明明记得她在我们庄园里说过的话。她想让她的孙儿登上王位，她想要旧日世界。

“首相。”提比利亚说着，示意那位蒙弗首领。

他清了清嗓子，站起身来。他比大多数人都要高，不过很瘦弱。他看起来就像一条惨白的鱼，面目空洞，眼睛无神。“沃洛国王，我们感谢你们在科尔沃姆保卫战中提供的帮助。而此时此刻，当着我们双方领袖的面，我想了解你对提比利亚王子刚才的一番话做何感想。”

“要是你有疑问，首相，那就请问吧。”父亲沉声说道。

这个人仍然面无表情，难以捉摸。我觉得他和这里的其他人一样，隐藏着数不清的秘密和野心，真想给他一颗螺丝钉。“陛下，红血族和银血族，哪一方会在这次冲突中崛起呢？”

父亲深吸了一口气，一侧苍白脸颊上的肌肉抖了抖。他用手捋着尖尖的胡子，说道：“双方皆然，首相。这场战争是为我们双方而战，我向你保证，以我孩子的人头发誓。”

多谢你啊，父亲。一旦有机会，那个红血族指挥官就会笑着替你践行诺言的。

“提比利亚王子所言非虚，”父亲继续说道，从嘴巴里吐出谎言，“我们的世界已经变了，我们也必须随之改变。共同的敌人造就陌生的盟友，而我们将永远结盟。”

我觉得绳套扣紧了，就像萨林一样。它正套在我的脖子上，要吊着我悬在深渊之上。我未来的人生就这样了吗？我应该坚强些。我所接受的训练和经受的折磨要我这么做，我以为这就是我想要的。但是自由，太甜美了。一丝喘息也不能放弃。对不起，伊兰。真的对不起。

“你对此还有什么疑问吗，戴维森首相？”父亲催促道，“我们是否可以开始讨论推翻暴君的计划了？”

“什么计划？”梅儿的声音听起来大不相同了。这也难怪，我所认识的她一直是个囚犯，被遏制压迫得面目全非。而现在，她的闪电带着狂怒的复仇之心回来了。她来回打量着父亲和首相，等待着他们给出回答。

父亲开始解释的时候几乎欣喜若狂。我屏住了呼吸：救救我，梅儿·巴罗。快施展你的风暴吧，快像以前那样迷惑王子吧！

“铲除梅温之后，裂谷王国会作为主权国家存在，钢铁国王将世袭统治。当然，红血族公民会获得应有的供给。我并不打算建立一个诺尔塔那样的奴隶制国家。”

梅儿看起来完全不相信，不过她没开口。

“当然，诺尔塔也需要有自己的国王。”

她睁大了眼睛，惊恐不已，猛地转过头去看卡尔，寻求答案。卡尔则像是被她的怒意吓了一跳。这个闪电女孩太容易被人一眼看穿了，比小孩的书更容易读懂。

CHAPTER29

# 第二十九章 伊万杰琳

安娜贝尔站了起来，骄傲地挺立着。她转向卡尔，满是皱纹的脸熠熠生光。她抚摩着孙儿的脸颊，但卡尔实在惊讶，没做出任何反应。“我的孙儿是诺尔塔的合法国王，王位属于他。”

“首相……”梅儿轻声咕哝着，看向了蒙弗的首领。她几乎是在恳求了。一丝悲哀将首相的面具撕开了一条小缝。

“蒙弗承诺，支持卡——”他顿了顿，躲避着梅儿的目光，“提比利亚国王登上王位。”

一股热气在屋子里蒸腾。王子发怒了，如此狂暴地发怒了。而最糟糕的事情还没发生。如果我够幸运，就让他把整座塔都烧掉吧。

“我们将按照常规方式，加强裂谷王国与这位合法国王的同盟关系。”母亲这是在落井下石。她就喜欢这样。我竭尽全力地忍住泪水，只有把它们藏在心里，才不会被别人看见。

并非所有人都对她话里的暗示无动于衷。卡尔哽着喉咙发出一声低吟，这可不是王子该有的声音，更不用说国王了。

“即便发生了这么多事，选妃大典选出的王室新娘仍然没有作废。”母亲握住了我的手，手指拂过结婚戒指应该在的位置。

会议室突然空气稀薄，令人窒息，血的气息在我的感官中奔涌。我所能思索的仅此而已，便任由自己走神，任由尖利的铁的刺痛压制住自己。我的下巴紧绷着，牙齿咬得紧紧的，挡住了想说的话。它们在我的喉咙里惊慌失措，挣扎着想要扑出来：*我不想再这样下去。让我回家。*可这每一个字都背叛了我的家族，我的家人，我的血色。我的牙齿死死咬合，骨头和骨头摩擦着。牢笼锁死了我的心。

仿佛陷入绝境。

*让他选，梅儿，让他回绝我。*

她重重地呼吸着，胸脯快速地起伏。像我一样，她也有太多的话语想要倾泻而出，喊叫释放。我希望她能明白，我有多想拒绝这一切。

“没有人觉得该与我商量一下吗？”王子咬牙切齿，把他的祖母推向一旁。他的眼睛里燃着怒火。现在，他已经能完美地同时瞪着十几个人了。“你们打算不经我的同意，就让我做国王？”

安娜贝尔无惧卡尔的烈焰，再次捧起了他的脸：“我们不会勉强你做任何事。我们只是帮助你成为你自己。你父亲为你的王冠而死，现在你要再把它抛掉吗？为了谁？你要抛弃你的王国吗？为了什么？”

他没有回答。说不。说不。说不。

但是，我已经看到了拖拽的诱饵。权力能引诱一切，让人盲目。卡尔对此也没有免疫力。如果他和别人有所不同，那也只能是他更容易被权力诱惑。他的一生就是望着王位，准备着有朝一日自己登上去。那不是能够被人轻易改变的习惯，对此我有亲身体会。而头戴王冠的滋味，比绝大多数事物都要甜美得多，对此，我亦有亲身体会。我会想起伊兰，他会想起梅儿吗？

“我需要新鲜空气。”他轻声说道。

当然，梅儿随他一起出去了，脚边身后拖着电火花。

我本能地想再要一杯酒，不过还是算了。如果那个指挥官再闹起来，可没有梅儿拦住她了，而更多的酒精也只能让我比此刻更难受。

“提比利亚七世万岁。”安娜贝尔说道。

祝福声回荡在会议室里，我张着嘴念出同样的字眼。它们尝起来犹如毒药。

KING'S
CAGE
尾声

他愤怒地撞击着烈焰手环，让火花从手腕上迸出。但它们一直没有变成火焰。火花，火花，和我的电火花相比，它们既冷淡又微弱。无用，徒劳。我跟着他走下螺旋楼梯，来到了一座阳台上。也许风景秀丽，但我并不知晓。我无法比卡尔看得更远，我内心的每一寸都颤抖着。

希望和恐惧拉扯着我。我在卡尔的眼睛后面也看到了这两者，它们正闪动着，犹如两种不同的烈焰，掀起了古铜色的风暴。

“你答应过的。”我轻声说道，一动不动地质问他。

他狂躁地走来走去，最终倚在了阳台的栏杆上。他的嘴巴张开，又合上，搜寻着合适的字眼，搜寻着解释的话语。*他不是梅温，他不会撒谎，*我不得不提醒自己这一点，*他不想这么对你。*可是，这能阻止他吗?

“我以为——神志正常的人怎么会让我当国王呢?在我做了这些事以后?告诉我实话，你真的觉得有人会让我踏上王位吗?”卡尔说，“我杀死过银血族，梅儿，我杀死过我的人民。”他用灼热的双手揉搓着自己的脸，

五官都变了形。好像他想把自己的心掏出来看看似的。

“你也杀死过红血族。我记得你说过，这两者并无不同。”

“不同不意味着分裂。”

我冷哼一声。“你刚刚当着他们做了个完美的演讲，可你任由那个萨默斯家族的畜生坐在那儿，宣布一个王国从无到有。那正是我们奋力想要消除的那种王国。别撒谎，别说什么你不知道他的阴谋，他的王冠……”我的声音低了下去，否则我会把剩下的话大声说出来，然后让它们成真。

“你知道，我不知情。”

“完全不知情吗？”我扬起眉毛，“没从你祖母那儿听到些什么？甚至都没有梦到过？”

卡尔使劲地咽了口唾沫，无法否认内心最深处的欲望，所以他就不否认了。“我们没有办法阻止萨默斯，除非——”

我抬手给了他一巴掌。他的头随着我掌掴的惯性侧甩，然后就那么静止着，看向了我不愿去看的地平线。

我的声音嘶哑了：“我指的不是萨默斯。”

“我不知道。”他的话语在满是灰烬的空气中显得轻轻柔柔的。悲哀的是，我相信他。这让我很难再愤怒下去，而没有了愤怒，就只剩下恐惧和哀愁。“我真的不知道啊。”

眼泪滑过我的脸颊，尝起来咸咸的。我讨厌自己哭。我不知目睹了多少人葬身殒命，其中又有多少就是死于我的双手。我怎能在此刻凭风洒泪？我怎能为一个还喘气的活人洒泪？

我的声音滞涩干涸：“我是不是又该请求你选择我了？”

这是一个选择，他要说的只是“是”或“不是”，一个词就能决定我们两人的未来。

选我，选择黎明。上一次他没有选，此刻他必须选。

我颤抖着用双手捧住他的脸，让他看着我。可他古铜色的眼睛逡巡在我的嘴唇上，我的肩膀上，我裸露在温暖空气中的伤疤上，就是不看我的眼睛。我心里好像有什么东西破碎了。

“我并不是非得娶她，”卡尔喃喃说道，“这是可以商量的。”

“不，这没的商量，你知道这没的商量。”他这言不由衷的话让我冷冷地大笑起来。

他的眼神暗了下去：“那么你也该知道，婚姻对我们——对银血族来说意味着什么。那并不代表一切，它与我们的感觉、与我们真正所爱的人无关。”

“你真的认为我的愤怒是因为这桩婚事吗？”我怒火中烧，怒意狂烈滚烫，实在无法坐视不理。“你真的认为我的野心就是成为你的——或者任何人的——王后吗？”

温热的手指触碰着我的手，它们正要握紧的时候却被我甩开了。“梅儿，想想看，想想我能有什么作为，想想我能成为什么样的国王。”

“为什么非有国王不可？”我慢慢地质问道，一字一词都锋利无比。

他没有答案。

被囚禁在王宫里的时候，我发现梅温是由他母亲塑造而成的恶魔，这世上的任何东西都无法改变他，无法改变她已经做过的事情。其实，卡尔也是被塑造出来的。我们全都是由其他人塑造成今天这副模样的，也全都有着任何人和物都不能斩断的底线。

我曾以为卡尔能不受权力的引诱，这真是大错特错。

他生来就是要成为国王的。这就是他被塑造成的模样。这就是他想要的。

“提比利亚，”我从未直呼过他的真名，那不适合他，也不适合我们，但那才是真正的他。“选我。”

他的双手拂过我的双手，手指张开包覆住我的手指。我闭上了眼睛，允许自己再花多一秒的时间来记住他身体的感觉。就像皮蒙山麓的那一天，大雨淋湿了我们两人，而我只想要燃烧。我只想要燃烧。

“梅儿，”他轻声道，“选我。”

选择一顶后冠，选择另一位国王的牢笼，选择背叛我们为之浴血奋战的一切。

我找到了自己的底线，它是那么纤细，却又是那么不可触碰。

“我爱你，我想得到你，不惜一切，”卡尔的话语听起来空洞无物，“不惜这世界上所有的一切。”

我缓缓地睁开眼睛，他终于有勇气直视我了。

“我们在一起能做很多事，”他期期艾艾地说着，想把我拉近一些，可我的脚像生根了似的一动不动，“你知道你对我来说意味着什么。没有你，我就一无所有了。我孤独一人，什么都没有。别抛下我一个人。”

我的呼吸急促不平。

我吻了他——这可以是，可能是，也必将是——最后一次。我们全都变得冷酷僵硬，他的嘴唇一片冰凉。

“你并不孤独，”他眼睛里的希望犀利起来。“你还有你的王冠。”

我以为自己懂得心碎的感觉，我以为梅温曾令我心碎。他站着而我跪着，他将一切和盘托出，告诉我我眼中的那个他不过是个谎言。我以为那就是心碎。而那时，我还相信自己是爱他的呢。

我现在才明白，自己根本不懂爱情，也不懂心碎的回声。

某个人是你的全世界，你站在他面前，却被告知你不是他的全世界。你不是他的选择。他是你的太阳，而你只是他的荫翳。

“梅儿，求你。”卡尔像个绝望的小孩般恳求，“你怎能认为这就是终点？你以为接下来会发生什么？”我身体的每一寸都凉了，可我仍然能感觉到他散发出的热量。“你没必要这么做啊。”

但我就要这么做。

我转过身，拒绝倾听他的抗议和辩解。而他也没有拦住我，就让我这么走了。

血的气息淹没了一切，除了我尖叫着的思绪。可怕的念头，恨意的字眼，破碎了，扭曲了，犹如失去翅膀的鸟儿。它们踉跄着，一个比一个骇人。*并非是神所拣选的，而是为神所诅咒的。*这话说的是我们所有人。

我竟然没有从螺旋楼梯上摔下去，真是个奇迹，我竟然一路跑到了外面也没有跌倒，更是个奇迹。头顶的阳光那么明亮，和我内心深渊的对比那么强烈，真让人厌恶。我把手深深插进制服的口袋里，几乎没感觉到那锋利的刺痛感。我很快就想起来了——耳环。卡尔送给我的耳环。我都要大笑出来了——又一个破灭的承诺，又一个卡洛雷的背叛。

奔跑的强烈冲动在我心里冲撞着。我想要奇隆，想要吉萨，想要谢德，我想要他们出现在我面前，告诉我这不过是另一个梦。我想象着他们就在身边，说出安慰的词句，张开安慰的臂膀。

可另一个声音盖过了它们，它撕扯着我的内心。

*卡尔只会服从命令，不会做出选择。*

这是梅温的话。我叹了口气。卡尔做了选择，而在我内心深处，这并不意外。王子仍然是他一直以来的模样，他本质上是个善良的人，只是不情愿采取行动罢了。不情愿真正地改变自己。王冠在他的心中，而他的心不愿改变。

我在走廊上碰到了法莱，她正目光空洞地盯着墙壁发呆，而我的眼泪早就干了。她犹豫了一会儿，坚毅的模样不见了。她向我走来，步履缓慢而柔和，然后伸出一只手拍了拍我的肩膀。

“我和你是同时知道的，”她说，“我发誓。”

她爱的人死了，被人夺走了，而我爱的人则是自己选择了离开，选择了我所憎恨的，放弃了我的一切。真不知道哪一种更伤人。

我还没来得及在她面前松弛下来，接受她的安慰，就发现还有一个人也站在旁边。

“我是知情的。”戴维森首相说道，听起来好像是在道歉。我一下子怒火中烧，可是，这不是他的错。不该接受这一切的是卡尔，不该让我离开的是卡尔。

不该那么着急地跳进陷阱的，是卡尔。

“分而治之，各个击破。”我轻声回忆着他曾说过的话。心碎的迷雾渐渐散去，我开始明白了。蒙弗和红血卫队永远不会支持一位银血族国王——不会真正地支持，除非另有目的。

戴维森点了点头：“这是战胜他们的唯一办法。”

萨默斯，卡洛雷，锡格尼特。裂谷，诺尔塔，湖境之地。全都由贪婪驱驰，全都伺机削弱对方，争夺已然损毁的王冠。而这些，都是蒙弗计划的一部分。我勉强深深呼吸，极力恢复，极力忘记卡尔，忘记梅温，只专注于眼前的路。至于这条路将通往何方，我并不知道。

在远方的某处，在我骨血中的某处，雷鸣滚滚。

我们要令他们自相残杀。

# 致 谢

感谢诸位令我的书成为可能并为此一直付出。感谢我的编辑克里斯汀及编辑团队的所有朋友；感谢哈珀青少及哈珀·柯林斯团队；感谢吉娜、伊丽莎白（她们都来自 ward and lynch 公司）；感谢全世界最棒的封面设计师玛戈特；感谢莎拉·考夫曼及设计团队。感谢我们的海外出版商及代理机构，环球影业团队，萨拉、伊丽莎白、杰伊、詹妮弗，当然还有全力推动的新叶文学。感谢一直伴我左右的苏斯。感谢普亚、凯瑟琳、米亚、乔、杰基、杰达、希拉里、克里斯、丹尼尔和萨拉，是你们鼓励我勇往直前，并想出了使《红血女王 3》一书得以成形的精彩桥段。新叶文学不断推进，而我要再次感谢萨拉，因为我对她的谢意永远不嫌多。

感谢同样强大且数量庞大的家人与朋友。我的父母，卢和希瑟，他们是这一切开始的源头，一直在我背后默默支持鼓励。感谢我的弟弟安迪，他如今是比我出色的成年人了。感谢我的祖父母、叔婶姑舅、兄弟姐妹；感谢不是姐妹但胜似姐妹的金姆和米歇尔。感谢我那些故园的朋友：娜塔莉、阿莱克斯、卡特丽娜、金姆、劳伦，等等。感谢我那些新家的朋友：巴扬、安琪拉、艾琳、珍恩、金杰、乔丹……几乎所有卡尔弗城的人都有份儿，所有周日围坐在 PMCC 摇椅边的人都有份儿。感谢我在斯莱特林公共休息室的室友：珍和摩根，还有我们都很想念的托里——总有一张铺位是留给他的。

这一章节充满了夸口和炫耀，但在过去的一年里，我的确结识了很多真正的朋友，并且在与其他作家的交流中获得了成长。这是一项不可思议的任务，没有你们就不可能完成。如果不能提及你们的名字，对你们表示谢意，那我真是太怠慢了。首先是，艾玛·利奥特。请记住她的名字，因为她多年来都给予了我不可估量的支持。这里的排名不分先后：感谢亚当·希尔韦拉、蕾妮·阿迪、李·巴度、珍妮·韩、维罗妮卡·罗斯、索曼·楚纳尼、布兰登·莱克斯、顿丽妮·克莱顿、莫瑞妮·顾、莎拉·恩尼、卡拉·托马斯、丹尼尔·佩奇，以及 YALL 全体成员。战士般的母亲玛姬·斯托尔是我在这一行业里结交的第一个朋友，萨巴·塔希尔像火把一样照亮了我们四周。最深的爱与敬意致以苏珊·邓娜德，她不仅是身正为范，而且富有写作天赋，为我们的作品注入了卓著的洞察力。当然，还有埋首于无尽资料的阿莱克斯·布拉肯，他通晓“星战”系列与美国历史，又怀有最真挚的童心，是一位真正坚定、可爱、智慧的朋友，也是一位杰出的作家。我想我已经词穷了。

无须多言，我最为幸运的是拥有这么多读者。我向你们每一个人致以最深的谢意。JK 说过，有人听，故事才能讲下去。感谢你们的倾听。感谢你们对 YA 的支持。你们是穿透 2016 年的黑暗动荡的一道光。

最后，我要感谢 pizza 及其代表的深意。感谢国家公园和国家公园管理局，感谢你们坚守岗位，保护着我所挚爱的祖国的自然美景。一百岁生日快乐！如想了解更多、成为志愿者或进行捐赠，请移步 www.nps.gov/

getinovlved。我们必须为子孙后代保护好珍贵的大自然。

感谢希拉里·罗德姆·克林顿、伯尼·桑德斯、伊丽莎白·沃伦、总统巴拉克·奥巴马、第一夫人米歇尔·奥巴马，感谢所有为保护妇女、少数民族、穆斯林、难民及LGBT族群权益而工作的人们。感谢米特·罗姆尼坚定不移地抵制谣言，忠实热诚地为美国履行职责。感谢约翰·麦凯恩坚持反对酷刑，以及他多年来为维护军人家庭做出的贡献。感谢马萨诸塞州州长查理·贝克，感谢他支持枪支制度改革、维护妇女权益及婚姻平等。请注意这些致谢写于2016年11月，至本书出版时，以上诸位也许会改变态度。

感谢我们国家中每一个获得金星奖章的家庭，感谢军队中的每一个成员、所有的退伍老兵，以及为了美国做出我们无法估量的牺牲的军人家庭。感谢所有的教育者，你们手中塑造的是未来。

感谢投票反对分裂的苏格兰人民，感谢投票给加利福尼亚州众议员的诸位，他们将继续维护宪章和法律。感谢林－曼努尔·米兰达和《汉密尔顿》的演职人员，你们以持久的艺术魅力为我们的国家做出了真正的贡献。你们真是勇往直前。

感谢美国和全世界所有为反抗不公、暴政、恶意而勇敢发声的人。感谢你们倾听，守望，并且永葆警醒。